Zuiverheid

Jonathan Franzen

Zuiverheid

Vertaald door Peter Abelsen, Anneke Bok en Rob van der Veer

2015 Prometheus Amsterdam

Voor Elisabeth Robinson

Eerste druk september 2015
Tweede druk september 2015

Oorspronkelijke titel *Purity*

Omslagontwerp Dog and Pony
Foto omslag Getty Images
Foto auteur Shelby Graham
Opmaak binnenwerk ZetSpiegel, Best
www.uitgeverijprometheus.nl
ISBN 978 90 446 2515 8

… Die stets das Böse will und stets das Gute schafft

Purity in Oakland

MAANDAG

'O, schattebout, wat fijn om je even te horen,' zei de moeder van het meisje. 'Mijn lichaam verraadt me weer eens. Mijn hele leven lijkt soms één lang verraad door mijn lichaam.'

'Wiens leven is dat niet?' zei Pip. Ze had de gewoonte opgevat om halverwege haar lunchpauze bij Renewable Solutions haar moeder te bellen. Dit bood even afleiding van het gevoel dat ze niet geschikt was voor haar baan, dat ze een baan had waarvoor geen mens geschikt kon zijn, of dat zij zo iemand was voor wie geen geschikte baan bestond – en na twintig minuten kon ze zonder te liegen zeggen dat ze weer verder moest.

'Mijn linkerooglid gaat steeds hangen,' zei haar moeder. 'Alsof het omlaag wordt getrokken door een gewichtje, weet je wel, het loodje aan een vissnoer of zo.'

'Nu ook?'

'Nee, het gaat af en aan. Zou ik de ziekte van Bell hebben?'

'Geen idee wat de ziekte van Bell is, maar ik weet zeker dat je die niet hebt.'

'Als je niet eens weet wat het is, lieverd, hoe kun je daar dan zeker van zijn?'

'Nou, eh, omdat je ook niet de ziekte van Graves had? Geen vergrote schildklier? En ook geen melanoom?'

Het was niet dat Pip het leuk vond om de spot te drijven met haar moeder, maar hun omgang werd bepaald door wat economen 'moreel wangedrag' noemden, een handige term die ze bij haar studie had opgepikt. Zij was als een bank die te groot was om te mogen omvallen in haar moeders economie, als een werknemer die te belangrijk was om wegens ongepast gedrag ontslagen te kunnen worden. Sommige van haar vriendinnen hier in Oakland hadden ook moeilijke ouders, maar niet zó moeilijk dat ieder gesprek lastige wendingen kende, omdat zelfs de moeilijksten onder die ouders op meer konden terugvallen dan één enkel kind. Pip was voor haar moeder het enige wat ze had, het enige wat ertoe deed.

'Weet je, ik denk dat ik niet eens naar mijn werk kan vandaag,' zei haar moeder. 'Mijn Streven is het enige waardoor ik mijn werk aankan, en ik kom niet met het Streven in harmonie als er een onzichtbaar vissnoerloodje aan mijn ooglid trekt.'

'Mam, je kunt je niet wéér ziek melden. Het moet nog juli worden. Wat als je nu eens echt de griep krijgt of zo?'

'En de mensen zich maar afvragen wat dat voor rare oude vrouw is die hun boodschappen inpakt terwijl haar halve gezicht zowat op haar schouder hangt. Je moest eens weten hoe jaloers ik ben op dat hokje van jou op kantoor. Hoe heerlijk onzichtbaar je daarin bent.'

'Laten we mijn werkplek nou maar niet gaan romantiseren, mam.'

'Dat is nog wel het ergste van het menselijk lichaam. Het is zo zichtbaar, zo zíchtbaar.'

Pips moeder mocht dan wel chronisch depressief zijn, gek was ze allerminst. Ze wist al meer dan tien jaar haar baantje te behouden als inpakster bij de kassa van de New Leaf Community Market in Felton, en als Pip erin slaagde haar eigen manier van denken op te schorten en zich in die van haar moeder te verplaatsen, kon ze haar altijd prima volgen. De enige versiering aan de grijze wandjes van het hokje waarin ze werkte was een bumpersticker: AT LEAST THE WAR ON THE ENVIRONMENT IS GOING WELL. De hokjes van haar collega's hingen vol foto's en knipsels, maar Pip was liever ook niet al te zichtbaar. En ze ging er bovendien van uit dat ze nu elke maand ontslagen kon worden, dus waarom zou ze de moeite nemen het hier gezellig te maken?

'Al nagedacht over hoe je je niet-verjaardag niet wilt vieren?' vroeg ze haar moeder.

'Om je de waarheid te zeggen blijf ik het liefst de hele dag in bed met het dekbed over mijn hoofd. Ik heb geen niet-verjaardag nodig om te beseffen dat ik oud word. Daar zorgt mijn ooglid nu wel voor.'

'Als ik nou eens een taart voor je bak en bij je langskom om hem samen op te eten? Je klinkt nog depressiever dan anders.'

'Als ik jou zie, ben ik nooit depressief.'

'Nou, jammer dan dat ik niet als pilletje verkrijgbaar ben. Een taart gezoet met stevia, lijkt dat je wat?'

'Ik weet niet. Van stevia krijg ik altijd zo'n raar gevoel in mijn mond, iets chemisch. Je kunt je smaakpapillen niet bedriegen, is mijn ervaring.'

'Maar suiker heeft ook een nasmaak, hoor,' zei Pip, wetend dat dit een futiel argument zou blijken.

'Suiker heeft een zúre nasmaak waar je smaakpapillen geen moeite mee hebben, omdat ze zuurheid gewoon registreren zonder er verder veel werk van te maken. Een smaakpapil is er niet op gebouwd om vijf uur lang het signaal 'dit is raar' te moeten geven. Dat is wat mij gebeurde toen ik iets dronk wat met stevia was gezoet.'

'Maar ik zeg nou juist dat die zuurheid ook blijft hangen.'

'Als je smaakpapillen vijf uur lang waarschuwingssignalen blijven doorgeven, is er iets góed fout. Wist je dat als je ook maar eenmaal crystal meth rookt de chemische huishouding van je hersens voorgoed verandert? Zoiets heb ik nou met stevia.'

'Ik zit hier niet aan een methpijp te lurken, als je dat soms mocht denken.'

'Ik wil alleen maar zeggen dat ik geen taart hoef.'

'Nee, ik bedenk wel een ander soort taart. Sorry dat ik er een voorstelde die vergif voor jou is.'

'Heb je me niet horen zeggen, schattebout, dat het vergif is. Maar stevia geeft me gewoon...'

'Een chemisch gevoel in je mond, ja.'

'Schattebout, ik eet elke taart die je meeneemt. Ik ga heus niet dood van gewone suiker en ik wilde je niet van streek maken, lieverd, toe.'

Geen telefoongesprek was afgerond voor ze elkaar een rotgevoel hadden gegeven. Het grote probleem, in Pips ogen, de wezenlijke tekortkoming waarmee ze te leven had, de vermoedelijke oorzaak van het feit dat ze sowieso nooit iets tot een goed einde kon brengen, was dat ze van haar moeder hield. Medelijden met haar had, met haar meevoelde, een warm gevoel kreeg bij de klank van haar stem; dat ze zich op een eigenaardige, niet-seksuele maar wel lijfelijke manier tot haar moeder aangetrokken voelde, zich zelfs bezorgd kon maken om zoiets onzinnigs als een raar gevoel in haar moeders mond. Dat ze haar moeder een beter leven gunde; dat ze het erg vond om haar van streek te maken. Dat haar moeder haar dierbaar was. Dit was het massieve brok graniet in het midden van haar leven, de oorzaak van alle irritatie en sarcasme die ze niet alleen op haar moeder richtte maar de laatste tijd ook, en doorgaans in haar eigen nadeel, op minder voor de hand liggende mikpunten. Als Pip boos werd, gold die boosheid niet zozeer haar moeder als wel dat brok graniet.

Acht of negen was ze geweest toen de vraag voor het eerst bij haar opkwam waarom alleen háár verjaardag werd gevierd in hun houten huisje in het sequoiabos ten zuiden van Felton in Californië. Op die vraag had haar moeder geantwoord dat zij zelf geen verjaardag had – de enige verjaardag die ertoe deed was die van Pip. Maar Pip was net zo lang blijven drammen tot ze afspraken om met taart de zomerzonnewende te vieren, die ze dan voortaan haar moeders niet-verjaardag zouden noemen. Daarna resteerde nog de vraag hoe oud haar moeder was, maar die had zich beperkt, met een glimlach alsof het een diepzinnige zenspreuk betrof, tot: 'Ik ben oud genoeg om jouw moeder te zijn.'

'Ja, maar hoe oud ben je nu precíes?'

'Kijk eens naar mijn handen,' zei haar moeder. 'Als je goed oefent, kun je de leeftijd van vrouwen leren aflezen aan hun handen.'

En dus had Pip, voor het eerst in haar leven, zo leek het, de handen van haar moeder bekeken. De huid op de rug daarvan was niet roze en stevig als die van haarzelf. Het was alsof de botjes en aderen zich omhoogwerkten naar de oppervlakte, alsof de huid terugvloeide als oeverwater en er dingen op de bodem zichtbaar werden. Hoewel haar moeders haar nog dik was en erg lang, waren er dorre grijze draden in te zien, en de huid van haar hals deed aan een overrijpe perzik denken. Die nacht kon Pip geen oog dichtdoen van de angst dat haar moeder binnenkort dood zou gaan. Het was de eerste voorbode geweest van haar brok graniet.

Sindsdien was ze de hartstochtelijke wens gaan koesteren dat er een man in haar moeders leven zou komen, en het hoefde niet eens per se een man te zijn, als het maar iemand was die óók van haar moeder zou houden. In de jaren die volgden waren er in haar ogen diverse geschikte kandidaten geweest, zoals: Linda, hun naaste buurvrouw, die ook moeder was en zich eveneens verdiepte in Sanskriet-teksten; Ernie, de slager van New Leaf, die ook veganist was; Vanessa Tong, kinderarts, die in haar vrije tijd een verwoed vogelaarster was en haar innige gevoelens voor Pips moeder tot uiting bracht met pogingen om haar voor deze hobby te winnen; en de met een woeste baard getooide klusjesman Sonny, die zelfs het kleinste karweitje aangreep om een uitgebreide verhandeling te houden over de prehistorische gebruiken van de Pueblo-indianen. Al deze sympathieke San Lorenzo Valley-bewoners hadden hetzelfde in Pips moeder bespeurd als wat voor de jonge Pip een bron van dochterlijke trots vormde: een ongrijpbare hoogbegaafdheid. Je hoefde niet te schrijven om een dichteres te zijn, je hoefde geen dingen te scheppen om kunstenares te zijn. Haar moeders spirituele Streven was een kunst op zich – onzichtbaarheidskunst. Tot Pips twaalfde was er geen televisie in hun huisje geweest, noch een computer. Haar moeders enige nieuwsbron was de *Santa Cruz Sentinel*, die ze las voor het dagelijks genoegen haar afkeer van de wereld gerechtvaardigd te zien. Dit was overigens niet zo uitzonderlijk in de Valley. Problematischer was dat Pips moeder zichzelf ook bijzondere kwaliteiten scheen toe te dichten, zich althans gedroeg alsof ze ooit uitermate groots en meeslepend had geleefd, in een pre-Pip-tijdperk waarover ze hardnekkig weigerde te vertellen. Daarom was ze ook niet zozeer beledigd als wel ontzet dat buurvrouw Linda haar kikkers vangende en door zijn mond ademende zoontje Damian op één lijn durfde te stellen met haar volstrekt unieke en volmaakte Pip. Daarom was ze ervan overtuigd dat het zelfbeeld van die arme slager voorgoed aan diggelen zou gaan als ze hem zei dat ze altijd een nare vleesgeur bij hem opsnoof waar niet tegen op te douchen viel. Daarom kwelde ze zichzelf met het bedenken van telkens nieuwe smoesjes om niet met Vanessa uit vogelen te gaan, in plaats van eerlijk te zeggen dat ze vogels eng vond. En daarom hoefde ze Sonny's pick-up maar op het paadje naar hun huis te zien verschijnen om Pip te laten opendoen en zelf door de achterdeur het sequoiabos in te vluchten. En de reden voor haar buitensporige kieskeurigheid was Pip. Keer op keer liet ze er geen twijfel over bestaan: Pip was de enige die de toetssteen van haar kritiek kon doorstaan, de enige van wie zíj kon houden.

In de loop van Pips adolescentie leidde dit uiteraard tot steeds meer gêne en ergernis. Ze stak gaandeweg zo veel energie in het haten en krenken van haar moeder dat ze geen oog had voor de afbreuk die haar moeders wereldvreemdheid aan haar eigen vooruitzichten deed. Zo was er niemand om haar voor te houden dat haar dromen van een mooie toekomst misschien niet zo eenvoudig te verenigen waren met een universitaire graad die haar een studieschuld van 130.000 dollar zou opleveren. Niemand wees haar erop dat ze bij haar sollicitatiegesprek met Igor, hoofd Acquisitie van Renewable Solutions, beter niet op de door hem voorgespiegelde 'dertig- tot veertigduizend dollar aan commissie in je eerste jaar alleen' kon letten, maar op de 21.000 die hij als basissalaris bood – niemand die haar influisterde dat een doorgewinterde verkoper als Igor er wel bedreven in zou zijn om argeloze eenentwintigjarigen een kutbaantje aan te praten.

'Maar over het weekend nog even,' zei Pip met een harde ondertoon in haar stem. 'Ik moet je waarschuwen dat ik over iets wil praten waar jij niet over wilt praten.'

Haar moeder reageerde met een luchtig klinkend lachje dat haar kwetsbaarheid prijsgaf. 'Er is maar één ding waarover ik niet praten wil.'

'Precies, en daar wil ik het dus met je over hebben. Dus wees gewaarschuwd.'

Haar moeder bleef stil. Daar in Felton zou de ochtendnevel nu wel weggebrand zijn, de mist die haar moeder altijd zo node zag verdwijnen, omdat er een wereld mee onthuld werd waarvan ze liever geen deel uitmaakte. Ze beoefende haar Streven het liefst in de veiligheid van de grijze ochtend en nu zou er daar zonlicht zijn, groen- en goudgetint door het filter van sequoianaaldjes. Er kroop daar nu zomerhitte door de horramen van de slaapveranda, over het bed dat Pip als een naar privacy hunkerende tiener voor zich alleen had opgeëist en haar moeder naar een veldbed in de zitkamer had verbannen totdat ze ging studeren. Op het bed van die veranda ging haar moeder straks waarschijnlijk haar Streven beoefenen. En geen woord meer zeggen tot iemand haar aansprak. Een en al ademhaling was ze dan.

'Vat het niet persoonlijk op,' zei Pip. 'Ik heb geen bijzondere plannen, maar ik heb wel hard geld nodig, en jij hebt geen geld, en ikzelf dus ook niet, en er is volgens mij maar één iemand die me aan geld zou kunnen helpen. Er is maar één iemand die me dat verplicht zou kunnen zijn, al was het maar in theorie. Dus we gaan erover praten.'

'Schattebout,' zei haar moeder droevig, 'je weet dat ik daar niet toe bereid ben. Het spijt me dat je in geldnood zit, maar dit is geen kwestie van wat ik wel of niet wil. Het is een kwestie van wel of niet kúnnen. En ik kán er niet over praten, dus we zullen iets anders voor je moeten bedenken.'

Pip slaakte een zucht. Soms probeerde ze zich te verroeren in de financiële dwangbuis waarin ze twee jaar geleden was beland, zich te kronkelen om te zien of er nu al eens een beetje speling in de mouwen zat. Maar telkens weer bleek de dwangbuis nog even strak. Nog steeds een schuld van 130.000 dollar, zoals ze ook nog steeds de enige was die er voor haar moeder toe deed, de spil waarom haar moeders leven draaide. Het was verbluffend hoe abrupt ze zich bekneld was gaan voelen toen er een eind kwam aan haar vier jaar studentenvrijheid. Het zou haar intussen depressief hebben gemaakt als ze het zich had kunnen veroorloven depressief te zijn.

'Oké, ik moet ophangen,' zei ze. 'Ga nou maar gewoon naar je werk. Dat ooglid komt waarschijnlijk door je slaapgebrek. Ik heb dat ook weleens als ik te weinig slaap.'

'O ja?' zei haar moeder gretig. 'Heb jij er ook weleens last van?'

Hoewel Pip wist dat ze het telefoongesprek er aanzienlijk mee zou verlengen, en zich waarschijnlijk een discussie op de hals zou halen over genetische ziekten, en tegen de klippen op zou moeten jokken, leek het haar beter als haar moeder aan slapeloosheid dacht in plaats van over de ziekte van Bell te tobben, al was het maar omdat je voor slapeloosheid gewoon pillen kon krijgen, iets wat ze haar moeder al jarenlang voorhield, zij het tot dusver zonder resultaat. Maar het gevolg was dat toen Igor om 13.22

uur zijn hoofd om de rand van haar werkhokje stak, ze nog steeds met haar moeder aan de telefoon zat.

'Mam, sorry, moet nu echt stoppen, spreek je weer.' En ze hing op.

Igor stond zich weer aan haar te vergapen. Hij was een blonde, akelig knappe Rus met een tot aaien uitnodigende baard, en volgens Pip kon er maar één reden zijn waarom hij haar nog steeds niet ontslagen had: hij vermaakte zich te zeer met de vraag hoe het zou zijn om haar te neuken. Voor haarzelf stond één ding vast: als het daar een keer van kwam, werd ze binnen de kortste keren afgedankt, want hij was niet alleen knap maar kreeg ook een heel knap salaris, terwijl zij alleen maar geldproblemen had. En dat wist hij natuurlijk ook allang.

'Sórry, Igor,' zei ze. 'Zeven minuten over mijn pauzetijd, het spijt me enorm, maar mijn moeder had iets medisch.' Ze overdacht dit even. 'Of nee, weet je, zo erg spijt het me niet. Hoe groot is de kans dat ik in zeven minuutjes een positieve respons scoor?'

'Zie ik eruit alsof ik kritiek kom leveren?' vroeg Igor, en hij knipperde met zijn lange wimpers.

'Nou, eh, waarom sta je me anders zo aan te staren?'

'Heb je zin in een spelletje Twintig Vragen?'

'Nee, niet echt.'

'Jij moet er in twintig vragen achter komen wat ik van je wil, maar ik antwoord alleen met ja of nee. Daar draait het dus om, hè: alleen ja of nee.'

'Wil je soms een klacht wegens seksuele intimidatie?'

Igor lachte glunderend. 'Nee! Dus nu heb je nog maar negentien vragen.'

'Het was geen grapje, Igor. Ik weet van een vriend die rechten heeft gedaan dat het scheppen van een bepaalde sfeer al voldoende grond is.'

'Dat is geen vraag.'

'Hoe maak ik je duidelijk hoe ontzettend níet-leuk ik dit vind?'

'Alleen ja-neevragen, alsjeblieft.'

'Jezus christus... ga weg, Igor.'

'Heb je het liever over je performance van mei?'

'Ga weg! Ik ga nu bellen.'

Toen hij weg was, opende ze het computerbestand met haar bellijst, wierp er een afkerige blik op en sloot het weer. In vier van de tweeëntwintig maanden die ze nu bij Renewable Solutions werkte, was ze erin geslaagd als voorlaatste te eindigen in plaats van laatste, op het whiteboard waarop de 'acquisitiepunten' voor geworven klanten werden bijgehouden. Vier van de tweeëntwintig, dat was ongeveer ook het aantal keren dat ze in spiegels iemand met een mooi gezicht zag in plaats van iemand die ze, als het iemand anders was geweest, misschien mooi zou hebben gevonden, maar nu niet, omdat ze het zelf was. Die verwarring over haar uiterlijk had ze van haar moeder geërfd, al was die van haar concreter omdat ze daadwerkelijke ervaring met jongens had. Er waren er heel wat die zich tot haar aangetrokken voelden, maar slechts weinigen die dat niet na verloop van tijd als een inschattingsfout gingen zien. Ook Igor leek zich al twee jaar af te vragen hoe hij haar nu precies moest beoordelen. Hij bekeek haar vaak met dezelfde verwondering waarmee ze zelf haar spiegelbeeld bestudeerde: gisteren vond ik je zonder meer mooi, maar vandaag is er toch weer...

In haar studietijd had Pip ergens de gedachte opgepikt (haar geest was als een statisch geladen ballon die al zwevende door ideeën werd aangekleefd) dat het het summum van beschaving was om op zondagochtend in een café te zitten met de papieren editie van *The New York Times*. Dit was uitgegroeid tot een vast wekelijks ritueel, want waar ze het idee ook vandaan mocht hebben gehaald, op die zondagochtenden bleek ze zich inderdaad een toonbeeld van beschaving te voelen. Hoe laat de zaterdagavond ook was geworden en hoeveel ze ook mocht hebben gedronken, om acht uur stipt kocht ze de *Times* en toog ermee naar Peet's Coffee, bestelde een scone en een dubbele cappuccino, nam haar vaste plekje in de hoek in en gaf zich over aan een paar aangename uurtjes vergetelheid.

In de afgelopen winter had ze in Peet's gemerkt dat een tengere, leuk uitziende jongen er hetzelfde zondagse ritueel op na hield. En in de weken daarna werd haar aandacht voor de krantenartikelen meer en meer verdrongen door de vraag hoe ze er voor die jongen uitzag terwijl ze zat te lezen, en of het niet eens tijd werd haar ogen op te slaan en hem erop te betrappen dat hij naar haar zat te kijken, tot ze inzag dat ze voor een keuze stond: een ander zondags café gaan zoeken of een praatje met hem aanknopen. Bij de eerstvolgende keer dat hun blikken elkaar kruisten waagde ze zich aan een uitnodigende hoofdbeweging, die zo houterig en bestudeerd aanvoelde dat ze ervan schrok hoe effectief hij bleek. De jongen kwam meteen bij haar zitten en wond er geen doekjes om: omdat ze hier toch altijd op hetzelfde uur kwamen was het wellicht een goed idee om in het vervolg samen een krant te kopen, zodat er een boom minder hoefde te worden gekapt.

'Maar als we nou tegelijk hetzelfde katern willen?' vroeg Pip een tikje afhoudend.

'Jij komt hier al langer dan ik,' zei de jongen, 'dus jij hebt de oudste rechten.' Hij liet er hoofdschuddend op volgen dat zijn ouders in College Station,

Texas er ieder hun eigen zondagse *Times* op na hielden om gekibbel over katernen te voorkomen.

Als een hond die geen andere mensentaal kent dan zijn naam plus een handvol simpele woordjes registreerde Pip alleen dat de jongen uit een normaal tweeoudergezin kwam, waarin geen geldgebrek werd geleden. 'Maar dit zijn eigenlijk de enige uurtjes in de week die ik voor mezelf heb,' zei ze.

'O, sorry,' zei de jongen bedremmeld. 'Ik dacht dat je een praatje wilde maken.'

Het lukte Pip nooit om niet vijandig te zijn tegen jongens die interesse in haar toonden. Voor een deel kwam dat doordat ze buiten haar moeder geen mens ter wereld vertrouwde. Ze had al in haar middelbareschooltijd geleerd dat hoe aardiger een jongen was, hoe pijnlijker het voor hen beiden werd als hij ontdekte dat zij veel meer met zichzelf overhoop lag dan haar aardigheid hem had doen denken. Wat ze nooit had geleerd was niet te willen dat jongens aardig deden tegen haar – en het bespeuren en uitbuiten van die behoefte was iets waar vooral onaardige jongens behendig in waren. Dus kon ze met aardige noch onaardige jongens uit de voeten, waar nog bij kwam dat ze zelf allesbehalve behendig was in het bespeuren of een jongen aardig of onaardig was. Dat werd altijd pas duidelijk als ze met hem naar bed ging.

'Misschien kunnen we eens op een andere tijd koffie gaan drinken,' zei ze tegen deze jongen. 'Niet op zondagochtend.'

'Eh, tuurlijk,' zei hij verbouwereerd.

'Want nu we even gepraat hebben, hoeven we niet steeds meer naar elkaar te kijken. Kunnen we hier gewoon ons eigen krantje lezen, net als je ouders.'

'Ik ben Jason, trouwens.'

'Ik ben Pip. En nu we ook nog elkaars naam kennen, kunnen we helemáál stoppen met steeds naar elkaar te kijken. Dan denk ik gewoon: o, daar heb je Jason, en jij denkt: hé, daar zit Pip.'

Hij lachte. Toen ze elkaar opnieuw ontmoetten, vertelde hij wiskunde te hebben gestudeerd aan Stanford en het droombestaan van een wiskundige te leiden: hij werkte voor een stichting ter bevordering van rekenkundige kennis onder Amerikanen, en schreef een leerboek dat het statistiekonderwijs op zijn kop moest gaan zetten. Na de daaropvolgende ontmoeting vond ze hem al zo aardig dat het haar tijd leek om met hem naar bed te gaan en hem of haarzelf voor een domper te behoeden. Als ze te lang wachtte, kwam Jason erachter hoezeer ze onder haar schulden en verplichtingen gebukt ging en zou hij maken dat hij wegkwam. Of anders moest ze hem vertellen dat ze hem niet méér dan aardig kon vinden omdat haar hart uitging naar een oudere man die weinig waarde hechtte aan geld (aan de dollar als munt en aan geld in het algemeen) en bovendien getrouwd was.

Om niet al te gesloten te blijven vertelde ze Jason dat ze na werktijd 'actief' was als vrijwilliger voor de nucleaire ontwapening, een onderwerp waar hij vervolgens zo veel meer van bleek te weten dan zij, haar 'activiteiten' ten spijt, dat ze haar vijandigheid meteen weer voelde opwellen. Gelukkig was hij een onderhoudende gesprekspartner, een grage lezer van Philip K. Dick, een trouw volger van *Breaking Bad* en een liefhebber van zeeotters en bergleeuwen, en van wiskundige toepassingen voor het maatschappelijk leven, en dan met name zijn geometrische methode van statistiekonderwijs, die hij zo helder uitlegde dat ze het bijna snapte. Hun derde afspraak was in een noedeltent, waar ze gedwongen was te doen alsof ze geen honger had omdat haar salaris van Renewable Solutions nog niet binnen was, wat haar deed inzien dat ze op een kruispunt was aanbeland: hun vriendschap op het spel zetten door eerlijk te zijn over haar financiële positie of hem een rad voor ogen draaien met seks.

Toen ze het restaurant verlieten, mistte het op Telegraph Avenue. In de zondagavondstilte zette ze een verleidingspoging in en was verbaasd over de gretigheid waarmee hij reageerde. Ze hoopte dat hij haar maag niet hoorde rammelen toen ze zich tegen hem aan drukte.

'Zullen we naar jouw huis gaan?' fluisterde ze in zijn oor.

Jason zei dat dat helaas niet kon. Hij had een zus te logeren.

Bij het woord 'zus' krampte Pips hart samen van vijandigheid. Verstoken als ze zelf van broers of zussen was, kon ze haar afgunst niet bedwingen als een ander die wel in zijn leven had – die normaliteit van een standaardgezin, die weelde aan steun en verbondenheid.

'Dan doen we het wel bij mij,' zei ze ietwat nijdig. En terwijl ze hand in hand over Telegraph Avenue liepen, werd ze zo in beslag genomen door haar jaloezie jegens de zus die haar uit Jasons slaapkamer weghield (en in het verlengde daarvan uit zijn hart, terwijl ze niet eens uit was op plekje daarin) en door de frustratie over haar omstandigheden, dat ze al bij haar huis waren toen ze zich pas realiseerde dat ze daar eigenlijk ook niet terechtkonden.

'O,' zei ze. 'O, kun je hier even wachten terwijl ik binnen iets in orde maak?'

'Eh, tuurlijk,' zei Jason.

Ze gaf hem een dankbare zoen, die uitliep in tien minuten tongen en tegen elkaar op rijden op de stoep voor de voordeur, met Pip die zich volledig overgaf aan het genot van de aanrakingen door een fris ruikende en uiterst vaardige jongen, totdat een luidruchtige knor van haar maag de betovering verbrak.

'Eén seconde, oké?'

'Heb je hónger?'

'Welnee! Of nou, eigenlijk wel ja, opeens. In het restaurant nog niet, hoor!'

Ze liet haar sleutel in het slot glijden en ging stilletjes naar binnen. In de zitkamer zaten haar schizofrene huisgenoot Dreyfuss en haar verstandelijk beperkte huisgenoot Ramón naar een basketbalwedstrijd te kijken op een bij het grofvuil weggehaalde tv, met een digitale ontvanger die via een ruilhandeltje op straat was verkregen door een derde huisgenoot, Stephen, de man op wie ze min of meer verliefd was. Dreyfuss hing met zijn logge lijf, pafferig van de medicatie, onderuit in een bij het grofvuil weggehaalde leunstoel.

'Pip! Pip!' riep Ramón uit. 'Pip, waar blijf je nou? Je zou toch helpen? Mij? Met me woordschat? Ga je nu? Helpen?'

Pip drukte haar wijsvinger tegen haar lippen en Ramón sloeg zijn handen geschrokken voor zijn mond.

'Ja, zachtjes hoor, Ramón,' zei Dreyfuss. 'Ze wil niet dat haar aanwezigheid wordt opgemerkt. Wat uiteraard de vraag oproept waarom ze dat niet wil. Zou het iets te maken hebben met de Duitse spionnen in de keuken? Ik laat in het midden of het technisch juist is hier van spionnen te spreken, maar het lijkt me alleszins verdedigbaar om het woord althans in overdrachtelijke zin te gebruiken als je bedenkt dat Pip en Stephen een niet onaanzienlijke status genieten onder de liefst vijfendertig leden van de Studiekring voor Nucleaire Ontwapening in ons mooie Oakland, en dat de Duitsers uitgerekend ons huis hebben uitgekozen om nu al bijna een week lang te verblijven en ons te confronteren met hun typisch Duitse grondigheid, bemoeizucht en nieuwsgierigheid. Een gegeven dat me de moeite van het overpeinzen waard lijkt.'

'Dreyfuss,' siste Pip terwijl ze een paar stappen naar hem toe deed om haar stem zo zacht mogelijk te kunnen houden.

Dreyfuss verstrengelde zijn dikke vingers zelfgenoegzaam op zijn buik en bleef tegen Ramón praten, die het nooit moe werd naar hem te luisteren. 'Zou het kunnen dat er Pip veel aan gelegen is gesprekken met de Duitsers te vermijden? Juist vanavond, nu ze hier verschijnt in het gezelschap van een jongmens met wie ze het afgelopen kwartier uitgebreid heeft staan vozen op onze stoep?'

'Jíj bent hier de spion,' fluisterde Pip nijdig. 'Met je geloer altijd.'

'Pip heeft niet graag dat mij dingen opvallen die geen weldenkend mens zouden kunnen ontgaan,' legde Dreyfuss uit aan Ramón. 'Maar zien wat zich voor je neus afspeelt is niet loeren of spioneren, hoor, Ramón. En ach, misschien doen de Duitsers ook niet meer dan dat, gewoon zien wat er te zien valt. Maar wat iemand tot een spion maakt is het motief dat hij heeft om zijn waarnemingen te doen, en daarom, mijn lieve Pip...' Hij wendde zijn blik in haar richting, 'daarom raad ik je aan jezelf eens af te vragen waarom deze nieuwsgierige Duitsers eigenlijk bij ons verblijven.'

'Je bent toch niet gestopt met je pillen, hè?' fluisterde Pip.

'*Vozen*, Ramón. Dat is nog eens een mooi woord om je vocabulaire mee uit te breiden.'

'Betekent dat dan?'

'Welnu, in de zin waarin ik het hier gebruik betekent het kussen. Zoenen. Elkaar aflebberen.'

'Pip, ga je me helpen met me woordschat?'

'Ik vrees dat ze voor vanavond andere plannen heeft, waarde vriend.'

'Nee lieffie, niet nu,' fluisterde Pip tegen Ramón, en tegen Dreyfuss: 'De Duitsers zijn hier omdat we ze hier hebben uitgenodigd, en we hebben ze uitgenodigd omdat we plek voor ze hadden. Maar inderdaad, je mag ze niet vertellen dat ik thuis ben.'

'Wat denk jij hiervan, Ramón?' vroeg Dreyfuss. 'Zullen we haar ter wille zijn? Terwijl zij jou niet wil helpen met je woordenschat?'

'Jezus christus. Help jij hem dan, Dreyfuss. Jij hebt hier de rijke woordenschat.'

Dreyfuss keek weer naar haar, onaangedaan, zijn ogen boordevol intelligentie en gespeend van emotie. Het was alsof zijn medicatie net sterk genoeg was om hem te beletten met een slagzwaard de straat op te gaan en willekeurige voorbijgangers in mootjes te hakken, maar net niet genoeg om de moorddadigheid uit zijn blik te verdringen. Stephen had haar verzekerd dat Dreyfuss iedereen met diezelfde blik aankeek, maar ze kon de gedachte niet van zich afzetten dat als hij ooit met zijn pillen zou stoppen zij degene zou zijn die hij met een slagzwaard of wat dan ook te lijf zou gaan, degene in wie hij het brandpunt zou zien van alle boosaardigheid in de wereld, degene ook die verantwoordelijk was voor het wereldwijde complot tegen hem. Ook had ze sterk het gevoel dat hij iets waars zag in haar onwaarachtigheid.

'Die Duitsers en hun gespioneer staan mij eenvoudigweg tegen,' zei hij tegen haar. 'Hun eerste gedachte bij het betreden van een huis is hoe ze er de macht kunnen overnemen.'

'Het zijn vredesactivisten, Dreyfuss. En het is allang geen Duits trekje meer om de wereld te willen veroveren.'

'Welnu, wat ik wil is dat Stephen en jij ervoor zorgen dat ze vertrekken.'

'Goed, zullen we doen! Later, oké? Morgen.'

'Wij mogen die Duitsers niet, hè, Ramón?'

'Wij willen gewoon met ze vijven, als familie, wij met ze vijven gewoon.'

'Nou... niet als een familie. Nee, dat nu ook weer niet. Ieder van ons heeft immers zijn eigen familie, nietwaar, Pip?'

Dreyfuss keek haar opnieuw in de ogen, doordringend, alsof hij haar volledig doorzag. Een blik zonder een zweem van menselijke warmte – of was het gewoon geen zweem van begeerte? Zou iedere man haar misschien zo aankijken als de mogelijkheid van seks bij voorbaat was uitgesloten? Ze stapte op Ramón af en legde haar armen op zijn mollige, afhangende schouders. 'Ramón, lieffie, vanavond heb ik het druk. Maar morgen ben ik de hele avond thuis, oké?'

'Oké,' zei hij met onmiddellijk en grenzeloos vertrouwen.

Ze haastte zich terug naar de voordeur om Jason binnen te laten, die kouwelijk op zijn gebogen vingers stond te blazen. Toen ze langs de zitkamer liepen, sloeg Ramón opnieuw zijn handen voor zijn mond, nu ten teken van zijn gegarandeerde geheimhouding, terwijl Dreyfuss onverstoorbaar naar het basketbal keek. Er was in huis heel veel voor Jason te zien en heel weinig wat Pip hem wilde laten bekijken, en bovendien hadden Dreyfuss en Ramón ieder hun eigen nadrukkelijke geur, Dreyfuss iets gistachtigs en Ramón een pislucht, waaraan zij gewend was, maar mensen die op bezoek kwamen niet. Ze liep dus meteen door naar de trap en snelde op haar tenen naar boven, in de hoop dat Jason haar geruisloze voorbeeld zou volgen. Van achter een dichte deur kwamen de vertrouwde klanken van Stephen en zijn vrouw die aan het bekvechten waren over iets.

In haar kamer op de tweede verdieping leidde ze Jason naar haar matras zonder een lamp aan te knippen, zodat hij niet kon zien hoe arm ze was. Ze was weerzinwekkend arm, maar haar beddengoed was schoon – qua properheid was ze rijk. Toen ze de kamer een jaar geleden betrok had ze elke vierkante centimeter van de vloer en de vensterbanken geboend met een desinfecterend schoonmaakmiddel, en toen ze er muizen op bezoek kreeg had ze op aanraden van Stephen staalwol in alle spleten en kieren gepropt, waarna ze alles opnieuw had geboend. Maar toen ze Jasons T-shirt over zijn benige schouders had getrokken en zich door hem had laten uitkleden en al een eind met hem op weg was in een verhit voorspel, schoot haar te binnen dat haar condooms nog in haar toilettas zaten, die ze in de badkamer beneden had gezet omdat de Duitsers gebruikmaakten van die op haar eigen verdieping, en werd haar properheid opeens de zoveelste karaktertrek die haar parten speelde. Ze drukte met getuite lippen een voorzichtig kusje op Jasons besneden erectie, fluisterde: 'Sorry, zo terug' en greep een badjas waarvan ze de ceintuur pas had omgeknoopt toen ze al halverwege de trap naar de begane grond was en zich realiseerde dat ze hem niet had gezegd wat ze ging doen.

'Fuck,' zei ze, en ze bleef stilstaan om na te denken. Niets aan Jason wekte het vermoeden dat hij zich te buiten ging aan onverantwoorde promiscuïteit, en ze had nog een geldig recept voor de morning-afterpil, en op dit moment had ze het gevoel dat seks de enige activiteit was waarbij ze geen al te belabberd figuur sloeg... Maar nee, ze moest schoon blijven op haar lichaam. En opeens werd alles verdrongen door moedeloosheid, de plotse overtuiging dat zelfs seks een onhaalbare kaart was, een visje waarvan iedereen kon smullen maar dat voor haar te veel graten had. Achter de gesloten deur boven haar riep Stephens vrouw iets over morele arrogantie.

'Ik loop liever de kans arrogant te worden gevonden,' reageerde Stephen, 'dan dat ik me neerleg bij een politiek die tot het wegvagen van vier miljard mensen kan leiden.'

'Kijk, en zoiets zeggen is dus het toppunt van morele arrogantie!' kraaide zijn vrouw.

Stephens stem wekte een dieper verlangen in Pip dan Jason ooit zou kunnen oproepen, en het viel haar in dat zij onmogelijk van morele arrogantie kon worden beticht, eerder het toonbeeld was van een gebrek aan eigenwaarde – omdat de man die ze echt wilde niet degene was met wie ze op het punt stond te gaan neuken. Ze liep op haar tenen door naar de begane grond, langs de dozen met op straat gevonden spullen in de gang. In de keuken hoorde ze Annagret spreken, de Duitse vrouw. Pip schoot de badkamer in, stak een strip met drie condooms in de zak van haar badjas, boog voorzichtig haar hoofd om de rand van de deur en trok het ijlings terug: Annagret stond nu in de deuropening van de keuken.

Annagret was een donkerogige schoonheid met een aangename stem, een ontluistering van Pips geloof dat alle Duitsers blauwe ogen en een snauwerige spreektrant hadden. Zij en haar vriendje Martin maakten een rondreis langs Amerikaanse sloppenwijken om daar hun internationale organisatie voor krakersrechten onder de aandacht te brengen en banden te smeden met de Amerikaanse antikernwapenbeweging – al leken ze zich voorlopig te beperken tot het maken van foto's van elkaar, poserend voor muurschilderingen met een opwekkende boodschap. Afgelopen dinsdagavond, tijdens een groepsmaaltijd waaraan Pip niet had kunnen ontkomen omdat het haar beurt was om te koken, had Stephens vrouw het met Annagret aan de stok gekregen over het kernwapenprogramma van Israël. Stephens vrouw was zo'n type dat niet bereid was aantrekkelijke vrouwen hun aantrekkelijkheid te vergeven (dat ze niets tegen Pip leek te hebben en haar zelfs een beetje bemoederde, voedde Pips bange vermoedens omtrent haar uiterlijk), en Annagrets moeiteloze lieftalligheid, die vreemd genoeg eerder benadrukt dan geschonden werd door haar anarchistische kapsel en meervoudig gepiercete wenkbrauwen, zat Stephens vrouw zo dwars dat ze absurde onwaarheden over Israël was gaan uitkramen. En aangezien Israëls kernwapenprogramma nu net het enige was wat Pip goed kende, omdat ze er onlangs een rapport over had moeten schrijven voor de studiekring, en ze bovendien een verterende jaloezie koesterde jegens Stephens vrouw, was ze losgebarsten in een ronkende, vijf minuten lange tirade over de bewijzen voor Israëls nucleaire slagkracht.

Ironisch genoeg had ze met deze demonstratie van haar enige beetje kennis de fascinatie geoogst van Annagret, die 'super onder de indruk' van haar beweerde te zijn en haar had meegetroond naar de bank in de zitkamer voor een langdurig gesprek van meiden onder elkaar. Annagrets genegenheid was onweerstaanbaar geweest, en toen ze begon te vertellen over de beroemde internetactivist Andreas Wolf, die ze persoonlijk bleek te kennen, en zei dat Pip bij uitstek zo'n jong iemand was die Andreas voor zijn Sunlight Project kon gebruiken, en zei hoe fantastisch het zou zijn als Pip haar mensonterende slavenbaantje kon verruilen voor een van de betaalde stages die het Sunlight Project momenteel aanbood, en zei dat ze grote kans op zo'n stage zou maken als Annagret haar een 'vragenlijst' mocht voorleggen voordat Martin en zij weer verder trokken, had Pip zich zo gevleid gevoeld, zo gewénst, dat ze grif akkoord ging. Op dat moment hadden ze al vier uur lang wijn zitten drinken uit een tweeliterfles van de buurtsuper.

De volgende ochtend, ontnuchterd door een nacht slapen, had Pip al spijt gehad van haar toezegging. Andreas Wolf was met zijn Project naar Zuid-Amerika uitgeweken omdat Amerika en meerdere Europese landen arrestatiebevelen tegen hem hadden uitgevaardigd wegens hacken en spionage, en het was natuurlijk uitgesloten dat Pip haar moeder tot eenzaamheid zou veroordelen door naar Zuid-Amerika te vertrekken. En hoewel Wolf door sommige van haar vrienden als held werd beschouwd, en ze het een interessante gedachte van hem vond dat geheimhouding gelijkstond aan onderdrukking en transparantie aan vrijheid, was Pip eigenlijk niet zo maatschappelijk geëngageerd – ze hobbelde vooral achter Stephen aan, met dezelfde halfslachtigheid waarmee ze aan fitness deed. En bovendien maakten het Sunlight Project en de bevlogenheid waarmee Annagret erover sprak een wat sektarische indruk op haar. En daarenboven was ze er heilig van overtuigd dat die vragenlijst keihard zou aantonen dat ze bij lange na niet zo slim en goed geïnformeerd was als ze bij haar monoloogje over Israël had geleken. Dus had ze de Duitsers ontlopen tot vanochtend, toen ze op weg ging naar het café en Jason, een briefje van Annagret voor haar kamerdeur had gevonden, met een zo gegriefde toon dat ze op haar beurt een briefje voor Annagrets deur had neergelegd met de belofte dat ze haar vanavond zou opzoeken om de vragenlijst te doen.

En nu, met een maag die steeds dringender het signaal afgaf leeg te zijn, wachtte ze tot een lager volume van de Duitse woordenstroom duidelijk zou maken dat Annagret niet langer in de deuropening stond. Als een hond die mensentaal beluistert meende ze tot tweemaal toe haar naam te horen in al dat Duits. Als ze helder had kunnen nadenken, was ze gewoon naar de keuken gelopen om te zeggen dat ze bezoek had en dus helaas geen tijd voor de vragenlijst. Maar ze verging inmiddels van de honger, en seks leek een almaar ingewikkelder opgave.

Uiteindelijk hoorde ze voetstappen, het schrapen van de poten van een keukenstoel. Ze schoot de badkamer uit, maar de zoom van haar badjas bleef ergens aan hangen, een spijker in een stuk van straat geraapt sloophout. Terwijl ze uit de weg danste van een serie omvallende planken, hoorde ze Annagrets stem achter zich.

'Pip? Pip, ik wacht al drie dagen op je!'

Pip draaide zich om en zag de Duitse op haar toekomen.

'Ja, hoi, sorry!' zei ze, terwijl ze de planken weer tegen de muur zette. 'Ik heb nu even geen tijd. Ik heb... zou het morgen kunnen?'

'Nee,' zei Annagret met een glimlach, 'kom nu. Kom, zoals je beloofd hebt.'

'Eh...' Pips geest probeerde wanhopig prioriteiten te stellen. In de keuken, waar de Duitsers zaten, waren ook melk en cornflakes te vinden. Misschien was het nog niet zo'n slecht idee om wat te eten voordat ze zich aan Jason wijdde. Zou ze geen enthousiastere en betere minnares zijn als ze wat in haar maag had? 'Laat me dan eerst even snel naar boven rennen,' zei ze. 'Eén seconde, oké? Zo terug.'

'Nee, kom, kom. Het is zo klaar, tien minuutjes. En het is heel leuk, let maar op. Het is gewoon een formulier dat we even moeten doornemen. Dus kom, we wachten al de hele avond op je. Kom het nu doen, ja?'

De beeldschone Annagret gebaarde naar de keuken. Pip kon opeens zien waarom Dreyfuss zo'n afkeer van de Duitsers had, maar tegelijkertijd was het wel verlokkelijk om maar gewoon te doen wat je werd opgedragen. Waar nog bij kwam dat ze nu al zo lang beneden was dat het intussen onaanlokkelijk was om naar boven te rennen en Jason om nog meer geduld te vragen, en haar leven was zo overladen met onaanlokkelijke dingen dat ze de gewoonte had ontwikkeld om de confrontatie ermee zo lang mogelijk te uit te stellen, zelfs als dat de kans vergrootte dat die confrontatie ten slotte des te onaangenamer werd.

'Lieve Pip,' zei Annagret met een aai over Pips haar toen die aan de keukentafel zat, een grote kom cornflakes naar binnen schrokte en niet echt in de stemming was om over haar haar te worden geaaid. 'Wat fijn dat je dit voor me wilt doen.'

'Ja, maar eh, kan het wel een beetje snel, Annagret?'

'Gaat heel snel, je zult zien. We hoeven alleen maar een formulier door te lopen. Ach, je doet me zo aan mezelf denken toen ik zo oud was als jij en behoefte had aan een doel in mijn leven.'

Dat laatste beviel Pip maar matig. 'Oké,' zei ze. 'Neem me niet kwalijk dat ik het vraag, maar is het Sunlight Project een soort sekte of zo?'

'Een sekte?' Martin, een en al stoppels boven zijn Palestijnse *keffiyeh*, schoot aan het andere uiteinde van de tafel in de lach. 'Misschien wel een soort persoonlijkheidscultus.'

'*Ist doch Quatsch, du*,' zei Annagret. Het klonk ietwat gebelgd. '*Also wirklich*.'

'Sorry, wát?' zei Pip.

'Ik zei dat hij onzin zit te praten. Het Project is het tegenovergestelde van een cultus of sekte. Het draait allemaal om eerlijkheid, waarheid, openheid, vrijheid. Overheden met een persoonlijkheidscultus zijn er juist de grootste vijanden van. Die zijn er bang voor omdat ze er geen controle over kunnen krijgen.'

'Maar de leider van het Project heeft die controle wel,' grinnikte Martin.

'Ja, die Andreas heeft het allemaal verdomd goed in de hand, hoor. Die weet precies hoe hij bereiken moet wat hij wil.'

Hij leek hier Annagret mee te willen treiteren, en Annagret leek daar slecht tegen te kunnen – en Pip kon aan haar zien, of meende te kunnen zien, dat ze ooit het bed met die Wolf had gedeeld. Ze was minstens tien jaar ouder dan Pip, vijftien misschien wel. Uit een map van doorschijnend plastic, een kantoorartikel met een Europese uitstraling, haalde ze wat papieren die iets langer en smaller waren dan het Amerikaanse formaat.

'Dus eh, werf jij mensen voor het Sunlight Project?' vroeg Pip. 'Ben je met die vragenlijst op reis gegaan?'

'Ja, ik ben bevoegd om...' zei Annagret. 'Of nee, niet bevoegd. Wij kennen geen bevoegdheden, we zijn tegen iedere vorm van autoriteit. Ik ben gewoon een van de mensen die dit voor de groep doen.'

'Maar ben je daarom in de States? Is jullie reis eigenlijk een wervingscampagne?'

'Annagret is een multitasker,' zei Martin met een lachje dat zowel bewonderend als spottend leek.

Annagret gebood hem Pip en haar alleen te laten en hij liep naar de zitkamer, met een onbekommerde houding die verried dat Dreyfuss' afkeer hem volledig ontging. Pip maakte van de gelegenheid gebruik om nog een kom cornflakes met melk te nemen, dan was haar voedingstoestand tenminste geregeld.

'Martin en ik kunnen het goed met elkaar vinden,' zei Annagret. 'Het is alleen jammer dat hij zo jaloers is.'

'Jaloers op wie?' vroeg Pip met volle mond. 'Andreas Wolf?'

Annagret schudde haar hoofd. 'Ik ben heel lang heel close met Andreas geweest, maar dat was jaren voor ik Martin leerde kennen.'

'Dus je was nog erg jong.'

'Martin is jaloers op mijn vriendinnen. Niets is bedreigender voor Duitse mannen, zelfs niet voor de goeden onder hen, dan vrouwen die een hechte band met elkaar hebben waar zij buiten staan. Kunnen ze totaal niet tegen, alsof het een fundamentele misstand is. Alsof we ze dan zullen doorzien en ze hun mannelijkheid zullen ontnemen, of hen niet meer nodig zullen hebben. Heb jij dat probleem ook?'

'Nou, ik ben het zelf meestal die jaloers is, ben ik bang.'

'Zelfs internet maakt Martin jaloers, want dat is waar ik het meest contact heb met vriendinnen. Ik heb zo veel vriendinnen die ik nog nooit in levenden lijve heb ontmoet... en dat zijn dus échte vriendinnen, hè. E-mail, social media, forums. Ik weet dat Martin af en toe porno kijkt op de computer, we hebben geen geheimen voor elkaar. En trouwens, als hij geen porno keek, was hij de enige man in Duitsland die dat niet deed. Volgens mij is internetporno speciaal voor Duitse mannen ontwikkeld, omdat ze zo graag willen bepalen wat er gebeurt, machtsfantasieën hebben. Maar hij zegt er alleen maar naar te kijken omdat ík internet alleen maar gebruik voor contact met mijn vriendinnen.'

'Wat je misschien wel porno voor vrouwen zou kunnen noemen,' zei Pip.

'Nee. Dat denk jij omdat je nog jong bent en nog niet zo'n behoefte hebt aan vriendschappen.'

'Maar, eh, heb je er dus weleens over gedacht om alleen nog maar met vrouwen, eh, te zijn?'

'In Duitsland is het momenteel slecht gesteld met de verhouding tussen mannen en vrouwen,' zei Annagret, wat op de een of andere manier als een ontkenning klonk.

'Wat ik probeerde te zeggen,' zei Pip, 'is dat internet een goed middel is om langs virtuele weg behoeften te bevredigen. Mannelijke én vrouwelijke.'

'Maar de vriendschapsbehoefte van vrouwen wordt op internet echt bevredigd. Het is geen fantasie. En omdat Andreas de kracht van internet kent, weet hoeveel het kan betekenen voor vrouwen, is Martin óók jaloers op hem. Maar alleen om die reden, niet omdat ik in het verleden close met Andreas ben geweest.'

'Ik snap het. Maar als Andreas zijn mensen zo weet te inspireren, geeft dat hem dus ook veel macht. Maakt dat hem dan geen man als alle andere, zoals jij ze ziet?'

Annagret schudde haar hoofd. 'Het fantastische aan Andreas is hoe goed hij begrijpt dat internet het belangrijkste middel aller tijden is om de waarheid te kennen. En welke conclusie kunnen we dan trekken? Dat het maatschappelijk leven in feite door vrouwen wordt aangedreven, niet door mannen. De mannen kijken allemaal naar filmpjes met blote vrouwen, terwijl de vrouwen allemaal communiceren, met elkaar.'

'Volgens mij ga je daarmee voorbij aan homoseks en video's van aandoenlijke huisdieren,' zei Pip. 'Maar zullen we met die vragenlijst beginnen? Er zit boven een leuke jongen op me te wachten. Vandaar dat ik alleen deze badjas aanheb met niks eronder, weet je.'

'Op dit moment? Boven?' Annagret keek geschrokken.

'Ja, maar wij zijn toch zo klaar, zei je?'

'Kan hij niet een andere avond terugkomen?'

'Daar wilde ik het liever niet op aan laten komen.'

'Nou, ga hem dan even vertellen dat je een paar minuten, tien minuten, iets met een vriendin moet doen. Dan hoef jij voor de verandering eens niet degene te zijn die jaloers is.'

Annagret liet dit vergezeld gaan van een speelse knipoog, een kunstje waar Pip altijd met bewondering naar keek omdat ze het zelf niet beheerste; het stond te ver af van haar eigen specialiteit: bijtend sarcasme.

'Je kunt me maar beter benutten nu ik er ben,' zei ze.

Annagret verzekerde haar dat er geen goede of foute antwoorden waren op de vragenlijst, wat Pip moeilijk kon geloven, want wat kon zo'n lijst voor nut hebben als ieder antwoord gelijkwaardig was? Maar Annagrets schoonheid had iets geruststellends. Zoals ze daar tegenover haar aan tafel zat, kreeg Pip het gevoel dat haar een baan werd aangeboden als de nieuwe Annagret.

'*Welke bovennatuurlijke gave is het best om te hebben*,' las Annagret voor. '*Vliegen, onzichtbaarheid, gedachten lezen, of de tijd laten stilstaan voor iedereen behalve jouzelf?*'

'Gedachten kunnen lezen,' zei Pip.

'Goed antwoord! Hoewel er dus geen foute antwoorden zijn.'

Annagrets glimlach was warm genoeg om er een bad in te nemen. Pip dacht met weemoed terug aan haar tijd op de universiteit, waar ze altijd goed was geweest in tentamens.

'*Licht je antwoord toe*,' las Annagret voor.

'Omdat ik mensen in principe niet vertrouw,' zei Pip. 'Zelfs mijn moeder, die ik wél vertrouw, heeft dingen, heel belangrijke dingen, die ze me niet wil vertellen. En het zou mooi zijn als ik die toch kon achterhalen zonder dat zij ermee voor de draad hoefde te komen. Dan zou ik weten wat ik weten wil en hoefde zij zich geen geweld aan te doen. En voor andere mensen, alle andere mensen, geldt eigenlijk hetzelfde: ik kan er nooit zeker van zijn hoe mensen over me denken, en het is niet mijn sterke punt om dat aan te voelen, dus het zou prettig zijn om even een inkijkje te kunnen nemen en te zien of ze wel het goede idee van me hebben, geen vreselijke dingen van me denken zonder dat ik dat in de gaten heb. Want dan zou ik ze kunnen vertrouwen, weet je. Niet dat ik er misbruik van zou maken, hoor, maar het is gewoon moeilijk om iemand te kunnen vertrouwen, ik moet altijd maar piekeren over wat ze nou echt van me willen. Zo... vermoeiend is dat.'

'O, Pip, we hoeven de rest al bijna niet meer te doen. Het is fantastisch wat je daar zegt.'

'Serieus?' zei Pip, en ze liet er een droef glimlachje op volgen. 'Zie je? Zelfs nu twijfel ik weer waarom jij dat zegt. Misschien zeg je het alleen maar omdat ik dan die hele lijst afwerk. Ik snap overigens niet waarom je het zo belangrijk vindt dat ik dat doe.'

'Alleen maar omdat ik van je onder de indruk ben, geloof me.'

'Maar dat is het juist, eigenlijk slaat dat nergens op, want ik bén niet indrukwekkend. Ik weet heus niet zo veel van kernwapens, hoor. Dat van Israël wist ik door puur toeval. Dus ik vertrouw het niet. Ik vertrouw jou niet. Ik vertrouw niemand.' Pip voelde dat haar wangen begonnen te gloeien. 'Ik zou nu gewoon naar boven moeten gaan. Ik vind het rot dat die jongen daar maar zit te wachten.'

Het was bedoeld als een hint voor Annagret om haar te laten gaan, of zich er op z'n minst voor te verontschuldigen dat ze haar zo in beslag nam, maar Annagret (en misschien was dit iets typisch Duits) leek niet zo vatbaar voor hints. 'We moeten ons aan het formulier houden,' zei ze. 'Het is maar een formulier, maar we moeten ons er wel aan houden.' Ze gaf Pip een klopje op haar hand, gevolgd door een aai. 'We zullen voortmaken.'

Pip begon zich af te vragen waarom Annagret haar steeds aanraakte.

'Je vrienden verdwijnen. Ze nemen niet op als je belt, bellen niet terug, reageren niet op je sms'jes of Facebook-berichten. Je doet navraag op hun werk en daar blijken ze ook niet meer te verschijnen. Je neemt contact op met hun ouders en die zeggen dodelijk ongerust te zijn. Je schakelt de politie in en krijgt te horen dat de zaak is onderzocht en dat het goed gaat met je vrienden, maar dat ze nu allemaal in andere steden wonen. Na een tijdje zijn al je vrienden weg. Wat doe je? Wacht je tot je zelf ook verdwijnt en op die manier aan de weet komt wat er met je vrienden is gebeurd? Ga je op onderzoek uit? Sla je op de vlucht?'

'Zijn het alleen míjn vrienden die verdwijnen?' vroeg Pip. 'Hoe kan ik dat weten? Er zijn talloze mensen van mijn leeftijd met wie ik níet ben bevriend.'

'Ja.'

'Nou, om eerlijk te zijn: als dit me zou gebeuren, liet ik me denk ik nakijken door een psychiater.'

'Maar je psychiater praat ook met de politie en vertelt je dat het allemaal echt waar is.'

'Nou, in dat geval heb ik tenminste een nieuwe vriend. Die psychiater.'

'Maar dan verdwijnt die psychiater ook.'

'Maar wacht nou even, dit is een en al paranoia. Dit is iets wat Dreyfuss zich in zijn hoofd zou kunnen halen.'

‘Wacht je af, ga je op onderzoek uit of vlucht je?’

‘En zelfmoord? Is zelfmoord geen optie?’

‘Er zijn geen foute antwoorden.’

‘Ik zou waarschijnlijk weer bij mijn moeder gaan wonen, en dan zou ik haar geen moment uit het oog verliezen. En als ze dan toch verdween, denk ik dat ik mezelf van kant zou maken, want dan zou het ondertussen duidelijk zijn dat ik de mensen om wie ik geef geen geluk breng.’

Annagret glimlachte weer. ‘Voortreffelijk.’

‘Wát?’

‘Je doet het heel, heel goed, Pip.’ Ze reikte over de tafel en legde haar handen, haar warme handen, op Pips wangen.

‘Zeggen dat ik mezelf van kant maak is het juiste antwoord?’

Annagret haalde haar handen weg. ‘Er zijn geen foute antwoorden.’

‘Ja, weet ik. Dat maakt het trouwens minder leuk om hier voortreffelijk in te zijn.’

‘*Welke van de volgende dingen heb je ooit zonder toestemming gedaan? Inbreken in iemands mailbox, dingen op iemands smartphone lezen, iemands computer doorzoeken, iemands dagboek lezen, door iemands privépapieren neuzen, een telefoongesprek afluisteren waarin je door een verbindingsfout was beland, onder valse voorwendselen informatie over iemand opvragen, met je oor tegen een muur staan om een gesprek af te luisteren, enzovoort.*’

Dit trof Pip onaangenaam. ‘Mag ik een vraag overslaan?’

‘Je kunt me volledig vertrouwen.’ Annagret legde opnieuw een hand op de hare. ‘Het is beter om een antwoord te geven.’

Pip aarzelde nog even, en zei: ‘Ik heb in alle papieren van mijn moeder geneusd. Als ze een dagboek zou bijhouden, had ik dat ook gelezen, maar ze heeft er dus geen. Als ze een mailaccount zou hebben, zou ik het hebben gehackt. Ik heb op internet alle databases afgezocht die ik maar vinden kon. Ik ben daar niet trots op, maar ze weigert me te vertellen wie mijn vader is of waar ik ben geboren. Ze wil me niet eens haar echte naam zeggen. Ze beweert dat dat voor mijn eigen veiligheid is, maar volgens mij is ze bang voor gevaren die alleen in haar hoofd bestaan.’

‘Dit zijn dingen die je beslist moet weten,’ zei Annagret plechtig.

‘Ja.’

‘Je hebt het recht zulke dingen te weten.’

‘Ja.’

‘Begrijp je trouwens dat het Sunlight Project je kan helpen ze te achterhalen?’

Pips hart begon te jagen, deels omdat dit nog geen moment bij haar was opgekomen en ze schrok van het vooruitzicht, maar vooral omdat ze aanvoelde dat de echte verleiding nu was begonnen, een verleiding waarop Annagrets liefdevolle aanrakingen slechts het voorspel waren geweest. Ze trok haar hand weg en kruiste nerveus haar armen voor haar borst.

'Ik dacht dat het Project zich alleen op de geheimen van multinationals en overheden richtte.'

'Dat is ook zo. Maar het Project heeft tal van bronnen en middelen om dingen uit te zoeken.'

'Dus je bedoelt dat ik ze gewoon, eh, kan vragen die informatie voor me te vinden?'

Annagret schudde haar hoofd. 'Het is geen detectivebureau.'

'Maar als ik dus zo'n stage ging doen...'

'In dat geval, ja, zeker.'

'Nou, dat is interessant.'

'Iets om over na te denken, hè?'

'Nou, zeker.'

'Je bent op reis in het buitenland,' las Annagret weer voor, *'en op een nacht komt de politie naar je hotel en arresteert je wegens spionage, hoewel je niet hebt gespioneerd. Ze nemen je mee naar het bureau. Je krijgt te horen dat je één persoon mag bellen en dat zij zullen meeluisteren. Ze waarschuwen je dat diegene dan automatisch ook van spionage wordt verdacht. Wie bel je?'*

'Stephen,' zei Pip.

Er trok een zweem van teleurstelling over Annagrets gezicht. 'Deze Stephen? De Stephen hier?'

'Ja, wat is daar mis mee?'

'Nee, sorry, maar ik dacht dat je je moeder zou zeggen. Je hebt haar tot dusver bij al je antwoorden genoemd. En zij is de enige die je vertrouwt, zei je.'

'Maar dat is vertrouwen op het menselijke vlak,' zei Pip. 'Ze heeft geen idee hoe de wereld in elkaar zit, zou niets kunnen uitrichten, niemand kunnen vinden die me kon helpen. Ze zou alleen maar gek worden van ongerustheid en Stephen zou meteen weten wat hem te doen stond.'

'Ach, werkelijk? Op mij maakt hij een wat zwakke indruk.'

'Hoezo?'

'Hij lijkt me geen sterke persoonlijkheid. Hij is getrouwd met die boze, overheersende vrouw.'

'Ja, zijn huwelijk is niet echt een succes. Weet ik alles van, geloof me.'

'Je hebt gevoelens voor hem!' zei Annagret met hoorbare afkeuring.

'Ja, die heb ik. En?'

'Nou, dat had je me niet verteld. Ik dacht dat we elkaar alles over onszelf hadden verteld, op de bank, maar dit heb je niet gezegd.'

'En jij verzweeg dat je iets met Andreas Wolf hebt gehad!'

'Andreas is een bekend persoon, dus daar moet ik voorzichtig mee zijn. En het is al jaren geleden.'

'Je klinkt anders alsof je bij de eerste gelegenheid wéér met hem naar bed zou gaan.'

'Pip, alsjeblieft,' zei Annagret, haar beide handen grijpend. 'Laten we geen ruziemaken. Ik wist niet dat je iets voor Stephen voelt. Het spijt me.'

Maar de kwalificatie 'zwak' zat Pip niet lekker, en ze bedacht met afgrijzen hoeveel persoonlijke dingen ze had verteld aan een vrouw die zo gerust was op haar eigen schoonheid dat ze allerlei ijzerwaren in haar gezicht droeg en, zo leek het, zelf haar haar knipte. Met een tuinschaar. Pip, die veel minder overtuigd was van haar uiterlijk, trok met een ruk haar handen weg, stond op en smeet de lege cornflakeskom in de gootsteen. 'Ik ga naar boven nu.'

'Nee, we hebben nog zes vragen...'

'Want ik weet wel zeker dat ik niet naar Zuid-Amerika ga, en ik vertrouw jou voor geen cent, echt voor geen cent, dus weet je wat, waarom vertrek je niet met je rukkende vriendje naar LA zodat jullie je aan andere mensen kunnen opdringen en jij je vragenlijst kunt loslaten op iemand die valt op mannen die sterker zijn dan Stephen? Ik wil jullie niet langer in ons huis en zo denken de anderen er ook over. Als je ook maar een greintje respect zou hebben voor andere mensen, had je gemerkt dat ik naar boven wilde.'

'Pip, toe, wacht nou even. Het spijt me heel, heel erg.' Annagret leek oprecht geschrokken. 'We hoeven geen vragen meer te doen...'

'En ik dacht dat we ons aan het formulier moesten houden! Je formulier ging toch voor alles? Jezus, wat ben ik toch stom.'

'Nee, je bent juist heel intelligent. Ik vind je fantastisch. Het lijkt me alleen dat je mannen iets te belangrijk maakt, op dit moment.'

Pip staarde haar verbluft aan, met stomheid geslagen door deze belediging.

'Het zou misschien goed zijn als je vriendschap sloot met een vrouw. Een wat oudere vrouw die vroeger net zo was als jij.'

'Jij bent nóóit zo geweest als ik,' snauwde Pip.

'Wel waar. Ga nog even zitten, ja? Laten we nog wat praten.'

Annagret klonk zo poeslief en gebiedend tegelijk, en haar belediging wierp zo'n ontluisterend licht op Jasons aanwezigheid in Pips kamer, dat ze bijna gehoorzaamde. Maar voor ze kon gaan zitten nam haar wantrouwen jegens mensen de overhand en kon ze de nabijheid van de Duitse niet langer verdragen. Ze vluchtte de gang in, hoorde hoe er een keukenstoel achteruit werd geschoven en haar naam die werd geroepen.

Op de overloop van de eerste verdieping bleef ze staan en liet haar woede de vrije loop. Stephen een zwakkeling? En zij was manziek? *God, leuk om te horen. Dat geeft me echt een goed gevoel.*

Achter Stephens deur was het bekvechten verstomd. Pip schuifelde er stilletjes naartoe, weg van het basketbalgeschetter uit de zitkamer beneden, en luisterde. Binnen klonk er gepiep van een ledikant, en een zacht gejammer dat niets aan de verbeelding overliet, en de gedachte drong zich op dat Annagret misschien toch een punt had met die zwakheid van Stephen. Maar aan de andere kant: wat was er mis mee als een echtpaar seks had? Ze luisterde nog even, zag voor zich wat er in de kamer gebeurde en werd vervuld door een droefenis die ze maar op één manier zou kunnen uitbannen.

Ze vloog met twee treden tegelijk de trap naar de tweede verdieping op, alsof die paar seconden tijdwinst haar afwezigheid van een halfuur konden goedmaken. Voor haar deur plooide ze haar gezicht in een schuldbewuste uitdrukking, een kunstje dat ze zich door de jaren heen eigen had gemaakt in de omgang met haar moeder, bij wie het altijd had gewerkt. Ze duwde de deur open en keek om het hoekje.

Het licht was aan en Jason, die zich weer had aangekleed, zat in diepe concentratie te sms'en.

'Psst,' zei Pip. 'Ben je héél erg boos op me?'

Hij schudde zijn hoofd. 'Ik had alleen mijn zus beloofd dat ik om elf uur thuis zou zijn.'

Het woord 'zus' verdreef veel van de schuldbewustheid van Pips gezicht, maar dat was niet erg, want Jason keek haar toch niet aan. Ze liep naar binnen, ging naast hem zitten en schoof tegen hem aan. 'Maar het is nog geen elf uur, toch?'

'Het is tien voor halftwaalf.'

Ze legde haar hoofd op zijn schouder en haar handen rond zijn arm. Ze voelde zijn spieren bewegen terwijl hij een berichtje opstelde. 'Het spijt me,' zei ze. 'Ik kan niet uitleggen wat er is gebeurd. Of nou, dat kan ik wel, maar ik wil het niet.'

'Je hoeft niks uit te leggen. Ik had al zo'n vermoeden.'

'Een vermoeden van wat?'

'Niks, laat maar zitten.'

'Nee, wat voor vermoeden? Wat voor indruk had je van me?'

Hij hield op met sms'en en keek naar de vloer. 'Niet dat ik zelf zo normaal ben. Maar in vergelijking...'

'Ik wil anders heel normaal met je naar bed. Dat kan toch nog wel? Een halfuurtje desnoods? Dan sms je je zus dat het iets later wordt.'

'Luister, Pip...' Hij fronste. 'Heet je echt zo, trouwens?'

'Zo noem ik mezelf.'

'Want het voelt alsof ik niet jou aanspreek als ik "Pip" zeg. Ik weet niet... Pip, Pip, het klinkt... ik weet niet.'

Het laatste restje schuldbesef trok nu ook van haar gezicht en ze liet zijn arm los. Ze wist dat ze de uitbarsting moest bedwingen die bij haar opkwam, maar ze wist ook dat ze daar niet toe in staat was. Ze kon alleen haar stem zo zacht mogelijk houden.

'Oké, dus mijn naam bevalt je niet. Wat aan me staat je nog meer tegen?'

'Hé, kom op. Jij bent het die mij hier een uur heeft laten zitten. Meer dan een uur.'

'Juist ja, en je arme zus maar op je wachten.'

Het opnieuw uitspreken van het woord 'zus' bracht een gevoel in haar teweeg alsof er een lucifer in een oven vol onverbrand gas werd gegooid, de explosieve woede waar ze dag in dag uit mee rondliep – *woesjjj*, ging het in haar hoofd.

'Nee, serieus,' zei ze met bonkend hart, 'nu je niet meer van plan lijkt me te neuken, kun je net zo goed alles zeggen wat er niet aan me deugt. Ik zou graag van je horen wat er zo abnormaal aan me is.'

'Hoor eens, ik had ook gewoon kunnen weggaan, hoor.'

De zelfingenomenheid die in zijn stem doorklonk bracht een nieuwe, nog grotere gasbel tot ontbranding, een mengsel dat zich in haar had opgehoopt in de jaren met haar moeder, en dat daarna nog was aangevuld door bepaalde docenten van haar universiteit, en een aantal stuitende films en zonet ook nog door Annagret: haar onvrede met wat een docent ooit de 'anisotropie' van het omgangsverkeer tussen mannen en vrouwen had genoemd, waarbij mannen hun objectiverende lust konden toedekken met mooie woorden over emoties, terwijl vrouwen zich op eigen risico aan het typische mannenspel van de seks waagden: zich blameerden wanneer ze een man als lustobject behandelden en slachtoffer werden als ze dat niet deden.

'Je leek weinig moeite met me te hebben toen ik je pik in mijn mond had.'

'Daar had ik hem niet zelf in gestopt,' zei hij. 'En hij heeft er ook niet zo gek lang in gezeten.'

'Klopt, omdat ik naar beneden moest om een condoom te halen zodat je je pik in me kon steken.'

'Wauw. Dus nu ligt het opeens aan mij?'

Door een hittewaas van vlammen, of haar kokende bloed, viel Pips oog op zijn mobieltje en ze griste het uit zijn hand.

'Hé!' riep hij uit.

Ze sprong op en rende met het toestel naar de andere kant van haar kamer.

'Hé, dat kun je niet maken!' schreeuwde hij, en hij kwam haar achterna.

'Wedden van wel?'

'Dit is stijlloos. Hé, wat doe je nou?'

Ze wurmde zich onder het kinderbureautje dat het enige meubelstuk in de kamer was, draaide zich naar de muur en verankerde zichzelf door haar been om een van de poten te klemmen. Jason probeerde haar weg te trekken aan de ceintuur van haar badjas, maar kreeg haar niet van haar plek en was kennelijk niet bereid tot hardere actie. 'Wat ben jij voor idioot?' zei hij. 'Wat doe je nou?'

Pip ontgrendelde met trillende vingers het scherm.

jij: Laten we om 4 uur afspreken bij SFMOMA

'Fuck, fuck, fuck,' zei Jason die achter haar door de kamer stapte. 'Wat dóe je nou?' Ze veegde over het scherm en las de volgende *thread*.

jij: Coïtus interruptus maximus! zit al 62 min te wachten!!
Is ze wel lekker?
jij: Gezicht goed, lijf geweldig
Definieer geweldig. tieten?
jij: 8+
Het wachten waard dan
jij: Je mag haar hebben #alsjevanlijphoudt
jij: 68 min nu!

Ze liet zich op haar zij zakken, legde het toestel op de vloer en gaf het een zwiep in Jasons richting. Haar woede was opgebrand en er resteerde alleen nog bedroefde as.

'Zo praat ik nou eenmaal met mijn vrienden. Moet je je niet aantrekken.'

'Ga alsjeblieft weg,' zei ze met een dun stemmetje.

'Laten we opnieuw beginnen. Gewoon even rebooten, zeg maar. Het spijt me echt.'

Hij legde een hand op haar schouder, maar ze deinsde terug. Hij haalde zijn hand weer weg.

'Oké,' zei hij. 'Maar laten we hier morgen nog even over praten, oké? Het was gewoon geen goed idee om hier vanavond naartoe te gaan. Van ons allebei niet.'

'Wil je nu weggaan, alsjeblieft?'

Renewable Solutions ontwierp geen duurzame-energietoepassingen, ontwikkelde er geen en implementeerde er geen. In plaats daarvan, en afhankelijk van het regelgevingsweer (niet *klimaat* maar *weer*, want de regelgeving veranderde zo'n beetje per seizoen en soms, zo leek het, per uur), hield het bedrijf zich bezig met 'packaging', 'brokering', 'capturing', 'surveying' en 'client provisioning' van bestaande toepassingen en programma's. In theorie was dit allemaal zeer lovenswaardig. Amerika pompte te veel kooldioxide in de atmosfeer, en met methoden voor energiebesparing kon daar iets aan worden gedaan. Op zowel staats- als federaal niveau werden van overheidswege voortdurend nieuwe belastingprikkels uitgedacht, de nutsbedrijven stonden op z'n minst niet-afwijzend en in enkele gevallen zelfs gematigd enthousiast tegenover het vergroenen van hun reputatie; een niet langer verwaarloosbaar percentage van de Californische huishoudens en bedrijven was bereid wat meer te betalen voor schonere elektriciteit; en al die beetjes meer van duizenden afnemers, vermeerderd met de subsidiestromen vanuit Washington en Sacramento, minus het bedrag dat aan bedrijven moest worden betaald die wél dingen ontwierpen of ontwikkelden, waren voor Renewable Solutions genoeg om vijftien mensen op de loonlijst te hebben en haar durfinvesteerders tevreden te houden. Ook de buzzwoorden van het bedrijf waren dik in orde: 'collectief', 'coöperatief', 'community'. En Pip had altijd al lovenswaardige dingen willen doen, al was het maar bij gebrek aan concretere ambities. Haar moeder had haar het belang bijgebracht van een moreel verantwoorde levenswandel, en in haar studietijd had ze zich zorgen leren maken om de spilzieke consumptiepatronen van het land. Haar probleem bij Renewable Solutions was alleen dat ze nooit goed wist wat ze eigenlijk verkocht, zelfs niet terwijl ze de mensen belde aan wie ze het moest zien te verkopen, en net als ze het gevoel kreeg dat ze het begon te snappen, kreeg ze de opdracht iets anders te verkopen.

Het eerste en achteraf gezien nog minst obscure wat ze had moeten slijten waren energiecontracten voor kleine en middelgrote bedrijven – totdat nieuwe Californische regelgeving het schijntje aan commissie verbood dat Renewable Solutions daarmee opstreek. Vervolgens had ze klanten moeten werven voor potentiële duurzame-energiedistricten, waarbij Renewable Solutions voor ieder gecontracteerd huishouden een aanbrengpremie zou ontvangen van een nogal schimmige derde partij die een naar eigen zeggen lucratieve markt had gecreëerd voor futures op energiegebied. Daarna moest ze een 'peiling' houden onder inwoners van progressieve gemeenten om hun bereidheid te meten meer belasting of hogere tarieven te betalen als hun gemeente daardoor kon overstappen op duurzame energie – en toen ze Igor erop wees dat gewone burgers onvoldoende relevante kennis hadden om zinnige antwoorden te geven, zei hij dat ze dat onder geen beding mocht laten doorschemeren als ze iemand enquêteerde, want positieve reacties brachten niet alleen geld in het laatje bij de bedrijven die dingen maakten, maar ook bij de schimmige derde partij met die futuresmarkt. Pip had op het punt gestaan ontslag te nemen toen de beloning per positieve reactie naar beneden werd bijgesteld en ze als nieuwe taak het verkopen van certificaten voor duurzame zonne-energie kreeg, maar na een zestal relatief plezierige weken was er een zwakke plek in het betreffende businessmodel ontdekt en sinds april moest ze bewoners van nieuwbouwwijken in de South Bay tot deelname verlokken in een microcollectief voor afvalenergie.

Haar collega's van Acquisitie moesten natuurlijk net zulke flauwekul verkopen als zij, maar presteerden veel beter omdat ze geen enkele moeite deden zich in hun 'producten' te verdiepen. Ieder nieuw verkooppraatje werd met ongebreideld enthousiasme afgestoken, hoe belachelijk en/of zinloos het product ook was, en als een mogelijke klant moeite had te begrijpen waar ze het over hadden, lieten ze het wel uit hun hoofd om toe te geven dat het ingewikkeld was, laat staan dat ze het beter probeerden uit te leggen, maar dreunden gewoon opnieuw hun tekst op. De onmiskenbare effectiviteit van deze werkwijze verdubbelde de frustratie voor Pip, die zich er niet alleen voor gestraft voelde dat zij wél haar hersens gebruikte, maar het ook moest zien te verkroppen dat de gemiddelde consument in de San Francisco Bay Area positiever reageerde op een rammelend betoog dan op een integere marketeerster die de mensen echt duidelijk wilde maken wat hun werd aangeboden. Alleen als ze zich van direct mail of social media mocht bedienen, had ze het gevoel haar talent niet te verspillen – dankzij een jeugd zonder televisie was ze goed met het geschreven woord.

Maar vandaag was het maandag en moest ze telefonisch bewoners van Rancho Ancho lastigvallen, een woonkern voor 65-plussers van wie bijna niemand aan social media deed of gereageerd had op haar direct-mailbombardement. Microcollectieven waren alleen levensvatbaar bij deelname van de overgrote meerderheid van een 'target group', dus ging er pas een 'community organizer' op pad als je een responspercentage van minstens 50 had bereikt, en tot die tijd vielen er voor Pip geen acquisitiepunten te verdienen, hoe hard ze haar best ook deed.

Ze zette haar headset op, opende met frisse tegenzin haar bellijst en vervloekte zichzelf om de gemakzucht waarmee ze een uur eerder, voor de lunch, de namen 'Guttenschwerder, Aloysius' en 'Butcavage, Dennis' voor na de lunch had laten staan. Pip had de pest aan ingewikkelde namen, want het verkeerd uitspreken ervan leidde meteen tot irritatie bij degene die je belde. Ze haalde diep adem en klikte op DIAL. Een mannenstem in huize Butcavage nam op met een afgemeten 'hallo'.

'Goedemiddaaag,' zei ze met een stemmetje waarin ze geleerd had een zekere opgelatenheid te laten doorklinken, het besef dat ze ongewenst belde. 'Met Pip Tyler van Renewable Solutions spreekt u. Ik bel u naar aanleiding van een mailing die we u een paar weken geleden hebben toegestuurd. Spreek ik met de heer Butcavage?'

'*Boocavazh*,' corrigeerde de man korzelig.

'Boocavazh. Neem me niet kwalijk, meneer Boocavazh.'

'Waar gaat dit over?'

'Dit gaat over het verlagen van uw elektriciteitsrekening, over een beter milieu én over het profiteren van belastingvoorzieningen voor schonere energie!' Pip wist dat die lagere stroomkosten zuiver hypothetisch waren, dat afvalenergie een nogal omstreden methode was en dat Renewable Solutions en haar partners geenszins van plan waren om klanten een serieus graantje te laten meepikken van die belastingvoordelen.

'Geen interesse,' zei meneer Butcavage.

'Nou, u moet weten,' zei Pip, 'dat veel van uw buren grote belangstelling hebben voor het vormen van een collectief. Misschien loont het de moeite om eens links en rechts te vragen hoe zij erover denken.'

'Ik heb geen contact met mijn buren.'

'Aha. Maar het is ook niet echt nodig om navraag te doen, hoor. De reden waarom de anderen interesse hebben is dat dit plan kan leiden tot goedkopere en schonere energie voor Rancho Ancho als gemeenschap, én tot een leuk belastingvoordeel voor iedereen.'

Igor had als stelregel dat je voor een succesvol telefoongesprek minstens vijfmaal de woorden 'goedkoper', 'schoner' en 'belastingvoordeel' moest laten vallen.

'Wat verkoopt u nou eigenlijk?' vroeg meneer Butcavage een fractie minder korzelig.

'O, maar dit is geen verkooppraatje, hoor,' loog Pip. 'Wij proberen gemeenschappen te interesseren voor het winnen van energie uit afval. Dat is namelijk een schonere, goedkopere en fiscaal aantrekkelijke manier om uw gemeenschap van twee problemen tegelijk af te helpen: de hoge energiekosten en het verwerken van uw afval. Wij kunnen ervoor zorgen dat het afval van Rancho Ancho voortaan op een schone wijze wordt verbrand en dat de verbrandingswarmte wordt omgezet in stroom die rechtstreeks naar het elektriciteitsnet wordt gevoerd, wat u een aanzienlijke besparing op uw energiekosten kan opleveren en tegelijk goed is voor het milieu. Mag ik u wat meer vertellen over hoe het precies werkt?'

'Wat is jullie belang?' zei meneer Butcavage.

'Pardon?'

'Iemand betaalt u om mij te bellen terwijl ik net mijn middagdutje doe. Wat levert dat uw baas op?'

'Aha, nou, wat wij doen is het proces faciliteren. Het lijkt ons niet waarschijnlijk dat uw buren en u de tijd en de technische kennis hebben om zelf een microcollectief voor het winnen van energie uit afval te vormen. En dat is jammer, want zo loopt u de kans mis op schonere en goedkopere energie én op belastingvoordeel. Onze partners en wij hebben de ervaring en expertise om dat alles wél mogelijk te maken voor uw gemeenschap.'

'Ja, maar wat verdienen jullie daar zelf aan?'

'Nou, zoals u waarschijnlijk weet, stelt zowel de staat als de federale overheid enorme geldbedragen beschikbaar voor initiatieven op het gebied van duurzame energie. Wij nemen daarvan een deel om onze kosten te dekken en zorgen dat de rest van de besparingen bij uw gemeenschap terechtkomt.'

'Kortom, ik betaal een smak belasting voor die initiatieven, en daar krijg ik dan misschíen een deel van terug.'

'Dat u zo denkt kan ik me zeker voorstellen,' zei Pip. 'Maar de zaak ligt in feite iets ingewikkelder, hoor. In veel gevallen gaat uw belastinggeld niet direct naar die initiatieven. Maar u boekt dus wél het belastingvoordeel. En u krijgt schonere en goedkopere energie op de koop toe.'

'Door mijn vuilnis te verbranden.'

'Precies. De nieuwe technologie daarvoor is echt ongelofelijk. Bijzonder schoon en effectief.' Kon ze hier nog één keer het woord 'belastingvoordeel' aan toevoegen? Pip had nooit haar weerzin leren overwinnen tegen wat Igor het 'kantelpunt' bij deze gesprekken noemde – en op dat punt was ze nu beland met meneer Butcavage. Ze haalde diep adem en zei: 'Dus wat denkt u, is dit iets waar u meer van zou willen weten?'

Meneer Butcavage mompelde iets – het klonk als 'mijn eigen vuilnis verbranden' – en hing op.

'Oké, val dan maar dood,' zei ze tegen de stilte aan de andere kant. En daar had ze meteen spijt van. Meneer Butcavage had niet alleen vragen gesteld die hout sneden, hij had ook nog een rotnaam en woonde daar zonder contact te hebben met zijn buren. Hij was waarschijnlijk net zo eenzaam als haar moeder, en Pip koesterde een onbedwingbaar medelijden jegens iedereen die associaties opriep met haar moeder...

Omdat haar moeder niet autoreed, had ze in een gehucht als Felton geen identiteitsbewijs met foto nodig, en omdat ze zich nooit verder bij Felton uit de buurt waagde dan het centrum van Santa Cruz bezat ze geen ander persoonlijk document dan haar socialezekerheidskaart, waarop de naam Penelope Tyler (geen tweede voornaam) prijkte. Om dat document te verkrijgen, op de naam die ze als volwassene had aangenomen, moest ze ooit een vervalst geboortebewijs hebben overlegd, of haar echte geboortebewijs plus de documentatie bij een wettige naamsverandering. Maar ondanks de grondigheid waarmee Pip haar moeders spullen talloze malen had doorzocht, was ze nooit op dergelijke papieren gestuit, noch op de sleutel van een kluisje waarin die konden liggen, wat geen andere conclusie toeliet dan dat haar moeder die papieren moest hebben vernietigd of ergens moest hebben begraven zodra ze haar nieuwe burgerservicenummer had gekregen. Misschien lagen er nog akten van een naamsverandering in het archief van een of andere districtsrechtbank, maar de Verenigde Staten telden onnoemelijk veel districten waarvan slechts weinige hun akten online zetten, en Pip zou niet eens hebben geweten in welke tijdzone ze had moeten zoeken. Ze had alle denkbare combinaties van zoektermen op alle commerciële zoekmachines losgelaten, maar het enige wat dit haar had opgeleverd was een acuut besef van de beperkingen van zoekmachines.

Als klein kind had Pip nog genoegen genomen met vage verhalen over haar afkomst, maar rond haar elfde was het raadsel haar zo gaan bezighouden en waren haar vragen zo dringend geworden dat haar moeder overstag was gegaan en haar 'het hele verhaal' had verteld. Ooit, lang geleden, zei ze, had ze een andere naam en een ander leven gehad, in een andere staat dan Californië, waar ze met een man was getrouwd die, zoals ze daarna pas ondervond, een gewelddadig karakter had. Hij sloeg haar met grote regelmaat, maar was sluw genoeg om te voorkomen dat dit zichtbare sporen naliet, en erger nog dan de klappen was zijn geestelijke mishandeling van Pips moeder geweest. Het duurde niet lang of ze wist niet beter dan dat ze dagelijks door hem werd mishandeld en ze was waarschijnlijk met hem getrouwd gebleven totdat hij haar had vermoord, als hij niet zó furieus was gaan reageren op Pips gehuil als baby dat ze ook voor Pips veiligheid ging vrezen. Op een keer probeerde ze hem met Pip te ontvluchten, maar hij spoorde hen op, zette haar onder zware geestelijke druk en nam hen weer mee naar huis. Hij had invloedrijke vrienden in de buurt waar ze woonden en Pips moeder kon nooit bewijzen hoe zwaar ze werd mishandeld, dus ze wist dat hij na een scheiding zijn ouderlijk gezag als vader zou behouden. En dat mocht ze niet laten gebeuren. Ze was met een boosaardige man getrouwd en had zichzelf nog wel bij die fout kunnen neerleggen, maar ze mocht Pip geen gevaar laten lopen. En daarom had ze op een avond, toen haar man op zakenreis was, hun spullen gepakt en de bus naar een andere staat genomen, waar ze met Pip onderdak had gevonden in een opvanghuis. De vrouwen van het opvanghuis hadden haar aan een nieuwe identiteit en Pip aan een vervalst geboortebewijs geholpen. En toen had ze met Pip opnieuw een bus genomen en haar toevlucht gezocht in de Santa Cruz Mountains, waar je degene kon zijn die je beweerde te zijn.

'Ik heb het allemaal gedaan om jou te beschermen,' had ze tegen Pip gezegd. 'En nu ik je het verhaal heb verteld, zul je jezelf moeten beschermen door het nooit aan iemand anders te vertellen. Ik ken je vader. Ik weet hoe razend hij er nog steeds om zal zijn dat ik voor mezelf ben opgekomen en hem jou heb afgenomen. En als hij er ooit achter komt waar we zijn, zal hij niet aarzelen om hierheen te komen en je van mij af te nemen.'

De elfjarige Pip had het verhaal voor zoete koek geslikt. Haar moeder had een lang dun litteken op haar voorhoofd dat wit afstak als ze bloosde, en ze had een spleetje tussen haar voortanden, die bovendien in kleur afweken van de rest van haar gebit, en dat alles zag Pip nu als schade die haar vader moest hebben aangericht. Ze had zo met haar moeder te doen dat ze niet eens vroeg of het klopte wat ze dacht. Een tijd lang was ze zo bang voor haar vader dat ze 's nachts niet alleen durfde te slapen. In haar moeders bed, innig door haar omhelsd, kreeg ze de verzekering dat ze volkomen veilig was zolang ze hun geschiedenis maar voor iedereen verzweeg, en

Pips geloofde zo vast in haar moeders verhaal, en haar angst was zo groot, dat ze alles tot ver in haar puberteit voor zich had gehouden. Maar toen had ze twee vriendinnen een eed van geheimhouding laten zweren om het ze te kunnen vertellen, en dat had ze op haar universiteit nog een keer gedaan.

Een van die studievriendinnen, Ella, een meisje uit Marin dat thuisonderwijs van haar ouders had gekregen, keek vreemd van het verhaal op. 'Jeetje, wat sterk,' zei ze. 'In Marin woont een schrijfster die bekend is geworden met memoires waarin precies hetzelfde wordt verteld.'

Deze schrijfster heette Candida Lawrence (ook een aangenomen naam, volgens Ella) en toen Pip de hand wist te leggen op het betreffende boek, zag ze dat de verschijningsdatum een paar jaar voorafging aan het moment waarop haar moeder 'het hele verhaal' had verteld. Wat Lawrence had geschreven was niet identiek, maar de overeenkomst was treffend genoeg geweest om Pip zinderend van boze argwaan naar Felton te doen afreizen. En het bizarre was: terwijl ze haar moeder daar met aantijgingen overlaadde, bekroop haar het gevoel dat ze net zo bruut tekeerging als de vader die ze nooit had gekend, vooral omdat haar moeder onder haar getier ineenkromp als de mishandelde en geestelijk gemangelde vrouw die ze verteld had te zijn geweest tijdens haar huwelijk – door de manier waarop Pip haar moeders relaas aanvocht, verleende ze het tegelijk een zekere plausibiliteit. Haar moeder huilde deerniswekkend en smeekte Pip om genade, stoof met een snik naar haar boekenkast en pakte een exemplaar van Lawrence' memoires van een plank vol zelfhulperig leesvoer waartussen Pip het nooit zou hebben gezocht. Ze stak het Pip toe alsof ze een ritueel offer bracht en zei dat het van grote betekenis voor haar was geweest. Ze had het driemaal gelezen, en ook uit de andere boeken van Lawrence had ze veel troost geput – het gevoel dat ze niet als enige haar weg was gegaan, de wetenschap dat er op z'n minst één andere vrouw was die dezelfde ellende had doorgemaakt en die daar uiteindelijk evenwichtiger en sterker uit tevoorschijn was gekomen. 'Wat ik je verteld heb was wáár,' huilde ze. 'Ik weet niet hoe ik je meer over de waarheid kan vertellen zonder dat je veiligheid in het geding komt.'

'Dus wat je nu eigenlijk zegt,' zei Pip met een agressieve kilheid, 'is dat je de echte waarheid achterhoudt om me zogenaamd te beschermen.'

'Nee! Je verdraait mijn woorden. Ik heb je de waarheid verteld en je moet me geloven. Je bent alles wat ik heb op deze wereld!' Als Pips moeder thuiskwam, bevrijdde ze haar haar uit de twee lange vlechten waarin ze het op haar werk droeg en veranderde het in een pluizige grijze massa, die nu heen en weer zwierde onder haar woeste bewegingen, alsof ze een bovenmaatse kleuter was met een driftaanval.

'Maar even eerlijk nu,' zei Pip, die haar stem nog wat ijziger liet worden, 'had je dat boek nou wel of niet gelezen toen je met je verhaal kwam?'

'O! O! O! Ik waak alleen maar voor je veiligheid!'

'En nog iets, mam: lieg je daarover óók?'

'O! O!'

Haar moeders handen wapperden spastisch rond haar hoofd, als om de scherven op te vangen waarin het voor haar gevoel uiteenspatte. Pip moest zich verzetten tegen een aanvechting om haar met een mep tot bedaren te brengen, en daarna te pijnigen op een sluwe manier die geen sporen zou nalaten. 'Nou, je opzet is mislukt,' zei ze. 'Ik ben niet veilig. Het is je niet gelukt me veilig te houden.' Ze had haar rugtas gegrepen en was de deur uit gebeend, het steile pad af tussen de statige, stoïcijns toekijkende sequoia's naar Lompico Road. Achter zich had ze haar moeder 'Lieverd! Schattebout!' horen roepen, op een smekende toon die de buren volop stof tot roddelen zou bieden.

Ze had geen enkele behoefte haar vader 'te leren kennen', had haar handen al vol aan haar moeder, maar als geldschieter zag ze wel iets in hem. Haar studieschuld van 130.000 dollar was een schijntje vergeleken met wat hij had bespaard door niet voor haar scholing te hoeven opdraaien. En hij zou misschien niet inzien waarom hij geld moest geven aan een dochter over wie hij nooit had kunnen 'beschikken' en over wie hij dat ook in de toekomst niet zou kunnen, maar gezien het hysterische en hypochondrische karakter van haar moeder leek het haar zeer wel denkbaar dat hij in wezen best een goeie vent was, in wie haar moeder het slechtste naar boven had gebracht, een man die intussen waarschijnlijk al jaren gelukkig getrouwd was met iemand anders en die alleen maar blij en dankbaar zou zijn als hij hoorde dat zijn verloren dochter nog leefde, dankbaar genoeg om zijn chequeboek te pakken. Zo nodig was ze zelfs bereid enkele bescheiden concessies te doen, een mailtje of telefoontje af en toe, een kaartje met kerst, een Facebook-vriendschap. Ze was drieëntwintig, ruim buiten bereik van zijn ouderlijk gezag, had kortom weinig te verliezen en veel te winnen. Al wat ze nodig had waren zijn naam en geboortedatum, maar haar moeder hield aan die informatie vast alsof het een vitaal orgaan was dat Pip uit haar lijf probeerde te rukken.

Toen haar lange, moedeloos makende middag met de 65-plussers van Rancho Ancho om zes uur eindelijk voorbij was, sloot Pip haar bellijst, deed haar rugtas om, zette haar fietshelm op en probeerde ongemerkt langs de deuropening van Igors kantoortje te glippen.

'Pip, heb je nog even?' hoorde ze Igor vragen.

Ze deed een paar achterwaartse stappen, zodat hij haar van achter zijn bureau kon zien staan. Hij liet zijn Starende Blik afdwalen naar haar borsten, die haar sinds die avond met Jason het gevoel gaven dat ze met grote achtplussen waren bedrukt, en verder omlaag naar haar benen, die hij weer eens bekeek met de gelaatsuitdrukking van iemand die zijn sudoku maar niet krijgt opgelost.

'Wat is er?' vroeg ze.

Hij keek op naar haar gezicht. 'Hoever zijn we met Rancho Ancho?'

'Ik kreeg vanmiddag een paar goede reacties. Ik denk dat we op zo'n zevenendertig procent staan nu.'

Hij bewoog zijn hoofd heen en weer, een Russisch gebaar waaruit instemming noch afkeuring vielen af te leiden. 'Als ik je vragen mag, Pip, vind je het eigenlijk leuk om hier te werken?'

'Met andere woorden: zou ik niet liever ontslagen worden?'

'We zijn aan het denken over een reorganisatie,' zei hij. 'Misschien een kans voor jou om andere talenten te gaan benutten.'

'Jezus christus, "andere talenten"? Je weet het weer lekker te brengen, Igor.'

'In augustus ben je hier twee jaar, volgens mij. Je bent een slimme meid. Hoelang wil je dat experiment op Acquisitie nog geven?'

'Dat is niet aan mij, hè?'

Hij wiebelde weer vrijblijvend met zijn hoofd. 'Heb je geen ambities? Plannen?'

'Weet je, als je vanmiddag niet met dat bespottelijke Twintig Vragenspelletje was gekomen, had ik dit misschien wat serieuzer kunnen nemen.'

Hij klakte quasisip met zijn tong. 'Wat doen we toch weer boos.'

'Of gewoon moe. Wat dacht je van moe? Kan ik gaan nu?'

'Ik weet niet waarom, maar ik mag jou wel,' zei hij. 'Ik zou je graag een goede stap zien maken.'

Ze wachtte de rest niet af en liep weg. In de hal zaten haar drie vrouwelijke collega's hun loopschoenen aan te trekken voor het maandagse eindje joggen waarmee ze hun onderlinge band probeerden te versterken. Ze waren in de dertig en veertig, getrouwd en in twee gevallen ook moeder, en het vereiste geen helderziendheid om te raden wat ze van Pip dachten: zij was de kneus van de afdeling, de jonge troela die alleen maar zeurde en nooit presteerde en dat ook niet hoefde, omdat ze zich door haar jeugdige lijf verzekerd wist van Igors wellust, waar ze schaamteloos op parasiteerde, de troela zonder babyfoto's op haar werkplek. Pip kon zich in veel van deze onuitgesproken verwijten vinden – geen van die drie zou zo brutaal tegen Igor kunnen zijn als zij, althans niet zonder onmiddellijk de zak te krijgen. En toch vond ze het kwetsend dat ze haar nooit hadden gevraagd om ook eens met hen mee te hollen.

'Hoe was jouw dag, Pip?' vroeg een van hen.

'Weet ik eigenlijk niet.' Ze probeerde iets te bedenken wat niet als gezeur klonk. 'Weet iemand van jullie misschien een recept voor een veganistische taart, met volkorenmeel en niet te veel suiker?'

De vrouwen keken haar verbluft aan.

'Tja, rare vraag, hè?' zei Pip.

'Dat is als een feestje zonder drank en hapjes en muziek,' zei een ander van hen.

'Mogen veganisten dingen eten waar boter in zit?' vroeg de derde.

'Nee, boter is dierlijk,' zei de eerste.

'En ghee dan? Indiase boter, weet je wel?'

'Komt van buffels, is ook dierlijk vet.'

'Oké, dank jullie wel,' zei Pip. 'Jog ze!'

Toen ze de trap af liep, kon ze hen horen lachen – om haar, ongetwijfeld. Was het dan niet het ultieme vrouwending om naar een recept te vragen? Hopeloos, die drie. Maar ze moest erkennen dat ze ook steeds minder vriendinnen van haar eigen leeftijd had. In grote gezelschappen kon ze zich goed staande houden met haar sarcastische humor, maar bij het onderhouden van persoonlijke vriendschappen viel het haar zwaar interesse op te brengen voor al die tweets en Facebook-statussen en de eindeloze stroom foto's van blijemeisjesgezichten, meisjes die geen van allen snapten waarom zij in een kraakpand woonde, en ze was niet verbitterd genoeg voor de ongelukkige meisjes, de zelfdestructieve meisjes, met naargeestige tattoos en foute ouders. Ze leek een leven zonder vriendinnen tegemoet te gaan, haar moeder achterna, en Annagret had gelijk gehad: door die dreigende vriendinloosheid was haar Y-chromosomale belangstelling ongezond groot geworden. De vier manloze maanden sinds het debacle met Jason waren haar in ieder geval zwaar gevallen.

Buiten bleek het ergerlijk mooi weer. Ze voelde zich zo afgemat dat ze in de eerste versnelling over de Mandela Parkway fietste, in hetzelfde tempo als het spitsverkeer boven haar op de snelweg. Aan de andere kant van de Bay stond de zon nog fier boven San Francisco, slechts afgezwakt door wat hooghangende zeemist. Net als haar moeder was Pip de voorkeur gaan geven aan dichte bewolking of regenachtigheid, die haar niet zo leken te honen. Bij de verloederde woonblokken van 34th Street schakelde ze naar een hogere versnelling en meed de blikken van de drugsdealers.

Het huis waar ze woonde was ooit wettig eigendom geweest van Dreyfuss, die de aanbetaling had gedaan met geld uit de erfenis na zijn moeders zelfmoord, waarmee hij ook een tweedehandsboekwinkeltje in een zijstraat van Piedmont Avenue was begonnen. Zijn huis was steeds een weerspiegeling geweest van zijn geestesgesteldheid: eerst een tijd lang redelijk op orde, maar allengs rommeliger met een steeds vreemdsoortiger huisraad zoals vintage jukeboxen, en ten slotte tot aan de plafonds volgestouwd met de papieren van zijn 'research' en de mondvoorraad voor een ophanden zijnd 'beleg'. Zijn winkeltje was aanvankelijk in trek geweest bij boekenliefhebbers die zich aan zijn superieure verstand kwamen laven (want niemand was erudieter en intelligenter dan Dreyfuss, die over een fotografisch geheugen beschikte en uit zijn hoofd de ingewikkeldste schaakproblemen kon oplossen), maar gaandeweg was de atmosfeer er muf en paranoïde geworden. Hij begon klanten af te bekken bij het afrekenen, vervolgens ging hij schelden op iedereen die door de winkeldeur kwam en daarna was hij mensen zonder voorafgaande waarschuwing met boeken gaan bekogelen, wat tot bezoeken van de politie leidde, en ten slotte tot een vechtpartij met twee agenten, gevolgd door een gedwongen opname. Toen hij eindelijk de kliniek mocht verlaten, met een cocktail van dagelijkse medicijnen, was hij het winkeltje kwijt, waren de boeken geveild in verband met de huurschuld en schade die hij volgens de verhuurder had aangericht, en had de bank beslag gelegd op zijn huis.

Maar Dreyfuss had er evenzogoed weer zijn intrek genomen en bracht er zijn dagen door met het schrijven van brieven van minstens tien kantjes aan zijn bank en uiteenlopende overheidsinstanties. In zes maanden tijd spande hij vier rechtszaken aan en dwong zijn bank een patstelling af, waarbij het niet in zijn nadeel werkte dat het huis zich in een deplorabele staat van onderhoud bevond. Maar afgezien van zijn arbeidsongeschiktheidsuitkering had hij geen inkomsten, wat hem ertoe bracht contact te leggen met de Occupy-beweging, en zo had hij Stephen leren kennen, met wie hij afsprak zijn huis te delen met andere krakers in ruil voor eten en een bijdrage aan de water- en energiekosten. In de hoogtijdagen van Occupy was het huis een dierentuin van zwervers en oproerkraaiers geweest, maar na verloop van tijd had Stephens vrouw er een zekere orde en regelmaat weten te scheppen. Ze hielden één kamer vrij voor passanten en gaven de andere twee aan Ramón en zijn broer Eduardo, die Stephen en zijn vrouw waren gevolgd uit een groepshuis van de Catholic Worker-beweging.

Pip kende Stephen al een paar maanden van de Studiekring voor Nucleaire Ontwapening toen Eduardo de dood vond onder de wielen van een wasserijtruck. In die maanden had ze tot haar hoopvolle vreugde het idee gekregen dat Stephen en zijn vrouw van elkaar vervreemd waren. Ze was van meet af aan onder bekoring geweest van Stephens gedrevenheid, zijn lichaamsbouw van een vechtsporter en zijn jongensachtige bos haar – een gevoel dat ze ook bij andere vrouwen in de Studiekring meende te bespeuren. Maar waar die anderen op afstand bleven had zij op een keer moed verzameld en hem na een bijeenkomst gevraagd of hij meeging een kop koffie drinken (zij trakteerde, omdat hij niet aan geld deed). Door de graagte waarmee hij op het aanbod inging had het gevoeld als een eerste date.

Het was gezellig en ze gingen vaker koffiedrinken, waarbij ze vertelde over haar diepgewortelde angst voor kernwapens, over haar wens om iets positiefs teweeg te brengen in de wereld en over haar groeiende vrees dat de Studiekring net zo weinig om het lijf had als Renewable Solutions. Stephen vertelde haar dat hij met zijn jeugdliefde was getrouwd, hoe ze als twintigers onder een gelofte van armoede in Catholic Worker-huizen hadden gewoond en hun geloof hadden verenigd met hun radicale politieke opvattingen, maar dat ze uit elkaar waren gegroeid omdat zijn vrouw steeds geloviger en steeds minder geëngageerd werd en hij juist andersom, en omdat zijn vrouw een bankrekening had geopend en betaald werk deed in een zorginstelling terwijl hij zich aan Occupy wijdde en zonder geld door het leven ging. Hoewel hij zijn geloof intussen al lange tijd kwijt was, had hij aan zijn jaren in het Worker-huis een welhaast vrouwelijke openhartigheid overgehouden, een vermogen om zaken zonder omhaal te benoemen dat Pip nooit eerder bij een man had meegemaakt, laat staan bij zo'n stoer type als Stephen. Zwelgend in het zelfvertrouwen dat hij haar inboezemde gaf ze allerlei persoonlijke dingen prijs, waaronder het feit dat ze veel te weinig verdiende voor haar aandeel in de huur van het appartement dat ze met een paar oud-studievriendinnen deelde. En Stephen luisterde aandachtig en onthield alles, en toen hij haar kort na Eduardo's dood diens kamer aanbood, vrij van huur, zag ze daar een teken in dat ze kans bij hem maakte.

Toen ze naar het huis ging voor een kennismakingsgesprek en een rondleiding, moest ze constateren dat Stephen en zijn vrouw nu ook weer niet zo ver uit elkaar waren gegroeid dat ze niet meer in hetzelfde bed zouden slapen. En Stephen zelf was er die avond niet eens – had hij misschien voorvoeld dat het zien van hun echtelijke sponde een schok voor haar zou zijn? Ze kreeg het gevoel door hem misleid te zijn over de staat van zijn huwelijk. Maar... waarom had hij haar dan misleid? Was dat op zichzelf niet alsnog reden tot hoop? De vrouw, Marie, was een blondine van achter in de dertig, met appelwangen. Zij leidde het gesprek terwijl Dreyfuss als een sfinx in een hoek zat en Ramón onophoudelijk zijn dode broer beweende. En Marie was óf zo ijdel dat ze Pip totaal niet als bedreiging ervoer, óf van zo veel katholieke medemenselijkheid vervuld dat ze zich Pips financiële situatie oprecht aantrok. Ze bejegende haar met een moederlijkheid die altijd zou blijven en die Pip nog steeds een steek van schaamte kon bezorgen omdat zij op haar beurt ziekelijk jaloers was op Marie.

Afgezien van die jaloezie en de griezelige uitstraling van Dreyfuss (die overigens deels werd gecompenseerd door zijn fascinerende denkvermogen), had ze het goed naar haar zin in het huis. Ze kon er zichzelf haar intrinsieke goedheid bewijzen door zich uitgebreid om Ramón te bekommeren. Kort nadat ze er kwam wonen was haar verteld dat Stephen en Marie hem een jaar voor Eduardo's fatale ongeval wettelijk hadden geadopteerd, opdat Eduardo ruimte zou krijgen om een eigen leven op te bouwen. Ramón, die hooguit een jaar of twee jonger was dan Stephen en Marie, was dus officieel hun zóón, wat Pip te krankjorum voor woorden zou hebben gevonden als ze hem zelf niet ook binnen de kortste keren in haar hart had gesloten. Ze hielp hem zijn woordenschat uit te breiden, leerde hem games op het eenvoudige niveau dat hij aankon (op de spelcomputer die ze haar huisgenoten met kerst cadeau had gedaan, van geld dat ze eigenlijk niet missen kon), maakte popcorn met een dikke laag boter voor hem en kwam dan naast hem op de bank naar zijn favoriete cartoonseries kijken, en van lieverlee had dat alles haar zowaar bevattelijk gemaakt voor het idee van christelijke naastenliefde. Ze zou zelfs kerkbezoek hebben overwogen als Stephen zich niet tot een felle tegenstander van de kerk had ontwikkeld, die hij verafschuwde om haar corruptie en alles wat ze vrouwen en het milieu aandeed. Luisterend aan de echtelijke kamerdeur had ze Marie menigmaal horen tieren dat hij moest ophouden zijn hart te vergiftigen met zijn politieke gedachten, want zijn hart werd nog steeds vervuld door Gods Woord, daar was zijn liefhebbende zorg voor hun adoptiefzoon Ramón een duidelijk teken van.

Maar hoewel ze niet in een kerkgangster veranderde, was Pip het merendeel van haar vriendinnen kwijtgeraakt. Deels door alle keren dat ze een afspraak had afgezegd omdat ze Ramón een potje gamen had beloofd of met hem naar de kringloopwinkel moest voor een paar goedkope sneakers, maar vooral, vermoedde ze, omdat steeds meer vriendinnen haar als een typische kraakpandweirdo waren gaan beschouwen. Ze had er nog drie over, met wie ze op zaterdag wat ging drinken en voor de rest alleen sms'jes wisselde, waarbij ze steeds minder over zichzelf losliet, want eigenlijk wás ze ook wel een kraakpandweirdo. Anders dan Stephen en Marie, die beiden uit degelijke katholieke families kwamen, deed zij met het huis van Dreyfuss nauwelijks een stap terug na een jeugd in de veredelde blokhut van haar moeder – en haar studieschuld kwam in de praktijk neer op een onvrijwillige gelofte van armoede. Het verrichten van haar huishoudelijke taken en de uren met Ramón gingen haar beter af dan alles wat ze de rest van de tijd deed. Maar wat die ene vraag van Igor betrof: jazeker, ze koesterde wel degelijk een ambitie, al ontbrak het haar aan een plan om die te verwezenlijken. Haar ambitie was om niet zo te eindigen als haar moeder. Dus schonken haar taken als kraakpandbewoonster haar nauwelijks voldoening. Eerder onrust en een vage angst.

Toen ze de hoek naar 33rd Street omging, zag ze Stephen op de hoge stoep van hun huis zitten, in zijn jongensachtige kleren, zijn tweedehands instappers en zijn tweedehands seersucker hemd, waarvan de korte mouwtjes om zijn formidabele bicepsen spanden. De fijne avondnevel liet het late zonlicht in dikke bundels onder de viaducten van de snelweg vallen. Stephen zat met gebogen hoofd.

'Hoi, hallo,' riep Pip monter terwijl ze afstapte.

Stephen hief zijn hoofd en keek met rode ogen naar haar op. Zijn wangen waren nat.

'Wat is er?' vroeg ze geschrokken.

'Het is voorbij.'

'Wat is voorbij? Wat is er gebeurd?' Ze liet haar fiets op de stoep neervallen. 'Is Dreyfuss het huis kwijt? Wat is er?'

Hij glimlachte flets. 'Nee, Dreyfuss is niet het huis kwijt, ben je mal. Ik ben mijn huwelijk kwijt. Marie is bij me weg.'

Ze zag zijn gezicht vertrekken en voelde een kille angst om haar hartstreek, die afzakte en onder haar middel in een gloeiende warmte veranderde. Wat wist haar lichaam goed wat het wilde! Wat had het razendsnel door wat dit nieuws kon betekenen! Ze zette haar helm af en ging naast hem op de stoep zitten.

'O, Stephen, wat verdrietig,' zei ze. Tot op dit moment hadden ze geen ander lichaamscontact gehad dan vluchtige omhelzingen ter begroeting of afscheid, maar haar ledematen begonnen opeens zo te beven dat ze haar handen op zijn schouders legde, als om te voorkomen dat haar armen eraf zouden vallen. 'Wat onverwacht, dit.'

Hij snufte. 'Heb jij het ook niet zien aankomen?'

'Nee, nee, natuurlijk niet.'

'Precies, natuurlijk niet,' zei hij hoofdschuddend. 'Want waarom zou ze? Ze zou toch nooit kunnen hertrouwen, nietwaar? Aan die gedachte heb ik me altijd vastgeklampt.'

Pip trok hem naar zich toe en wreef over zijn rechterspierbal. En daar was niets raars aan. Hij had nu de steun van een goede vriendin nodig. Maar die spierbal voelde als graniet, warm graniet vol testosteron. En zijn vrouw, haar grote obstakel, was wég, het huis uit, wég.

'Jullie hadden ook wel vaak ruzie, hè?' zei ze. 'Avond aan avond bijna, maandenlang al.'

'De laatste tijd juist minder,' zei hij. 'Ik had echt het idee dat het beter ging. Ze leek gelukkiger. Maar dat kwam alleen door...'

Hij begroef zijn gezicht weer in zijn handen.

'Is, eh, is er een ander?' vroeg Pip. 'Heeft ze iemand...'

Hij boog zijn rug alsof hij ja knikte met zijn hele lichaam.

'O, god. Dat is verschrikkelijk. Dat vind ik heel erg, Stephen.' Ze drukte haar voorhoofd tegen zijn schouder. 'Kan ik iets voor je doen? Zeg het maar,' fluisterde ze in de ribbeltjesstof van zijn hemd.

'Nou, er is één ding...'

'Zeg het maar.'

'Je zou met Ramón kunnen gaan praten.'

Dit haalde haar uit de onwerkelijkheid van het moment, maakte haar ervan bewust dat ze met haar neus in andermans hemd zat. Ze haalde haar armen weg en zei: 'O, shit.'

'Ja, precies.'

'Wat gaat er met Ramón gebeuren?'

'Ze had het al helemaal uitgedacht,' zei Stephen. 'De hele rest van haar leven heeft ze uitgestippeld, als het beleidsplan van een bedrijf. Zij krijgt het volledige gezag over hem, en ik alleen bezoekrecht. Alsof je daar iemand voor adopteert, voor bezoekrecht. Ze gaat...' Hij haalde diep adem. 'Ze heeft een verhouding met de directeur van de zorginstelling waar ze werkt.'

'O, jezus. Perfect geregeld.'

'En de directeur is dikke maatjes met de aartsbisschop, die ons huwelijk nietig kan verklaren. Perfect geregeld, inderdaad. Ramón wordt in die instelling gestopt, waar hij een compleet dagprogramma krijgt met aangepast onderwijs en zo, en dan heeft zij haar handen vrij om nog een kindje of drie van zichzelf te fokken. Zo heeft ze het uitgestippeld. En welke rechter zal geen volledig gezag toekennen aan een moeder met een betaalde baan bij een instelling voor mensen als Ramón? Dat is het plan. En je had eens moeten horen hoe overtuigd ze van zichzelf is, hoe rechtvaardig ze het allemaal vindt.'

'Ik kan me er wel een voorstelling van maken,' waagde Pip.

'En weet je, daarom hield ik zo veel van haar,' zei Stephen met een snik in zijn stem. 'Ze hééft een sterk rechtvaardigheidsgevoel. Een en al bevlogenheid, echt. Ik wilde alleen geen drie kinderen.'

Nou, godzijdank niet, dacht Pip.

'Maar Ramón is hier dus nog wel?' vroeg ze.

'Ze komt hem morgenochtend samen met Vincent ophalen. Zo te horen hadden ze het al weken geleden bekokstoofd. Het was alleen wachten tot er een bed vrijkwam.' Hij schudde zijn hoofd. 'Ik heb altijd gedacht dat Ramón onze redding zou zijn. Een zoon van wie we allebei hielden, waardoor het niet meer uitmaakte dat we voor de rest alleen maar van elkaar verschilden.'

'Nou,' zei Pip met enige irritatie, omdat Marie kennelijk nog steeds een hoop krediet bij hem had, 'jullie zijn niet de eersten die hun huwelijk niet met een kind hebben kunnen redden. Volgens mij ben ik zelf ook zo'n kind geweest.'

Stephen draaide zich naar haar toe. 'Je bent een goede vriendin, Pip, dank je.'

Ze nam zijn hand in de hare, verstrengelde haar vingers met de zijne en probeerde niet te hard te knijpen. 'Ik beschouw jou ook als een goede vriend,' zei ze. Maar door dat innige contact van hun handen liet haar lichaam weten, door het bonzen van haar hart en het jagen van haar ademhaling, dat het Stephens handen binnen enkele dagen overal wilde voelen, of als het kon binnen enkele uren. Haar hart was als een hond die wild aan de leiband van haar verstand trok. Ze liet zijn hand een paar keer quasibemoedigend op haar dij stuiteren, waar ze het liefst door hem gestreeld zou worden, en liet los. 'Wat heb je zelf tegen Ramón gezegd?'

'Ik kan hem gewoon niet onder ogen komen. Ik zit hier al sinds ze is weggegaan.'

'Dus hij zit daar zonder dat je met hem gesproken hebt?'

'Ze is nog maar een halfuur weg. Als hij me ziet huilen, raakt hij alleen maar van streek. Het zou mooi zijn als jij hem een beetje kon voorbereiden, dan kan ik het daarna proberen uit te leggen.'

Dit deed Pip aan die onthutsende kwalificatie van Annagret denken: 'zwak'. Maar het maakte haar verlangen naar hem niet minder groot. Ze wilde Ramón zelfs het liefst vergeten en hier op de stoep blijven zitten om Stephen zo veel mogelijk aan te raken, omdat hij nu misschien wel zó zwak was dat hij geen weerstand zou kunnen bieden.

'Kunnen wij daarna ook nog even praten?' vroeg ze. 'Jij en ik, bedoel ik. Ik wil graag wat met je bespreken.'

'Natuurlijk. Er verandert verder niets, Pip. We hebben nog steeds het huis, en dat houden we. Dreyfuss is een echte pitbull, onderschat hem niet.'

Volgens Pips lichaam was álles nu juist anders, maar haar verstand vergaf het Stephen dat hij dat nog niet inzag, een halfuur nadat hij na vijftien jaar huwelijk door zijn vrouw was verlaten. Met een hart dat nog steeds bonsde stond ze op en droeg haar fiets naar binnen. In de zitkamer vond ze alleen Dreyfuss, aan de huiscomputer, op een van straat meegenomen bureaustoel die elk moment leek te kunnen bezwijken onder zijn gewicht.

'Waar is Ramón?' vroeg ze.

'In zijn kamer.'

'Ik hoef jou waarschijnlijk niet te vragen of je weet wat er aan de hand is?'

'Ik bemoei me niet met gezinsaangelegenheden van anderen,' zei Dreyfuss koeltjes. Hij draaide onder piepend protest van de bureaustoel in haar richting. 'Wel ben ik zo vrij geweest enige research te plegen. Het St. Agnes is een volledig door de staat erkende en lovend besproken zorginstelling met zesendertig bedden. Geopend in 1984. De directeur, Vincent Olivieri, is een zevenenveertigjarige weduwnaar met drie zonen van rond de twintig en een mastertitel in maatschappelijk werk van San Francisco State University. Aartsbisschop Evans is minstens tweemaal op bezoek geweest in het tehuis. Wil je een foto zien van hem en de heer Olivieri op de stoep van het St. Agnes?'

'Dreyfuss... vóel je ook iets bij dit drama?'

Hij keek Pip onverstoorbaar aan. 'Wat ik voel, is dat Ramón een meer dan adequate verzorging zal krijgen. Zijn vriendelijke aanwezigheid in ons midden zal ik beslist missen, maar niet zijn videospelletjes en zijn wel zeer beperkte gespreksvaardigheden. Er kan enige tijd overheen gaan, maar

Marie zal waarschijnlijk wel een kerkelijke nietigverklaring kunnen krijgen. Ik heb al verscheidene precedenten gevonden in het aartsbisdom. Verder wil ik wel bekennen enige financiële ongerustheid te voelen nu we het zonder haar salaris zullen moeten stellen. Als ik Stephen mag geloven, moet ons dak worden vernieuwd, en hoe graag jij hem ook schijnt te assisteren bij reparaties, zie ik jullie niet direct als een koppel volleerde dakdekkers.'

Naar Dreyfuss-maatstaven was dit een uiterst emotionele ontboezeming. Pip ging naar Ramóns kamer en trof hem daar op zijn onopgemaakte bed, met zijn gezicht naar een muur vol posters van sporthelden uit de Bay Area. De combinatie van zijn onfrisse lichaamsgeur en die lachende topatleten was zo navrant dat ze bijna volschoot.

'Ramón, lieffie?'

'Dag Pip,' zei hij, zonder een vin te verroeren.

Ze ging op de rand van zijn bed zitten en legde een hand op zijn dikke arm. 'Stephen zei dat je me wilde spreken. Wil je je even omkeren, zodat we elkaar kunnen aankijken?'

'Ik wil me familie houden,' zei hij tegen de muur.

'Dat doe je ook, Ramón. We blijven gewoon bij elkaar.'

'Ikke niet, zei Marie. Ik ga naar het huis waar ze werkt. Dat is ook familie, maar ik vind onze familie leuker. Jij vindt onze familie toch ook leuk, Pip?'

'Nou en of. Hartstikke leuk.'

'Marie mag weggaan, maar ik wil met jou en Stephen en Dreyfuss blijven, gewoon.'

'Maar we komen je allemaal opzoeken, Ramón, en je krijgt er daar juist vrienden bij.'

'Wil ik niet, vrienden erbij. Ik wil gewoon me eigen vrienden.'

'Maar je vindt Marie toch wel lief? Zij is daar iedere dag, dus je bent nooit alleen. Je houdt wat je hebt en er komt ook nog iets nieuws bij, dat is toch juist mooi?'

Het voelde alsof ze iemand zat voor te liegen op haar werk.

'Marie doet geen dingen met me, zoals jij en Stephen en Dreyfuss,' zei Ramón. 'Ze is altijd druk. Ik begrijp het niet, waarom moet ik met haar mee en kan ik niet hier blijven, gewoon?'

'Kijk, Marie zorgt op een andere manier voor je. Zij verdient centjes en daar hebben we allemaal voordeel van. Ze houdt net zo veel van je als Stephen, en ze is je moeder, hè? Mensen moeten altijd bij hun moeder blijven.'

'Maar ik vind het híer leuk, als familie. Wat gebeurt er nou met ons, Pip?'

Ze zag al voor zich wat er met hen ging gebeuren: hoeveel vaker ze met

Stephen zou kunnen optrekken. Het mooiste van het wonen hier, beter nog dan de ontdekking dat ze talent had voor naastenliefde, was dat ze dagelijks in zijn aanwezigheid had mogen verkeren. Na te zijn opgegroeid met een moeder die te wereldvreemd was om een schilderijtje op te hangen, wat namelijk de aanschaf van een hamer zou hebben gevergd, en de bedrevenheid om een spijker in de muur te slaan, had Pip na haar komst naar 33rd Street een intense behoefte gevoeld om praktische vaardigheden te leren. En Stephen had haar allerlei vaardigheden bijgebracht. Hij had haar geleerd te plamuren, kraanleertjes te vervangen, ruiten in te zetten, op straat gevonden lampen van een snoer te voorzien, haar fiets uit elkaar te halen en weer in elkaar te zetten, en hij had bij dat alles zo veel enthousiast geduld getoond dat Pip (of in ieder geval haar lichaam) er het gevoel door had gekregen dat ze werd voorbereid op de rol van een volwaardiger partner dan Marie, wier vaardigheden strikt beperkt bleven tot de keuken. Hij had haar meegenomen op strooptochten langs vuilcontainers, had haar geleerd hoe ze daarin moest klauteren en waardevolle spullen kon vinden tussen de rommel, en tegenwoordig deed ze dat soms op eigen houtje als ze onderweg een veelbelovende container zag staan, en genoot dan van zijn verrukking als ze met iets bruikbaars thuiskwam. Dat was iets van hen beiden, dat schatgraven. Het was een manier om meer met hem overeen te stemmen dan Marie, en op termijn dus ook belangrijker voor hem te worden dan zij. Er ging een belofte van uit die het smachten naar hem draaglijker maakte.

Nadat ze zich samen met Ramón aan een bevrijdende huilbui had overgegeven en hij had geweigerd mee naar beneden te komen, want hij had toch geen honger, trof ze Stephen in de keuken met twee jonge vrienden van Occupy, Garth en Erik, die een paar goedkope liters bier hadden meegenomen. Ze zaten met z'n drieën rond de keukentafel en hadden het niet over Marie, maar over de dynamiek van lonen en prijzen. Ze zette de oven aan voor de diepvriespizza's die Dreyfuss' vaste bijdrage aan de gemeenschappelijke maaltijden vormden, en ze realiseerde zich dat zij door Maries vertrek waarschijnlijk vaker zou moeten koken. Ook de andere groepstaken zouden opnieuw moeten worden verdeeld, wat nooit in haar voordeel kon uitvallen, en terwijl ze deze verschuivingen in de huishoudelijke arbeid overdacht, lieten Stephen en zijn vrienden hun gedachten de vrije loop over een utopische herverdeling van arbeid. Ze waren het erover eens dat de technologische vernieuwingen in het industriële proces en het daaruit volgende verlies aan arbeidsplaatsen onherroepelijk tot een betere verdeling van de welvaart zou leiden, waarbij een groot deel van de bevolking een royaal basisinkomen zou krijgen zonder daarvoor te hoeven werken, omdat het Kapitaal zou inzien dat het zich geen grootschalige verpaupering kon veroorloven als het zijn door robots vervaardigde producten wilde verkopen. Werkloze arbeiders uit de productiesector zouden dezelfde koopkracht krijgen als toen ze nog werkten en op gelijke consumptieve voet komen te staan met hen die nog werkzaam waren in de dienstverlenende sector, waardoor een nieuw maatschappelijk blok van Werkenden en Permanent Niet-Werkenden zou ontstaan, van een zodanige omvang dat positieve sociale veranderingen niet konden uitblijven.

'Toch vraag ik me iets af,' zei Pip, terwijl ze een salade à la Dreyfuss maakte door de blaadjes van een krop bindsla te scheuren. 'Als de één 40.000 dollar per jaar krijgt om alleen maar consument te zijn, terwijl de ander daar po's voor moet legen in een verpleeghuis, krijgt de leger van die po's daar dan niet de pest over in?'

'Ja, die dienstverlener zou natuurlijk wel iets méér moeten verdienen,' zei Garth.

'Nee, een heleboel meer,' zei Pip.

'In een rechtvaardige samenleving,' zei Erik, 'zouden die verpleeghulpen degenen moeten zijn die in een Mercedes rondrijden.'

'Ja, maar dan nog,' zei Pip. 'Ik zou liever blijven fietsen als ik dan geen po's hoefde te legen.'

'Oké, maar als je nou wél een Mercedes wil en po's moet legen om die te kunnen betalen?'

'Nee, Pip heeft een punt,' zei Stephen, wat haar een bescheiden kick gaf. 'Wat je moet doen is werk verplicht stellen en tegelijk de pensioengerechtigde leeftijd omlaag brengen, waardoor je uiteindelijk uitkomt op een volledige werkgelegenheid voor iedereen onder de tweeëndertig of vijfendertig of zo, en volledige werkloosheid voor iedereen daarboven.'

'In zo'n wereld is het dan wel mooi kut om jong te zijn,' zei Pip. 'Niet dat dat nu anders is, natuurlijk.'

'Ik zou het wel zien zitten, hoor,' zei Garth, 'als ik wist dat ik vanaf mijn vijfendertigste lekker kon gaan doen wat ik wilde.'

'En als je de pensioengerechtigde leeftijd dan op tweeëndertig hebt gesteld,' zei Stephen, 'zou je het onwettig kunnen maken om kinderen te krijgen voordat je met pensioen gaat. Dat zou flink helpen met het bevolkingsvraagstuk.'

'Ja,' zei Garth, 'maar als er minder mensen komen, moet de pensioenleeftijd weer omhoog, want je blijft wel dienstverleners nodig hebben.'

Pip liep met haar mobieltje naar de veranda achter het huis. Ze had al veel van deze utopistische discussies gehoord en vond het een troostende gedachte dat Stephen en zijn vrienden nooit tot plannen zonder minpunten wisten te komen – dat de manco's van de wereld kennelijk net zo moeilijk te verhelpen waren als die van haar leven. Terwijl het licht snel verminderde in het westen, tikte ze wat plichtmatige reacties op sms'jes van haar resterende vriendinnen en sprak een niet minder plichtmatig bericht in op de voicemail van haar moeder, met onder meer de hoop dat het beter ging met haar ooglid. Haar eigen lichaam verkeerde nog steeds in de veronderstelling dat het zich op iets geweldigs mocht verheugen. Haar hart ging van bonk-bonk-bonk terwijl ze de hemel boven de snelweg van oranje in diepblauw zag veranderen.

Toen ze weer binnenkwam, diende Dreyfuss zijn pizza's op en ging het gesprek intussen over Andreas Wolf, de vermaarde Brenger van Zonlicht. Ze schonk een groot glas bier voor zichzelf in.

'Was het een lek, of hebben ze de boel gehackt?' vroeg Erik.

'Daar laten ze nooit iets over los,' zei Garth. 'Misschien heeft iemand ze gewoon de wachtwoorden of de decodeersleutels toegespeeld. Wolf beschermt zijn bronnen altijd strikt.'

'Door hem is iedereen onderhand vergeten wie Assange ook alweer was.'

'Nou, als programmeur kan hij anders nog steeds niet aan Julian tippen. Wolf werkt altijd met ingehuurde hackers. Als je het mij vraagt, kan hij zelf nog niet eens een Xbox jailbreaken.'

'Maar Wikileaks heeft behoorlijk wat reputatieschade opgelopen. Wikileaks heeft mensen het leven gekost. Wolf is nog altijd redelijk zuiver. Dat is zelfs zijn handelsmerk nu: zuiverheid.'

Het woord 'zuiverheid' bezorgde Pip een rilling.

'Wij zijn hier in ieder geval enorm mee geholpen,' zei Stephen. 'Het materiaal bevat waanzinnig veel gerommel met vastgoed in de East Bay. Dit is precies het soort shit dat we van buitenaf in kaart hebben proberen te brengen. We moeten het lek beschikbaar stellen voor alle huiseigenaren in de omgeving, om die aan onze kant te krijgen, om samen een actie op touw zetten of zoiets.'

Pip keek met een om uitleg vragende blik naar Dreyfuss. Die zat met zo'n vreugdeloze snelheid te eten dat de sla en de pizza uit zichzelf van zijn bord leken te verdwijnen. 'Het Sunlight Project,' zei hij, 'heeft vanaf zijn geheime tropische locatie 30.000 interne e-mails van banken in omloop gebracht. De meeste van die mails zijn van Geldwolf bv, frappant genoeg ook de bank waarmee ik in conflict ben, zoals je weet. Hoewel mijn zaak nergens in de mails wordt genoemd, meen ik geen pathologische fantast te zijn als ik vermoed dat de Duitse spionnen ons een dienst hebben willen bewijzen door uit te vissen waar ik bankier en ons vervolgens deze zee van informatie te sturen. Maar hoe het ook zij, de e-mails in kwestie zijn inderdaad zeer belastend. Geldwolf bv maakt zich nog altijd schuldig aan valse voorlichting, bedrog, dwarsboming en intimidatie van huizenbezitters in financiële nood, met geen ander oogmerk dan deze mensen van hun onroerend goed te beroven. Het is informatie die een ontluisterend licht werpt op de regeling tussen de banken en de federale overheid.'

'De Duitsers hebben hier niet gespioneerd, Dreyfuss,' zei Stephen. 'Ik heb Annagret over je bank verteld.'

'Wat?' zei Pip scherp. 'Wanneer?'

'Wanneer wat?'

'Wanneer heb je Annagret daarover verteld? Hebben jullie nog steeds contact dan?'

'Natuurlijk hebben we dat.'

Ze speurde Stephens gezicht af naar tekenen van schuld, zag alleen de blos die het bier op zijn wangen toverde, maar die werd door haar jaloezie omgezet in een teken dat Annagret het nieuws over Marie zou aangrijpen om meteen haar vriend te dumpen en naar Oakland te verkassen om Stephen in te pikken en Pip uit het huis te verdringen.

'Het is een lek dat gaat inslaan als een bom,' zei Stephen tegen haar. 'Alles staat erin. Hoe je een herfinanciering met de eigenaar uitwerkt en dan niks meer van je laat horen, de papieren laat "zoekraken" en een gedwongen verkoop op touw zet. Ze noemen er zelfs de criteria bij. Iedereen met meer dan twee gemiste of onvolledige betalingen en een huis dat minstens 75.000 dollar onder water staat, krijgt deze behandeling. En hier in de East Bay is dat schering en inslag. Het is echt een godsgeschenk voor ons en ik weet haast wel zeker dat we het aan Annagret te danken hebben.'

Pip kon van de zenuwen geen hap meer door haar keel krijgen. Ze dronk haar glas bier leeg en schonk het weer vol. In de afgelopen vier maanden had ze wel twintig e-mails van Annagret gekregen, die ze allemaal als gelezen had gemarkeerd zonder ze te lezen. Op Facebook deed ze niet zo veel, deels omdat ze slecht bestand was tegen foto's van gelukkige mensen en deels omdat social media verboden waren op haar werk, maar ze had evengoed het vriendschapsverzoek van Annagret genegeerd om niet ook daar overstelpt te worden met berichten. Haar herinnering aan Annagret was verstrengeld met die aan Jason en gaf haar een smerig gevoel, alsof ze geen badjas had gedragen maar poedelnaakt was geweest toen ze de vragenlijst beantwoordde en daarna haar smerige verlangens aan Jason had opgedrongen; alsof zich tussen haar en Annagret uiterst bedenkelijke dingen hadden afgespeeld, het soort dingen waar je achteraf nare dromen van krijgt. En nu was die herinnering ook nog verstrengeld met het begrip 'zuiverheid', dat ze hartgrondig verfoeide omdat haar moeder zich uitgerekend door dát begrip had laten inspireren toen ze haar dochter een nieuwe identiteit gaf: PURITY TYLER. Ze schaamde zich nog steeds als ze die naam op haar rijbewijs zag staan, naast haar chagrijnige foto. Het was een naam die haar telkens weer ineen deed krimpen als ze een officieel formulier moest invullen. Een naam die het tegenovergestelde in haar opriep van wat haar moeder voor ogen had gehad. Als om te ontsnappen aan de morele druk die de naam haar oplegde, was ze op de middelbare school een van de vieze meiden geworden. En dat was ze nog steeds: een vieze meid die het op een getrouwde man had gemunt... Ze bleef bier hijsen tot ze zich voldoende verdoofd voelde om Ramón een pizzapunt te kunnen brengen.

'Ik heb geen honger,' zei hij, met zijn gezicht nog steeds naar de muur.

'Je moet wat eten, lieffie.'

'Heb geen honger. Waar is Stephen?'

'Die heeft een paar vrienden op bezoek. Hij komt zo naar je toe.'

'Ik wil gewoon hier blijven met jou en Stephen en Dreyfuss.'

Pip beet op haar onderlip en liep de trap weer af naar de keuken.

'Jullie moeten gaan nu,' zei ze tegen Garth en Erik. 'Het is de hoogste tijd dat Stephen met Ramón gaat praten.'

'Ik ga zo naar boven,' zei hij.

De zichtbare angst op zijn gezicht maakte haar woedend. 'Het is je zóón,' zei ze. 'Hij kan niet eten van verdriet.'

'Oké,' zei hij met een kinderlijke irritatie in zijn stem, die hij normaliter voor Marie reserveerde.

Hij stond op. Pip keek hem peinzend na. Zou de gelukzaligheid van de eerste liefdesdagen aan hen voorbijgaan omdat ze elkaar al te goed kenden? Zouden ze meteen aan het gekift van een vaste relatie beginnen? Ze was nu alleen in de keuken, ging zitten en begon aan wat er nog over was van het bier. Ze voelde een uitbarsting aankomen en wist dat ze maar beter naar bed kon gaan, maar haar hart ging te wild tekeer. Na een tijdje klonterden haar verlangen, boosheid en jaloezie samen tot één in bier gedrenkt verwijt: Stephen leek te zijn vergeten dat hij haar een gesprek onder vier ogen had beloofd. Met Annagret bleef hij in contact, maar háár liet hij aan haar lot over! Ze hoorde hem boven van Ramóns kamer naar die van hemzelf lopen, hoorde hem de deur sluiten, wachtte nog even tot die weer zou opengaan en herhaalde in gedachten haar verwijt in telkens nieuwe bewoordingen, zocht naar een formulering die haar ontgoocheling kon beteugelen, maar die liet zich niet beteugelen. Dus ging ze ten slotte de trap maar op en klopte bij Stephen aan.

Hij zat op het echtelijk bed een boek te lezen met een titel in rode letters, iets politieks.

'Zit je nou een bóek te lezen?'

'Liever dat dan piekeren over dingen die ik toch niet in de hand heb.'

Ze duwde de deur achter zich dicht en ging op een punt van het bed zitten. 'Als mensen je zo met Garth en Erik hadden zien praten, zouden ze nooit hebben gedacht dat er vandaag iets ongewoons was gebeurd.'

'Wat kunnen die jongens eraan doen? Ik heb nog steeds mijn werk. En ik heb nog steeds vrienden.'

'En mij. Mij heb je ook nog steeds.'

Stephens ogen dwaalden nerveus af. 'Ja.'

'Was je vergeten dat wij nog zouden praten?'

'Dat is me ontschoten, ja. Sorry.'

Ze probeerde dieper en langzamer adem te halen.

'Hoe kan dat nou?' zei ze.

'Hoe bedoel je?'

'Je weet best wat ik bedoel.'

'Eh, nee, eerlijk gezegd niet,' zei hij.

'We zouden samen praten.'

'Ja, sorry, vergeten.'

Haar verwijt was net zo krachteloos als ze had gevreesd. Het had geen zin er voor een derde keer mee te komen.

'Hoe gaat het nu verder met jou en mij?'

'Jou en mij?' Hij sloeg het boek dicht. 'Nou, eh, er is weinig aan de hand. We zullen een paar nieuwe huisgenoten moeten vinden. Liefst vrouwen, zodat jij hier niet de enige bent.'

'En verder blijft alles bij het oude. Verder niets.'

'Ja, waarom zou er iets moeten veranderen?'

Ze zweeg even, luisterde naar het bonzen van haar hart. 'Weet je, een jaar geleden, toen we elkaar leerden kennen, koffiedronken en zo, toen kreeg ik de indruk dat je… veel om me gaf.'

'Doe ik ook. Heel veel.'

'Ja, maar zoals je toen praatte... het was net alsof je huwelijk amper iets voorstelde.'

Hij glimlachte wrang. 'Nou, dat is ook wel uitgekomen, hè?'

'Nee, maar tóen,' zei ze. 'Tóen deed je net alsof het niets om het lijf had, Marie en jij. Waarom heb je me dat toen aangedaan?'

'Ik, eh, ik heb je niets aangedaan. We dronken gewoon koffie, toch?'

Ze keek hem smekend aan, probeerde uit zijn blik op te maken of hij haar echt niet snapte of alleen maar deed alsof, uit een onbevattelijk soort wreedheid. Het was een marteling om niet te weten wat er in hem omging. Haar adem kwam in snikken, gevolgd door tranen. Geen tranen van verdriet. Tranen van onmacht. Beschuldigende tranen.

'Wat is er?' vroeg hij.

Ze bleef hem diep in zijn ogen kijken, en hij leek het eindelijk te snappen.

'O, nee,' zei hij. 'Nee, nee, nee. Nee, nee.'

'Waarom niet?'

'Pip, kom op. Nee.'

'Hoe kun je nou niet hebben gemerkt,' zei ze naar adem happend, 'hoe ik naar je verlang?'

'Nee, Pip, nee.'

'Ik heb al die tijd gedacht dat we aan het wachten waren. En nu is het zover. Nu is het eindelijk zover.'

'God nee, Pip. Nee.'

'Doe ik je dan helemaal niks?'

'Natuurlijk wel, natuurlijk ben ik op je gesteld. Maar niet op die manier. Het spijt me vreselijk, maar niet op die manier. Pip, ik had je vader kunnen zijn.'

'Ach, schei uit! We schelen maar vijftien jaar. Wat stelt dat nou voor?'

Stephen keek naar het raam, en naar de deur, als om een vluchtroute te zoeken.

'Zeg je nou werkelijk dat je nooit iets voor me gevoeld hebt?' vroeg Pip. 'Heb ik het me maar verbeeld?'

'Je hebt het verkeerd opgevat. Je moet een verkeerde indruk hebben gekregen.'

'Van wat?'

'Ik heb nooit kinderen gewild,' zei hij. 'Dat was altijd het grote punt tussen Marie en mij. Ik wilde geen kinderen. "Waarom zouden we kinderen nemen?" vroeg ik altijd. "We hebben Ramón, we hebben Pip. We zíjn eigenlijk al ouders." Want zo zie ik je, Pip. Als een dochter.'

Ze gaapte hem aan. 'Dus dat is mijn rol? Om een Ramón voor je te zijn? Had je dan niet liever dat ik ook nog stonk? Ik heb mijn moeder! Ik heb geen ouders nodig!'

'Nou, om eerlijk te zijn... die indruk had ik juist wel,' zei Stephen. 'Ik had echt het idee dat je een vaderfiguur nodig had. En dat kan ik nog steeds voor je zijn. We kunnen gewoon op die manier verder.'

'Op die manier verdergaan? Hier als je dochter blijven wonen? Ben je gék geworden?'

Ze stond op en keek verwilderd om zich heen. Het was beter om kwaad te zijn dan verdrietig. Kwaadheid was misschien zelfs wel het beste, beter dan dat hij van haar hield, want misschien had ze dát wel al die tijd voor hem gevoeld: ergernis vermomd als begeerte.

In een opwelling van verzet trok ze haar truitje uit, maakte haar beha los, sprong op het bed en werkte zich op haar knieën naar hem toe, drukte zich tegen hem aan, onderwierp hem aan haar naaktheid. 'Zie ik er soms uit als een dóchter? Is dat echt wat je ziet nu?'

Hij sloeg zijn handen voor zijn gezicht. 'Pip, houd op.'

'Kijk me aan.'

'Ik wil je zo niet zien. Jíj bent gek geworden.'

'Klootzak! Vuile laffe klootzak die je bent! Ben je dan nog te schijterig om naar me te kijken?' Waar kwamen die woorden vandaan? Uit wat voor verborgen plek? Er spoelde al een springvloed van spijt rond haar knieën, en ze wist dat deze spijt intenser ging worden dan alle spijt die ze ooit eerder had gevoeld, maar het was gezegd, het was eruit, en ze kon alleen nog maar doorzetten, gehoor geven aan wat haar lichaam wilde en zich op Stephen werpen. Ze wreef haar borsten over het seersucker van zijn hemd, trok zijn handen voor zijn gezicht vandaan en dwong ze naar haar schouders. En ze zag dat ze het nu helemaal aan het verpesten was: hij raakte volstrekt in paniek.

'Overtuig jezelf, oké?' zei ze in weerwil van haar wanhoop. 'Beslis maar of ik echt een dochter voor je ben.'

'Hoe kun je me dit aandoen! Ze is nog geen vier uur het huis uit!'

'O, dus die vier uur maken wat uit? Moeten het eerst vier maanden zijn? Vier jaar?' Ze bracht haar gezicht naar het zijne. 'Raak me aan!'

Ze probeerde zijn handen te sturen, maar hij was oersterk en duwde haar van zich af alsof ze niets woog. Hij schoof haastig van het bed en ging bij de deur staan.

‘Weet je,’ zei hij, hijgend van ontzetting, ‘ik geloof niet zo in therapieën, maar volgens mij moet jij echt in therapie.’

‘Alsof ik daar het geld voor heb.’

‘Serieus, Pip. Dit slaat helemaal nergens op. Heb je dan echt geen idee wat ik doormaak nu?’

‘Nou, toen ik hier binnenkwam, lag je op je gemak’ – ze pakte het boek en las de auteursnaam – ‘Gramsci te lezen.’

‘Als je deze waanzin ook met anderen uithaalt, met mensen die niet zo om je geven als ik, kom je nog eens lelijk in de problemen. Ik schrik van je gebrek aan zelfbeheersing.’

‘Ja, ik ben abnormaal, ik weet het. Hoor ik mijn hele leven al.’

‘Nee, je bent geweldig. Je bent een ontzettend leuke meid, Pip, dat meen ik. Maar dit, kom op nou.’

‘Ben je verliefd op haar?’

Hij keek haar niet-begrijpend aan. ‘Wat?’

‘Annagret. Is dat wat hier speelt? Ben je verliefd op haar?’

‘O, Pip.’ Er kwam zo veel medelijden en bezorgdheid in zijn ogen dat haar wantrouwen er bijna onder bezweek. Ze kon bijna geloven dat ze geen reden had jaloers te zijn. ‘Ze zit allang weer in Düsseldorf,’ zei hij. ‘Ik ken haar amper.’

‘Ah... juist ja. En toch houden jullie contact.’

‘Hoor jezelf nou eens praten, Pip. Denk nou even na over wat je allemaal uitkraamt.’

‘Ik hoor je geen nee zeggen.’

‘Godallemachtig.’

‘Zeg me dan dat ik me vergis. Zeg dat dan gewoon.’

‘De enige die ik wil is Marie. Snap je dat dan niet?’

Pip kneep haar ogen dicht, probeerde het te begrijpen én weigerde het te begrijpen. ‘Maar Marie heeft nu een ander,’ zei ze. ‘En jij hebt contact met Annagret. Je weet het zelf misschien niet eens, maar volgens mij heb je gevoelens voor haar. Of anders krijg je die binnenkort. Zij heeft wél de goede leeftijd voor je, nietwaar?’

‘Ik moet even een luchtje scheppen. En jij moet nu mijn kamer uit.’

‘Laat het me dan zien,’ zei ze. ‘Kom hier en laat zien dat ik me vergis. Houd alleen even mijn hand vast, meer niet, heel even maar. Anders kan ik je niet geloven.’

‘Dan geloof je me maar niet.’

Ze viel op haar zij neer en sloeg haar armen om haar opgetrokken benen.

‘Ik weet het,’ fluisterde ze. De pijn van haar jaloezie was heerlijk vergeleken bij de gedachte dat ze gewoon krankjorum was. Maar die gedachte won niettemin terrein.

‘Ik ga naar buiten nu,’ zei Stephen.

En hij liet haar achter op zijn bed.

DINSDAG

Ze meldde zich per sms ziek voor haar werk, last van haar maag, wat niet eens echt gelogen was. Om tien uur klopte Marie op haar deur en vroeg haar afscheid te komen nemen van Ramón, maar de geringste beweging van Pips lichaam herinnerde haar aan wat ze de vorige avond had gedaan. Toen Marie voor de tweede keer naar boven kwam en de deur opende om te zien waar ze bleef, had ze amper de kracht om de woorden ‘ga weg’ uit te spreken.

‘Gaat het wel goed met je?’ vroeg Marie.

‘Ga weg, alsjeblieft. En doe de deur achter je dicht.’

Ze hoorde Marie naar haar toe komen en bij haar neerhurken. ‘Ik wilde nog even gedag zeggen,’ zei ze.

Pip hield haar ogen dicht en zei niets, waarop Marie tegen haar begon te praten, wat ze onderging als een bombardement van woorden zonder enige betekenis, niets dan inslagen op haar arme hersens, en al wat ze kon doen was wachten tot het ophield. En toen het dat eindelijk deed, werd het gevolgd door de nog veel grotere kwelling van Maries strelende hand op haar schouder. ‘Wil je helemaal niets zeggen?’ vroeg ze.

‘Wil je alsjeblieft weggaan?’ vroeg Pip. ‘Alsjeblieft?’

Maries schoorvoetende vertrek was een volgende, bijna onverdraaglijke kwelling, en het geluid van de deur die werd dichtgetrokken maakte daar geen eind aan. Er zou nooit een eind aan komen. Pip kon niet eens haar bed uit komen, laat staan haar kamer, laat staan dat ze naar buiten kon, waar het felle zonlicht van alweer een onbarmhartig mooie dag haar zou doen verschrompelen van schaamte. Ze had nog een halve reep pure chocola in haar kamer en dat was alles wat ze die dag at. Af en toe een hapje en dan doodstil blijven liggen om bij te komen van de gewaarwordingen die de pure chocola haar gaf, onwelkome signalen dat ze nog altijd een fysiek lichaam had – ‘zo zichtbaar, zo zíchtbaar’, in de woorden van haar moeder. Zelfs huilen zou een manifestatie van dat lichaam zijn, dus huilde ze niet. Ze verwachtte dat het vallen van de avond verlichting zou brengen, maar dat deed het niet. De enige verandering was dat ze ondertussen wel kon huilen om het verlies van Stephen, af en aan, maar urenlang.

WOENSDAG

Tegen zonsopgang werd ze wakker van de honger en de dorst. Met haar zintuigen op scherp omdat ze geruisloos moest zijn, schoot ze in haar kleren, pakte haar rugtas en sloop de trappen af naar de keuken. Ze wilde maar één ding en dat was Stephen mijden, liefst voor altijd, en hoewel ze het niet gewoon was 's ochtends snel op gang te komen, nam ze nu de tijd niet om rustig te ontbijten, maar stopte lukraak wat etenswaren in haar rugtas, waarna ze drie glazen water dronk, die haar een tussenstop in het toilet afdwongen. En toen ze uit de badkamer kwam, stond Dreyfuss in de gang, met het joggingpak aan waarin hij altijd sliep.

Hij keek haar uitdrukkingsloos aan. 'Alweer wat opgeknapt, zie ik.'

'Ja, er was gisteren iets met mijn maag.'

'Ik dacht dat je op woensdag altijd wat later opstond, en nu sta je hier zowaar om kwart over zes.'

'Ja, klopt, ik moet gisteren inhalen.'

Zelfs zo'n doorzichtige leugen bracht Dreyfuss niet uit zijn doen. Je gaf hem hooguit wat extra informatie te verwerken, een momentaan oponthoud voor zijn razendsnelle brein. 'Zit ik er ver naast met de aanname dat jij hier nu ook gaat vertrekken?'

'Eh, ik ga waarschijnlijk weg, ja.'

'En waarom?'

'Je weet ongetwijfeld al waarom, anders was je niet tot je aanname gekomen, dus waarom vraag je dat nog? Je weet sowieso alles wat zich hier in huis afspeelt.'

Hij nam haar opmerking voor kennisgeving aan. 'Het zal je wellicht interesseren dat ik Stephens mail- en Facebook-verkeer met de Duitse vrouw heb gelezen. Volstrekt onschuldig gebabbel, zij het nogal vervelend waar ze zich in ideologische uiteenzettingen verliezen. Ik zou het jammer vinden als ik jouw intelligente gezelschap hier kwijtraak door de onterechte gedachte dat er meer speelt tussen die twee.'

'Wow,' zei Pip. 'Wilde ik net zeggen dat ik je ergens best wel zal missen, en dan vertel jij doodleuk dat je niet alleen gesprekken afluistert, maar ook andermans post leest.'

'Alleen die van Stephen, en alleen de digitale,' zei Dreyfuss. 'Hij maakt nu eenmaal gebruik van de huiscomputer en logt nooit ergens uit. Als ik me niet vergis, vormt het juridisch gezien dan openbare informatie.'

'Nou, om eerlijk te zijn interesseert die hele Annagret me geen moer op dit moment.'

'Ach, kijk eens aan. Dat maakt het des te opmerkelijker dat zij het in haar berichten bijzonder vaak over jou heeft. Ze is er tamelijk door van streek dat je geen contact met haar wilt. Een weigerachtigheid die ik overigens zeer goed van je begrijp, ja, die ik je zelfs tot eer vind strekken. Maar wat de Duitse vrouw betreft ben jij dus degene naar wie haar belangstelling uitgaat. Niet naar onze Stephen. En al evenmin, maar dat laat zich raden, naar Marie of Ramón. En zelfs niet, als ik de feiten met onverbiddelijke logica inspecteer, naar mij.'

Pip zette haar fietshelm op. 'Oké, reuze boeiend allemaal,' zei ze. 'Goed om te weten.'

'Er was iets niet in orde met die Duitsers. Er zat een luchtje aan hun aanwezigheid hier.'

In een anonieme Starbucks aan Piedmont Avenue bestelde ze een scone en een cappuccino, pakte haar smartphone en schreef een mailtje naar Stephen, herschreef het, bleef er nog wat aan slijpen en vond uiteindelijk de moed om op 'verzenden' te drukken. Sms'en kon ze hem niet, want telefoons met abonnementen kostten geld. Dat Dreyfuss het berichtje zou lezen deed haar niet zo veel. Dat was hetzelfde als dat een hond of computer dingen van je 'wist'.

Het spijt me van maandagavond. Hoor graag wanneer je van de week niet thuis bent, dan kan ik mijn spullen komen halen.

Nu ze het had verstuurd, werd haar verlies pas echt, en ze probeerde het te verzachten met een fantasie over hoe het had kunnen gaan als Stephen wel voor haar verleidingspoging was bezweken, maar het enige wat bij haar wilde opkomen was de herinnering aan wat er daadwerkelijk was gebeurd, en huilen in een Starbucks was geen goed idee.

Twee tafeltjes verder zat een witbebaarde theedrinker naar haar te kijken. Toen ze hem verraste met een uitdagende blik, sloeg hij geschrokken zijn ogen neer naar zijn tablet. Waarom had Stephen haar niet zo bekeken? Was dat nou echt te veel gevraagd?

'Ik had echt het idee dat je een vaderfiguur nodig had.' Van al het wrede dat Stephen had gezegd, daar in zijn kamer, was dat nog wel het ergste geweest. En toch kon ze er niet omheen – er zat inderdaad iets fout in haar, het schortte haar aan iets, en haar onbekende vader was een veel toepasselijker doel voor haar eeuwige woede. Ze bleef naar de theedrinker kijken en toen hij weer naar haar opkeek, maakte ze een grimas, een hatelijke glimlach, waarop hij reageerde door haar beleefd toe te knikken en haar zijn rug toe te keren.

Ze sms'te haar vriendin Samantha en vroeg of ze een poosje bij haar terechtkon. Van haar resterende vriendinnen was Samantha de meest egocentrische, dus liep ze bij haar de minste kans op lastige vragen. En Samantha was bovendien kokkin, met allerlei apparaten in haar keuken, en Pip was niet vergeten dat ze haar moeder voor vrijdag een niet-verjaardagstaart had beloofd.

Ze had nog drie uur zoet te brengen tot de start van haar werkdag. Op woensdag begon ze inderdaad pas later. Het zou een gevaarloos moment zijn geweest om iets op het antwoordapparaat van haar moeder in te spreken, die het op de vroege ochtend te druk had met haar Streven om de telefoon op te nemen, maar Pip kon zich er niet toe brengen. Ze keek naar de rij mensen die op hun koffie en broodje stonden te wachten – typisch Oakland-publiek: etnisch gemengd, iedereen fris gedoucht en allemaal welvarend genoeg om niet zelf hun ontbijt te hoeven maken. Hoe heerlijk moest dat toch zijn, werk te hebben dat je leuk vond, een partner op wie je kon bouwen, een kind dat van je hield, een doel in je leven. En de gedachte drong zich op dat Annagret haar zo'n doel had geboden. Annagret had haar gewild. Annagret had háár gewild. Ze schaamde zich opeens voor de dwaze veronderstelling dat er iets tussen Stephen en Annagret was geweest. Dat moest aan het bier hebben gelegen.

Ze pakte haar smartphone weer en ging naar de mailbox met alle ongelezen berichten van Annagret. Het eerste had als onderwerp vergeef me. Terwijl ze het mailtje las, zich lavend aan de smekende toon en alle loftuitingen voor haar intelligentie en karakter, merkte ze dat ze Annagret inderdaad vergaf, met een grootmoedigheid die haast net zo dwaas leek als haar veronderstelling over Annagret en Stephen. Maar toch ook weer niet zó dwaas, misschien, want Annagret had haar niet alleen gewild, maar had het ook bij het rechte eind gehad – over Stephen, over mannen in het algemeen, over alles. En Annagret was haar niet vergeten, had haar wel twintig mails gestuurd, de meest recente nog maar een week geleden. Van iedereen die ze ooit had gekend zou niemand zo vasthoudend zijn geweest.

Ze opende een mail met als onderwerp fantastisch nieuws, van twee maanden geleden.

Lieve Pip, ik ga ervan uit dat je nog steeds boos op me bent en misschien niet eens mijn mails leest, maar ik heb heel goed nieuws te melden: er is je een STAGEPLAATS toegekend bij het Sunlight Project! Ik hoop van harte dat je je voordeel zult doen met deze superleuke en eervolle mogelijkheid. Ik denk nog vaak aan wat je vertelde over de privé-informatie die je zo graag zou willen hebben, en dit is je grote kans om die te krijgen. TSP biedt je kost en inwoning op een van de interessantste plekken ter wereld, plus nog een kleine maandelijkse vergoeding, en ze kunnen je eventueel ook helpen met de reiskosten. In de bijlage vind je een brief en een brochure met alle details. Je moet weten dat ik je van harte en in alle oprechtheid heb aanbevolen, en zo te zien hechten Andreas en de anderen nog altijd vertrouwen aan mijn oordeel! ;) Ik ben heel blij voor je en hoop dat je het serieus zult overwegen. Als je besluit te gaan, zal ik er helaas niet zijn om je te begroeten. Maar als je nog steeds boos op me bent, is dat misschien wel een extra reden om te gaan? ;) Heel veel liefs en een knuffel, Annagret.
PS het mailadres van Andreas is ahw@sonnenlicht.org. Je kunt hem persoonlijk schrijven met alle vragen die je nog hebt.

De mail bezorgde Pip een vaag gevoel van teleurstelling. Het deed aan die vragenlijst zonder foute antwoorden denken: als je zo makkelijk een stageplaats kon krijgen, hoeveel stelde die dan voor? En net nu ze Annagret in gedachten had geprezen om haar scherpzinnigheid op mannengebied, probeerde ze haar aan een man te slijten, al was dit dan een roemruchte en charismatische man. Verongelijkt, en zonder stil te staan bij wat ze deed, zette ze haar vingertop op Wolfs mailadres en schreef hem uit de losse pols een bericht:

Beste Andreas Wolf, hoe zit het met jou? Ene Annagret, die ik amper ken, meldt me dat ik zomaar een betaalde stageplaats kan krijgen bij dat project van je. Wat steekt daarachter, iets seksueels of zo? En hebben jullie trouwens wel voldoende Kool-Aid in de ijskast? Het komt allemaal wat verdacht op me over, eerlijk gezegd. Eigenlijk heb ik niet zo veel met die grote missie waar jullie je aan wijden, daar in de jungle of weet ik veel waar, maar Annagret lijkt het niet van belang te vinden hoe ik daarover denk. En dat is toch een beetje raar, vind ik.
Hoogachtend, Pip Tyler, Oakland, California, USA.

Nauwelijks had ze op 'verzenden' gedrukt of er welde een krampachtig gevoel van spijt in haar op; de tijd tussen handelen en spijt krijgen werd tegenwoordig zo snel korter dat ze binnenkort een en al spijtgevoel zou zijn, niet in staat om ook maar iets te ondernemen, wat misschien niet eens zo erg zou zijn.

Bij wijze van boetedoening opende ze een zoekmachine en deed, voor het eerst sinds ze over hem gehoord had, wat research naar Wolf en zijn Project. Gezien de overvloed van haters op internet was het opvallend hoe weinig negatief commentaar ze kon vinden, afgezien van het gedram van verstokte Julian Assange-aanhangers en de verklaringen van overheden en bedrijven van wie je kon verwachten dat ze Wolf tot crimineel bestempelden. En in termen van bewondering stond hij op gelijke voet met Aung San Suu Kyi en Bruce Springsteen – een zoekopdracht met zijn naam plus het woord *purity* leverde een kwart miljoen hits op.

Wolfs motto, tevens de strijdkreet van zijn Project, was 'Sunlight is the best desinfectant'. Hij was in 1960 geboren in Oost-Duitsland en had zich in de jaren tachtig onderscheiden met moedige en opzienbarende kritiek op het communistische regime. Na de val van de Berlijnse Muur had hij de campagne geleid om de immense archieven van de Oost-Duitse geheime politie open te stellen voor het publiek – en ook toen was hij alleen gehekeld door voormalige Stasi-informanten die na de Duitse eenwording in diskrediet raakten door de blootstelling van hun duistere verleden aan zonlicht. In 2000 was Wolf het Sunlight Project gestart, waarmee hij zich eerst op malafide praktijken in Duitsland had gericht om al snel zijn blikveld te verbreden naar internationale misstanden en vuile geheimen. Vele tienduizenden foto's toonden hem als een bijzonder aantrekkelijke man, maar hij was kennelijk nooit getrouwd en had geen kinderen. Om aan vervolging te ontkomen was hij in 2006 uit Duitsland gevlucht, en in 2010 uit Europa, had eerst asiel gekregen in Belize en recentelijk in Bolivia, waar hij een bewonderaar had in de populistische president Evo Morales. Het enige wat Wolf geheimhield was de identiteit van zijn belangrijkste geldschieters (aanleiding voor een terabyte of twee aan verhitte discussies over zijn 'inconsequente gedrag') en het enige waarover je verder nog je wenkbrauwen kon fronsen was zijn hoogoplopende rivaliteit met Assange. Wolf liet zich nogal denigrerend uit over Assanges methoden en levenswandel, en Assange deed op zijn beurt alsof die hele Andreas Wolf niet bestond. Wolf wees graag op het inhoudelijke verschil tussen Wikileaks (in zijn woorden een 'neutraal en filterloos platform') en zijn eigen, 'meer geëngageerde' Sunlight Project, en hij maakte een moreel onderscheid tussen het 'goedaardige en noodzakelijke' beleid om de privacy van zijn geldschieters te beschermen versus de 'kwaadaardige verborgen motieven' van degenen wier geheimen hij aan het licht bracht.

Pip werd getroffen door het grote aantal onthullingen dat verband hield met de onderdrukking van vrouwen: niet alleen belangrijke kwesties zoals verkrachting als oorlogsmisdaad en ongelijke beloning, maar ook kleine dingen zoals de stuitend seksistische e-mails van een bankdirecteur uit Tennessee. Er waren bijna geen persberichten of interviews waarin Wolfs fervente feminisme ongenoemd bleef. Ze begreep nu beter waarom Annagret weliswaar liever met vrouwen omging, maar toch bewondering voelde voor Wolf.

De zwaarwegende strekking en enorme omvang van alle online-informatie maakten dat ze des te meer spijt kreeg van het mailtje dat ze had verstuurd. Geadresseerde: een regelrechte held die zijn nek durfde uit te steken en bevriend was met presidenten. Afzender: een onnozel keffertje. Het was onderhand tijd om naar haar werk te gaan, maar ze kon de verleiding niet weerstaan om haar mail nog even te checken, en ziedaar: twee nieuwe berichten, van Stephen én van Andreas Wolf.

> Excuses onnodig, ben het al bijna vergeten. Ik zie geen enkele reden waarom je zou moeten gaan. Je bent een geweldige huisgenote, en we krijgen Ramón drie avonden per week bij ons thuis – daar zijn Marie en ik het al over eens geworden. S.

Een nadeel van mails was dat je ze alleen kon deleten, niet kon verfrommelen en op de grond kon gooien om erop te stampen, niet in snippers kon scheuren, niet kon verbranden. Sussende woorden van iemand bij wie je een blauwtje had gelopen, kon het beledigender? Haar woede verjoeg haar schaamte en spijt. Ze wilde niet dat het werd vergeten! Ze wilde zijn aandacht, zijn onverdeelde aandacht! Ze antwoordde:

> Wat je ook schijnt te vergeten is mijn vraag: wanneer ben je niet thuis?

Ondanks het feit dat ze vier uur te vroeg was opgestaan, dreigde ze toch nog te laat op haar werk te komen, maar nu haar bloed kookte en haar spijt was verdampt, besloot ze gelijk maar de reply van Wolf te openen.

Beste Pip Tyler

Je e-mail is LOL – wou dat ik ze vaker zo kreeg. En natuurlijk heb je vragen, het zou ons tegenvallen als je die niet had. Maar nee, ik ben geen handelaar in blanke slavinnen en ik moet je helaas mededelen dat we hier vooral bier drinken. Wat je ook moet weten is dat we hier zowat omkomen in de uitmuntende hackers en juristen. Meer dan ik aan het werk kan houden, 'eerlijk gezegd' (die uitdrukking leen ik even van je). Maar wat we altijd kunnen gebruiken zijn intelligente mensen met een onafhankelijk karakter, die ons de wereld helpen zien zoals die werkelijk is, en die de wereld kunnen laten zien wie wij in werkelijkheid zijn. Ik ken Annagret al vele jaren, vertrouw haar volkomen en heb haar nog nooit zo enthousiast gehoord over een kandidaat. Je zou ons een groot plezier doen door hierheen te komen om eens te zien wat we zoal doen. Valt dat tegen, dan kun je altijd nog van de prachtige omgeving genieten, beschouw je het als een vakantie en ga je weer naar huis. Maar ik denk dat we jou wel aanspreken. Ik kan je verklappen dat we hier ontzettend veel plezier hebben met z'n allen.

Stel me gerust nog meer vragen, hoe meer LOL hoe beter.

Groet,
Andreas

Na alles wat ze over Wolf had gelezen had ze nooit zo'n uitgebreide reactie verwacht, en zo snel. Ze las zijn mail nog twee keer voor ze op haar fiets stapte en heuvelafwaarts naar haar werk suisde, voortgedreven door de zwaartekracht en het opwindende gevoel dat ze een bijzonder mens bleek te zijn. Wat vast ook verklaarde waarom haar leven zo moeizaam verliep. En Annagret had toch maar mooi als eerste gezien hoe bijzonder ze was. En zelfs als Wolf de slimste bedrieger ter wereld zou blijken, en Annagret een seksueel getraumatiseerde aanbidster die hij als koppelaarster gebruikte, en ja, zelfs als zijzelf aan Wolf ten prooi zou vallen, dan zou dat nog altijd een mooie wraak zijn op Stephen – want wat Wolf ook mocht zijn, zwak was hij niet.

Toen ze op haar werk aankwam, had ze nog vijf minuten voor ze moest beginnen, die ze benutte door in de fietsenstalling haar smartphone te pakken voor de reactie die ze onderweg had bedacht.

Beste Andreas Wolf, dank voor het aardige mailtje en de verdacht snelle reactie. Als ik een meisje naar Bolivia wilde lokken om haar het slachtoffer van vrouwenhandel en/of een willoze slavin in mijn sekte te maken, had ik precies zo'n mailtje geschreven. Trouwens, nu ik erover nadenk: hoe kan ik weten dat dat mailtje niet door een gehersenspoelde seksslavin van jou is geschreven, iemand die ooit ook intelligent was en een onafhankelijk karakter had? We hebben hier een verificatieprobleem, lijkt me.
Groet,
Pip T

In de hoop dat hij dit weer LOL zou vinden ging ze de trap op naar haar werkplek. Naast haar terminal lag een papier met daarop een Post-itje van een van haar collega's: 'Heb dit voor je gevonden. ☺ Janet'. Het was een uitdraai van een recept: 'volkorentaart met veganistische roomkaas en braambessen'. Ze liet zich met een diepe zucht op haar bureaustoel vallen. Alsof ze al niet genoeg redenen had om zich bezwaard te voelen – haar collega's waren dus toch niet van die krengen.

Maar het goede nieuws bleef dat ze een speelse mailwisseling was begonnen met een wereldberoemde man. Ze had zichzelf altijd immuun geacht voor roem en beroemdheden, had er zelfs een aversie tegen gehad die verwant was aan de afgunst die mensen met broers of zussen in haar opwekten, een gevoel van: waarom zou jij meer recht op aandacht hebben dan ik? Toen een studievriend ooit een baantje in Hollywood in de wacht had gesleept en liep op te scheppen over zijn ontmoetingen met filmsterren, had ze stilletjes haar banden met hem verbroken. Maar nu begreep ze opeens het voordeel van roem: anderen waren er allerminst immuun voor, anderen zouden weleens onder de indruk kunnen zijn van de connectie die ze nu had, waardoor zij zelf iets méér ging voorstellen dan de complete niemendal die ze nu was. In deze verlekkerde toestand klikte ze haar Rancho Ancho-bellijst tevoorschijn en bedwong de neiging om haar smartphone te checken, zodat ze nog wat langer van de veelbelovende gedachte kon genieten.

Tijdens de avondpauze hield ze het niet meer en zag dat Wolf weer een reply had gestuurd.

Ik snap nu wat Annagret in jou ziet. Mijn antwoord zou je nog sneller hebben bereikt als het niet over viermaal zo veel servers had moeten lopen dan normale mail. Als succesvolle mensen tegenwoordig één

stelregel gemeen hebben dan is het: blijf bij met je mail! Helaas kan ik je om veiligheidsredenen geen videochat voorstellen.
Kijk, Pip, ons Project heeft mensen nodig die lef paren aan een goed inschattingsvermogen, dus je zult zelf moeten bepalen of je mijn mails wilt vertrouwen. Daarbij staat het je natuurlijk vrij om alle controlemiddelen te gebruiken die internet biedt. Ik kan je verzekeren dat als je de sprong waagt wij je met open armen zullen ontvangen, maar het is uiteindelijk aan jou of je me wilt geloven of niet. A.

Het ontging haar niet dat hij al gestopt was met de plichtpleging van een aanhef. Een teken dat ze nader tot elkaar begonnen te komen. Ze liet er zelf ook een achterwege in haar reactie.

Maar vertrouwen moet van twee kanten komen, nietwaar? Jij wilt toch ook op mij kunnen vertrouwen? Misschien is het daarom een goed idee als we elkaar iets vertellen waar we ons voor schamen. Eerst ik dan maar. Mijn echte naam is Purity. Ik schaam me daar zo voor dat ik mijn portefeuille altijd goed afscherm als ik iets moet afrekenen waar vrienden of kennissen bij zijn, want veel mensen vinden het leuk om je te plagen met de foto op je rijbewijs, en die foto kan me niet schelen, maar daarnaast staat dus mijn officiële naam.
Wat zeg je me daarvan, Mister Purity? Jouw beurt.

Te opgewonden over haar durf om te kunnen eten liep ze naar het kantoor van Igor. Zijn werkdag was intussen ten einde en hij zat zijn attachékoffertje te pakken. Hij keek ietwat verstoord naar haar op.
'Ja, ik weet het,' zei ze. 'Ik heb in geen drie dagen mijn haar gewassen.'
'Is je maag weer in orde? Niet besmettelijk meer?'
Ze liet zich op een van de stoelen neerploffen van het zitje in de hoek van zijn kamer. 'Zeg, Igor, nog even over die Twintig Vragen van jou.'
'O, laat dat maar zitten,' zei hij haastig.
'Dat waar ik naar moest raden, wat was dat nou?'
'Pip, sorry, maar ik ga straks met mijn zoontjes naar een wedstrijd van de Athletics. Mag het een andere keer?'
'Dat van die klacht over seksuele intimidatie was maar een geintje, hoor.'
'Voel je je echt wel weer goed? Je lijkt jezelf niet vandaag.'
'Krijg ik nog antwoord op mijn vraag?'
De geschrokken blik van Igor deed denken aan die van Stephen twee

avonden terug. 'Als je nog wat dagen vrij wilt, geen probleem. Neem desnoods de rest van de week vrij.'

'Ik dacht er eigenlijk over om de rest van mijn leven vrij te nemen.'

'Ja, oké, het was niet zo'n geslaagde grap, dat van die Twintig Vragen. Mijn excuses. Maar mijn zoontjes wachten op me.'

Zoontjes, kinderen – nog erger dan broers en zussen!

'Je zoontjes kunnen best vijf minuten langer wachten,' zei ze.

'Morgenvroeg praten we verder, oké?'

'Je zei dat je me mocht, al wist je niet waarom. Je zei dat je me succes wilde zien hebben.'

'Allebei waar, absoluut.'

'Maar je hebt geen vijf minuten over om me te vertellen waarom ik geen ontslag moet nemen?'

'Morgen neem ik daar desnoods de hele ochtend voor. Maar nu...'

'Nu heb je niet eens tijd om te flirten.'

Igor slaakte een zucht, keek op zijn horloge en ging tegenover haar in de andere stoel zitten. 'Nu geen ontslag nemen. Niet vanavond, oké?'

'Nou, ik denk van wel.'

'Vanwege dat flirten? Daar kan ik mee ophouden, hoor. Ik dacht altijd dat je het wel grappig vond.'

Pip fronste. 'Dus je bent nooit ergens op uit geweest.'

'Welnee, het was gewoon voor de lol. Een beetje plagen. Je bent altijd zo grappig als je je boos maakt.' Hij leek voldaan over deze verklaring, voldaan over zijn goede karakter, en ook over zijn uiterlijk. 'Als we een prijs hadden voor Pissigste Werknemer Van de Maand, kreeg jij hem elke keer.'

'Dus het zou nooit meer zijn geworden dan flirten.'

'Natuurlijk niet! Ik ben gelukkig getrouwd, en dit is een keurig bedrijf, met strikte regels.'

'Dus met andere woorden: ik ben gewoon je minst presterende kracht, meer niet.'

'Morgenochtend kunnen we het over een nieuwe positie voor je hebben.'

Het was ondertussen duidelijk: het enige wat ze met deze confrontatie had bereikt was dat ze hun onderlinge spelletje voorgoed onmogelijk had gemaakt. Het spelletje dat haar werkweek nog een béétje draaglijk had gemaakt. Aan het begin van deze dag had ze gedacht zich niet eenzamer te kunnen voelen, maar dat kon dus wél.

'Dit zal misschien heel raar klinken,' zei ze met een beginnende brok in haar keel. 'Maar zou je je vrouw niet kunnen vragen om naar die wedstrijd te gaan? Ik zou graag ergens met je gaan eten en je advies over wat dingen vragen.'

'Normaal gesproken zou dat kunnen, maar mijn vrouw heeft andere plannen vanavond. En het is hoog tijd dat ik nu ga. Ga lekker naar huis, dan praten we morgen verder.'

Ze schudde haar hoofd. 'Ik heb nu heel, heel hard een luisterend oor nodig.'

'Het spijt me enorm, Pip, maar ik kan je niet helpen.'

'Dat is duidelijk, ja.'

'Ik weet niet wat er met je is, maar misschien is het een goed idee om een paar dagen naar je moeder te gaan. Dan kom je maandag weer hier en praten we dán.'

Igors mobiel ging, ze luisterde met gebogen hoofd terwijl hij met zijn vrouw sprak, en ze hoorde vol jaloezie hoe hij zijn excuses aanbood omdat hij te laat was. Toen hij had opgehangen, voelde ze hem achter zich staan, alsof hij overwoog een troostende hand op haar schouder te leggen. Die hand kwam niet.

Toen hij weg was, liep ze terug naar haar werkplek en typte een ontslagbrief. Ze checkte haar mails en sms'jes op haar smartphone, maar er was niets van Stephen of Andreas Wolf, dus toetste ze het nummer van haar moeder in en liet de boodschap op haar antwoordapparaat achter dat ze een dag eerder naar Felton kwam.

DONDERDAG

Het busstation van Oakland lag op een uurtje lopen van het appartement van haar vriendin Samantha. Pip liep erheen met haar rugtas om en in haar handen een van Samantha geleende rollerskatedoos met de braambessentaart waar ze de hele ochtend over had gedaan. Toen ze er aankwam moest ze piesen, maar de ingang van de damestoiletten werd afgeschermd door een meisje met haar haar in cornrowvlechtjes, zo te zien een crackhoertje en/of een gekkin, die nadrukkelijk haar hoofd schudde toen Pip langs haar heen naar binnen wilde.

'Mag ik niet snel even piesen?'

'Wachten.'

'Maar hoelang dan ongeveer?'

'Zo lang als het duurt.'

‘Als wat duurt? Ik zal nergens op letten hoor, ik wil alleen maar even piesen.’

‘Zit er in die doos?’ wilde het meisje weten. ‘Skates?’

En zo stapte Pip met een volle blaas in de bus naar Santa Cruz, waar het toilet achterin uiteraard van een bordje DEFECT was voorzien. Het was kennelijk niet genoeg dat haar hele leven in de vernieling lag – nu kon ze helemaal tot San Jose, of misschien wel Santa Cruz, zitten vrezen dat ze het in haar broek zou doen.

Niet zeuren, meid, gewoon ophouden, zei ze in zichzelf. En er welde meteen een zekere trots op over haar vastberadenheid. Wat moet dat moet, en dit moet, dus kom op. Ze vond het kranig dat ze er na alles wat ze had doorstaan zo stoïcijns onder bleef. Maar aan de andere kant: bij Renewable Solutions deed iedereen ook voortdurend dingen omdat het nu eenmaal moest. Ik moet dit even printen, ik moet dat even aan Igor voorleggen, klonk het de hele dag. En het eind van het liedje was hoe dan ook dat ze ontzettend nodig móest.

Toen de snelweg zich voor even verhief op zijn slingerende route door het industriële oevergebied van de East Bay, zag ze hoe de bergen aan de overkant van de baai door nevel werden bekropen. Dus als ze daar toch met een natte broek uitstapte, zou het hopelijk te mistig zijn om op te vallen. Om haar gedachten van haar volle blaas af te leiden, stopte ze haar oren vol Aretha Franklin (ze hoefde nu tenminste niet meer te doen alsof ze genoot van de puberale hardrock van Stephen), en herlas haar laatste mailwisseling met Andreas Wolf.

Hij had haar de vorige avond teruggemaild, toen ze half buiten westen van Samantha’s slaappil op Samantha’s bank lag.

Het geheim van je naam is bij mij in goede handen. Maar zoals je weet, moeten bekende personen extra voorzichtig zijn. Stel je het permanente wantrouwen voor waarmee ik door het leven ga. Telkens als ik iets opzienbarends onthul, loop ik de kans aan de kaak te worden gesteld, te worden getorpedeerd of te worden uitgelachen. Dat is wat mensen per se over bekendheid zouden moeten weten voordat ze die gaan najagen: je kunt nooit meer iemand vertrouwen. In die zin ben je vervloekt, niet alleen door dat wantrouwen, maar, erger nog, ook omdat je altijd voor ogen moet blijven houden hoezeer je in de belangstelling staat, hoe groot je nieuwswaarde is. En dat werkt vervreemdend. Je kunt niet langer jezelf zijn en in die zin vergiftigt het je ziel. Het is klote om een bekendheid te zijn, Pip. En toch wil iedereen er een worden. De hele wereld draait daar tegenwoordig om, om dat verlangen naar bekendheid.

Als ik jou vertelde dat mijn moeder me op mijn zevende haar genitaliën liet zien, wat zou je dan met die informatie doen?

Toen ze dit vanochtend voor de tweede keer had gelezen, en betwijfelde of Wolf haar nu echt een met schaamte omgeven geheim had verteld, had ze 'andreas wolf moeder genitaliën zeven jaar' gegoogeld en slechts zeven resultaten gekregen waarin al die woorden voorkwamen, waaronder '72 interessante feiten over Adolf Hitler'. Ze had teruggeschreven:

Dan zou ik holy shit zeggen en er verder niets mee doen. Want het lijkt me niet uitgesloten dat jij je iets te veel overgeeft aan het zelfmedelijden van de beroemde mens. Wat jij misschien niet weet, of bent vergeten, is hoe klote het is als niemand interesse in je heeft en je geen enkele persoonlijke macht hebt. Als jij mijn geheim verklapt, zal iedereen je geloven. Als ik het jouwe verklap, zeggen ze gewoon dat ik om de een of andere zieke reden aan je mail heb zitten sleutelen, omdat ik een meisje ben. Van ons meisjes wordt altijd gezegd dat we een enorme seksuele macht uitoefenen, maar ik heb de laatste tijd geleerd dat dat gewoon een leugen is van mannen, zodat ze zich er minder bezwaard over hoeven te voelen dat zij ALLE macht hebben.

De middagen in Bolivia waren kennelijk de tijd waarin Wolf zijn mailverkeer onderhield, want er was vrijwel direct een reply gekomen, ondanks de omweg langs talloze extra servers.

Het spijt me als het als zelfmedelijden klonk – ik probeerde tragisch te klinken!

Het is waar dat ik van het mannelijk geslacht ben en een zekere macht heb, maar ik heb er nooit om gevraagd als man geboren te worden. Misschien ben je als man van nature een roofdier, en zou het een roofdier sieren als het zo veel mededogen met zwakkere dieren had dat het tegen zijn natuur in ging en de hongerdood verkoos boven het doden van een prooi. Maar misschien spelen er ook nog andere dingen mee, zoals geboren te zijn met meer geld dan anderen. Misschien is het interessanter om bij het vraagstuk van verschillen tussen mensen die sociale invalshoek te kiezen.

Ik hoop echt dat je ons hier gezelschap komt houden. Misschien ontdek je dan wel dat je meer in je mars hebt dan je denkt.

Dit bericht ontgoochelde een beetje. Het speelse geflirt begon nu al plaats te maken voor abstracte Duitse bespiegelingen. Terwijl haar taartlagen in de oven stonden, had ze geantwoord met:

Beste, toepasselijk Wolf geheten correspondentievriend,
Het zal ongetwijfeld met mijn psychische toestand te maken hebben, die momenteel een behoorlijke puinhoop is, wat menigeen zal kunnen bevestigen, maar ik voel me eerder zo'n klein prooidiertje dat zich met zijn lot heeft verzoend en eigenlijk maar zo snel mogelijk wil worden verorberd. Bij jouw Project kan ik me alleen mensen voorstellen die goed genoeg in hun vel zitten om zich er helemaal in kwijt te kunnen. Tenzij je nog ergens 130.000 dollar voor me hebt liggen, waarmee ik mijn studieschuld zou kunnen aflossen, en tenzij je mijn (eenzame, depressieve) moeder een brief kunt schrijven die haar de kracht geeft het voor onbepaalde tijd zonder me te kunnen stellen, ben ik bang dat ik die verborgen vermogens van mij niet ga ontdekken.
Vriendelijke groet,
Pip

Het zelfmedelijden droop ervan af, maar ze had het mailtje toch verstuurd en daarna nog eens teruggedacht aan haar laatste liefdesfiasco's terwijl ze intussen de taart voorzag van zijn stopverfachtige veganistische glazuurlaag en haar rugtas pakte voor de reis naar Felton.

De bus had zo veel oponthoud door het drukke verkeer dat hij niet lang genoeg in San Jose bleef om te kunnen uitstappen voor toiletbezoek. De blaaspijn straalde uit door haar hele buik terwijl de rit verderging over Route 17 en door de Santa Cruz Mountains. Ter hoogte van Scotts Valley reden ze de mist binnen die het jaargetijde en uur van de dag onherkenbaar maakte. In juni schoof er op de meeste namiddagen een klauw van zeedamp over Santa Cruz, vanaf de Pacific over de houten achtbaan en het stilstaande water van de San Lorenzo River, door de brede straten waar de surfers woonden, tot diep in de sequoiabossen. Tegen de ochtend condenseerde deze uitademing van de oceaan tot een dauw die overvloedig genoeg was om in straaltjes door de goten te lopen. Dit was het ene Santa Cruz, een spookachtig grijs oord dat uit zijn sluimer weigerde te komen. Pas als de oceaan een paar uur later weer inademende, liet de wegtrekkende vochtigheid een ander Santa Cruz achter, verkwikt en zonnig. Maar de klauw bleef voor de kust liggen en kwam tegen de avond weer opzetten, als de depressie na de manie, rolde opnieuw binnen en verstomde alle menselijke geluiden, verhulde vergezichten, deed de omgeving in zichzelf keren, waarna de stilte het blaffen van de zeeleeuwen rond de steigerpalen van de pier leek te versterken. Van mijlenver kon je ze horen, hoe ze met hun 'arp, arp, arp, arp' de soortgenoten terugriepen die nog in zee door de mist duikelden.

Toen de bus eindelijk vanaf Front Street het station in draaide, was de straatverlichting al aan, gefopt door de mist. Pip strompelde de damestoiletten binnen, een leeg toilet in, liet haar rugtas op de vieze vloer vallen, zette er de doos met de taart op en rukte haar jeans omlaag. Terwijl zich in haar onderlichaam allerlei spieren ontspanden, gaf haar smartphone het geluidje van een binnenkomende mail.

De stage duurt drie maanden, met de mogelijkheid van verlenging. Je toelage zou volstaan voor de maandelijkse aflossing van je studieschuld. En misschien doet het je moeder juist wel goed om het een tijdje zonder je te moeten stellen.

Wat vervelend dat je je zo ongelukkig en machteloos voelt. Maar soms helpt het om dan wat anders te gaan doen met je leven.

Ik heb me dikwijls afgevraagd hoe prooidieren zich voelen als ze worden verschalkt. Je ziet ze vaak roerloos in de klauwen van het roofdier liggen, alsof het totaal geen pijn doet. Alsof Moeder Natuur ze op het eind genade schenkt.

Ze tuurde naar de laatste alinea, probeerde er een bedekt dreigement of juist een belofte in te ontwaren, toen haar rugtas een geluidje maakte, een soort zucht. Het bezweek onder het gewicht van de taartdoos. En voor ze haar straal kon afknijpen om een greep naar de doos te doen, gleed die op de vloer, het deksel wipte open en de taart viel met zijn bovenkant op tegels vol neergeslagen mist, sigarettenpeuken en de onbestemde viezigheid van wie zich zoal, met wat voor reden dan ook, in het toilet had opgehouden. Er rolden wat bramen in het rond.

'O, wat lief van je,' zei ze tegen de gesneuvelde taart. 'Wat fijn dat je zo meewerkt.'

Huilend om haar eigen klunzigheid schepte ze met haar hand de onbevuilde stukken taart in de doos en probeerde met papieren handdoekjes het veganistische glazuur van de vloer te vegen, die er daardoor uit kwam te zien alsof er taaie albinostront over was uitgesmeerd. Ze verloor zo veel tijd met dit zinloze karwei (alsof ze waardering kon oogsten om haar propere inslag) dat ze bijna de bus naar Felton miste.

Een medepassagiere, een ongewassen ogend meisje met blonde dreads, draaide zich naar haar om en vroeg: 'Ga jij ook naar Pico?'

'Nee, tot het einde van deze weg,' zei Pip.

'Ik ben daar tot voor drie maanden geleden nooit eerder geweest,' zei het meisje. 'Uniek is het er! Er wonen twee jongens die me op hun bank laten slapen in ruil voor seks. Nou, mij best hoor. In Pico is alles anders. Ga jij er weleens heen?'

Het toeval wilde dat Pip in Lompico was ontmaagd. Misschien was alles er inderdaad wel anders.

'Je hebt het er wel naar je zin, zo te horen,' zei ze minzaam.

'Pico is top!' vond het meisje. 'Ze krijgen er hun drinkwater per truck aangevoerd, die jongens. Vanwege de hoogte, weet je. Maar zo hebben ze tenminste geen last van het yuppentuig uit de buitenwijken, wat natuurlijk top is. Ze geven me gratis eten en zo. Het is echt uniek daar!'

Het meisje scheen innig tevreden met haar bestaan, terwijl Pip het gevoel had dat er in de bus een asregen was neergedaald. Ze dwong zichzelf tot een beleefde glimlach en deed haar oordopjes weer in.

Felton was nog mistvrij. Op de bushalte rook de lucht nog naar de zondoorstoofde hummuslaag tussen de sequoia's, maar de zon zelf was al achter een bergrand verdwenen, en toen Pip op het houten huisje af liep, hipten haar gevederde jeugdvriendjes, de gevlekte en roodgeflankte towies, over het schemerige paadje. Zodra het huisje binnen gezichtsbereik kwam, vloog de deur open en kwam haar moeder haar tegemoet rennen. 'O! O!' De liefde op haar gezicht was zo overdadig dat Pip het bijna obsceen vond, wat haar er niet van weerhield om de omhelzing van haar moeder, zoals altijd, met evenveel hartstocht te beantwoorden. Het lichaam waarover haar moeder zelf zo ontevreden was, voelde dierbaar als niets anders. De warmte ervan, de zachtheid. De vergankelijkheid. De vage, maar welvertrouwde geur van haar huid voerde Pip terug naar de jaren toen haar moeder en zij nog een bed hadden gedeeld. Ze had het liefst haar gezicht in haar moeders boezem geduwd om zo veel mogelijk troost uit de begroeting te putten, maar zoals bij iedere thuiskomst overviel haar moeder haar meteen met een onbenullige gedachte die ze niet voor zich kon houden.

'Ik heb vanmiddag nog heerlijk over je staan praten met Sonya Dawson, in de super. Zij herinnerde zich hoe lief je altijd voor de kleuters in groep 1 was toen je zelf al in groep 5 zat. Weet je dat zelf nog? Ze zei dat ze nog altijd de kerstkaarten had die jij toen voor haar tweeling had gemaakt. Ik was helemaal vergeten dat je kaarten maakte voor al die kleuters, voor allemaal. Als mensen dat jaar aan Sonya's kinderen vroegen wat ze het leukst vonden, riepen ze "Pip!" Hun lievelingstoetje: Pip! Hun lievelingskleur: Pip! Je was hun lievelingsalles! Zo'n enig meisje, zo lief altijd voor de kleintjes. Herinner jij je Sonya's tweeling nog?'

'Vagelijk,' zei Pip, die al naar het huisje liep.

'Ze aanbaden je, die twee. Op een voetstuk stond je bij ze. Bij de hele kleuterklas, trouwens. Ik was weer zo trots toen Sonya het vertelde.'

'Jammer dat ik niet altijd acht ben gebleven.'

'Iedereen vond je altijd een heel bijzonder meisje,' zei haar moeder achter haar. 'Alle juffen en meesters zeiden dat ook. Zelfs de andere ouders zeiden het. Je had een magische liefheid over je. Als ik eraan terugdenk, word ik weer helemaal gelukkig.'

Eenmaal binnen zette Pip haar spullen neer en begon te huilen.

'Schattebout, wat is er?' zei haar moeder in diepe ontzetting.

'Ik heb je taart laten sneuvelen!' zei Pip, snikkend als een achtjarige.

'Ach, dat geeft toch niet.' Haar moeder trok haar tegen zich aan, duwde haar gezicht tegen haar borstbeen en wiegde haar zachtjes. 'Ik ben zo blij dat je er bent.'

'Ik had er de hele ochtend over gedaan,' snotterde Pip. 'En toen heb ik hem in het busstation op de grond laten vallen. Op de wc, mam! Het spijt me zo. Alles was vies, het spijt me zo.'

Haar moeder suste haar, zoende haar op haar hoofd, bleef haar net zo lang tegen zich aan drukken tot ze iets van haar verdriet had uitgedreven in de vorm van snot en tranen. Het voelde alsof ze een belangrijke stap voorwaarts had genomen met die huilbui. Ze maakte zich los uit haar moeders omarming en ging naar de badkamer om zich op te frissen.

Op de planken lag het verschoten beddengoed uit haar kindertijd. Aan het rek hing de aftandse badhanddoek die haar moeder al twintig jaar gebruikte. De betonnen vloer van het douchecelletje had zijn verflaag allang prijsgegeven aan de schrobwoede van haar moeder. Toen Pip zag dat haar moeder twee kaarsen voor haar had aangestoken bij de wastafel, als voor een romantisch rendez-vous of religieuze ceremonie, barstte ze bijna opnieuw in tranen uit.

'Ik heb de gerookte linzen en de boerenkoolsalade waar je zo dol op bent,' zei haar moeder in de deuropening. 'Ik wist eigenlijk niet of je nog vlees eet, dus heb ik maar geen koteletje voor je meegenomen.'

'Als lid van een woongroep is het moeilijk om geen vlees te eten,' zei Pip. 'Al ben ik daar nu weg, trouwens.'

Terwijl ze de fles wijn opentrok die ze voor eigen consumptie had meegenomen, en haar moeder haar de volle buit van haar medewerkerskortingskaart bij New Leaf liet zien, vertelde Pip een grotendeels verzonnen verhaal over haar redenen om uit het huis in 33rd Street te vertrekken. Haar moeder scheen ieder woord te geloven, waarna Pip een nieuw glas inschonk en haar moeder verslag deed van haar ooglid (het trilde niet meer, maar voelde wel alsof het elk moment weer kon gaan trillen), over de laatste privacyschendingen die ze zich als werkneemster moest laten welgevallen, de laatste inbreuken op haar gevoel voor eigenwaarde door New Leafklanten, en het morele dilemma waarvoor ze zich geplaatst zag door de haan van haar buurvrouw, die al om drie uur 's nachts begon te kraaien. Pip was naar het huisje gekomen om er voor de rest van de week een wijkplaats te vinden, bij te komen en te bedenken wat ze nu zou gaan doen, maar ondanks de centrale positie die ze in het leven van haar moeder innam, leek haar moeders microkosmos van obsessies en gekwetste gevoelens ook heel goed zonder haar te kunnen bestaan. Alsof er op dit moment eigenlijk geen plaats in was voor Pip.

'Nou, en ik heb dus ook mijn baan opgezegd,' zei ze toen hun borden leeg waren en de wijn zo goed als op.

'Goed zo,' zei haar moeder. 'Ik heb steeds het idee gehad dat je daar onder je kunnen werkte.'

'Mam, ik héb geen kunnen. Ik heb een nutteloos soort intelligentie. En geen geld. En nu dus ook geen huis meer.'

'Je kunt altijd weer bij mij komen wonen.'

'Laten we wel reëel proberen te blijven, mam.'

'Dan krijg jij gewoon de slaapveranda weer. Vond je altijd heerlijk, de slaapveranda.'

Pip goot het laatste restje wijn in haar glas. Het viel onder haar 'morele wangedrag' om opmerkingen van haar moeder te negeren als dat haar zo uitkwam. 'Dus nou had ik het volgende gedacht,' zei ze. 'Twee mogelijkheden: óf je helpt me eindelijk de vader te vinden die ik nooit heb gehad, zodat ik wat geld bij hem los kan proberen te kloppen, óf ik ga een poosje naar Zuid-Amerika. Als je wilt dat ik blijf, moet je me helpen mijn vader te vinden.'

De oefeningen bij haar Streven hadden Pips moeder een fraaie lichaamshouding bezorgd die even kaarsrecht was als die van Pip krom en lamlendig. Pip zag iets dromerigs in haar ogen komen, dat haar hele gezicht leek te veranderen. Zo moet je eruit hebben gezien voor je moeder werd, dacht ze.

Door het raam bij de tafel naar buiten kijkend, waar het nu bijna donker was, zei haar moeder: 'Ik heb alles voor je over, maar dat zal ik nooit doen.'

'Oké, nou, dan ga ik dus naar Zuid-Amerika.'

'Zuid-Amerika...'

'Mam, ik ga zelf ook liever niet. Ik wil bij jou in de buurt blijven. Maar dan moet je me helpen.'

'Zie je nu wel,' zei haar moeder, met nog steeds die dromerige blik in haar ogen, alsof ze nog iets meer in het raam zag dan alleen haar eigen weerspiegeling. 'Hij blijft het me aandoen, zelfs nu nog. Hij probeert je nog steeds bij me weg te halen, maar ik laat het niet gebeuren.'

'Nu zit je onzin te praten, mam. Ik ben drieëntwintig. Als je gezien had waar ik woonde, zou je weten dat ik heel goed voor mezelf kan zorgen.'

Haar moeder draaide zich weer naar haar toe. 'Wat is er in Zuid-Amerika?'

'Tja, daar heb ik iets aangeboden gekregen,' zei Pip met enige tegenzin, alsof ze iets bekennen moest wat niet door de beugel kon. 'The Sunlight Project heet het. Ik kan er een betaalde stage krijgen en dingen leren en zo.'

Haar moeder fronste. 'Is dat niet die illegale club die allerlei overheidsinformatie publiceert?'

'Wat weet jij nou van die dingen, mam?'

‘Ik lees ook de krant, hoor, schattebout. Is het de club van die zedendelinquent?’

‘Nee dus,’ zei Pip. ‘Dat is Wikileaks, waar jij aan denkt, maar het Project is heel wat anders en daar heb jij geen benul van. Jij woont hier in de bergen en je weet van niks.’

Haar moeder leek een ogenblik aan zichzelf te twijfelen, maar herpakte zichzelf. ‘Niet waar, ik heb het niet over Assange. Het is die andere. Andreas...’

‘Oké, sorry. Je weet er dus wel iets van.’

‘Maar hij is dus net zoals Assange, of erger nog.’

‘Nee, mam, dat is-ie niet. Ze verschillen totaal van elkaar.’

Haar moeder sloot haar ogen, ging nog rechter overeind zitten en begon met haar ademhalingstechniek. Dat deed ze altijd als ze overstuur dreigde te raken. En ze zette Pip ermee voor het blok, want die wilde haar niet storen, maar voelde er evenmin voor om nu een uur te wachten tot haar moeder zich weer aandiende.

‘Dit zal vast heel kalmerend voor je zijn,’ zei ze, ‘maar ik zit hier nog steeds en je sluit je nu wel voor me af.’

Haar moeder ademde slechts.

‘Kun je niet op z’n minst vertellen wat er destijds echt is voorgevallen met mijn vader?’

‘Heb ik je verteld,’ prevelde haar moeder zonder haar ogen te openen.

‘Dat waren verzinsels. En weet je wat? Andreas Wolf kan me hem wel helpen opsporen.’

De ogen van haar moeder sprongen open.

‘Dus jij vertelt me hoe het zit,’ zei Pip. ‘Of ik ga naar Zuid-Amerika en zoek het zelf uit.’

‘Purity, luister naar me. Ik weet dat ik het je niet gemakkelijk maak, maar je móet me geloven. Als je daar echt voor naar Zuid-Amerika gaat, ga ik eraan onderdoor.’

‘Waarom? Het is voor mensen van mijn leeftijd heel normaal om te reizen. Waarom vertrouw je er niet op dat ik weer terugkom? Je weet toch wel hoeveel ik van je houd?’

Haar moeder schudde haar hoofd. ‘Dit is altijd mijn schrikbeeld geweest. En nu ook nog die Andreas Wolf. Een schríkbeeld is het, een nachtmerrie!’

‘Wat weet je van Andreas?’

‘Dat hij een slecht mens is.’

'Hoezo? Hoe weet je dat dan? Ik heb heel internet naar hem afgespeurd en hij is het tegenovergestelde van een slecht mens. Ik heb e-mails van hem, van hem persoonlijk. Kan ik je laten zien.'

'O mijn god,' zei haar moeder hoofdschuddend.

'Wat nou? O mijn god wat?'

'Heb je je dan niet afgevraagd waarom zo iemand jou e-mails zou sturen?'

'Ze hebben een programma met betaalde stages. Daar moet je een test voor afleggen en daar ben ik voor geslaagd. Ze doen heel goed werk, die mensen, en ze wíllen me daar! Ik word eindelijk eens ergens gewild, voor de verandering. Hij stuurt me heel persoonlijke mails, ondanks alle beslommeringen die hij heeft.'

'En zou dat niet een of ander hulpje van hem kunnen zijn, dat zulke e-mails stuurt? Je kunt toch niet weten door wie zoiets echt wordt geschreven?'

'Dit is hem echt, hoor, mam. Dit is hem echt.'

'Maar denk nu eens na, Purity. Waarom zouden ze je daar willen?'

'En dat vraag jij? Jij die me al drieëntwintig jaar vertelt hoe bijzonder ik ben?'

'Waarom zou zo'n bedenkelijk heerschap een beeldschoon meisje geld bieden om naar Zuid-Amerika te komen?'

'Ik ben niet beeldschoon, mam. En stom ben ik ook niet. Daarom heb ik hem juist nagetrokken en persoonlijk contact gezocht.'

'Lieverd, in de Bay Area wemelt het van de mensen die jou willen. Nette mensen. Correcte, aardige mensen.'

'Nou, ik kan je melden dat ik die nog niet tegen het lijf ben gelopen.'

Haar moeder legde haar handen op die van Pip en keek haar onderzoekend aan. 'Is er iets gebeurd, Purity? Eerlijk zeggen, is je iets overkomen?'

Die moederlijke handen leken opeens in klauwen te veranderen, en haar moeder in een volslagen vreemde. Pip trok er haar handen onder vandaan. 'Er is me níets overkomen.'

'Je kunt het me rustig vertellen, lieverd.'

'Ik vertel mooi niks. Jij vertelt mij ook niks!'

'Ik vertel je altijd alles.'

'Behalve de dingen die ertoe doen.'

Haar moeder leunde achterover en keek weer naar het donkere raam. 'Je hebt gelijk,' zei ze. 'Er zijn dingen die ik je niet vertel. Daar heb ik heel goede redenen voor, maar inderdaad, ik vertel ze je niet.'

‘Nou, laat me dan mijn gang gaan. Je kunt niet langer voor me beslissen, dat recht heb je niet meer.’

‘Maar ik heb het volste recht om zielsveel van je houden, meer dan van het leven zelf.’

‘Nee!’ riep Pip uit. ‘Dat heb je niet! Dat heb je niet! Dat heb je niet!’

De Republiek der Smakeloosheid

De lutherse kerk aan de Siegfeldstraße bood opvang aan eenieder door wie de republiek zich in verlegenheid gebracht voelde, en Andreas Wolf had haar zozeer in verlegenheid gebracht dat hij er zelfs woonde, in het souterrain van de pastorie. Maar het verschil met de andere onaangepasten die er verbleven (de ware christenen, de milieufanaten, de dwarsliggers die in mensenrechten geloofden of niet wilden meevechten in een Derde Wereldoorlog), was dat Andreas zichzelf in zeker opzicht ook in verlegenheid bracht.

Andreas vond het totalitaire karakter van de republiek het sprekendst tot uitdrukking komen in haar totale lachwekkendheid. Natuurlijk, mensen die de zone des doods probeerden over te steken werden op onlachwekkende wijze neergeschoten, maar hij gaf er de voorkeur aan het als een eigensoortig wiskundig probleem te beschouwen: de discontinuïteit tussen de platheid van het Oosten en de driedimensionaliteit van het Westen was iets waarmee je nu eenmaal rekening te houden had. Zolang je bij de grensovergangen uit de buurt bleef, had je geen groter gevaar te duchten dan te worden bespioneerd en eventueel te worden opgepakt voor ondervraging, in een cel te worden gesmeten en je leven aan diggelen te zien gaan. En hoewel dit onfortuinlijk was voor wie het overkwam, had het een komische lading door de werkwijze van het staatsapparaat met zijn potsierlijke termen als 'klassenvijand' of 'contrarevolutionair element', en de absurde getrouwheid aan het bewijsvoerende protocol, waarbij men zich er nooit toe beperkte om bekentenissen of beschuldigingen te dicteren en mensen tot het zetten van hun handtekening te dwingen, of die te vervalsen – nee, er moesten foto's en geluidsopnamen worden toegevoegd aan overvloedig geannoteerde dossiers waarin onophoudelijk de democratische wetten werden aangeroepen. De republiek was bijna deerniswekkend Dúits in haar hang naar consistentie en het correct volgen van procedures, als een overijverig kind dat constant indruk probeerde te maken op de grote sovjetbovenmeester. Het was dan ook ondenkbaar dat er met stembusuitslagen werd gesjoemeld, wat bovendien niet hoefde, want de angst zat zo diep bij de mensen (en misschien hadden ze ook wel te doen met dit kind, dat in het socialisme geloofde zoals westerse kinderen in een kerstman met een vliegende slee) dat iedereen toch wel trouw op de Partij stemde. Aan het begin van de jaren tachtig had iedereen door dat het leven in het Westen beter was, met betere auto's, betere televisie en betere vooruitzichten, maar de grens was dicht en de mensen deden niets om het kind zijn illusies te ontnemen, alsof ze met te veel plezier terugdachten aan hun eigen illusies in de begintijd van de republiek. Zelfs dissidenten spraken slechts van hervorming, nooit van omverwerping. Het dagelijks leven was armzalig zonder ooit rampzalig te worden (de *Berliner Zeitung* kende geen grotere rampen dan olympisch brons). Iedereen van hoog tot laag voegde zich naar het systeem, hoe pover en smakeloos ook, omdat men Duits was en omdat het een systeem was. Dus bleef Andreas, die zichzelf in verlegenheid bracht met het idee de vleesgeworden antithese te zijn van een dictatuur die hij veel te belachelijk vond om zo'n luisterrijk zelfbeeld te rechtvaardigen, op ruime afstand van de andere onaangepasten die onder de rokken van de kerk kwamen schuilen. Ze stelden hem esthetisch gezien teleur, ze strookten geen van allen met de hoge dunk die hij van zichzelf had, en ze zouden hem bovendien toch niet vertrouwen. Dus ervoer hij de diverse ironieën van zijn bestaan in de Siegfeldstraße in stilte.

Naast de evidente ironie dat hij als atheïst afhankelijk was van een kerk, was er de subtielere ironie dat hij in zijn onderhoud voorzag door namens de kerk risicojongeren te begeleiden. Geen Oost-Duitser had een zo bevoorrechte en risicoloze jeugd genoten als hij, maar hier zat hij dan, in het souterrain van een pastorie, tieners goede raad te geven over problemen met promiscuïteit, alcoholverslaving of ouderlijk falen, zodat ze zich konden ontwikkelen tot productieve leden van een maatschappij die hij verachtte. En hij was er nog goed in ook, kreeg ze weer terug naar school, hielp hen baantjes te vinden in de uitzichtloze economie, bracht ze in contact met betrouwbare welzijnswerkers in overheidsdienst, wat hem, o ironie, zelf ook een productief lid van die maatschappij maakte.

Zijn geloofwaardigheid voor de jongelui berustte in hoge mate op het feit dat hij zelf zijn voorrechten was kwijtgeraakt. De kern van hun problematiek was steeds dat ze alles veel te serieus namen, zichzelf voorop (wie zelfdestructief gedrag vertoonde was veel te intensief met zichzelf bezig) en zijn boodschap kwam altijd neer op: 'Kijk naar mij. Mijn vader is lid van het Centraal Comité en ik woon in het souterrain van een pastorie, maar zie je mij ooit zo serieus?' Die boodschap was zeer effectief, al viel er best wat op af te dingen, want ondanks zijn woonsituatie was hij nog verre van onbevoorrecht. Hij had dan wel alle banden met zijn ouders verbroken, maar in ruil voor deze gunst hielden ze hem de hand boven het hoofd. Hij was nog nooit opgepakt, zoals zijn pupillen konden verwachten als zij de rottigheid uithaalden die hij op hun leeftijd had uitgehaald. Daar wond hij ook geen doekjes om, maar dat belette hun niet hem aardig te vinden en zich voor hem open te stellen – want hij sprak de waarheid, en ze snakten te zeer naar de waarheid om erbij stil te staan dat hij de luxe had om die zo openlijk te kunnen spreken. Hij vormde een risico dat de staat kennelijk bereid was te nemen, een misleidend baken van eerlijkheid voor verwarde en getroebleerde adolescenten, voor wie zijn sterke aantrekkingskracht vervolgens een nieuw soort risico begon te vormen. De meisjes stonden zowat in de rij voor zijn kantoortje om zich voor hem te kunnen uitkleden. En als ze aannemelijk konden maken dat ze minimaal zestien waren, was hij gaarne bereid ze met de knoopjes te helpen. Ook daarin school weer een overmaat aan ironie: hij verleende de staat een belangrijke dienst door ontspoorde elementen terug op de rails te krijgen, sprak daarbij onbekommerd de waarheid terwijl hij erop aandrong dat ze daar zelf voorzichtig mee omsprongen, en werd ook nog eens beloond met de seksuele gretigheid van tienermeisjes.

Zijn stilzwijgende overeenkomst met de staat liep nu al zo lang (meer dan zes jaar) dat hij aannam veilig zijn gang te kunnen gaan. Maar hij bleef vriendschapsbanden met mannen vermijden – onder meer omdat hij merkte dat zijn omgang met de jongeren afgunst, en dus afkeuring, wekte bij de andere mannen die in de kerk actief waren. Ook statistisch was er een goede reden om mannen uit de weg te gaan, aangezien er voor elke vrouwelijke verklikker wel tien mannelijke waren. (Zoals er ook een statistisch voordeel was aan zijn voorkeur voor tienermeisjes, want de meeste verklikkers waren te burgerlijk om van schoolmeisjes al te veel ondeugendheid te verwachten.) Maar het grootste nadeel van mannen was dat hij geen seks met ze kon hebben en dus niet die vertrouwensband van het verbodene met ze kon smeden.

Hoewel zijn honger naar meisjesvlees onstilbaar leek, ging hij er prat op nooit bewust naar bed te zijn geweest met een minderjarige of met een slachtoffer van seksueel misbruik. Hij was bedreven in het herkennen van dat laatste, soms aan de laatdunkende of fecale beeldspraak die ze voor zichzelf hanteerden, soms al aan een bepaalde manier van giechelen, en door de jaren heen had zijn instinct tot de ontmaskering van menig dader geleid. Als een meisje met een misbruikverleden op hem viel, deed hij geen stapje terug, maar maakte een noodsprong naar achteren – hij was als de dood om de schijn van ontucht over zich af te roepen. Alles wat ontuchtplegers deden (handtastelijkheden in drukke menigten, rondhangen bij speelplaatsen, al te familiair gedrag met nichtjes, jonge meisjes inpalmen met snoep of snuisterijen) riep een moordzuchtige woede in hem op. Hij vermaakte zich alleen met meisjes die daar stabiel genoeg voor waren en duidelijk naar hem verlangden.

Zijn avontuurtjes boezemden hem wel een vaag gevoel van ziekelijkheid in (zorgen over de dwangmatigheid ervan, of over het feit dat hij nooit verzadigd raakte en zelfs steeds wellustiger werd, of dat hij zijn hoofd liever tussen de dijen van een meisje stak dan haar mond te kussen), maar die schreef hij toe aan de ziekelijkheid van het land waarin hij woonde. De republiek had hem gemaakt tot wie hij was, heel zijn bestaan stond in het teken van die relatie, en dat dwong hem blijkbaar in de rol van *Assibräuteaufreißer*. Het lag immers niet aan hem dat je geen enkele man of vrouw van boven de twintig kon vertrouwen. Daarbij kwam nog zijn achtergrond als bevoorrecht kind – als de voormalige blonde prins van de Karl-Marx-Allee leefde hij nu als balling in het souterrain van een pastorie, waar hij zich moest voeden met inferieur blikvoer, dus mocht hij zijn escapades beschouwen als het laatste privilege dat hem nog toekwam. Een bankrekening was hem niet vergund, maar hij kon in gedachten wel een coïtusregister bijhouden, dat hij regelmatig doornam om niet alleen alle voor- en achternamen van zijn veroveringen te onthouden, maar ook hun precieze volgorde.

Tegen het einde van de winter van 1987 bedroeg de telling 52 toen hij een fout maakte. Het probleem was dat nummer 53, de kleine roodharige Petra, die met haar permanent werkloze vader in een overvol en van verwarming verstoken kraakpand in Prenzlauer Berg was beland, net als die vader extreem gelovig was. Merkwaardig genoeg deed haar vroomheid niets af aan de geilheid die ze voor Andreas had opgevat (noch aan die van hem voor haar), maar seks in een kerk beschouwde ze als smadelijke godslastering. Een poging om haar dat bijgelovige idee uit het hoofd te praten leidde er alleen maar toe dat ze hevig ongerust raakte over zijn zielenheil, en hij zag in dat hij naar haar maatstaven over zijn ziel zou moeten waken om haar niet te verspelen. Als hij eenmaal zijn zinnen op een avontuurtje had gezet, kon hij aan niets anders meer denken, en aangezien hij geen vrienden had die hij voor een paar uur om het gebruik van hun flat kon vragen, en geen geld had voor een hotelkamer, én omdat het op de avond in kwestie ver onder nul was, zag hij geen andere manier om Petra uit de kleren te krijgen (en het slagen in die opdracht leek hem van eminenter belang dan bij enig andere voorgangster, hoewel ze niet erg snugger en zelfs lichtelijk geschift was) dan de s-Bahn met haar te nemen naar de datsja van zijn ouders aan de Müggelsee. Daar kwamen zijn ouders alleen in het weekend, en ’s winters zo goed als nooit.

Andreas zou normaliter zijn opgegroeid in Hessenwinkel of eerder nog Wandlitz, de enclave waar de Partij-elite zijn villa's had, maar zijn moeder had per se in de buurt van het centrum willen wonen, in een ruim bemeten nieuwbouwappartement op een van de bovenste verdiepingen aan de Karl-Marx-Allee. Andreas vermoedde dat haar afkeer van de buitenwijken van bourgeois-intellectualistische aard was, dat ze er de huisinrichtingen en gesprekken onverdraaglijk *spießig* vond, plat en banaal, maar niet in staat was daar eerlijk voor uit te komen, zoals het voor haar altijd onmogelijk was de waarheid te spreken, zodat ze maar beweerde aan wagenziekte te lijden en niet bestand te zijn tegen lange ritten tussen hun huis en haar voorname baan op de universiteit. Omdat Andreas' vader onmisbaar was voor de republiek, maakte niemand er ooit bezwaar tegen dat hij met zijn gezin in de stad woonde en dat zijn vrouw, wederom onder het voorwendsel van wagenziekte, de Müggelsee als locatie had verkozen voor de datsja waar ze in de warmere maanden van het jaar hun weekenden doorbrachten. Andreas vergeleek zijn moeder in dat opzicht met een zelfmoordterroriste, omhangen met bomgordels vol onberekenbaar gedrag en haar duim permanent op de knop van de ontsteking, zodat zijn vader haar maar zo veel mogelijk haar zin gaf in alles, en niets anders in ruil vroeg dan dat ze hem hielp de noodzakelijke leugens in stand te houden. En dat was voor haar een peulenschil.

De datsja, op loopafstand van het station, stond omringd door dennen op een grote lap grond die zacht glooiend afliep naar de oever van het meer. In het donker vond hij op de tast de sleutel op het van oudsher bekende plekje onder de overhangende dakrand. Toen hij met Petra naar binnen ging en het licht aanknipte, werd hij verrast door de aanblik van het pseudo-Deense meubilair uit zijn kindertijd in de stad. Het was de eerste keer sinds het eind van zijn daklozenbestaan, zes jaar geleden, dat hij de datsja betrad, en zijn moeder had het appartement aan de Karl-Marx-Allee kennelijk opnieuw ingericht.

'Van wie is dit huis?' vroeg Petra, zichtbaar onder de indruk van de voorzieningen.

'Ach, dat doet er niet toe.'

Het was uitgesloten dat ze ergens een foto van hem zou zien. (Eerder nog een portret van Trotski.) Van een toren bierkratten pakte hij twee halve liters en reikte er Petra een aan. De bovenste *Neues Deutschland* op de stapel gelezen kranten was meer dan drie weken oud. Toen hij zich een voorstelling maakte van zijn ouders, hier op een winterse zondag, alleen, zonder kinderen, kwam er een gevoel bij hem op dat onrustbarend dicht bij medelijden in de buurt kwam. Hij rekende het zichzelf geenszins aan dat ze oud moesten worden zonder hem, hun enige nageslacht (dat hadden ze helemaal aan zichzelf te wijten), maar als kind had hij zo veel van ze gehouden dat de aanblik van de meubels uit die tijd hem triest stemde. Het waren hoe dan ook zijn ouders, en ze werden hoe dan ook ouder.

Hij zette de elektrische kachel aan en leidde Petra door de gang naar de kamer die ooit de zijne was geweest. Weemoedige herinneringen zouden daar snel genoeg verdrongen kunnen worden door de smaak van haar poesje te proeven. Hij had het al met zijn vingers verkend, door haar broek heen, toen ze in de s-Bahn zaten te vrijen. Maar ze zei dat ze eerst een bad wilde nemen.

'Van mij hoeft dat niet per se, hoor.'

'Het is al vier dagen geleden.'

Een vochtige badhanddoek kwam hem slecht uit. Die zou gedroogd en opgevouwen moeten worden voordat ze weg konden. Maar het was belangrijk het meisje en haar verlangens voorop te stellen.

'Prima,' zei hij. 'Ga maar lekker in bad.'

Hij ging met zijn bier op de rand van zijn oude bed zitten en hoorde haar de badkamerdeur op slot draaien. In de weken die volgden zou de klik van het slotje voeding geven aan zijn groeiende achterdocht: waarom die deur op slot draaien als ze hier met z'n tweeën waren? Het was om wel acht redenen onwaarschijnlijk dat ze op de hoogte zou zijn geweest van wat er te gebeuren stond – maar waarom kon ze die deur anders hebben afgesloten dan om zich te verschansen?

Het kon echter ook domme pech zijn geweest dat ze daar zat te badderen, plenzend in het water, terwijl de kraan nog openstond en het geruis in de leidingen hard genoeg klonk om de geluiden van een naderende auto en voetstappen te overstemmen, waardoor hij totaal overrompeld was toen er opeens op de voordeur werd gebonkt en een barse stem '*Volkspolizei!*' blafte.

Het ruisen van de leidingen stopte abrupt. Even was er de gedachte aan vluchten, maar hij kon geen kant op nu Petra in die badkuip zat. Hij kwam met een zucht overeind en ging opendoen. Twee Vopo's werden van achteren beschenen door de zwaailichten en koplampen van hun patrouillewagen.

'Ja?' zei Andreas.

'Identificatie, graag.'

'Mag ik vragen waar u voor komt?'

'Uw papieren, graag.'

Als de agenten staarten zouden hebben gehad, hadden die dreigend gezwiept. Hadden ze puntige oren gehad, dan zouden die plat achterover hebben gelegen. De oudere van de twee agenten wierp een afkeurende blik op Andreas' blauwe paspoort en gaf het aan zijn jonge collega, die ermee naar de patrouillewagen liep.

'Heeft u toestemming voor uw aanwezigheid hier?'

'In zekere zin wel, ja.'

'Bent u hier alleen?'

'Zoals u ziet, maar komt u binnen,' zei Andreas met een beleefd armgebaar.

'Ik zal gebruik moeten maken van de telefoon.'

'Ga gerust uw gang.'

De agent stapte met een spiedende blik naar binnen. Andreas had het gevoel dat die omzichtigheid meer werd ingegeven door de status van de eigenaren van de datsja dan door de vrees dat zich er een bende gewapende schurken schuilhield.

'Dit huis is van mijn ouders,' zei hij.

'De ondersecretaris en zijn vrouw, ja, dat is ons bekend. U bent ons niet bekend. Niemand heeft toestemming hier vanavond te zijn.'

'Ik ben er pas een kwartier. Uw oplettendheid is prijzenswaardig.'

'We zagen licht branden.'

'Prijzenswaardig, zonder meer.'

In de badkamer klonk het vallen van een druppel. Achteraf zou Andreas het opmerkelijk vinden dat de agent niet de minste belangstelling voor de badkamer toonde. In plaats van rond te kijken bladerde de man door een beduimeld zwart aantekenboekje, vond een nummer en belde het, gebruikmakend van de telefoon van de ondersecretaris. Andreas hoopte vurig dat de agenten weer snel zouden vertrekken, zodat hij met het beffen van de kleine Petra kon beginnen – al het andere was zo onaangenaam dat hij er liever niet bij stilstond.

'*Herr Untersekretär?*' De agent noemde zijn naam en functie en meldde op afgemeten toon dat zich een indringer in het huis bevond, die beweerde familie te zijn. Daarna zei hij een paar maal '*Jawohl*'.

'Kunt u vragen of ik hem even mag spreken?' vroeg Andreas.

De agent gebaarde hem stil te zijn.

'Ik wil hem graag even spreken.'

'Natuurlijk, onmiddellijk,' zei de agent tegen de ondersecretaris.

Andreas probeerde de hoorn te pakken. De agent gaf hem een duw die hem achterover deed tuimelen.

‘Nee, hij probeerde de telefoon te pakken... Dat klopt... Maar natuurlijk. Ik zal het hem zeggen... Begrepen, meneer de ondersecretaris.’ De agent hing op en keek naar Andreas, die voor de zekerheid op de vloer was blijven zitten. ‘U dient hier onmiddellijk te vertrekken en nooit meer terug te komen.’

‘Begrepen.’

‘Als u hier weer komt, zal dat gevolgen hebben. De ondersecretaris wil dat u daarvan goed doordrongen bent.’

‘Het is niet echt mijn vader, hoor,’ zei Andreas. ‘We hebben alleen dezelfde achternaam.’

‘Persoonlijk hoop ik van harte dat u het waagt terug te komen, en wel het liefst op een moment dat ik dienst heb.’

De jongere agent kwam binnen en gaf de pas van Andreas aan de oudere, die het document met getuite lippen doorkeek, waarna hij het Andreas in zijn gezicht gooide. ‘Doe de deur achter je op slot, *Arschloch*.’

Toen de agenten waren vertrokken, klopte hij op de badkamerdeur en zei Petra het licht uit te doen en op hem te wachten. Hij knipte de andere lampen uit en liep het donker in, het pad af dat naar het station voerde. Bij de eerste bocht zag hij de patrouillewagen staan, met gedoofde lampen, en hij zwaaide naar de agenten. Bij de volgende bocht dook hij weg tussen de dennen en wachtte tot hij de agenten zag wegrijden. Het was een dure grap geweest om hier vanavond naartoe te komen en hij was niet van plan dat geld te verspillen. Maar toen hij eindelijk weer de datsja kon binnen sluipen en Petra op zijn jongensbed aantrof, haar knieën hoog opgetrokken en piepend van angst voor de politie, werd hij te kwaad over de doorgemaakte vernedering om het meisje en haar verlangens nog langer voorop te willen stellen. Hij beval haar dit te doen en dat te doen in de donkere kamer en het eindigde ermee dat Petra in tranen uitbarstte en zei dat ze hem haatte, een gevoel dat geheel en al wederzijds was. Hij zag haar daarna nooit meer.

Drie weken later ontving hij een uitnodiging voor een spreekbeurt op het congres van de Duitse christelijke jeugdbeweging in West-Berlijn. Hij nam aan (al wist je die dingen nooit zeker, en dat was ook wel het mooie ervan) dat deze beweging vakkundig was geïnfiltreerd door zijn achterneef en meesterspion Markus Wolf, want de uitnodiging was naar hem doorgestuurd door het ministerie van Buitenlandse Zaken, compleet met een volledige uitreisvergunning, wat het lachwekkend duidelijk maakte dat hij daarna nooit meer het land zou kunnen binnenkomen. Niet minder duidelijk was dat de uitnodiging een waarschuwing was van zijn vader, een tik op de vingers voor zijn kattenkwaad in de datsja.

Iedereen in het land smachtte naar toestemming om naar het buitenland te reizen, meer nog dan naar een auto. Het lokaas van een of ander duf handelscongres in Boekarest was voor menigeen voldoende om collega's, vrienden of naaste familie te verraden. Zo niet Andreas. Hij voelde zich in alle opzichten uniek, maar nog het meest in zijn minachting voor zulke reizen. Wilden de Deense Gifmenger-Koning en zijn Leugenkoningin hun zoon zo graag het kasteel uit hebben? Nou, daar kwam niets van in! Hij achtte zichzelf de Bloeiende Verwachting en Roos van het Rijk, voortbrengsel én antithese van de republiek, en het was zijn dure plicht in Oost-Berlijn te blijven. Zijn zogenaamde ouders moesten weten dat hij er nog steeds was, trouw op zijn post in de Siegfeldstraße, met alles wat hij van hen wist.

Maar uniek zijn maakte je wel eenzaam, en eenzaamheid leidde tot paranoia en hij begon Petra er al snel van te verdenken dat ze hem in de val had gelokt, dat al die onzin over geen seks in een kerk en plotseling in bad willen onderdeel was geweest van een complot om hem tot een schending van de afspraak met zijn ouders te verlokken. Telkens als hij nu een risicomeisje ontving dat die welbekende blik van begeerte in haar ogen kreeg, moest hij aan het weinig verheffende egoïsme denken dat hem op die avond met Petra had bevangen, en aan de vernedering door de politieagent, en in plaats van het meisje te geven wat ze wilde, begon hij haar dan te plagen tot haar wellust bekoelde. De vraag drong zich op of hij zichzelf niet altijd een rad voor ogen had gedraaid met die meisjes. Was zijn onmiskenbare haat voor nummer 53 niet ook onderhuids aanwezig geweest bij de nummers 1 tot en met 52? Was het wel zo dat hij zich al die tijd ten koste van de staat in ironie had gewenteld of had de staat hem juist te grazen genomen op zijn zwakste punt?

In het voorjaar werd hij steeds somberder en in de zomer zelfs depressief, wat zijn seksuele behoefte alleen maar deed toenemen, maar omdat hij zowel zichzelf als de meisjes wantrouwde, ontzegde hij zichzelf de bevrediging ervan. Hij hield zijn persoonlijke gesprekken zo kort mogelijk en stroopte niet langer de *Jugendklubs* af op zoek naar risicojongeren. Ondanks het besef dat hij de beste baan in de waagschaal stelde die een Oost-Duitser als hij zich kon wensen, bleef hij hele dagen in bed liggen en las Engelse boeken, detectives en anderszins, verboden en anderszins. (Na een jeugd waarin zijn moeder hem Steinbeck, Dreiser en Dos Passos had opgedrongen, stonden Amerikaanse schrijvers hem tegen. Zelfs de beste Amerikanen vond hij hopeloos naïef. In Engeland werden nog veel beroerdere levens geleid, wat hem meer aansprak.) Na verloop van tijd bedacht hij dat de reden voor zijn depressiviteit het onverwachte weerzien met het bed uit zijn jeugd moest zijn geweest, zijn jongensbed in het huis aan de Müggelsee, en het gevoel dat hij het nooit echt had verlaten – hoe feller hij zich tegen zijn ouders afzette en hoe meer hij zijn leven tot een aanklacht tegen dat van hen maakte, hoe dieper hij verankerd raakte in zijn kinderlijke verhouding tot hen. Maar de reden voor je depressie kennen was één ding, er iets aan doen was iets anders.

Hij leefde al zeven maanden celibatair toen de jonge 'dominee' van de kerk op een oktobermiddag met hem kwam praten over een meisje dat hij in de middag en avond steeds vaker in het hoogkoor van de kerk zag zitten. De dominee droeg alle toebereidselen voor het progressieve soort geestelijke dat hij wilde zijn: volle baard, verschoten spijkerjack, kruisje van blinkend koper – maar Andreas' superieure kennis van het leven op straat boezemde hem een goed van pas komende onzekerheid in.

'Ze viel me twee weken geleden voor het eerst op,' zei hij toen hij met gekruiste benen op de vloer was gaan zitten, een houding waarover hij kennelijk in een of ander boek had gelezen dat je er christelijke nederigheid mee uitstraalde en er de juiste weerklank bij mensen mee vond. 'Soms zit ze er een uur, soms tot middernacht. Niet om te bidden, maar om haar huiswerk te doen. Uiteindelijk ben ik eens gaan vragen of we haar ergens mee konden helpen, waarop ze me geschrokken aankeek en zich verontschuldigde. Ze had aangenomen dat ze daar wel mocht zitten, zei ze. Dus ik vertelde haar dat de kerk altijd openstaat voor mensen in nood. Ik wilde in gesprek met haar komen, maar het enige wat ze van me wilde horen was dat ze geen regels overtreden had.'

'En?'

'Nou, eh, jij bent onze jeugdwerker.'

'Maar de kerk is niet echt mijn domein, hè?'

'Luister, ik weet dat je overwerkt bent. In principe maken we er ook geen punt van dat je wat tijd voor jezelf wilt.'

'Dat waardeer ik.'

'Maar ik maak me zorgen om dat meisje. Gisteren ben ik opnieuw met haar gaan praten en vroeg of ze misschien een probleem had, en... ik ben bang dat ze is misbruikt. Ze praat zo zachtjes dat je haar amper verstaat, maar ze leek te zeggen dat de autoriteiten haar al in de gaten houden, zodat ze daar niet meer durft aan te kloppen. Ze komt blijkbaar hier omdat ze nergens anders heen kan.'

'Geldt dat niet voor ons allemaal?'

'Tegen jou zegt ze misschien meer dan tegen mij.'

'Hoe oud is ze?'

'Vijftien, zestien. Een beeldschoon meisje ook, echt opvallend mooi.'

Minderjarig, misbruikt en mooi. Andreas slaakte een zucht.

'Je zult op zeker moment toch je kamer weer eens uit moeten,' zei de dominee.

Toen Andreas die avond naar het hoogkoor liep en het meisje op de een-na-achterste bank zag zitten, ervoer hij haar schoonheid meteen als een ongewenste complicatie – iets wat hem afleidde van het universele vrouwelijke geslachtskenmerk dat hem al zo lang intrigeerde. Ze had donker haar en donkere ogen, ging alledaags gekleed, zat in de kaarsrechte houding van de Freie Deutsche Jugend en had een schoolboek op schoot. Ze oogde als een keurig meisje, het soort dat hij nooit bij zich in het souterrain kreeg. Ze keek niet op toen hij bij haar kwam staan.

'Mag ik even met je praten?' vroeg hij.

Ze schudde haar hoofd.

'Je praat wel met de dominee, heb ik gehoord.'

'Goed, heel even dan,' zei ze zachtjes.

'Mooi. Weet je wat, dan ga ik op de bank achter je zitten, zodat je me niet hoeft aan te kijken. En als je dan...'

'Nee, niet doen, alstublieft.'

'Oké, dan blijf ik waar je me kunt zien.' Hij ging op de bank voor haar zitten. 'Mijn naam is Andreas. Ik ben hier de jeugdwerker. Mag ik weten hoe jij heet?'

Ze schudde haar hoofd.

'Ben je hier om te bidden?'

Ze trok een mondhoek op. 'Bestaat er een god dan?'

'Nee, natuurlijk niet. Hoe kom je daar nou bij?'

'Iemand heeft deze kerk gebouwd.'

'Iemand bij wie de wens de vader van de gedachte was. Mij zegt het hele idee niets.'

Ze keek langzaam op, alsof hij een zweem van belangstelling had gewekt. 'Bent u niet bang dat u problemen krijgt met die opvatting?'

'Met wie? De dominee? Voor hem is god ook maar een woord waarmee hij zich tegen de staat afzet. Er is niets in dit land wat niet op de een of andere manier betrekking heeft op de staat.'

'Dat soort dingen kun je beter niet zeggen.'

'O, maar dat laatste zegt de staat zelf ook, hoor.'

Hij keek naar haar benen, die geheel in overeenstemming waren met de rest.

'En jij, ben jij erg bang om in de problemen te komen?' vroeg hij.

Ze schudde haar hoofd.

'Dat je een ander in de problemen brengt dan misschien?'

'Ik kom hier omdat het... nergens is. Het is prettig om even nergens te zijn.'

'Het is nergens zo nergens als hier, dat is waar.'

Ze glimlachte zwakjes.

'Als jij in de spiegel kijkt,' zei hij, 'wat zie je dan? Iemand die mooi is?'

'Ik kijk nooit in een spiegel.'

'Maar als je het zou doen.'

'Dan zou ik niet veel goeds zien.'

'Iets slechts dan? Iets kwalijks?'

Ze schokschouderde.

'Waarom wilde je niet dat ik achter je kwam zitten?'

'Ik zie graag met wie ik praat.'

'Aha, dus we zijn in gesprek. Je deed maar alsof toen je zei dat je dat niet wilde. Dat was komedie van je, een spelletje.'

Zo'n plotse confronterende opmerking was een van zijn begeleidingstrucs. Dat die trucs hemzelf allang de keel uithingen wilde niet zeggen dat ze niet werkten.

'Ik weet al dat ik niet deug,' zei het meisje. 'Dat hoeft u me niet uit te leggen.'

'Maar dan zal het moeilijk voor je zijn dat mensen niet weten hoe slecht je bent. Bijna niemand zal geloven dat een meisje dat zo mooi is als jij zo'n lelijk innerlijk kan hebben. Het zal wel moeilijk voor je zijn om mensen te respecteren.'

'O, ik heb best vrienden, hoor.'

'Die had ik ook op jouw leeftijd. Maar daar heb je weinig aan, hè? Dat mensen me graag mogen, maakt het er alleen maar erger op. Ze vinden me grappig en aantrekkelijk, en alleen ikzelf weet hoe doortrapt ik ben. Ik ben ontzettend doortrapt, en daarbij ook nog reuze belangrijk. Eigenlijk is niemand in dit land zo belangrijk als ik.'

Dit ontlokte haar de honende grijns van een adolescent. Een goed teken. 'Zo belangrijk bent u niet, hoor.'

'Jazeker wel. Jij weet het alleen niet. Maar je weet wél hoe het is om belangrijk te zijn, hè? Je bent zelf ook heel belangrijk. Je trekt ieders aandacht, iedereen wil met jou te maken hebben omdat je zo mooi bent. En wat doe jij vervolgens? Je doet ze kwaad. Daarom verstop je je in een kerk, zodat de mensen een paar uur van je verlost zijn.'

'Ik wou dat u me met rust liet.'

'Wie doe je dan kwaad? Zeg het maar gewoon.'

Het meisje liet haar hoofd zakken.

'Je kunt het mij rustig zeggen, hoor. Ik ben zelf ook een ouwe kwaaddoener.'

Ze huiverde en vouwde haar handen in haar schoot. Het gedender van een vrachtwagen en het metalige geratel van een ondeugdelijke versnellingsbak vulden de kerkzaal, waar het naar verbrand kaarsvet en ongepoetst koper rook. Het houten kruis achter de kansel hing aan de muur als een totem die zijn toverkracht was verloren door een overmatig gebruik vóór en tégen de staat, een ontheiligd symbool dat nog slechts voor plichtmatige instemming en lusteloos verzet stond. Deze ruimte was verworden tot het minst relevante onderdeel van de kerk. Andreas had er een beetje mee te doen.

'Mijn móeder,' mompelde het meisje. De haat die in dat woord doorklonk viel moeilijk te rijmen met haar angst dat ze niet zou deugen. Andreas wist genoeg van misbruik om te begrijpen wat dat betekende.

'Waar is je vader?' vroeg hij zacht.

'Dood.'

'En je moeder is hertrouwd.'

Ze knikte.

'Is ze niet thuis nu?'

'Ze is nachtzuster in het ziekenhuis.'

Er trok een rilling over zijn rug, het was hem nu wel duidelijk wat er gaande was.

'Hier ben je veilig,' zei hij. 'Dit is inderdaad nergens. Niemand kan je hier iets aandoen. Je kunt me best je naam zeggen, dat zal geen gevolgen hebben.'

'Annagret,' zei het meisje.

Het gemak en de openheid van dit gesprek verschilden weinig met die van de gesprekken waarin hij meisjes had verleid, maar zijn beleving was totaal anders. Annagrets schoonheid was zo verbluffend, zo ver boven de norm, dat ze een regelrechte aanklacht leek tegen de Republiek der Smakeloosheid. Het was een schoonheid die niet hoorde te bestaan, die de orde verstoorde van het universum waarvan hij zich altijd het middelpunt had gewaand, een schoonheid die hem beangstigde. Hij was zevenentwintig jaar oud, en buiten de gevoelens die hij als jongetje voor zijn moeder had gekoesterd was hij nog nooit verliefd geweest, omdat hij nog nooit een meisje was tegengekomen dat een verliefdheid waard leek. Het was zelfs ondenkbaar gaan lijken dat hij ooit zo'n meisje zou ontmoeten. Maar dit was er toch een.

Op iedere van de drie daaropvolgende avonden sprak hij haar opnieuw. Het bezwaarde hem dat hij alleen maar naar die ontmoetingen uitkeek omdat ze zo mooi was, maar dat kon hij ook niet helpen. Op de tweede avond probeerde hij haar vertrouwen te winnen door te vertellen dat hij naar bed was geweest met tientallen meisjes die hij in de kerk had begeleid. 'Het was een soort verslaving,' zei hij, 'maar ik hanteerde er wel strikte grenzen bij. En ik hoop dat je van me aanneemt dat jij ver buiten al die grenzen valt.'

Dit was de waarheid, maar ook, diep vanbinnen, een flagrante leugen, en Annagret had hem door. 'Iedereen denkt dat ze er grenzen op na houden, totdat ze die overschrijden.'

'Laat mij je dan bewijzen dat sommige grenzen echt niet te overschrijden zijn.'

'Er wordt gezegd dat deze kerk een ontmoetingsplek is voor mensen zonder moraal. Ik dacht altijd dat dat niet waar kon zijn. Dat kon toch niet in een kerk? Maar nu hoor ik van jou dat het wél waar is.'

'Het spijt me dat ik degene moet zijn die je van die illusie berooft.'

'Er is iets heel erg mis met dit land.'

'Dat ben ik roerend met je eens.'

'De judoclub was al erg genoeg, maar dat het ook in een kerk...'

Annagret had een oudere zus, Tanja, die op de *Oberschule* had uitgeblonken in judo. Beide zusjes leken door hun schoolprestaties voorbestemd tot de universiteit, maar Tanja was een jongensgek en stak veel te veel tijd in haar sport, waardoor ze na haar *Abitur* voor een baantje als secretaresse koos en al haar vrije tijd doorbracht in dancings en met trainen en coachen in het sportcentrum. Annagret was zeven jaar jonger en niet zo sportief aangelegd, maar ze kwamen uit een judofamilie en ook zij werd op haar twaalfde lid van de plaatselijke vereniging.

Vaste aanwezige in het sportcentrum was een knappe dertiger, Horst, die op een grote motorfiets reed. Hij leek geen vrouw of vriendin te hebben, geen grote liefde buiten zijn tweewieler. Hij kwam voornamelijk naar het centrum om zijn indrukwekkende fysiek te onderhouden (Annagret vond het aanvankelijk iets aanmatigends hebben zoals hij naar haar glimlachte), maar hij deed ook aan handbal en vond het leuk om de gevorderde judoka's te zien sparren, wat Tanja uiteindelijk de kans bood een afspraak met hem en zijn motor in de wacht te slepen. Van dat eerste afspraakje kwam een tweede, en toen een derde, waarbij zich een ongelukkige wending voordeed: Horst maakte kennis met hun moeder. In plaats van Tanja mee te nemen op zijn motor wilde hij daarna alleen nog bij haar thuis afspreken, in hun armetierige flat, in aanwezigheid van Annagret en haar moeder.

Inwendig was de moeder een harde en verbitterde vrouw, weduwe van een automonteur die op een ellendige manier aan een hersentumor was overleden, maar uiterlijk was ze achtendertig en aantrekkelijk – niet alleen mooier dan Tanja, maar ook meer van Horsts leeftijd. Sinds Tanja haar had teleurgesteld door niet te willen doorstuderen, hadden ze voortdurend ruzie over van alles en nog wat, en nu ook over Horst, van wie de moeder vond dat hij te oud was voor Tanja. Toen het duidelijk werd dat Horst haar boven Tanja prefereerde, leek haar moeder dat alleen maar logisch te vinden en kon ze zich niet voorstellen dat haar iets te verwijten viel. Annagret was gelukkig niet thuis op de noodlottige middag toen Tanja opstond, zei dat ze de buitenlucht in wilde en Horst om een ritje op de motor vroeg. Horst antwoordde dat hij iets pijnlijks aan de orde moest stellen, iets wat ze met z'n drieën moesten bespreken. Er was vast wel een betere manier geweest om het aan te pakken, maar waarschijnlijk geen echt goede. Tanja beende de flat uit, sloeg de deur achter zich dicht en kwam pas drie dagen later terug, en dat nog alleen om haar spullen op te halen. Zodra ze kon, verkaste ze naar Leipzig.

Nadat Horst met Annagrets moeder was getrouwd, verhuisden ze naar een opvallend ruime flat, waar Annagret haar eigen kamer kreeg. Ze had met Tanja te doen en keurde de beslissing van haar moeder af, maar haar stiefvader fascineerde haar. Horst had een goede baan als voorman bij de grootste energiecentrale van de stad, maar die baan was niet goed genoeg om de vele dingen te verklaren die hij voor elkaar kreeg: die stoere motor, de ruime flat, de sinaasappels en paranoten en Michael Jackson-cd's waarmee hij soms thuiskwam. Zoals Annagret hem beschreef, kreeg Andreas de indruk dat Horst iemand was wiens eigendunk door geen enkele gêne werd getemperd en die dus zeer overtuigend kon overkomen. Annagret genoot van zijn gezelschap. Hij bracht haar op de motor van en naar het sportcentrum. Op een verlaten parkeerterrein leerde hij haar er zelfs op rijden. Zij probeerde hem in ruil wat judogrepen te leren, maar zijn bovenlichaam was zo buitensporig ontwikkeld dat zijn zwaartepunt te hoog lag om goed te leren vallen. 's Avonds, als haar moeder naar het ziekenhuis was voor haar nachtdienst, legde ze hem het huiswerk uit waarmee ze extra studiepunten kon verdienen om naar een *Erweiterte Oberschule* te kunnen. Ze was onder de indruk van de snelheid waarmee hij de stof oppikte en ze zei dat hij zelf ook wel naar een EOS had gekund. Het duurde niet lang of ze ging hem als een van haar beste vrienden beschouwen, met als bijkomende vreugde dat ze daar haar moeder een groot plezier mee deed. Die verfoeide haar werk als nachtzuster, raakte er steeds meer door uitgeput en was dus blij dat haar dochter en nieuwe echtgenoot het samen gezellig hadden. Tanja mocht dan verloren zijn, Annagret was een modeldochter, haar moeders hoop voor de toekomst van haar gezin.

En toen, op een avond in de opvallend ruime flat, klopte Horst op haar kamerdeur, vlak voordat ze het licht wilde uitdoen. 'Ben je gekleed?' vroeg hij plagerig.

'Ik heb mijn pyjama aan,' zei ze.

Hij kwam binnen en trok een stoel bij haar bed. Hij had een bijzonder groot hoofd – Annagret wist ook niet waarom, vertelde ze Andreas, maar de grootte van Horsts hoofd had haar op de een of andere manier de reden geleken waarom het hem zo voor de wind ging. 'Die Horst heeft zo'n geweldig hoofd, laten we hem maar geven wat hij wil.' Deze avond was dat hoofd rood aangelopen van de alcohol.

'Sorry als ik naar bier ruik,' zei hij.

'Dat zou ik niet ruiken als ik zelf ook een biertje mocht.'

'Zo, dat klinkt alsof je al veel van bierdrinken af weet.'

'Ach, dat hoor je gewoon vaak.'

'Je zou bier mogen als je ophield met trainen, maar je gaat niet ophouden met trainen, dus mag je geen bier.'

Ze hield van de plagerige manier waarop ze altijd met elkaar spraken. 'Maar jíj traint ook, en jíj drinkt wel bier.'

'Valt mee, maar vanavond heb ik behoorlijk wat gedronken omdat ik je iets moet vertellen wat behoorlijk ernstig is.'

Ze keek naar zijn grote hoofd en zag dat er inderdaad iets anders aan zijn gezicht was. Er school een soort angst in zijn blik, die hij nauwelijks de baas leek te kunnen. En zijn handen trilden.

'Wat is er?' vroeg ze bezorgd.

'Kun je een geheim bewaren?'

'Weet ik niet.'

'Nou, dat zal toch moeten, want je bent de enige aan wie ik het kan vertellen. En als je het zou verklappen, kregen we alle drie problemen.'

Ze liet dit even bezinken. 'Waarom ben ik de enige aan wie je het kwijt kunt?'

'Omdat het jou aangaat. Het betreft je moeder. Kun je het voor je houden?'

'Ik zal het proberen.'

Horst nam een diepe teug lucht, die er als een bierwalm uit kwam. 'Je moeder is verslaafd,' zei hij. 'Ik ben met een drugsverslaafde getrouwd. Ze steelt verdovende middelen in het ziekenhuis en gebruikt die tijdens haar werk, en ook als ze thuis is. Wist jij daarvan?'

'Nee,' zei Annagret. Maar ze was geneigd het te geloven. Haar moeder had de laatste tijd steeds vaker iets suffigs over zich.

'Ze is erg gehaaid in dat pikken,' zei Horst. 'In het ziekenhuis heeft niemand iets in de gaten.'

'We moeten met haar gaan praten en zeggen dat ze ermee moet stoppen.'

'Verslaafden stoppen niet zonder hulp. En als ze om een behandeling vraagt, weten de autoriteiten meteen dat ze gestolen heeft.'

'Maar ze zullen toch ook blij zijn dat ze eerlijk is en beter wil worden?'

'Tja, er is helaas nog iets anders wat ik je vertellen moet. Een nóg groter geheim. Zelfs je moeder kent dat niet. Kan ik het je vertellen?'

Hij was een van haar beste vrienden, dus na enige aarzeling zei ze ja.

'Ik heb een eed gezworen dat ik het niemand zou vertellen,' zei Horst. 'Dus ik breek mijn woord door jou in vertrouwen te nemen. Ik werk al een paar jaar voor het ministerie van Staatsveiligheid. Op onofficiële basis, maar ze zien me als een betrouwbare informant. Ik heb af en toe een ontmoeting met een officier, die ik dan informatie toespeel over de mensen met wie ik werk, en met name over mijn meerderen. Dat is nodig, want de energiecentrale is van vitaal belang voor onze nationale veiligheid. Het biedt grote voordelen om zo'n goede band met het ministerie te hebben. Ook je moeder en jij profiteren ervan. Maar begrijp je wat dit allemaal betekent?'

'Nee.'

'Wij danken onze voorrechten aan het ministerie. Hoe denk je dat mijn officier zal reageren als hij hoort dat mijn vrouw aan narcotica verslaafd is? Dan vindt hij me niet langer betrouwbaar. Dan kunnen we deze flat kwijtraken, en ik mijn baan.'

'Maar je kunt hem toch gewoon de waarheid over mama vertellen? Het is toch niet jouw schuld?'

'Als ik het hem vertel, is je moeder haar baan kwijt. En ze gaat waarschijnlijk de gevangenis in. Zou je dat willen?'

'Natuurlijk niet.'

'Precies, en daarom moeten we het allemaal geheimhouden.'

'Maar nu wou ik dat ik van niets wist! Waarom moest ik dit weten?'

'Omdat je me moet helpen het geheim te bewaren. Je moeder heeft ons verraden door de wet te overtreden. Jij en ik zijn nu de pijlers van dit gezin, zij is er de bedreiging van. We moeten voorkomen dat ze het kapotmaakt.'

'We moeten háár proberen te helpen.'

'Voor mij ben jij nu belangrijker dan zij. Jij bent vanaf nu de vrouw in mijn leven. Want kijk zelf maar.' Hij legde een hand op haar buik en spreidde zijn vingers. 'Je bent ondertussen een vrouw, Annagret.'

Ze vond het eng, die hand op haar buik, maar wat hij zei was nog enger.

'Een bijzonder mooie vrouw,' voegde hij er hees aan toe.

'Dat kietelt.'

Hij sloot zijn ogen en haalde de hand niet weg. 'Alles moet geheim blijven,' zei hij. 'Ik kan je beschermen, maar dan moet je me wel vertrouwen.'

'Kunnen we het niet ook gewoon tegen mama zeggen?'

'Nee. Dan leidt het één tot het ander, en voor we het weten zit ze achter de tralies. We zijn veiliger als ze doorgaat met stelen en drugs gebruiken. Ze is veel te sluw om zich te laten betrappen.'

'En als je haar nou vertelt dat je voor het ministerie werkt, dan zal ze toch wel inzien dat ze moet ophouden?'

'Ik vertrouw haar niet. Ze verraadt ons nu al met wat ze doet. In plaats daarvan zal ik op jou moeten vertrouwen.'

Ze voelde tranen branden, en haar ademhaling versnelde.

'Ik denk niet dat het goed is als je me zo aanraakt,' zei ze. 'Dat voelt verkeerd.'

'Misschien, ja, een beetje verkeerd, gezien ons leeftijdsverschil.' Hij knikte met zijn grote hoofd. 'Maar je weet nu hoezeer ik je vertrouw. Daarom kunnen we misschien wel iets doen wat een beetje verkeerd is, omdat ik weet dat je het aan niemand zult vertellen.'

'Dat weet je toch niet? Misschien vertel ik het wél.'

'Nee. Want dan zou je onze geheimen moeten opbiechten, en je weet dat dat niet kan.'

'O, ik wou dat je me niks verteld had.'

'Maar ik heb het je wel verteld. Dus nu hebben we onze geheimen, jij en ik. Kan ik je vertrouwen?'

Haar ogen werden vochtig. 'Dat weet ik niet.'

'Vertel me dan een geheim van jezelf. Dan weet ik zeker dat ik op je kan rekenen.'

'Ik heb geen geheimen.'

'Laat me dan iets geheims zíen. Wat is het geheimste wat je me kunt laten zien, Annagret?'

De hand op haar buik schoof langzaam naar beneden en haar hart begon te bonzen.

'Is dit het?' zei hij. 'Is dit je meest geheime plekje?'

'Weet ik niet,' piepte ze, doodsbang en verward.

'Rustig maar. Je hoeft het niet te laten zien, hoor. Het zegt genoeg dat je het me laat aanraken.' Ze kon aan zijn hand voelen dat zijn hele lichaam zich ontspande. 'Nu vertrouw ik je.'

Het verschrikkelijkste voor Annagret was dat ze het prettig vond wat er daarna gebeurde. Voor een tijdje, tenminste. Een tijd lang voelde het alleen maar als een hechtere, intiemere vorm van vriendschap. Ze maakten nog steeds hun onderlinge grapjes, ze vertelde hem 's avonds nog steeds over school, ze maakten nog steeds ritjes en trainden in het sportcentrum. Het was gewoon hun oude leventje, maar nu met een geheim erbij, iets geheims voor volwassen mensen, wat zich afspeelde nadat ze haar pyjama had aangetrokken en in bed lag. Hij bleef haar bij zijn aanrakingen zeggen hoe mooi ze was, wat een volmaakte schoonheid. En omdat hij haar met niets anders aanraakte dan zijn hand, had ze het gevoel dat de schuld bij haar lag, alsof zij het allemaal had uitgelokt, alsof zij hem dit had aangedaan met haar zogenaamde schoonheid en dat het alleen maar kon ophouden door eraan toe te geven en tot ontlading te komen. Nog meer dan haar schoonheid verafschuwde ze haar lichaam, omdat het elke keer tot die ontlading kwam, en op de een of andere manier maakte die afschuw het gevoel nog heerlijker. Ze wilde dat hij haar zoende. Ze wilde dat hij naar haar verlangde. Ze was heel slecht. En misschien kon dat ook niet anders, als dochter van een drugsverslaafde. Op een keer vroeg ze haar moeder quasiterloops of die nooit eens in de verleiding kwam de middelen te proberen die ze haar patiënten toediende. Ja, af en toe wel, zei haar moeder luchtig, als er een restje overbleef dat toch niet meer bruikbaar was voor andere patiënten, namen zij en haar collega's weleens een beetje, om te kalmeren, maar dat maakte je natuurlijk nog niet tot een verslaafde. Annagret had het woord 'verslaafd' niet in haar mond genomen.

Het verschrikkelijkste voor Andreas was dat het kutjesgerichte gedrag van de stiefvader zo veel overeenkwam met dat van hemzelf. Het voelde alsof dit ook over hém ging, een gevoel dat maar een klein beetje afzwakte toen Annagret vertelde dat Horst het na een paar weken niet meer bij aanraken had gelaten en zijn broek had opengeritst. Ze had beseft dat dit niet kon uitblijven, maar het verbrak wel de waan van die intieme band tussen hen, omdat zich een derde partij aandiende in hun geheim. Ze vond die derde partij vreselijk, had het idee dat die hen al de hele tijd had bespied, zijn kans had afgewacht om zich in hun vriendschap te mengen, hen gemanipuleerd had als iemand van de veiligheidsdienst. Ze wilde hem niet zien, wilde hem niet in haar nabijheid, en toen hij zich meer en meer ging opdringen, werd ze bang om 's avonds thuis te zijn. Maar waar kon ze heen? De pik kende al haar geheimen. De pik wist dat ze het prettig had gevonden om 'daar' te worden aangeraakt. Zonder het te beseffen had ze zich al aan hem uitgeleverd, had hem al stilzwijgend haar woord gegeven. Ze vroeg zich af of haar moeder verdovende middelen was gaan gebruiken om niet te hoeven inzien op wie de pik echt uit was, welk lichaam zijn voorkeur had. De pik wist alles van haar moeders vergrijpen, en de pik had het ministerie achter zich, dus ze kon geen beroep doen op de autoriteiten. Die zouden haar moeder in de gevangenis stoppen en haar uitleveren aan de pik. En dat zou ook gebeuren als ze het haar moeder vertelde, want dan zou zij Horst aangeven en dan zorgde de pik ervoor dat ze achter slot en grendel belandde. Misschien verdiende haar moeder ook wel een celstraf, maar alsjeblieft niet als dat betekende dat Annagret thuis achterbleef met de pik.

Dit was het voorlopig laatste hoofdstuk van haar verhaal. Andreas kreeg het te horen op de vierde avond dat ze elkaar spraken, in de kille kerkzaal, en nadat ze het verteld had kwamen de tranen. Toen hij dat prachtige meisje zo zag huilen, zag hoe ze als een klein kind haar vuisten tegen haar ogen drukte, onderging hij iets wat hem compleet verraste. Hij was het zo gewend zich vrolijk te maken om dingen, was zo'n verstokte ironicus, zo'n spotternijkunstenaar, dat het even duurde voordat hij doorhad wat hem overkwam: ook hij begon te huilen. Maar hij wist meteen waarom. Hij huilde om zichzelf – om wat hij in zijn eigen jeugd had meegemaakt. Hij had talloze verhalen over seksueel misbruik van kinderen gehoord, maar nooit van zo'n onschuldig, deugdzaam meisje, nooit van een meisje met zulk mooi haar, zo'n gave huid en zulke volmaakte trekken. Annagrets schoonheid had iets in hem opengebroken. Hij had het gevoel dat hij net zo was als zij. Dus huilde hij omdat hij van haar hield, en omdat ze nooit de zijne zou kunnen worden.

'Kun je me helpen?' vroeg ze zachtjes.

'Dat weet ik niet.'

'Maar waarvoor heb ik het dan allemaal verteld, als je me niet kunt helpen? Waarom heb je me al die vragen gesteld? Je deed alsof je me kon helpen.'

Hij schudde zijn hoofd en zei niets. Ze legde een hand op zijn schouder, heel lichtjes, maar van haar was zelfs de lichtste aanraking te zwaar. Hij boog zich voorover, schokkend onder zijn gesnik. 'Ik vind dit zo erg voor je.'

'Maar nu begrijp je dus wat ik bedoel. Ik doe mensen alleen maar verdriet.'

'Nee.'

'Misschien moet ik maar gewoon zijn vriendinnetje worden. Zeggen dat hij van mijn moeder moet scheiden en dan zijn vriendinnetje worden.'

'Nee!' Hij vermande zich en veegde zijn tranen weg. 'Nee, het is een schoft, een zieke geest. En dat weet ik omdat ik zelf ook een beetje ziek ben. Ik weet ongeveer hoe hij in elkaar zit.'

'Dus jij had hetzelfde kunnen doen als hij...'

'Nooit! Dat zweer ik je. Ik ben zoals jij, niet zoals hij.'

'Maar... als je een zieke geest hebt en óók bent zoals ik, dan heb ik dus ook een zieke geest.'

'Zo bedoelde ik het niet.'

'Maar zo is het wel. Ik kan maar beter naar huis gaan en zijn vriendinnetje worden. Als ik zo'n zieke geest heb. Dank voor je hulp, meneer de hulpverlener.'

Hij pakte haar bij haar schouders en dwong haar hem aan te kijken. Er was niets dan wantrouwen in haar ogen. 'Ik wil een vriend voor je zijn.'

'Nou, we weten waar vriendschap toe leidt, hè?'

'Je vergist je. Blijf hier en laten we nadenken. Laten we vrienden zijn.'

Ze schoof bij hem vandaan en sloeg haar armen stijf over elkaar.

'We kunnen naar de Stasi stappen,' zei hij. 'Hij heeft zijn eed van goed gedrag geschonden. Zodra ze het idee hebben dat hij ze in verlegenheid kan brengen, laten ze hem vallen als een baksteen. Voor hen is hij gewoon een derderangs medewerker, een niemendal. '

'Nee,' zei ze. 'Dan denken ze dat ik lieg. Ik heb je niet alles verteld wat ik heb gedaan, daar schaam ik me te erg voor. Ik heb dingen gedaan om mezelf... interessanter voor hem te maken.'

'Maakt niet uit. Je bent vijftien. Voor de wet heb jij nog geen verantwoordelijkheden. Hij zou wel oerstom moeten zijn om niet in de rats te zitten over wat hij je heeft aangedaan. Jij hebt alle macht.'

'Maar zelfs al zouden ze me geloven, dan nog is ieders leven verwoest, ook het mijne. Dan heb ik geen thuis meer, en kan ik niet meer naar de universiteit. Zelfs mijn zus zal me verafschuwen. Ik denk dat het beter is om hem zijn zin te geven tot ik oud genoeg ben om weg te kunnen.'

'Is dat wat je wilt?'

Ze schudde haar hoofd. 'Als dat was wat ik wilde, zou ik hier niet zitten. Maar ik zie nu in dat ik niet te helpen ben.'

Andreas wist niet wat hij daarop moest zeggen. Wat hij wilde, was dat ze bij hem in het souterrain van de pastorie zou komen wonen. Hij kon haar beschermen, haar privéonderwijs geven, Engels met haar oefenen, haar opleiden tot begeleidster van risicojeugd, en hij kon een vriend voor haar zijn, zoals King Lear zich een leven met Cordelia had voorgesteld, op afstand het nieuws over het hof volgen en lachen om wie er nu weer in de gratie was en wie het had verbruid. Misschien konden ze op den duur wel een stel worden. Het stel in het souterrain, dat zijn eigen leventje leidde.

'We zouden je hier onderdak kunnen bieden,' zei hij.

Ze schudde opnieuw haar hoofd. 'Hij is nu al boos dat ik pas rond middernacht thuiskom. Hij denkt dat ik met jongens rondhang. Als ik helemaal niet meer thuiskom, geeft hij mijn moeder aan.'

'Heeft hij daarmee gedreigd?'

'Hij is een erg slecht mens. Ik heb lang gedacht dat hij juist aardig was, maar nu ken ik zijn ware aard. Alles wat hij nu tegen me zegt is een soort dreigement. Hij weet van geen wijken tot hij alles heeft wat hij wil.'

Andreas voelde nu iets heel anders dan tranen in zich opwellen, een golf van haat. 'Ik kan hem vermoorden,' zei hij.

'Dat zou niet de hulp zijn waar ik op hoopte.'

'Als er dan toch levens kapot moeten,' zei hij, de logica van zijn haat volgend, 'dan maar die van hem en mij. Ik leef toch al in een soort gevangenis. Het eten in de gevangenis kan niet slechter zijn dan hier. Ik kan er op kosten van de staat boeken lezen en jij kunt verder met je opleiding en je moeder van haar probleem afhelpen.'

Ze snoof minachtend. 'Ja, dat lijkt me een goed idee. Proberen een bodybuilder om zeep te helpen.'

'Ik zou hem natuurlijk niet vooraf waarschuwen.'

Ze keek hem aan alsof hij onmogelijk serieus kon zijn. En tot aan dit moment zou zulk ongeloof ook volstrekt gerechtvaardigd zijn geweest. Zijn stijl was luchthartigheid, niet moordzucht. Hij had zich nooit druk kunnen maken om de verwoesting van levens in de republiek, maar nu ging het om Annagrets leven. Hij was al verliefd aan het worden op dit meisje en kon geen kant op met dat gevoel, kon er geen gehoor aan geven, kon haar er niet van overtuigen dat hij wél te vertrouwen was. En ze leek iets van zijn vertwijfeling te bespeuren, want hij zag haar gelaatsuitdrukking veranderen.

'Je kunt hem niet vermoorden,' zei ze stilletjes. 'Hij is gestoord. Dat is iedereen bij ons thuis. Iedereen met wie ik te maken heb, wordt er gestoord van, ikzelf ook. Ik heb gewoon húlp nodig.'

'In dit land heb je geen hulp te verwachten.'

'Dat is dan erg onrechtvaardig.'

'Maar het is wel waar.'

Ze staarde een poosje naar de lege banken voor hen, liet haar blik afdwalen naar het kruis, dat verloren op zijn schemerige plek achter het altaar hing. Na een poosje werd haar ademhaling sneller. 'Ik zou er geen traan om laten als hij doodging,' zei ze. 'Maar ik ben degene die het zou moeten doen, en ik zou het nooit kunnen. Nooit, nooit. Dan word ik nog liever zijn vriendinnetje.'

Bij nader inzien wilde Andreas hem ook niet echt van het leven beroven. De gevangenis overleefde hij wel, maar het etiket 'moordenaar' strookte niet met zijn zelfbeeld. Dat etiket zou altijd aan hem blijven plakken, hij zou nooit meer zo met zichzelf ingenomen kunnen zijn als nu, en zijn aanzien bij anderen zou ook verdwijnen. Het etiket van Assibräuteaufreißer, iemand die zijn hart ophaalde aan asociale sletjes, was van een koddigheid die hem wel paste. Dat van *Mörder* was van een totaal andere orde.

'Dus tja,' zei Annagret terwijl ze opstond. 'Het is lief aangeboden. En het was lief dat je me hebt aangehoord zonder al te erg te walgen.'

'Nee, maar wacht nou even,' zei hij, want er was hem iets anders ingevallen: als zij hem erbij zou helpen, hoefde hij niet per se gepakt te worden. En werd hij dat toch, dan zou zijn daad duidelijker in verband staan met haar schoonheid en zijn liefde voor haar. Dan was hij niet zozeer een moordenaar als wel degene die dit uitzonderlijke meisje van haar aanrander had verlost.

'Kun je me je vertrouwen schenken?'

'Ik vind het fijn dat ik met je kan praten, want ja, ik geloof dat mijn geheimen veilig zijn bij jou.'

Dat was niet wat hij had willen horen. Het maakte dat hij zich geneerde over die fantasie waarin hij haar privéonderwijs zou geven in zijn souterrain.

'Maar ik wil niet je vriendinnetje worden,' vervolgde ze, 'als je dat soms bedoelde. Ik wil niemands vriendinnetje zijn.'

'Jij bent vijftien, ik zevenentwintig. Daar doelde ik echt niet op.'

'Jij hebt vast ook je eigen verhaal, en dat zal vast interessant zijn.'

'Wil je het horen?'

'Nee. Ik wil alleen maar weer een gewoon meisje zijn.'

'Dat zit er niet in, Annagret.'

Er kwam nu een diepbedroefde uitdrukking op haar gezicht te liggen. Het zou een natuurlijke reactie zijn geweest om haar in zijn armen te nemen en te troosten, maar niets aan hun situatie was natuurlijk. Hij voelde zich volkomen machteloos – alweer een ongekende gewaarwording die hem allerminst beviel. Hij ging ervan uit dat ze nu weg zou gaan om nooit meer terug te keren. Maar in plaats daarvan kalmeerde ze zichzelf door diep adem te halen en vroeg, zonder hem aan te kijken: 'Hoe zou je het dan aanpakken?'

Met zachte en bijna toonloze stem, alsof hij in trance verkeerde, vertelde hij haar dat. Ze moest voortaan uit de kerk wegblijven, naar huis gaan en Horst iets voorliegen. Ze moest zeggen dat ze een tijd lang naar een kerk was gegaan om te bidden en God om raad te vragen, en dat alles haar nu helder voor ogen stond. Ze was klaar om zich helemaal aan Horst te geven, maar dat kon niet thuis, uit respect voor haar moeder. Ze wist een veel geschiktere plek, een romantische plek, waar sommige van haar vrienden en vriendinnen in het weekend naartoe gingen om bier te drinken en te vrijen. Als hij echt iets om haar gaf, zou hij het daar met haar doen.

'Ken jij dan zo'n plek?'

'Ja,' zei Andreas.

'Waarom zou je zoiets voor me overhebben?'

'Voor wie moet ik het anders overhebben? Je verdient een goed leven, en ik ben bereid daar een risico voor te nemen.'

'Van een risico is niet eens sprake. Het staat vast dat je wordt gepakt.'

'Nou, laten we eens een gedachte-experiment doen. Als het nu eens vaststond dat ik níet werd gepakt, zou je het me dan laten doen?'

'Ze zouden míj juist moeten vermoorden. Ik heb mijn moeder en zus iets vreselijks aangedaan.'

Hij zuchtte. 'Ik mag je bijzonder graag, Annagret. Maar op dit soort aanstellerij ben ik niet zo dol.'

Dat was het beste wat hij had kunnen zeggen, hij zag het direct. Er kwam iets in haar ogen wat nog geen vuur mocht heten, maar de vonk was onmiskenbaar. Het was bijna ergerlijk hoe zijn onderbuik daarop reageerde – dit mocht niet op de zoveelste verleiding uitdraaien. Hij wilde dat ze hem weghaalde uit de verleidingswildernis waarin hij al zo lang ronddoolde.

'Ik zou het nooit kunnen,' zei ze, haar blik afwendend.

‘Geeft niet. We zijn maar aan het brainstormen.’

‘En jij bent ook een aansteller. Je zei dat je de belangrijkste man van het land was.’

Hij had kunnen zeggen dat dat maar ironie was, dat je zoiets idioots natuurlijk niet in ernst zei, maar hij wist dat het niet helemaal waar zou zijn. Ironie was glibberig, de oprechtheid van Annagret bood houvast. ‘Je hebt gelijk,’ zei hij dankbaar. ‘Ik stel me ook aan. Ook in dat opzicht komen we overeen.’

Ze haalde nukkig haar schouders op.

‘En nu we toch aan het brainstormen zijn,’ zei hij, ‘hoe goed kun jij inmiddels motorrijden?’

‘Ik wil weer normaal zijn. Ik wil niet zoals jij zijn.’

‘Oké. We gaan proberen je weer een normaal leven te geven. Maar het zou goed uitkomen als je op zijn motor kon rijden. Ik heb zelf nog nooit op zo’n ding gezeten.’

‘Rijden is als judo. Je moet erin méégaan, niet ertegenin.’

Ach, dat lieve judomeisje. Ze bleef op deze manier verder praten, sloot soms de deur voor hem en zette die dan toch weer op een kier, wees voorstellen af om er vervolgens een eigen draai aan te geven en ze dan alsnog te aanvaarden, totdat het zo laat was geworden dat ze naar huis moest. Ze waren het erover eens dat het voor haar zinloos was om nog naar de kerk te komen, tenzij ze bereid was mee te werken aan Andreas’ plan of bij hem in het souterrain kwam wonen. Andere mogelijkheden hadden ze geen van beiden kunnen bedenken.

Toen ze inderdaad wegbleef, waren er geen andere manieren om nog met haar in contact te komen. Andreas ging ieder van de volgende zes middagen naar de kerkzaal, wachtte daar tot etenstijd en verzoende zich gaandeweg met het idee dat hij haar nooit meer zou zien. Ze was nog maar een schoolmeisje, ze gaf niets om hem, of in ieder geval niet genoeg, en ze koesterde niet zo’n moordzuchtige haat jegens haar stiefvader als hij. Voor wat hij wilde, zou het haar aan durf ontbreken, ze zou uiteindelijk wel naar de Stasi stappen of zich neerleggen bij het misbruik. Met het verstrijken van de middagen bekroop hem zelfs een zekere opluchting. Als ervaring was het serieus beramen van een moord bijna net zo verrijkend als het plegen ervan, met als bijkomend voordeel dat je niets riskeerde. Bij de keuze tussen gevangenis of geen gevangenis was de laatste optie toch een stuk aantrekkelijker. Maar wat hem kwelde, was de gedachte dat hij Annagret nooit meer zou zien. Hij zag voor zich hoe ze ijverig haar judoworpen oefende in het sportcentrum, het leven van een braaf meisje leidde, en hij zwolg in zelfmedelijden. Hij weigerde zich een voorstelling te maken van wat ze 's avonds thuis moest verduren.

Op de zevende middag was ze er weer, bleek en vermagerd, in hetzelfde lelijke regenjack dat de helft van alle tieners in de republiek droeg. Er viel een koude motregen in de Siegfeldstraße. Ze koos de achterste bank, boog haar hoofd en wrong in haar witte handen met de afgekloven nagels. Nu hij haar weer in het echt zag na een week van alleen maar fantasiebeelden, werd Andreas overdonderd door het contrast tussen liefde en lust. Liefde was een verpletterende, benauwende, claustrofobische sensatie: er welde een gevoel van immensheid in hem op, een onmeetbare druk, een peilloze spanning die alleen kon wegvloeien door een nauwe opening in de vorm van dit rillende bleke meisje in haar smakeloze regenjack. Haar aanraken was wel het laatste wat hij nu wilde. Hij kreeg de aanvechting zich aan haar voeten te werpen.

Hij ging naast haar zitten, maar niet te dichtbij. Geen van beiden zei iets, minutenlang. Liefde veranderde de indruk die haar onregelmatige mondademhaling en bevende handen op hem maakten – opnieuw die kloof tussen de onafzienbaarheid van wat ze voor hem betekende en de gewoonheid van de geluiden die ze voortbracht, haar alledaagse schoolmeisjesvingers. Tot zijn verrassing kwam de gedachte bij hem op dat het verkeerd was, verkeerd in de zin van boosaardig, een man te willen vermoorden die op zijn eigen zieke manier ook verliefd op haar was – dat hij in plaats daarvan met die man te doen zou moeten hebben.

'Nou, ik moet zo naar de judoclub,' zei ze. 'Ik kan niet lang blijven.'

'Fijn je te zien,' zei hij. Zijn liefde gaf hem het gevoel dat hij nog nooit iets had gezegd wat zo verbluffend wáár was.

'Zeg maar wat ik moet doen.'

'Ik weet niet of het daar nu een goed moment voor is. Misschien is het beter om er een andere keer voor terug te komen, als je meer tijd hebt.'

Ze schudde haar hoofd. Er vielen wat haarslierten over haar gezicht, die ze niet opzij veegde. 'Zeg maar gewoon wat ik moet doen.'

'*Scheiße*,' zei hij in opperste oprechtheid. 'Ik ben net zo bang als jij, Annagret.'

'Onmogelijk.'

'Waarom loop je niet gewoon weg? Kom hier wonen. We vinden wel een kamer voor je.'

Ze begon nog heviger te beven. 'Als jij me niet helpt, doe ik het zelf. Je denkt dat jij slecht bent, maar ik ben de slechterik.'

'Nee, welnee, kom eens hier.' Hij nam haar handen in de zijne. Ze waren ijskoud, en zo gewoon, zo ongelofelijk gewoon. Hij hield van deze handen. 'Je bent een in- en ingoed meisje. Je zit alleen vast in een boze droom.'

Ze keek naar hem op en door de haarslierten heen zag hij het: daar was het dan, geen vonk meer maar vuur in haar ogen. 'Haal jij me eruit?'

'Is dat echt wat je wilt?'

'Je zei dat je me zou helpen.'

Kan íemand zo'n offer waard zijn? vroeg hij zich af. Maar hij liet haar handen los en haalde een met de hand getekende plattegrond uit de zak van zijn jack.

'Dit is waar het huis staat,' zei hij. 'Je zult er eerst een keer alleen heen moeten met de s-bahn, om de omgeving te verkennen. Doe dat pas als het donker is en kijk uit voor Vopo's. Als jullie er op de motor heen gaan, laat hem dan voor de laatste bocht de koplamp uitzetten en om het huis heen rijden. De oprit loopt door tot aan de achterkant. En zorg ervoor dat jullie je helm afzetten. Op welke avond moet het gebeuren?'

'Donderdag.'

'Hoe laat begint de nachtdienst van je moeder?'

'Tien uur.'

'Ga niet naar huis om te eten. Spreek om halfnegen af bij zijn motor. Niemand mag jullie samen van huis zien gaan.'

'Oké. Waar ben jij?'

'Zit daar maar niet over in. Ga gewoon naar de achterdeur. Alles verloopt precies zoals we hebben besproken.'

Ze kromp ineen alsof ze moest overgeven, maar bleef stilletjes zo zitten en stak de plattegrond in de zak van haar regenjack. 'Is dat alles?' vroeg ze.

'Je hebt het hem al voorgesteld? Voor donderdagavond?'

Ze knikte.

'Het spijt me dat je dit allemaal moet doormaken,' zei hij.

'Is dat alles?' herhaalde ze.

'Nog één ding. Kijk me eens aan als je wilt.'

Ze bleef voorovergebogen zitten, als een schuldbewuste hond, maar richtte haar hoofd op.

'Ik wil een eerlijk antwoord,' zei hij. 'Doe je dit omdat ik het wil of omdat je het zelf wilt?'

'Maakt dat wat uit dan?'

'Ja, heel veel. Alles.'

Ze keek weer naar haar knieën. 'Ik wil alleen maar dat het ophoudt. Maakt niet uit hoe.'

'Daarna kunnen we een hele tijd geen contact meer hebben, hè? Hoe het ook afloopt. Geen enkel contact, in welke vorm dan ook.'

'Geen bezwaar.'

'Maar denk goed na. Als je hier zou komen wonen, konden we elkaar elke dag zien.'

'Dat lijkt me niet beter.'

Hij keek op naar het vlekkerige kerkplafond en liet de ironie op zich inwerken dat de eerste naar wie zijn hart in vrijheid uitging iemand was die hij niet alleen onmogelijk de zijne kon maken, maar die hij niet eens meer zou kunnen zien. En toch had hij er een goed gevoel bij. Zijn machteloosheid had zelfs iets weldadigs. Wie had dat ooit kunnen denken? Er flitsten allerlei clichés over de liefde door zijn hoofd, stompzinnige spreuken en regels uit liedjes.

'Ik moet gaan,' zei Annagret. 'Anders kom ik te laat op judo.'

Hij sloot zijn ogen om haar niet te hoeven zien weglopen.

Het lag voor de hand het aan je moeder te wijten. Heel het leven één miserabele contradictie: onbegrensde verlangens maar beperkte mogelijkheden, je geboorte niets dan een enkeltje naar de dood – waarom zou je dat niet wijten aan degene die je met dat leven had opgezadeld? Oké, helemaal fair was het misschien niet. Maar je moeder kon altijd met een beschuldigende vinger naar haar eigen moeder wijzen, die op haar beurt naar háár moeder kon wijzen, enzovoort, tot aan de Hof. Mensen weten het sinds mensenheugenis aan hun moeder, en de meesten, daar was Andreas tamelijk zeker van, hadden een minder laakbare moeder dan hij.

Door een aspect van de hersenontwikkeling voerden kinderen van meet af aan een ongelijke strijd: je moeder kon een jaar of drie, vier ongestoord met je geest sollen voordat je hippocampus herinneringen begon vast te leggen. Je had al vanaf je eerste levensjaar met je moeder gepraat en nog langer naar haar geluisterd, maar niets van dat alles was je bijgebleven, want haar woorden bleven pas hangen toen je hippocampus in actie kwam. Je zelfbewustzijn opende voor het eerst zijn kleine oogjes en stelde vast dat je tot over je oren verliefd was op je moeder. Als uiterst vroegwijs en ontvankelijk jongetje geloofde je ook al oprecht in de historische onvermijdelijkheid van de socialistische boeren- en arbeidersstaat. Een geloof dat bij je moeder misschien helemaal niet zo leefde, maar bij jou leefde het volop. Je had al een persoonlijkheid voordat je zelfbewustzijn kreeg. Je kleine lichaampje had zich ooit diep in dat van je moeder bevonden, dieper dan de pik van je vader ooit gekomen was. Je had je verdomme met je hele kop door haar doos gewurmd en daarna had je een eeuwigheid aan haar tieten mogen sabbelen wanneer je maar wilde, en je kon je niets van dat alles herinneren! Je zelfbewustzijn had zich nog niet gevormd of je leed al aan zelfvervreemding.

Andreas' vader had als op één na jongste partijlid ooit een plek in het Centraal Comité verworven, en hij had de creatiefste baan in de hele republiek. Als hoofd Staatseconomie was hij verantwoordelijk voor het grootschalige geknoei met cijfers, voor rapporten over een productiviteitsgroei die in feite geheel afwezig was, voor het melden van evenwicht in een staatsbegroting die elk jaar minder met de realiteit uitstaande had, voor het manipuleren van officiële wisselkoersen om de begrotingscijfers zo ver mogelijk op te krikken met alle harde valuta die de republiek in staat was bijeen te sjoemelen of af te persen, voor het uitvergroten van de schaarse economische successen en het bedenken van optimistische smoezen voor de vele mislukkingen. De rest van de partijleiding kon zich een onnozele of cynische kijk op zijn cijfers veroorloven, maar hijzelf moest geloven in de boodschap die ervan uitging. Dit vereiste een sterke politieke overtuiging, flink wat zelfbedrog en, misschien wel vooral, een talent voor zelfbeklag.

Een vertrouwd geluid in Andreas' kindertijd was zijn vaders litanie van klachten over de vele onrechtvaardigheden waarmee de Duitse arbeidersstaat te kampen had. De nazi's hadden de communisten vervolgd en vreselijk huisgehouden in de Sovjet-Unie, die daarna volkomen terecht herstelbetalingen had geëist, en Amerika onthield zijn eigen onderdrukte arbeidersklasse financiële middelen die naar West-Duitsland werden gesluisd om daar de illusie van voorspoed te creëren en zelfzuchtige of misleide Oost-Duitsers over de grens te lokken. 'Nooit heeft een staat zich bij zijn stichting voor zo veel obstakels gesteld gezien als de onze,' zei hij vaak. 'Op puinhopen moesten we beginnen, maar ondanks alle handen die tegen ons werden opgeheven zijn we erin geslaagd onze burgers voedsel, kleding, onderdak en onderwijs te bieden, en een mate van veiligheid die in het Westen alleen voor de rijksten is weggelegd.' De frase 'alle handen die tegen ons worden opgeheven' greep Andreas altijd weer aan. Zijn vader was een groot man, wist hij. Groter dan alle andere. De wijze en liefdevolle beschermer van de benadeelde en bespuugde Duitse arbeider. Wat kon meer sympathie wekken dan een verdrukt volk dat tegen alle complotten in standhield en zegevierde door een onverwoestbaar geloof in eigen kunnen? Ondanks alle handen die ertegen werden opgeheven?

Zijn vader werd wel helemaal door zijn werk opgeslokt en moest vaak op reis naar Moskou en andere Oostblok-landen. Andreas' echte liefdesverhouding was daarom die met zijn moeder, Katya, die net zo volmaakt was en bovendien altijd beschikbaar. Ze was mooi, energiek en gevat; star was ze alleen in haar politieke opvattingen. Ze had jongensachtig kort haar van een ongeëvenaarde roodheid, een bijna lichtgevend maar toch natuurlijk ogend rood, dankzij een westers flesje dat alleen verkrijgbaar was voor de zeer bevoorrechten. Ze was een pronkjuweel voor de republiek, iemand met grote fysieke en intellectuele charme, die het niettemin verkoos thuis te blijven waar andere vrouwen zoals zij zich in de openbaarheid begaven. Niemand liep moeitelozer in het Partij-gareel dan zij. Andreas was weleens aanwezig bij de colleges die ze gaf en had het effect gezien dat ze op haar studenten had, hoe ze hen in haar ban hield met de roodheid van haar haar en een woordenvloed waarvoor ze geen aantekeningen nodig had. Ze kende hele lappen Shakespeare uit haar hoofd, wist haar betoog altijd wel te illustreren met een citaat, uit de losse pols in het Duits vertaald voor de tragere studenten, en alles wat ze zei was doordesemd van de rechte politieke leer: de Deense tragedie was een parabel van het valse bewustzijn en zijn ondergang, Polonius een zinnebeeld van de bourgeois intelligentsia, de blonde prins een profetische voorloper van Marx, zoals Friedrich Engels viel te herkennen in Horatio en Fortinbras een Lenin-achtige verkondiger en vestiger van het revolutionaire bewustzijn was, de Deense equivalent van de Vader van de Revolutie zoals hij was aangekomen op het Finland-station. En degenen die zich stoorden aan Katya's onmiskenbare zelfingenomenheid of die ongemakkelijk werden van haar gevatheid (kleurloosheid was een waarborg voor veiligheid), kon ze vertrouwen inboezemen met haar voorzitterschap van de Commissie van Politiek Toezicht van haar faculteit.

En ze was bovendien van heroïsche komaf. In 1933, na de Reichstag-brand en het verbieden van de communistische partij, waren vooraanstaande leden die de bui voelden hangen (en voldoende bewegingsvrijheid hadden) naar de Sovjet-Unie uitgeweken voor een eliteopleiding door de NKVD, terwijl anderen hun heil elders in Europa zochten. Ook de ouders van Katya, die haar uit bewondering voor de bolsjewieken een op z'n Russisch gespelde voornaam hadden gegeven, hadden een goed heenkomen gezocht. Dankzij het Britse paspoort van haar moeder kon het gezin naar Liverpool verhuizen. Haar vader vond er werk in de haven en bleef bij de Russen in de gratie door daar spionage te plegen (Katya zei zich te herinneren dat Kim Philby een keertje was komen eten). Toen de oorlog uitbrak, werd het gezin met zachte maar dwingende hand naar het platteland van Wales gedirigeerd en had daar het einde van de strijd afgewacht, waarna ze zonder Katya's oudere zus, die met de leider van een swingband was getrouwd, naar Oost-Berlijn waren teruggekeerd. Haar ouders liepen daar mee in een overwinningsoptocht, werden gelauwerd voor hun verzet tegen het fascisme en vervolgens in het geniep naar Rostock verbannen door de bij de NKVD gestaalde kaderleden, die door de Russen als partijtop waren geïnstalleerd. Alleen Katya had in Berlijn mogen blijven, omdat ze er studeerde. Haar vader had zich in 1948 in Rostock opgehangen. Haar moeder kreeg een zenuwinzinking en werd tot haar dood in een gesticht opgeborgen. Toen Andreas wat ouder werd, leek het hem niet onvoorstelbaar dat de geheime politie een handje had geholpen bij de zelfmoord van zijn grootvader en dat ze misschien ook wel iets te maken had gehad met de zenuwinzinking van zijn grootmoeder, maar voor zijn moeder waren zulke vertroostende gedachten op politieke gronden uitgesloten. De ondergang van haar ouders, die daarna veilig en wel als martelaars het vergeetboek in konden, was samengevallen met haar eigen opgang. Ze verwierf een professoraat en trouwde uiteindelijk met een collega van de universiteit, die in Rusland economie had gestudeerd toen hij daar met andere leden van de familie Wolf de oorlog uitzat.

De kindertijd die Andreas met zijn moeder doormaakte was in geen enkel opzicht gewoon. Hij mocht alles van haar, waarvoor ze slechts terugverlangde dat hij constant om haar heen was, en ook constant verrukt van haar was. Die verrukking kostte hem niet de minste moeite. Ze bekleedde een leerstoel in *Anglistik* en sprak vanaf het begin zowel Engels als Duits met hem, bij voorkeur door elkaar heen, en dan nog het liefst in dezelfde zin. Het vermengen van de twee talen was een spel dat nooit verveelde. 'Du hast ein bloody afwul mess gemacht!' Of: 'The Vereinigte Staaten are rotten!' Of: 'Is that a fart oder eine Ausfahrt I smell?' Of met verduitst Engels: 'Willst du noch ein otheres Stück creamcake?' Wat vermag uw prille geest, kleine man? Ze weigerde hem aan de kleuterschool toe te vertrouwen omdat ze hem helemaal voor zich alleen wilde, en ze had aanzien genoeg om haar zin te krijgen. Hij begon op zo'n jonge leeftijd met lezen dat hij zich niet meer kon herinneren hoe hij het had geleerd. Wat hij zich wel herinnerde, was dat hij bij haar in bed sliep als zijn vader op reis was; ook herinnerde hij zich het gesnurk van zijn vader als hij 's nachts bij hen in bed wilde kruipen, de angst die dat gesnurk bij hem opwekte en de manier waarop zijn moeder dan opstond om hem terug te brengen naar zijn kamer en daar bij hem in bed verder te slapen. Het was schijnbaar onmogelijk haar afkeuring te wekken. Als hij een driftbui had, kwam ze bij hem op de vloer zitten en huilde met hem mee, en als hij daardoor nog meer van streek raakte, ging zij ook harder huilen, totdat haar gespeelde leed zo komisch werd dat het hem afleidde van zijn eigen verdriet. En als hij dan ging lachen, lachte zij met hem mee.

Op een keer werd hij zo driftig dat hij haar een trap tegen haar scheen gaf, waarop ze met een theatraal vertoon van pijn door de woonkamer strompelde, onder het kermen van '*A hit, a direct hit*!' Dit was zo grappig en frustrerend tegelijk dat hij op haar af rende en haar een nog hardere trap gaf. Die deed haar op de vloer neerzijgen, waar ze roerloos bleef liggen. Hij giechelde en overwoog haar nogmaals te schoppen, puur voor de lol nu, maar omdat ze stil bleef liggen, werd hij ongerust en knielde bij haar gezicht neer. Ze ademde nog, was niet dood, maar had een vreemde, holle blik in haar ogen. 'Mama?'

'Vind jij het leuk om geschopt te worden?' vroeg ze zacht en toonloos.

'Nee.'

Ze zei niets meer, maar hij was vroegwijs en schaamde zich onmiddellijk voor zijn gedrag. Ze hoefde hem nooit te zeggen dat iets niet mocht, en deed dat ook nooit. Hij begon haar te porren en zei: 'Het spijt me, mama. Nu weer opstaan. Het spijt me dat ik je geschopt heb, alsjeblieft.' Maar nu huilde ze – echte tranen ditmaal, geen komedie. Hij hield op met porren en wist zich geen raad meer. Hij rende naar zijn kamer om er zelf in tranen uit te barsten, in de hoop dat ze hem zou horen. Maar hoe hard hij ook brulde, ze kwam niet naar hem toe. Hij hield op met huilen en ging weer naar de woonkamer. Ze lag nog steeds op de grond, in exact dezelfde houding, met haar ogen open.

'Mama?'

'Je hebt niets verkeerds gedaan,' mompelde ze.

'Heb ik je geen pijn gedaan?'

'Jij bent volmaakt. Maar de wereld is dat niet.'

Ze verroerde geen vin. Het enige wat hij nu nog kon bedenken was weer naar zijn kamer gaan om daar ook doodstil te gaan liggen, net als zij. Maar dit verveelde al snel, dus pakte hij een boek. Hij las daar nog steeds in toen hij zijn vader hoorde thuiskomen. 'Katya? Katya!' Zijn vaders voetstappen klonken streng en boos. En toen klonk het geluid van een klap met de vlakke hand. En daarna nog een. En toen weer de voetstappen van zijn vader, en die van zijn moeder, gevolgd door het gerammel van potten en pannen. Toen hij naar de keuken liep, schonk zijn moeder hem een warme glimlach, haar vertrouwde warme glimlach, en vroeg wat hij had zitten lezen. Onder het eten verliep het gesprek van zijn ouders zoals altijd: zijn vader bracht iemand ter sprake, zijn moeder maakte een geestige en ietwat valse opmerking over die persoon, waarna zijn vader reageerde met iets gewichtigs en corrects in de trant van ‘eenieder krijgt waarop hij recht heeft’ en zijn moeder hém weer aankeek en hem haar speciale knipoogje gaf. Wat hield hij toch van haar! Wat hield hij van hen allebei! Het voorval van die middag was maar een nare droom geweest.

Veel van zijn andere vroege herinneringen betroffen de keren dat hij met haar mee mocht naar commissievergaderingen op de universiteit. Dan gaf ze hem een stoel in de hoek van de vergaderzaal en ging hij vroegwijs boeken voor kinderen van zeven tot tien jaar zitten lezen, in het Duits (Werner Schmoll, *Nackt unter Wolfen*, *Kleine Shakespeare-Fabeln für Junge Leser*) of in het Engels (*Robin Hood*, Steinbeck) terwijl de academici elkaar probeerden te overtreffen met voorstellen om het Anglistik-curriculum nog beter te verweven met de klassenstrijd, ter verdere stichting van de Duitse arbeider. Weinig faculteitsvergaderingen zullen in zo’n verstikkende mate doctrinair zijn geweest, want geen enkele faculteit werd zo irrelevant geacht en was zo omstreden. Andreas ontwikkelde een welhaast telepathische band met zijn moeder – hij wist precies wanneer hij uit zijn boek op moest kijken om haar speciale knipoogje te krijgen, het knipoogje met de boodschap dat zij het net zo saai vond als hij en dat zij tweeën intelligenter waren dan al die anderen bij elkaar. Haar collega’s konden het waarschijnlijk niet echt waarderen dat er een kind aanwezig was, maar Andreas had een buitengewoon lange aandachtsboog en was zo goed afgestemd op zijn moeders wensen dat hij nooit iets deed waarmee hij haar in verlegenheid bracht. Alleen bij zeer hoge nood kwam hij haar aan de mouw trekken om zich naar het damestoilet te laten brengen.

Bij een van de langste vergaderingen ooit (aldus Katya – Andreas kon zich er niets van herinneren) werd hij te rozig om verder te kunnen lezen en nestelde zich met zijn hoofd op de armleuning van de stoel. Een van Katya’s collega’s, die tactvol wilde zijn en kennelijk niet op de hoogte was van zijn talenknobbel, stelde in het Engels voor hem even naar haar werkkamer te brengen zodat hij daar op haar divan kon liggen, waarop hij zich (volgens Katya) meteen oprichtte en riep: ‘*To say “lay” when you mean “lie” is a lie*!’ Hij wist dat hij al op jonge leeftijd het onderscheid tussen ‘lie’ en ‘lay’ kende, en niemand schatte zijn intelligentie hoger in dan hijzelf, maar hij kon toch maar moeilijk geloven dat hij op zijn zesde al scherp genoeg was geweest om iets dergelijks te zeggen. Katya hield echter vol van wel. Het was een van haar vele vroegwijsverhalen over hem die ze niet moe werd te vertellen: dat het Engels van haar zesjarige jongen al beter was geweest dan dat van een hooggeleerde collega. Als jongen geneerde hij zich minder voor die verhalen dan hem op latere leeftijd gepast leek. Hij leerde al vroeg om niet te lang stil te staan bij hoe trots ze op hem was, maar die trots als iets normaals te zien.

Toen de tijd kwam dat hij zich aan de tucht en indoctrinatie van de lagere school en de naschoolse programma's moest onderwerpen, werd hun omgang minder intensief, maar intussen was hij er allang van overtuigd dat hij de beste ouders ter wereld had. Hij vond het heerlijk om thuis te komen en tweetalige gevatheden met zijn moeder uit te wisselen, en hij was nu ook beter in staat haar favoriete boeken en toneelstukken te lezen en iemand te zijn die zijn vader niet was: iemand die literatuur las. Hij kreeg weliswaar de indruk dat ze geestelijk niet helemaal in orde was (het gebeurde vaker dat ze zomaar neerviel, in haar werkkamer thuis, of in de badkuip, en soms was ze opeens een poosje onvindbaar en kon hem dan nooit overtuigen met de verklaringen die ze daar achteraf voor bood), maar toch voelde hij een soort noblesse oblige ten aanzien van zijn vriendjes en klasgenoten, van wie de moeder bij lange na niet zo geweldig kon zijn als de zijne. Deze overtuiging hield aan tot zijn puberteit.

In theorie waren psychologen overbodig in de Republiek der Smakeloosheid, want neurosen waren een typische bourgeoisaandoening, ziekelijke gevoelsuitingen van contradicties die onmogelijk waren in een volmaakte arbeidersstaat. Maar toch waren er een paar psychologen actief, en toen Andreas vijftien was, regelde zijn vader een behandeling bij een van hen. Hij had de verdenking op zich geladen een zelfmoordpoging te hebben gedaan, maar het meest concrete symptoom was overmatige masturbatie. Zelf vond hij het maar betrekkelijk wat je 'overmatig' noemde, en volgens zijn moeder was het een natuurlijke fase voor een puber, maar Andreas sloot niet uit dat zijn vader het bij het rechte eind had. Sinds hij het bevredigen van zichzelf had ontdekt als geheime uitweg uit zijn zelfvervreemding, merkte hij dat bezigheden die het masturberen in de weg stonden hem gingen tegenstaan.

De meest tijdrovende van die bezigheden was voetbal. Geen enkele tak van sport stond zo laag in aanzien bij de Oost-Duitse intelligentsia, maar op zijn tiende was Andreas al doordrongen van zijn moeders verachting voor die intelligentsia. Hij had zijn vader voorgehouden dat de republiek een arbeidersstaat was en voetbal de meest geliefde arbeiderssport, maar dat was een cynisch argument geweest, zijn moeder waardig. De echte aantrekkingskracht van voetbal was dat hij zich ermee kon afzetten tegen klasgenoten die zichzelf interessant vonden zonder dat te zijn. Samen met zijn beste vriendje Joachim, voor wie hij de roos van het rijk en de spiegel voor elk was, meldde hij zich aan bij een club. Die club had zijn thuisbasis bij een sportcentrum dat aangenaam ver van de Karl-Marx-Allee lag, en met hun gesprekken over Beckenbauer en Bayern München konden ze hun klasgenoten het gevoel geven dat ze van iets belangrijks waren buitengesloten. Later, nadat hij het spook had gezien, raakte Andreas zelfs bezeten van zijn sport, trainde met zijn clubgenoten op het sportcentrum en oefende voor zichzelf op de Weberwiese, omdat hij zichzelf als steraanvaller zag, én omdat hij dan niet over het spook hoefde te piekeren.

Maar hij zou nooit een steraanvaller worden, en het gemak waarmee hij kon masturberen versterkte alleen maar zijn frustratie over de verdedigers die zijn doelpogingen verijdelden. Thuis in zijn kamer kon hij scoren wanneer hij maar wilde. De enige frustraties daar waren de verveling en irritatie als hij zo vaak achtereen had gescoord dat het een tijdje niet meer lukte.

Om zijn inspiratie op peil te houden maakte hij potloodtekeningen van naakte meisjes. Zijn eerste waren bijzonder grove schetsen, maar na verloop van tijd ontdekte hij een zeker talent bij zichzelf, vooral als hij meisjes natekende uit geïllustreerde tijdschriften, waarbij hij ze al tekenend van hun kleren ontdeed. Met zijn potlood in de ene hand en zijn piemel in de andere kon hij de weldadige spanning urenlang rekken. De minder geslaagde tekeningen draaide hij na het klaarkomen tot een prop en gooide ze weg. De betere bewaarde hij ter verdere verfraaiing en hij hield ze tot die tijd vrij van schunnige tekstballonnen; want de geïdealiseerde gezichten en lichamen bleven hem verrukken, maar voor de woorden die hij de meisjes liet zeggen schaamde hij zich de volgende dag.

Hij liet zijn ouders weten dat hij ging stoppen met voetbal. Zijn moeder stemde bij voorbaat in met alles wat hij besloot, maar van zijn vader moest hij dan voortaan evenveel tijd in een andere vorm van gezonde lichaamsbeweging steken. Dus sprong hij op een avond na de training van de Rhinstraße-brug en belandde toevallig in dezelfde doornstruiken waar hij voor het laatst het spook had gezien. Hij brak zijn enkel en vertelde zijn ouders dat hij de sprong had gewaagd om stoer te doen.

Het enige waarover iedereen in de republiek in overvloed beschikte was tijd. Wat je vandaag niet deed, kon letterlijk altijd morgen. Vrijwel ieder ander artikel was schaars, maar aan tijd had niemand ooit gebrek, zeker niet als je je enkel had gebroken en bovenmatig intelligent was. Huiswerk was een peulenschil voor een jongen die vanaf zijn derde kon lezen en al op zijn vijfde had leren vermenigvuldigen. Bovendien ontleende hij maar een beperkte voldoening aan het imponeren van zijn klasgenoten, werd niet geboeid door meisjes en beleefde sinds de verschijning van het spook ook geen plezier meer aan de gesprekken met zijn moeder. Ze was nog net zo interessant, liet haar interessantheid nog bij iedere maaltijd als een sappig stuk fruit boven tafel hangen, maar hij lustte haar niet meer. Hij leefde in een uitgestrekte proletarische woestenij van tijd en verveling en daarom zag hij er in het geheel niets kwaads of onmatigs in om een flink gedeelte van de dag schoonheid te creëren met zijn handen, blanco papier te veranderen in mooie gezichten van vrouwen die hun bestaan aan hem dankten en die zijn iele wurmpje in iets groots en hards veranderden. Hij geneerde zich steeds minder voor zijn hobby en begon gezichten te tekenen op de bank in de woonkamer, waarbij hij af en toe steels over zijn kruis streek om zijn opwinding te onderhouden, maar soms ook zo door zijn kunst werd opgeslokt dat de opwinding erbij inschoot.

Op een dag kwam zijn moeder achter hem staan en keek over zijn schouder. 'Mooi gezicht. Wie is dat?' vroeg ze, opvallend koket.

'Niemand,' zei hij. 'Het is gewoon een gezicht.'

'Het zal toch wel iemands gezicht zijn? Is het een meisje van school?'

'Nee.'

'Je lijkt heel bedreven. Is dit wat je altijd met je deur dicht zit te doen?'

'Ja.'

'Heb je nog meer tekeningen om te laten zien?'

'Nee.'

'Ik vind je echt heel talentvol. Mag ik er niet een paar zien?'

'Ik gooi ze altijd weg als ik klaar ben.'

'Je hebt écht geen andere?'

'Nee.'

Zijn moeder keek hem doordringend aan. 'Doe je dit om me te kwetsen?'

'Natuurlijk niet. Als ik teken, denk ik nooit aan jou. Je zou je zorgen moeten maken als ik dat wel deed.'

'Ik kan je beschermen,' zei ze, 'maar dan moet je wel met me praten.'

'Ik wil niet met je praten.'

'Op jouw leeftijd is het heel normaal om opgewonden te raken van plaatjes en zo. Het is heel gezond om dan bepaalde driften te hebben. Ik ben gewoon benieuwd wie dat meisje is.'

'Mam, het is een verzónnen gezicht.'

'Maar die tekening lijkt heel persoonlijk. Alsof je precies weet wie het moet voorstellen.'

Hij zei niets meer, stopte de tekening in zijn map en trok zich terug in zijn kamer. Toen hij de map weer opende, leek het gezicht opeens weerzinwekkend. Afgrijselijk, afgrijselijk. Hij verscheurde het papier. Zijn moeder klopte aan en kwam binnen.

'Waarom ben je nu eigenlijk van die brug gesprongen?' vroeg ze.

'Dat heb ik al verteld. Bravoure.'

'Wilde je jezelf iets aandoen? Het is belangrijk dat je eerlijk tegen me bent. Mijn wereld zou instorten als jij deed wat mijn vader heeft gedaan.'

'Joachim zei dat ik niet durfde, dat heb ik jullie verteld.'

'Jij bent veel te intelligent om je te laten uitdagen, en zeker om dan zoiets stoms te doen.'

'Nou, oké. Ik wilde mijn been breken om meer tijd te hebben voor masturbatie.'

'Dat is niet grappig.'

'Ga weg, alsjeblíeft, ik moet masturberen.' Het was eruit voor hij het wist, maar de schok om het zichzelf te horen zeggen maakte iets in hem los. Hij sprong overeind en liep op zijn moeder toe, bevend, grijnzend, en zei: 'Weg hier, ik moet masturberen! Weg hier, ik moet...'

'Houd op!'

'Ik ben niet zoals je vader. Ik ben zoals jíj. Maar ik beperk me wél tot mezelf. Ik beschadig alleen mezelf.'

Ze verbleekte – hij had gescoord. 'Ik heb geen idee waar je het over hebt.'

'Nee, natuurlijk niet. Ik ben immers de gek hier. Ik kan nog geen havik van een handzaag onderscheiden.'

'Even geen Hamlet nu, Andreas.'

'Iets meer bloed- en minder geestverwant.'

'Je vergist je deerlijk met die citaten,' zei ze. 'Het is alleen maar boekenwijsheid en je irriteert me met wat je ermee wil suggereren. Ik begin zowaar te denken dat je vader gelijk heeft en dat ik je dingen heb laten lezen terwijl je daar nog te jong voor was. Ik kan je nog steeds beschermen, maar dan zul je me in vertrouwen moeten nemen. Dan moet je me zeggen wat je echt denkt.'

'Ik denk... niets.'

'Andreas.'

'Ga weg, alsjeblieft, ik moet masturberen!'

Hij was het die háár beschermde, niet andersom, en toen zijn vader hem na alweer een reeks fabrieksbezoeken liet weten dat hij verwacht werd bij een psycholoog, zag hij het als zijn hoogste prioriteit om haar ook dáár te beschermen. Zijn vader zou hem aan geen andere psycholoog toevertrouwen dan eentje die recht in de politieke leer was en door de Stasi was goedgekeurd. En hoezeer hij zijn moeder ook was gaan verfoeien, hij verdomde het die psycholoog over het spook te vertellen.

De hoofdstad van de republiek was niet alleen geestelijk plat, maar ook letterlijk plat. De weinige landschappelijke verhevenheden hadden een kern van opgehoopt oorlogspuin, en op één daarvan, een langwerpige met gras begroeide heuvel achter het voetbalveld, had Andreas voor het eerst het spook gezien. Achter die heuvel liep een in onbruik geraakte spoorbaan over een smalle strook grond die te grillig slingerde om in enig vijfjarenplan voor stadsontwikkeling te passen. Op een namiddag moest het spook vanaf de spoorbaan de heuvel op zijn gelopen terwijl Andreas aan de rand van het veld stond uit te hijgen van een sprinttraining, met zijn gezicht tegen het gaas van de omheining en zijn vingers om de bovenrand geklemd. Toen hij opkeek, stond daar op de heuvel, zo'n meter of twintig van hem af, opeens een broodmagere man met een woeste baard, gehuld in een haveloze schapenvachtjas. Geërgerd door deze aantasting van zijn privacy en voorrechten ging Andreas met zijn rug tegen de omheining staan. Toen hij terugrende naar de training en over zijn schouder keek, was het spook verdwenen.

Maar de volgende namiddag stond het spook weer boven op de heuvel en het volgde Andreas bij alles wat hij op de training deed. Een paar andere jongens zagen het daar ook staan en riepen: 'Hé, vuile viezerik!' 'Neem eens een bad!' en dat soort kreten – met de onbezorgde minachting die clubleden hadden voor iedereen die zich niet aan de voorschriften van de samenleving hield. Door het beledigen van zwervers kon je onmogelijk in de problemen raken, eerder het tegendeel. Toen een van de jongens naar de omheining rende om het spook van dichterbij uit te schelden, daalde het haastig de heuvel af en verdween uit het zicht.

Daarna verscheen het alleen nog na zonsondergang, en dan telkens aan het uiteinde van de langwerpige heuvel, waar het licht van de masten rond het veld ophield en je nog slechts vaag zijn hoofd en schouders zag. Onder het trainen keek Andreas voortdurend of het er nog stond. Soms was dat zo, soms niet. Tweemaal leek het Andreas met een hoofdgebaar naar zich toe te wenken. Maar bij het laatste fluitsignaal was het altijd verdwenen.

Na een week van dit kiekeboe spelen nam Andreas na afloop van de training zijn vriend Joachim apart, terwijl de anderen van het veld liepen. 'Zeg, die vent daar op de heuvel,' zei hij. 'Die staat de hele tijd naar mij te kijken.'

'Ah, dus het is hem om jou te doen.'

'Het lijkt soms wel alsof hij me iets wil zeggen.'

'Hij valt op blondjes, denk ik. Iemand zou hem moeten aangeven.'

'Ik ga het hek over. Ik ben benieuwd naar wat hij nou eigenlijk wil.'

'Doe niet zo idioot, man.'

'Er is iets geks aan de manier waarop hij naar me kijkt. Alsof hij me kent, lijkt het wel.'

'Hij wil je léren kennen. Geloof me nou, het zijn die blonde lokken van je.'

Joachim had waarschijnlijk gelijk, maar Andreas had een moeder die hem lof toezwaaide voor alles wat hij deed, en nu, op zijn veertiende, was hij het gewend zijn impulsen te volgen en te doen wat hij wilde, zolang het maar niet openlijk subversief was. Alles pakte altijd goed voor hem uit – in plaats van af te gaan werd hij geprezen om zijn initiatief en vindingrijkheid. En nu wilde hij met het spook in de schapenvachtjas praten en horen wat hij allemaal te vertellen had, iets wat onmogelijk zo vervelend kon zijn als de dingen die hij de afgelopen week had gehoord. Dus haalde hij zijn schouders op, zette de neus van zijn voetbalschoen in het gaas en begon over de omheining te klauteren.

'Hé, kom op nou,' protesteerde Joachim.

'Bel de politie als ik over twintig minuten niet terug ben.'

'Niet te geloven, wat een idioot ben jij. Ik ga met je mee.'

Dit was precies waar Andreas op uit was geweest, en hij kreeg zoals gebruikelijk zijn zin.

Vanaf de top van de heuvel viel er weinig te ontwaren in het duister langs de spoorbaan. Het geraamte van een vrachtwagen, stedelijk struikgewas en onkruid, kwijnende boompjes, wat witte lijnen die de restanten van gesloopte muren leken, en hun eigen langwerpige schaduwen die door lichtmasten over het terrein werden geworpen. In de verte het silhouet van socialistische hoogbouw.

'Hé!' schreeuwde Joachim naar beneden. 'Asociaal element! Ben je daar?'

'Houd je kop.'

Bij de spoorbaan bewoog iets. Ze liepen er met behoedzame stappen in een zo recht mogelijke lijn naartoe door struikgewas dat in het halfdonker aan hun blote benen krabde. Toen ze beneden aankwamen, was het spook al helemaal bij de brug van de Rhinstraße, waar die over de spoorbaan liep. Het leek stil te staan en naar hen te kijken, al viel dat laatste op zo'n afstand moeilijk uit te maken.

'Hé,' brulde Joachim. 'We willen met je praten!'
Het spook liep meteen weer verder.
'Ga maar terug en douchen,' zei Andreas. 'Je schrikt hem af.'
'Dit is achterlijk.'
'Ik ga tot aan de brug. Zien we elkaar daar weer.'
Joachim aarzelde, maar uiteindelijk deed hij meestal wat Andreas wilde. Toen hij terugkeerde, holde Andreas langs de spoorbaan, genietend van dit avontuur. Het spook was niet meer te zien, maar Andreas vond het een interessante belevenis om zich op ongereguleerd terrein te begeven, na zonsondergang nog wel. Hij was slim, kende de regels en wist dat hij er geen overtrad door zich hier te bevinden. Voor zijn gevoel had hij er recht op, zoals het zijn recht was de enige speler van de club te zijn naar wie het spook steeds stond te staren. Bang was hij allerminst. Hij voelde zich onkwetsbaar. Maar hij was wel blij toen hij de brug bereikte en door de verlichting daarvan werd beschenen. Hij bleef staan en tuurde in het donker onder de brug. 'Hallo?' zei hij.
Er schraapte daar een schoenzool over iets heen.
'Hallo?'
'Kom hier, onder de brug,' zei een stem.
'Kom jij maar hier.'
'Nee, jij hier. Ik zal je niets doen.'
De stem klonk kalm en beschaafd, de stem van iemand met een goede opleiding, wat hem niet echt verbaasde. Voor iemand van een laag intellectueel niveau zou het ongepast zijn naar hem te staren en hem te wenken. Hij stapte onder de brug en ontwaarde een menselijke gestalte bij een van de pilaren. 'Wie ben jij?' zei hij.
'Niemand,' zei het spook. 'Een absurditeit.'
'Maar wat wil je dan? Ken ik jou?'
'Nee.'
'Wat moet je dan van me?'
'Ik kan hier niet blijven, maar ik wilde je zien voordat ik terugga.'
'Terug naar waar?'
'Erfurt.'
'Nou, hier ben ik dan. Je ziet me. Mag ik vragen waarom je me steeds bespiedt?'
Boven hen schudde en dreunde de brug onder het gewicht van een vrachtwagen.
'Wat zou je zeggen,' zei het spook, 'als ik je vertelde dat ik je vader ben?'

'Dan zou ik zeggen dat je niet goed bij je hoofd bent.'

'Je moeder is Katya Wolf, geboren Eberswald. Ik was een van haar studenten en later een van haar collega's aan de Humboldt-universiteit van 1957 tot februari 1963, toen ik werd gearresteerd, berecht en tot tien jaar gevangenis werd veroordeeld wegens staatsondermijnende activiteiten.'

Andreas deed een onwillekeurige stap naar achteren. Zijn angst voor politieke leprozen was instinctief. Contact met zo iemand kon onmogelijk in je voordeel werken.

'Onnodig te zeggen,' voegde het spook toe, 'dat ik de staat in geen enkel opzicht had ondermijnd.'

'Daar dacht het Volk blijkbaar toch anders over.'

'Nee, opmerkelijk genoeg was niemand die mening ooit toegedaan. De misdaad waarvoor ik werd opgesloten was de intieme omgang die ik met je moeder had, voor en na haar trouwen. Met name dat "na" werd me kwalijk genomen.'

Andreas werd overmand door een afschuwelijk gevoel – deels walging, deels pijn, deels verontwaardigde woede.

'Luister eens, vuilak,' zei hij. 'Ik weet niet wie jij bent, maar zo praat je niet over mijn moeder, begrepen? Als ik je nog één keer bij het voetbalveld zie, bel ik de politie. Begrepen?' Hij draaide zich om en strompelde weer naar het licht.

'Andreas,' zei de vuilak achter hem, 'ik heb je als baby in mijn armen gehad.'

'Val dood, wie je ook mag zijn.'

'Ik ben je vader.'

'Val dood, man. Je bent te walgelijk voor woorden.'

'Ik heb maar één verzoek,' zei de vuilak. 'Ga naar huis en vraag de echtgenoot van je moeder waar hij in oktober en november 1959 was. Dat is alles. Vraag het hem en zie hoe hij reageert.'

Andreas' oog viel op een eind hout. Daar kon hij die vuilak de schedel mee inslaan zonder dat er een haan naar kraaide. Niemand was rouwig om de dood van een staatsvijand. En mocht het uitkomen dat hij de dader was, dan kon hij zeggen dat hij uit zelfverdediging had gehandeld en zou iedereen hem geloven. De gedachte bezorgde hem een stijve. Er school een moordenaar in hem.

'Maak je maar niet ongerust,' zei de vuilak. 'Je zult me nooit meer zien. Berlijn is verboden gebied voor mij. Ik draai vrijwel zeker weer de bak in, alleen omdat ik Erfurt heb verlaten.'

'En daar moet ík me druk om maken?'
'Nee. Waarom zou je. Ik ben een nul.'
'Hoe heet je?'
'Het is veiliger voor je om dat niet te weten.'
'Waarom vertel je me dit dan allemaal? Waarom ben je hier dan überhaupt naartoe gekomen?'
'Omdat ik er in de gevangenis tien jaar over gefantaseerd heb, en daarna nog een jaar na mijn vrijlating. Soms fantaseer je zo lang ergens over dat je niet anders meer kunt dan het ook daadwerkelijk doen. Misschien krijg je zelf ooit ook een zoon. Misschien begrijp je het dan wat beter.'
'Smerige leugenaars hóren in de gevangenis.'
'Het is geen leugen. Ik heb je gezegd welke vraag je moet stellen.'
'Als je mijn moeder iets hebt aangedaan, verdien je het des te meer om achter slot en grendel te zitten.'
'Zo zag haar echtgenoot het ook. Je zult je kunnen voorstellen dat ik er een andere kijk op heb.'
In dat laatste klonk verongelijktheid door en Andreas bespeurde nu al wat hem later in alle helderheid voor ogen kwam te staan: hij was schuldig, die vuilak. Misschien niet aan de misdaad waarvoor hij was veroordeeld, maar wel omdat hij misbruik had gemaakt van iets labiels in zijn moeder en omdat hij nu naar Berlijn was gekomen om onrust te stoken. Schuldig omdat hij liever wraak nam op zijn vroegere minnares dan de gevoelens van haar veertienjarige zoon te sparen. Hij was een viezerik, en een nietsnut, een 'voormalige student Engelse taal- en letterkunde'. Het zou later zelfs geen moment bij Andreas opkomen contact met hem te zoeken.
Het enige wat nu bij hem opkwam waren de woorden: 'Nou, bedankt dat je mijn avond hebt vergald.'
'Ik wilde je toch één keer zien.'
'Gefeliciteerd dan. En ga nu maar weer naar Erfurt en val dood.'
Nauwelijks had hij die laatste woorden gezegd of hij haastte zich onder de brug vandaan en klauterde de helling op naar de Rhinstraße. Joachim viel nergens te bekennen, dus liep hij in zijn eentje terug naar huis, waarbij hij een paar keer een donker portiek in moest schieten om zijn onderbroek recht te trekken, want zijn moordzuchtige stijve wist van geen wijken. Hij was niet in het minst van plan zijn vader de vraag te stellen die het spook had geopperd, maar hij moest opeens wel aan wat voorvallen uit de laatste twee, drie jaar denken, waar hij zo weinig van begrepen had dat hij ze maar uit zijn hoofd had gezet.

Zo was er de keer geweest dat hij op een vrijdagmiddag van school naar de datsja ging en daar zijn moeder naakt aantrof tussen twee rozenstruiken. In diepe stilte zat ze daar, niet in staat een woord uit te brengen totdat zijn vader die avond thuiskwam en haar met een klap bij haar positieven bracht. Heel bizar was dat geweest. Of de keer dat de meester hem met koorts naar huis stuurde en hij gemerkt had dat de slaapkamerdeur van zijn ouders op slot zat, en dat zich even later twee werklui in blauwe overalls de slaapkamer uit hadden gehaast. En de keer dat hij naar haar werkkamer op de universiteit was gegaan om een verlofbriefje te laten tekenen, en de deur daarvan ook op slot zat, en er een paar minuten later een student naar buiten was gekomen met zijn haar in slierten op zijn bezwete voorhoofd geplakt – en dat Andreas vervolgens naar binnen wilde, maar zijn moeder aan de andere kant de deur dichtduwde en weer op slot draaide.

En de eigenaardige verklaringen die ze er telkens voor gegeven had, met een onwerkelijke monterheid in haar stem:

'Ik zat daar van de rozengeur te genieten en het was zo'n prachtige dag dat ik mijn kleren uittrok, en toen ik jou opeens zag, was ik zo verlegen dat ik niets te zeggen wist.'

'Ze repareerden de elektra en lieten mij bij de lichtschakelaar staan om die steeds aan en uit te doen, en ze waren zo streng met hun veiligheidsvoorschriften dat ik de deur niet mocht openmaken. Alsof ik hun gevangene was!'

'Die jongeman was hier voor een berisping en dat werd een nogal pijnlijk gesprek. Hij is geschorst, je zult hem wel hebben horen huilen. Na zijn vertrek wilde ik snel nog even wat aantekeningen maken voordat ik de bijzonderheden zou vergeten.'

Hij herinnerde zich de onverbiddelijke kracht waarmee de deur was dichtgeduwd. Hij herinnerde zich dat hij, toen hij in de rozentuin haar vagina zag, zich had herinnerd dat hij die al eens eerder had gezien – het besef dat iets wat hem vaag bijstond als een nare droom uit zijn kindertijd werkelijk was gebeurd: dat ze zich eerder zo aan hem had getoond toen hij nog klein was, als antwoord op een nieuwsgierige vraag. Hij herinnerde zich dat die twee werklui hem niet eens hadden gegroet terwijl hij rillend van koorts op de vloer van de woonkamer lag, dat ze totaal geen acht op hem hadden geslagen, alleen maar maakten dat ze wegkwamen.

Toen hij thuiskwam, zat zijn moeder op hun pseudo-Deense sofa (je reinste kitsch, maar pure klasse in vergelijking met het gemiddelde meubilair in de republiek) de *Neues Deutschland* te lezen met haar gebruikelijke glas wijn na het werk. Ze zat daar altijd als een vleesgeworden advertentie voor het leven in Oost-Berlijn. Achter haar bood het raam uitzicht op de fraaie lichtjes van de hoogwaardige nieuwbouw aan de overkant van de Allee. 'Je loopt nog in je voetbalkleren,' zei ze.

Andreas ging achter een stoel staan om zijn stijve te verbergen. 'Ja, ik ben naar huis komen rennen.'

'Dus je hebt je kleren in het clubhuis laten liggen?'

'Ik neem ze morgen wel mee.'

'Joachim belde net. Hij wilde weten of je er al was.'

'Ik bel hem zo wel terug.'

'Alles in orde?'

Hij wilde geloven in het beeld dat ze probeerde op te roepen, omdat het zo duidelijk was hoeveel dat voor haar betekende: de ideale arbeidster, moeder en vrouw, zich ontspannend na een vruchtbare werkdag binnen een systeem dat meer zekerheden bood dan het kapitalisme en dat bovendien, in de beste zin van het woord, meer diepgang had. Haar vermogen om de oersaaie *ND* tot het laatste woord te spellen was zonder meer indrukwekkend. Hij merkte nu pas hoe innig veel hij van haar hield, terwijl haar aanblik hem ook met afkeer vervulde.

'Kon niet beter,' zei hij.

In de badkamer haalde hij zijn stijve tevoorschijn en werd ontgoocheld door hoe iel die oogde, vergeleken bij hoe hij op straat had gevoeld. Maar met dit dingetje had hij te werken, en hij ging er dan ook mee aan de slag die avond, en de volgende avond, en die daarna, tot hij de vraag of hij zijn ouders nu wel of niet moest vragen waar zijn vader in de herfst van 1959 was geweest had uitgebannen. Er was dat spook uit Erfurt misschien onrecht aangedaan, maar hijzelf was in niets geschaad, in niets wat ertoe deed tenminste. Liever dan zinloze problemen te creëren, liever dan zijn ouders overstuur te maken, aanvaardde hij de dingen die hij nu van zijn moeder wist en gebruikte ze als excuus voor zijn eigen verdorven gedragingen. Als zij het recht had zich op een donderdagmiddag in haar slaapkamer met een paar werklui te vermaken, had hij méér dan het recht om zijn getekende vrouwen schunnige woorden te laten zeggen en ze onder te spuiten met zijn zaad.

De psycholoog, dr. Gnel, had een ruime spreekkamer op de begane grond in het Charité-complex en zat achter zijn bureau in een intimiderende witte doktersjas. Andreas ging tegenover hem zitten met het gevoel dat hem iets wachtte wat het midden hield tussen een medisch onderzoek en een sollicitatiegesprek. Dr. Gnel vroeg hem of hij wist waarom zijn vader hem gestuurd had.

'Hij is prudent,' zei Andreas. 'Als ik opgroei tot zedendelinquent bestaat er tenminste een dossier waaruit blijkt dat hij geprobeerd heeft dat te voorkomen.'

'Dus je hebt persoonlijk niet het idee dat er een goede reden is voor je komst?'

'Ik zou liever thuis zitten masturberen.'

Dr. Gnel knikte en krabbelde iets op zijn aantekenblokje.

'Dat was een grapje,' zei Andreas.

'Dingen die we voor de grap zeggen kunnen soms heel onthullend zijn.'

Andreas slaakte een zucht. 'Kunnen we om te beginnen vaststellen dat ik slimmer ben dan u? Mijn grapje was niet onthullend. Het is grappig dat u er iets onthullends in hoorde.'

'Maar dat je dat zegt, onthult wél iets, vind je niet?'

'Alleen omdat ik er iets mee wil onthullen.'

Dr. Gnel legde zijn pen en aantekenblokje neer. 'Je lijkt er niet bij stil te staan dat ik hier wel vaker intelligente patiënten krijg. Het verschil tussen hen en mij is dat ik hier de psycholoog ben en zij niet. Ik hoef niet net zo slim als jij te zijn om je te kunnen helpen. Ik hoef maar van één ding verstand te hebben.'

Andreas voelde een onverwacht mededogen voor de psycholoog. Wat moest het ellendig zijn te weten dat je maar een beperkte intelligentie had. En wat gênant om tegenover een patiënt voor je beperkingen te moeten uitkomen. Het was voor Andreas een vaststaand feit dat hij het slimst was van iedereen op school, maar geen van zijn medeleerlingen zou dat ooit zo kruiperig toegeven als dr. Gnel. Hij besloot de man aardig te vinden en hem ter wille te zijn.

Bij wijze van wederdienst verklaarde dr. Gnel hem niet-suïcidaal. Nadat Andreas had uitgelegd waarom hij van de brug was gesprongen, complimenteerde de dokter hem slechts met zijn vindingrijkheid: 'Er was iets wat je wilde, en dat leek onhaalbaar, maar je vond toch een manier om het te voor elkaar te krijgen.'

'Dank u,' zei Andreas.

Maar de dokter had nog wel wat andere vragen. Voelde hij zich aangetrokken tot bepaalde meisjes op school? Waren er meisjes die hij zou willen zoenen, of aanraken, of waarmee hij 'het' zou willen doen? Andreas antwoordde naar waarheid dat hij al die meisjes even onbenullig en afstotend vond.

'Werkelijk? Allemaal?'

'Het is alsof ik ze door een vervormende ruit zie. Ze zijn in alles het tegendeel van de meisjes die ik teken.'

'Zou je het willen doen met de meisjes die je tekent?'

'Nou en of. Het is bijzonder frustrerend dat dat niet kan.'

'Weet je eigenlijk wel zeker dat het geen zelfportretten zijn die je tekent?'

'Natuurlijk niet,' zei Andreas beledigd. 'Ze zijn op en top vrouwelijk.'

'Ik heb geen enkel bezwaar tegen je tekeningen, hoor. Voor mij zijn het nog meer voorbeelden van je vindingrijkheid. Ik zit hier niet om te oordelen, ik zit hier om te begrijpen. Maar als je zegt dat je zelfverzonnen beelden tekent, dingen die alleen in je eigen geest bestaan, klinkt dat dan niet een beetje als zelfportretten?'

'In de meest letterlijke zin, misschien.'

'En hoe zit het met de jongens op school? Zijn er jongens tot wie je je aangetrokken voelt?'

'Nee.'

'Dat zeg je wel heel afgemeten, alsof je niet eens over mijn vraag wilt nadenken.'

'Als ik mijn vrienden graag mag, wil dat niet zeggen dat ik graag met ze naar bed wil.'

'Akkoord. Ik geloof je.'

'Dat zegt u op een toon alsof u me niet gelooft.'

Dr. Gnel glimlachte. 'Ga eens door op die vervormende ruit. Hoe zien je klasgenotes eruit als je ze daardoor bekijkt?'

'Saai. Stom. Socialistisch.'

'Je moeder is een overtuigd socialiste. Is zij ook saai of stom?'

'Niet in het minst.'

'Aha, je moeder niet.'

'Maar ik wil niet met mijn moeder naar bed, als u daarop zinspeelt.'

'Dat bedoelde ik niet, hoor. Ik heb het over seks in het algemeen. De meeste mensen vinden het opwindender om seks te hebben met iemand van vlees en bloed. Zelfs als je zo iemand saai vindt, zelfs als die je stom lijkt. Ik probeer gewoon te begrijpen waarom jij er anders over denkt.'

'Ik kan dat niet uitleggen.'

'Lijken de dingen die je wilt je zo obsceen dat echte meisjes er onmogelijk toe bereid zouden zijn?'

Misschien had de dokter alleen maar verstand van zijn specialisme, maar Andreas moest toegeven dat de man op dat beperkte terrein helderder dacht dan hij. Zelf voelde hij vooral verwarring, want hij had overtuigende aanwijzingen dat zijn moeder obscene dingen wilde doen, en ook hád gedaan, wat het aannemelijk maakte dat andere vrouwen ze ook zouden willen doen, en ook met hém – maar zo voelde hij het niet. Alsof hij zo veel van zijn moeder hield, ook nu nog, dat hij haar negatieve punten verwijderde en in gedachten overbracht op andere vrouwen, om die afschrikwekkend te kunnen vinden en zijn toevlucht te kunnen nemen tot tekenen en masturberen, en om zijn moeder volmaakt te houden. Het sloeg nergens op, maar te ontkennen viel het ook niet.

'Ik zou niet eens weten wat echte meisjes willen,' zei hij.

'Hetzelfde als jij, misschien. Liefde, seks.'

'Ik vrees dat ik toch wel iets mankeer op dat punt. Het enige wat ik wil is masturberen.'

'Je bent pas vijftien. Dat is nog heel jong om het al met anderen te willen doen, en je hoort mij ook niet zeggen dat je dat zou moeten willen. Ik vind het alleen opmerkelijk dat je je tot niemand in je klas, meisje of jongen, aangetrokken voelt.'

Jaren later kon Andreas nog altijd niet zeggen of zijn sessies bij dr. Gnel hem enorm hadden geholpen of juist zwaar hadden beschadigd. Maar het directe gevolg ervan was wel dat hij achter de meisjes aan ging. Wat hij het liefst van alles wilde, was niets mankeren. Nog voor de behandeling ten einde was, begon hij zijn intelligentie te benutten om een normalere jongen te worden, en dr. Gnel bleek gelijk te hebben: in het echt was het inderdaad opwindender! Een grotere uitdaging dan het maken van tekeningen, en niet zo onbereikbaar als de status van steraanvaller. Dankzij de manier waarop hij altijd met zijn moeder was omgegaan beschikte hij over een krachtig arsenaal aan verfijning, zelfvertrouwen en hooghartigheid om op meisjes los te laten. Omdat er op school tijd in overvloed was om te praten, plus een schrijnend gebrek aan interessante dingen om over te praten, wist iedereen dat zijn ouders uiterst belangrijke mensen waren. Voor de meisjes was dit reden om hem blind te vertrouwen en in alles te volgen. Ze vonden het enig in plaats van gevaarlijk als hij grappen maakte over de *Freie Deutsche Jugend* of de seniele oude knarren van het sovjetpolitbureau, over de solidariteit van de republiek met de rebellen in Angola of de eugenetische lichaamsbouw van de olympische schoonspringploeg, of over de stuitende kleinburgerlijkheid van zijn landgenoten. Niet dat het socialistische systeem hem zo bezighield, laat staan dat hij zich ertegen wilde afzetten – zijn grappen dienden geen ander doel dan zijn vrouwelijke publiek duidelijk te maken dat hij graag ondeugend was, en te peilen of zij ervoor in waren om ondeugende dingen met hem te doen. In zijn laatste jaren op de Oberschule wist hij met tal van hen behoorlijk ver te komen. Maar telkens als het menens leek te worden, strandde hij op hun bekrompen arbeidersmoraal. De grens die ze trokken tussen gevingerd of geneukt worden, was eenzelfde als die tussen spotten met de Angolees-Oost-Duitse broederschap en het afdoen van de socialistische arbeidersstaat als een fiasco en een leugen. Slechts twee meisjes waren bereid die grens met hem over te gaan, maar bij die twee ging dat weer gepaard met ergerlijke ideeën over een romantische toekomst met hem.

Zijn zoektocht naar wildere meiden deed hem ten slotte in de alternatieve scene van Berlijn belanden – in de Mosaik, de Fengler, de dichterscafés. Rond die tijd studeerde hij al wiskunde en logica aan de universiteit, vakken die 'hard' genoeg waren om de goedkeuring van zijn vader te kunnen wegdragen en abstract genoeg om hem van stomvervelende politieke discussies te vrijwaren. Hij haalde klinkende cijfers voor al zijn tentamens, hield zich intensief bezig met Bertrand Russell (van zijn moeder had hij zich afgewend, maar niet van zijn anglofilie) en zwom nog altijd in de vrije tijd. Jammer genoeg was hij niet de enige man die zich met seksuele bedoelingen in de alternatieve scene bewoog, en hoewel zijn jeugd en uiterlijk in zijn voordeel werkten, werkte het in zijn nadeel dat hij de bevoorrechte zoon van vooraanstaande ouders was. Niemand hield het weliswaar voor mogelijk dat de Stasi zo stom was om iemand als hij in hun wereldje te laten infiltreren, maar hij bespeurde overal dat zijn sociale status argwaan wekte, de vrees dat hij iemand was die mensen in de problemen kon brengen, bedoeld of onbedoeld. Om succes te hebben bij de meisjes moest hij het aanzien van een politiek ontevredene verwerven. Het eerste meisje op wie hij de jacht opende was Ursula, die zichzelf tot beatdichteres bestempelde en die hij op twee poëzieavonden had zien voordragen terwijl hij zich verlekkerde op haar ongelofelijke kont. Na haar tweede optreden was hij een praatje met haar gaan maken en had daarbij beweerd dat hij zelf ook gedichten schreef – een schandalige leugen, die hem echter wel een afspraakje in een koffiebar opleverde.

Hij trof haar daar in een nerveuze stemming aan. Een nervositeit die voor een deel bij haar hoorde, maar voor een belangrijker deel door hem leek te worden opgewekt.

'Ben jij suïcidaal?' vroeg ze hem recht op de man af.

Hij grinnikte. 'Slechts noord-noord ten westen.'

'Wat betekent dat?'

'Shakespeare-citaat. Het betekent: niet echt.'

'Op school had ik een vriend die zelfmoord heeft gepleegd. Jij doet me aan hem denken.'

'Ik ben weleens van een brug gesprongen, maar dat was maar van acht meter hoogte.'

'Dus je bent meer het type dat aanvallen van zelfverminking heeft.'

'Nee hoor, het was welbewust en met een goede reden, die sprong. En bovendien is het al jaren geleden.'

'O, maar ik merk het nu ook aan je,' zei ze. 'Ik kan het bijna ruiken. Hetzelfde wat ik bij die vriend rook. Je bent op zoek naar problemen, en je lijkt niet te snappen hoe diep je in dit land in de problemen kan raken.'

Haar gezicht was niet zo mooi, maar dat deed er niet toe.

'Ik zoek een andere manier van leven,' zei hij in volstrekte ernst. 'Het kan me niet schelen wat, zolang het maar anders is.'

'In welk opzicht anders?'

'Eerlijker. Mijn vader is een leugenaar van beroep, mijn moeder een talentvol amateur. En als het mensen als zij voor de wind gaat, wat zegt dat dan over dit land? Ken je dat nummer van de Rolling Stones, "Have You Seen Your Mother, Baby"?'

'"Standing in the Shadows."'

'De eerste keer dat ik dat hoorde, op RIAS, wist ik opeens dat alles wat ze over het Westen zeiden gelogen was. Dat hoorde ik gewoon aan de sound van dat nummer – een samenleving die zulke muziek voortbracht, kón gewoon niet zo onvrij zijn als mijn ouders beweerden. Respectloos en decadent misschien. Maar dan wel op een gelukkige manier respectloos, op een blije manier decadent. Wat zegt het over een land als het zulke muziek wil verbieden?'

Hij zei dit allemaal omwille van het effect, om Ursula voor zich te winnen, maar terwijl hij het zei, merkte hij dat hij het ook echt meende. Een vergelijkbare ironie drong zich op toen hij weer thuis was (hij woonde nog bij zijn ouders) en iets op papier probeerde te zetten wat Ursula voor poëzie zou kunnen aanzien: het begon als puur effectbejag, maar uit wat hij geschreven had sprak oprecht verlangen en een authentiek protest.

En zo werd hij, voor een tijdje, dichter. Bij Ursula kreeg hij verder niets voor elkaar, maar hij ontdekte dat hij zowaar aanleg had voor bepaalde poëtische vormen, wellicht verwant aan zijn realistische tekeningen van naakte meisjes, en binnen een paar maanden werd er een gedicht van hem opgenomen in een door de staat erkend tijdschrift en maakte hij zijn debuut op een voordrachtavond. De mannelijke bohemiens wantrouwden hem nog steeds, maar de vrouwelijke niet meer. Er brak een plezierige periode aan, waarin hij om de haverklap in het bed van alweer een andere vrouw belandde, wel een stuk of tien in snelle opeenvolging, door de hele stad, in buurten waarvan hij nooit had kunnen dromen dat ze bestonden – in flats zonder stromend water, in bespottelijk smalle slaapkamertjes nabij de Muur, in een hutten- en tentenkamp op twintig minuten lopen van de dichtstbijzijnde bushalte. Wat kon er heerlijker existentialistisch zijn dan om drie uur 's nachts door troosteloze straten te lopen na een seksuele uitspatting? De onbekommerde ontwrichting van een gezond slaappatroon? Het tegen het lijf lopen van een met krulspelden getooide moeder als je in het donker op zoek was naar haar hartverscheurend lelijke wc? Hij schreef gedichten over deze ervaringen, in strenge dichtvorm vervatte weergaven van zijn hoogst subjectieve bevindingen in een land waar je alleen aan de armzalige grauwheid kon ontkomen door seksuele avonturen – en met geen van die gedichten werkte hij zich in de nesten. Het literaire regime had zich de laatste tijd voldoende ontspannen om dit soort subjectiviteit toe te laten, mits in dichtvorm.

Wat hem alsnog in de problemen bracht was een cyclus van letterverzen die hij ter ontspanning maakte als zijn brein moe was van alle wiskunde. Het vertroostende aan zijn soort poëzie was dat ze hem aan banden legde in zijn woordkeus. Alsof hij na de chaotische kindertijd met zijn moeder een intense behoefte had gekregen aan het strakke keurslijf van rijmschema's en andere formele beperkingen. Op een avond voor aanstormende poëzietalenten, waar hij maar zeven minuten podiumtijd kreeg, las hij zijn letterverzen voor, omdat die kort waren en hun geheimen niet prijsgaven aan luisteraars, alleen aan wie ze op papier zag. Na zijn voordracht werd hij ermee gecomplimenteerd door een redactrice van de *Weimarer Beiträge*, die zei dat ze er nog wel een zou kunnen opnemen in het komende nummer. En waarom ging hij op dat aanbod in? Misschien school er toch wel iets suïcidaals in hem. Of misschien was het de dreiging van zijn dienstplicht. Gezien de positie van zijn vader was het al een schandaal geweest toen hij een verzoek tot uitstel van militaire dienst indiende, maar het liefst ging hij helemaal niet onder de wapenen. Hoewel hem waarschijnlijk een plekje in een elitekorps voor staatsveiligheid of communicatie wachtte, zag hij zichzelf niet op de been blijven in het leger. (Poëtische discipline was één ding, maar militaire iets heel anders.) Of misschien kwam het gewoon doordat die redactrice de leeftijd had van zijn moeder en hem aan haar deed denken:

iemand die te verblind was door haar voorrechten en eigendunk om te beseffen wat een hopeloos misbaksel ze eigenlijk was. Ze beschouwde zichzelf ongetwijfeld als een fijnzinnig voorvechtster van jeugdige subjectiviteit, als een vrouw die precies wist wat er bij de jeugd van tegenwoordig leefde, en het moest haar en haar meerderen ondenkbaar hebben geleken dat een jongeman die nog bevoorrechter was dan zij hen ooit in verlegenheid kon brengen, want er ontging hun iets aan zijn gedicht wat ieder ander in één oogopslag ontdekte toen het tijdschrift uitkwam:

Moedertaal

Ik
ken

de
reden
achter
alle
geheimen,

Moeder.
In
jouw
Nevelrijk

Zal
alles
altijd
door
leugens
omgeven
zijn.
Iedere
nieuwe
gewaarwording
een
nieuwe

ordening;
plotsklaps

aangepaste
aanzichten
niet

uitgelegd:
wij

samen.
Oedipale
chaos
is
alleen
liefde.
Ik
smacht,
Moeder,
eindeloos.

De stennis die dit opleverde was ronduit verrukkelijk. Het tijdschrift werd ijlings van alle schappen gehaald en afgevoerd naar de pulpfabriek, de redactrice werd ontslagen, haar baas in rang teruggezet en Andreas werd per direct van de universiteit gestuurd. De grijns waarmee hij het faculteitsgebouw verliet, was zo breed dat hij bijna zijn kaakspieren verrekte. Uit de manier waarop de hoofden van vreemden in zijn richting draaiden en de manier waarop studenten die hem kenden zich haastig omdraaiden als ze hem zagen, kon hij afleiden dat de hele universiteit al op de hoogte was van wat hij had gedaan. En dat kon ook haast niet anders – praten over anderen was zowat het enige waarmee iedere inwoner van de republiek, zijn vader misschien uitgezonderd, de tijd moest zien door te komen.

Toen hij door de universiteitspoort kwam, zag hij een zwarte Lada dubbel geparkeerd staan aan de overkant van Unter den Linden. Er zaten twee mannen in, beiden met hun blik op hem gericht, en hij zwaaide ze opgewekt toe. Ze zwaaiden niet terug. De status van zijn ouders sloot een arrestatie bij voorbaat uit en dat vond hij ergens wel jammer. Een kans om géén spijt te betuigen van zijn gedichten zou hij met beide handen aangrijpen. Want was hij niet dol op seks? Vond hij het niet heerlijk om klaar te komen? Iemand als hij kon het *sOciaIIsMe* toch geen grotere eer bewijzen dan er zijn *MIjn zaadlozIngen* aan op te dragen? Zijn rebelse pik ging meteen in de houding staan om te salueren!

De Lada bleef hem volgen tot Alexanderplatz, en toen hij op de Strausbergerplatz de U-Bahn verliet, werd hij op de Allee door een andere auto opgewacht, ook zwart. De vorige twee nachten had hij zich schuilgehouden aan de Müggelsee, maar nu hij officieel van de universiteit was getrapt, hoefde hij zijn ouders niet langer te ontlopen. Het was een ongewoon warme, zonnige februaridag, de steenkoolvervuiling was mild en voelde bijna prettig aan, brandde niet zo in je keel, en Andreas zelf was zo opgetogen dat hij het liefst naar de zwarte auto was gelopen om de inzittenden op montere toon voor te houden dat hij belangrijker was dan zij ooit mochten hopen te worden. Hij voelde zich als een met helium gevulde ballon, aan een dun touwtje trekkend om hemelwaarts te kunnen stijgen. Hij hoopte geen dag van zijn leven meer serieus te hoeven zijn.

De auto volgde hem naar de Karl Marx Buchhandlung, waar hij naar binnen ging en aan een onfris ruikende winkelbediende vroeg of ze het laatste nummer van de *Weimarer Beiträge* hadden. De winkelbediende, die hem van gezicht kende maar niet van naam, antwoordde kortaf dat het tijdschrift nog niet binnen was.

'O nee?' zei Andreas. 'Ik dacht dat het altijd al op vrijdag uitkwam?'

'Er was een probleem met de inhoud. Het is teruggeroepen.'

'Wat voor probleem? Wat stond erin dan?'

'Heeft u het niet gehoord?'

'Nee, geen idee. Wat was er dan mee?'

De winkelbediende vond dit zo onwaarschijnlijk dat het zijn achterdocht wekte. Hij kneep zijn ogen tot spleetjes. 'Dat zult u iemand anders moeten vragen.'

'Ik ben altijd de laatste die zulke dingen hoort...'

'Nou, een of andere puberale vandaal heeft voor een hoop gedoe en geldverspilling gezorgd.'

Wat was dat toch met winkelbedienden, die lijflucht altijd?

'Wat een schoft zeg, ze moesten hem ophangen,' zei Andreas.

'Dat zijn uw woorden,' zei de bediende, 'maar wat mij irriteert, is dat hij onschuldige mensen in grote moeilijkheden heeft gebracht. Dan ben je een egocentrische gek, een sociopaat.'

Dat woord kwam als een stoot aan in Andreas' maagstreek. Hij liep onthutst en vol twijfels de winkel uit. Was hij dat echt, een sociopaat? Was dat wat zijn moeder en vaderland van hem hadden gemaakt? Zo ja, dan kon hij daar niets aan doen, maar hij had een afschuw van diagnostische etiketten met de strekking dat er iets loos was met hem. Terwijl hij door de Allee naar zijn ouderlijk huis liep, onder een zon die opeens krachteloos leek, probeerde hij naarstig tot een rechtvaardiging te komen van wat hij de redactrice had aangedaan. Ze had toch gewoon haar verdiende loon gekregen als apparatsjik? Ze was toch zelf zo onnozel geweest om de beginletters van zijn vers over het hoofd te zien? En de consequenties waren voor hemzelf toch niet minder ingrijpend? Maar hij kon niet om het feit heen dat hij er geen moment bij had stilgestaan waar hij haar aan blootstelde door hem zijn lettervers te laten publiceren, als een zelfmoordpoging waarbij hij in een auto op een tegenligger vol kinderen was ingereden.

Hij pijnigde zijn hersens om een voorbeeld te vinden van een gelegenheid waarbij hij mensen anders had bejegend dan als werktuig. Zijn ouders kon hij niet meetellen – heel zijn jeugd was één verdwazende hersenspoeling geweest. Maar hoe zat het met dr. Gnel? Had hij geen mededogen voor de psycholoog gevoeld en geprobeerd hem te helpen? Helaas, het etiket 'sociopaat' deed ook dat voorbeeld teniet. Zijn motieven voor het ter wille zijn van de nijvere zielenknijper waren op z'n minst verdacht geweest. Hij dacht aan de vrouwen met wie hij naar bed was geweest op zijn poëtische strooptocht, aan hoe dánkbaar hij hun was geweest – zei die dankbaarheid dan niets gunstigs over hem? Misschien. Maar intussen was hij van meer dan de helft de naam vergeten, en wat hij zoal gedaan had om hun genot te schenken, had hij toch vooral gedaan om zelf te genieten. Hij kon zich in geen enkel geval herinneren dat hij iets om zo'n vrouw gegeven had als méns.

Wat merkwaardig dat hij al die jaren in volle tevredenheid over zichzelf door het leven was gegaan, vol voldoening over zijn capaciteiten en scherpzinnigheid, en dat een nederige winkelbediende hem met één enkel woord een spiegel had voorgehouden waarin hij zichzelf in alle objectiviteit als een verachtelijk mens zag. Hij dacht aan zijn sprong van de brug: eerst het heerlijke gevoel te zweven, maar vervolgens de meedogenloze versnelling, de grond die in een flits op hem af kwam, de smak, de pijn. Niets zo objectief als de zwaartekracht. En wie had hem tot die sprong aangezet? Het was zo makkelijk het zijn moeder te verwijten. Hij was immers háár werktuig, het uitrustingsstuk van háár sociopathie. Er school een onopzettelijke, maar moorddadige agressie in wat ze hem had aangedaan, maar het hoorde niet bij haar zelfbeeld om een moordenaar te zijn, en om dat beeld intact te laten was hij zelf maar van die brug gesprongen en had hij zelf zijn gedicht gepubliceerd.

De zwarte auto volgde hem tot aan het appartementencomplex en kwam tot stilstand toen hij naar binnen ging. Toen hij op de bovenste verdieping binnenkwam, zag het er tot zijn verrassing blauw van de sigarettenrook. Op een pseudo-Deense bijzettafel stond een overvolle asbak. Hij ging op zoek naar zijn moeder en zag dat ze niet in haar slaapkamer was, noch in haar werkkamer, noch in die van hem, en vond haar ten slotte in de badkamer. Ze zat naast het toilet, in de half ontkrulde houding van een doodgeborene, haar blik glazig op de onderkant van de pot gericht.

Hij verkrampte inwendig. Hij was weer vier, diep geschokt door de aanblik van zijn moeder, met wie iets aan de hand was. Alles kwam in één golf terug, en vooral de liefde. Maar het feit dat het terugkwam, maakte hem razend.

'Ah, dáár zijn we,' zei hij. 'Wat is er? Misselijk van alle sigaretten?'

Ze zei niets en verroerde geen vin.

'Je moet ook rustig aan beginnen als je na twintig jaar weer zo'n oude verslaving opvat.'

Geen antwoord. Hij ging op de rand van de badkuip zitten.

'Zo, zeg, dit is weer net als vroeger,' zei hij met gespeelde opgewektheid. 'Jij op de vloer in een schemertoestand en ik die niet weet wat ik ermee aan moet. Het blijft toch frappant hoe doeltreffend jij functioneert voor een gestoord iemand. Ik ben altijd de enige die jou op de vloer aantreft.'

Ze ademde uit en haar lippen bewogen zich krachteloos rond de lucht die haar mond verliet, met wat geprutttel als gevolg, maar niets wat op een woord leek.

'Pardon? Dat verstond ik niet,' zei Andreas.

In haar volgende uitademing leken de woorden 'Wat mankeer jij?' door te klinken.

'Wat mankeer ík? Jij bent hier degene in een schemertoestand, hoor.'

Geen reactie.

'Je zult nu wel spijt hebben van je beslissing destijds om me niet te aborteren, hè? Want tja, het is natuurlijk een stuk pijnlijker om het nu, twintig jaar later, aan mijzelf over te laten.'

Ze knipperde niet eens met haar ogen.

'Nou, ik ben op mijn kamer als je me nodig hebt,' zei hij terwijl hij opstond. 'Misschien wil je komen kijken hoe ik masturbeer. Over het opvatten van oude verslavingen gesproken.'

Hij voelde allerminst de behoefte om zich af te trekken, en het leek nog maar de vraag of hij die ooit weer zou krijgen. Noch was hij slaperig of neerslachtig, naar bed wilde hij evenmin. Wat hij voelde, had hij nooit eerder gevoeld: de volstrekte afwezigheid van een prikkel om iets te gaan doen. Zich in wiskunde of logica verdiepen was nu nutteloos, en het schrijven van poëzie ook. Hij had geen zin om te lezen, niet de fut om dingen weg te gooien, geen taken of verantwoordelijkheden – niets. Even was er het idee een reistas te pakken, maar hij kon niets bedenken wat hij wilde meenemen naar waar hij nu ook heen zou kunnen gaan. Terug naar de badkamer durfde hij niet, want hij vreesde dat hij zijn moeder dan een trap zou geven. De klappen van zijn vader waren altijd wel een probaat middel geweest om haar uit haar vreemde toestand te halen, maar hij betwijfelde of geweld van zijn kant zou helpen. Hij installeerde zich op een vensterbank en keek naar de zwarte auto op straat. De man op de passagiersstoel zat een krant te lezen, wat Andreas trof als een navrant staaltje zinloosheid.

Een paar uur later ging de telefoon. Hij nam aan dat het zijn vader was die belde en dat het niet de bedoeling was dat hij opnam. Dat kwam goed uit, want hij was bang om met zijn vader te praten. En misschien was hij toch geen sociopaat, want hij kreeg tranen in zijn ogen bij de gedachte aan zijn vaders woede, schaamte en teleurstelling. Zijn vader was het overijverige Duitse jongetje dat vurig in het socialisme geloofde. Hij werkte hard, hij had een gestoorde vrouw en hij had een kind grootgebracht dat niet het zijne was en dat niet eens zijn levenshouding had overgenomen. Het was niet zozeer medelijden als wel een gevoel van gedeelde smart dat Andreas beving, omdat ze beiden de last van zijn moeder hadden te dragen.

De telefoon bleef maar overgaan. Het was een substituut voor slaan, maar zo veel zwakker door de afstand naar de badkamer dat het toestel wel vijftig keer rinkelde eer Andreas zijn moeder in beweging hoorde komen. Het krachteloze geschuifel van haar kleine voetjes. Het rinkelen stopte, hij hoorde haar wat mompelen en toen hing ze op. Daarna de geluiden van hoe ze weer tot zichzelf kwam. Toen ze naar zijn kamer kwam, klonken haar stappen kwiek – ze had haar schijngedaante weer aangenomen.

'Je zult hier weg moeten,' zei ze in zijn deuropening. Ze had een brandende sigaret tussen haar vingers, en in haar andere hand de asbak die ze intussen had geleegd.

'Ach, werkelijk?'

'Dankzij je vader hoef je voorlopig niet voor een arrestatie te vrezen.

Maar afhankelijk van hoe je je verder gedraagt kan daar natuurlijk verandering in komen.'

'Zeg hem maar dat ik dat waardeer. Dat meen ik.'

'Hij doet het niet voor jou.'

'Maar toch. Het is toch een prettige gedachte voor me. Hij is altijd een goede stiefvader voor me geweest.'

In plaats van op zijn provocatie in te gaan nam ze een haal van haar sigaret, zonder hem aan te kijken.

'Hoe smaken ze eigenlijk, na al die jaren?'

'Het zou geen slecht idee zijn als je nu alsnog je dienstplicht ging vervullen, al ga je dan wel naar de basis met het hardste regime, waar je constant in de gaten wordt gehouden. Met je verzoek om uitstel heb je je vader al danig in verlegenheid gebracht en je zou me een groot plezier doen door je aan te melden. Je zult je herinneren dat ik het voor je heb opgenomen.'

'Wanneer heb je het ooit níet voor me opgenomen? Alles wat ik ben, ben ik dankzij jou, moeder.'

'Je hebt zowel mij als hem in een lastig parket gebracht. Mij vooral, omdat ik het voor je heb opgenomen. Het beste wat je nu kunt doen is gebruikmaken van dit bijzonder genereuze aanbod.'

'*Geeeef acht*! Ik? Ben je gek geworden?' lachte hij, en hij sloeg zich voor zijn voorhoofd. 'Pardon, tactloos van me.'

'Ga je op het aanbod in?'

'Hoe graag wil je dat? Graag genoeg om er een eerlijk gesprek voor over te hebben?'

Ze nam een fel, kort haaltje met de routine van iemand die jaren had gerookt. 'Ik ben altijd eerlijk tegen je.'

'Kijk, zo'n opmerking, dat bedoel ik nou. Het zal niet meevallen om ditmaal écht eerlijk te zijn. Maar je hoeft alleen maar de waarheid te vertellen, één keertje maar, en dan ga ik speciaal voor jou in dienst.'

Nog zo'n haaltje. 'Dat is een zinloze voorwaarde als je de waarheid toch niet wilt geloven.'

'Geloof me, als het waar is wat je zegt, zal ik dat horen.'

'Je hebt maar één andere optie en dat is alle banden met ons verbreken en voortaan zelf maar te zien hoe je het redt.'

Dat ze zoiets kon zeggen, met zo veel gemak, kwam onverwacht hard bij hem aan. Hij zag dat ze nu, op haar manier, echt eerlijk tegen hem was – er was in huize Wolf maar plaats voor één probleemgeval. Het kostte zijn vader al moeite genoeg om haar uit de wind te houden, de schade van haar uitglijers weg te werken, haar uit de rozentuin te praten. Hij had minstens één van haar minnaars in de bak laten gooien en waarschijnlijk tal van andere wondertjes van onderdrukking verricht, en Katya was nu ook weer niet zó krankjorum dat ze niet wist wat goed voor haar was. Met Andreas had ze goede sier kunnen maken toen hij het meest vroegwijze jongetje ter wereld was, haar briljante prinsenkind, maar zodra ze zijn tekeningen ontdekte, had ze hem verlinkt bij zijn vader en ervoor gezorgd dat hij naar een psycholoog moest, en nu had ze helemaal niets meer aan hem. Het was tijd hem eruit te schoppen.

En zijn ogen vulden zich opnieuw met tranen, want hoezeer hij haar ook was gaan verafschuwen, zelfs nu nog wilde hij indruk op haar maken en haar lof oogsten, kwam hij aanzetten met zijn essays over Bertrand Russell en liet hij zijn dichtschema's zien om haar moedertrots te vleien met zijn uitzonderlijke intellect. Hij had zelfs de gedachte niet kunnen onderdrukken dat de geraffineerde constructie van 'Moedertaal' haar op de een of andere manier plezier zou doen. Hij was twintig jaar oud en nog steeds aan haar overgeleverd. En hij wilde niet bij haar weg. Dat was nog het verdrietigste, krenkendste ervan. Hij was nog altijd een afhankelijk vierjarig kind, nog altijd de dupe van wat er in zijn hersens was verkloot voordat hij een eigen ik met een geheugen ontwikkelde.

Hij zag haar de sigaret uitdrukken met haar mooie vingers. De mate waarin hij haar nu al miste zei alles over zijn eigen verslaving.

'Je hebt zes jaar lang met een van je studenten geneukt,' zei hij. 'Je bleef zo lang met hem neuken dat hij intussen als collega van je werd aangesteld.'

'Nee,' zei ze onaangedaan, verveeld bijna. 'Zoiets zou ik nooit hebben gedaan.'

'In de herfst waarin ik werd verwekt, was je de hele tijd alleen thuis.'

'Nee. Je vader is nooit zo lang op reis geweest.'

'En toen ik was geboren, bleef je gewoon met die collega neuken.'

'Dat is allemaal volstrekte onzin,' zei ze. 'Maar dat zal er voor jou wel niet toe doen, aangezien je niet van plan bent me te geloven. Ik zou het overigens op prijs stellen als je het woord "neuken" niet gebruikte in het bijzijn van je moeder.'

Die terechtwijzing, hoe mild ook verwoord, was ongekend. Als moeder had ze zich altijd verre gehouden van corrigerende opmerkingen.

'Waarom zou een beschaafde, hoogopgeleide man die ik nooit eerder heb gezien naar mijn training komen om me zo'n verhaal te vertellen?'

Haar gezicht veranderde in een masker.

'Moeder? Vertel eens, waarom zou zo iemand dat doen?'

Ze knipperde met haar ogen en was weer bij haar positieven. 'Geen idee,' zei ze. 'Er zijn wel meer eigenaardige mensen op de wereld. Als dát het verhaal is waar je zo van in de war bent...' Ze fronste haar wenkbrauwen.

'Ja, wat?'

'Ik bedenk nu dat er nog een derde optie is. We kunnen je ook laten opnemen in een psychiatrische kliniek.'

Hij schoot hardop in de lach. 'Serieus? Is dat je derde optie?'

'Ik vrees dat we tot nu toe te weinig acht hebben geslagen op jouw geschreeuw om hulp. Maar dit is een schreeuw waaraan we niet voorbij kunnen gaan, en het is nog niet te laat om je te helpen. Nu ik erover nadenk, is zorgen dat je geholpen wordt misschien wel de optie die de voorkeur verdient.'

'Je denkt dat ik geestesziek ben.'

'O nee, dat niet. Niet geestesziek, maar je lijkt me wel in extreme emotionele nood te verkeren. Je hebt daar op het trainingsveld een trauma opgelopen dat je voor ons verzwegen hebt. Zoiets kan blijven knagen.'

'Zeg dat wel.'

Ze liet haar blik afdwalen, de gang in. 'Bedenk wel, Andreas,' zei ze, 'mijn familie kent een geschiedenis van emotionele labiliteit. Ik ben bang dat ook jij daarmee behept bent.'

'En in jouw geval heeft het natuurlijk een generatie overgeslagen.'

'Wat je je vader hebt aangedaan, kan ik eerlijk gezegd niet anders zien dan als de daad van iemand die ernstig in de war is. En wat mezelf betreft: ik heb volgens mij alle recht om op de vloer van mijn eigen badkamer te liggen.'

'Nou, als je er weer heen gaat, neem een kussen mee. Die vloer is nogal hard.'

'Ik geef toe dat ik door de jaren heen last heb gehad van stemmingswisselingen. Maar meer dan stemmingswisselingen zijn het niet. Het spijt me als jij het daar moeilijk mee hebt gehad. Ik denk alleen niet dat ze een afdoende verklaring bieden voor wat jij ons hebt aangedaan.'

'Zo, ik heb dus mijn hoogsteigen afwijking.'

'Nou,' zei ze terwijl ze zich van hem afwendde, 'denk er maar eens goed over na. Ik ben blij dat we dit openhartige gesprek hebben gehad.'

Het pleitte niet voor zijn geestelijke evenwicht dat hij de aanvechting voelde om haar achterna te rennen en met een zwaar voorwerp de schedel in te slaan. Maar hij wist het gevoel te onderdrukken en dat sprak toch weer in zijn voordeel. En zijn volgende opwelling – de straat op gaan en een meisje zoeken dat hij een beurt kon geven, leek niet alleen gezond maar ook makkelijk in praktijk te brengen. Hij had nu een glanzende reputatie als bohemien. Hij gooide wat boeken en kleren in een reistas. In de zeven jaar die volgden, zag hij zijn moeder nog maar twee keer, per toeval, van grote afstand.

Het miezerde de hele week door, afgewisseld met fikse buien, en hij lag drie nachten achtereen te piekeren over de regen, vroeg zich af of die nu gunstig was of nadelig. Als hij al eens een paar minuten wegdommelde, kreeg hij dromen die hij normaliter lachwekkend zou hebben gevonden in hun overduidelijkheid (een lijk dat niet langer op de plek lag waar hij het had achtergelaten, dode voeten die onder zijn bed vandaan staken, terwijl er mensen bij hem binnen kwamen), maar die onder deze omstandigheden onvervalste nachtmerries werden, van het soort dat hem normaal gesproken blij zou hebben gemaakt dat hij eruit ontwaakt was. Maar wakker zijn was nu veel erger. Hij overwoog de pluspunten van de regen: geen maanlicht. En de minpunten: diepe voetafdrukken en bandensporen. De pluspunten: makkelijk graven en glibberige traptreden. En de minpunten: glibberige traptreden. De pluspunten: regen spoelde schoon. De minpunten: overal modder... Het getob ging een eigen leven leiden, maalde onophoudelijk door zijn hoofd. Zijn enige troost was dat Annagret vast nog meer in de zenuwen zat. Het vertroostende hieraan was de verbondenheid die hij daardoor voelde. Het vertroostende was liefde, de verbluffende gewaarwording dat hij haar ongerustheid nog indringender ervoer dan die van hemzelf, dat hij meer om haar gaf dan om zichzelf. Zolang hij deze gedachte kon vasthouden, zich er onderdeel van kon weten, zat er nog enige speling in zijn ademhalingsspieren.

Er is een godheid die onze doelen vormt...

Op donderdagmiddag stopte hij een homp brood in zijn schoudertas, plus een paar handschoenen, een rol ijzerdraad en een schone broek. Hij had het gevoel de voorafgaande nacht geen seconde te hebben geslapen, maar misschien had hij dat toch wel, eventjes. Hij verliet het souterrain via de achtertrap naar de binnenplaats, waar het motregende. In het vergaderzaaltje op de begane grond zaten wat onaangepasten met een ernstig gezicht te roken. Het licht was er al aan.

In de trein koos hij een plekje bij het raam, trok de capuchon van zijn parka over zijn hoofd en deed alsof hij sliep. Na op Rahnsdorf te zijn uitgestapt keek hij strak naar de grond en hield zijn pas in tot de vroege forenzen zich voor hem hadden verspreid. Het was al bijna donker nu. Zodra hij alleen was, ging hij sneller lopen, als iemand die even flink de benen wilde strekken. Twee auto's, geen politie, suisden hem voorbij over het natte wegdek. In de motregen en bijna-duisternis was hij volstrekt anoniem. Toen hij de laatste bocht naar het huis nam en zag dat hij alleen was, begon hij te hollen. De bodem was hier zanderig, dus het water liep vlot weg. In het grind van de oprit zou hij in elk geval geen voetsporen achterlaten.

Hoe vaak hij de logistiek van zijn plan ook door zijn gedachten had laten gaan, hij was er nog steeds niet echt gerust op. Kon hij zich volledig verborgen houden en toch voldoende dichtbij komen om toe te slaan? Hij wilde Annagret er hoe dan ook buiten houden, ervoor zorgen dat haar wezenlijke goedheid behouden bleef, maar hij was bang dat hem dat niet zou lukken. In de afgelopen nacht hadden zijn angsten zich vooral samengetrokken rond het beeld van een grimmige driepersoonsworsteling, waardoor haar vertrouwen in hem voorgoed aan diggelen zou gaan.

Hij bond het ijzerdraad rond twee relingen van de houten trap naar de achterveranda, boven de tweede trede – niet te hoog, zodat het niet zou opvallen als Annagret eroverheen stapte. Hij trok het draad zo stevig aan dat er wat verf van het hout werd geschraapt. Niets meer aan te doen. In het holst van zijn eerste slapeloze nacht was hij opgestaan om op de trap van het souterrain uit te proberen hoe het was om op de tweede trede te struikelen. Het had hem verbaasd hoe hard hij voorover tuimelde, hoewel hij van tevoren wist dat hij ging vallen. Hij had bijna zijn pols verstuikt. Maar hij was niet zo atletisch als de stiefvader. Hij was geen bodybuilder...

Hij liep om de datsja heen naar de voorkant en trok daar zijn laarzen uit. Zouden de twee VoPo's die hem de vorige winter hadden betrapt ook vanavond patrouilleren? Hij herinnerde zich de hoop van de oudste agent hem hier nog eens tegen het lijf te lopen. 'Dat zien we dan wel,' zei hij hardop, en hij kon aan zijn stem horen dat zijn angst begon weg te trekken. Het was beter een plan als dit uit te voeren dan erover te piekeren. Hij ging het huis binnen en pakte de sleutel van de schuur van het haakje waaraan die al sinds zijn jeugd hing.

Buiten trok hij zijn laarzen weer aan en liep omzichtig langs de rand van de achtertuin, om geen voetafdrukken achter te laten. De schuur had geen ramen. Na de deur achter zich te hebben dichtgetrokken zocht hij op de tast over een plank naar de zaklantaarn waarvan hij wist dat die daar altijd lag. Hij liet de lichtbundel door de schuur gaan. Kruiwagen: aanwezig. Spade:

aanwezig. Een blik op zijn horloge leerde hem tot zijn schrik dat het al tegen zessen liep. Hij pakte de spade, knipte de zaklantaarn uit en ging de motregen weer in.

De plek die hij in gedachten had, lag achter de schuur, waar zijn vader altijd het tuinafval deponeerde. Achter die composthoop stonden de dennen ver uiteen en de bodem, geplooid door de strenge vorst van de voorbije winters, was rijkelijk bedekt met afgevallen naalden. Het was hier zo goed als aardedonker, met geen ander licht dan wat grauwe flarden die vanuit het westen tussen de bomen door vielen. Hij was nu zo helder in zijn hoofd dat hij de tegenwoordigheid van geest had zijn horloge af te doen en in zijn zak te steken, om het te beschermen tegen het schokken van het graven. Hij knipte de zaklantaarn aan, legde die op de grond en veegde dennennaalden bijeen – oude en nieuwe in aparte hopen. Daarna deed hij de zaklantaarn weer uit en begon te graven.

Het was het moeilijkst om met de spade door boomwortels heen te komen. Zwaar werk. Luidruchtig werk. Maar de omringende huizen bleven in duisternis gehuld en als hij even stopte om te luisteren of het nog wel stil was, hoorde hij alleen het geruis van de regen en de anonieme beschavingsgeluiden die zich verzamelden in het bekken van de Müggelsee. Hij was wederom blij met de zanderige ondergrond en bereikte al snel de kiezellaag, lawaaiiger om in te graven, maar je gleed er minder makkelijk op weg. Hij werkte onverdroten, hakte door wortels en wrikte grote stenen omhoog, totdat hij zich met een lichte schrik realiseerde dat zijn gevoel voor tijd hem was ontglipt. Hij stapte de kuil uit om zijn horloge bij de zaklantaarn te houden. Kwart voor negen. Maar de kuil was al ruim een halve meter diep. Nog niet diep genoeg, maar een goed begin.

Hij dwong zichzelf om door te graven, maar kon zijn paniekerigheid niet meer afschudden en vroeg zich voortdurend af hoe laat het was, hoe laat. Hoewel hij wist dat hij gewoon moest volhouden en dóórgaan, niet denken maar doen, in cadans blijven, duurde het niet lang of zijn zenuwen benamen hem de kracht om stevig te graven. Maar het was nog steeds geen halftien, nog ruim voor de tijd waarop Annagret met haar stiefvader had afgesproken in de stad. Hij klom de kuil uit en dwong zichzelf wat brood te eten. Happen, kauwen, happen, kauwen, doorslikken. Het probleem was dat hij een droge keel had en vergeten was water mee te nemen.

Dol van de zenuwen gooide hij het brood op de grond en liep met de spade naar de schuur. Hij wist nauwelijks nog waar hij was. Hij veegde zijn gehandschoende handen af aan het natte gras, maar was te nerveus om ze goed schoon te krijgen. Toen hij weer langs de rand van de tuin naar het huis liep, verstapte hij zich en liet een diepe voetafdruk achter in een bloembed, viel op zijn knieën om de afdruk met aarde te vullen, en slaagde erin om bij het opstaan een nog diepere voetafdruk achter te laten. Hij was er nu van overtuigd dat de minuten ongemerkt voorbijtikten alsof het seconden waren. Hij dwong zichzelf te denken dat hij zich belachelijk maakte met zijn paniek, stelde zich voor hoe hij de hele avond bezig bleef zijn handen schoon te vegen na een voetafdruk te hebben opgevuld en vervolgens een diepere afdruk te maken als hij klaar was met het schoonvegen van zijn handen, maar hij voelde tegelijk hoe gevaarlijk zulke komische gedachten waren. Hij werd tot zelfspot aangetrokken alsof hij zijn angst wilde bezweren met een infantiel spelletje. Als dit zich door de grondkleur van zijn vastberadenheid mengde, was de kans groot dat hij de spade wegwierp en naar de stad terugkeerde om er te lachen om het idee dat hij iemand zou kunnen vermoorden – dat hij weer de Andreas van vroeger werd, in plaats van de man die hij vanaf nu wilde zijn. Hij zag het duidelijk in die termen: om de man te doden die hij altijd was geweest, moest hij iemand om het leven brengen.

'Jammer dan,' zei hij, en hij liet de tweede voetafdruk voor wat die was. Hij wist niet hoeveel tijd hij had verspild door zich op zijn knieën aan irrelevante en uitstelbare gedachten over te geven, maar vreesde dat het langer was geweest dan het voelde. En opnieuw was er het vage besef dat hij de waanzin nabij was. En misschien was dat ook wel waar waanzin op neerkwam: een veiligheidsklep om de druk af te voeren van ondraaglijk geworden angsten.

Interessante gedachte, verkeerd moment voor het hebben van interessante gedachten. Er waren tal van kleinigheden die hij niet mocht vergeten te doen, in de juiste volgorde, en die deed hij nu niet. Hij merkte dat hij voor het huis stond, maar wist niet hoe hij daar beland was. Dat kon onmogelijk een goed teken zijn. Hij trok zijn bemodderde laarzen en vochtige sokken uit en ging naar binnen. Wat nu, wat nu, wat nu? Hij had zijn handschoenen en de spade op de veranda achtergelaten, ging terug om ze te pakken en ging weer naar binnen. Wat nu? Deur dicht en op slot draaien. Achterdeur vàn het slot draaien. Het openrukken ervan oefenen.

Irrelevante maar alarmerende gedachte: waren afdrukken van zijn blote tenen op de vloer net zo specifiek als vingerafdrukken? Had hij intussen al traceerbare teenafdrukken in het huis achtergelaten?

Alarmerender gedachte: stel dat die klootzak zo gis was een zaklantaarn mee te nemen, of er altijd een in de koffer van zijn motor had?

Nog veel alarmerender gedachte: die klootzak hád waarschijnlijk een zaklantaarn in zijn koffer, voor motorpech in de avond of nacht.

En er lag nog een andere gedachte op de loer, die alle vorige overtrof in onaantrekkelijkheid: dat Annagret erbij zou zijn en haar lichaam kon inzetten, kon doen alsof ze haar wellust niet meer kon beteugelen om die klootzak zo op te hitsen dat hij de tijd niet nam om zijn zaklantaarn te pakken. Maar die gedachte weigerde hij toe te laten, zelfs niet als afleiding voor zijn paniek, want dan zou hij zich ten volle bewust worden van iets wat in onaangename mate voor de hand lag: dat ze al wellust moest hebben geveinsd en haar lichaam hebben ingezet om die klootzak hierheen te lokken. Hij kon zijn voorgenomen moord alleen voor ogen houden door Annagret compleet buiten beschouwing te laten. Als hij haar in zijn gedachten toeliet, zichzelf toestond te denken dat ze haar lichaam gebruikte om dit te laten gebeuren, zou hij niet langer de stiefvader willen vermoorden, maar zichzelf, omdat hij haar dit liet doormaken, haar bezoedelde om zijn plan te kunnen voltrekken. Als hij bereid was de stiefvader te vermoorden omdat die haar misbruikte, moest hij logischerwijze ook zichzelf om zeep helpen. Dan liever afleiding zoeken in de hoop dat die klootzak het ijzerdraad zelfs niet zou zien als hij met een zaklantaarn de trap op liep.

Hij had weleens gehoord, van dr. Gnel wellicht, dat elke zelfmoord een verkapte moord was, neerkwam op een moord die de dader bij gebrek aan een slachtoffer alleen symbolisch kon plegen. Hij wilde Annagret graag dankbaar zijn voor van alles en nog wat, maar op dit moment was hij haar vooral dankbaar omdat ze hem iemand bracht die het verdiende vermoord te worden. Hij stelde zich voor hoe gezuiverd en deemoedig hij zich daarna zou voelen, eindelijk bevrijd van alle vuiligheid, vrij van de kwalijke geschiedenis waarvan ook deze datsja deel uitmaakte. Zelfs als hij achter tralies belandde, zou Annagret in wezenlijk opzicht zijn leven hebben gered.

Maar waar was zijn eigen zaklantaarn?

Niet in een van zijn zakken. Het ding kon overal liggen, al was hij er zeker van dat hij het niet onderweg naar de voordeur had laten vallen. Maar zonder zaklantaarn kon hij niet op zijn horloge kijken, en als hij niet op zijn horloge kon kijken, kon hij niet weten of er nog tijd was om zijn laarzen weer aan te trekken en naar de achtertuin te gaan om daar de zaklantaarn te zoeken en, als hij het ding vond, alsnog te kunnen zien of hij daarvoor wel genoeg tijd had gehad. Hij voelde zich opeens verpletterd door heel het universum met zijn onverbiddelijke logica.

Maar wacht, er hing een klein lampje boven het fornuis in de keuken!

Kon hij dat voor een seconde of twee aanknippen om op zijn horloge te kijken? Zijn denkvermogen was veel te sterk ontwikkeld om een goede moordenaar te kunnen zijn, zijn verbeeldingskracht veel te groot. Er leek geen enkel risico aan het gebruiken van het fornuislampje te kleven, maar het hoorde bij een overontwikkeld denkvermogen dat je maar al te goed de begrenzingen ervan zag, maar al te goed begreep dat je niet overal aan kon denken. Domheid zag zichzelf altijd voor intelligentie aan, terwijl intelligentie zijn eigen domheid doorzag. Interessante paradox, maar geen antwoord op de vraag of hij nu wel of niet dat lampje moest aanknippen. En trouwens, waarom was het zo belangrijk om op zijn horloge te kunnen kijken? Hij kon werkelijk niet bedenken waarom. Weer een mooi voorbeeld van intelligentie en haar beperkingen. Hij zette de spade tegen de achterdeur en ging met gekruiste benen op de deurmat zitten. En toen werd hij bang dat de spade met veel geraas zou omvallen. En toen hij het ding stabiel wilde zetten, deed hij dat met zo'n onstabiele hand dat het omviel. De herrie klonk catastrofaal. Hij krabbelde overeind en liep naar het fornuis om het lampje aan te knippen voor een snelle blik op zijn horloge. Hij had nog zeker een halfuur, waarschijnlijk zelfs drie kwartier.

Hij ging weer op de deurmat zitten en zakte weg in wat nog het meest op een koortsdroom leek, behalve dat hij zich er ten volle van bewust was dat hij sliep. Alsof hij dood was zonder uit zijn lijden verlost te zijn. Misschien moest de theorie wel worden omgedraaid en was elke moord juist een verkapte zelfmoord, want wat hij nu voelde, naast een innig medelijden met zijn gekwelde zelf, was dat hij de moord hoe dan ook moest doorzetten om een eind te maken aan zijn ellende. Hij zou weliswaar niet degene zijn die doodging, maar de opluchting die de moord met zich mee zou brengen leek het definitieve en onomkeerbare van de dood in zich te dragen – een ware verlossing.

Van het ene moment op het andere maakte zijn droom plaats voor een klaarwakkere helderheid. Had hij soms iets gehoord? Hij spitste zijn oren. Niets dan het getik en gedruppel van de regen. Het voelde alsof er veel tijd was verstreken. Hij stond op, greep de steel van de spade en daar was een nieuwe alarmerende gedachte: ondanks zijn zorgvuldige voorbereiding had hij er niet bij stilgestaan wat hij moest doen als Annagret en haar stiefvader gewoon niet kwamen opdagen. Hij was zo geobsedeerd geweest door zijn planning dat hij deze mogelijkheid finaal over het hoofd had gezien. Hij realiseerde zich dat hij als een razende die kuil zou moeten dichtgooien, want het was al bijna weekend en dan zouden zijn ouders hier misschien komen. Maar toen klonk er een zachte stem voor het keukenraam.

De stem van een meisje. Annagret.

Waarom had hij die motor niet gehoord? Waar was die motor? Waren ze over de oprit komen lopen? Die motor was van cruciaal belang.

Ook een mannenstem nu, een fractie luider. Ze liepen om het huis heen naar de achterkant. Het ging razendsnel opeens. Hij beefde zo dat hij nauwelijks op de been kon blijven. Hij durfde de deurknop niet vast te pakken, bang dat het te veel geluid zou maken.

'De sleutel hangt aan een haakje,' hoorde hij Annagret zeggen.

Hij hoorde haar de trap op komen. En dan: een dreunende val, luid gekreun.

Hij greep de deurknop en draaide hem eerst de verkeerde kant op en toen de goede. Terwijl hij naar buiten stormde, was er even de schrik dat hij de spade was vergeten. Maar nee, hij had hem in zijn handen en raakte de opkrabbelende gestalte zo hard mogelijk met de bolle kant van het blad. De gestalte viel op de trap neer. Nu was hij een moordenaar.

Hij tuurde in het donker tot hij het hoofd van zijn slachtoffer kon onderscheiden, hief de spade opnieuw en sloeg zo hard dat hij de schedel hoorde kraken. Tot dusver paste alles volmaakt binnen de logistiek van zijn plan. Annagret stond ergens links van hem en maakte het ergste geluid dat hij ooit had gehoord, een kreunend-klaaglijk-kokhalzend-verstikt geluid. Zonder haar kant op te kijken haastte hij zich langs het gevallen lichaam naar beneden, gooide de spade neer en sleepte het lichaam aan de enkels de trap af. Het hoofd lag nu opzij. Hij greep de spade weer, haalde voor de zekerheid nog eens uit en raakte de gestalte vol op de slaap. Opnieuw het kraken van de schedel, en Annagret die een ijselijke gil slaakte.

'Het is voorbij,' hijgde hij. 'Voorgoed voorbij nu.'

Hij zag haar als een donkere schim in beweging komen op de achterveranda, over de balustrade leunen, en hij hoorde haar met merkwaardig kinderlijke, haast vertederende geluiden overgeven. Zelf had hij geen last van misselijkheid. Het was eerder een postorgastisch gevoel, intens moe en nog intenser verdrietig. Overgeven hoefde niet, maar hij begon wel te snikken, zijn eigen kindergeluidjes te maken. Hij liet de spade vallen, liet zich op zijn knieën zakken en snikte het uit. Hij was verstoken van iedere gedachte en emotie, behalve verdriet.

De motregen was nu zo fijn dat het eigenlijk mist was. Toen hij was uitgehuild, voelde hij zich zo moe dat hij het liefst met Annagret naar de politie wilde gaan om zich aan te geven. Hij kon zich niet voorstellen dat hij nog gedaan zou krijgen wat gedaan moest worden. De moord had geen enkele opluchting geschonken – hoe had hij dat in zijn hoofd kunnen halen? Het enige wat opluchting kon bieden was de gang naar het politiebureau.

Annagret had zich niet verroerd terwijl hij huilde, maar nu kwam ze de trap af en hurkte bij hem neer. Toen ze haar hand op zijn schouder legde, begon hij opnieuw te snikken.

'Ssst,' zei ze. 'Stil maar.'

Ze drukte haar gezicht tegen zijn natte wang. Het gevoel van haar huid op de zijne, de genadige warmte van haar nabijheid: zijn vermoeidheid vervloog.

'Ik zal wel naar braaksel ruiken,' zei ze.

'Nee.'

'Is hij dood?'

'Ja, dat kan niet anders.'

'Dit is pas de echte nachtmerrie. Dit nu. Dat van hiervoor was niet zo erg. Dit is pas erg.'

'Ik weet het.'

Ze begon stilletjes te huilen, stemloos, amechtig, en hij nam haar in zijn armen. Hij voelde haar inwendige spanning vrijkomen in een beven over al haar leden. Die spanning moest ondraaglijk zijn geweest, en hij kon zijn medeleven niet anders uiten dan door haar vast te houden tot het beven zou stoppen. Toen dat ten slotte gebeurde, veegde ze haar neus af aan haar mouw en drukte haar gezicht weer tegen het zijne. Ze opende haar mond tegen zijn wang, een soort kus. Nu waren ze aan elkaar verbonden, en het leek vanzelfsprekend om samen naar binnen te gaan en die verbondenheid te bezegelen, en daarom wist hij zeker dat zijn liefde voor haar zuiver was, want hij maakte zich van haar los en stond op.

'Wil je me niet?' fluisterde ze.

'Sterker nog: ik houd van je.'

'Ik wil je blijven zien. Het kan me niet schelen als we daardoor tegen de lamp lopen.'

'Ik wil jou ook zien. Maar dat is echt niet goed. Te gevaarlijk. En dat zal nog lang zo blijven.'

In het donker leek ze aan zijn voeten ineen te zullen zakken. 'Dan ben ik nu helemaal alleen.'

'Je kunt aan me denken, en weten dat ik aan jou denk. Want je zult nooit uit mijn gedachten zijn. Telkens als jij aan mij denkt, denk ik ook aan jou.'

Ze maakte een snuivend geluidje, geamuseerd misschien wel. 'Ik ken je amper.'

'Nou, ik kan je verzekeren dat het niet mijn gewoonte is mensen te vermoorden.'

'Het is verschrikkelijk, dit,' zei ze, 'maar ik vind wel dat ik je dankbaar moet zijn. Bedankt dat je hem gedood hebt.' Weer dat misschien wel geamuseerde geluidje. 'Hoor mij nu eens. Nu weet ik zeker dat ik degene ben die niet deugt. Ik heb hem uitgelokt, en nu heb ik jou hiertoe aangezet.'

Andreas dacht aan de wegtikkende minuten. 'Waar is de motor?'

Ze gaf geen antwoord.

'Is de motor hier?'

'Nee.' Ze haalde diep adem. 'Hij was er na het eten aan gaan sleutelen en toen ik hem ging ophalen, had hij hem nog niet in elkaar gezet. Hij had een nieuw onderdeel nodig. Hij zei dat we hier dan maar een andere keer naartoe moesten.'

Dan was hij niet al te happig, dacht Andreas.

'Ik dacht dat hij misschien lont had geroken,' zei ze. 'Ik wist niet wat ik moest doen, maar ik zei dat ik het beslist vanavond wilde.'

Andreas stond zichzelf niet de vraag toe hoe ze haar stiefvader had overgehaald.

'Dus zijn we met de trein gekomen,' zei ze.

'Dat was niet de bedoeling.'

'Het spijt me!'

'Nee, het is goed dat je toch bent gekomen, maar nu zitten we wel met een moeilijkheid.'

'We zaten niet bij elkaar, in de trein. Ik zei dat dat veiliger was.'

Het zou niet lang duren of de andere passagiers zagen een foto van de vermiste man in hun krant, of misschien wel op tv. Het hele plan stond of viel met de motorfiets. Maar Andreas wilde haar niet ontmoedigen. 'Je bent een slimme meid en je hebt het goed gedaan,' zei hij. 'Ik ben alleen bang dat je niet op tijd thuis zult komen, zelfs niet als je de eerste trein neemt.'

'Mijn moeder gaat altijd meteen door naar bed als ze thuiskomt. Ik heb de deur van mijn kamer dicht gelaten, zodat het lijkt alsof ik al slaap.'

'Dat heb je dus bewust zo gedaan.'

'Voor de zekerheid, ja.'

'Je bent een heel slimme meid.'

'Maar niet slim genoeg. Het komt vast uit dat wij het hebben gedaan. We hadden niet met de trein moeten komen. Ik vind het altijd vreselijk, de trein, omdat er altijd mensen naar me zitten te kijken. Nu vast weer, en die vergeten me niet zo gauw. Maar ik wist niet hoe het anders moest.'

'Blijf nou maar gewoon een slimme meid. Het zwaarste ligt achter je.'

Ze greep zijn armen en trok zich overeind. 'Kus me, alsjeblieft,' zei ze. 'Eén keer maar, zodat ik me kan herinneren hoe het is.'

Hij zoende haar op haar voorhoofd.

'Nee, op mijn mond,' zei ze. 'We gaan voor de rest van ons leven de gevangenis in. Ik wil je gekust hebben. Dat was het enige waaraan ik deze week heb kunnen denken. Daardoor kon ik het volhouden.'

Hij was bang voor waar een kus op kon uitlopen – de tijd tikte door – maar zijn vrees bleek ongegrond. Annagret hield haar lippen zedig op elkaar. Ze was vast op hetzelfde uit geweest als hij: iets beters, een uitweg uit de vuiligheid. Hij was blij dat het zo donker was. Als hij duidelijker had kunnen zien wat voor blik er in haar ogen lag, was het moeilijker geweest om haar los te laten.

Terwijl zij op de oprit ging staan om het lijk niet te hoeven zien, liep hij het huis binnen. In de keuken, waar hij de komst van zijn prooi had afgewacht, zinderde het kwaad nog na, het boosaardige contrast tussen de wereld waarin Horst nog had geleefd en die waarin hij dood was, maar hij dwong zichzelf zijn mond aan de kraan te zetten voor een paar flinke slokken water. Daarna liep hij naar de veranda aan de voorkant en trok zijn sokken en laarzen aan. In een van de laarzen vond hij de zaklantaarn.

Toen hij om het huis heen naar de achterkant liep, rende Annagret op hem af, besprong hem en kuste hem onstuimig, met open mond, wild door zijn haar woelend. Het was een hartverscheurende uiting van tienerliefde en hij wist niet hoe te reageren. Hij wilde haar geven wat ze verlangde, had dat verlangen zelf ook, maar was doordrongen van wat ze nu vooral zouden moeten willen: niet hier betrapt worden. Het was pijnlijk om de oudste en de verstandigste te moeten zijn, maar hij nam haar gezicht in zijn gehandschoende handen en zei: 'Ik houd van je, maar dit kan nu niet.'

Ze huiverde en klemde zich nog steviger aan hem vast. 'Laten we één nacht samen zijn en dan opgepakt worden. Ik ben op, ik kan niet meer.'

'Laten we op vrije voeten blijven en dan later vele nachten hebben.'

'Het was niet zo'n slechte man. Hij had alleen hulp nodig.'

'Jij moet mij nog heel even helpen. Eén minuutje maar, dan kun je gaan slapen.'

'Het is te verschrikkelijk allemaal.'

'Het enige wat je moet doen is de kruiwagen recht houden, met je ogen dicht desnoods. Kun je dat voor me doen?'

Hij meende haar in het donker ja te zien knikken. Hij liet haar staan en schuifelde voorzichtig naar de schuur. Het lijk zou veel makkelijker in de kruiwagen zijn te krijgen als zij het hielp optillen, maar hij worstelde er liever in zijn eentje mee. Dan behoedde hij haar voor direct contact, hield haar zo veilig mogelijk, en hij wilde dat ze dat zou inzien, daar verheugde hij zich op.

Zijn slachtoffer was gekleed in een overall, werkkleding van de energiecentrale, geschikt om in aan je motor te sleutelen, maar niet voor een seksueel avontuurtje op het platteland. De gedachte drong zich op dat die klootzak helemaal niet van plan was geweest om vanavond hiernaartoe te komen, maar Andreas weigerde die conclusie te trekken. Hij rolde het lijk op zijn rug. Het was zwaar, met dikke getrainde sportschoolspieren. Hij vond de portemonnee en stak die in een zak van zijn jack. Toen hij het lijk aan de overall omhoog wilde trekken, scheurde de stof. Er zat niets anders op dan er zijn armen omheen te slaan en het bovenlichaam in de kruiwagen te hijsen.

De kruiwagen kiepte om. Hij noch Annagret zei iets. Ze probeerden het gewoon opnieuw.

Op weg naar de schuur een nieuwe tegenvaller. Zij moest hem helpen door de kruiwagen bij de handgrepen te duwen terwijl hij aan de voorkant trok. Wat dat aan voetafdrukken achterliet was ongetwijfeld schrikbarend. Toen ze eindelijk bij het graf aankwamen, moesten ze eerst op adem komen. Er druppelde water van de dennennaalden. De dennenlucht was hier vermengd met de zware, vagelijk op cacao lijkende geur van pas gedolven aarde.

'Dat was zo erg nog niet,' zei ze.

'Het spijt me dat je moest helpen.'

'Geeft niet, het is alleen... laat maar.'

'Nee, zeg maar.'

'Weten we wel zeker dat er geen God is?'

'Nou, het idee is tamelijk vergezocht, vind je ook niet?'

'Ik heb een sterk gevoel dat hij nog leeft, voortleeft, ergens.'

'Tja, maar waar dan? En hoe zou zoiets kunnen?'

'Ik heb gewoon zo'n gevoel.'

'Jij hebt hem goed gekend, en jullie zijn zelfs bevriend geweest. Voor jou is dit veel zwaarder dan voor mij.'

'Denk je dat hij pijn heeft geleden? Zou hij bang zijn geweest?'

'Nee, eerlijk gezegd niet. Het is heel snel gegaan. En nu hij dood is kan hij zich geen pijn meer herinneren. Het is alsof hij nooit heeft bestaan.'

Hij wilde dat ze dit geloofde, maar wist niet of hij het zelf wel kon geloven.

Als de tijd oneindig was, maakten drie jaar er net zo'n minuscuul deel van uit als drie seconden. Dus als het een wandaad was om iemand drie jaar lang te laten lijden, waren drie seconden net zo erg. In die redenering ving hij een vluchtige glimp van God op. Als het leven maar een flits was in de eeuwigheid, kon je iemand nooit snel genoeg doden om geen schuld op je te laden voor het berokkenen van leed. En als je bereid was die redenering te aanvaarden, moest je erkennen dat er een hogere moraliteit in school.

'Nou,' zei Annagret met een zekere hardheid in haar stem. 'Als er een God is, gaat mijn vriend hier naar de hel omdat hij me heeft verkracht. Wat mij betreft had hij naar de hemel gemogen, voor mij is het genoeg dat we hem in deze kuil stoppen, maar God schijnt er strengere regels op na te houden.'

'Van wie heb je die wijsheid?'

'Mijn vader, die zei het vlak voordat hij stierf. Hij snapte maar niet waarom God hem zo zwaar strafte.'

Ze had het nog nooit over haar vader gehad. Als de tijd niet zou hebben gedrongen, had Andreas er graag alles over gehoord, om weer wat meer over haar aan de weet te komen. Hij vond het heerlijk dat ze niet consequent was, en misschien wel een beetje oneerlijk. Dit was de eerste keer dat ze het woord 'verkrachten' had gebruikt, en ze bleek niet zo onbekend met godsdienst als ze in de kerk had doen voorkomen. Zijn wens om haar te doorgronden was net zo groot als zijn begeerte – twee verlangens die bijna in elkaar opgingen. Maar de tijd drong. Hoewel alle spieren van zijn lichaam pijn deden, sprong hij in het graf om het nog dieper uit te graven.

'Dat zou ík eigenlijk moeten doen,' zei ze.

'Ga jij de schuur maar in en probeer wat te slapen.'

'Ik zou je zo graag beter willen kennen.'

'Ik jou ook, maar je hebt nu slaap nodig.'

Ze bleef nog een halfuur zwijgend staan kijken hoe hij groef. Hij had een verwarrend dubbel gevoel: hoe nabij ze was en hoe volstrekt anders. Ze hadden samen iemand van het leven beroofd, maar zij had daar haar eigen gedachten bij, haar eigen motieven, zo dicht bij hem en zo verschillend. En opnieuw was hij haar dankbaar, omdat ze niet alleen intelligent was op zijn mannelijke manier, maar ook op een vrouwelijke manier die hem vreemd was. Zij had onmiddellijk doorgehad hoe belangrijk het was om bij elkaar te blijven (wat zou het een eindeloze kwelling zijn geweest om van elkaar gescheiden te zijn, na wat ze hadden gedaan) terwijl hij dat pas nu inzag. Vijftien was ze pas, maar zij was snel van begrip en hij traag.

Pas nadat ze de schuur was binnen gegaan, kon hij weer methodisch denken. Hij spitte tot drie uur in de nacht, nam geen tijd om uit te rusten, rolde het lijk de kuil in en sprong het achterna om het met veel gesjor op de rug te draaien. Hij wilde niet geteisterd worden door de herinnering aan het gezicht, dus gooide hij daar aarde overheen. Vervolgens knipte hij de zaklantaarn aan en ging op zoek naar sieraden. Hij vond een zwaar horloge, dat beslist niet goedkoop zou zijn geweest, en een patserige gouden halsketting. Het horloge was makkelijk van de pols te krijgen, maar om de ketting te breken moest hij één hand op het met aarde bedekte voorhoofd zetten en een harde ruk geven. Gelukkig was niets echt, tenminste niet voor lang. Over een onmeetbaar korte tijd zou de eeuwigheid van zijn eigen dood beginnen en dit alles voorgoed onecht maken.

Twee uur later had hij de kuil gedicht en stampte de aarde aan. Toen hij de schuur binnen ging en de lichtbundel van zijn zaklantaarn liet rondgaan, lag Annagret ineengedoken in een hoekje, rillend van de kou, met haar armen om haar knieën geklemd. Hij wist niet wat hij ondraaglijker vond om te zien, haar ellende of haar schoonheid. Hij knipte het licht uit.

'Heb je geslapen?'

'Ja. Ik werd steenkoud wakker.'

'Je zult wel niet weten hoe laat de eerste trein gaat, hè?'

'Vijf uur achtendertig.'

'Je blijft me verbazen, wat goed weer van je.'

'Hij heeft die tijd opgezocht, niet ik.'

'Zullen we je verhaal nog een keer doornemen?'

'Nee, ik heb er goed over nagedacht. Ik weet wat ik moet zeggen.'

De sfeer tussen hen voelde opeens kil, stroef. De gedachte bekroop Andreas dat ze misschien toch geen toekomst hadden samen, dat ze door hun verschrikkelijke daad een hekel aan elkaar zouden krijgen. Liefde uitgewist door een misdaad. Het leek nu al een eeuwigheid geleden dat ze op hem af was gerend om hem te kussen. Misschien had ze gelijk gehad, misschien hadden ze de nacht samen moeten doorbrengen om zich daarna bij de politie te melden.

'Als er een jaar lang niets gebeurt,' zei hij, 'en als je denkt dat je niet in de gaten wordt gehouden, kunnen we misschien wel weer contact zoeken.'

'Dat klinkt als honderd jaar,' zei ze verongelijkt.

'Ik zal de hele tijd aan je denken. Elke dag. Ieder uur.'

Hij hoorde haar in het donker overeind komen.

'Ik ga maar naar het station,' zei ze.

'Wacht nog een minuut of twintig. Je valt misschien op als je daar zo lang staat.'

'Ik moet een beetje opwarmen. Ik ren eerst wel een stukje en ga daarna naar het station.'

'Ik vind het rot dat je dit hebt moeten doormaken.'

'Ik vind het nog veel rotter.'

'Ben je boos op me? Dat mag, hoor. Je mag hier van alles bij voelen, ik begrijp het best.'

'Ik voel me gewoon beroerd. Bij de eerste vraag die ze me stellen komt alles uit, dat weet ik nu al. Ik ben te beroerd om te liegen.'

'Je kwam om halftien thuis en hij was er niet. Toen ben je naar bed gegaan omdat je je niet lekker...'

'Ik zei toch: ik wéét wat ik moet zeggen.'

'Sorry.'

Ze deed een stap in de richting van de deur, botste tegen hem op, maar liep door naar buiten. Daar bleef ze ergens in het donker staan. 'Nou, tot over honderd jaar dan maar.'

'Annagret.'

Hij hoorde de natte aarde aan haar voetstappen zuigen, zag haar donkere gestalte door de achtertuin gaan. Hij had zich nog nooit zo moe gevoeld. Maar de afronding van zijn taken viel hem minder zwaar dan zijn voortdurende gedachte aan haar. Met spaarzaam gebruik van zijn zaklantaarn bedekte hij het graf eerst met oude en daarna met versere dennennaalden, probeerde de voetafdrukken en het diepe spoor van het kruiwagenwiel zo goed mogelijk glad te vegen en bestrooide alles met naalden en tuinafval. Zijn laarzen en de mouwen van zijn jack zaten onder de modder, maar hij was te moe om zich daar druk over te maken. Hij kon in ieder geval een schone broek aantrekken.

De mist werd minder dicht en dat gaf het ochtendgloren een onverhoeds karakter. Hij hoopte dat het mistig bleef: mist was goed. Hij speurde de tuin nog eens af op sporen van hun voetstappen en de kruiwagen. Pas toen het ochtendlicht op volle sterkte begon te komen, liep hij naar de achtertrap om het ijzerdraad weg te halen. Op de treden lag meer bloed dan hij had verwacht, maar in de struiken onder de balustrade lag minder braaksel dan hij had gevreesd. Hij zag alles nu als door een lange buis. Om het bloed weg te spoelen gebruikte hij een tuingieter, die hij telkens aan de buitenkraan bijvulde.

Als laatste inspecteerde hij de keuken op sporen van zijn aanwezigheid.

Het enige wat hij vond, was nattigheid in de gootsteen, waar hij zijn mond aan de kraan had gezet. Dat zou vanavond wel zijn opgedroogd. Hij draaide de voordeur achter zich op slot en liep naar Rahnsdorf. Om halfnegen was hij terug in het souterrain van de pastorie. Bij het uittrekken van zijn natte jack schoot hem te binnen dat hij de portemonnee en sieraden van de dode nog bij zich had, maar op dit moment leek het makkelijker om naar de maan te vliegen dan zich van die spullen te ontdoen, hij kreeg amper nog zijn laarzen van zijn voeten. Hij plofte op zijn bed en ging op de politie liggen wachten.

Ze kwamen niet. Niet die dag, niet die week, de hele winter niet – ze kwamen nooit.

En waarom kwamen ze niet? Een van de minst plausibele verklaringen die Andreas kon bedenken, was dat Annagret en hij de volmaakte misdaad zouden hebben gepleegd. Het was natuurlijk mogelijk dat het zijn ouders was ontgaan wat voor ravage hij had aangericht in de tuin van de datsja, want een week later was het eerste pak sneeuw gevallen. Maar had niemand oog gehad voor dat uitzonderlijk mooie meisje in de trein, op de heenreis noch de terugreis? Had geen enkele buurtgenoot gezien dat ze met Horst in de richting van het station liep? Had niemand nagetrokken waar ze in de weken voorafgaand aan de moord was geweest? Had niemand haar stevig genoeg aan de tand gevoeld om haar te breken? Bij hun afscheid had ze zo breekbaar geleken als glas.

Minder onwaarschijnlijk was dat de Stasi de moeder onder de loep had genomen en dat haar verslaving en diefstal aan het licht waren gekomen. Het leed geen twijfel dat het *Ministerium für Staatssicherheit* werk zou maken van de vermissing van een informant. En als ze de moeder in hechtenis hadden genomen, was het niet de vraag óf ze de moord had bekend (of, afhankelijk van de vermoedens die de Stasi koesterde, had toegeven dat ze Horst naar het Westen had helpen vluchten), maar hoeveel psychische marteling ze had doorstaan alvorens te bekennen.

Of misschien was de verdenking van de Stasi op de stiefdochter in Leipzig gevallen, Annagrets zus. Of op de collega's van Horst bij de energiecentrale, degenen die hij had verlinkt. Misschien zat een van hen al in de gevangenis voor de moord. Nog wekenlang na de moord had Andreas iedere dag de kranten gespeld. Als de recherche de zaak niet in behandeling had, waren er ongetwijfeld foto's van de vermiste man geplaatst. Maar er was geen foto te zien geweest en de enig logische verklaring was dat de politie er op last van de Stasi buiten bleef.

Als dat laatste klopte, had hij een aanvullende hypothese: de Stasi had Annagret in minder dan geen tijd laten doorslaan, ze had haar ondervragers meegenomen naar de datsja en er was natuurlijk snel duidelijk geworden van wie dat huis was. Om negatieve publiciteit rond de ondersecretaris te voorkomen, hadden ze Horsts seksuele terreur als verzachtende omstandigheid opgevat en zich er tevreden mee gesteld dat ze Annagret de stuipen op het lijf hadden gejaagd. En om Andreas te kwellen, hem in een hel van angst en achtervolgingswaan te werpen, hadden ze hem ongemoeid gelaten.

Hij verafschuwde deze hypothese, maar ze was helaas aannemelijker dan alle andere. Het afschuwelijke eraan was dat het idee zo makkelijk toetsbaar was: hij hoefde alleen Annagret maar op te sporen en te vragen of het klopte. Er ging toch al nauwelijks een uur voorbij zonder het verlangen haar te zien, maar als hij ernaast zat met zijn hypothese, en zij nog steeds onder verdenking stond en in de gaten werd gehouden, zou een ontmoeting rampzalige gevolgen hebben. Alleen zij kon weten of het veilig was elkaar te zien.

Hij vatte de draad weer op als begeleider van risicojongeren, maar voelde een leegte in zichzelf die hem geen moment verliet. Hij bracht de jongeren geen luchthartigheid meer bij. Hij liep nu zelf ook risico: het risico in tranen uit te barsten bij het horen van hun verhaal. Alsof droefheid een chemisch element was waaruit alles waarmee hij in aanraking kwam was opgebouwd. Zijn verdriet gold vooral het verlies van Annagret, maar ook dat van zijn oude, montere en wellustige zelf. De angst voor ontmaskering en arrestatie verdween, want de republiek leek hem om wat voor perfide reden dan ook te negeren, maar verdrietig als hij was kon hij zich niet eens meer herinneren waarom hij ooit had kunnen lachen om zijn land en de smakeloosheid ervan. Het leek nu eerder de Republiek der Eindeloze Treurnis. Hij was nog steeds interessant voor meisjes die hem kwamen raadplegen, misschien nog wel meer dan voorheen omdat hij nu zo'n droeve uitstraling had, maar in plaats van aan hun kutjes kon hij alleen nog aan hun jeugdige zieltjes denken. Ieder van hen stond model voor Annagret; haar ziel school in hen allemaal.

En ondertussen was er in Rusland glasnost. Daar had Gorbi het nu voor het zeggen. De kleine republiek die altijd zo recht in de leer was geweest, voelde zich verraden door haar Russische vader en trad van de weeromstuit harder op tegen haar dissidenten. De politie was al een Berlijnse zusterkerk binnengevallen, de kerk van Sion, en in de Siegfeldstraße heersten verbetenheid en het gevoel dat men van historisch belang was. Vergaderingen verliepen in een soort oorlogsstemming. Maar Andreas hield zich als vanouds afzijdig in zijn souterrain. Zijn megalomane eenzelvigheid had weinig te lijden onder zijn verdriet, leek zelfs sterker dan ooit. Het was alsof zijn persoonlijke ellende op het hele land was overgeslagen, alsof de overheid niet met zijn misdaad uit de voeten kon, niet in staat of bereid was hem op te pakken, en daarom alle anderen maar het leven zuur maakte. Tot verrassing en misschien ook wel heimelijke teleurstelling van de onaangepasten bleef een inval in hun kerk uit, maar dat verraste Andreas geenszins. De staat meed hem immers als een gifstof.

Tegen het einde van de lente van 1989 keerde zijn angst terug. Aanvankelijk verheugde dat hem bijna, alsof het een voorbode kon zijn van zijn gedeserteerde libido, dat nu misschien ook wel weer zou ontluiken door de warmere nachten en de bloeiende bomen. Hij begon het avondnieuws te volgen op de tv in de gemeenschappelijke zitkamer van de pastorie, ongecensureerde uitzendingen van de ZDF. De onaangepasten naast hem in de kamer bejubelden de berichten over de republiek en voorspelden dat het regime binnen een jaar zou vallen. Maar dat vooruitzicht stemde hem juist angstig. Voor een deel bestond die angst uit onzekerheid over zijn lot als misdadiger: hij vermoedde dat de recherche alleen maar op afstand bleef doordat de Stasi hun belette hun werk te doen, dat hij alleen voor vervolging werd behoed zolang het regime overeind bleef, dat de Stasi (o toppunt van ironie) zijn enige vriend was. Maar er was vooral ook een ongrijpbaardere angst, diffuus als een verstikkende wolk zoutzuurgas. Met de legalisering van *Solidarność* in Polen, de afscheiding van de Baltische staten en Gorbatsjov die openlijk zijn handen van zijn Oostblok-pleegkinderen af trok, kreeg hij meer en meer het gevoel dat ook zijn eigen ondergang aanstaande was. Als de republiek hem niet langer zou maken tot wie hij was, bleef er niets van hem over. Zijn o zo vooraanstaande ouders zouden niets meer voorstellen, minder dan niets, geminachte vertegenwoordigers van een in diskrediet geraakt systeem. De wereld die hem de enige betekenis verleende die hij had, zou ophouden te bestaan.

Gedurende de zomer ging het van kwaad tot erger. Hij verdroeg het avondnieuws niet langer, maar in zijn kamer hoorde hij boven in de gang toch druk gekakel over de laatste ontwikkelingen, de massale uittocht naar Hongarije, de demonstraties in Leipzig, geruchten over een ophanden zijnde staatsgreep, want niemand had het nog ergens anders over. De mensen lieten zich nog steeds intimideren door Honecker en waren nog altijd als de dood voor Mielke, maar Andreas voelde aan zijn water dat het spel bijna uit was. Naast zijn angst, en buiten het feit dat hij geen flauw idee had wat hij moest doen als het regime viel, voelde hij een treurige verbondenheid met het overijverige Duitse schoolkind dat nu in de steek was gelaten door zijn sovjetbovenmeester. Hij was dan wel geen socialist, maar hij had net zo goed zelf dat kind kunnen zijn.

Op een dinsdagochtend in oktober, daags na de grootste demonstratie tot dan toe in Leipzig, klopte de jonge dominee bij hem aan. De bevlogen geestelijke had eigenlijk moeten glimmen van opwinding, maar hij kwam bedrukt binnen. In plaats van met gekruiste benen op de vloer te gaan zitten, begon hij door de kamer te ijsberen. 'Je hebt ongetwijfeld het nieuws gehoord,' zei hij. 'Honderdduizend mensen op straat en niet het minste geweld.'

'Ja,' zei Andreas. 'En, eh, hoera?'

De dominee aarzelde nog even, en zei: 'Ik moet je iets opbiechten, vrees ik. Iets wat ik je allang had moeten vertellen, maar daar was ik kennelijk te laf voor. Ik hoop dat je me dat kunt vergeven.'

Andreas veerde op. Was zijn gastheer een informant? Dat zou hij nooit achter hem hebben gezocht, maar deze inleiding leek wel die kant op te gaan.

'Nee, dat niet,' raadde de dominee zijn gedachten. 'Maar ik heb twee jaar geleden wel bezoek gehad van de Stasi. Twee kerels die er precies zo uitzagen als je zou verwachten. Ze hadden wat vragen over jou en die heb ik beantwoord. Ze zinspeelden erop dat ik zou worden opgepakt als jij te horen kreeg dat ze bij me waren geweest.'

'En nu blijken hun pistolen geladen met bloemzaadjes.'

'Ze zeiden dat het om een misdaad ging, maar vertelden er niet bij wat voor misdaad. Ze lieten een foto zien van het mooie meisje dat hier vaak in het hoogkoor zat en ze wilden weten of jij contact met haar had gehad. Dat zou best kunnen, zei ik, omdat jij hier kwetsbare jongeren begeleidde. Maar ik heb niets concreets gezegd. Maar toen wilden ze ook weten of ik je op een bepaalde avond had gezien, en ik zei dat ik daar niet zeker van kon zijn omdat je meestal op je kamer bent. Het kan haast niet anders of je zat tijdens mijn gesprek met die twee ook hier, maar ze hoefden je niet te spreken, zeiden ze. En ze zijn nooit meer terug geweest.'

'Is dat alles?'

'Het heeft nooit gevolgen voor je gehad, voor geen van ons hier, dus ben ik er maar van uitgegaan dat alles oké was. Maar ik heb me steeds bezwaard gevoeld omdat ik je er niet over had verteld, en ik vond dat je het nu toch echt moest weten.'

'Nu het ijs smelt, komen de lijken bovendrijven.'

Dit ging de dominee te ver. 'Ik vind dat we je goed hebben behandeld, Andreas. Het is een goede regeling geweest die we met je hebben getroffen. Ik had het je eerder moeten vertellen, maar eerlijk gezegd zijn we altijd een beetje bang voor jou geweest.'

'O, maar ik ben dankbaar, hoor. Dankbaar, en ik betreur het als ik voor moeilijkheden heb gezorgd.'

'Is er nog iets wat jij mij wilt vertellen? Is dat meisje iets ergs overkomen?'

Andreas schudde van nee en de dominee liet hem alleen met zijn angst. Als de Stasi naar de kerk was gekomen, kon dat alleen maar betekenen dat Annagret ondervraagd was en gepraat had. Dus beschikte de Stasi op z'n minst over een deel van de feiten, en misschien wisten ze alles wel. Maar als er honderdduizend mensen ongehinderd konden demonstreren in de straten van Leipzig, was het duidelijk dat de dagen van de Stasi waren geteld. Het zou niet lang meer duren of de Vopo's kregen het voor het zeggen en dan zou het politiewerk door de echte politie worden gedaan...

Hij sprong van zijn bed en trok een jas aan. Eén ding stond nu wel vast: hij had niets te verliezen als hij Annagret opzocht. Het probleem was alleen dat hij geen andere plek voor de start van zijn zoektocht kon bedenken dan de Erweiterte Oberschule in haar oude buurt in Friedrichshain. Het leek weliswaar onwaarschijnlijk dat ze intussen op een EOS zat, maar wat zou ze anders kunnen doen? Hij verliet de kerk en haastte zich door de straten, putte een zekere troost uit de onveranderde saaiheid daarvan en vatte post bij de hoofdingang van de school. Door de hoge ramen zag hij leerlingen nog steeds les krijgen in marxistische biologie en marxistische wiskunde. Toen de school uitging, speurde hij de gezichten af van de leerlingen die naar buiten stroomden. Hij bleef staan turen tot de stroom afzwakte tot een sijpelstraaltje en ophield. Hij was teleurgesteld, maar het verbaasde hem niet.

De volgende ochtend ging hij opnieuw naar de school, en wederom vergeefs. Hij ging naar een staatsbureau voor gezinsbegeleiding, klopte aan bij een maatschappelijk werkster die hij vertrouwde, liet haar het centrale register nakijken en vertrok met lege handen. De week daarna hing hij iedere middag en avond rond bij judoclubs, sportcentra en bij bushaltes in Annagrets oude buurt. Tegen het einde van oktober was de hoop om haar te vinden vervlogen, maar hij bleef op goed geluk door de straten dwalen.

Hij gaf zijn ogen de kost wanneer hij aan de rand van spontane en georganiseerde protestbijeenkomsten mee stond te luisteren naar gewone mensen die een celstraf riskeerden door vrije verkiezingen te eisen, de vrijheid om naar het Westen te reizen, het aan banden leggen van de Stasi. Honecker was weg, de nieuwe regering verkeerde in een diepe crisis en elke dag die zonder geweld voorbijging verkleinde de kans op een bloedbad à la Tiananmen. Hongarije had zichzelf al bevrijd en de andere landen zouden weldra volgen. De grote omslag was op komst en hij kon niets anders doen dan wachten tot hij erdoor verzwolgen zou worden. De lucht van Berlijn smaakte naar zoutzuurgas.

En toen, op 4 november, een wonder. De halve stad was nu dapper genoeg om de straat op te gaan. Hij liep methodisch de mensenmassa's af en probeerde geen gezicht te missen, inwendig lachend om de versterkte stem van een culturele apparatsjik die tegen hereniging was en in plaats daarvan voor hervormingen pleitte. Op Alexanderplatz liep hij door de rafelranden van alweer een menigte, waar zich de weifelaars en de mensen met agorafobie ophielden, toen zijn hart een sprongetje maakte voordat zijn hersens begrepen waarom. Daar stond een meisje. Een meisje met anarchistisch, in grove happen geknipt haar en een veiligheidsspeld als oorbel. Een meisje dat niettemin Annagret was. Ze stond gearmd met een meisje dat ook zulk haar had. Beiden met een onaangedane blik, een air van agressieve verveling. Ze was opgehouden een keurig meisje te zijn.

WIJ MOETEN ONZE EIGEN WEG GAAN, LAAT ONS VASTHOUDEN AAN HET GOEDE VAN ONS ONVOLMAAKTE SYSTEEM EN HET GOEDE OVERNEMEN VAN HET SYSTEEM DAT WIJ VOORHEEN AFWEZEN...

Toen Annagret om zich heen keek alsof ze wilde ontkomen aan de saaiheid van de toespraak, zag ze Andreas. Haar ogen verwijdden zich. Hij kon een blije glimlach niet bedwingen. Ze glimlachte niet terug, maar fluisterde het andere meisje iets in het oor en maakte zich van haar los. Terwijl ze op hem af liep, zag hij duidelijker hoezeer haar houding was veranderd en hoe onwaarschijnlijk het was dat ze nog van hem zou houden. Even later stond ze buiten omhelzingsbereik voor hem.

'Ik kan maar heel even praten,' zei ze.

'We hoeven niet te praten, zeg me alleen maar waar ik je bereiken kan.'

Ze schudde haar hoofd. Haar anarchistenkapsel en veiligheidsspeld waren kansloos tegen haar schoonheid, maar waren duidelijke tekenen dat ze zich ongelukkig voelde. Haar gezicht was nog hetzelfde als twee jaar geleden, maar het licht in haar ogen was gedoofd.

'Er is geen gevaar meer,' zei hij. 'Geloof me.'

'Ik woon in Leipzig nu. We zijn hier alleen maar voor vandaag.'

'Is dat je zus?'

'Nee, een vriendin. Zij wilde het ook meemaken.'

'Dan kom ik je wel in Leipzig opzoeken. Praten we daar.'

Ze schudde haar hoofd.

'Je wilt me niet meer zien,' zei hij.

Ze keek behoedzaam over haar schouder, en over de andere. 'Weet ik niet eens. Daar gaat het me nu niet om. Waar het om gaat, is dat we niet veilig zijn. Dat is het enige waar ik aan kan denken.'

'We zijn veilig zolang het ministerie er is.'

'Ik moet terug naar mijn vriendin.'

'Annagret, ik weet dat je met mannen van het ministerie hebt gesproken. Ze zijn ook in de kerk geweest om navraag naar mij te doen. Maar verder is er niets gebeurd, ze zijn niet eens met mijzelf komen praten. We zijn veilig. Je hebt alles goed gedaan.'

Hij deed een stapje naar haar toe. Ze week geschrokken achteruit.

'We zijn niet veilig,' zei ze. 'Ze weten heel veel. Ze wachten alleen maar af.'

'Maar als ze zo veel weten, maakt het ook niet meer uit of we samen worden gezien, toch? Ze wachten al twee jaar. Ik denk niet dat ze ons nu nog iets kunnen maken.'

Ze keek weer over haar schouder. 'Ik moet echt terug.'

'Ik móet je spreken,' zei hij, met geen andere drijfveer dan eerlijkheid. 'Het vreet aan me dat ik je niet meer zie.'

Het leek nauwelijks tot haar door te dringen; ze ging helemaal op in haar misère. 'Ze hebben mijn moeder opgepakt,' ze zei. 'Ik moest ze toch íets vertellen. Ze hebben haar in een psychiatrische kliniek gestopt om af te kicken, en daarna ging ze naar de gevangenis.'

'Het spijt me dat te horen.'

'Maar ze heeft al verschillende brieven naar de politie gestuurd. Ze wil weten waarom die de vermissing nooit heeft onderzocht. In februari komt ze vrij.'

'Heb je zelf ook met de politie gesproken?'

'Ik wil geen contact meer met je,' zei ze met neergeslagen ogen. 'Je hebt iets heel belangrijks voor me gedaan, maar ik denk niet dat we elkaar ooit nog kunnen zien.'

‘Annagret. Heb je met de politie gepraat?’

Ze schudde van nee.

‘Dan is er misschien iets aan te doen. Laat mij proberen er wat aan te doen.’

‘Het was vreselijk om je opeens te zien, daarnet. Verlangen en dood en... dat ene. Het is allemaal zo verwarrend. Verschrikkelijk. Ik wil dat niet meer.’

‘Laat mij er dan voor zorgen dat het weggaat.’

‘Het gaat nooit meer weg.’

‘Laat me op z’n minst een poging doen.’

Ze mompelde iets wat verloren ging in het rumoer. Misschien: ‘Ik wil het niet willen.’ En toen holde ze terug naar haar vriendin en beenden ze samen weg, zonder nog om te kijken.

Maar er was hoop, vond hij. En verkwikt door die hoop begon hij te rennen, en bleef rennen, helemaal tot de Marx-Engels Platz. Iedereen op straat liep in de weg, maar dat deerde hem niet. Het enige wat hij wilde, was Annagret terugzien. Om haar weer in zijn leven te krijgen moest hij die moordzaak uit de wereld helpen, er zat niets anders op.

Maar haar moeder... Hij zag nu pas in dat hij te weinig over de moeder had nagedacht. Die vormde een groot probleem. De moeder had geen enkele reden om op te houden met aandringen op een onderzoek, en ze zou binnenkort op vrije voeten zijn. En dan voortdurend aandringen, steeds maar blijven aandringen. Als de Stasi werd opgedoekt, kon de politie het dossier overnemen en een eigen onderzoek instellen. En zelfs als hij die ontwikkeling voor bleef, zelfs als het hem op de een of andere manier zou lukken het lijk te verplaatsen, zou het dossier ongetwijfeld opduiken als het bewind ten val kwam. En wat stond er in het dossier? Hij realiseerde zich dat hij Annagret had moeten vragen wat ze de Stasi precies had verteld. Zouden ze van de datsja weten? Hadden ze hun onderzoek afgesloten toen de connectie tussen haar en hem duidelijk werd?

Hij keerde terug naar Alexanderplatz, in de hoop haar weer te vinden. Hij speurde de menigte af tot het donker werd, maar tevergeefs. Hij overwoog naar Leipzig te reizen (het zou niet moeilijk zijn het adres van haar zus te achterhalen, bij wie ze vermoedelijk verbleef), maar hij was bang dat hij haar voorgoed zou kwijtraken als hij haar opspoorde en lastigviel met vragen.

En daarmee begonnen twee maanden van machteloosheid en vertwijfeling. Op de avond dat de Muur viel, voelde hij zich als de enige nuchtere inwoner van een stad vol dronkenlappen. Er was een tijd geweest dat hij in lachen zou zijn uitgebarsten om de knullige manier waarop achtentwintig jaar van nationale gevangenschap waren geëindigd, hoe een dodelijk vermoeide Schabowski met één ondoordacht antwoord op de vraag van een journaliste het complete staatsapparaat had laten imploderen, maar toen het ten slotte gebeurde, toen hij boven zich geschreeuw hoorde in de pastorie, en de dominee de trap af stormde om hem het verlossende nieuws te brengen, had hij net zo goed een kosmonaut kunnen zijn die hoorde hoe de wand van zijn capsule door een scherp stuk ruimtepuin werd doorboord. Lucht die sissend wegliep, de leegte die naar binnen drong. Terwijl de pastorie leegstroomde en iedereen zich naar het dichtstbijzijnde checkpoint haastte om het wonder met eigen ogen te kunnen aanschouwen, zat hij op een hoekje van zijn bed met zijn kin op zijn opgetrokken knieën.

Hij had geen greintje verlangen de grens over te steken. Hij zou Annagret kunnen opsporen in Leipzig om samen naar het Westen te vertrekken en nooit meer terug te keren, misschien een manier vinden om zich in Mexico, Marokko of Thailand te vestigen. Maar nog los van de vraag of zij zo'n voortvluchtig bestaan zou willen leiden: hij kon zich zelf alleen een leven in het land van zijn moeder voorstellen. Ook al haatte hij zijn moeder, haar verlaten was geen optie. Hij zag maar één manier om zichzelf te redden en dat was de man voor Annagret worden die haar veiligheid garandeerde, zodat ze samen met geheven hoofd over straat konden gaan. In de chaotische dagen na het vallen van de Muur werd Annagret meer dan ooit zijn enige hoop.

Hij nam nu vaak de U-Bahn naar de Normannenstraße om zich daar onder de demonstranten voor het hoofdkwartier van de Stasi te kunnen mengen en geruchten op te vangen. Er werd gezegd dat het ministerie de klok rond documenten versnipperde en verbrandde, of met vrachtwagens tegelijk naar Moskou en Roemenië afvoerde. Hij probeerde zich voor te stellen dat ook zijn dossier werd vernietigd of afgevoerd, maar de Stasi ging ongetwijfeld met Duitse grondigheid te werk en zou voorrang geven aan materiaal dat compromitterend was voor zijn eigen officieren en spionnen, en daarvan waren er ongetwijfeld genoeg om de versnipperaars, ovens en vrachtwagens nog maanden gaande te houden.

Als het goed weer was, verzamelden zich grote menigten van verontruste burgers voor het hoofdkwartier. Was het rotweer, dan kwam alleen de harde kern, altijd dezelfde gezichten, mannen en vrouwen die om absurde redenen ondervraagd en gevangengezet waren en een onverzoenlijke wrok jegens het ministerie koesterden. Degene die Andreas het meest tot de verbeelding sprak, was een man van zijn eigen leeftijd, die op zijn achttiende van straat was geplukt omdat hij een klasgenote in bescherming had genomen tegen de opdringerige zoon van een Stasi-commandant. Een waarschuwing om zich met zijn eigen zaken te bemoeien had hij naast zich neergelegd en dat was hem op zes jaar cel in twee gevangenissen komen te staan. Hij vertelde zijn verhaal keer op keer, aan wie het maar wilde horen, en Andreas werd er telkens weer door ontroerd. Hij vroeg zich af wat er van dat meisje terecht was gekomen.

En toen, op een avond in begin december, keerde hij naar de kerk terug, opende zijn deur, en wie zat daar op zijn bed op haar gemak de *Berliner Zeitung* te lezen? Zijn moeder.

Zijn adem stokte. Hij stond als versteend in de deuropening, kon haar alleen maar aangapen. Ze was sterk vermagerd, maar ging goed gekleed en zag er verzorgd uit. Ze vouwde de krant op en kwam overeind. 'Ik wilde weleens zien hoe je woont.'

Ze had nog altijd een duivelse schoonheid over zich. Nog steeds dat onwaarschijnlijk rode haar. Scherpere trekken, maar een rimpelloze huid.

'Je hebt boeken die ik wel zou willen lenen,' zei ze met een gebaar naar zijn kast. 'Het doet me goed er zo veel Engels werk tussen te zien.' Ze trok een boek uit de kast. 'Iris Murdoch, bewonder jij die ook zo?'

Hij kreeg zijn adem terug en zei: 'Wat kom jij hier doen?'

'Tja, misschien wil ik mijn enige kind weer eens zien, na negen jaar? Zou dat zo vreemd zijn?'

'Ik heb liever dat je gaat.'

'Nee, zeg dat nou niet,' zei ze, terwijl ze het boek weer op zijn plek zette. 'Laten we even praten. Er kan ons nu niets ergs meer overkomen, dat zou jij toch als geen ander moeten begrijpen.'

Ze was ongevraagd zijn kamer binnen gedrongen, en zijn leven, en toch was een verraderlijk deel van hem zielsblij haar te zien. Iets in hem had negen jaar naar haar gehunkerd, was in drieënvijftig meisjes naar haar op zoek gegaan zonder haar te vinden. Het was verschrikkelijk hoeveel hij van haar hield.

'Kom, laten we even gaan zitten,' zei ze, 'en vertel hoe het met je gaat. Je ziet er geweldig uit.' Ze nam hem met een warme glimlach van boven tot onder op. 'Mijn prachtige, sterke zoon.'

'Ik ben je zoon niet meer.'

'Doe niet zo mal. We hebben moeilijke jaren doorgemaakt, maar die liggen nu achter ons.' Haar glimlach verloor zijn warmte. 'Veertig jaar leven met het sovjetzwijn dat mijn vader tot zelfmoord dreef, het ligt allemaal achter ons. Veertig jaar lang de lieve vrede bewaren met de stomste, lelijkste, meest platvloerse, doortrapte, door en door laffe en zelfvoldane cultuurbarbaren die de wereld ooit heeft gekend. Allemaal achter de rug. In rook opgegaan, poef.'

Die stroom van beschimpingen had verfrissend eerlijk kunnen klinken, maar kwam nog steeds uit dezelfde eigendunk voort en dat maakte het alleen maar ergerlijk. Vroeger had ze met hetzelfde speelse venijn de Amerikanen verketterd. Hij vroeg zich af of hij haar niet moest wurgen om die uitstoot van giftige eigendunk af te knijpen en te voorkomen dat hij erin stikte. De tweede moord was altijd makkelijker dan de eerste.

'Dus kom even zitten en laten we praten,' zei ze.

'Nee.'

'Andreas,' zei ze sussend. 'Het is voorbij. Voor je vader is het vreselijk zwaar geweest, dat zal toch duidelijk zijn. De enige intelligente en integere man in dit land. De enige die oprecht geprobeerd heeft zijn land te dienen en niet zijn eigenbelang. Hij is ontroostbaar. Ik zou dolgraag willen dat je hem een keer kwam opzoeken.'

'Dat gaat niet gebeuren.'

'Kun je hem dan niet begrijpen en vergeven? Je hebt hem in een onmogelijke positie gedreven, hè? Het lijkt nu eigenlijk een onbeduidende kwestie, maar toen was er niets onbeduidends aan. Hij kon niet én zijn land dienen én de vader van een subversieve dichter zijn.'

'Geen moeilijke keuze toch, gezien het feit dat ik niet zijn eigen zoon ben?'

Ze slaakte een zucht. 'Houd daar toch eens over op.'

Hij zag in dat ze gelijk had: het deed er ook niet toe. Het kon hem niet meer schelen wie zijn echte vader was, hij kon zich niet eens meer verplaatsen in de Andreas voor wie die vraag belangrijk was geweest. Misschien kwam het doordat hij in de tussentijd iemands schedel had ingeslagen met een spade, maar zijn oude woede was weg. Al wat resteerde waren de elementaire emoties van liefde en afkeer.

'We redden het wel, hoor,' zei Katya. 'Je vader ook. Dit is gewoon een moeilijke tijd voor hem. Hij wist al minstens vijf jaar dat het ging aflopen, maar nu het daadwerkelijk gaande is, heeft hij het er verschrikkelijk moeilijk mee. Het nieuwe kabinet wil hem op zijn positie houden, maar hij is van plan om eind dit jaar af te treden. En dan redden we het verder wel. Hij is een briljante man en nog lang niet te oud om weer te gaan doceren.'

'*All's well that ends well.*'

'Hij heeft nooit iets verkeerds gedaan. Er zaten genoeg dieven en moordenaars bij de overheid, maar hij was nooit een van hen.'

'Al heeft hij wel veertig jaar de lieve vrede met hen bewaard.'

Ze rechtte haar rug. 'Ik geloof nog steeds in het socialisme. In Frankrijk en Zweden werkt het. Als je iemand iets wilt verwijten, richt je verwijt dan op het sovjetzwijn. Je vader en ik hebben ons naar vermogen ingezet. Daar zal ik me nooit voor verontschuldigen.'

Politiek, collectieve schuld, collaboratie – het hele onderwerp verveelde hem meer dan ooit.

'Maar goed,' zei Katya. 'Ik dacht dat je er misschien wel voor voelde om weer thuis te komen wonen. Je kunt je oude kamer terugkrijgen. Me dunkt dat die heel wat gerieflijker is dan deze... kamer. Ik stel me zo voor dat je weer gaat studeren en dan kun je vrij van huur bij ons wonen. Dan maken we een nieuw begin als gezin.'

'Lijkt jou dat een goed idee?'

'Eerlijk gezegd wel, ja. Je mag ook je intrek in de datsja nemen als dat je voorkeur heeft, maar dat is een heel eind met de trein. En het zou kunnen dat je vader en ik tot verkoop besluiten.'

'Wát?'

'Ja, een ongelofelijke gedachte, nietwaar? Maar in de hele stad en omgeving lopen al wessispeculanten rond te snuffelen. Een van hen was bij de Müggelsee, heeft met de buren daar gesproken en stelde harde valuta in het vooruitzicht.'

'Jullie gaan misschien de datsja verkopen...' zei hij dof.

'Nou, het is een lelijk huis. Je vader vindt van niet, maar dat is sentimentaliteit. Die speculant had het over plannen om er alles plat te gooien en dan een golfbaan aan te leggen. De wessi's zijn niet zo sentimenteel.'

Los van de angst die de gedachte aan bulldozers en shovels opriep, bespeurde hij het gevoel verraden te zijn door de republiek. Alles wat de republiek aanraakte veranderde in stront. Een republiek die zich niet eens tegen speculanten uit het Westen kon verdedigen. Hij had haar altijd belachelijk gevonden in haar onbeholpenheid, maar het lachwekkende was er opeens vanaf.

'Wat sta je daar te denken?' vroeg Katya met de kokette ondertoon van vroeger.

Er zat nu nog maar één ding op. Hij stapte zijn kamer binnen en sloot de deur achter zich. 'Je wilt dat ik weer thuiskom,' zei hij.

'Dat zou me alles waard zijn. Het wordt tijd dat je weer tot bloei komt. Met die briljante geest van jou zou je over drie jaar een doctoraat kunnen hebben.'

'Tot bloei komen zou wel leuk zijn, dat zal ik niet ontkennen. Maar dan moet je eerst iets voor me doen.'

Ze trok een pruillip. 'Ik weet niet of ik zin heb om erover te onderhandelen, hoor.'

'Het is niet wat je denkt. Het kan me niet schelen wat je gedaan hebt, werkelijk niet. Ik denk aan iets heel anders.'

Hij keek toe terwijl zich iets merkwaardigs afspeelde op haar gezicht, een subtiele maar ziekelijk ogende golving van uitdrukkingen, de zichtbaarheid van een inwendige strijd tussen de fantasie dat ze een liefhebbende moeder was en haar afkeer van het gedoe dat moederliefde met zich meebracht. Hij had bijna met haar te doen. Ze wilde zo graag dat alles ging zoals zij het wilde, en ze kon geen kracht of geduld opbrengen als het anders liep.

'Ik kom naar huis,' zei hij, 'maar dan moet ik eerst iets hebben van Staatsveiligheid. Ik wil het dossier dat ze over mij hebben. Tot het laatste papiertje wil ik alles in handen hebben, letterlijk.'

Ze fronste. 'Wat hebben ze dan?'

'Een paar weinig vleiende stukken, wellicht. Dingen die mijn bloei in de weg zouden staan. Dingen die ook jullie in verlegenheid zouden brengen.'

'Wat heb je gedaan dan? Heb je iets gedaan?'

Het luchtte hem enorm op dat ze dit vroeg. De Stasi had het onderzoek naar de moord blijkbaar stopgezet zonder zijn ouders te informeren.

'Dat hoef je niet te weten,' zei hij. 'Zorg er alleen maar voor dat ik dat dossier in handen krijg. Dan handel ik de rest zelf wel af.'

'Op dit moment wil iedereen zijn dossier. Alle verklikkers baden in het zweet van angst, ze lopen te soppen in hun foeilelijke schoenen, en de Stasi weet dat en koestert zijn archief als een soort levensverzekering.'

'Ja, maar volgens mij hebben de leden van het Centraal Comité geen reden om al te zenuwachtig te zijn. Een verzoek om mijn dossier zou min of meer een routinekwestie zijn.'

Ze bestudeerde zijn gezicht met geschrokken ogen. 'Wat heb je gedaan?'

'Niets waarop jij eigenlijk niet trots zou zijn, als je alle feiten kende.

Maar de rest van de wereld zou er best eens anders over kunnen denken.'

'Ik kan het je vader vragen,' zei ze. 'Maar hij is nog maar nauwelijks bekomen van je vorige misstap. Dit zou geen goed moment zijn om hem te vertellen dat je een nieuwe hebt begaan.'

'Houd je dan niet van me, moeder?'

In het nauw gedreven door die vraag zegde ze toe hem te helpen. Bij het afscheid hadden ze beiden het gevoel dat een omhelzing geboden was, maar wat werd het een ongemakkelijke omhelzing. Wat een wanvertoning. Zij, die niet tot echte liefde in staat was, deed alsof ze van hem hield, terwijl hij, die echt van haar hield, haar voorgewende liefde uitbuitte. Hij zocht zijn heil in de afgesloten kamer van zijn geest, waar hij zijn veel zuiverder liefde voor Annagret bewaarde.

Een week verstreek, en daarna nog een week. Kerstmis kwam en ging, en nog steeds had hij niets van zijn moeder vernomen. Zou ze intussen het dossier hebben gekregen en het hebben gelezen? Had ze nu haar twijfels of ze hem wel weer in haar leven wilde? Ze had al eens eerder besloten dat ze buiten hem kon.

Op oudejaarsdag hield hij het niet meer en belde haar.

'Het is je vaders laatste werkdag vandaag,' zei ze.

'Ja, dus daar zit ik een beetje over in,' zei hij. 'Als ambteloos burger zal hij minder voor elkaar kunnen krijgen.'

Ze zweeg.

'Moeder? Moet ik me ongerust maken?'

'Ik voel me een beetje onder druk gezet, Andreas. Je geeft me het gevoel dat je misbruik wilt maken van mijn wens tot verzoening.'

'Heb je het hem gevraagd of niet?'

'Ik wil het goede moment afwachten. Hij zit vreselijk in de put. Het zou misschien beter zijn als je het hem zelf kwam vragen.'

'Nu het te laat is, bedoel je?'

'Waarom vertel je me niet gewoon wat er volgens jou in je dossier staat? Ik kan me niet voorstellen dat het zoiets ergs is.'

'En ik kan me niet voorstellen dat jij drie weken voorbij hebt laten gaan!'

'Niet schreeuwen, alsjeblieft. Je vergeet dat er nog anderen in onze familie zijn die dingen gedaan kunnen krijgen.'

'Markus heeft niets te maken met binnenlandse operaties.'

'Je achterneef is een man van gewicht. Onze familie heeft nog altijd een vorstelijk aanzien gehad in deze varkensstal. En je vader zit nog altijd in het Centraal Comité.'

'Nou, vraag het hem dan, alsjeblieft.'

'Ik wil eerst weleens weten waar je zo geheimzinnig over doet.'

Als het hem in zijn voordeel had geleken, zou hij niet hebben geaarzeld haar alles te vertellen, maar zijn instinct gebood hem te zwijgen – vooral omdat hij niets wilde zeggen wat naar Annagret zou kunnen verwijzen. Dus zei hij in plaats daarvan: 'Ik ga beroemd worden, moeder.' De gedachte was nog nooit bij hem opgekomen, maar hij had het nog niet gezegd of hij wist dat het waar was: hij had het in zich om beroemd te worden. 'Ik ga tot bloei komen én beroemd worden, en je zult er trots op kunnen zijn dat je mijn moeder bent. Maar als je me niet aan dat dossier helpt, mijn volledige dossier, word ik op een heel andere manier beroemd. Een manier die je niet zal aanstaan.'

Er volgden weer twee weken van wachten. Intussen verzamelde zich zelfs op gure dagen een fikse menigte in de Normannenstraße, en toen, op een ijskoude dag, stond er opeens een ware volksmassa. Bij de hoofdpoort van het Stasi-complex stapte Andreas op de bumper van een vrachtwagen om te zien hoe groot de toeloop wel niet was. De massa was onafzienbaar. Duizenden mensen. Spandoeken, borden, leuzen, tv-ploegen.

Stasi RAUS. Stasi RAUS. Stasi RAUS.

Mensen duwden tegen het plaatstaal van de poort, klauterden op de handgrepen en scharnieren en schreeuwden naar de bewakers op het binnenplein. En toen, tot zijn verrassing en ontzetting, zwaaide de poort opeens naar binnen open.

Hij stond nog op zijn hoge plekje, met vele rijen demonstranten tussen hem en de poort, maar hij sprong direct van de bumper en begaf zich in het gedrang om binnen te komen, met één uitgestrekte hand tegen een leren jack ergens voor hem, om wat ruimte te houden voor als hij een al te krachtige schokgolf van lichamen in zijn rug kreeg.

Hij werd op blij verraste toon aangesproken door een jonge vrouw links van hem. 'Hé, jij ook hier?'

Ze had een lief gezicht, maar kwam hem slechts vagelijk bekend voor, of misschien wel helemaal niet. 'Hallo,' zei hij.

'*Mein Gott*,' zei ze, 'je herkent me niet eens.'

'Tuurlijk wel.'

'Ja, vast.' Ze glimlachte, maar niet echt vriendelijk.

Hij zette zich schrap tegen de druk van achteren tot haar plaats werd ingenomen door een ander voortgestuwd lichaam. De stemmen rondom hem klonken ingehouden, uit eerbied wellicht of door de onderdanigheid waarin veel mensen waren vastgeroest, maar toen hij zich door de poort had gewurmd en het binnenplein betrad, ving hij rauwe kreten op uit het gebouw voor hem. En toen hij daar binnenging, lagen er al glasscherven op de vloer en waren er met spuitbussen leuzen op de muren gekalkt. De hoofdstroom van de massa bewoog zich over de grote trap naar de verdiepingen waar zich de kantoren van Mielke en andere hoge officieren schenen te bevinden. Boven werden papieren over de balustrade gegooid, dwarrelende losse blaadjes en hele pakken, die met een smak op de vloer van de hal neerkwamen. Toen hij de trap bereikte, draaide hij zich om en keek naar de gezichten die op hem af kwamen, gezichten waarop zo'n intense blik lag dat ze in slow motion leken te bewegen, gezichten die rood of grauwbleek van de kou waren, gezichten vol verbazing, triomf, nieuwsgierigheid. Bij de voordeur stonden geüniformeerde bewakers het gewoel met ijzige onverschilligheid te volgen. Hij werkte zich tegen de stroom in naar een van hen toe. 'Waar zijn de archieven?' vroeg hij.

De bewaker hief zijn handen in een gebaar van onwetendheid.

'Ach, kom op,' zei Andreas. 'Denk je dat jullie dit tij nog kunnen keren?'

De bewaker hief opnieuw zijn handen.

Terug op het binnenplein, dat bleef volstromen als een bedevaartsoord, overdacht hij wat hier gaande was. Iemand moest hebben besloten de gemoederen tot bedaren te brengen door het hoofdgebouw open te stellen, dus daar zou wel niets belastends meer te vinden zijn. Dit hele gebeuren was symbolisch, ritueel, misschien zelfs wel georkestreerd. Er stonden nog een stuk of tien andere gebouwen op het terrein en daar probeerde niemand naar binnen te komen.

'De archieven!' schreeuwde hij. 'Laten we de archieven gaan zoeken!'

Sommige hoofden in de massa draaiden zijn kant op, maar iedereen bleef naar het hoofdgebouw stromen om deel te hebben aan deze symbolische schending van het heilige der heiligen. In het licht van televisiecamera's en flitslampen zweefden papieren uit de kapotte ramen. Andreas liep naar de omheining aan de zuidkant van het binnenplein en keek naar het grootste en donkerste van de andere gebouwen, het Centraal Archief. Zelfs als het hem lukte een inval daarin op touw te zetten, was de kans nihil dat hij er zijn eigen dossier vond. Het moest daar ergens liggen, maar het openen van de poort had voor hem geen enkel nut. Het had alleen maar de krachten ondermijnd van zijn enige vriend, de Stasi.

Twintig minuten later drukte hij op een bel in de hal van het gebouw waar zijn ouders woonden. De stem die door de intercom kraakte was die van zijn vader.

'Ik ben het,' zei Andreas. 'Je zoon.'

Toen hij op de bovenste verdieping uit de lift stapte, stond er een oude man in een wollen vest in de deuropening van het appartement. Het was schokkend te zien hoe hij veranderd was. Hij was kleiner, tengerder, met een kromme rug, ingevallen wangen, plooien in zijn hals. Hij stak een hand uit, maar Andreas sloeg zijn armen om hem heen, een omhelzing die zijn vader na een lichte aarzeling beantwoordde.

'Je moeder geeft college vanavond,' zei hij terwijl hij Andreas binnenliet. 'Ik zat net een bloedworst te eten. Ik kan er voor jou ook een bakken als je trek hebt.'

'Doe geen moeite. Een glas water is genoeg.'

De nieuwe inrichting was een en al leer en chroom, met lampen op bejaardensterkte. Op een eenzaam bord lag een plasje paarsige worstsubstantie te stollen. De handen van zijn vader trilden toen hij een flesje mineraalwater uitschonk en Andreas het glas aanreikte.

'Laat je worst niet koud worden,' zei Andreas terwijl ze aan tafel gingen zitten.

Zijn vader schoof het bord opzij. 'Ik bak straks nog wel een andere als ik honger heb.'

'Hoe gaat het met je?'

'Lichamelijk in orde, maar niet al te jeugdig meer, zoals je ziet.'

'Je ziet er prima uit.'

Zijn vader keek zwijgend voor zich uit. Hij was nooit een liefhebber van oogcontact geweest.

'Ik neem aan dat je het tv-journaal liever ongezien laat?' zei Andreas.

'Die lust is me een paar maanden geleden al vergaan.'

'Ze bestormen op dit moment het Stasi-hoofdkwartier. Duizenden mensen. Iedereen zit in het hoofdgebouw.'

Zijn vader knikte slechts, als in aanvaarding.

'Je bent een goed mens,' zei Andreas. 'Het spijt me dat ik het je zo moeilijk heb gemaakt. Met jou heb ik nooit een probleem gehad.'

'Iedere samenleving kent regels,' zei zijn vader. 'En daar houdt men zich aan of niet.'

'Ik heb er respect voor dat jij ze altijd in acht hebt genomen. Ik ben hier niet om je verwijten te maken. Ik kom je om een gunst vragen.'

Zijn vader knikte opnieuw. Buiten op de Karl-Marx-Allee klonk getoeter van auto's, een feestelijk geluid.

'Heeft moeder je al verteld dat ik je hulp nodig heb?'

Het gezicht van zijn vader betrok. 'Je moeder heeft daar zelf een omvangrijk dossier,' zei hij.

Die reactie kwam zo onverwacht dat Andreas niet wist wat hij zeggen moest.

'Door de jaren heen,' ging zijn vader verder, 'heeft ze perioden gekend waarin ze zich nogal onverantwoordelijk gedroeg. Ze is een overtuigd socialiste en heeft altijd oog voor het landsbelang, maar er zijn onfortuinlijke incidenten geweest. Een behoorlijk groot aantal zelfs. Ik neem aan dat dit geen nieuws voor je is.'

'Ik ben blij het uit jouw mond te horen.'

Zijn vader maakte een afhoudend gebaar met zijn vingers. 'We hebben regelmatig verantwoording moeten afleggen aan het ministerie voor Staatsveiligheid, en dankzij mijn neef en het feit dat ik over de begroting ging, is dat telkens goed afgelopen. Maar het kent een hoge mate van autonomie en hanteert de stelregel dat liefde van twee kanten moet komen. Ik heb het in al die jaren menigmaal om een welwillende houding moeten vragen en nu heb ik het zelf nog maar weinig te bieden. Ik vrees dat ik de laatste welwillendheid heb opgebruikt met het verzoek je moeders dossier af te staan. Ze heeft nog jaren als academica voor de boeg en het was van belang dat er geen informatie omtrent haar gedrag in het verleden aan het licht kon komen.'

Hoe erg Andreas zijn moeder in de voorbije jaren ook had gehaat – groter dan nu was zijn haat nooit geweest. 'Maar wacht even,' zei hij, 'ik mag dus uit je reactie opmaken dat je weet waarvoor ik hier ben.'

'Ze heeft het erover gehad, ja,' zei zijn vader, nog steeds zonder oogcontact te maken.

'Maar ze heeft niet aangedrongen, want ze wilde alleen haar eigen hachje redden. Om mij geeft ze niks.'

'Toen we haar dossier eenmaal in ons bezit hadden, heeft ze wel degelijk voor je gepleit.'

'Maar zij ging voor, het belangrijkste eerst!'

'Ze is mijn vrouw, verlies dat niet uit het oog.'

'En ik ben geen echte zoon van je.'

Zijn vader verschoof ongemakkelijk op zijn stoel. 'Strikt gesproken kunnen we dat stellen, ja.'

'Dus ik ben de lul. Ze heeft me weer eens laten vallen.'

'Je bent zelf buiten de maatschappelijke orde getreden en daar heb je nooit berouw over getoond. Als je moeder zichzelf is, toont ze berouw over wat ze gedaan heeft in tijden dat ze niet zichzelf was.'

'Maar je zegt dus dat je niets voor me kunt doen.'

'Ik denk dat het weinig zin heeft de gang naar een bron te maken die naar ik vrees is opgedroogd.'

'Heb je enig idee wat er voor me op het spel staat?'

Zijn vader schokschouderde. 'Ik heb zo mijn vermoedens, afgaand op je gedrag in het verleden. Maar nee, dat weet ik niet.'

'Dan zal ik het je vertellen,' zei Andreas. Hij was woedend op zichzelf omdat hij vijf weken had gewacht tot zijn moeder hem zou redden – hield hij dan nooit op een onnozele dreumes van vier te zijn? Maar ondertussen had hij nog maar twee opties: maken dat hij het land uit kwam of de man in vertrouwen nemen die niet zijn echte vader was, en dus deed hij zijn verhaal. Hij vertelde het met flink wat opsmuk en weglatingen, bracht het als de geschiedenis van een onschuldig socialistisch judomeisje dat zich altijd aan alle regels had gehouden en was verkracht door een voor de Stasi spionerende belichaming van het kwaad zelf. Hij zette zichzelf neer als iemand die tot inkeer was gekomen, wees op zijn nuttige werk met risicojongeren, beschreef zijn successen, zijn ontegenzeglijke verdiensten voor de maatschappij, benadrukte dat hij zich nooit met dissidenten had ingelaten, en dat hij in het souterrain van de pastoriewoning een ware zoon van zijn vader had proberen te worden. Hij nam afstand van zijn subversieve poëzie en noemde die een betreurenswaardige reactie op de ontdekking een geesteszieke moeder te hebben. Hij zei dat hij er nu wel berouw over had.

Toen hij klaar was met vertellen, bleef zijn vader een hele tijd stil. Op straat klonk af en toe nog een claxon, de worstsubstantie op het bord was bijna zwart verkleurd.

'Waar heeft dit… voorval plaatsgevonden?' vroeg zijn vader.

'Dat is niet van belang. Ergens op het platteland, op veilige afstand van de stad. Het is beter als je niet precies weet waar.'

'Je had de ontucht direct aan de Stasi moeten melden. Die zouden de persoon in kwestie zwaar hebben gestraft.'

'Dat wilde ze niet. Ze was een bijzonder gezagsgetrouw meisje en wilde alleen maar een goed leven in het land zoals het toen nog was. Dat heb ik haar proberen te geven.'

Zijn vader liep naar een wandmeubel en kwam terug met twee glazen en een fles Ballantine's.

'Je moeder is mijn echtgenote,' zei hij terwijl hij inschonk. 'Zij zal altijd op de eerste plaats komen.'

'Uiteraard.'

'Maar je verhaal is beslist aangrijpend. Het stelt veel dingen in een ander licht, en ik vraag me nu tot op zekere hoogte af of ik wel een juist beeld van je had. Kan ik geloven wat je me verteld hebt?'

'Ik heb alleen wat dingen weggelaten om jou te beschermen.'

'Heb je het je moeder ook verteld?'

'Nee.'

'Mooi zo. Het zou haar maar nodeloos van streek maken.'

'Ik lijk meer op jou dan op haar,' zei Andreas. 'Begrijp je wat ik bedoel? We zitten beiden met dezelfde moeilijke vrouw opgescheept.'

Zijn vader dronk in één teug zijn glas leeg. 'Het zijn moeilijke tijden.'

'Kun je me helpen?'

Zijn vader schonk nog een whiskey in. 'Ik kan het vragen. Maar ik vrees dat het antwoord nee zal zijn.'

'Alleen al je bereidheid om het te vragen...'

'Bedank me maar niet. Ik zou het voor je moeder doen, niet voor jou. De wet is de wet en niemand mag het recht in eigen hand nemen. Zelfs als er gehoor aan mijn verzoek wordt gegeven, zou je naar de politie moeten gaan om een volledige bekentenis af te leggen. Juist dan zou dat een gunstige indruk maken, aangezien je niet meer voor ontdekking hoefde te vrezen. Als de feiten echt overeenstemmen met wat je me hebt verteld, kun je volgens mij op clementie rekenen, zeker in het huidige klimaat. Het zou hard aankomen bij je moeder, maar het lijkt me de enige juiste stap.'

Dit deed Andreas inzien hoe onwaar zijn bewering van daarnet was. Hij leek juist veel meer op zijn moeder dan op zijn vader, omdat hij er niets voor voelde het goede te doen als het verkeerde hem behoedde voor een celstraf en een besmette naam. Zijn leven leek één lange strijd tussen het verdorvene dat hij van zijn moeder had geërfd en het scrupuleuze van zijn niet-biologische vader, maar hij vreesde dat hij in wezen geheel met Katya samenviel.

Hij had afscheid genomen en liep naar de lift toen hij de deur van het appartement weer hoorde opengaan. 'Andreas!' riep zijn vader.

Hij liep terug.

'Vertel me de naam van de persoon in kwestie,' zei zijn vader. 'Het schijnt me toe dat je het dossier over diens verdwijning ook wel in je bezit zou willen krijgen.'

Hij bestudeerde het gezicht van zijn vader. Wilde de oude man hem erbij lappen? Hij kwam er niet uit en gaf de volledige naam op van de man die hij had vermoord.

Aan het eind van de volgende middag kwam de dominee naar zijn kamer om te zeggen dat er telefoon voor hem was.

'Volgens mij is het gelukt,' zei zijn vader aan de andere kant. 'Je zult pas zekerheid hebben als je naar het Centraal Archief gaat. Men was niet bereid de dossiers op te sturen en de kans lijkt me klein dat je ze zult mogen meenemen, maar je krijgt wel inzage. Dat zei men althans.'

'Ik weet niet hoe ik je moet bedanken.'

'Toon me je dank maar door er nooit meer over te beginnen.'

Om acht uur de volgende ochtend ging hij naar de Normannenstraße en meldde zich op de aanwijzingen van zijn vader bij de hoofdpoort. Bij een busje zat een televisieploeg kaiserbroodjes te eten. Hij vroeg naar de man naar wie zijn vader hem gezegd had te vragen, kapitein Eugen Wachtler, liet zich een fouillering welgevallen en overhandigde de schoudertas waarin hij gehoopt had de dossiers te kunnen meenemen.

Na een minuut of twintig kwam kapitein Wachtler naar de poort: een man met een kaal hoofd, de grauwe huid van iemand met kanker onder de leden en een gelaatsuitdrukking die chronische pijn verried. Er zat een vlek op het jasje van zijn burgerkostuum. 'Andreas Wolf?'

'Ja.'

De kapitein gaf hem een bezoekerspas aan een halskoord. 'Doe dit om en volg me.'

Zonder nog iets te zeggen staken ze het binnenplein over, gingen door een open hek en daarna door een hek dat Wachtler moest openen en weer achter hen afsloot. De ingang van het Centraal Archief bestond uit twee opeenvolgende deuren. Wachtler had een sleutel van de buitenste deur en de binnenste werd met een zoemer geopend door een bewaker achter een dikke glazen ruit. Andreas liep achter de kapitein twee trappen op en vervolgens een gang door met dichte deuren. 'Enerverende tijden hier,' waagde hij te zeggen.

Wachtler gaf geen antwoord. Aan het einde van de gang ontsloot hij opnieuw een deur en gebaarde Andreas een kamertje met een tafel en twee stoelen binnen te gaan. Op de tafel lagen vier mappen op een onberispelijke stapel.

'Ik kom u over precies een uur weer ophalen,' zei Wachtler. 'U mag deze kamer niet verlaten of zich materiaal uit de mappen toe-eigenen. De pagina's zijn genummerd. Voor we hier weggaan, zal ik nagaan of er iets ontbreekt.'

'Begrepen.'

De kapitein liep weg en Andreas opende de bovenste map. Er zaten maar tien pagina's in, die betrekking hadden op de vermissing van Informeel Medewerker Horst Werner Kleinholz. De tweede map bevatte ook maar tien vellen, doorslagen van het eerste dossier. Zodra Andreas die doorslagen zag, wist hij dat er hoop was. Het was hem verboden iets uit de mappen weg te nemen, maar ze zouden geen duplicaat voor hem hebben neergelegd als ze ervan uitgingen dat hij zich aan dat verbod hield. Die doorslagen waren een duidelijk teken dat dit alles was wat ze hadden en dat ze het hem schonken. Liefde, trots en dankbaarheid doorstroomden hem – zijn vader had veertig jaar binnen het systeem gewerkt, en altijd volgens het boekje, om dit moment mogelijk te maken. Zijn vader had nog altijd invloed en de Stasi was hem tegemoetgekomen.

Hij trok een opgevouwen plastic tasje uit de schacht van zijn laars en deed er beide exemplaren van het onderzoeksrapport in. De twee andere mappen die op tafel lagen waren dikker. Ze bevatten ieder een helft van zijn eigen dossier, alles doorgenummerd. Ook die pagina's stopte hij in het tasje.

Zijn hart bonkte en hij kreeg een stijve van jewelste, want al wat nu zou volgen was een spel. En de regels van dat spel schreven voor dat hij de regels overtrad, materiaal meenam zonder medeweten of toestemming van de Stasi, materiaal dat hij alleen maar had mogen inzien. Het zou niet de schuld van de Stasi zijn als er iets ontbrak.

Heel even was hij bang dat de kapitein hem in het kamertje had opgesloten. Maar de deur zat niet op slot. Het spel kon beginnen. Hij stapte de gang in. Het was onwerkelijk stil in het gebouw, geen stem te horen, alleen een vaag mechanisch gegons. Hij liep door de gang terug en ging de twee trappen af. Vanuit de hal beneden kwamen voetstappen en gepraat van medewerkers die binnenkwamen om aan hun werkdag te beginnen. Hij begaf zich met een stalen gezicht onder hen, kreeg slechts kille, ongeïnteresseerde blikken en liep naar de ingang.

Hij klopte op het glas van de bewaker. 'Kunt u me eruit laten?'

De bewaker kwam half overeind om het pasje te bekijken dat Andreas om zijn hals droeg. 'U zult eerst moeten wachten op uw escorte.'

'Ik voel me niet zo lekker, ik vrees dat ik moet overgeven.'

'In de gang links is een toiletruimte.'

Hij liep naar de ruimte, stapte een toilet binnen en draaide de deur op slot. Als dit echt een spel was, moest er een mogelijkheid voor hem zijn om te ontsnappen. Hij had nog steeds een stijve en kreeg een sterke aanvechting om hem uit zijn broek te halen en hier in dit toilet een zaadlozing op te dragen aan de Stasi. Het was zeker drie jaar geleden sinds hij zo opgewonden was geweest, maar hij zei hardop: 'Wacht. Nog heel even. Niet nu. Nog heel even.'

Toen hij de gang weer in liep, zag hij een eindje verder een open deur waar daglicht doorheen viel. Daar moest een raam zijn waar hij uit zou kunnen klimmen. Nog steeds met stalen zenuwen liep hij ernaartoe. Het was een vergaderzaal met ramen die uitzagen op het binnenplein. Er zaten dikke roosters voor de ramen, maar er waren er twee opengezet als om meer licht door te laten. Toen hij de zaal binnenstapte, bitste een vrouwenstem rechts van hem: 'Kan ik u helpen?'

Een gezette vrouw van middelbare leeftijd stond koekjes op een glazen schaal te leggen.

'Neem me niet kwalijk, verkeerde deur,' zei hij, en hij stapte weer terug.

Er bleven medewerkers het gebouw binnen komen, die in zijgangen en trappenhuizen verdwenen. Hij ging een eindje verderop in de gang staan, hield zijn blik op de vergaderzaal gericht en wachtte tot de vrouw naar buiten zou komen. Na een tijdje klonk er opeens druk geroezemoes in de hal. Hij haastte zich erheen, met zijn tasje in de hand geklemd.

Een stuk of tien mannen en vrouwen, overduidelijk geen Stasi, kwamen door de ingang. Een kleiner groepje Stasi-officieren in nette pakken stond zo te zien klaar om hen te verwelkomen. Andreas zag enkele bekende gezichten onder de bezoekers. Dit moest het ad-hoc-Burgercomité Normannenstraße zijn, dat zich aandiende voor zijn eerste inspectie van het Archief, onder streng toezicht van de Stasi zelf. De leden van het comité stonden stijf van gewichtigheid, maar ook van ontzag en schroom. Twee van hen stonden de hand van een Stasi-man te drukken toen Andreas zich langs hen heen werkte en door de binnenste deur van de ingang schoot.

'Halt,' riep de bewaker achter de ruit.

Een officier maakte aanstalten om de buitendeur af te sluiten, maar Andreas gaf hem een zet, drukte de kruk omlaag en was buiten. Hij sprintte met zijn plastic tasje over het binnenplein. Achter hem klonk geschreeuw.

De poort in de omheining zat op slot, maar er waren geen scherpe punten of prikkeldraad. Hij trok zich op aan de bovenrand, klauterde eroverheen en rende naar de hoofdpoort. De bewakers keken slechts toe terwijl hij de straat op rende.

En daar stonden tv-camera's, drie in totaal, zijn kant op gericht.

In het wachthuisje rinkelde een telefoon.

'Ja, die staat hier voor de poort,' zei een bewaker.

Andreas keek over zijn schouder en zag twee bewakers op hem af komen. Hij liet zijn tasje vallen, hief zijn handen en riep naar de camera's: 'Draaien jullie?'

Eén televisieploeg kwam halsoverkop in actie. Een vrouw van een andere ploeg stak een duim naar hem op. Hij wendde zich tot haar camera en begon te spreken.

'Mijn naam is Andreas Wolf,' zei hij. 'Ik ben burger van de Duitse Democratische Republiek en ik ben hier om de inspecties van het Burgercomité te volgen. Ik kom nu rechtstreeks uit het Centraal Archief en vrees dat daar momenteel een grootscheepse verdoezeling op touw wordt gezet. Ik ben hier niet in een officiële hoedanigheid. Ik ben hier niet om méé te werken, ik ben hier om tégen te werken. Dit is een land vol duistere geheimen en smerige leugens, een poel van verrotting die alleen door het sterkste zonlicht kan worden ontsmet!'

'Hé, stop!' riep een lid van de tv-ploeg die zich gehaast had om te gaan draaien. 'Zeg dat allemaal nog eens.'

Hij zei het allemaal nog eens. Hij bedacht het terwijl hij het zei, maar hoe langer hij sprak en hoe meer er van hem en zijn woorden werd vastgelegd, des te veiliger hij zich voelde voor de bewakers. Het was zijn eerste moment in de schijnwerpers van de media, het eerste van vele. Hij bracht de rest van die ochtend in de Normannenstraße door met het geven van interviews en het aansporen van toeschouwers om ook te verlangen dat het abces van de Stasi aan zuiverend zonlicht zou worden blootgesteld. Toen de leden van het Burgercomité het Stasi-complex verlieten, konden ze niet anders dan hem bijvallen, omdat hij alle media-aandacht al voor zich had opgeëist.

Zijn plastic tasje werd die dag op kilometers videotape vastgelegd. Het zat stevig onder zijn arm geklemd toen hij aan het eind van de middag naar zijn souterrain rende. Hij was bijna vrij. Zijn enige zorg was nog het lijk dat ergens lag waar weldra bulldozers de aarde zouden omwoelen. Bijna kon hij Annagret de zijne maken. Zijn libido had hij al terug. Hij deed geen moeite zijn dossier te bekijken, schoof het tasje onder zijn matras en rende weer naar buiten. In een toestand van wellustige verdwazing passeerde hij de opgeheven grensovergang in de Friedrichstraße en liep naar de Kurfürstendamm, waar hij Tom Aberant ontmoette, een barmhartige Amerikaan.

Overbodige informatie

Normaal gesproken keek Leila ernaar uit om op reis te gaan voor een opdracht. Ze was beroepsmatig gezien nooit méér in haar element, nooit méér op een verdedigbare manier ontslagen van haar zorgplichten in Denver dan wanneer ze in een hotelkamer zat, met haar zakjes groene thee, haar geanonimiseerde wifiverbinding, haar twee balpennen in verschillende kleuren en haar voorraadje slaaptabletten. Maar zodra ze in Amarillo was gearriveerd, met een forensenvlucht uit Denver, voelde het allemaal anders aan. Het leek wel alsof ze met tegenzin in Amarillo was. De normaliter zo genoeglijke voordeeltjes die ze met haar efficiënte optreden wist te bereiken, de vlotheid waarmee ze als vaste klant bij het verhuurbedrijf kon wegrijden, de best mogelijke route om bij het kleine huis van Janelle Flayner te komen, de snelheid waarmee ze Flayners vertrouwen wist te winnen en haar aan de praat kreeg – die voordeeltjes hadden nu niets genoeglijks. Aan het eind van de middag maakte ze een stop bij een benzinepomp en kocht in de winkel een maaltijdsalade in een doos van piepschuim. Op haar hotelkamer, waar een vorige gast had gerookt, haalde ze het deksel van het bekertje dressing en voelde zich betrapt als lid van de doelgroep van het product: de alleenstaande, vrouwelijke vijftigplusser op zoek naar een verstandige maaltijd. Het kwam bij haar op dat wat ze voelde geen onbestemde eenzaamheid was. Ze had een nieuwe onderzoeksassistent, Pip Tyler, en ze wilde maar dat ze het meisje had kunnen meenemen.

Met een lichte keelpijn, die alleen te verhelpen was door aan de slag te gaan, ging ze na het eten op weg naar haar afspraak met de voormalige vriendin van Cody Flayner. Ze liet het licht in haar kamer branden en hing de kaart met NIET STOREN aan de deurknop. Buiten was de hemel onbewolkt en lukraak ingekerfd met doffe sterren, waarvan de vertrouwde constellaties aan het zicht werden onttrokken door licht- en fijnstofvervuiling. De Panhandle, het vierkante noordelijke uitsteeksel van Texas, leed al zeven jaar onder een droogte die binnenkort misschien zou worden opgeschaald naar permanente klimaatverandering. Geen smeltende sneeuw in april, maar stof.

Onder het rijden maakte ze een bluetoothverbinding tussen haar telefoon en de muziekinstallatie van de auto en luisterde met enig onbehagen naar haar interview met de ex-vrouw van Cody Flayner. Ze beschouwde zichzelf als een goedhartig iemand, een begripvolle luisteraar, maar bij het terugluisteren hoorde ze dat ze had zitten manipuleren.

'Helou – wat is dat eigenlijk voor een achternaam?'

'Het is een Libanese naam... christelijk. Ik ben opgegroeid in San Antonio.'

'Ik zat namelijk net te denken dat je iets Texaans in je stem hebt.'

Maar Leila klonk nooit Texaans meer, behalve wanneer ze iemand uit Texas interviewde.

'Layla, als je het niet erg vindt dat ik het zeg, je komt niet op mij over als het type dat weleens een verkeerde keus maakt.'

'Ha. Kijk dan nog maar eens goed.'

'Dus je weet hoe het voelt om bedrogen te worden.'

'Alles waar je ongelukkig van wordt en wat met het huwelijk te maken heeft – nou en of.'

'We zitten dus allemaal in hetzelfde schuitje. Ligt die telefoon van je dichtbij genoeg?'

'We hoeven hem niet te gebruiken als –'

'Ik zei toch al, ik wil hem aan. Het wordt onderhand tijd dat er naar me geluisterd wordt – ik begon al te denken dat het niemand iets kan schelen. Als je me op internet wil laten zeggen dat Cody Flayner een OVERSPELIGE STOMME SUFLUL is, ga gerust je gang.'

'Ik heb gehoord dat hij momenteel heel actief is in een baptistenkerk.'

'Doe me een lol. Cody? Voor hem zijn de Tien Geboden een lijstje met klusjes die hij moet afwerken. Ik weet persoonlijk dat hij seks heeft met een negentienjarig meisje uit die gemeente. Hij is alleen bij die kerk gegaan omdat hij dat moest van zijn vader.'

'Ga daar eens verder op in.'

'Nou ja, je weet wel. Wij zouden niet met elkaar zitten praten als jij nergens van af wist. Ze hebben hem betrapt met zijn broek op zijn enkels. Hij had de Derde Wereldoorlog wel kunnen veroorzaken door dat ding mee naar huis te nemen op zijn dierbare RAM-truck. En op het werk hebben ze hem niet eens ontslagen! Zijn baas is ontslagen, maar het enige wat Cody kreeg was "overplaatsing". Het is in elk geval handig als je vader een grote scheur kan opentrekken in de fabriek. En dat moet ik die ouwe nageven: hij heeft goed onderhandeld. Voor het eerst sinds Cody bij ons is weggegaan, krijg ik geld overgemaakt.'

'Hij betaalt alimentatie voor de kinderen.'

'Voorlopig. We zullen wel zien hoelang zijn pas gevonden geloof standhoudt. Waarschijnlijk tot dat christenvriendinnetje een dikke reet krijgt.'

'Heeft dat meisje ook een naam?'

'Kutje van Wippestein.'

'Maar op haar rijbewijs?'

'Marli Copeland. Met alleen een "i" op het eind. Je zult het wel fout van me vinden dat ik dat soort dingen weet.'

'Nee, daar heb ik alle begrip voor. Het is de vader van je kinderen.'

'Maar die meid gaat echt niet met je praten. Zet dat maar uit je hoofd. Niet als Cody het niet doet.'

Wanneer je in oostelijke richting over Amarillo Boulevard reed, kwam je in een snelle opeenvolging langs de streng beveiligde gevangenis Clemens Units, de vleesverwerkende fabriek van McCaskill en de Pantex kernwapenfabriek, drie enorme complexen die door hun bonkige utiliteitsbouw en natriumverlichting eerder op elkaar leken dan dat ze van elkaar verschilden. In de achteruitkijkspiegel zag Leila de evangelische kerken, de kiesdistricten waar de Tea Party het voor het zeggen had, de Whataburgers met hun 100 procent Amerikaans rundvlees. En recht voor zich zag ze de gas- en oliebronnen, de schaliegasinstallaties, de overbegraasde weidegronden, kleine weilanden voor het afmesten, de uitgeputte waterhoudende grondlaag. Alle aspecten van Amarillo getuigden van een land dat in tal van negatieve opzichten een koppositie innam: nummer één in gevangenispopulatie, nummer één in vleesconsumptie, nummer één in stikstofuitstoot, nummer één in de rij voor hemelse vreugde. Of de Amerikaanse progressievelingen het nu leuk vonden of niet, Amarillo was zoals de rest van de wereld hun land zag.

Leila vond het wél leuk. Zij kwam uit het progressieve deel van Texas, en uit een tijd dat het progressieve deel groter was, maar ze hield nog steeds van de hele staat, niet alleen van San Antonio en de door de Golf gematigde winters en het intense groen van de mesquitebomen in de lente, maar ook van de schaamteloze lelijkheid van de conservatieve delen. De acceptatie van lelijkheid, de gretigheid waarmee lelijkheid werd geproduceerd, het vermogen van de Texaanse trots om schoonheid te zien in lelijkheid. En de ongewone hoffelijkheid van de automobilisten, de hardnekkige eigenheimerigheid van de voormalige republiek, het vertrouwen dat Texas een lichtend voorbeeld voor het hele land was. Texas keek met een minzaam soort medelijden op de andere negenenveertig staten neer.

'Phyllisha is zo'n grietje dat alleen maar met haar gouden lokken hoeft te schudden en alle mannen worden gek. Ken je de uitdrukking "Die kan maar één kunstje"? Nou, dat doet zij met haar haar. En maar schudden, schudden en nog eens schudden. Cody is zo stom als een ezel. Een ezel weet tenminste dat hij stom is, maar Cody weet het niet. En ik zal wel de stomste ezel wezen, want ik ben ooit met hem getrouwd.'

'Dus nadat Cody was "overgeplaatst", ging Phyllisha Babcock bij hem weg?'

'Meneer Flayner senior heeft Cody gedwongen ermee te kappen. Dat was onderdeel van de afspraak als hij in de fabriek wilde blijven werken. Die meid deugt echt van geen kanten. Zijn gezin kapotmaken was niet genoeg, ook zijn carrière moest eraan.'

Als informatiebron was niemand zo mededeelzaam als iemands ex-vrouw. De voormalige mevrouw Flayner, een dame met roodgeverfd haar en gelaatstrekken die iets hols hadden, waardoor er een bedeesde en verontschuldigende uitdrukking op kwam te liggen, had een cake voor Leila gebakken en hield haar aan de keukentafel gekluisterd totdat haar kinderen thuiskwamen van school.

Een gesprek regelen met Phyllisha Babcock had iets meer moeite gekost. Na haar breuk met Flayner was ze ingetrokken bij een bezitterig type dat haar telefoontjes screende op het enige nummer dat er voor Phyllisha te vinden was. De drie keer dat Leila belde, kreeg ze niets anders van het vriendje te horen dan: 'Ik ken u niet, dus gedag maar weer.' (Zelfs bij hem ontbrak het niet aan Texaanse hoffelijkheid; hij had veel ergere dingen kunnen zeggen.) Ook was Phyllisha – nog een waarschuwingssignaal van het bezitterige vriendje – van de social media verdwenen. Maar Pip Tyler was heel goed in research. Al wroetend en snuffelend – een vervelend klusje – had ze uitgevonden waar Phyllisha tegenwoordig werkte, een drive-in-Sonic Burgers in het plaatsje Pampa.

Twee weken voordat ze naar Amarillo ging, op het doodse tijdstip van acht uur 's avonds, had Leila Phyllisha aan de telefoon weten te krijgen in het drive-inrestaurant. Ze had gevraagd of Phyllisha en zij het misschien even over Cody Flayner en het incident op 4 juli konden hebben.

'Misschien beter van niet,' had Phyllisha gezegd, wat bemoedigend was. De enige woorden die echt 'nee' betekenden, waren 'Val dood'. 'Misschien wél als u van Fox TV was, maar dat bent u niet, vandaar.'

Leila legde uit dat haar werkgever, *Denver Independent*, een onderzoeksjournalistiek bedrijvende nieuwsdienst was die door een stichting werd gefinancierd. Ze vermeldde dat *DI* bij nieuwsreportages als partner was opgetreden van een groot aantal landelijke nieuwsmedia, waaronder het programma *Sixty Minutes*.

'Ik kijk nooit naar *Sixty Minutes*,' zei Phyllisha.

'Als ik nou eens op een doordeweekse avond bij Sonic langskom. Geen mens hoeft te weten dat we elkaar hebben gesproken. Ik probeer alleen maar het verhaal kloppend te krijgen. Het kan allemaal zo vertrouwelijk als je maar wilt.'

'Het bevalt me niks dat u zomaar weet waar ik werk. En mijn vriendje houdt er niet van dat ik over persoonlijke dingen praat met mensen die hij niet kent.'

'Dat weet ik. En dat respecteer ik. Ik zou niet willen dat je last met hem kreeg.'

'Nou ja, stom is het wel. Alsof ik er, zeg maar, met u vandoor zou willen gaan.'

'Regels moeten er zijn.'

'Daar kan je donder op zeggen. Het zou best kunnen dat hij zich op dit moment aan de overkant van de straat zit af te vragen met wie ik bel. Dat zou niet voor het eerst zijn.'

'Dan zal ik je niet ophouden. Maar als ik op een dinsdag zou langskomen, zo rond dezelfde tijd als nu?'

'Hoe zei u ook alweer dat uw blad heette?'

'*Denver Independent*. We zijn alleen online, er bestaat geen papieren versie.'

'Ik weet het niet. Eigenlijk zou iemand een boekje open moeten doen over het idiote gedoe op die fabriek. Maar ik moet in de eerste plaats aan mezelf denken. Dus dat komt zo'n beetje neer op nee.'

'Ik kom wel langs. Beslis maar of je wilt praten wanneer je me ziet. Wat dacht je daarvan?'

'Het is niks persoonlijks. Ik zit gewoon nogal in een lastige situatie.'

Leila had Phyllisha Babcock voor het eerst gezien op de foto's die Cody had gemaakt op Onafhankelijkheidsdag en vorig jaar zomer op zijn Facebook-pagina had gezet. Ze droeg een bikini in vaderlandslievende kleuren en dronk een biertje. Haar lichaam zag eruit alsof het zich aan een gezond dieet hield en met wat regelmatige lichaamsbeweging kon uitgroeien tot iets geweldigs, maar haar gezicht en haar vormden al enigszins een bevestiging van Leila's hatelijke stelregel: blondines hebben geen lange houdbaarheidsdatum. (Leila beschouwde het leven na de veertig als de Wraak van de Brunettes.) Phyllisha was meestal van dichtbij gefotografeerd en stond ook meestal scherp in beeld, maar de autofocus had zich bij één opname vergaloppeerd, waardoor duidelijk te zien was dat het grote voorwerp op de laadbak van Flayners Dodge RAM-truck, op de achtergrond geparkeerd op de oprit, een B-61 thermonucleaire kernkop was. Op de onscherpe achtergrond van een andere foto zat Phyllisha schrijlings op de kernkop en leek ze opzichtig aan de punt te likken.

Leila was voor een opdracht in Washington geweest toen Pip Tyler naar

Denver kwam om te solliciteren naar een positie als onderzoeksstagiaire, maar de geruchten over het sollicitatiegesprek hadden zich al snel door de organisatie verspreid. Pip had schermafdrukken van Flayners foto's meegenomen, als voorbeeld van een artikel dat ze graag wilde pitchen, en het hoofd Research van *DI* had gevraagd hoe ze aan die foto's was gekomen. Pip legde uit dat ze vrienden had in de Oaklandse gemeenschap voor kernontwapening die weer bevriend waren met hackers die beschikten over objectherkennende software en die (langs onwettige weg) toegang hadden tot het raderwerk waarmee Facebook-content verspreidde. Ze vertelde dat ze Cody Flayner al als vriend had toegevoegd via een bevriende atoompacifist die hem onder valse voorwendselen als vriend had toegevoegd. Als reactie op haar persoonlijke vraag naar de kernkopfoto's, die allang van Flayners Facebook-pagina waren weggepoetst, had Pip een eenregelig antwoord ontvangen: 'Het is geen echte, schatje.' Pips artikelen en haar andere geloofsbrieven waren uitstekend en het hoofd Research had haar onmiddellijk aangenomen.

Toen Leila de week daarna uit Washington terugkwam, was ze meteen naar het ruime kantoor van Tom Aberant gelopen, oprichter en hoofdredacteur van *Denver Independent*. Het was bij *DI* publiek geheim dat Tom en zij al ruim tien jaar een stel waren, maar op het werk hield het tweetal het contact professioneel. Ze wilde eigenlijk alleen maar zeggen: 'Hoi, ik ben er weer.' Maar toen ze naar de openstaande deur van Toms kantoor liep, kwam er een vreemde vibe op haar af.

Een meisje met lang, glanzend haar zat met haar rug naar de deuropening. Leila had sterk de indruk dat Tom zich niet op zijn gemak bij haar voelde, terwijl het bijzondere aan Tom was dat hij nergens bang voor was. Leila zelf vreesde de dood, maar Tom niet. Hij was niet bang voor dreigende rechtszaken en dwangbevelen, hij was niet bang voor de dikke geldbuidel van grote bedrijven, hij was niet bang om werknemers te ontslaan. Hij was Leila's steun en toeverlaat. Maar door de haast waarmee hij opstond, nog voordat ze was binnengestapt, bespeurde ze iets geagiteerds. Ongewoon was ook de onhandige manier waarop hij naar woorden zocht: 'Pip – Leila – Leila – Pip –'

Het meisje had een opvallende diepgebronsde teint. Tom liep haastig om zijn bureau heen en maakte een bijeendrijvende beweging met zijn armen om de beide vrouwen naar elkaar toe te duwen terwijl hij ze tevens naar de deuropening drong, alsof hij graag van Pip af wilde komen. Of alsof hij wilde benadrukken dat hij haar niet voor Leila probeerde te verbergen. Het meisje had een eerlijk en vriendelijk gezicht, van een absoluut niet-bedreigende schoonheid, maar ze leek zelf ook wat onthutst.

'Pip heeft al meerdere goeie dingen in Amarillo opgeduikeld,' zei Tom. 'Ik weet dat je tot over je oren in het werk zit, maar volgens mij moesten jullie twee misschien maar samenwerken.'

Leila trok vragend haar wenkbrauwen op en bespeurde iets in zijn afgewende blik.

'Ik heb het deze week erg druk,' zei ze hartelijk, 'maar ik wil met alle plezier proberen te helpen.'

Tom dreef hen door de deuropening. 'Leila is echt een topper,' zei hij tegen Pip. 'Ze zal goed voor je zorgen.' Hij keek Leila aan. 'Als je het niet erg vindt?'

'Ik vind het niet erg.'

'Mooi zo.'

En hij deed de deur achter zich dicht. De deur die hij bijna nooit dichtdeed. Een paar minuten later kwam hij naar Leila's werkplek, zodat ze elkaar konden begroeten zoals dat in zijn kantoor had moeten gebeuren. Ze wist dat ze niet moest vragen of er iets met hem was, omdat ze er zelf de pest aan had wanneer haar die vraag gesteld werd en omdat ze het Tom juist had afgeleerd – als ik het nou eens gewoon uit mezélf vertel als er iets met me is. Maar ze kon zich niet inhouden.

'Alles is prima,' zei hij. Zijn ogen werden afgeschermd door de weerspiegeling van de plafondverlichting op de glazen van zijn stalen bril. De bril was een verschrikkelijk model uit de jaren zeventig en paste precies bij de militaire uitstraling die hij zijn resterende haar gaf – wat anderen van hem vonden was evenmin iets waar hij bang voor was. 'Volgens mij wordt ze fantastisch.'

Ze. Alsof Leila's vraag het meisje had gegolden.

'En.... welk van mijn artikelen heb je dan het liefst dat ik verwaarloos?'

'Dat mag je zelf kiezen,' zei hij. 'Ze zegt dat het materiaal van haar is, maar we komen er op geen enkele manier achter wie er verder nog van af weet. Ik heb geen zin erachteraan te gaan als het hele internet er al mee op de loop is gegaan.'

'*Broken Arrow II*. Dat is niet mis als binnenkomer voor een onderzoeksstagiaire.'

Tom lachte. 'Inderdaad. Geen Strangelove – *Broken Arrow*. Daar worden we tegenwoordig mee geassocieerd.' Hij lachte weer en klonk meer als zijn normale zelf.

'Ik bedoel alleen maar dat het net iets te mooi lijkt om waar te zijn.'

'Ze komt uit Californië.'

'Vandaar die imposante gebronsde teint?'

'Bay Area,' zei Tom. 'Het is net zoiets als met de griepvirussen die uit China komen – varkens, mensen en vogels die allemaal onder hetzelfde dak leven. De Bay Area is typisch zo'n omgeving waar een verhaal als dit vandaan komt. Het hackerspotentieel daar, gecombineerd met de Occupy-mentaliteit.'

'Dat is eigenlijk wel logisch, ja. Het is alleen interessant dat ze ermee bij ons is gekomen. Ze had ook ergens anders naartoe kunnen gaan. ProPublica. California Watch. CIR.'

'Het schijnt dat ze een vriendje heeft dat ze achterna is gekomen.'

'Vijftig jaar feminisme, en vrouwen komen nog steeds hun vriendje achterna.'

'Wie kan haar beter op het juiste spoor zetten dan jij? Als je het echt niet erg vindt.'

'Ik vind het echt niet erg.'

'Wat maakt één extra iemand nou uit op de lange lijst van mensen voor wie Leila aardig is?'

'Weinig. Je hebt helemaal gelijk. Het is gewoon één extra iemand.'

En zo had hij haar overgedragen aan Leila. Had Tom zich immuun voor het meisje willen maken door haar beroepsmatig aan zijn vriendin te koppelen? Pip was beslist niet de aantrekkelijkste stagiaire die ooit bij *DI* had gewerkt, en Tom had dikwijls verklaard, met de stem die zo geschikt was om onwrikbare feiten mee te verklaren, dat zijn type Leila's type was (tenger, plat, Libanees). Wat kon er met Pip zijn dat vaccinatie vereiste? Uiteindelijk drong het tot Leila door dat het meisje misschien wel een voormálig type van Tom was, hetzelfde type als zijn ex-vrouw. En het klopte niet helemaal dat hij nergens bang voor was. Alles wat met zijn ex-vrouw verband hield maakte hem gespannen. Hij raakte van slag wanneer iemand op tv hem aan haar deed denken; dan trad hij in discussie met het scherm. Zodra Leila had begrepen dat ze hem een dienst bewees door de verantwoordelijkheid voor Pip op zich te nemen, nam ze het meisje onder haar hoede.

'Had Cody het toen jullie getrouwd waren weleens over terreinbeveiliging? Was die wel goed? Hadden ze daar garanties voor gegeven, de juiste verzekeringen? Stond je ervan te kijken toen je hoorde dat hij een kernkop had meegenomen naar huis?'

'Er is geen enkele stommiteit waar Cody me mee zou kunnen verrassen. Hij was een keer bezig de verflaag van onze garage te halen en probeerde toen een sigaret aan te steken met de verfbrander – het duurde even voordat hij in de gaten had dat hij de kraag van zijn overhemd in de fik had gestoken.'

'Maar die verzekerde beveiliging?'

'Er waren een hoop verzekeringen waar zijn vader en hij het altijd over hadden, maar waar dat precies om ging weet ik niet.'

'Maar het toegangshek, de omheiningen.'

'Jeetje. Verzekerd. Je bedoelt of het terrein goed beveiligd was, en ik maar denken dat het over verzekeringen gaat.'

'Maar heeft Cody het ooit gehad over mensen die stiekem met spullen naar binnen of naar buiten gingen?'

'Meestal naar binnen. Ze hebben er genoeg bommen om heel Noord-Texas in een krater te veranderen. Je zou toch denken dat ze daar een beetje zenuwachtig en waakzaam van zouden worden, maar het is net andersom, want bij de bom is het punt juist dat hij ervoor zorgt dat we hem nooit hoeven te gebruiken. Die hele kermis is eigenlijk gebakken lucht, en de mensen die daar werken weten dat ook wel. Vandaar dat ze hun beveiligingscompetitie hebben, hun softbaltoernooi, hun voedselbankinitiatief – om het allemaal interessant te houden. Het werk is beter dan dat van vleesverwerker of gevangenbewaarder, maar het blijft saai en zonder vooruitzichten. En dus hebben ze weleens problemen gehad met spullen die naar binnen worden gesmokkeld.'

'Alcohol? Drugs?'

'Geen drank, dan zouden ze je betrappen. Maar bepaalde verboden stimulerende middelen. En ook schone urine voor de drugstesten.'

'En wat er aan spullen naar buiten ging?'

'Nou, Cody had een hele kist vol prima gereedschap met een beetje radioactiviteit, genoeg om de arbeidsinspectie te laten bepalen dat ze het niet meer mochten gebruiken. Gereedschap waar helemaal niks aan mankeerde.'

'Maar geen bommen die zoekraakten.'

'God, nee. Ze hebben streepjescodes, ze hebben gps, ze hebben allerlei formulieren die je moet ondertekenen. Ze weten elke minuut van de dag waar alle bommen zijn. Dat weet ik, omdat Cody daar heeft gewerkt.'

'Inventarisbeheer.'

'Precies.'

Leila zette de opname uit toen ze dicht bij het plaatsje Pampa was. Dit deel van de Panhandle was zo vlak dat je er raar genoeg duizelig van werd, een tweedimensionaal planeetoppervlak zonder enig topografisch kenmerk dat houvast bood, zodat je het gevoel kreeg dat je er zo vanaf kon vallen of waaien. Zonder enige afwisseling. Het land was in commercieel en agrarisch opzicht dermate marginaal dat de inwoners van Pampa er de hand niet voor omdraaiden om het per duizend vierkante meter te verspillen, zodat er alleen maar lage, lelijke vrijstaande gebouwen te zien waren. In het licht van Leila's koplampen zweefden halfslachtig aangeplante, met stof overdekte bomen voorbij, dood of op sterven na dood. Voor haar waren ze Texaans en daarom mooi op hun eigen manier.

Het parkeerkeerterrein van Sonic Burgers lag er verlaten bij. Ze had besloten Phyllisha niet de stuipen op het lijf te jagen door haar een tweede keer te bellen; als ze toevallig niet werkte, kon Leila morgen terugkomen. Maar niet alleen was Phyllisha er, ze hing ook nog eens half uit haar loket omdat ze probeerde bij de grond te komen zonder helemaal naar buiten te vallen.

Terwijl Leila op het loket af liep, zag ze het dollarbiljet dat eronder lag. Ze pakte het en stak het in Phyllisha's hand.

'Dank u wel, mevrouw.' Phyllisha wurmde zich weer naar binnen. 'Waarmee kan ik u helpen?'

'Ik ben Leila Helou. *Denver Independent*.'

'Nou ja, zeg. Ik zou hebben gezworen dat u uit Texas kwam.'

'Ik kom ook uit Texas. Kunnen we even praten?'

'Ik weet het niet.' Phyllisha boog zich weer uit het loket om het parkeerterrein en de straat te inspecteren. 'Ik heb u over mijn situatie verteld. Hij haalt me om tien uur op en soms komt hij al vroeg.'

'Het is pas halfnegen.'

'U mag hier eigenlijk niet eens staan. Dit is alleen voor auto's.'

'Zal ik dan maar binnenkomen?'

Phyllisha schudde peinzend haar hoofd. 'Het is een van die dingen die alleen maar logisch zijn als je er middenin zit. Ik kan het niet uitleggen.'

'Het is alsof je een vrijwillige gevangene bent.'

'Gevangene? Ik weet het niet. Misschien wel. *De gevangene van Pampa*.' Ze giechelde. 'Er zou eens iemand een roman over me moeten schrijven en die zo moeten noemen.'

'Hoe erg heb je het van hem te pakken?'

'Ik ben echt helemaal weg van hem, eigenlijk. Voor een deel vind ik dat gevangenzitten niet eens erg.'

'Dat begrijp ik best.'

Phyllisha keek Leila recht in de ogen. 'O ja?'

‘Ik heb zelf ook weleens in zo’n situatie gezeten.’

‘Ach, shit. Wat kan mij het ook verdommen. U kunt op de grond gaan zitten, uit het zicht. Dan ziet de manager u niet als hij door de achterdeur naar binnen komt. Verder is iedereen hierachter Mexicaans.’

Het voornaamste beroepsrisico van Leila’s baan bestond uit bronnen die graag bevriend met haar wilden zijn. De wereld was overbevolkt met praters en onderbevolkt met luisteraars, en veel van haar bronnen gaven haar de indruk dat zij de eerste was die ooit echt naar hen had geluisterd. Dat waren altijd de bronnen voor een los artikel, de ‘amateurs’, die Leila verleidde door zich voor te doen als de gesprekspartner waar zij juist zo’n behoefte aan hadden. (Ook tegenover de professionals, de stafmedewerkers op de nieuwsbureaus, de assistenten van Congresleden, hield ze deze schijn op, maar die gebruikten haar net zo hard als ze door haar werden gebruikt.) Veel van haar collega’s, zelfs een aantal die ze aardig vond, waren meedogenloos in de manier waarop ze hun bronnen uiteindelijk lieten vallen en alle contact met hen verbraken, uitgaande van het principe dat het in feite aardiger was om niet terug te bellen naar iemand met wie je naar bed was geweest als je vond dat de ervaring niet voor herhaling vatbaar was. Als het om haar werk ging, en om seks, had Leila altijd teruggebeld. Ze kon haar verleidingen alleen maar moreel verdragen door op een bepaald niveau oprecht de schijn te blijven ophouden. En daarom voelde ze zich verplicht om de telefoontjes en e-mails van haar bronnen te beantwoorden, zelfs hun kerstkaarten, nadat ze met hen had afgedaan. Ruim tien jaar nadat ze een artikel had geschreven over Ted Kaczynski, de Unabomber, waarin ze begrip toonde voor de problematische juridische positie waarin hij verkeerde, kreeg ze nog post van hem. Het was Kaczynski verboden om tijdens zijn proces als zijn eigen raadsman op te treden, wat er in wezen op neerkwam dat hij gemuilkorfd was in het ventileren van zijn radicale opvattingen over de Amerikaanse overheid, op grond van zijn ontoerekeningsvatbaarheid. En het bewijs van zijn ontoerekeningsvatbaarheid? Zijn overtuiging dat de Amerikaanse overheid een repressieve samenzwering was die alle mensen met radicale opvattingen de muilkorf aandeed. Alleen iemand die ontoerekeningsvatbaar was zou dat geloven! De Unabomber was echt heel erg op Leila gesteld geweest.

Wat Phyllisha aan haar vertelde terwijl Leila op de grond zat, omgeven door ketchupvlekken en Mexicaanse muziek, was dat Cody Flayner een leeghoofdige loser was bij wie ze de dagen had afgeteld totdat ze de benen kon nemen. Vanwege zijn lekkere kontje, zijn zachte blik en zijn afhangende puppywimpers had ze het niet kunnen laten met hem in bed te duiken. Maar ze bezwoer Leila dat het nooit haar bedoeling was geweest dat hij bij zijn vrouw en kinderen zou weggaan. Hij had haar ermee overvallen en daarna zat ze een poos met hem opgescheept. Ze had het alleen maar een tijdje leuk willen hebben, en nu had ze levens kapotgemaakt. Daar had ze zich schuldig over gevoeld en daarom had ze een halfjaar met Cody samengewoond.

'Bleef je bij hem omdat je je schuldig voelde?' vroeg Leila.

'Min of meer! Dat en gratis huur, en er waren niet meteen andere opties.'

'Weet je, toen ik net zo oud was als jij heb ik hetzelfde gedaan. Een huwelijk kapotgemaakt.'

'Als iets kapot kan, dan móet het misschien ook maar kapot.'

'Daar lopen de meningen over uiteen.'

'En hoelang bent u blijven hangen? Of heeft u niet eens een schuldgevoel gehad?'

'Dat is het juist,' zei Leila. 'Ik ben nog steeds met hem getrouwd.'

'Nou, eind goed, al goed, toch?'

'Ik kan gerust zeggen dat er weleens sprake is geweest van een schuldgevoel.'

'Weet u, volgens mij bent u best oké. Ik heb nog nooit een journalist ontmoet. U bent niet wat ik had verwacht.'

Dat komt doordat ik er verrekte goed in ben om mensen het achterste van hun tong te laten zien, dacht Leila.

Phyllisha brak het gesprek even af om een auto vol tieners te bedienen en daarna haar collega's een veeg uit de pan te geven. 'Hé jongens, *no quiero la musica. Menos loud-o, por favor*.'

Dat Phyllisha nooit iets beters was overkomen dan Cody was een overtuiging van hem waarin zij zich niet herkende. Hoe meer hij indruk op haar probeerde te maken, hoe minder ze onder de indruk van hem was. Hij zocht ruzie in een café waar zij bij was om te laten zien hoe goed hij zich verrot kon laten slaan. Zijn vrouw, met haar bavianenkop, was er niet in geslaagd om beslag te laten leggen op zijn loon voor het onderhoud van de kinderen – reken maar dat Big Government dat goed had verkloot – en hij kocht bergen bling en andere spullen voor Phyllisha, waaronder een spiksplinternieuwe iPad, om indruk op haar te maken. Het hele idee achter zijn verrassing op 4 juli was om indruk op haar te maken. Ze wist dat hij in de bommenfabriek werkte en daar het saaiste baantje had van iedereen. Hij kon uren achterelkaar dooremmeren over variabele slagkracht, bunkerbrekers en kilotonnage, en deed dan net alsof hij persoonlijk verantwoordelijk was voor de veiligheid van het land. Ten slotte begon dat haar de keel uit te hangen en vertelde ze hem de waarheid, namelijk dat hij geen flikker voorstelde en dat ze niet onder de indruk was van bommen waar hij in feite niets mee te maken had. Ze had hem daarmee gekwetst, maar dat kon haar niet schelen. Ze had al veelzeggend oogcontact gehad met zijn vriend Kyle, die hier in Pampa woonde.

In de nacht van 3 juli, nadat ze was thuisgekomen van een avondje doorzakken met vriendinnen, zat Cody op het stoepje voor hun huis te wachten. Hij zei dat hij nog een cadeautje voor haar had. Hij nam haar mee naar de achtertuin, waar iets groots en cilindervormigs op een deken lag. Cody zei dat het een volledig gevechtsklare B-61 thermonucleaire kernkop was – wat dacht ze dáár wel niet van?

Nou, dat ze bang was, dát dacht ze ervan.

Cody zei: 'Ik wil dat je hem aanraakt. Ik wil dat je er spiernaakt op gaat liggen, en daarna ga ik je pakken zoals je van je hele leven nog niet gepakt bent.'

Ze hield een slag om de arm door te zeggen dat ze geen zin had in stralingsvergiftiging of god weet wat.

Cody zei dat het geen enkel gevaar opleverde om dicht bij de kernkop te komen en hem aan te raken. Ze moest haar hand erop leggen en toen gaf hij haar uitleg over 'meervoudig gezekerde veiligheid' en 'ketenen van handelingstoestemming'. Het was het gebruikelijke geleuter, praten over dingen die hij eigenlijk niet begreep en waar hij niets mee van doen had, behalve dat er nu een echte thermonucleaire kernkop op een deken in zijn achtertuin lag.

'En ik weet hoe ik hem tot ontsteking moet brengen,' zei hij.

Dat weet je niet, had Phyllisha gezegd.

'Dat kan, als je de codes hebt, en ik heb de codes. Ik veeg Amarillo in één klap van de kaart. Nu, ter plekke.'

Waarom zou je dat willen, wilde Phyllisha weten. Ze geloofde hem half, en voor tweederde níet.

'Om je te laten zien hoeveel ik van je houd,' zei Cody.

Phyllisha zei dat ze geen verband zag tussen van haar houden en Amarillo in de lucht laten vliegen. Het leek haar niet ondenkbaar dat zij, door dit te zeggen, door tijd te rekken, tienduizenden onschuldige bewoners van Amarillo het leven redde, waaronder niet in de laatste plaats dat van haarzelf. Ze stond al met één oor naar politiesirenes te luisteren.

Cody verzekerde haar vervolgens dat hij het niet zou doen. Hij wilde alleen dat ze wist dat hij het zou kúnnen. Hij, Cody Flayner. Hij wilde haar laten voelen wat voor soort krachten hij tot zijn beschikking had. Hij wilde dat ze al haar kleren uittrok en haar armen om de bom sloeg en haar kleine kontje voor hem omhoogstak. Werd ze daar eigenlijk niet toe gedreven door de vreselijke, gevaarlijke kracht van de bom?

Ja, eigenlijk wel, als hij het zo stelde. Ze ging op het voorstel in en deed wat hij zei, en ze hadden het niet meer zo lekker gehad sinds hij haar had overvallen door bij zijn vrouw weg te gaan. Om zo dicht op zo'n vracht potentiële dood en verderf te zitten, om met je zweterige huid tegen de koele stof van een allesverwoestende bom aan te liggen, om je voor te stellen dat de hele stad opging in een paddenstoelwolk wanneer zij een orgasme kreeg. Het was hartstikke gaaf, moest ze erkennen.

Tegelijkertijd was het duidelijk iets voor één nacht. Cody zou in de bak belanden of hij zou de B-61 moeten terugbezorgen waar het ding thuishoorde, en dat zou betekenen dat ze nooit meer samen orgastische seks zouden hebben terwijl haar gezicht werd platgedrukt tegen de huls van een allesverwoestende bom van driehonderd kiloton. Om ervan te genieten zolang het duurde, gingen ze er voor een tweede keer tegenaan. Cody wist haar behoorlijk geil te krijgen, maar na afloop vond ze het zielig voor hem. Hij was niet echt een goocheme jongen, en ze had al besloten om met Kyle in zee te gaan.

Schat, zei ze, ze gaan je in de bak stoppen.

'Nee hoor,' zei Cody. 'Niet voor het lenen van een namaakbom.'

'Een namaakbom?'

'Ja, voor trainingsdoeleinden. Het is een perfecte replica, op de kern met de splijtstof na.'

Toen werd ze nijdig. Had hij haar soms voor schut willen zetten of zo? Hij had haar toch verteld dat het een volledig gevechtsklare kernbom was!

'Niemand neemt een echte bom mee, schatje, achter in zijn pick-up.'

Dus die bom was gewoon nep? Nou, dat was echt weer iets voor hem.

'Ja, en wat maakt het uit?' vroeg hij. 'Je wou toch niet zeggen dat jij deed alsof? Alsof er vuurwerk werd afgestoken – godskolere!'

Leila zat als een bezetene te schrijven in haar aantekenboekje. 'En hoelang heeft hij die replica gehouden? We hebben er foto's van die dateren van 4 juli.'

'Hij heeft hem de volgende avond weer teruggebracht,' zei Phyllisha. 'Op 4 juli is het nogal stil op de fabriek, en hij kende de mensen bij de poort.

Maar eerst moest hij met dat ding de grote bink uithangen bij zijn vrienden, tijdens het barbecueën. Volgens Kyle is Cody altijd net een hondje dat achter je aan loopt en dat zich laat uitdagen om stoer te doen zodat mensen ontzag voor hem krijgen.'

'En waren zijn vrienden onder de indruk?'

'Kyle niet. Hij had al een idee van wat Cody en ik de vorige nacht hadden uitgevoerd, want Cody liep er zowat over op te scheppen. Door hem de aphrodissiedingesbom te noemen.'

'Lekker is dat. Maar voor alle duidelijkheid: op een van de foto's wek je toch de indruk...'

Phyllisha bloosde. 'Ik weet welke foto u bedoelt. Dat deed ik vanwege Kyle. Ik kijk hem recht in zijn gezicht.'

'Daar zal Cody niet gelukkig mee zijn geweest.'

'Ik kan niet zeggen dat ik trots op mijn gedrag ben. Maar ik was bang dat Kyle zou denken dat alles weer kits was tussen Cody en mij. Ik deed wat me het beste leek.'

'En dat is de reden waarom Cody met je heeft gebroken?'

'Waar heeft u dát nou weer vandaan? Kyle heeft me helpen inpakken toen Cody de bom terugbracht. Nog diezelfde avond. Sindsdien zit ik in Pampa. Ik voel me er lullig over, maar in elk geval zijn Cody's laatste herinneringen aan mij best goed te noemen. Geen van tweeën zullen we ooit die nacht met die doodsbom vergeten. Het is een herinnering die ik altijd zal blijven koesteren.'

'Heb je enig idee hoe de fabriek erachter is gekomen?'

'Nou, zo'n stunt uithalen lukt niet zonder dat het bekend wordt. Bovendien stond het op Facebook. Moet u zich eens voorstellen.'

Nadat ze afscheid van Phyllisha had genomen, reed Leila het parkeerterrein van Sonic Burgers af en zette haar auto een eind verderop in de straat neer, omdat haar kortetermijngeheugen intussen net zo op knappen stond als een ongemolken koe. Ze gebruikte haar rode balpen om de krabbels in haar aantekenboekje aan te vullen en te verduidelijken. Dat werk kon niet wachten tot ze weer in Amarillo terug was: haar exacte herinnering van interviews bleef minder dan een uur hangen. Voordat ze klaar was, kwam er een vintage pick-up ronkend het parkeerterrein van Sonic Burgers op rijden en verdween daarna weer. Terwijl hij Leila passeerde, zag ze Phyllisha zitten, niet rechts op de voorbank, maar naar het midden geschoven, met haar arm om de bestuurder geslagen.

Leila was net oud genoeg om de hoorzittingen over Watergate te hebben gevolgd op een leeftijd dat ze alles kon begrijpen. Van haar moeder kon ze zich weinig meer herinneren dan een warrige toestand van vrees en verdriet, ziekenhuiskamers, het gesnik van haar vader en een begrafenis die dagenlang leek te duren. Pas in de zomer van Sam Ervin, John Dean en Bob Haldeman beschikte ze voor het eerst over een volledig functionerend geheugen. Ze was naar de hoorzittingen gaan kijken om te kunnen ontkomen aan verplichte gezelligheid met de stokoude nicht van haar vader, Marie. Haar vader, die een drukke praktijk had en ook lid was van de onderzoeksfaculteit van de tandartsenopleiding, had Marie uit zijn oude vaderland laten overkomen om het huishouden te doen en voor Leila te zorgen. Marie joeg Leila's vriendinnetjes angst aan, likte haar mes af tijdens het eten, droeg een klikkend kunstgebit dat ze weigerde te vervangen door iets beters, klaagde eindeloos over de airconditioning en had niet het benul om kinderen te laten winnen wanneer er spelletjes werden gespeeld. De zomers met Marie duurden lang, en Leila vergat nooit wat een opwindend gevoel het was dat ze alles kon begrijpen wat de volwassenen in Washington op de tv zeiden, dat ze de samenzwering kon volgen. Een paar jaar later, toen haar vader haar meenam naar *All the President's Men*, wilde ze per se dat hij haar in de bioscoop achterliet, zodat ze stiekem de zaal weer kon binnenglippen om de volgende voorstelling te zien.

Haar vader had dat binnenglippen goedgevonden. Hij leefde volgens de regels die in de Oude Wereld golden, waar werd geschipperd met de begrippen goed en fout, zodat je ongestraft je eigen gang kon gaan: hij stal handdoeken in hotels, kocht een radardetector voor zijn Cadillac en was alleen maar geïrriteerd, en niet beschaamd, toen de belastingdienst hem op een valse aangifte betrapte. Maar hij leek zich ook aan te passen aan de Nieuwe Wereld. Toen Leila, nog helemaal in de ban van *All the President's Men*, aankondigde dat ze het ambieerde om onderzoeksjournalist te worden, zei haar vader dat de journalistiek een mannenzaak was en dat ze het vak daarom juist moest kiezen, zodat ze kon laten zien waartoe een vrouwelijke Helou in staat was. Hij zei dat Amerika de boter was waar ze met het hete mes van haar verstand doorheen kon snijden, dat Amerika het land was waar een vrouw niet zoals Marie van de liefdadigheid van een neef hoefde te leven.

De boodschap die hij uitdroeg was het feminisme, en toch was hij geen feminist. In de tijd dat Leila studeerde en in de journalistiek belandde, kon ze maar niet ontkomen aan het gevoel dat ze bezig was hém iets te bewijzen, niet zichzelf. Toen ze een echte baan als verslaggever wist te bemachtigen, bij de *Miami Herald*, en haar vader door een beroerte arbeidsongeschikt was geraakt, wist ze dat hij hoopte en verwachtte dat ze haar ontslag zou nemen en zou terugkeren naar San Antonio. Marie was toen al dood, maar haar vader had ook nog twee zoons uit zijn eerste huwelijk, in Houston en Memphis. Zij hadden hem in huis kunnen nemen – tenminste, als ze geen man waren geweest.

Om 's avonds in San Antonio de tijd door te komen terwijl haar vader lag weg te kwijnen, begon ze verhalen te schrijven. Dat ze zich inbeeldde fictie te kunnen schrijven, vond ze later zo'n gênant idee dat ze met afkeer aan die verhalen terugdacht, als wondkorstjes waaraan ze telkens zat te pulken, maar niet tot bloedens toe – dat durfde ze niet aan. Ze kon haar redenen om verhalen te willen schrijven niet meer terughalen; ze wist alleen nog wel dat ze in opstand had willen komen tegen de ambities die haar vader voor haar had en dat ze hem had willen straffen voor het feit dat hij die in de weg stond. Maar nadat hij aan een tweede beroerte was overleden, besloot ze toch een aanzienlijk deel van haar erfenis – een nalatenschap die flink was verminderd door naheffingen van de belastingdienst en die ze moest delen met haar halfbroers en twee vrouwen die ze amper had gekend, onder wie een mondhygiëniste die lang bij haar vader in dienst was geweest – te besteden aan een universitaire opleiding Creatief Schrijven in Denver.

Ze was al ouder dan de meeste andere studenten in Denver en had niet alleen meer levenservaring, maar beschikte ook over een grotere voorraad familiedrama en immigrantenverhalen waaruit ze kon putten. Daarnaast beschouwde ze zichzelf als aantrekkelijker dan je zou kunnen opmaken uit de kwaliteit van haar voormalige vriendjes. Toen een van haar docenten uit het eerste semester, Charles Blenheim, speciale, lovende aandacht besteedde aan het werk van een jongere 'experimentele' schrijfster in de workshop, zette dat bij Leila een aangeboren prestatiedrang in werking. Bij de Helous was een potje kaarten of een gezelschapsspel de voornaamste vorm van huiselijke gezelligheid, met als uitgangspunt dat het hele gezin vals probeerde te spelen. Leila deed erg haar best op haar verhalen en nog meer op haar commentaar op het werk van haar jongere rivale. Ze wist precies waar ze haar kon raken en algauw had ze Charles Blenheims interesse gewekt.

Charles bevond zich in de bloeitijd van zijn carrière na de toekenning van een prestigieuze schrijversbeurs en een interview op de voorpagina van *The New York Times*, waarin hij werd uitgeroepen tot de troonopvolger van John Barth en Stanley Elkin; dat het daarna alleen maar bergafwaarts zou gaan wist hij nog niet. In het felle schijnsel van zijn glorieuze vooruitzichten leek zijn vijftienjarig huwelijk alle glans te hebben verloren, leek het een overeenkomst die niet meer bij hem paste en die was aangegaan toen het aandeel Blenheim werd ondergewaardeerd. Leila was precies op het juiste moment komen opdagen om de genadeslag toe te dienen. Gaandeweg wist ze zijn twee dochters permanent van hem te vervreemden. Ze begreep wat voor indruk ze op hen moest hebben gemaakt, en op zijn vrouw, en dat vond ze vervelend – ze vond het afschuwelijk te worden verafschuwd – maar ze voelde zich er niet bijzonder schuldig onder. Het lag domweg niet aan haar dat Charles gelukkiger met haar was. Het zou heel strikte principes hebben vereist om het geluk van zijn gezin te verkiezen boven dat van hemzelf en van Leila. Toen ze op het doorslaggevende moment bij zichzelf te rade ging voor een duidelijk begrip van goed en fout, was ze gestuit op de warwinkel die haar vader haar had nagelaten.

Ze was gek op Charles, een tijdje. Van al zijn studentes had hij háár uitgekozen. Zijn forsheid als oudere man maakte dat ze zich prettig voelde over haar eigen tengerheid, maakte dat ze zich ongelofelijk sexy voelde. Hij kwam op een Harley-Davidson naar de universiteit; hij droeg zijn fijne, lichtblonde haar tot op de schouders van zijn leren jasje en sprak over literaire reuzen door ze bij de voornaam te noemen. Om hem op het instituut niet in diskrediet te brengen stopte ze met de schrijfopleiding. Een week nadat zijn scheiding was uitgesproken, reed ze achter op zijn Harley mee naar New Mexico om met hem te trouwen in Taos. Ze vergezelde hem naar congressen en het drong maar langzaam tot haar door dat ze daar een bepaalde functie vervulde, namelijk om jonger dan de anderen te zijn, een frisse, exotische wind, om de afgunst te wekken van schrijvers die hun vrouw nog niet hadden ingeruild of dat niet onlangs hadden gedaan. Ze had genoeg probeersels gepubliceerd, in kleine tijdschriften waar een woordje van Charles wat gewicht in de schaal legde, om zich als schrijver van fictie te kunnen presenteren.

Toen de langdurige wittebroodsweken voor Charles waren afgelopen, zette hij zich aan het schrijven van het 'grote boek', de roman die zijn plaats in de moderne Amerikaanse canon veilig moest stellen. Ooit, lang geleden, had het volstaan om *Het geluid en de drift* of *En de zon gaat op...* te schrijven. Maar nu waren andere dingen essentieel. Het moest een boek van grootse omvang en lengte worden. Voordat ze met een romanschrijver ging trouwen of zichzelf een romanschrijfster waande, zou Leila er goed aan hebben gedaan om eerst eens het leven uit te proberen in een huis waar het schrijven van een groot boek werd overwogen. Een dag van frustratie werd betreurd met drie forse glazen whiskey. Een dag van conceptuele doorbraak en euforie werd gevierd met vier forse glazen whiskey. Om zijn geest aan te lengen tot de gewenste grootsheid had Charles er behoefte aan om weken achterelkaar niets te doen. De universiteit vroeg weliswaar heel weinig van hem, maar toch meer dan niets, en ook minuscule onuitgevoerde taken ervoer hij als een kwelling. Leila nam alle taken over die ze maar kon overnemen, en ook veel taken die ze beter had kunnen laten liggen, maar zijn workshops kon ze bijvoorbeeld niet geven. Uren achtereen weerklonk in hun peperdure woning zijn gekreun bij het vooruitzicht college te moeten geven. Het gekreun klonk op elk van de drie verdiepingen en was zowel gemeend als humoristisch bedoeld.

Dat Charles geestig was, maakte veel goed en lag ten grondslag aan het zwak dat Leila voor hem had. Op een enkele goede dag wist hij soms een lange alinea te produceren – een losstaande alinea, net als al zijn tegenhangers – waarvan ze gillend in de lach schoot. Veel vaker kwam er geen enkele alinea. In het flintertje tijd dat haar werd gegund om aan haar probeersels te zwoegen, achter het kinderbureautje van zijn oudste dochter, in wat de slaapkamer van die dochter was geweest, en om haar vlakke journalistieke stijl vol zelfverachting te vergelijken met de 'koortsachtige gespierdheid' (*New York Times Book Review*, voorpagina) van de alinea's van haar man, hoewel het hem al vóór hun huwelijk niet meer was gelukt er twee aan elkaar te smeden, hoorde ze dan op de bovenste verdieping de deur van zijn met boeken bezaaide werkkamer opengaan, gevolgd door de Slepende Tred. Hij vertraagde zijn Slepende Tred, wetend dat zij hem kon horen, om er een grappig geluid van te maken. Ten slotte hield hij halt voor haar dichte deur en aarzelde één à twee minuten – alsof het voorstelbaar was dat zij de Slepende Tred niet had horen aankomen – voordat hij aanklopte. Zelfs nadat hij de deur had geopend, kwam hij niet meteen de kamer in, maar bleef staan om zijn blik langzaam door alle hoeken te laten gaan, alsof hij zich afvroeg of hij misschien grootser zou schrijven in een kinderkamer of om zich opnieuw vertrouwd te maken met het vreemde kleine wereldje van Leila. Dan opeens – steevast met een geestige timing – keek hij haar aan en vroeg: 'Heb je het druk?' Ze antwoordde nooit met ja. Hij kwam de kamer in, liet zich op het eenpersoonsbed met zijn volantsprei vallen en kreunde als een figuurtje uit een tekenfilm. Hij verontschuldigde zich altijd keurig omdat hij haar stoorde, maar zijn verontschuldigingen hadden een ondertoon van wrok, omdat zij huishoudelijke taken kon verrichten terwijl het haar intussen ook nog gelukt was, in haar vlakke journalistieke stijl, om een paar alinea's aan elkaar te rijgen. Soms bespraken ze de onderliggende oorzaken van zijn blokkade, zijn *obstacle-du-jour*, maar alleen als aanloop tot de reden waarom hij naar beneden was gekomen, om met haar te neuken op het bed met de volantsprei, op de grenenhouten vloer of op het kinderbureautje. Ze vond het lekker om het met hem te doen. Heel lekker.

Nadat het 'grote boek' een heel jaar lang niet van de grond was gekomen, had Leila haar bekomst van fictie schrijven. Als feministe kon ze zich niet voorstellen alleen maar de vrouw van Charles te zijn, en daarom ging ze aan de slag bij de *Denver Post*, waar ze algauw in haar element was omdat ze er journalistiek bedreef voor zichzelf, niet voor haar vader. Nu zij niet meer thuis was, begonnen bladzijden van het 'grote boek' zich aaneen te rijgen, al was het langzaam en met een opgevoerde whiskeyinname als prijskaartje. Nadat ze een prijs had gewonnen voor een artikel (wanbeleid op de jaarlijkse expo van Colorado), durfde ze weg te blijven van de etentjes voor bezoekende schrijvers waar Charles zich toe verplicht voelde. O, het geslemp bij die afgrijselijke etentjes, de onvermijdelijke kleinering van Charles, het toevoegen van de volgende naam aan zijn lijst van verfoeide personen. Vrijwel de enige levende Amerikaanse schrijvers die Charles niet verfoeide, waren zijn studenten en voormalige studenten, en als iemand uit deze laatste twee groepen een succesje boekte, was het slechts een kwestie van tijd voordat ze hem kleineerden, hem afvielen en op zijn lijst werden bijgeschreven.

Gezien zijn steeds verder slinkende zelfvertrouwen en steeds verder toenemende zelfmedelijden had ze misschien bang kunnen zijn dat hij haar met een nieuwe studente zou aandoen wat hij zijn eerste vrouw had aangedaan. Maar seksueel gezien bleef hij bijna manisch door haar geprikkeld. Het was alsof hij een grote kater was en zij, met haar tengere gestalte, haar kleinheid, de muis die hij dwangmatig besprong. Misschien was het iets van romanschrijvers of misschien was het alleen maar Charles, maar hij kon niet van haar afblijven. Zelfs wanneer ze geen seks met elkaar hadden, zat hij voortdurend te porren en te prikken, met zijn tengels aan haar gedachten, zonder ooit iets ongezegd te laten.

Als om zich te verdedigen ontstond bij haar geleidelijk de wens dat hij haar zwanger zou maken. Ze had kennissen bij de *Post* met peuters, kleuters, kindertjes van zes. Ze had ze in haar armen gehouden en was inwendig gesmolten bij het vertrouwen en de onschuld waarmee ze hun handjes tegen haar gezicht hielden, hun gezichtje op haar borst legden, hun voetjes tussen haar benen staken. Er was niets zo lief als een kind, ging ze denken, niets zo kostbaar en de moeite waard. Maar toen ze, op een zorgvuldig uitgekozen avond die volgde op een dag dat zijn boek duizend woorden was gevorderd, na eerst diep adem te hebben gehaald het onderwerp kinderen bij Charles aansneed, deed hij theatraler dan ooit. Met komische traagheid draaide hij zijn hoofd haar kant op en keek haar aan met zijn Dreigende Blik. Die Blik moest eigenlijk grappig zijn, maar hij joeg haar ook angst aan. Die Blik betekende: denk eens na over wat je daar zegt. Of: neem je me nou in de maling? Of, iets onheilspellender: besef je wel dat je het tegen een vooraanstaande Amerikaanse romanschrijver hebt? De frequentie waarmee de Blik de laatste tijd op haar werd afgevuurd maakte dat ze zich begon af te vragen wat ze voor hem betekende. Ze had gedacht dat hij zich aangetrokken voelde tot haar talent en onverzettelijkheid en volwassenheid, maar eigenlijk was ze bang dat het voornamelijk haar tengerheid was.

'Wat is er?' vroeg ze.

Hij kneep zijn ogen zo stevig dicht dat zijn hele gezicht vol rimpels trok. Toen liet hij ze openspringen. 'Sorry,' zei hij. 'Wat vroeg je ook alweer?'

'Of we kunnen praten over een kind krijgen.'

'Niet nu.'

'Oké. Maar bedoel je "niet nu" in de zin van "niet vanavond" of bedoel je "niet nu" in de zin van "niet in dit decennium"?'

Hij zuchtte theatraal. 'Wat is het precies in mijn intens afwezige relatie met mijn bestaande kinderen waardoor jij denkt dat ik geknipt ben voor het vaderschap? Is me soms iets ontgaan?'

'Maar dit ben ik. Dit is niet zij.'

'Ik ben me bewust van het onderscheid. Ben jij je bewust van de druk waaronder ik leef?'

'Dat valt moeilijk over het hoofd te zien.'

'Nee, maar kun jij je índenken... Kun je je vóórstellen, al is het maar heel even, dat het boek afkomt met een baby in huis?'

'Dat zou natuurlijk op z'n minst de eerste negen maanden niet gebeuren. Misschien ben je gebaat bij een deadline van een middellange termijn.'

'Zo'n deadline is al drie jaar verstreken.'

'Een echte deadline. Eentje waarin je gelooft. Ik zeg dat dit iets is wat ik met jou wil. Ik wil dat je het boek afmaakt en dat wij misschien een kind krijgen. Die twee zaken hoeven elkaar niet in de weg te staan. Misschien kan er ook best een positief verband tussen bestaan.'

'Leila!' Hij blafte haar naam, streng maar ook ironisch: om grappig te doen.

'Wat?'

'Ik houd meer van je dan van wie ook ter wereld. Zeg me alsjeblieft dat je dat weet.'

'Dat weet ik,' zei ze met geknepen stem.

'Dus luister naar me, alsjeblieft. Luister naar me: elke verdere minuut die aan dit specifieke gesprek wordt besteed, leidt de komende week tot een hele dag werkverlies. Een minuut, een dag; ik merk het nu al. Als jij lijdt, lijd ik – dat weet je. Dus kunnen we er alsjeblieft meteen een punt achter zetten?'

Ze knikte en moest toen huilen en had daarna seks met hem en huilde daarna opnieuw. Toen de *Post* haar een paar maanden later een vijfjarig contract als correspondent in Washington aanbood, ging ze akkoord. Ze was niet helemaal opgehouden van Charles te houden, maar er was een grens aan de tijd dat ze het verdroeg om met hem onder één dak te zijn zonder een schrijnend gevoel in haar borst te krijgen. Ze voelde zich loyaal ten opzichte van een baby die nog niet eens was verwekt. Ten opzichte van een mogelijkheid.

Die mogelijkheid ging met haar mee naar Washington en vloog één keer per maand mee terug naar Denver, voor redactievergaderingen en huwelijksverplichtingen. Ze had geen zin om na te denken over gescheiden zijn als beginnende veertiger, over zestig tot zeventig uur per week werken en een kind willen, en toch was het traject dat ze doorliep iets waarover ze geen zeggenschap had, als suizen door het diepe heelal, het gevoel dat ze bijna de juiste ontsnappingssnelheid bereikte. Ze wist, maar wilde niet weten, waar dat traject haar heen leidde. Wanneer ze met Charles telefoneerde, laat op de avond, merkte ze dat hij eenzaam was, want hij had nooit eerder zo veel aandacht voor haar werk als journalist gehad, hij had nooit eerder zo behulpzaam willen zijn. Maar toen hij in de zomer naar het oosten kwam, en de zomer daarna weer, veranderde haar appartementje op Capitol Hill in de ranzig ruikende kooi van een roofdier dat te gedeprimeerd was om zichzelf te verzorgen. Charles liep de hele dag rond in zijn boxershort en zeurde over het weer. Voor het eerst voelde ze een lichamelijke afkeer van hem. Ze verzon redenen om tot 's avonds laat weg te blijven, maar hij zat altijd op haar te wachten, bezorgd, als bezeten, wanneer ze thuiskwam. Hij had eindelijk het 'grote boek' geproduceerd, maar zijn redacteur wilde bepaalde herzieningen, en Charles kon zelfs over de kleinste wijzigingen geen besluit nemen. Hij stelde telkens opnieuw dezelfde redactionele vragen, en het had geen zin dat ze die beantwoordde, want de volgende avond kwam hij met dezelfde vragen op de proppen. Ze waren allebei opgelucht toen hij terugging naar Denver, waar een nieuwe lichting studenten wachtte om aan zijn lippen te kunnen hangen.

In februari 2004 leerde ze Tom Aberant kennen. Tom was een vooraanstaand journalist en redacteur die naar Washington was gekomen om er talentvolle medewerkers weg te plukken voor een nieuwsdienst op nonprofitbasis, die zich specialiseerde in onderzoeksjournalistiek, en Leila, die inmiddels een gedeelde Pulitzerprijs had gekregen (antrax, 2002), stond op zijn verlanglijst. Hij nam haar mee uit lunchen en vertelde dat hij een startkapitaal had van twintig miljoen dollar. Hij woonde momenteel in New York, maar hij was gescheiden en kinderloos en dacht erover zijn non-profitbureau in Denver te vestigen, zijn geboortestad, waar de overheadkosten lager zouden zijn. Omdat hij zijn huiswerk had gedaan, wist hij dat Leila een man had in Denver. Was ze er niet in geïnteresseerd om terug te komen en bij een non-profitorganisatie te komen werken, behoed voor de aanstaande inkomstenimplosie van gedrukte advertenties, verlost van ruimtelijke beperkingen en dagelijkse deadlines, en om een salaris te krijgen dat concurrerend was?

Het aanbod had haar moeten aanspreken. Maar het 'grote boek' van Charles was net een week eerder gepubliceerd en werd inmiddels afgekraakt door de recensenten ('gezwollen en immens onplezierig', Michiko Kakutani, *The New York Times*), en Leila bestierf het zo ongeveer van ellende. Ze belde Charles drie tot vier keer per dag om hem een hart onder de riem te steken en hem te laten weten hoe erg ze het vond dat ze niet bij hem kon zijn. Maar uit het tegenstrijdige gevoel dat ze ten opzichte van Toms aanbod had, bleek duidelijk dat ze het helemáál niet erg vond. Ze wilde niet de vrouw zijn die haar man in de steek liet nadat zijn magnum opus was afgebrand. Maar het viel niet te verhelen, niet voor zichzelf of voor Tom, hoe weinig bereid ze was om Washington op te geven.

'Je weet heel zeker dat het Denver moet worden?' zei ze.

Tom had een vlezig gezicht en zijn mond had iets schildpadachtigs. Uit zijn kleine oogjes sprak een vriendelijke geamuseerdheid. Wat hij nog aan haar had, achter op zijn hoofd, was gemillimeterd en grotendeels donkerblond. Bij mannen in de beste jaren van hun leven maakte het niet uit of het hun aan conventionele schoonheid ontbrak; wat dat betreft was de bandbreedte tamelijk ruim. Ze konden zich ook een buikje permitteren, en zelfs een hoge stem, als daar een schurende klank in lag zoals bij Tom.

'Heel zeker, ja,' zei hij. 'Ik heb daar een zus en een nicht. Ik mis het westen.'

'Zo te horen is het een fantastische onderneming,' zei Leila.

'Wil je er nog eens over nadenken? Of ga je gewoon meteen nee zeggen?'

'Ik zeg geen nee. Ik ben...'

Ze voelde zich volkomen kwetsbaar.

'O, dit is ontzéttend,' zei ze. 'Ik weet wat je nu zit te denken.'

'Wat denk ik dan?'

'Waarom zou ik niet naar huis terug willen, naar Denver?'

'Ik zal je niets voorliegen, Leila. Je zou een gezichtsbepalende kracht voor me worden. Ik dacht dat Denver wel een verkoopargument zou zijn.'

'Nee, dat is geweldig, en ik denk dat je volkomen gelijk hebt wat onze bedrijfstak betreft. We hebben honderd jaar een monopolie op advertenties gehad. Zet de drukpers maar aan en het geld komt eruit rollen. En nu hebben we die niet. Maar...'

'Maar...'

'Nou, het komt voor mij op een slecht moment.'

'Problemen aan het thuisfront.'

'Ja.'

Tom legde zijn handen achter zijn hoofd en leunde naar achteren, zodat de knopen van zijn overhemd begonnen te spannen. 'Nou, zeg dan maar of dit je bekend in de oren klinkt,' zei hij. 'Je houdt van iemand, maar met hem samenleven kun je niet, en die persoon heeft het moeilijk, je denkt dat een tijdelijke scheiding daar verbetering in zal brengen, dat het misschien wel weer goed zal komen. En dan wordt het ten slotte tijd om weer bij elkaar te gaan wonen, omdat die scheiding inderdaad maar als tijdelijk bedoeld was, en ontdek je, nee, dat jullie jezelf voortdurend iets hebben voorgelogen.'

'Eigenlijk vermoed ik al geruime tijd,' zei Leila, 'dat ik mezelf heb zitten voorliegen.'

'Dus vrouwen zijn slimmer dan mannen. Of je bent gewoon slimmer geweest dan ik. Maar om het hypothetische scenario nog iets verder uit te werken –'

'Ik denk dat we allebei wel weten over wie we het hebben.'

'Ik ben een fan van hem,' zei Tom. '*Mad Sad Dad* – geweldig boek. Hilarisch. Beeldschoon.'

'Supergeestig, absoluut.'

'En toch zit je nu hier in Washington. En wordt zijn nieuwe boek aan mootjes gehakt.'

'Ja.'

'Die recensenten kunnen doodvallen. Kopen doe ik het toch. Maar, hypothetisch gesproken, is er iemand anders hier in de stad van wie ik zou moeten weten? En als hij goed is en dieptejournalistiek doet, zal ik met alle plezier een blik op zijn cv werpen. Ik heb in principe niets tegen duo-sollicitaties.'

Ze schudde haar hoofd.

'"Nee, er is niet iemand"?' vroeg Tom. 'Of: "Nee, hij is geen journalist"?'

'Probeer je nou uit te vissen of ik ook op een andere manier beschikbaar ben?'

Hij dook in elkaar en sloeg zijn handen voor zijn gezicht. 'Dat heb ik verdiend,' zei hij. 'Eigenlijk vroeg ik daar juist niet naar, maar helemaal koosjer was de vraag ook niet. Dat heb ik nou eenmaal – ik ben min of meer deskundig op het gebied van schuldgevoelens. Ik had het je niet mogen vragen.'

'Als je de stand van mijn schuldgevoelens kon bekijken, zou je zien dat ze op een aanlokkelijk hoog peil staan.'

De flirtende manier waarop ze deze uitspraak deed, maakte hem tot waarheid. Het was schrikbarend, een bijna autonoom iets, de manier waarop ze warmliep voor de eerste lieve, grappige, geslaagde, ongetrouwde man die ze tegenkwam nadat de golf van sarcastische omschrijvingen ('oudbakken', 'zwaarlijvig', 'uitputtend') over het 'grote boek' heen was geslagen. Maar ongeacht hoe schuldig ze zich erbij voelde, ze kon er niets aan doen: ze was kwaad op Charles omdat hij had gefaald. Ze was kwaad dat ze zich nu een oppervlakkige, succes najagende vrouw moest voelen, alleen omdat ze Tom Aberant leuk vond. Als de roman van Charles laaiend enthousiast was ontvangen en op allerlei shortlists was terechtgekomen, had ze haar uitgaande traject kunnen voortzetten zonder zich schuldig te voelen. Niemand zou haar iets kwalijk hebben genomen. Integendeel, het zou haar misschien aangewreven worden als ze wél naar hem terugging: eerst wegvluchten naar Washington wanneer hij het zwaar te verduren had, en vervolgens terugsnellen om van zijn succes te kunnen genieten. En dus was het onvermijdelijk dat ze wilde dat Charles niet bestond. In een wereld waarin hij niet bestond, had ze ja kunnen zeggen op Toms uiterst aanlokkelijke aanbod van een baan.

In plaats daarvan stelde ze voor dat Tom en zij elkaar weer zouden ontmoeten voor een drankje in een café. Ze trok een kort zwart jurkje aan.

Later, vanuit haar appartement, stuurde ze Tom een lange, onthullende e-mail. Ze stelde het uit om Charles die avond te bellen. In haar toenemende schuldgevoel over dat uitstel, in het schuldgevoel zélf, vond ze de wil en het motief om hem helemaal maar niet te bellen. (Zelfs al kon de lijder aan schuldgevoel dat lijden naar eigen believen stopzetten, domweg door het juiste te doen, het lijden was toch echt zolang het duurde, en zelfmedelijden deed bepaald niet kieskeurig over het soort lijden waarop het teerde.) De volgende dag liet ze Toms mailtje ongeopend, maar ging naar haar werk, belde Charles drie keer en had laat op de avond een etentje met een bron. Thuis belde ze Charles een vierde keer en opende daarna eindelijk Toms mailtje. Dat was niet onthullend, maar hield een uitnodiging in. Ze pakte de vrijdagavondtrein naar Manhattan (op de een of andere manier bestond het schuldgevoel dat ze na haar overspel kreeg niet alleen al vóór dat overspel, maar dreef het haar er juist ook toe) en bleef overnachten in Toms appartement. Ze bracht het hele weekend met hem door en week alleen maar van zijn zijde om naar de badkamer te gaan en te plassen of om Charles te bellen. Haar schuldgevoel was zo groot dat het een eigen zwaartekracht had, de ruimte en de tijd vervormde en door middel van niet-euclidische meetkunde aansloot op het schuldgevoel dat ze niet had gehad toen ze Charles' huwelijk kapotmaakte. Dat schuldgevoel bleek niet afwezig te zijn geweest, maar vooruitgezonden naar het Manhattan van 2004, door middel van tijds- en ruimtevervorming.

Zonder Tom had ze dat schuldgevoel niet kunnen verdragen. Bij Tom voelde ze zich veilig. Hij was zowel de oorzaak van haar schuldgevoel als de balsem, omdat hij er begrip voor had en er zelf ook mee leefde. Hij was maar zes jaar ouder dan Leila, jonger dan zijn haarverlies hem deed lijken, maar hij was zo vroeg aan zijn huwelijk begonnen dat de beëindiging ervan, na twaalf jaar, in het redelijk verre verleden lag. Zijn vrouw, Anabel, was kunstenares geweest, een veelbelovende jonge schilder en filmmaakster, afkomstig uit een van de families die eigenaar waren van McCaskill, de grootste levensmiddelenproducent ter wereld. Op papier was ze bespottelijk rijk, maar ze was vervreemd geraakt van haar familie en weigerde principieel geld van hen aan te nemen. Toen Tom eenmaal uit het huwelijk ontsnapte, zat haar artistieke loopbaan in het slop, was ze achter in de dertig en wilde ze nog steeds kinderen.

'Ik ben een lafaard geweest,' zei hij tegen Leila. 'Ik had vijf jaar eerder bij haar moeten weggaan.'

'Is het laf om bij iemand te blijven van wie je houdt en die je nodig heeft?'

'Zeg het maar.'

'Hm. Daar kom dan ik nog op terug.'

'Als ze eenendertig was geweest, had ze de brokstukken van haar leven bij elkaar kunnen rapen, had ze misschien iemand anders ontmoet en alsnog haar kind kunnen krijgen. Ik heb net lang genoeg gewacht om dat heel moeilijk voor haar te maken.'

'En hielp het niet een beetje dat ze rijk was?'

'Nee. Ze deed krankzinnig over dat geld. Ze was liever doodgegaan dan dat ze het van haar vader had aangenomen.'

'Maar dan is dat haar keus. Waarom zou jij je schuldig voelen over een keus die zij heeft gemaakt?'

'Omdat ik wist dat ze die keus zou maken.'

'En ben je haar ontrouw geweest?'

'Pas nadat we uit elkaar waren gegaan.'

'Sorry hoor, maar dan denk ik dat jij het onderspit delft in de strijd om de meeste schuldgevoelens.'

Maar er was nog iets anders, zei Tom. Anabels vader had hem altijd graag gemogen en had geprobeerd hem financieel een handje te helpen. Tom kon geen hulp accepteren zolang hij bij Anabel bleef, maar toen haar vader overleed, meer dan tien jaar na de scheiding, had hij Tom een legaat nagelaten voor het lieve bedrag van twintig miljoen dollar en had Tom dat geaccepteerd. Het was het startkapitaal voor zijn non-profitonderneming.

'En daar voel je je schúldig over?'

'Ik had nee kunnen zeggen.'

'Maar je doet iets fantastisch met dat geld.'

'Ik geniet van het geld dat mijn vrouw nooit heeft kunnen aannemen. Niet alleen geniet ik ervan, maar ook vaar ik er wel bij, professioneel gezien. Het vergroot de professionele voorsprong die ik als man heb.'

Hoewel Leila zijn gezelschap waardeerde, leek Toms schuldgevoel haar een beetje overdadig. Ze vroeg zich af of hij het omwille van haar overdreef (en de seksuele greep die Anabel op hem had gehad wat afzwakte). Tijdens haar tweede weekend in New York vroeg ze hem of ze zijn doos met oude kiekjes mocht bekijken. Er zaten foto's in van een jonge man die zo mager en jongensachtig was, met zo'n welige haardos, dat ze hem amper herkende. 'Je ziet eruit als een volslagen ander iemand.'

'Ik was ook een volslagen ander iemand.'

'Maar zelfs zonder hetzelfde DNA, zeg maar.'

'Zo voelt het ook.'

Zodra Leila Anabel zag, begreep ze Toms schuldgevoel beter. Het was een hypergevoelige vrouw – felle ogen, broodmager maar met grote borsten, Medusa-achtige lokken, meestal ernstig kijkend. Op de achtergrond van de foto zag je studentenhuisvesting, een vervallen buurt, de winterse New Yorkse skyline van voor 11 september.

'Ze heeft iets angstaanjagends,' zei Leila.

'Om doodsbenauwd van te worden. Ik krijg al posttraumatische stress wanneer ik die foto's bekijk.'

'Maar jij! Je was zo jong en lief.'

'Dat is min of meer mijn huwelijk in een notendop.'

'En waar is ze tegenwoordig?'

'Geen idee. We hadden geen gezamenlijke vrienden, en we hebben al het contact verbroken.'

'Dus misschien heeft ze het geld toch geaccepteerd. Misschien bezit ze wel ergens een eiland.'

'Alles is mogelijk. Maar ik denk van niet.'

Leila wilde vragen of ze één foto van Tom mocht houden, een wel heel schattig kiekje dat door Anabel was genomen op de veerpont naar Staten Island, maar het was te vroeg om nu al een foto te vragen. Ze deed de doos dicht en kuste hem op zijn schildpaddenmond. Met hem was de seks niet zo dramatisch als die met Charles altijd was geweest – de bronstige bespringing, de krijsende prooi – maar ze had al het idee dat ze de voorkeur gaf aan deze andere manier. Die was rustiger, trager, eerder een geestelijke ontmoeting langs lichamelijke weg.

Bij Tom had ze het diepgewortelde gevoel dat alles klopte – van alles waar ze intussen al mee zat, hield ze daar het grootste schuldgevoel aan over, omdat het betekende dat het met Charles niet goed zat, nooit goed had gezeten. Toms terughoudendheid, zijn bereidheid om haar met rust te laten, werkte kalmerend op haar echtelijk aangepookte en aangeporde geest. En hij leek bij haar hetzelfde gevoel te hebben, dat het klopte. Ze waren allebei journalist en spraken een gemeenschappelijke taal. Maar onwillekeurig vroeg ze zich toch af waarom een goede partij als hij niet opnieuw was getrouwd. Voordat ze alle schepen achter zich verbrandde, vroeg ze Tom naar het waarom.

Hij antwoordde dat hij sinds zijn echtscheiding nooit langer dan één jaar bij een vrouw was gebleven. Volgens zijn gedragscode was één jaar de limiet, tenminste in New York, voor elke ongebonden relatie; en zijn slechte huwelijk had hem kopschuw gemaakt.

'Wat zeg je nu dus?' vroeg ze. 'Dat ik tien maanden heb voordat je me aan de kant zet?'

'Jij hebt al een vaste relatie,' zei hij.

'Ja, ja. Leuk hoor. Is die regel van jou een leidraad bij een eerste afspraakje?'

'Het is een stilzwijgende regel in de New Yorkse datingwereld. Ik heb hem niet zelf verzonnen. Het is een manier om te voorkomen dat je vijf jaar van het leven van een vrouw opsoupeert om haar daarna aan de kant te zetten.'

'In tegenstelling tot, laten we zeggen, het overwinnen van je bindingsangst.'

'Dat heb ik geprobeerd. Meer dan eens. Maar kennelijk ben ik een schoolvoorbeeld van iemand die aan posttraumatische stress lijdt. Ik kreeg echte paniekaanvallen.'

'Schoolvoorbeeld van een schijterige vrijgezel, zou ik eerder zeggen.'

'Leila, ze waren jonger dan ik. Ik wist dingen die zij niet wisten, ik wist wat er kan gebeuren. Ook al was jij niet getrouwd, met jou zou het toch anders verlopen.'

'Ja, dat lijkt me ook. Omdat ik eenenveertig bent. Mijn houdbaarheidsdatum is al verstreken. Als je mij afdankt, hoef je je niet zo schuldig te voelen.'

'Het verschil is dat je al een huwelijk achter de rug hebt.'

Er ging Leila een lichtje op. 'Nee, het zit zo,' zei ze. 'Het verschil is dat ik ouder ben dan je vrouw toen je van haar scheidde. Je hebt haar niet ingeruild voor iemand van achtentwintig. Met mij ga je er juist op achteruit. Dus hoef je je niet schuldig te voelen.'

Tom zweeg.

'En weet je hoe ik dat weet? Omdat ik dezelfde rekensommetjes maak. In mijn hoofd doe ik van alles om maar aan mijn schuldgevoel te ontkomen, al is het maar voor vijf minuten. Er stond een recensie van Charles' roman in de *Adirondack Review*, online. Laaiend enthousiast. Via een enorme groepsmail stuurde hij vervolgens die link naar iedereen in zijn adresboek, maar dat zag ik pas toen ik onderweg hierheen was om met jou naar bed te gaan. Hij had iemand nodig die tegen hem zei dat hij die groepsmail niet moest versturen. Hij had míj, zijn vróuw, nodig om tegen hem te zeggen: doe dat nou maar niet. Maar ik was ergens anders mee bezig, ik zat aan de telefoon, met jou. En waar is míjn simpele regel om me uit de brand te helpen? Ik héb geen regel.'

Ze trok haar kleren aan en pakte haar weekendtas weer in.

'Ik heb met die regel afgedaan,' zei Tom. 'Ik vertelde het alleen omdat ik ervan uitging dat jij er begrip voor zou hebben. Maar je hebt gelijk, het scheelt inderdaad dat je eenenveertig bent. Dat zal ik niet ontkennen.'

Zijn eerlijkheid leek zich te richten op de geest van zijn ex-vrouw, niet op Leila.

'Ik denk dat ik nou maar opstap, voordat ik ga huilen,' zei ze.

Wat haar die avond uit zijn appartement wegjoeg, was een intuïtief gevoel over Tom. Als zijn terughoudendheid domweg een kwestie van karakter was geweest, had ze zich kunnen ontspannen en er waardering voor kunnen opbrengen. Maar hij was niet altijd terughoudend geweest. Hij had opengestaan voor intense emotionaliteit, zo open dat hij zich er nu door getraumatiseerd voelde, en het was duidelijk dat Anabel nog steeds de greep op zijn geweten had. Hij had iets met Anabel gehad wat hij niet met iemand anders wilde hebben, en intuïtief wist Leila dat ze zich altijd tweederangs zou blijven voelen – dat er sprake was van een wedstrijd die ze nooit kon winnen.

Maar Tom bleef haar die winter bellen en hield haar op de hoogte van het opzetten van zijn nieuwsdienst, en zij kon niet doen alsof ze liever met iemand anders had gesproken. Begin mei, drieënhalve maand nadat ze elkaar hadden leren kennen, kwam hij weer naar Washington. Toen ze naar Union Station ging en hem over het perron aan zag komen kuieren, in een gekreukte kaki broek en een oud jarenvijftighemd dat speciaal was uitgekozen omdat het zo lelijk was, als een persoonlijk grapje ten koste van de goede smaak, tingelde er een belletje in haar hoofd, één enkele zuivere tingeling, en wist ze dat ze verliefd op hem was.

Hij had een kamer in het George geboekt, om niet zonder meer aan te nemen dat hij wel bij haar kon logeren, maar van inchecken kwam het niet. Hij was de hele week in haar appartement, waar hij gebruikmaakte van haar internetverbinding en op haar bank lag te lezen, zijn bril omhooggeschoven op zijn kale knikker, zijn vingers gekromd om de rug van zijn boek, dat hij dicht bij zijn slechte ogen hield. Ze had het gevoel dat hij daar altijd al op de bank had gelegen, dat ze, wanneer ze thuiskwam en hem languit zag liggen, eindelijk echt thuiskwam, voor het eerst in haar leven. Ze stemde erin toe om bij de *Post* weg te gaan en voor zijn non-profitnieuwsdienst te gaan werken. Als er andere zaken waren geweest waarin ze had moeten toestemmen, zou ze erin hebben toegestemd. Ze wilde proberen (maar zei nog niet dat ze dat wilde) om samen met hem een kind te krijgen. Ze hield van hem en wilde dat hij nooit meer weg zou gaan. De enige kwestie was nu nog – veel besproken maar nog steeds niet aangepakt – dat ze haar gesprek met Charles moest voeren. En misschien, als ze erin was geslaagd dat gesprek tijdig te voeren, had ze dan met Tom kunnen trouwen. Maar ze was laf – even laf als Tom had verteld dat hij was geweest wat betreft het nietbeëindigen van zijn eigen huwelijk. Ze stelde het gesprek uit, ze stelde haar ontslag bij de *Post* uit, en op een warme Colorado-avond eind juni, op een heuvelweg achter Golden, vloog Charles over het stuur van de XLCR1000 die hij had gekocht met het laatste deel van het voorschot dat hij voor de Britse uitgave van zijn roman had gekregen en raakte vanaf zijn heupen verlamd. Hij had gedronken.

De schuld lag bij hem, maar ook ontegenzeglijk bij haar. Door verliefd op iemand anders te worden had ze toegelaten dat het leven van haar man volkomen ontspoorde. Ze had zich onmiddellijk laten overplaatsen naar Denver, en zolang Charles in het ziekenhuis lag en daarna in een revalidatiekliniek, kon ze hem niet over Tom inlichten; ze moest hem zien op te monteren. Maar het verzwijgen van Toms bestaan maakte het vooruitzicht om het te vertellen des te enger. Ze vervulde de rol van liefhebbende vrouw met verve – ze ging elke ochtend heel kort en 's avonds urenlang bij Charles op bezoek, ze verkocht hun huis van twee verdiepingen en zocht naar een geschiktere woning, ze sprak Charles moed in en smokkelde whiskey mee naar binnen, ze sloot vriendschap met zijn artsen en zijn thuiszorgteam, ze sloofde zich uit tot ze doodop was – en intussen, in het fraaie huis dat Tom had gekocht in Hilltop, deels met het geld van zijn voormalige schoonvader, had ze seks met iemand anders.

Het ongeluk van Charles kostte haar uiteindelijk een jaar vruchtbaarheid. Zolang hij nog herstellende was, was het ondenkbaar om bij hem aan te komen met het nieuws dat ze het kind van iemand anders droeg. Ondenkbaar dat ze een leven vol stress nog eens aanvulde met een baby. En daarna ondenkbaar dat ze niet bij Charles zou wonen nadat ze hem had thuisgebracht, naar zijn nieuwe woning. Maar ze wilde nog steeds een kind, en toen Tom haar na verloop van tijd vroeg hoelang ze nog dacht met Charles in één huis te blijven wonen, reageerde ze daarop met een wedervraag.

'Nee,' zei Tom.

'En daar blijft het bij?' vroeg ze. '"Nee"?'

Hij gaf haar een groot aantal zinnige redenen – hun toewijding aan hun werk, hun toch al overvolle leven, het risico van aangeboren afwijkingen bij oudere stellen, de mondiale rampen die tijdens het leven van een kind vermoedelijk zouden worden ontketend door klimaatverandering en overbevolking – maar de reden waarom hij zowaar woedend werd, was dat ze nog steeds bij Charles woonde en hem niet op de hoogte had gebracht van hun verhouding. Hoe kon hij overwegen een kind te krijgen met een vrouw die niet eens bij haar man kon weggaan?

'Zodra ik zwanger zou raken, zou ik hem alles vertellen,' zei ze.

'Waarom zou je het hem nu niet vertellen?'

'Hij heeft het al zwaar genoeg te verduren. Hij heeft me nodig.'

'Snap je dan niet hoe dit op mij overkomt? Ik sta in de startblokken, ben beschikbaar. Ik zou morgen met je willen trouwen. En jij hebt nog niet eens bedacht wanneer je je uit je huwelijk gaat losmaken.'

'Nou, en ik zeg toch hoe je me daarbij kunt helpen?'

'En ik zeg je dat er iets mis is als dat de hulp is die je nodig hebt.'

'Wou jij soms zeggen dat jij Anabel in de steek had gelaten als ze in een rolstoel terecht was gekomen?'

Haar positie was zwak, want ze wilde een kind, en de tijd begon steeds meer te dringen. Als het er met Tom niet van kwam, zou het er helemaal nooit meer van komen. Ze voelde zich verdrietig om de teloorgang van deze mogelijkheid, gekwetst door Toms weigering, en was woedend op hem omdat hij niet wilde wat zij wilde. Hij begreep schijnbaar niet voor welk dilemma ze stond. Ze was ervan overtuigd dat de redenen die hij had opgegeven om geen kind te willen flauwekul waren – dat zijn eigenlijke reden was dat hij zich niet schuldig wilde voelen over het feit dat hij nu het kind zou krijgen dat hij zijn ex-vrouw had ontzegd – maar hij weigerde waarde te hechten aan haar eigen schuldgevoel om Charles.

En daarom kregen ze ruzies. Verhit aan haar kant, koeltjes aan zijn kant. Telkens opnieuw dezelfde impasse: zij wilde niet bij Charles weg, hij wilde niet aan een kind beginnen. Tom verloor nooit zijn zelfbeheersing en verhief zelfs zijn stem niet, en zijn verklaring daarvoor – dat hij al voor vijf levens geruzie met Anabel achter de rug had en het voortaan vertikte om te ruziën – maakte dat Leila haar zelfbeheersing verloor voor twee. Charles had haar nooit zover gekregen dat ze ging schreeuwen van woede; haar drang om met Anabel te rivaliseren dreef haar er wel toe. Ze had zo'n afkeer van haar eigen geschreeuw dat ze de relatie met Tom verbrak. Een week later verzoenden ze zich weer met elkaar. Een week daarna verbraken ze de relatie opnieuw. Zij was de ware voor hem, hij was de ware voor haar, maar het lukte hun niet een manier te vinden om bij elkaar te blijven.

Bijna twee maanden onthielden ze zich van elke vorm van onderling contact. Toen, op een avond, nadat ze Charles naar bed had gebracht, verdwaalde poepresten van hem van de wc-pot had geboend en in tranen was uitgebarsten, gaf ze toe aan haar verlangen om Tom te bellen. Ze nam de hoorn van de haak, maar er was iets mis mee – geen kiestoon.

'Hallo?' zei ze.

'Hallo?'

'Tóm?'

'Leila?'

Twee maanden zonder contact, en ze hadden allebei de hoorn op hetzelfde moment van de haak gepakt. Ze geloofde niet in tekenen, maar dit moest wel een teken zijn. Ze flapte eruit dat ze niet van Charles kon scheiden, maar ook niet zonder Tom kon leven. Op zijn beurt zei hij dat het hem niet kon schelen of ze ooit van Charles ging scheiden, maar dat hij ook niet zonder haar kon leven. Het voelde als thuiskomen.

De volgende ochtend vertelde ze Charles dat ze eigen woonruimte ging zoeken en haar baan bij de *Post* ging opzeggen om bij een nieuw non-profitnieuwsbureau in dienst te treden. Ze vertelde niet waarom, maar Charles bleef vissen en doorvragen en sprak zelf haar bekentenis voor haar uit. Ze bleef om het weekend bij hem komen, maar vanaf dat moment woonde ze hoofdzakelijk bij Tom, niet als inwonende partner, niet als degene die de beslissingen nam over de inrichting van het huis, maar als een soort vaste, bijzondere logé. Samen begroeven ze het fundamentele conflict dat door hun geruzie aan het daglicht was getreden; ze begroeven het diep. Ze vergaf het hem nooit helemaal dat hij geen kind met haar wou, maar met het verstrijken van de tijd werd het steeds minder belangrijk. Ze hadden het er allebei druk mee *DI* uit te bouwen tot een landelijk gerespecteerde nieuwsdienst en daarnaast had ze het druk met de zorg voor Charles; soms was ze zelfs blij dat de last van kinderen hebben haar bespaard was gebleven.

Haar leven met Tom was ongewoon, slecht te omschrijven en van blijvend tijdelijke aard, maar daardoor des te meer een leven van ware liefde, omdat er in vrijheid voor werd gekozen, elke dag, elk uur. Het deed haar denken aan een onderscheid dat ze als kind op zondagsschool had geleerd. Hun huwelijken waren oudtestamentisch geweest: bij haar was het een kwestie van haar belofte aan Charles nakomen, bij Tom was een kwestie van vrezen voor Anabels gramschap en straf. In het Nieuwe Testament was het enige wat ertoe deed liefde en vrije wil.

Na haar gesprekje met Phyllisha reed ze de volgende ochtend vroeg naar het huis dat Earl Walker had gekocht voor een kadastraal vastgelegde prijs van 372.000 dollar, nadat hij zijn baan op de wapenfabriek was kwijtgeraakt. Het huis had een driedubbele garage en een sproeisysteem voor het gazon dat 's ochtends vroeg was aangezet en een natte plek had achtergelaten op het stuk straat waar Leila parkeerde. In Amarillo lag het kennelijk voor de hand de waterkraan open te zetten wanneer het gazon verdorde tijdens een droogte. Op Walkers oprit lag een krant met een elastiek eromheen. Nadat Leila daar een paar minuten had gezeten, kwam er heel dikke vrouw van in de vijftig naar buiten om de krant te pakken. Ze keek Leila even strak aan en liep weer naar binnen.

Walker was Cody Flayners baas geweest bij Inventarisbeheer. Die informatie had Leila van Pip, die er ook achter was gekomen dat Walker zijn vorige huis had verkocht voor 230.000 dollar. Mensen die hun baan waren kwijtgeraakt kochten normaal gesproken geen groter huis, en ook waren ze geen goede kandidaat voor een hogere hypotheek; daarnaast was er de afgelopen drie jaar geen sprake van een testamentaire beschikking die verklaarde hoe Walker de extra 142.000 dollar had betaald. Dat bij elkaar leverde een feit op dat even interessant was als de foto's op Facebook. Een volgend feit, door Pip opgeduikeld in een inspectierapport uit januari, was dat zich in de fabriek de afgelopen zomer 'een lichte onregelmatigheid op Inventarisbeheer' had voorgedaan; volgens het rapport was de onregelmatigheid 'inmiddels geen geschilpunt meer' omdat de kwestie 'op bevredigende wijze was opgelost'. Op Leila's voorstel had Pip een automonteur de Facebook-foto's laten zien, en ze was te weten gekomen dat de lading op Flayners pick-up – tenzij dat voertuig van aangepaste vering was voorzien – waarschijnlijk minder had gewogen dan de vierhonderd kilo van een echte B-61. 'Het is geen echte, schatje' was nog steeds de enige uitspraak waarover Leila en Pip beschikten die rechtstreeks van Flayner kwam. Leila's enige telefoontje naar hem was al snel uitgelopen op dreigementen en gevloek.

Ook Walker had nee tegen haar gezegd, maar enkel 'nee', en enkel 'nee' betekende 'misschien'. Ze bleef in haar auto groene thee zitten drinken en mailtjes over andere artikelen beantwoorden totdat Walker zelf uit zijn huis kwam en recht op haar af beende, over zijn doorweekte gazon. Hij was aan de scharminkelige kant en droeg een trainingspak met het paars-en-wit van de Texas Christian University. De Horned Frogs. Ze liet haar raampje zakken.

'Wie bent u?' vroeg Walker. Hij had de gelaatskleur van een whiskeydrinker, een beetje zoals haar man.

'Leila Helou. *Denver Independent.*'

'Dat dacht ik al, en ik heb al gezegd dat ik u niets te vertellen heb.'

Van whiskey was de blos van couperose iets gelijkmatiger dan van gin en minder paars dan van wijn. Elk universiteitsetentje was een studie in couperoseblosjes.

'Ik heb alleen een paar heel snelle, simpele vragen,' zei Leila. 'Niets wat u in de problemen zal brengen.'

'U bent al een probleem. Ik wil u niet hier bij mij in de straat hebben.'

'Maar als we nou eens ergens konden afspreken voor een kop koffie? Ik kan zelf de hele dag.'

'Denkt u soms dat ik in het openbaar bij u ga zitten? Ik vraag u beleefd om alstublieft weg te gaan. Ik zou nog niet eens met u kunnen praten, al zou ik het willen.'

Niet bij mij in de straat. Niet in het openbaar. Mag niet met me praten.

'U heeft een prachtig huis,' zei ze. 'Ik heb er met bewondering naar gekeken.'

Ze lachte hem vriendelijk toe en bracht haar hand naar het haar bij haar slaap, met als enige reden dat hij kon zien hoe ze met haar vingers in haar haar zat.

'Moet u horen,' zei hij. 'U bent zo te zien een aardige vrouw, dus ik ga u een hoop gedoe besparen. Er is geen verhaal. U denkt dat er iets is, maar er is niets. U bent aan het verkeerde adres.'

'Nou, da's dan makkelijk,' zei ze. 'Laten we de zaak maar meteen ophelderen. Ik vertel u waarom ik denk dat er wel iets is, en kunt u mij uitleggen waarom er niets is, dan slaap ik vanavond weer in mijn eigen bed, thuis in Denver.'

'Ik zou liever hebben dat u de auto start en de straat uit rijdt.'

'U kunt het ook niet uitleggen, als u daar geen zin in hebt. U kunt volstaan met knikken of uw hoofd schudden. Het is toch niet verboden om uw hoofd te schudden?'

Ze lachte nog eens en liet zien hoe je je hoofd schudde. Walker zuchtte alsof hij niet meer wist wat hij moest doen.

'Kijk maar, ik start de auto,' zei ze terwijl ze dat deed. 'Ziet u wel? Ik zal de straat uit rijden.'

'Dank u.'

'Maar misschien moet u wel ergens zijn? Ik kan u een lift geven.'

'Ik heb geen lift nodig.'

Ze zette de motor uit, en Walker zuchtte eens extra diep.

'Het spijt me,' zei ze. 'Maar ik zou geen degelijke journalist zijn als ik niet uw kant van het verhaal wilde horen.'
'Er is geen verhaal.'
'Nou, kijk, dat is op zich al een kant. Omdat er vanuit andere kanten wordt gezegd dat er wél een verhaal is. En sommige van die kanten beweren dat u bent omgekocht om daar niet over te praten. En ik vraag me af, waarom dat geld, als er geen verhaal is. Begrijpt u wat ik bedoel?'
Walker boog zich wat dichter naar haar toe. Zijn gezicht was net een vlekkerige kaart van een dichtbevolkt gebied. 'Met wie heeft u gesproken?'
'Ik geef geen bronnen prijs. Dat is het eerste wat u over me moet weten. Als u met mij praat, bent u veilig.'
'Doe nou maar niet zo bijdehand.'
'Nee, in deze materie ben ik eigenlijk maar een dom blondje. Om het allemaal te begrijpen zou ik uw hulp goed kunnen gebruiken.'
'Bijdehante tante uit de grote stad.'
'Noem maar een tijd en een makkelijk vindbare plek. Ergens waar we kunnen afspreken. Ergens waar het anoniem is.'
'Anoniem' was een woord dat ze graag liet vallen bij mannelijke bronnen. Het had de juiste bijklank. Anoniem was het tegenovergestelde van de echtgenote in Walkers huis. Die juist op dat moment de voordeur opendeed en riep: 'Earl, wie is dat?'
Leila beet op haar onderlip.
'Een juffrouw van de krant,' riep Walker terug. 'Ze wil weten hoe ze de stad uit moet rijden.'
'Zeg je tegen haar dat je haar niets te vertellen hebt?'
'Wat ik zelf net tegen jóu heb gezegd.'
Nadat de deur weer was dichtgegaan, sprak Walker zonder Leila aan te kijken. 'Achter de opslag van Centergas aan Cliffside Road. Zorg dat u er om drie uur bent. Als ik om vier uur nog niet ben komen opdagen, kunt u beter meteen op weg gaan naar dat bed van u in Denver.'
Toen Leila wegreed, in de roes van zijn 'ja', het soort roes waar ze als journalist voor leefde, moest ze zichzelf dwingen om zich aan de maximumsnelheid te houden. Wie had kunnen raden dat van de tien foefjes die ze had toegepast het achteloze woordje 'bed' hem over de streep had getrokken?
Terug in haar hotelkamer drukte ze op de sneltoets met de letter 'P'.
'Met Pip Tyler,' zei Pip in Denver.
'Hoi, hoi. Ik heb net een afspraakje met Earl Walker geregeld.'
'Hé! Dat is geweldig.'

'Ik heb ook Phyllisha Babcocks verhaal te pakken.'

'Gaaf!'

'Zoiets komisch heb je nog nooit gehoord. Flayner had de kernkop geleend als seksartikel.'

'En dat heeft ze je verteld?'

'Het zou overbodige informatie zijn, als er in deze business tenminste zoiets als overbodige informatie bestond. Maar ze heeft ook bevestigd dat het een replica was.'

'O.'

'Het blijft een goed verhaal, Pip. Als een werknemer met een replica de poort uit kan, zal dat hem ook met een echte bom lukken. Er zit nog steeds een artikel in.'

'Nou ja, fijn om te weten dat de wereld veiliger is dan ik had gedacht.'

Terwijl Leila haar de nadere bijzonderheden vertelde, was ze blij, als mens, zo niet als baas, dat Pip geen haast leek te hebben om verder te gaan met de research die ze voor een andere verslaggever deed, over kwalificatie-eisen voor lijkschouwers.

'Ik moest je maar niet langer van je autopsieverslagen afhouden,' zei Leila ten slotte. 'Hoe gaat het daarmee?'

'Dooie boel.'

'Nou ja. Zie het maar als leergeld.'

'Het is een omschrijving, geen klaagzang.'

Leila bood weerstand aan haar opwellende emotie. Toen gaf ze eraan toe. 'Ik mis je.'

'O – dank je.'

Ze wachtte, hopend op iets meer.

'Ik mis jou ook,' zei Pip.

'Ik wou dat ik je had meegenomen.'

'Geeft niet. Ik ga hier niet weg.'

Leila voelde na het telefoontje heel sterk dat ze het meisje te graag mocht. 'Ik mis je' was al meer dan ze gerechtigd was aan een ondergeschikte te ontfutselen, maar nog steeds niet zoveel als ze wilde horen. Ze voelde zich ontevreden, kwetsbaar en een beetje getikt. De tederheid die ze voor kinderen voelde, had altijd een lichamelijke component, die in haar lichaam grensde aan het deel dat intimiteit en seks wilde. Maar de reden waarom ze dat soort tederheid voelde, was dat ze wist dat ze, ongeacht hoeveel ze voor het kind in haar armen voelde, nooit zijn onschuld zou verraden en uitbuiten. Om die reden was kinderen hebben door niets te vervangen – de structurele onverzadigbaarheid, zowel heerlijk als hartverscheurend, van ouderliefde.

Wonderlijk genoeg was Pips eigenlijke naam Purity – zuiverheid, onschuld. (Ze noemde zich Pip Tyler op haar cv, maar Leila had haar sollicitatiedossier ingekeken.) Het leek Leila een heel toepasselijke naam, zonder dat ze precies kon zeggen waarom. Pip was overigens absoluut niet onschuldig op seksueel gebied. Ze woonde in Denver samen met een vriendje over wie ze vastberaden haar mond hield; ze had alleen maar verteld dat het een musicus was die Stephen heette. Ook had ze in Oakland in vreselijk armoedige omstandigheden gewoond, te midden van ongewassen anarchisten, en haar foto's van Cody Flayners barbecue waren verkregen door illegale hackersactiviteiten. Leila vroeg zich af of de onschuld die ze bij Pip bespeurde in wezen haar eigen onschuld was, op vierentwintigjarige leeftijd. In die tijd had ze geen flauw benul gehad van hoe weinig ze wist, maar dat zag ze nu duidelijk ook bij Pip.

Ze wilde een goed feministisch rolmodel zijn en Pip de leiding geven waaraan het haarzelf op die leeftijd had ontbroken. 'De ironie van internet,' had ze op een dag tijdens de lunch tegen haar gezegd, 'is dat de taak van de journalist er een stuk makkelijker door is geworden. Je kunt binnen vijf minuten research doen waar je er vroeger vijf dagen voor nodig had. Maar internet helpt de journalistiek ook om zeep. Er is geen vervanging voor een verslaggever die al twintig jaar meedraait, die bronnen heeft gecultiveerd, die het verschil ziet tussen een verhaal en een kulverhaal. Google en Accurint kunnen je het gevoel geven dat je reuzeslim bent, maar de beste verhalen duikel je op als je in het veld bent. Je bron laat zich terloops iets ontvallen en opeens zie je het wáre verhaal. Op zo'n moment voel ik het meest dat ik leef. Als ik achter de computer zit, voel ik maar half dat ik leef.'

Pip hoorde Leila aandachtig aan, maar zonder zich bloot te geven. Ze had de tegenzin van de moderne student om met een stevige mening naar voren te komen, uit angst onbeleefd te zijn of niet cool over te komen. Het kwam bij Leila op dat Pip in feite helemaal niet onschuldig was – dat ze daarentegen juist wijzer was dan Leila, dat zij en haar leeftijdgenoten zich wel degelijk bewust waren wat een ongeneeslijk verklote wereld ze erfden en dat Leila zelf onschuldig was, omdat ze de evidente morele lessen van Watergate met de paplepel ingegoten had gekregen en geloofde in journalistiek van de oude stempel. Maar ze volhardde in de gedachte dat Pips houding van cool doen louter een generatiekwestie was, en ze bleef zoeken naar een manier om erdoorheen te breken.

Pip leek ofwel helemaal niet te drinken, ofwel veel te veel. Leila had haar meer dan eens getrakteerd op een etentje, om ervoor te zorgen dat ze eens goed at, en was dan de enige geweest die iets dronk. Maar vorige week, op donderdagavond, had Pip een glas wijn besteld en dat binnen twee minuten naar binnen geklokt. Nadat ze hetzelfde had gedaan met een tweede glas, vroeg ze of ze een fles mocht bestellen; het belachelijke was dat ze aanbood die te betalen. Een uur later, toen de fles leeg was en het eten vrijwel onaangeroerd op haar bord lag, begon ze te huilen. Leila boog zich over tafel en legde haar hand tegen Pips rood aangelopen gezicht. 'Ach, schatje toch,' zei ze.

Pip schoof haar stoel achteruit en vloog naar het toilet. Toen ze terugkwam, vroeg ze of ze misschien, al was het maar voor één keer, met Leila mee naar huis mocht om daar op de bank te slapen of zo.

'Ach schatje,' zei Leila nog eens. 'Vertel dan eerst eens wat er aan de hand is.'

'Er is niets aan de hand,' zei Pip. 'Ik voel me hier gewoon zo alleen. Ik mis mijn moeder.'

Leila vond het niet prettig om aan de moeder van het meisje te denken. 'Het is prima als je met me mee naar huis wilt,' zei ze. 'Er zijn alleen een paar dingen die je over mijn leefsituatie moet weten.'

Pip knikte snel.

'Of misschien heb je er al iets over gehoord.'

'Voor een deel.'

'Nou, normaal gesproken zou ik vanavond bij Tom zijn – ik neem aan dat je daarvan op de hoogte bent. Maar ik geloof toch niet dat het zo'n goed idee is.'

'Het geeft niet. Ik had het niet moeten vragen.'

'Nee! Het is lief dat je het gevraagd hebt. Maar ik ben min of meer een gast in het andere huis. Als je het niet erg vindt een beetje stiekem te doen...'

'Ik heb er niet bij nagedacht.'

'Ik zou het niet aanbieden als ik er bezwaar tegen had.'

Het huis van Charles was drie straten verwijderd van het pand van de schrijfopleiding. Hij had er in zijn rolstoel heen kunnen rijden – had ook met pensioen kunnen gaan – maar hij gaf zijn workshops liever thuis, waar hij ook kantoor hield. Het huis was een hol dat hij zo min mogelijk wilde verlaten; hij zei dat hij liever alleenheerser was over een koninkrijk van 190 vierkante meter dan dat hij de toffe rolstoelgast uithing in de buitenwereld. Hij had behoorlijke controle over zijn ingewanden, opmerkelijke kracht in zijn buik- en schouderspieren en was uiterst bedreven met zijn stoel. Hij dronk nog steeds te veel, maar wel had hij zijn inname beperkt, want hij was van plan heel lang te leven. Zijn verlamming was inmiddels een belichaming geworden van zijn wrok jegens de literaire wereld, die naar zijn overtuiging meer dan ooit wilde dat hij gewoon maar zou verdwijnen, en aan dat verlangen wenste hij geen enkele medewerking te verlenen.

Leila was nog steeds om het andere weekend bij Charles, maar met hem slapen deed ze niet meer. Ze had haar eigen – tengere – kamertje aan de voorkant van de gang naar de kamer van het roofdier. Ze zou Pip het liefst onopgemerkt mee naar binnen hebben gesmokkeld, maar het was pas tien uur en het licht in de zitkamer was aan toen ze de auto op de oprit zette.

'Nou,' zei ze. 'Het ziet ernaar uit dat je gaat kennismaken met mijn man. Weet je zeker dat je dat aankunt?'

'Ik ben eigenlijk best nieuwsgierig.'

'Dat is de ware journalistieke geest.'

Leila klopte op de voordeur, deed hem van het slot en stak haar hoofd om de hoek om Charles te waarschuwen dat hij bezoek had van twee mensen. Ze troffen hem liggend op de bank aan, met een aantal teksten van studenten op zijn borst en een rood potlood in zijn hand. Hij was nog steeds knap en had nog steeds zijn lange haar, dat hij droeg in een paardenstaart die bijna helemaal grijs was. Er stond een whiskeyfles voor het grijpen, bijna vol en met een stop erin. De boekenplanken reikten van de vloer tot aan het plafond en op de grond lagen overal stapels boeken.

'Dit is een van onze onderzoeksstagiairs, Pip Tyler,' zei Leila.

'Pip,' bulderde Charles en hij monsterde het meisje met een openlijk seksueel taxerende blik. 'Die naam van je bevalt me wel. Ik heb "grote verwachtingen" van je. Ai – dat zul je wel vaak te horen krijgen.'

'Zelden zo fraai geformuleerd,' zei Pip.

'Pip heeft vannacht een slaapplaats nodig,' zei Leila. 'Ik hoop dat je het niet erg vindt.'

'Ben jij niet mijn vrouw? Is dit niet ons huis?' Charles liet een onaangenaam lachje horen.

'Vandaar dus,' zei Leila en ze liep langzaam in de richting van de hal.

'Ben je een lézertje, Pip? Houd je van bóeken? Heeft de aanblik van zo veel boeken in één kamer niet iets beángstigends voor je?'

'Ik houd van boeken,' zei Pip.

'Mooi zo. Mooi zo. En ben je een grote fan van "Jonathan Savoir Faire"? Veel van mijn studenten zijn dat.'

‘U bedoelt het boek over dierenwelzijn?’

‘Je slaat de spijker op de kop. Romans schrijven doet hij ook, heb ik vernomen.’

‘Ik heb het boek over dieren gelezen.’

‘Zo veel Jónathans, een epidemie van Jónathans. Als je alleen *The New York Times Book Review* leest, zou je denken dat het de meest gangbare mannennaam in Amerika is. Synoniem van talent, grootheid. Ambitie, vitaliteit.’ Hij keek Pip aan en trok een wenkbrauw op. ‘En wat dacht je van Zadie Smith? Hartstikke goed, nietwaar?’

‘Charles,’ zei Leila.

‘Kom bij me zitten. Neem een drankje.’

‘Een drankje is eigenlijk precies waar we geen behoefte aan hebben. En jij hebt nog je verhalen te lezen.’

‘Voor mijn “lange, rustgevende nacht van slaap”.’ Hij pakte het verhaal van een van zijn studenten. ‘“We snoven lijntjes zo lang en dik als een milkshakerietje.” De zwakke plek in deze vergelijking: kunnen we die ontdekken? Pip? Kun je me vertellen waar deze vergelijking lichtelijk de mist in gaat?’

Pip leek de vertoning die Charles voor haar opvoerde wel leuk te vinden. ‘Bestaat er verschil tussen milkshakerietjes en andere rietjes?’

‘Goed punt, goed punt. Het schrikbeeld van de schijnspecificatie. En het búisvormige van een rietje, de doffe glans van het plastic – je wordt hier bekropen door het vermoeden dat de auteur persoonlijk onbekend is met de fysieke eigenschappen van cocaïne in poedervorm. Of dat hij het middel verwart met het instrument waarmee het middel via de neus moet worden toegediend.’

‘Of hij doet gewoon te hard zijn best,’ zei Pip.

‘Of doet te hard zijn best. Ja. Dat zijn dan ook de woorden die ik in de kantlijn ga schrijven. Wil je geloven dat ik collega’s heb die geen opmerkingen in de kantlijn zetten? Maar ik gééf iets om deze student. Ik denk dat hij beter kan, als hij maar kon inzien wat hij fout doet. Vertel eens, geloof jij in de “ziel”?’

‘Daar denk ik niet graag over na,’ zei Pip.

‘Charles.’

Hij vuurde een komisch bedoelde blik van bedroefd verwijt op Leila af. Moest zij hém, de toffe gast in de rolstoel, zijn greintje plezier ontzeggen? ‘De ziel,’ zei hij tegen Pip, ‘is een chemisch bepaalde gewaarwording. Wat je op deze bank ziet liggen is een veredeld enzým. Elk enzym heeft een eigen specifieke taak te vervullen. Het blijft zijn hele leven zoeken naar de specifieke molecuul waarvoor het is ontworpen om daar een reactie mee aan te gaan. En kan een enzym gelúkkig zijn? Heeft het een zíel? Op beide vragen zeg ik ja! Waar het enzym dat je hier ziet liggen voor werd gemaakt is om slecht proza op te sporen, er een reactie mee aan te gaan en het te verbeteren. Dat is wat er van mij is geworden, een "slecht proza verbeterend enzym", lummelend in mijn cel hier.' Hij knikte naar Leila. 'En zij maakt zich zorgen dat ik niet gelukkig ben.'

Pips ogen verwijdden zich, terwijl ze haar commentaar inslikte.

'Zij is nog steeds op zoek naar haar molecuul,' ging Charles verder. 'Ik ken het mijne. Ken jij het jouwe?'

'Ik ga Pip in het souterrain installeren,' zei Leila.

'Veilig, maar niet volkomen veilig,' zei hij. 'Ik heb die trap al meer dan eens bedwongen.'

In het souterrain stopte Leila Pip in bed en ging toen bij haar zitten, met een gehaakte sprei om zich heen geslagen, drinkend uit een fles wijn die ze in alle emotie had geopend en samen met Pip leegdronk, tegen beter weten in. De wijn en het bed en de nabijheid van het meisje brachten iets roofzuchtigs bij haar teweeg, iets hevigs en gulzigs, hetzelfde overerfde Heloutrekje waarmee ze ooit Charles aan de haak had geslagen, en later Tom. Ze vertelde Pip hoe ze aan beide mannen was gekomen, de echtgenoot voor wie ze de thuiszorg regelde en het vriendje van wie ze hield. Ze vermeldde er niet bij dat ze kinderen had willen hebben, omdat het verhaal van haar teleurstelling iets te persoonlijks had en te veel sloeg op wat ze momenteel aan het doen was: naast het bed zitten van een meisje dat qua leeftijd haar dochter had kunnen zijn. Maar ze dronk door en vertelde Pip van alles. Ze vertelde dat als ze ooit voor een man moest kiezen, ze waarschijnlijk Charles zou kiezen, omdat ze hem een plechtige belofte had gedaan en aantoonbaar zijn leven had verwoest, en dat Charles daar geen probleem van maakte. Dat hij haar nog steeds nodig had en nog af en toe in staat was tot seks. Dat hij een heleboel over Tom had uitgevogeld en ervan genoot haar over Tom op de kast te jagen en dat zij, hoewel ze Toms bestaan erkende, het nooit met naam en toenaam over hem had. Dat beide mannen elkaar al meer dan tien jaar niet hadden ontmoet. Dat het molecuul waarvoor zij klaarblijkelijk het passende enzym was zich op de verzorging van gehandicapte oudere mannen richtte. Dat ze, anders dan in Charles' theorie, er niet bijzonder gelukkig van werd om reacties met dit molecuul aan te gaan. Dat geluk zou hebben bestaan uit een leven dat in zijn geheel met Tom werd doorgebracht.

'Maar ja, het is mijn taak,' zei ze. 'Als ik er eerder uit was gestapt, zou het misschien anders zijn geweest. Maar zijn kinderen hebben het hem nooit vergeven dat hij bij hun moeder is weggegaan, en ze zijn sowieso al flink verknipt. Ik ben alles wat hij heeft.'

Toen ze dit hoorde, begon Pip weer te huilen. Leila nam het glas van haar af, duidelijk te laat, en pakte haar hand beet. 'Vertel nou toch eens wat je vanavond zo van streek maakt.'

'Ik voel me de laatste tijd echt eenzaam.'

'Het valt niet mee wanneer je maar één iemand kent in de stad en wanneer dat je vriendje is.'

Pip reageerde daar niet op.

'Gaat het goed tussen jullie twee?'

'Ik geloof dat ik binnenkort misschien terug moet naar Californië.'

'Omdat er geen schot in zit met je vriendje?'

Pip schudde haar hoofd en gaf schoorvoetend opening van zaken. Haar studieschuld was zo groot, zei ze, dat het leeuwendeel van haar kleine stagevergoeding opging aan de aflossingen; ze kon het zich niet veroorloven in Denver te wonen, tenzij ze geen huur hoefde te betalen. Haar schuld was zowel van haar universitaire studie als van de particuliere middelbare school waar ze in Santa Cruz op had gezeten – haar moeder had haar altijd voorgehouden dat ze over het geld niet hoefde in te zitten. En hoewel haar moeder officieel niet arbeidsongeschikt was, had ze emotioneel gezien flinke beperkingen en beschikte ze niet over een ondersteunend netwerk. Er was niemand anders om voor haar te zorgen dan Pip, en het enige wat Pip in haar eigen toekomst zag was een rol als mantelzorger. 'Ik krijg daar het gevoel van dat ik zelf al een oud mens ben,' zei ze.

'Je bent het tegendeel van oud.'

'Maar ik voel me erg schuldig dat ik zo ver van haar af zit. Zo van, wat doe ik hier eigenlijk? Het is een soort fantasie die niet vol te houden is.'

Leila had graag gewild dat ze Pip kon aanbieden om bij haar te komen wonen. Maar hoewel ze duidelijk over twee woningen beschikte, had ze geen huis dat echt van haar was. Als feministisch rolmodel viel ze daarmee een beetje door de mand. 'Je bent hier pas twee maanden,' zei ze. 'Je kunt vast wel langer dan twee maanden uit Californië wegblijven.'

'Je begrijpt het niet,' zei Pip. 'Waar ik zo'n schuldgevoel van krijg, is juist dat ik niet terug *wíl*. Ik vind het heerlijk om met jou samen te werken en van je te leren. Maar als ik eraan denk om niet terug te gaan, word ik verscheurd door de gedachte dat ze daar in haar eentje in ons huisje zit en me mist.'

'Ik begrijp het best,' zei Leila. 'Je beschrijft mijn dagelijkse leven.'

'Maar jullie wonen ten minste in dezelfde stád. Jullie hebben pech gehad, maar jullie hebben de juiste manier gevonden om ermee om te gaan. Soms zou ik wel willen...'

'Wat zou je wel willen?'

Pip schudde haar hoofd. 'Ik heb je al veel te lang wakker gehouden.'

'En niet andersom?'

'Soms zou ik willen dat een van mijn ouders wat meer van jou had weg gehad.'

Het kleine souterrainkamertje leek te tollen, en niet alleen door de wijn die Leila naar het hoofd was gestegen.

'Nou,' zei ze kwiek, terwijl ze Pip een klopje op haar hand gaf en opstond, 'ik had het ook helemaal niet erg gevonden om een dochter als jij te hebben, hoor.'

'Dankjewel voor het etentje en de wijn.'

'Het genoegen was geheel aan mijn kant.'

'Morgen hebben we vast allebei spijt.'

'Een kater, maar meer niet. Geen spijt, hopelijk.'

Leila liet een gemaakt lachje horen waarvoor ze zichzelf strafte door zich met de muis van haar hand tegen haar voorhoofd te slaan terwijl ze de souterraintrap op liep. Boven lag Charles te snurken op de bank. De verhalen van de studenten lagen op de vloer en de whiskeyfles was flink aangesproken. Ze maakte hem wakker met een kus op zijn voorhoofd. 'Klaar om naar bed te gaan?'

'Klaar om te píssen.'

Ook zonder haar hulp lukte het hem in zijn rolstoel te komen, maar hij stelde het wel op prijs. Er was een beperkte, maar diepgaande manier waarop ze dichter bij hem was dan ze ooit bij een ander zou zijn. Tussen hen twee bestonden geen geheimen. Door de jaren heen had Charles, die immers romanschrijver was, zo ongeveer elk gevoel geraden dat ze ooit over Tom had gehad, en het vervolgens vol leedvermaak uitgetetterd. Als ze nog steeds naliet Toms naam uit te spreken, was dat om zíjn privacy te beschermen, niet die van haar. Het was een spelletje dat Charles probleemloos meespeelde.

In het deel van het huis waar de grote slaapkamer was, hing een zwakke, maar niet te verdrijven lucht van verlamming, bodylotion en oude scheten. In de badkamer stond ze naast de wc met zijn verstelbare wandbeugels en zag hoe Charles' urine in een gezonde stroom uit zijn penis kwam. Dat ze getuige was van zijn lichamelijke functies werkte in hun beider voordeel. Het was een manier om iets voor elkaar te doen. Zelfs wanneer ze de penis tot ejaculatie bracht, was het niet alleen voor hem. Hij was de baby die ze had gekregen.

'Toen ik je auto hoorde,' zei hij, 'dacht ik, dinsdag! Wat een leuke verrassing.'

'Ik waardeer het dat je haar hier laat slapen.'

'En toen dacht ik, sores aan het andere thuisfront?'

'Dat je moest plassen was bepaald niet gelogen.'

'Mijn zindelijkheid getuigt van het bestaan van een godheid waarvoor het overige bewijs uiterst karig is.'

'Ik heb het een beetje te pakken van dat meisje.'

Hij trok een wenkbrauw op. 'Denk je erover om de bakens te verzetten?'

'God, nee, zeg. Ze is eerder een verdwaald jong hondje dat bij me is komen aanlopen.'

'Je mag haar in het souterrain houden, maar het zindelijk maken doe jij maar.'

'Waar heeft Rosie de schone pyjama's neergelegd?'

'Die liggen vlak voor je neus.'

'O, ja. Die liggen vlak voor mijn neus.'

De volgende ochtend ging ze met een lichte kater naar Tom om tegen hem te zeggen dat hij Pip als volwaardige researchassistent in dienst moest nemen, tegen een salaris waarvan ze kon leven. Tom wees erop dat Pip haar stage nog niet had afgerond. Leila zei: 'Ze is goed, ze is het waard en ze heeft het geld onmiddellijk nodig.' En Tom stemde toe, met een schouderophalen. Voordat hij van gedachten kon veranderen, ging ze op zoek naar Pip om haar het goede nieuws te vertellen.

'Dat is geweldig,' zei Pip met een bedeesd stemmetje.

Heel even vroeg Leila zich af of ze iets egoïstisch deed, zelfs iets wat niet helemaal door de beugel kon, door zich in te spannen om Pip in Denver te houden. Maar het meisje had zelf gezegd dat ze niet weg wilde.

'Kom,' zei Leila opgewekt, 'laten we woonruimte voor je zoeken. We kunnen beginnen door op kantoor rond te vragen.'

Pip knikte, zo te zien niet echt in de wolken.

De afspraak met Earl Walker, achter de propaangasopslag aan de rand van Amarillo, duurde nog geen kwartier. Walker kwam zijn truck niet uit en sprak door het open raampje, zonder de motor af te zetten. Hij gaf toe dat hij een ontslagpremie van 250.000 dollar had geaccepteerd nadat hij tegen de fabrieksleiding had opgemerkt dat iedereen beter af zou zijn als hij ook beter af was. Hij gaf verder toe dat hij met reden was ontslagen, en die reden was dat hij had gedronken, één keer maar, terwijl hij op het werk was. Hij had Cody Flayner gevraagd voor hem in te vallen, één keer maar, en Flayner, die graag chanteerde en verder ook een vuile klootzak was, had hem daarvoor laten boeten door hem de transportformulieren voor de namaak-B-61 te laten invullen, zodat Flayner een grap kon uithalen met zijn vriendin. Walker wilde zichzelf niet op de borst slaan, maar hij bleef erbij dat hij niets gevaarlijks had gedaan. De namaakbom was per abuis uit de Kirtland-luchtmachtbasis in Albuquerque aangevoerd, en er was een hele zwik recherche van de luchtmacht gekomen om hem te onderzoeken, maar Kirtland had nog geen truck gestuurd om hun eigendom weer op te halen. Als Flayner niet zo stom was geweest om bij zijn maten op te scheppen en foto's op Facebook te zetten, was er niks aan de hand geweest, geen overtreding gepleegd.

'Dit heeft u allemaal niet van mij,' zei Walker terwijl hij zijn truck weer in de eerste versnelling zette.

'Absoluut niet,' zei Leila. 'Uw vrouw kan ervan getuigen dat u weigerde met me te praten.'

In gedachten was ze al bij een ander artikel waar ze mee bezig was, over connecties tussen de mijnindustrie en het departement van Natuurlijke Hulpbronnen in de staat Colorado. Ze moest nog wel de fabrieksleiding interviewen over de namaakbom, maar het onbenullige karakter van het verhaal over Flayner was nu wel duidelijk. Het zou een teleurstelling voor Pip zijn, dat onbenullige karakter, en Leila besloot om het schrijven van het artikel aan het meisje over te laten en haar als medeauteur op te voeren.

Terug in haar hotelkamer probeerde ze Pip en Tom te bellen en stuurde hun daarna een sms'je. Dat beide sms'jes een paar uur onbeantwoord bleven terwijl zij intussen het gevecht aanging met de belastingaangiften en verklaringen over belangenverstrengeling die Pip voor haar had opgeduikeld, werd pas opmerkelijk toen Tom haar oproep beantwoordde, rond halfelf in Denver.

'Waar zat je?' vroeg ze.

'Ik was uit eten,' zei hij. 'Ik heb je vriendinnetje mee uit eten genomen.'

Leila kreeg daar meteen een vervelend gevoel bij, alsof er net een stukje van een kies afbrak.

'Ik ga altijd met nieuwe werknemers uit eten,' zei Tom.

'Ja. Natuurlijk. Waar zijn jullie naartoe gegaan?'

'Waar vroeger de bistro op de hoek zat.'

Waar vroeger de bistro op de hoek zat was de vaste stek van Tom en haar. Ze vonden de naam een beloning waard.

'Ik heb geen fantasie wat restaurants betreft,' zei hij. 'Ik weet gewoon niets te verzinnen.'

'Het is best een raar idee dat je daar zonder mij was.' Er lag een trilling in Leila's stem.

'Die gedachte is ook bij mij opgekomen. Ik geloof niet dat ik er ooit zonder jou ben geweest.'

Maar hij had ook andere nieuwe werknemers mee uit eten genomen, en in al die gevallen had hij genoeg fantasie gehad om andere restaurants te bedenken dan het restaurant waar Leila en hij vaak kwamen. Hoewel ze nooit ruziemaakten – al zo veel jaar geen ruzie meer hadden gemaakt dat ze het volgens Leila ook nooit meer zouden doen – herinnerde ze zich nu de voorsmaak, het beklemmende gevoel in haar borst.

'Misschien vergis ik me,' zei ze, 'maar ik had het gevoel dat je je niet eens prettig voelde in Pips gezelschap.'

'Dat was geen vergissing. Jij vergist je nooit.'

'Ze doet je aan Anabel denken.'

'Aan Anabel? Nee.'

'Ze is hetzelfde type. Als ík dat kan zien, dan jij beslist ook.'

'Maar met een totaal ander karakter. En je had gelijk – ik ben blij dat we haar in dienst hebben genomen.'

'Altijd naar Leila luisteren.'

'Mijn levensmotto. Maar ik heb haar iets voorgelegd. Zeg maar wat je ervan vindt. Ik zei dat ik het ook aan jou zou voorleggen.'

'Haar weghalen bij Research en op Verslaggeving zetten?'

'Nou, nee. Daar kunnen we het best over hebben, maar nee. Ik heb haar gevraagd of ze een tijdje bij jou en mij wil komen wonen. Ik heb begrepen dat ze volkomen blut is.'

Ruziemaken had iets weg van braken. Bij elk jaar dat verstreek zonder dat ze het deed, werd het vooruitzicht steeds erger. Ook toen ze eens een keer ziek was en voelde dat ze moest overgeven, en ook al wist ze verstandelijk dat het haar zou opluchten, deed ze haar uiterste best om het braaksel zo lang mogelijk binnen te houden. En ruziemaken was nog erger, omdat ruziemaken niet tot opluchting leidde. Ruzie leek wat dat betreft meer op de dood: dus gewoon maar blijven uitstellen.

'Jóuw huis,' zei ze terwijl ze probeerde haar stem niet te laten uitschieten. 'Pip die in jóuw huis woont.'

'Ons huis. Zei je laatst niet dat je haar graag bij je in huis wilde nemen?'

'Wat ik heb gezegd was dat ik wilde dat ik haar onderdak kon bieden. Ik beschouw jouw huis niet als onderdak dat ik kan aanbieden.'

'Ik zie het als óns huis.'

'Dat weet ik. En je weet dat ik dat anders zie. Wat leidt tot een lange discussie, waar ik op dit moment geen trek in heb.'

'Ik heb haar nog niets beloofd.'

'Nou, dat brengt mij in een positie waar ik niet dol op ben. Van degene die het plan torpedeert terwijl zij best beseft dat ik dat ben geweest.'

'Ik kan tegen haar zeggen dat ik me bedacht heb, dus in die positie verkeer je niet. Maar help me eens begrijpen waarom je het torpedeert? Ik dacht dat je juist wilde dat ze bij je kwam wonen.'

'Jij vond het al vervelend om met dat meisje in één kamer te zijn, tot vanavond dan. Dat is dan ook een vlotte ommezwaai.'

'Leila. Toe nou. Jij bent degene die verkikkerd op haar is. Ik zal haar heus niet van je afpakken. En zij zou jou niet van mij kunnen afpakken, al maakte ze er haar levenswerk van. Het is nota bene een kind.'

Leila wist niet op wie ze jaloerser moest zijn: op Tom of op Pip. Maar in beide gevallen maakte haar jaloezie domweg dat ze zich gewonnen gaf.

'Ik vind het prima,' zei ze. 'Doe maar wat je wilt.'

'Als jij dat op die manier zegt?'

'Wat moet ik anders zeggen? Dat ik niet helemaal spoor? Dat ik verkíkkerd ben op een meisje dat ik nog maar twee maanden ken? Dat ik jalóers ben? Ik ga hier geen ruzie over maken. Je overviel me alleen.'

'Zij en ik hebben het over je gehad.'

'Leuk toch?'

'Ze wil graag net als jij zijn.'

'Dan is ze zeker stapelgek.'

'Nou, er is wel iets. Of liever gezegd, het is er niet. Ze zou je dit waarschijnlijk zelf moeten vertellen, maar ze kijkt zo tegen je op dat ze het niet durft. Er is geen vriendje.'

'Wat?'

'Ze deelt in Lakewood een woning met twee andere meisjes. Het verhaal over dat vriendje heeft ze verzonnen. Of, nog preciezer, er is wel een man, en die heet Stephen. Maar hij woont in Californië en heeft een vrouw.'

'En dat heeft ze jou verteld.'

'Mij lukt het ook weleens om iets los te peuteren.'

Leila behoorde zich eigenlijk bedrogen te voelen, maar wat ze voornamelijk voelde was medelijden met Pip. Gelukkige mensen vertelden geen leugens. 'Waarom heeft ze dat dan verteld?'

'Omdat ze niet de indruk wilde wekken dat ze dolgraag naar Denver wilde komen. Omdat ze niet wilde dat jij zou weten hoe eenzaam ze is. Omdat ze geen zielige indruk op je wilde maken. Wat ik ervan begrijp, is dat ze uit Californië weg wilde vanwege de toestand met die getrouwde man daar. Maar deels daardoor kwam het ook bij me op dat ze wel bij ons zou kunnen wonen. Ze heeft veel talent, maar zit nogal met zichzelf in de knoop.'

'Je voelt je niet tot haar aangetrokken.'

'Ik kan op geen enkele manier beschrijven hoe ver je de plank misslaat.'

Het risico van een ruzie werd alweer minder. Om het over iets anders te hebben bracht Leila haar interview met Earl Walker ter sprake, plus haar idee om Pip het artikel te laten schrijven, omdat het toch niet veel om het lijf had.

'Waarom heeft Walker toegestemd in een afspraak met jou?' vroeg Tom.

Zodra hij het gezegd had, begreep ze het.

'Jee,' zei ze. 'Jij bent goed, zeg.'

'Het enige wat ik heb gezegd is: "Waarom heeft Walker toegestemd in een afspraak met jou?"'

'Nee, maar dat is het. Ik was zo gefixeerd op Pip, op het feit dat ze zo teleurgesteld was. Het is een goede vraag.'

'Graag gedaan.'

'Want er was één ding dat Walker zei. Hij zei dat Albuquerque een hele zwik recherche had gestuurd. Dat is gewoon langs me heen gegaan.'

'Je was gefixeerd op Pip.'

'Oké, oké.'

'Wij vormen een team. Ik ben niet de vijand.'

'Ik zei toch oké?'

'Nieuw interview dan.'

Toen ze had opgehangen, zag ze dat er een sms'je van Pip was gekomen: Ik moet iets opbiechten. Brave meid, dacht Leila. Goed van haar.

Zijzelf was uit vorm. Ze had haar ontmoeting met Walker volkomen verknald. Hij had gehaast en wispelturig gedaan, maar dat was geen excuus om niet de voor de hand liggende vraag te stellen: waarom had de luchtmachtbasis Kirtland eigenlijk een namaakbom naar Amarillo laten overbrengen? Dat was de vraag die Walker tijdens zijn ontmoeting met haar gesteld had willen hebben. De fabriek zou geen kwart miljoen dollar hebben betaald om hem het zwijgen op te leggen over een onschuldige stunt. Maar een wapen dat was zoekgeraakt in Albuquerque? Omgeruild voor een opleidingsdummy?

Nog pijnlijker was waarom ze er niet aan had gedacht die vraag te stellen. Ze had aangenomen dat Walker met haar had afgesproken vanwege de manier waarop ze zich aan hem had voorgedaan, vanwege haar vrouwelijke trucjes. Ze had zijn toespeling op haar bed in Denver letterlijk genomen, terwijl het juist sarcasme was geweest. Ze was tweeënvijftig. De haardos waar ze zo opzichtig mee had gespeeld was al grijs aan het worden.

Foei. Foei.

Doorgaans was ze met Ambien meteen buiten westen, maar op avonden dat dat niet gebeurde, was er geen ander redmiddel; ze had veel te veel verhalen over slaapwandelen gehoord om een tweede dosis te nemen. Ze lag te woelen in het bed, dat door de langdurige hitte kurkdroog was geworden en op een of andere manier sterker naar sigaretten rook dan de vorige nacht, en dacht na over het feit dat Pip tegen haar had gelogen. Dat Pip was gevallen voor de man van iemand anders, iets met een huwelijk had gedaan of proberen te doen wat Leila zelf ook ooit had gedaan. Dat zijzelf nu de oudere vrouw was, uitgedroogd en met een slappe huid, die ooit, net als Pip nu, een wandelende, ontwrichtende bedreiging was geweest, een soort ongeleid nucleair projectiel...

Wat was het schrikbarend makkelijk gebleken om in de natuur voorkomend uranium om te vormen tot holle plutoniumbollen, om die bollen vol met tritium te stouwen en in explosieven en deuterium te verpakken, en dat alles op zo'n kleine schaal te doen dat het potentieel om een miljoen mensen in één klap te verkolen achter op de laadbak van Cody Flayners pick-up paste. Heel makkelijk. Onvergelijkbaar veel makkelijker dan het winnen van de oorlog tegen drugs of het uitbannen van armoede of het genezen van kanker of het oplossen van het probleem dat Palestina was. Toms theorie over waarom de mensheid nog geen berichten van buitenaardse wezens had ontvangen was dat alle beschavingen, zonder uitzondering, zichzelf opbliezen zodra ze in staat waren zo'n bericht te versturen, omdat ze zich nooit langer dan een paar decennia wisten te handhaven in een melkwegstelsel waarvan de leeftijd miljarden jaren bedroeg; zelfs al zou het melkwegstelsel vergeven zijn van de planeten die op de aarde leken, was het knipperlichtbestaan van de mensheid zo ongewis dat de kans dat een beschaving zich lang genoeg wist te handhaven om een bericht van een andere beschaving te ontvangen uiterst gering was – omdat het zo godvergeten makkelijk was om het atoom te splijten. Leila moest weinig van deze theorie hebben, maar had zelf geen betere; haar uitgangspunt bij alle doemscenario's was: laat mij alsjeblieft als eerste doodgaan. Toch had ze zichzelf gedwongen om verslagen over Hiroshima en Nagasaki te lezen, over hoe het was om een volkomen weggebrande huid te hebben en nog steeds levend over straat te strompelen. Niet alleen voor Pip wilde ze dat het artikel over Amarillo meer om het lijf had. De mondiale angst voor kernwapens ging op een onverklaarbare manier lijnrecht in tegen haar angst voor ruziemaken en overgeven: hoe langer de wereld het uithield zonder in paddenstoelwolken op te gaan, hoe minder zorgen de mensen zich juist leken te maken. De Tweede Wereldoorlog bleef veel eerder in het menselijke geheugen hangen vanwege de uitroeiing van de joden, en zelfs eerder vanwege de brandbommen op Dresden of de belegering van Stalingrad, dan vanwege wat er op twee ochtenden in augustus in Japan was gebeurd. Aan klimaatverandering werd in een dag meer inkt besteed dan in een heel jaar aan de voorraad kernwapens. Om maar te zwijgen van de *passing records* die Peyton Manning als speler van de Denver Bronco's had gebroken. Leila maakte zich zorgen en had het gevoel dat ze daar alleen in stond.

Of bijna alleen in stond. Ook Pip maakte zich zorgen. De moeder die haar Purity had genoemd leek haar weinig te hebben bijgebracht over hoe de wereld in elkaar stak, en dat betekende dat Pip alles bekeek met een blik die niet door vooroordelen werd vertroebeld. Ze zag een planeet waarop nog steeds zeventienduizend kernbommen aanwezig waren, waarschijnlijk genoeg om alle gewervelde levensvormen van de aardbodem te vagen, en dacht: dit kan niet goed zijn.

Er was een tijd geweest dat de aanwezigheid van een logé Leila en Tom zou hebben gehinderd; wanneer ze de jaloezieën neerlieten en de gordijnen dichttrokken en naakt in zijn huis rondliepen omdat het zo'n genoegen was om elkaar de aanblik van hun niet meer zo jonge lichaam toe te vertrouwen, wanneer de koelkastdeur en de woonkamervloer als bruikbaar oppervlak dienden waartegen zij zich schrap kon zetten om hem te ontvangen. Hoewel die tijd allang achter hen lag, hadden ze nooit formeel erkend dat hij voorbij was – er bleef heel veel onbesproken achter de schittering op Toms bril – en Leila ontkwam er niet aan dat ze zich gekwetst voelde dat hij de voorbije tijd eenzijdig had erkend door het meisje te vragen bij hem te komen wonen.

Kettingreacties door middel van fusie waren iets natuurlijks, de energiebron van een zon, maar kettingreacties door middel van splitsing waren dat niet. Splijtbare plutoniumatomen waren de eenhoorns van de natuur, en nergens in het heelal kon een kritische massa van dergelijke atomen langs natuurlijke weg ontstaan. Er waren mensen voor nodig om die massa te forceren, en om die massa, met explosieven, nog verder te forceren tot een superdichte toestand waarin de kettingreactie zich voldoende generaties lang kon voltrekken om een fusie tot stand te brengen. En wat was het allemaal snel gebeurd. Trillende atomische druppeltjes plutonium die nieuw aangekomen neutronen in zich opnamen, zich opsplitsten in kleinere atomische druppeltjes en nog meer neutronen uitbraakten. Mensen zonder huid die over de straat strompelden met ingewanden en oogballen die eruit hingen.

Ze hadden een kind moeten nemen. In zekere zin was het een immense opluchting dat niet te hebben gedaan, om niet een nieuw leven te hebben gecreëerd op een planeet die algauw zou worden verast of langzaam dood zou worden geroosterd, om daar niet over in te hoeven zitten. En toch hadden ze het moeten doen. Leila hield van Tom en bewonderde hem buitensporig; ze voelde zich gezegend door haar ongedwongen leven met hem, maar zonder kind was het een leven van dingen onbesproken laten. Van 's avonds bij elkaar kruipen, met z'n tweeën een serie op een betaalzender bekijken, brede gebieden van overeenstemming delen, de valkuilen van voorbije onenigheid vermijden en langzaam op de oude dag af kuieren. Haar plotselinge enthousiasme voor Pip was irrationeel, maar niet onzinnig, niet seksueel, maar emotioneel: een vorm van compensatie. Ze wist niet waar het toelaten van een nieuwkomer in de kernmassa van Tom en haar precies toe zou leiden, maar wat ze zich daarbij voorstelde was een paddenstoelwolk.

Drieënhalve week nadat Pip bij hen was ingetrokken, ging Leila naar Washington. Naast het artikel over de kernkop was ze bezig aan een op schriftelijke gegevens gebaseerd verslag over de lakse uitvoering van belastingwetten in de technologie-industrie. Washingtonse hotels in de haar toegestane prijsklasse maakten haar mistroostig, en momenteel zat ze in zo'n hotel. Het liefst zou ze meteen weer naar huis zijn gegaan, naar Denver, maar haar favoriete senator, het meest vooruitstrevende lid van de commissie die over de strijdkrachten ging, had haar een kwartiertje op vrijdagmiddag beloofd voordat hij de stad uit ging, net als de rest van het Congres. Ze had de afspraak persoonlijk geregeld met zijn stafchef, zodat ze geen spoor van telefoontjes of e-mails achterliet. Sinds de komst van de NSA-sleepnetten ging ze steeds meer te werk alsof ze een Koude Oorlog-spion was. Congresleden waren bij uitstek prettige bronnen, omdat ze niet aan de leugendetector konden worden gelegd.

Door haar contacten op het Pentagon te bewerken, van wie ze er een aantal al kende sinds haar tijd bij de *Post*, had ze een opgeschoonde versie geconstrueerd van wat er in Albuquerque was gebeurd. Ja, er waren tien B-61-bommen per vrachtwagen naar Amarillo vervoerd voor een geplande opknapbeurt en systeemupgrade. Ja, een ervan bleek achteraf een replica zonder kernkop te zijn, die normaal gesproken op de basis in de buurt van de echte bommen lag, om te gebruiken tijdens de opleiding van het team dat werd ingezet bij ongelukken. Ja, er was geknoeid met de streepjescodering en met de in microchips verscholen zelfidentificatie. Ja, er waren elf dagen gevolgd waarin een echte bom niet-traceerbaar bleef en waarschijnlijk lag opgeslagen in een slecht bewaakte loods. Ja, er waren koppen gerold. Ja, over de bom was nu 'volledige verantwoording afgelegd' en hij was nooit minder dan 'volledig beveiligd' geweest. Nee, de luchtmacht zou geen nadere gegevens over de diefstal vrijgeven, noch de identiteit van de dader(s) onthullen.

'Er bestaat niet zoiets als "volledig beveiligd",' had Ed Castro, een kernbommenexpert aan de universiteit van Georgetown, tegen haar gezegd. 'Beveiligd tegen ontploffing als je er met een hamer op mept, dat wel. Beveiligd tegen een omzeiling van het codemechanisme, dat waarschijnlijk ook. We vermoeden daarnaast dat bommen van de latere generatie hun eigen kern "vergiftigen" als je ermee knoeit. Maar wapens uit de middenperiode als de B-61 zijn in wezen griezelig eenvoudig. Alle echt geavanceerde technologie wordt toegepast in de fase voordat de bom in elkaar wordt gezet. Het vervaardigen en verfijnen van de plutonium- en waterstofisotopen: ongelofelijk moeilijk en kostbaar. Het afstellen van de hoogexplosieve lading: moeilijk. Maar de onderdelen in elkaar zetten en laten knallen? Helaas, niet echt moeilijk. Als je beschikt over de tijd en een stelletje gepromoveerde types, is *reverse engineering* van het ontstekingsmechanisme prima uitvoerbaar. Het resultaat zal niet zo elegant en minuscuul zijn, en de kracht zal wat zijn afgenomen, maar dan heb je beslist een werkend thermonucleair wapen.'

'Wie zou er een willen?' vroeg Leila, hal retorisch.

Ed Castro was het soort quotekanon waar verslaggevers dol op waren. 'Het vaste groepje verdachten,' zei hij. 'Islamitische terroristen. Schurkenstaten. Boeven uit James Bond-films. Chanteurs in spe. Mogelijk antikernbomactivisten die hopen hun gelijk te bewijzen. Dat zijn de eindgebruikers, en gelukkig zijn dat tamelijk onhandige types. Interessanter is de gedachte wie hun potentiële leveranciers zouden zijn. Wie is er echt goed in het verkrijgen en vervoeren van spullen die ze eigenlijk niet mogen hebben? Wie verzámelt dat soort spullen voor het geval ze van pas komen?'

'De Russische maffia, bijvoorbeeld.'

'In de jaren voordat Poetin de macht greep, werd ik 's ochtends weleens wakker en was dan verbaasd dat ik nog leefde.'

'Maar toen bleek de Russische maffia niet te onderscheiden van de Russische regering.'

'De kleptocratie heeft beslist bevorderend gewerkt op de nucleaire veiligheid.'

Journalistiek was imitatieleven, imitatiedeskundigheid, imitatiewereldwijsheid, imitatievertrouwelijkheid; je verdiepen in een onderwerp om alles daarna weer te vergeten, vriendschappen aanknopen met mensen die je daarna weer laat vallen. En toch, net als zo veel andere holle pleziertjes, was het uiterst verslavend. Op vrijdagmiddag zag Leila andere politiek verslaggevers voor het Dirksen Building rondlopen, elk met een wolkje van eigendunk om zich heen dat haar opviel omdat er ook een om haar heen hing en omdat het haar stoorde andere wolkjes te zien. Hadden die verslaggevers net als zij de batterij uit hun smartphone gehaald om hun locatie te verbergen voor het sleepnet? Ze betwijfelde het.

Het programma van de senator was slechts vijfentwintig minuten uitgelopen. Zijn stafchef, die alle mogelijkheden tot ontkenning blijkbaar liever openliet, kwam niet bij Leila en hem in zijn kantoor zitten.

'De luchtmacht is nijdig op je,' zei de senator toen ze alleen waren. 'Knap werk.'

'Dank u.'

'Uiteraard houden we het strikt officieus. Ik zal je de naam geven van andere mensen die ingelicht zijn, en jij moet een elektronisch spoor achterlaten van alle contacten die je met ieder van hen onderhoudt. Ik wil dat dit verhaal naar buiten komt, maar het is het me niet waard er een commissiezetel door te verliezen.'

'Is het dan zo omvangrijk?'

'Het is niet heel omvangrijk. Middenmaatje, misschien. Maar de geheimhoudingsgekte is doorgeschoten. Wist je dat overheidsinstanties de vertrouwelijke rapporten die we krijgen tegenwoordig niet alleen nummeren en van een watermerk voorzien? Ze doen ook nog iets met de ruimte tussen de letters van elke kopie – de kerning?'

'Kerning, ja.'

'Kennelijk geeft dat elke kopie een unieke signatuur. De technologie zij met ons. Laten ze dat voortaan maar als randschrift op elk dollarbiljet zetten.'

Door de jaren heen was Leila gaan geloven dat politici letterlijk uit speciaal hout waren gesneden, chemisch geprepareerd hout. De senator was kwabbig en pokdalig en had een rare bos haar, en toch ging er een magnetische aantrekkingskracht van hem uit. Zijn poriën scheidden een feromoon uit dat maakte dat ze naar hem wilde kijken en zijn stem wilde blijven horen; ze wilde dat hij haar aardig vond. En ze had ook het gevoel dat hij haar aardig vond. Dat had iedereen door wie hij aardig gevonden wilde worden.

'Je zou het dus van een heel stel mensen gehoord kunnen hebben,' zei hij toen ze de namen had opgeschreven. 'Het probleem is dat we op de technologie vertrouwen. We vertrouwen erop dat de kernkoppen veilig zijn en we verwaarlozen de menselijke kant, omdat technologische problemen makkelijk zijn en menselijke problemen moeilijk zijn. In die situatie verkeert het hele land momenteel.'

'Het kost minder moeite om journalisten van hun baan te beroven dan iets te vinden wat ons kan vervangen.'

'Ik word er gek van. Ik hoef je niet te vertellen hoe het moreel is onder de mensen die de bommenwerpers en de raketsilo's bemannen. We vertrouwen de technologie nog niet voldoende om die mensen door apparaten te vervangen. Dat punt zullen we misschien ooit bereiken, maar intussen zijn dat soort baantjes fataal voor je toekomstplannen. Je krijgt de slechtsten en minst snuggeren, die onze gruwelijkste wapens bewaken en zich te pletter vervelen. Die frauderen bij examens, de regels aan hun laars lappen, door de mand vallen bij hun urinetest. Of juist niet door de mand vallen.'

'In Albuquerque?'

'Als je meteen aan crystal meth denkt, zit je verkeerd. Dit zijn beroepsofficieren. De naam Richard Keneally – niet eens opschrijven, onthouden. De Ritselaar – kennelijk zit er op elke basis minstens één. Je vindt het hopelijk niet erg als ik liever een groot aantal bladzijden samenvat uit een rapport met een unieke typografische signatuur dan dat ik je het rapport laat lezen?'

'U moet nog een vliegtuig halen.'

'Wat er aan stimulerende middelen wordt gebruikt, zijn vrijwel alleen maar voorgeschreven geneesmiddelen. Adderall, OxyContin. Middelen die je helpen de tijd door te komen terwijl je jaargenoten van de luchtmachtacademie echte verkenningsvluchten maken of als astronaut hun garnalen voorgeschoteld krijgen in een tube. Je weet hoe ik denk over de wetten die we in dit land voor verdovende middelen hebben. Laat ik volstaan met te zeggen dat we het nu over middelen voor officieren hebben, niet voor het voetvolk. Desalniettemin, ongeacht de juridische ongelijkheid, in de strijdkrachten zijn ze taboe. Bij een toxicologische test gaan wel degelijk de lichtjes knipperen. En als jij de Ritselaar bent, zit je daardoor aan de bovengrens van je bedrijfsgroei. Hoe verhelp je dat?'

Leila schudde haar hoofd.

'Zorgen dat de vriendjes die jou van stimulerende middelen voorzien zich in alle stilte meester maken van het laboratorium dat de urinetesten uitvoert.'

'Nee maar,' zei Leila.

'Ik wou dat ik je het rapport kon laten zien,' zei de senator. 'Want het wordt nog beter, dat wil zeggen nog erger. Wie zijn die vriendjes? Ik heb de pest aan het word "kartel", dat is volkomen verkeerd. We zouden ze eigenlijk "DHLes Especiales" of "FedExes Extralegales" moeten noemen, want dat is wat ze zijn. Als jij in Woehan nepmedicijnen tegen kanker maakt en je wilt een container met je producten naar de Amerikaanse consument verschepen, wie bel je dan? Pakjesbezorger DHL Especial. Hetzelfde bij wapens, vervalste couture, minderjarige prostituees en uiteraard een heel scala aan verdovende middelen. Met één telefoontje is iedereen bediend. De zucht van de Amerikaanse middenklasse naar verboden stimulerende middelen heeft het kapitaal opgeleverd om een aantal bedrijven op te richten dat zich kan scharen onder de meest geavanceerde, doelmatige bedrijven ter wereld. Hun dienstverlening bestaat eruit goederen te bezorgen, en hun bedrijfskantoren staan niet ver ten zuiden van de grens. En onze Ritselaar, Richard Keneally, wiens naam je hebt onthouden maar niet hebt opgeschreven, deed al jarenlang zaken met hen, pal onder de neus van allerlei inspecteurs-generaal, en dat kwam alleen maar aan het licht toen het model van een B-61 dat voor opleidingsdoeleinden werd gebruikt ergens opdook waar het niet thuishoorde.'

'Is de echte kernkop van de basis weggeweest?'

'Gelukkig niet. Het is een uiterst treurig en schokkend verhaal, maar op een bepaalde manier ook grappig. DHL Especial heeft al dan niet een koper voor de bom gehad – dat zullen we nooit weten. Maar voordat Richard Keneally zelfs maar kon proberen de "replica" te bemachtigen – dat wil zeggen de echte bom –, voordat hij die van de basis af kon krijgen, struikelde hij over een parkeerbeugel en viel op een fles tequila die hij in zijn hand had. Aan het kapotte glas haalde hij een slagader open, zodat hij bijna doodbloedde en een week in het ziekenhuis kwam te liggen. Dat deel van het verhaal is best wel grappig. Minder grappig is dat Keneally de bestelde kernkop kennelijk niet volgens afspraak heeft kunnen leveren en dat hij de Especiales op geen enkele manier kon laten weten waarom hij dat niet gedaan had. Zijn twee zussen waren allebei verdwenen, een in Knoxville, een in Mississippi, rond de tijd dat de verwisseling van de kernkop plaatsvond. Kennelijk werden ze ontvoerd als waarborg voor de transactie. Ze zijn allebei dood aangetroffen achter een autodealer in Knoxville, elk met een pistoolschot in hun achterhoofd. Een van die zussen had drie kinderen. Het enige lichtpunt is dat de kinderen ongedeerd zijn gebleven.'

Leila schreef zo snel als ze kon. 'Godallemachtig,' zei ze.

'Het is verschrikkelijk. Maar voor mij is dit net zo goed een verhaal over het volslagen fiasco van de drugsbestrijding, over ons vertrouwen stellen in de technologie in plaats van aandacht te besteden aan mensen, als over ons kernwapenarsenaal.'

'Dat begrijp ik,' zei Leila, die nog steeds zat te schrijven.

'Het zou allemaal wel aan het licht zijn gekomen, ook als jij hier geen vragen was komen stellen. *The Washington Post* heeft inmiddels lucht gekregen van de degradatie en overplaatsing van officieren die klant van Keneally waren. Ook weet de *Post* over de verkoop van stimulerende middelen. Het is maar een kwestie van tijd voordat iemand de rest laat uitlekken.'

'Heeft u met de *Post* gesproken?'

De senator schudde zijn hoofd. 'Die zit wat ons betreft nog steeds op het strafbankje vanwege iets wat hier niet mee te maken heeft.'

'Waarom heeft Keneally het gedaan?'

'Het vermoeden is deels geld, deel vrees voor eigen leven.'

'Zegt u nu dat hij niet in hechtenis is?'

'Dat moet je maar aan iemand anders vragen.'

'Dat klinkt als een nee.'

'Trek je eigen conclusies maar. En laat me nog eens herhalen dat hier niets van op jullie site verschijnt voordat het door onafhankelijke bronnen is bevestigd.'

'Aan verhalen uit één enkele bron doen wij niet. In dat opzicht zijn we ouderwets.'

'Dat is ons bekend. Het is een van de redenen waarom jij en ik hier zitten. Of hebben gezeten.' De senator kwam overeind. 'Ik moet inderdaad een vliegtuig zien te halen.'

'Hoe was Keneally van plan de bom van de basis af te krijgen?'

'Daar blijft het bij, Leila. Je hebt al meer dan je nodig hebt om aan de rest te komen.'

Hij had gelijk. Een van de beste artikelen uit haar loopbaan was op één oor na gevild. De rest zou bestaan uit de vaste driehoeksmetingen en blufpartijen – 'Ik wil alleen maar bevestigd krijgen dat mijn gegevens kloppen' – terwijl ze intussen met misselijkmakende angst moest afwachten of de *Post* of iemand anders, iemand die minder scrupuleus over zijn bronnenaantal was, met de primeur aan de haal ging.

Toen ze het Dirksen Building verliet, overwoog ze haar trip naar Denver te annuleren, maar het werk dat ze nu moest doen – het verhaal van de senator bevestigd zien te krijgen – kon alleen gedaan worden door persoonlijke gesprekken te voeren, en in een zacht en zonnig voorjaarsweekend zou niemand van de mensen die zij nodig had in Washington blijven. Ze kon maar beter het weekend thuis in Denver doorbrengen, en daar gaan schrijven en een stel interviews regelen, om op zondagavond weer terug te vliegen.

Dat waren tenminste haar rationele overwegingen. Het jammerlijke, ontluisterende feit was echter dat ze Tom en Pip niet een weekend alleen bij elkaar wilde laten. Ze was al uit haar humeur door alles wat er op haar af kwam – de veelheid van artikelen, een zorgcrisis bij Charles thuis, de gebruikelijke stroom e-mails en socialmediaberichten (ze werd elke dag geschreven door de voormalige mevrouw Flayner, die haar recepten en foto's van haar kinderen stuurde) – en nu het artikel over Albuquerque opnieuw aan urgentie won, werd haar werklast alleen maar groter. Het artikel stelde hoge eisen en zij fungeerde als de alleenstaande moeder ervan. Zelfs als ze naar huis ging, zou ze weinig tijd voor Tom of Pip hebben. Hun ongeplande vrijheid in het weekend leek daarbij genotzuchtig. Ze wist hoe belangrijk het was om weerstand te bieden aan jaloezie, wrok en zelfmedelijden, maar het kostte haar een hoop moeite.

In de metro trilde haar hand zo erg dat het lastig was om de snelle krabbels in haar aantekenboekje aan te vullen, lastig om sms'jes naar Tom en Pip in te toetsen. Toen ze eenmaal in het vliegtuig naar Denver zat, was ze vrijwel verlamd van angst dat de primeur aan haar neus voorbij zou gaan. Er zat zo weinig ruimte tussen de stoelen dat ze niet kon werken zonder dat de zakenman naast haar kon meekijken, en daarom kocht ze een klein flesje wijn en bleef ze doelloos zitten staren naar het langzaam voortkruipende vliegtuigicoontje over de routekaart op het scherm dat op de rugleuning vóór haar was bevestigd. Ze kocht een tweede flesje en gebruikte het om haar bezorgdheid te temperen.

Ze had geen rationele argumenten tegen Pip als logé. Voorlopig had het meisje nog geen enkele keer een gebruikt bord of lepel in de gootsteen achtergelaten of het licht laten branden in een lege kamer. Ze had Tom en Leila zelfs aangeboden om de was voor hen te doen. Ze waren teruggeschrokken voor het idee dat hun ondergoed door haar handen zou gaan, maar Pip legde uit dat ze nog nooit in een huis met een functionerende wasmachine en droger had gewoond ('het toppunt van luxe') en daarom lieten ze haar de lakens en handdoeken doen. Bij Pip was weinig te merken van het verwende prinsjesgedrag waarom de jongeren van haar generatie zo werden uitgelachen, maar ze verontschuldigde zich niet voor haar aanwezigheid in huis en evenmin putte ze zich uit in bedankjes voor het feit dat ze bij hen mocht wonen. Door de week, in elk geval op avonden dat Leila thuis was, maakte ze haar eigen afzonderlijke maaltijd, trok zich terug op haar kamer en liet zich niet meer zien. Op vrijdagavond plofte ze echter neer op een keukenkruk, liet Tom een van zijn perfecte manhattans voor haar maken met de cocktailshaker, sneed knoflook fijn voor Leila en vertelde grappige anekdotes over het krakersbestaan in Oakland.

Eigenlijk behoorde Leila blij zijn met deze regeling. Maar ze had reden om aan te nemen dat Pip op avonden dat Leila tot laat bleef doorwerken of bij Charles in huis moest zijn niet voortdurend op haar kamer bleef. Al twee keer binnen een maand had Leila belangrijk nieuws te horen gekregen – de officieuze goedkeuring van een zevenenhalf miljoen dollar bedragende subsidie aan *Denver Independent* van de Pew Foundation, de keuze van een rechter die vijandig stond tegenover een grondwetkwestie waarvoor ook *DI* zich hard maakte – maar niet rechtstreeks van Tom, maar van Tom via Pip. Omdat ze zelf ook van de ervaring van een oudere man had geprofiteerd, wist Leila hoe fijn het was om ergens van op de hoogte te worden gebracht en hoe weinig het meisje besefte wat een voorrecht dat was, hoe weinig ze besefte dat andere mensen haar dat kwalijk konden nemen. Leila vroeg zich af of het schuldgevoel dat ze allengs was gaan krijgen over wat ze Charles' eerste vrouw had aangedaan misschien helemaal geen schuldgevoel was, maar woede: woede op de jongere Leila die toegang tot de literaire wereld had verkregen omdat ze aantrekkelijk was geweest voor Charles; de feministische woede van een oudere vrouw op haar jongere ik. Ze voelde iets van deze woede wanneer ze zag hoe Pip

Toms wijsheid in zich opnam en genoot van het plezier dat hij aan haar jeugdige gezelschap beleefde.

Het was niet zomaar een theoretische kwestie. Al twee keer binnen één maand had Tom Leila op een Charles-achtige manier besprongen. Eén keer toen ze voor de badkamerspiegel stond om haar make-up eraf te halen en hij achter haar was komen staan met een pik die al uit zijn pyjama ontsnapt was, en nog eens, slechts een paar avonden later, toen ze het leeslampje had uitgeknipt en zijn hand op haar sleutelbeen had gevoeld, iets waar hij van hield, en op haar hals, iets waar hij nog meer van hield. Dat soort dingen had Tom alleen in het begin gedaan en was al jarenlang verdrongen door de verdieping van hun onderlinge verstandhouding, en er was maar een minimale vorm van paranoia voor nodig om verband te leggen tussen deze plotselinge verandering bij Tom en de bezielende aanwezigheid, twee deuren verderop in de gang, van een vierentwintigjarige met volle borsten, een perzikhuidje en een regelmatige menstruatie. Als Leila alleen met Pip in huis had gewoond, had ze het misschien leuk gevonden om te zien dat het meisje zich gedroeg alsof ze thuis was, dat ze zomaar rondliep zonder beha onder haar trui en dat ze haar blote voeten tussen de kussens van de bank schoof wanneer ze lag te werken op de tablet die *DI* haar had verstrekt, terwijl de shampoogeur van haar vochtige haar zich door de kamer verspreidde. Maar met Tom erbij gaf Pips onmiskenbare aanwezigheid in huis Leila alleen maar het gevoel dat ze oud was.

Het meisje deed niets verkeerd, ze was gewoon zichzelf, maar Leila merkte dat ze een hekel aan haar begon te krijgen, afgunstig jegens haar was om haar tijd alleen met Tom, afgunstig omdat zij, niet Leila, van zijn gezelschap mocht genieten. Ze geloofde nog steeds dat Pip en hij allebei te dol op haar waren om haar te bedriegen, maar dat deed niet ter zake. Er was maar een minieme paranoia voor nodig om je voor te stellen dat Pips fysieke overeenkomst met Toms ex-vrouw iets bij hem wakker had gemaakt, hem geleidelijk genas van zijn posttraumatische afkeer van Anabels type, zodat de kans bestond dat hij zich er weer toe aangetrokken voelde, en dat dit type echt meer zijn type was, en dat zijn voorkeur voor Leila's type al die tijd een reactie was geweest op de verschrikking van zijn huwelijk: dat Pip de volmaakte avatar was van de jonge Anabel, zijn essentiële type zonder enige Anabel-achtige ballast. Toen hij Leila had gevraagd of ze het vervelend vond dat hij Pip meenam naar een voorstelling van *One Night in Miami*, omdat Leila toch in Washington zou zijn, had ze zich klemgezet gevoeld door haar eigen omstandigheden. Hoe kon ze er bezwaar tegen maken dat

Tom in Denver met Pip naar het theater ging, terwijl zij zo veel tijd aan Charles besteedde? De man zelfs af en toe nog aftrok! Ze zat vast aan een toffe gast in een rolstoel en kon zich alleen maar vrije tijd veroorloven ten koste van een paar uur minder slaap, terwijl Pip, die geen andere vrienden had, en Tom, die elke avond prompt om zeven uur de deur van het kantoor achter zich dichttrok, over volop vrije tijd beschikten en nauwelijks bekritiseerd konden worden omdat ze die tijd met elkaar doorbrachten.

Haar wrok zou aantoonbaar irrationeler zijn geweest als ze niet pertinent was blijven geloven dat ze een ondergeschikte plaats in Toms innerlijk leven bekleedde. Schuldgevoel was niet de enige reden waarom ze met Charles getrouwd was gebleven. Ze had zich nooit helemaal kunnen verlossen van het argwanende gevoel dat Tom, hoeveel hij ook van haar hield omwille van haarzelf, het belangrijk had gevonden dat ze niet jong was geweest toen hij haar leerde kennen; dat Anabel het hem niet kwalijk kon nemen dat hij iets met haar had. Net zoals Anabel het hem niet kwalijk kon nemen dat hij een waardevolle, smetteloze nieuwsdienst in bedrijf hield met geld dat haar vader aan hem had nagelaten. Deze morele overwegingen waren bij hem nog steeds van kracht, en daarom bleef haar verbintenis met Charles iets strategisch, een garantie dat ook zij, net als Tom, iemand anders had. Maar nu was ze bezig dat kapot te maken.

Het meisje leek zich grotendeels onbewust van haar jaloezie. Halverwege haar tweede manhattan, op de avond voordat Leila naar Washington vertrok, was Pip zo ver gegaan om te verklaren dat Tom en Leila haar hoop voor de mensheid gaven.

'Ga door,' had Tom gezegd. 'Ik geloof dat ik ook namens Leila kan spreken als ik zeg dat wij allebei de mensheid graag een vorm van hoop willen bieden.'

'Nou, het werk dat jullie doen, natuurlijk,' zei Pip, 'en de manier waarop jullie dat aanpakken. Maar het enige wat ik ooit van samenwonende stellen heb meegemaakt is narigheid. Of er is sprake van leugens, onbegrip en scheldpartijen, of er is zo'n verstikkende... ik weet niet... áárdigheid.'

'Leila kan verstikkend aardig zijn.'

'Ja hoor. Je lacht me uit. Maar bij de echt hechte stellen die ik ken, is het alsof er geen ruimte voor iemand anders is. Het draait allemaal om hoe geweldig ze zijn als stel. Er hangt een soort oudesokkenlucht om ze heen, een vanochtend-eten-we-flensjesgeur. Ik bedoel dat het fijn is om mee te maken dat het niet altijd zo hoeft te zijn.'

'Je maakt ons erg trots op onszelf.'

'Ze geeft ons een compliment, dus je moet haar niet plagen,' zei Leila boos.

'Geeft allemaal niet,' zei Pip.

Ze zaten in Toms keuken, en Leila, die niet ongevoelig was voor Pips voorkeur voor vegetarisch eten, maakte een frittata met courgette als avondeten. Het was Tom en haar opgevallen dat Pip telkens naar boven ging om haar slaapkamerdeur dicht te doen als de vlam onder de koekenpan werd aangezet. 'Je bent zeker erg gevoelig voor luchtjes en geuren, flensjesgeur, sokkenlucht...'

'Stank is de hel op aarde,' zei Pip. Ze hief haar glas met de manhattan, alsof dat standpunt een toost verdiende.

'Ik was vroeger getrouwd met iemand die dat ook vond,' zei Tom.

'Maar geuren kunnen ook hemels zijn,' zei Pip. 'Ik heb gemerkt –' Ze ging niet verder.

'Wat?' vroeg Leila.

Pip schudde haar hoofd. 'Ik moest even aan mijn moeder denken.'

'Is zij ook overgevoelig voor geuren en luchtjes?' vroeg Tom.

'Ze is op ieder gebied overgevoelig. En ze is vaak depressief, dus is stank voor haar altijd de hel op aarde.'

'Je zult haar wel missen,' zei Leila.

Pip knikte.

'Misschien wil ze je hier wel een keer komen opzoeken.'

'Ze reist niet. Ze rijdt geen auto en ze heeft nog nooit een vliegtuig van binnen gezien.'

'Heeft ze vliegangst?'

'Het is eerder dat ze zo'n bergbewoner is die nooit de berg af komt. Ze zei dat ze naar mijn afstudeerplechtigheid zou komen, maar ik zag hoe zenuwachtig ze werd van dat idee, op de bus stappen of iemand vragen of ze kon meerijden, dus uiteindelijk heb ik maar tegen haar gezegd dat ze niet hoefde te komen. Ze voelde zich ontzettend schuldig, maar ik zag dat ze ook ontzettend opgelucht was. En Berkeley is maar twee uur reizen.'

'Ha,' zei Tom. 'Ik had het geweldig gevonden om mijn moeder niet op mijn afstudeerplechtigheid te hebben. Ze heeft het zelf beschreven als de ergste dag van haar leven.'

'Wat gebeurde er dan?' vroeg Pip.

'Ze moest kennismaken met de vrouw met wie ik later getrouwd ben. Ze konden elkaar niet uitstaan. Het was een heel vervelende situatie.'

Hij weidde nog iets meer uit over die vervelende situatie, maar Leila kon er bijna niet naar luisteren, niet omdat ze het verhaal al eerder had gehoord, maar omdat ze het juist nog nooit had gehoord. Hij had meer dan tien jaar de tijd gehad om haar het verhaal van zijn afstudeerplechtigheid te vertellen en nu kreeg ze het alleen maar te horen omdat hij het aan Pip vertelde. Ze vroeg zich af wat hij het meisje nog meer aan interessants had verteld als zij er niet bij was.

'Weet je, die wijn valt niet zo goed bij me,' zei ze van achter het fornuis. 'Wil je een manhattan voor me maken?'

'Ik doe het wel,' zei Pip gretig.

Leila dronk wat meer sinds ze Pip had leren kennen. Die avond stak ze onder het eten een hele tirade af tegen de valse belofte van internet en de social media als vervanging voor de journalistiek – het idee dat je geen journalisten in Washington hoefde te hebben wanneer je de tweets van Congres-leden kon lezen, geen nieuwsfotografen hoefde te hebben wanneer iedereen een telefoon met een camera bij zich had, geen professionals hoefde te betalen wanneer je kon crowdsourcen, dat er geen onderzoeksjournalistiek nodig was wanneer de aarde werd bewandeld door reuzen als Assange en Wolf en Snowden...

Ze voelde dat ze zich met haar tirade op Pip richtte, dat ze haar onverstoorbaarheid verloor door een aanval te doen op Pips vrijblijvende onverstoorbaarheid, maar er zat ook een ondertoon van wrok in jegens Tom. Lang geleden had hij haar verteld dat hij Andreas Wolf had leren kennen in Berlijn, destijds, toen hij nog getrouwd was. Het enige wat hij daarover kwijt wilde, was dat Wolf een charismatische maar getroebleerde persoonlijkheid was, die er zelf geheimen op na hield. Maar door de manier waarop hij dat had gezegd kreeg Leila de indruk dat Wolf veel voor Tom had betekend. Net als Anabel behoorde Wolf tot de donkere kern van Toms innerlijke leven, het tijdperk pre-Leila waartegen zij strijd leverde. Omdat ze het waardeerde dat hij nooit bij haar zat te vissen en te graven, zat ze ook zelf nooit bij hem te vissen of te graven. Maar het ontging haar niet dat Tom zijn herinneringen aan Wolf stevig afschermde; vandaar dat ze dezelfde wedijverende jaloezie voelde die ze ten opzichte van Anabel had.

Dat was een jaar geleden al duidelijk geworden toen ze was vereerd met een interview door *Columbia Journalism Review*. In antwoord op een vraag over klokkenluiders had ze het Sunlight Project behoorlijk fel aangevallen. Tom was niet blij toen hij het interview las. Waarom zou je de ware gelovigen tegen je in het harnas jagen als ze niets ergers op hun kerfstok hadden dan dat ze een fout beeld opriepen van de 'luddieten' die het niet met hen eens waren? Was *Denver Independent* niet op dezelfde manier afhankelijk van internet als het Sunlight Project? Waarom zou ze zich aan goedkope kritiek blootstellen? Leila had gedacht, maar niet gezegd: omdat *jíj* me niets vertelt.

Terwijl ze haar tirade onder het eten voortzette en ook het door mannen gedomineerde Silicon Valley een veeg uit de pan gaf omdat ze daar in de Valley niet alleen vrouwelijke freelancers uitbuitten maar vrouwen in het algemeen, door hen te verleiden met nieuwe kwek- en babbeltechnologieën en hun de illusie van macht en vooruitgang te geven, terwijl ze zelf intussen de zeggenschap over de productiemiddelen in eigen hand hielden – kulbevrijding, kulfeminisme, kul-Andreas Wolf – hield Pip op met eten en bleef met een ongelukkig gezicht naar haar bord zitten kijken. Ten slotte werd Leila onderbroken door Tom, zelf tamelijk aangeschoten.

'Leila,' zei hij. 'Je schijnt te denken dat we het niet met je eens zijn.'

'Ben je het dan wél met me eens? Is Pip het met me eens?' Ze keek Pip aan. 'Heb jij daar eigenlijk wel een mening over?'

Pips ogen verwijdden zich, maar bleven strak op haar bord gericht. 'Ik heb best begrip voor je standpunt,' zei ze. 'Maar ik snap eigenlijk niet waarom er niet een rol kan zijn weggelegd voor journalisten én voor mensen die dingen laten uitlekken.'

'Precies,' zei Tom.

'Vind je dan niet dat Wolf met je concurreert?' vroeg Leila hem. 'Concurreert en wint?' Ze keek Pip weer aan. 'Tom en Wolf kennen elkaar van vroeger.'

'O, ja?' vroeg Pip.

'We hebben elkaar in Berlijn ontmoet,' zei Tom. 'Na de val van de Muur. Maar dat staat hierbuiten.'

'Echt waar?' vroeg Leila. 'Je hebt de pest aan Assange, maar Wolf kan om een of andere reden geen kwaad doen. Hij kan bij niemand kwaad doen. Hij wordt op de schouders genomen en ingehaald als held en heiland en formidabel feminist. En daar trap ik geen seconde in. Vooral zijn feminisme, ik trap er niet in.'

'Er is geen enkele andere klokkenluider die de afgelopen tien jaar ruimere of betere informatie naar buiten heeft gebracht. Je hebt alleen maar de pest in omdat hij net zo'n goede staat van dienst heeft als wij.'

'Door selfies te uploaden van een tandarts die zijn geval voor het gezicht houdt van een met Propofol verdoofde patiënte? Ja, dat zou je best een feministische daad kunnen noemen. Maar misschien is "feministisch" niet het allerbeste woord om zo'n upload mee te typeren?'

'Hij doet betere dingen dan dat. De gelekte informatie over Blackwater en Haliburton heeft de hele aanpak in die branche veranderd.'

'Maar telkens met dezelfde volksverlakkerij. Door zijn zuivere licht over een wereld van corruptie te laten schijnen. Door andere mannen de les te lezen over hun seksisme. Het is alsof hij het liefst een wereld vol vrouwen heeft, met maar één man die hen begrijpt. Ik ken dat soort kerels. Griezels zijn het.'

'Wat is er in Berlijn gebeurd?' vroeg Pip.

'Daar heeft Tom het nooit over.'

'Dat klopt,' zei Tom. 'Daar heb ik het nooit over. Wil je dat ik er nu over vertel?'

Leila begreep dat het aanbod alleen maar werd gedaan omdat het meisje erbij was.

'Nu jij hier bent,' zei ze met een zielig lachje tegen Pip, 'hoor ik van alles over Tom wat ik nog niet wist.'

Pip, die niet achterlijk was, bespeurde het gevaar. 'Ik hoef niets over Berlijn te weten,' zei ze. Ze wilde haar wijnglas pakken, maar slaagde erin het om te stoten. 'Shit! O, wat erg!'

Tom was degene die overeind sprong om de keukenrol te pakken. Charles zou Leila de wijn hebben laten opdeppen, zelfs vóór zijn ongeluk – Charles, die vrijwel nooit boeken van vrouwen behandelde, terwijl Tom meer vrouwelijke dan mannelijke journalisten aannam. Tom was een vreemde hybride feminist, gedragsmatig zonder blaam, maar vijandig in zijn gedachtegang. 'Ik begrijp het feminisme als het gaat om gelijke rechten,' had hij een keer tegen haar gezegd. 'Wat ik niet begrijp is de theorie. Of vrouwen precies hetzelfde zijn als mannen, of anders en beter dan mannen.' En hij had gelachen zoals hij dat deed wanneer hij iets stompzinnig vond, en Leila had woedend gezwegen, omdat zij een omgekeerde hybride was: in haar gedachtegang een feministe, maar daarnaast 'een van die vrouwen' wier primaire relaties altijd met mannen waren geweest en die beroepsmatig, hun hele leven, hadden geprofiteerd van hun vertrouwelijke omgang met hen. Ze had zich door het lachje van Tom aangevallen gevoeld en daarna hadden ze er allebei wel voor opgepast om nog eens over het feminisme te discussiëren.

Alweer iets wat onbesproken bleef, in een leven vol onbesproken dingen, een leven waarvan Leila had genoten totdat het meisje er deel van ging uitmaken. Pip leek het geweldig te vinden om bij hen te wonen en zweeg in alle talen over teruggaan naar Californië; het zou niet zo makkelijk worden om van haar af te komen. Maar Leila wenste inmiddels, tot haar innige verdriet, dat het wel zou kunnen.

Toen het vliegtuig in Denver geland was, bekeek ze haar werkmailtjes en daarna haar sms'jes. Er was er een van Charles: Bestaat César?

Zodra ze uit het vliegtuig was, belde ze hem. 'Is César er al?'

'Nog niet,' zei Charles. 'Ik sta daar zelf onverschillig tegenover, maar ik weet dat jij die mensen graag op hun kop geeft. En hen in de armetierige kuiten bijt.'

'Stelletje lamzakken. Wat is er nou zo moeilijk aan om iemand te laten opdraven?'

'Grr!'

César, de nieuwe hulp, had om zes uur bij Charles moeten zijn om hem een bad, fysiotherapie en een warme maaltijd te geven. Het was nu halfnegen. Het probleem met Charles was dat hij het vervelend vond om zorgverleners te hebben, maar niet zo vervelend dat hij het Leila verbood om ze in dienst te nemen en toezicht op hen te houden. Met als gevolg dat ze heel wat werk verrichtte zonder er veel dank voor te krijgen.

Terwijl ze door de aankomsthal beende, belde ze Toms thuisnummer, en meteen werd ze doorgeschakeld naar zijn voicemail. Daarna belde ze het zorgbureau.

'People Who Need People, u spreekt met Emma,' zei een meisje dat klonk alsof ze rond de twaalf was.

'U spreekt met Leila Helou en ik wil weten waarom César niet bij Charles Blenheim is verschenen.'

'O, dag, mevrouw Blenheim,' zei Emma opgewekt. 'César had er om zes uur moeten zijn.'

'Dat weet ik. Maar om zes uur was hij er niet. En hij is er nog steeds niet.'

'Oké, geen probleem. Ik ga kijken of we erachter kunnen komen waar hij is.'

'"Geen probleem"? Het is wél een probleem! En dit is ook niet voor het eerst.'

'Sorry daarvoor. Ik zoek wel uit waar hij is. Het is echt geen probleem.'

'Wil je alsjeblieft niet meer "geen probleem" zeggen wanneer we juist wel een probleem hebben?'

'We zitten vanavond een beetje krap in het personeel. Eén momentje... O, ik zie al wat er gebeurd is. César moest invallen voor een andere verzorgende die ziek is geworden. Hij zal zo wel bij meneer Blenheim zijn.'

Kon het bureau niet voorzien dat er een personeelstekort zou ontstaan? Vonden ze het daar prima als iemand drie uur te laat kwam zonder dat door te geven? Maakten ze er een gewoonte van ingeplande thuishulp doodleuk naar andere cliënten te sturen? Instrueerden ze het kantoorpersoneel niet eens om behoorlijk excuses te maken?

Leila wist wel beter dan deze vragen te stellen. Ze was al halverwege haar bestemming toen Emma terugbelde. 'Oké, helaas ziet het ernaar uit dat César niet weg kan. Maar we kunnen wel iemand anders sturen. Ze kan geen tilwerk doen, maar ze kan meneer Blenheim wel met andere dingen helpen en hem gezelschap houden.'

'Meneer Blenheim heeft geen gezelschap nodig. Meneer Blenheim hoeft alleen maar getild te worden.'

'Oké, geen probleem. Ik zal César nog eens proberen te bereiken.'

'Laat allemaal maar zitten. Stuur morgenochtend een mannelijke hulp en zorg dat ik de naam César nooit meer te horen krijg. Kun je dat voor me doen? Is dat geen probleem?'

Charles was uitstekend in staat om zelf eten klaar te maken en in bed te komen, en Leila wist dat ze zichzelf er geen dienst mee bewees door Tom en Pip een paar extra uurtjes alleen te geven. Maar toch deed ze het. Charles zat in zijn rolstoel in de gang bij de keuken, waar hij zomaar was blijven staan. Het rook er naar stoofvlees uit blik.

'God, wat zie je er deprimerend uit,' zei ze. 'Waarom zit je in de gang?'

'Ik ben min of meer geobsedeerd door die niet-bestaande César. Proust heeft een geweldige passage waarin hij beschrijft hoe je je een voorstelling maakt van het gezicht van een meisje dat je alleen maar vluchtig van achteren hebt gezien. Hoe mooi het ongeziene gezicht altijd is. Tot dusver heb ik de teleurstellende werkelijkheid van César nog niet ondergaan.'

'Je wilde vast ergens naartoe toen je hier stilhield. Wil je daar nu heen?'

'Het was fijn om nader kennis te maken met de gang.'

'Waar heb je behoefte aan?'

'Een echt bad, maar dat gaat niet gebeuren. Misschien moet ik maar iets te drinken nemen. Ik heb de drankkaart nog niet uitgespeeld.'

Hij ging met zijn rolstoel naar de woonkamer, en Leila zette zijn fles en een glas bij hem neer.

'Ga nou maar gauw naar je vriendje en die wildebras van je,' zei hij.

'Zeg eerst maar wat ik verder nog voor je kan doen.'

'Je had hier niet eens hoeven komen. Eigenlijk is het best interessant dat je dat gedaan hebt. Alles in orde aan het andere thuisfront?'

'Niets aan de hand.'
'Je hebt die parenthetische frons tussen je wenkbrauwen.'
'Ik ben gewoon echt moe.'
'Ik ken je vriendje niet – dat genoegen is me ontzegd. Maar de wildebras heeft een vadercomplex. Zelfs de toffe rolstoelgozer wist al iets bij haar los te maken in de paar korte minuten die je me met haar heb gegund. Ik heb er altijd talent voor gehad dat complex naar boven te brengen.'
'Nou. Je wordt bedankt.'
'Daar bedoelde ik jou niet mee.' Hij kreeg een nadenkende blik in zijn ogen. 'Ben ik dat voor je geweest? Een soort vaderfiguur?'
'Nee. Maar er speelden waarschijnlijk wel problemen.'
'Niet zoals ik dat bij dit meisje kon ruiken. Mijn advies is om op je tellen te passen.'
'Ben jij ooit weleens in de verleiding gekomen om een gedachte onuitgesproken te laten?'
'Ik ben schrijver, schatje. Gedachten verwoorden is waar ik slecht voor word betaald en onbarmhartig voor word gerecenseerd.'
'Het lijkt me op den duur gewoon ontzettend vermoeiend.'
Toen ze eindelijk bij Toms huis aankwam, zag ze alleen maar licht in de keuken branden. Ze vond het er heerlijk en voelde zich er thuis, maar juist omdat het zo'n fijn huis was, herinnerde het haar voortdurend aan het feit dat het deels was bekostigd met het geld van Anabels vader. Dat was misschien ook de reden waarom ze ervoor terugschrok om ergens een zelfgekozen foto of prent op te hangen en waarom ze al jarenlang probeerde Tom zover te krijgen dat hij huur van haar accepteerde. Aangezien hij dat weigerde, betaalde ze in plaats daarvan Charles' thuiszorg en doneerde forse bedragen aan Emily's List, aan pro-abortus- en gelijkberechtigingsorganisaties en aan Barbara Boxer, de progressieve senator voor Californië, om op die manier haar feministische geweten te sussen.
Voordat ze naar binnen ging, masseerde ze bij de achterdeur de huid tussen haar wenkbrauwen, dankbaar en niet boos dat Charles had gezegd dat ze fronste. Het kwam bij haar op dat ze minder uit overwegingen van schuldgevoel of strategisch evenwicht met hem getrouwd was gebleven dan omdat ze het domweg niet kon verdragen om afstand te doen van iemand die nog steeds van haar hield.
De keuken was leeg. In de pastapan borrelde water, op het kookeiland stond een sla op een dressing te wachten. 'Hal-lo-o,' riep ze met het malle uithaaltje waarmee Tom en zij hun komst aankondigden.

‘Hallo,’ riep Tom uit de woonkamer, zonder het uithaaltje.

Ze trok haar rolkoffer naar de hal. In het halfdonker duurde het even voordat ze Tom languit op de bank zag liggen.

‘Waar is Pip?’ vroeg ze.

‘Pip is vanavond op stap met de stagiairs. Ik heb te veel gedronken terwijl ik op je wachtte en moest even gaan liggen.’

‘Sorry dat ik zo laat ben. We kunnen wel meteen eten.’

‘Heeft geen haast. Er staat een drankje voor je in de vriezer.’

‘Ik zal maar niet doen alsof ik daar geen zin in heb.’

Ze ging met haar koffer naar boven en kleedde zich om in spijkerbroek en trui. Misschien kwam het alleen maar doordat ze had verwacht Pip aan te treffen, maar het huis leek op een onheilspellende manier geluiden te absorberen, zodat de banale handelingen van thuiskomen geen enkele weergalm gaven. Toen ze naar beneden ging om haar drankje op te eisen, lag Tom nog op de bank.

‘Je hebt mijn sms’je gekregen,’ zei ze.

‘Ja.’

‘Er zijn twee vrouwen dood. De tussenpersoon is waarschijnlijk ook dood. Het is zowel een verhaal over verdovende middelen als een verhaal over kernwapens. Het is allemaal doodeng.’

‘Da’s geweldig, Leila.’

Hij klonk alsof hij er niet helemaal bij was, maar zij dronk haar borrel en vertelde hem alle bijzonderheden. Hij reageerde met de juiste woorden, maar niet met de juiste stem, en toen viel er een stilte. Het was zo stil in huis dat ze het flauwe gerammel van het deksel op de pastapan kon horen.

‘En, is er nog nieuws?’ vroeg ze.

Het duurde even voordat Tom antwoordde. ‘Je zult wel heel moe zijn.’

‘Valt wel mee. Ik word wakker van die borrel.’

Er viel een langere stilte, een kwalijke stilte. Ze had het gevoel alsof ze andermans leven was binnen gewandeld, andermans huis. Ze herkende het niet. Pip had er iets mee uitgehaald. Opeens was het verre gerammel van het pannendeksel onverdraaglijk.

‘Ik ga het gas uitzetten,’ zei ze.

Toen ze terugkwam, zat Tom overeind op de bank. Hij wreef met zijn ene hand in zijn ogen en hield zijn bril in de andere hand.

‘Vertel je me nog wat er aan de hand is?’ vroeg ze.

‘Altijd naar Leila luisteren.’

‘Wat moet dat nou weer betekenen?’

'Het betekent dat je gelijk had. Haar in huis nemen was een slecht idee.'

'Hoezo dan?'

'Jij wordt er ongelukkig van.'

'Dat word ik ook van een heleboel andere dingen. Als dat alles is – ander onderwerp graag.'

Stilte.

'Ze lijkt dus griezelig veel op Anabel,' zei Tom. 'Niet qua persoonlijkheid, maar qua stem en gebaren. Als ze geeuwt, zou het Anabel kunnen zijn die geeuwt. Hetzelfde wanneer ze moet niezen.'

'Omdat ik Anabel niet ken, zal ik maar afgaan op jouw woorden. Wil je soms met haar naar bed?'

Hij schudde zijn hoofd.

'Zeker weten?'

Tot haar ontzetting leek hij erover na te moeten denken.

'O, verdomme,' zei Leila. 'Verdómme.'

'Het is iets anders dan je denkt.'

Het was alsof ze opeens, zonder voorgaande waarschuwing, moest overgeven. De golf van woede, het oude ruziegevoel.

'Leila, er is –'

'Heb je er enig idee van hoe strontziek ik van dit leven ben? Heb je daar verdomme ook maar enig idee van? Hoe het is om samen te leven met een man die nog wordt achtervolgd door het spookbeeld van een vrouw die hij al in geen vijfentwintig jaar meer heeft gezien? Om het gevoel te hebben dat alles wat ik voor jou beteken er eigenlijk op neerkomt dat ik háár niet ben?'

Hij hoefde niet te happen. Hij wist hoe hij rustig moest blijven en de lont uit het kruitvat moest halen. Maar hij moest heel wat gedronken hebben voordat ze thuiskwam.

'Ja, dat weet ik wel een beetje,' zei hij met onvaste stem. 'Een beetje, ja. Ik weet wat het is om hier de hele avond te zitten wachten terwijl jij zonder enige aanleiding een kijkje bij je man gaat nemen.'

'Zijn thuishulp was niet komen opdagen.'

'Raar is dat. Wie had dat nou kunnen voorzien? Wanneer is zoiets nou eerder gebeurd?'

'Helaas is het vanavond gebeurd.'

'Ik ben er inmiddels wel aan gewend.'

'Nou, mooi, want dat gaat niet veranderen. Waarom zou ik dat nu veranderen? Waarom ben ik eigenlijk thuisgekomen? Waarom ben ik niet blijven slapen bij iemand die me nooit zal kwetsen? Die me nooit kwetst. Iemand bij wie ik op de eerste plaats kom.'

'Tja, waarom niet?'

'Omdat ik niet verliefd op hem ben! En dat weet je best. Dit heeft niets met Charles te maken.'

'Nou, een beetje wel, geloof ik.'

'Niets, helemaal niets. Ik zorg voor Charles omdat hij me nodig heeft. Jij kunt Anabel niet loslaten omdat je altijd van haar bent blijven houden.'

'Dat is belachelijk.'

'Het is belachelijk om het te ontkennen. Ik heb het meteen gezien, al de eerste seconde dat ik Pip en jou in één kamer zag. Níemand blijft in de ban van een vrouw, tenzij hij nog steeds verliefd op haar is!'

'Ik ben niet degene die mijn man nog steeds aftrekt.'

'God!'

'Als dat tenminste het enige is wat je met hem doet.'

'Verdomme nog aan toe! Ik wist dat ik je dat niet had moeten vertellen!'

'Laat dat vertellen maar zitten. Ik heb het over het doen. Vind je niet dat hier enigszins sprake is van een dubbele moraal?'

'Ik heb tegen je gezegd dat het niet belangrijk was. Jij hebt zelf ook gezegd dat het niet belangrijk was. Je hebt gezegd dat het niet veel verschilde van hem erwtenpuree voeren met een lepel. Dat waren jouw woorden.'

'Ik zeg het alleen maar, Leila. Laten we het eens hebben over in de ban zijn van iemand. Jij verzínt zowat redenen om bij hem te kunnen zijn.'

'Hij heeft zorg nodig.'

'Hij wil nog niets eens de hélft van wat je allemaal voor hem doet.'

'Nou, het spijt me, maar jij hebt je kans gehad. Jij hebt je kans gehad om me iemand te geven die geschikter was om voor te zorgen. En de enige reden waarom je dat niet –'

'God, daar gaat we weer.'

'De enige reden waarom je dat niet –'

'Er waren een heleboel goede redenen, en dat weet je zelf ook.'

'De enige reden waarom je dat niet hebt gedaan is Anabel. Anabel, Anabel, Anabel. Wat is er zo fantastisch en geweldig aan Anabel? Geef alsjeblieft antwoord. Ik wil het nou weleens een keer weten.'

Hij slaakte een diepe zucht. 'Na de eerste paar jaar ben ik vrijwel nooit meer gelukkig met haar geweest. Ik ben met jou vrijwel altijd gelukkig. Jij maakt me al gelukkig door gewoon de kamer binnen te komen.'

'Zoals toen ik daarnet de kamer binnen kwam? Heeft dat je gelukkig gemaakt?'

'Op dit moment lijkt het erop dat we ruzie hebben.'

'Omdat Anabel hier in huis is – dat zeg je zelf. Zelfde stem, zelfde gebaren. Jij kunt gelukkig met me zijn zolang we alleen zijn, maar met haar in hetzelfde huis –'

'Ik heb toch al gezegd dat het een vergissing is geweest om Pip in huis te nemen?'

'Dus met andere woorden: ja. Ik ben alleen goed genoeg als jij niet aan haar wordt herinnerd.'

'Niet waar. Je zit er helemaal naast.'

'Weet je waar ik nu zin in heb? Ik heb zin om jullie hier gewoon met z'n tweeën te laten wonen zodat jullie het zelf kunnen uitzoeken. Ik ga bij mijn man wonen, zij krijgt de vader die ze nooit heeft gehad en jij krijgt een nieuwe incarnatie van de vrouw die je nooit hebt kunnen loslaten. Dan kun je luisteren naar haar gegeeuw en je voorstellen dat je bij Anabel bent.'

'Leila.'

'Ik maak echt geen grapje. Ik denk dat ik dat maar ga doen. Het is wel een verfrissende gedachte nu eens niet de maîtresse van de baas te hoeven zijn. Dat dat nu eens niet het allereerste is wat elke nieuwe stagekracht over me te weten komt. Misschien kan ik dan ook wat nieuwe vriendinnen maken, zodat ik niet hoef rond te lopen met het gevoel dat ik mijn eigen sekse op zo'n gênante manier tekortdoe. Er zijn een heleboel dingen die ik kan doen met vijf avonden méér en één man minder in de week.'

'Leila.'

'Mijn koffer is toch nog ingepakt. Blijf jij maar wakker voor Pip. Ik ga wel naar huis – naar húis.' Ze dronk haar glas leeg en kwam overeind. 'Voor het geval het je is ontgaan, ik ben niet meer zo weg van haar.'

'Het is me niet ontgaan. Het is ook haar niet ontgaan.'

'Dat is dan geweldig.'

'Ze is vanavond de deur uit gegaan zodat jij en ik het rijk alleen zouden hebben. Vandaar ook het ironische en irritante van jouw belangrijke bezigheden bij je man thuis. Maar ze is niet dom. Ze is niet ongevoelig.'

'Nee, ze is in elk opzicht een prima meid. Moet je haar niet eens lekker hard neuken?'

'Het laatste wat ze wil is tussen ons komen. Ze kijkt naar je op –'

'Neem dan een kind met háár, nu je al je schuldgevoelens op mij hebt uitgeleefd –'

'Ze kijkt naar je op, maar ze voelt wel aan dat je haar hier niet wilt hebben. Ze voelt zich er ellendig onder.'

'Nou, dat is dan heel fijn. Maar ik hoor niet graag dat jullie over me praten en ik vind het vreselijk dat jullie dat doen. Misschien kunnen jullie me een plezier doen en het samen over Anabel hebben.'

'Jij bent emotioneel,' zei hij. 'Ik ben ook emotioneel. Ik zat op je te wachten en werd kwaad en jaloers. Jij komt thuis met groot nieuws, je bent uitgeput, heel begrijpelijk, en wat doen we? We maken ruzie.'

'O, ik kom wel terug, hoor. Dat weet jij ook best. Alleen word ik eens in de zoveel tijd geconfronteerd met hoe enorm ik de pest heb aan dit leven, ook al is het een goed leven. Voel jij dat niet ook?'

Hij schudde zijn hoofd.

'Ik ben afgepeigerd,' zei ze. 'En ik moet het hele weekend werken. Op dit moment is het enige waaraan ik kan denken dat er een kamertje is dat helemaal van mij is, voor honderd procent van mij, en dat kamertje is niet hier. Het spijt me.'

Hij zuchtte nog eens. 'Voordat je gaat?'

'Ja?'

'Probeer niet boos te worden als ik dit zeg.'

'Dat is al genoeg om me kwaad te maken.'

Hij legde zijn bril op een kussen en hield zijn handen tegen zijn gezicht om in zijn ogen te wrijven.

'Je zult wel denken dat ik een erg lange aanloop nodig heb om bij de hoofdzaak uit te komen,' zei hij. 'Je zult wel denken dat ik krankzinnig ben. Maar ik denk dat ze misschien wel mijn dochter is.'

'Dat wie misschien wel je dochter is?'

Hij zette zijn bril weer op en keek strak voor zich uit. Er waarde een spookbeeld door de kamer. 'Het is niet mogelijk,' zei hij. 'Ik heb geen dochter, en zelfs als ik die op een of andere manier wel had, hoe groot is dan de kans dat ze met mij onder één dak woont?'

'Nihil.'

'Precies.'

'En dus?'

'Ze is Anabels dochter,' zei hij. 'Haar moeder is Anabel, dat kan niet anders. En ik ben de vader. Ook daar ben ik vrij zeker van.'

Leila moest gaan zitten om de hellende kamer in evenwicht te krijgen. ‘Dat kan niet waar zijn.’

‘Nu begrijp je vast wel waarom ik het zo lang vond duren voordat je thuiskwam.’

Zelfs nu ze zat, voelde ze de vloer onder zich kantelen, alsof er werd geprobeerd haar het huis uit te kieperen. Was het voorstelbaar dat alles voorbij was? Dat ze naar huis zou gaan, naar Charles, en nooit meer terug zou komen? Het leek niet onvoorstelbaar.

‘Het begon met “Stank is de hel op aarde”,’ zei Tom. ‘Plus het feit dat haar moeder krankjorum is en ondergedoken leeft. Vandaar dat ik haar op woensdag, na het toneel, heb gevraagd waarom haar moeder van identiteit was veranderd. Ze zei dat haar moeder bang is dat haar vader “haar van haar zal afpakken”. Riekt dat naar Anabel? Meer dan een beetje, nietwaar? En dus vroeg ik haar of ze een foto van haar moeder had –’

‘Ik wil het niet horen,’ zei Leila.

‘En die had ze, op haar telefoon.’

‘Ik wil dit echt allemaal niet horen.’ Het ging al door haar hoofd dat als Tom geweten had dat Anabel een kind had, hij er niet zo veel bezwaar tegen zou hebben gehad om er zelf ook een te willen. Het ging al door haar hoofd dat het nu afgelopen was tussen hem en haar.

‘Dus wie is de vader?’ vroeg Tom. ‘Ik zal je de details besparen, maar het is op geen enkele manier mogelijk dat ik het ben. En toch weet ik vrijwel zeker dat ík het ben.’

‘Waarom dan?’

‘Omdat Pip de juiste leeftijd heeft, en omdat ik Anabel ken. De manier waarop ze destijds is verdwenen wordt nu logischer, nu ik weet dat ze zwanger was –’

‘Ik zeg het nog één keer. Het is voor mij een kwelling om iets over Anabel te horen.’

Tom zuchtte. ‘Ik kan je niet vertellen hoe vreemd het was om haar foto op Pips telefoon te zien. Ik heb maar één tel gekeken, maar één tel was genoeg. Ik weet niet wat ik heb gezegd, maar Pip deed er uiterst nonchalant over. Niet alsof ze iets verborgen wilde houden. Ik vroeg of ik de foto mocht zien, zij liet hem zien. En daardoor denk ik –’

‘Ze heeft geen idee.’

‘Precies. Dát, of anders kan ze heel goed liegen. Want toen moest ik aan dat vriendje denken, het feit dat ze ons iets had voorgelogen. Ik begon me af te vragen of ze inderdaad weet wie ik ben.’

'Heb je het haar niet gevraagd?'

'Ik wilde eerst met jou praten.'

Leila dacht aan de sigaretten die ze voor noodgevallen in de diepvriezer bewaarde. De borrel had haar lamgeslagen. Toms nieuws had haar lamgeslagen.

'Ik sta hier volkomen buiten,' zei ze. 'Het gaat om jouw leven, jouw echte leven, het leven dat voor jou van belang is. Ik kwam altijd op de tweede plaats. Ook al wil jij je echte leven niet meer terug, je wordt er nu door achterhaald. En over mij hoef je je niet druk te maken – ik weet hoe ik stilletjes de aftocht moet blazen.'

'Ik zou niets liever willen dan Anabel nooit meer zien.'

Ze lachte koeltjes. 'Zo te horen krijgt je haar binnenkort heel vaak te zien.'

'Pip is een goede researcher. Mogelijk is het haar gelukt om te achterhalen wie Anabel is en me op die manier op het spoor is gekomen. Maar als ze slim genoeg is om dát uit te zoeken, is ze ook slim genoeg om te achterhalen dat er een trustfonds van één miljard op Anabels naam bestaat.'

'Eén miljard dollar.'

'Als Pip daarvan op de hoogte was, zou ze niet hier in Denver zitten. Dan zou ze bezig zijn haar moeder over te halen om die miezerige studielening af te betalen.'

'Eén miljard dollar. Je ex-vrouw is één miljard dollar waard.'

'Dat heb ik je verteld.'

'Je hebt verteld dat het véél was. Je hebt niet gezegd dat het één miljard dollar was.'

'Het is maar een schatting, gebaseerd op de inkomsten van McCaskill. Het liep al tegen de één miljard toen haar vader overleed.'

Leila was eraan gewend zich een onderdeurtje te voelen, maar zo klein als ze zich op dit moment voelde, had ze nooit voor mogelijk gehouden.

'Het spijt me,' zei Tom. 'Ik weet dat het heel wat is om te verstouwen.'

'Heel wat om te verstouwen? Je hebt een kínd. Je hebt een dochter van wie je vijfentwintig jaar niets af hebt geweten. Een dochter die nu onder jouw eigen dak woont. Ik zou zeggen, ja, dat is niet echt gering om te verstouwen.'

'Er hoeft toch niets door te veranderen?'

'Alles is al veranderd,' zei Leila. 'En het wordt vast fijn. Je kunt de verstandhouding met Anabel weer normaliseren, een mooie relatie met Pip opbouwen, je hoeft je niet meer door een spookbeeld laten najagen. Je kunt samen op vakantie gaan. Het wordt vast geweldig.'

'Alsjeblieft. Leila. Ik wil dat je met me meedenkt. Waaróm is ze naar Denver gekomen?'

'Ik heb geen idee. Door een bizarre samenloop van omstandigheden.'

'Geen sprake van.'

'Oké, dan weet ze het en kan ze goed liegen.'

'Denk je echt dat ze zo goed kan liegen?'

Ze schudde haar hoofd.

'Dus ze weet het niet,' zei Tom. 'En als ze het wel weet... hoe is ze dan verdomme bij ons in huis terechtgekomen?'

Leila schudde haar hoofd weer. Telkens als het moment aanbrak om over te geven, was het niet alleen de gedachte aan eten die haar misselijk maakte: het was de gedachte om ook maar íets te willen. Misselijkheid als ontkenning van alle verlangens. En dus ook van ruziemaken. Ze herinnerde zich de oude vertwijfeling en voelde die nu opnieuw, de overtuiging dat liefde iets onmogelijks was, dat hun conflict nooit zou verdwijnen, hoe diep ze het ook begroeven. Het probleem met een leven dat elke dag vrijelijk werd gekozen, een nieuwtestamentisch leven, was dat het elke dag afgelopen kon zijn.

Melkerij Moonglow

Geuren hadden natuurlijk ook iets hemels gehad. Niet buiten de luchthaven van Santa Cruz de la Sierra, waar de koeienstrontlucht van de aangrenzende weilanden zich vermengde met stank van inefficiënte motoren die in Californië lang voor Pips geboorte al verboden waren; ook niet in de Land Cruiser, die zelfverzekerd werd bestuurd door Pedro, een zwijgzame Boliviaan, dwars door de dieseldeeltjes op de ringwegen van de stad; niet op de snelweg naar Cochabamba, waar de genadeloos effectieve verkeersdrempels Pip na elke vijfhonderd meter de kans boden om rottend fruit en gefrituurde etenswaar te ruiken en waar de verkopers van sinaasappels en gefrituurde dingen, door wie deze verkeersdrempels om te beginnen waren aangebracht, de kans kregen om haar aan te klampen; niet in de smoorhitte van de zanderige weg die Pedro insloeg nadat Pip zesenveertig verkeersdrempels had geteld (*rompemuelles* noemde Pedro die: haar eerste nieuwe Spaanse woord); niet toen ze een bergkam bereikten en omlaagreden over een smalle weg die minstens even steil was als de wegen in San Francisco, terwijl de middagzon vluchtige plastic stoffen uit de bekleding van de Land Cruiser stoofde en benzine liet verdampen uit de reservetank in de bergruimte, maar nadat de weg een steile duik naar beneden had gemaakt door dorre wouden en koelere bossen, waarvan de helft was weggekapt voor koffieplantages, en uiteindelijk beneden langs een beek liep door een klein dal van een grotere schoonheid dan Pip ooit zich had kunnen voorstellen: toen braken er hemelse tijden aan. Twee geuren tegelijk stroomden haar raampje binnen, even duidelijk waarneembaar als lagen koeler en warmer water in een meer – de aangename geur van een rijk bloeiende tropische boom en de complexe graslucht van een weiland waarin geiten graasden. Van een groepje lage huizen aan de andere kant van het dal, aan een riviertje, kwam een vleug welriekende rook van fruitbomenhout. De lucht zelf had een aangename, elementaire klimaatgeur, iets compleet niet-Noord-Amerikaans.

Het landgoed heette Los Volcanes. Er waren geen vulkanen, maar het dal werd omsloten door bergtoppen van rode zandsteen die vijfhonderd meter hoog waren of misschien nog meer. In het regenseizoen absorbeerde de zandsteen water, dat gedurende het hele jaar werd afgescheiden in een rivier die door een vochtig bosgebied stroomde, een oase van oerwoud in een verder dor landschap. Er vertakten zich goed onderhouden paden door het bos, en in de eerste twee weken dat Pip in Los Volcanes was, toen de andere stagiairs en werknemers hun schimmige werk verrichten en zij alleen oninteressante klusjes te doen had (omdat Andreas Wolf weg was, naar Buenos Aires, en zij het introductiegesprek nog niet had gehad, waarin hij nieuwe stagiairs vertelde wat ze moesten doen), trok ze er elke ochtend en opnieuw laat in de middag over die paden op uit. Om te voorkomen dat ze bleef malen over wat ze in Californië had achtergelaten – de deerniswekkende moederlijke kreten van 'Purity! Wees toch voorzichtig! Schattebout!' die haar hadden nageklonken over de weg toen ze naar het vliegveld vertrok – dompelde ze zich onder in geuren.

De tropen waren een openbaring voor de reukzin. Ze kwam uit een plaats met een gematigd klimaat, net als het andere Santa Cruz, haar eigen Santa Cruz, en ze besefte dat ze daardoor te vergelijken was geweest met iemand wier gezichtsvermogen zich had ontwikkeld in slecht licht. In Californië was er zo'n relatieve schaarste aan geuren dat de onderlinge verbondenheid van alle mogelijke geuren onopgemerkt bleef. Ze herinnerde zich een hoogleraar die had uitgelegd waarom alle voor het menselijk oog waarneembare kleuren konden worden weergegeven op een tweedimensionaal kleurenwiel: omdat het netvlies receptoren voor drie kleuren had. Als het netvlies zich had ontwikkeld met vier receptoren, zou er een driedimensionale kleurenból voor nodig zijn geweest om alle manieren weer te geven waarop de ene kleur kon overgaan in de andere. Dat had ze niet willen geloven, maar de geuren in Los Volcanes overtuigden haar. Hoeveel geuren had de aarde zelf alleen al niet! De ene bodemsoort rook duidelijk naar kruidnagel, een andere naar meerval; een specifieke, zandachtige leemsoort rook naar citrus en krijt, andere hadden elementen van patchoeli of verse mierikswortel. En bestond er iets waarnaar tropische schimmels níet konden ruiken? Ze ging buiten de paden in het bos op zoek totdat ze de paddenstoel had gevonden met een koffiegeur die zo sterk was dat hij haar aan cannabis deed denken, wat haar weer aan chocola deed denken, wat haar weer aan tonijn deed denken; geuren in het bos hadden al deze kenmerken in zich en maakten haar voor het eerst bewust van de verschillende receptoren daarvoor in haar neus. De receptor die was aangeslagen bij cannabis was ook aangeslagen bij Boliviaanse wilde uien. In een straal van driekwart kilometer om het terrein kwamen vijf verschillende bloemengeuren voor die in de buurt kwamen van wilde margrieten, die zelf in de buurt kwamen van zongedroogde geitenurine. Wanneer Pip over die paden liep, kon ze zich voorstellen hoe het voelde om een hond te zijn, om geen enkele geur afstotend te vinden, om de wereld te ervaren als een naadloos multidimensionaal landschap van boeiende en onderling gerelateerde geuren. Dat was toch een soort gelukzaligheid? Alsof je onder invloed van xtc was zonder xtc te gebruiken? Ze had het gevoel dat ze als ze maar lang genoeg in Los Volcanes bleef op den duur alle geuren zou ruiken die er bestonden, zoals haar ogen al alle kleuren van het kleurenwiel hadden gezien.

Aangezien niemand veel aandacht aan haar besteedde, gaf ze een week lang toe aan haar bevlieging. Aan het eind van de dag, wanneer de tropische duisternis plotseling was gevallen, probeerde ze tijdens het avondeten (dat als ontbijt fungeerde voor de hackende jongens) de andere meisjes te interesseren voor de ontdekkingen van haar reukvermogen, voor haar geurjacht op nooit eerder geroken geuren en voor haar theorie dat er feitelijk niet zoiets als een vieze geur bestond: dat zelfs de zogenaamd allerergste geuren, zoals die van menselijke uitwerpselen, bacteriële rotting of de dood, alleen erg waren buiten hun context; dat het in een omgeving als Los Volcanes, met een zo rijkgeschakeerd geurenpalet, wellicht mogelijk was het goede erin te vinden. Maar de andere meisjes – die stuk voor stuk, misschien niet toevallig, heel mooi waren – hadden kennelijk geen neus als die van haar. Ze waren het met haar eens dat de bloemen en de regen hier lekker roken, maar Pip zag wel dat ze onderling blikken wisselden, zich een oordeel vormden. Het was weer helemaal als haar eerste week in de eetzaal van de universiteit.

Ze was maar iets jonger dan de gemiddelde projectmedewerker. Het verbaasde haar hoeveel van de anderen zeiden dat ze de wereld 'wilden verbeteren' als ze vroeg waarom ze voor Andreas werkten. Hoe lovenswaardig dat idee ook was, ze vond dat dit speciale zinnetje inmiddels van de aardbodem had moeten zijn weggehoond; blijkbaar stond gevoel voor ironie hier niet hoog op de lijst van professionele kwalificaties. Als Pip in Andreas' schoenen had gestaan, was ze waarschijnlijk begonnen de wereld te verbeteren door ook wat vrouwen aan te nemen voor het technische werk. Met uitzondering van Anders, een aantrekkelijke Zweedse homo, die over journalistieke vaardigheden beschikte en samenvattende rapporten schreef van de gegevens die het Project liet uitlekken, was de werkverdeling op grond van sekse volledig. De jongens gingen naar een raamloos, zwaarbeveiligd gebouw achter de geitenwei om daar te programmeren, terwijl de meisjes in de opgeknapte schuur bivakkeerden en zich bezighielden met netwerken opbouwen, pr, zoekmachines optimaliseren, met bronverificatie en contacten leggen, klusjes aan de website, de boekhouding doen, met onderzoek en tekstschrijven en de social media. Ze hadden zonder uitzondering een boeiendere achtergrond dan Pip. Ze waren Deens, Brits of Ethiopisch, Italiaans, Chileens of kwamen uit Manhattan en hadden in hun studietijd kennelijk geen colleges gevolgd (ze hadden al op hun twaalfde *Ulysses* gelezen en herlezen, toen ze les kregen op particuliere instituten voor hoogbegaafden), maar semesters vrij genomen van Brown of Stanford om legendarisch werk te verrichten voor Sean Combs of Elizabeth Warren, aids te bestrijden in Afrika ten zuiden van de Sahara of het bed te delen met een gesjeesde student die kortgeleden in Silicon Valley een internetbedrijf had opgericht dat miljarden waard was. Pip begreep dat TSP onmogelijk eng of cultachtig kon zijn, omdat de andere jonge vrouwen niet het type waren dat fouten maakte.

Haar eigen voorgeschiedenis en verwachtingen waren pijnlijk niet-legendarisch. Ze vroeg mensen of ze gerekruteerd waren door Annagret, maar niemand had van Annagret gehoord. Ze waren allemaal via een persoonlijke aanbeveling of rechtstreekse sollicitatie naar Bolivia gekomen. Pip probeerde hun lachlust op te wekken door het verhaal over Annagrets vragenlijst te vertellen, maar voelde zich daarna een zeurpiet. De anderen waren geen zeurpieten. Als je ongelofelijk aantrekkelijk en bevoorrecht was en niets anders wilde dan de wereld verbeteren, was het niet gepast om te zeuren.

In elk geval waren de dieren even arm als zij. Ze raakte bevriend met de honden van Pedro en probeerde de geiten zover te krijgen dat ze haar aardig gingen vinden. Er waren iriserend blauwe vlinders als schoteltjes zo groot, kleinere in alle kleuren, en minuscule bijen zonder angel. Die bijen hadden op de achterveranda van het hoofdgebouw een korf die elk jaar een kilo honing opleverde, vertelde Pedro. Op jacht naar agoeti's snuffelden er op de oever van het riviertje schattige zoogdiertjes rond, miniveelvraten met een donkere pels, waar Pedro's honden, hoewel ze twee keer zo groot waren, met de staart tussen de poten voor wegliepen. Het bos werd bevolkt door Dr. Seuss-vogels, reusachtige goeans die in fruitbomen klauterden, en door tinamoes die rondslopen in het schemerduister. Vanaf rotswanden voerden krijsende felgroene parkieten een groepsduik uit en wanneer ze dan voorbijvlogen ruisten hun vleugels luid. Hoog in de lucht cirkelden condors, wilde condors, niet de in gevangenschap gefokte die je in Californië had. Al met al brachten deze dieren Pip in herinnering dat zijzelf ook een dier was; de talloze beschamende zaken die ze in Oakland had achtergelaten leken in Los Volcanes van ondergeschikt belang.

En het was er verbazingwekkend schoon. Wat er van een afstand uitzag als zwerfvuil, bleek afgevallen witte bloesem te zijn, of fluorescerend oranje paddenstoelen die dezelfde vorm hadden als industriële gehoorbeschermers, of een bedauwd spinnenweb dat een imitatie weggaf van een stukje cellofaan. Het riviertje, dat ontsproot uit een reusachtig, onbewoond natuurpark in het noorden, was zuiver en warm genoeg om in te zwemmen. Pip nam er voor het avondeten een bad in en werd daarna nog schoner onder de bronwaterdouche in de vierpersoonskamer die haar was toegewezen. De kamer had witte muren, een roodbetegelde vloer en blootliggende balken, gezaagd uit bomen die waren neergevallen op het stuk land dat bij de gebouwen hoorde. Haar kamergenotes waren wat slordig, maar geen smeerpoetsen.

Op het terrein deed het gerucht de ronde dat Andreas in Buenos Aires was voor de opnames van de Oost-Berlijnse scènes van een film die over hem werd gemaakt. Het gerucht wilde dat hij een relatie had met de Amerikaanse actrice Toni Field, die in de film zijn moeder speelde, en dat de relatie, die voer was voor de roddelpers, goede pr betekende voor het Project. 'Het is zijn eerste filmster,' legde Flor, een van Pips kamergenotes, haar op een avond uit. 'Alle vrouwen met wie hij een relatie heeft gehad, blijven loyaal aan hem, ook wanneer hij er een punt achter zet, dus dit kan in Hollywood allerlei deuren voor ons openen.'

'Wat vermoedelijk een goede zaak is?' zei Pip.

Flor was een kleine, in Amerika opgeleide Peruaanse; als Disney ooit een tekenfilm voor de Zuid-Amerikaanse markt ging uitbrengen, zou de vrouwelijke hoofdpersoon op haar lijken. 'Iedereen keert zich tegen de informant,' zei ze. 'Dat is het eerste wat hij je bijbrengt. We hebben onze vrienden niet voor het uitzoeken.'

'Leuk voor hem dat hij die vrouwen mag dumpen en dat zij loyaal aan hem mogen blijven.'

'Zijn eigen loyaliteit ligt bij het Project.'

'Weet je dat mijn moeder ervan overtuigd was dat hij me alleen hiernaartoe heeft gehaald om seks met hem te hebben?'

'Dat gaat niet gebeuren,' zei Flor. 'Dat merk je wel wanneer je hem ontmoet. Hij leeft alleen voor het werk dat we hier doen. Hij zou nooit iets doen om dat in opspraak te brengen.'

'Het draait dus om het vermijden van slechte publiciteit?'

'Jammer als je teleurgesteld bent.'

'Ik ben niet teleurgesteld. Maar in zijn e-mails was hij aardig op de versiertoer.'

Flor keek verbaasd. 'Heeft hij je e-mails gestuurd?'

'Ja, een heel stel.'

'Dat zou hij normaal gesproken niet doen.'

'Nou ja, ik heb hem als eerste gemaild. Annagret gaf me zijn adres.'

'Heb je veel ervaring met dit soort werk?'

'Nee, totaal niet. Ik ben eerder iemand die zo van straat is komen binnen lopen.'

'Wie is die Annagret?'

'Iemand met wie hij vroeger kennelijk naar bed ging. Ik ging er gewoon van uit dat iedereen hier haar vragenlijst had ingevuld.'

'Het is vast iemand uit de tijd voordat hij in Bolivia neerstreek.'

Pip bezag Annagret nu in een nieuwer, triester licht, als iemand van middelbare leeftijd die het belang van haar rol in het Project overdreef, die te koop liep met feit dat ze vroeger belangrijk voor Andreas was geweest, die loyaal bleef nadat ze was afgedankt.

'Vóór Toni Field was er Arlaina Riveira,' zei Flor. 'En Flavia Corritore, die schrijft voor *La Repubblica*. Philippa Gregg, die zijn biografe wilde zijn – ik heb geen idee of het nog iets met dat boek is geworden. En daarvoor was het Sheila Taber; zij heeft op Twitter de meeste volgers van alle Amerikaanse hoogleraren. Al die mensen helpen ons nu.'

Pip had het gevoel dat Flor de succesvolle vrouwen van Andreas opsomde om haar ervoor te straffen dat ze mailtjes van hem gekregen had.

De eerste persoon na Pedro die aardig tegen haar deed, was Colleen, een iets oudere jonge vrouw, die rookte en haar eigen eenpersoonsslaapkamer had in het hoofdgebouw. Colleen was opgegroeid op een biologische boerderij in Vermont en was vanzelfsprekend erg knap om te zien. Ze was de zakelijk directeur van TSP en hield toezicht op de keuken, op Pedro en het overige lokale personeel. Omdat zij rechtstreeks aan Andreas rapporteerde, en omdat je sociale status bij TSP bepaald leek te worden door je rechtstreekse contactmogelijkheden met hem, liep de tafel waaraan zij ging zitten voor het avondeten als eerste vol. Ze was anders dan de rest, en Pip vroeg zich af wat het geheim was van anders zijn op een manier die mensen aantrok in tegenstelling tot de manier waarop zijzelf anders was.

Colleen rookte na het avondeten altijd twee sigaretten op de achterveranda, waar Pip graag zat te luisteren naar de kikkers en uilen, cicaden en krekels – het nachtelijk orkest. Colleen zei niet veel tegen haar, maar leek het ook niet vervelend te vinden dat ze er was. Na haar tweede sigaret ging ze weer naar binnen en sprak met het personeel in een zo vloeiend Spaans dat Pip er jaloers en moedeloos van werd. Ze wilde niet een van de andere vrouwen zijn, want dan zou ze haar ironie moeten opgeven, maar Colleen zijn had wel iets aantrekkelijks.

Op een avond, tussen twee sigaretten in, verbrak Colleen haar zwijgen en zei: 'Wat een kutwereld, hè?'

'Ik weet 't niet,' zei Pip. 'Ik zat gewoon te denken dat het ongelofelijk mooi is hier.'

'Geef het maar even de tijd. Je zintuigen zijn nog overvoerd.'

'Ik geloof niet dat ik er ooit genoeg van zal krijgen.'

'Het is allemaal kut.'

'Wat is er dan zo kut aan?'

Vanuit het donker hoorde Pip het knerpen van een aansteker, het inzuigen van de adem door de roker. 'Alles,' zei Colleen. 'We zijn een uitwisselingsplaats voor kutnieuws. Niemand lekt goed nieuws. Het enige wat we krijgen is kutnieuws, dag in dag uit komt er kutzooi binnen. Doodmoe word je ervan.'

'Ik dacht dat het idee was dat zonlicht desinfecterend werkte.'

'Ik zeg niet dat het niet gedaan moet worden. Ik zeg dat je er doodmoe van wordt. De eindeloze verscheidenheid van menselijk kwaad.'

'Kan het zijn dat je hier al veel te lang bent? Hoelang ben je hier al?'

'Drie jaar. Vrijwel vanaf het begin. Ik ben de huisdepressieveling geworden; dat is praktisch mijn hele functie. De anderen kunnen naar me kijken en denken: godzijdank ben ik niet zoals zij, en daarna dik tevreden met zichzelf zijn.'

'Je kunt toch weggaan?'

'Ja. Ik zou kunnen weggaan.'

'Wat is het voor iemand?' vroeg Pip. 'Andreas?'

'Het is een lul.'

'Je meent 't.'

'Ik zeg dat puur als een beschrijving. Dat kan toch ook niet anders? Om iets als TSP te runnen moet je wel een lul zijn.'

'En toch kun je niet weggaan.'

'Ik laat me aan het lijntje houden. Ik ben me er elke minuut van de dag van bewust dat hij me aan het lijntje houdt. Mijn bereidheid om aan het lijntje gehouden te worden neemt inmiddels *Guinness Book of Records*-achtige proporties aan. Ik mag mezelf het alfavrouwtje onder het voetvolk noemen. Ik heb mijn eigen kamer. Ik weet zelfs waar het geld vandaan komt.'

'Waar komt het geld vandaan?'

'Ik mag me de bijzonderste voelen van de mensen die nooit iets bijzonders zullen voorstellen. Hij weet echt precies hoe hij iemand kan bespelen.'

Er viel een stilte. In het avonddonker hoorde je kikkers, kikkers, en nog eens kikkers.

'En wat kom jij hier doen?' vroeg Colleen. 'Je lijkt wat onderbedeeld wat betreft je kwalificaties om hier te mogen zijn. Vergeleken met de anderen, bedoel ik.'

Dankbaar dat het haar gevraagd werd, vertelde Pip haar hele verhaal, zonder iets achterwege te laten, zelfs niet haar recente, afschuwelijke actie in Stephens slaapkamer in het kraakpand.

'Dus het komt erop neer dat je geen flauw benul hebt wat je hier doet,' vatte Colleen het samen.

'Ik ben op zoek naar mijn vader.'

'Dat zal je goed van pas komen. Iets anders naast een gretig verlangen naar de liefde en goedkeuring van de Geliefde Leider. Mijn advies? Houd goed voor ogen wat je hier kwam doen.'

Pip moest lachen.

'Wat?'

'Ik dacht even aan Toni Field,' zei Pip. 'Het is zoiets als dat ze een film over mij zouden maken en ik naar bed ging met de acteur die mijn vader speelde. Is dat niet een beetje raar? Naar bed gaan met degene die zijn moeder speelt?'

'Het is een eigenaardige vent. Het hoe en waarom gaan ons niet aan.'

'Ik zou het heel merkwaardig vinden. Maar Flor schijnt te denken dat het een fantastische zet is.'

'Flor is net een verstokte carnivoor voor wie beroemdheid gelijkstaat aan vlees. Ze heeft geen behoefte aan geld – haar familie bezit half Peru. Ze zijn groot op het gebied van mineralen. Zij heeft zoiets van: "Beroemd? Ruik ik iets beroemds? Is hier een beroemdheid? Mag ik daarin delen?" Voor haar is het feit dat Andreas iets met Toni Field heeft bijna even geweldig als zelf iets met Toni Field hebben.'

Pip had er echt lol in om te roddelen, ook al was het principe van roddelen om treurig van te worden: dat zij zich bijzonder voelde omdat Colleen haar in vertrouwen nam, die zelf bijzondere aandacht kreeg van Andreas, die naar Buenos Aires was om seks te hebben met zijn virtuele moeder. Om indruk op Colleen te maken zei ze dat ze naar het riviertje ging om te zwemmen.

'Nu?' vroeg Colleen.

'Heb je zin om mee te gaan?'

'Ik heb er weinig trek in om me door die *húron* te laten molesteren.'

'Hij gaat er altijd vandoor als ik hem zie.'

'Hij probeert je gewoon zover te krijgen dat je 's avonds het water in gaat.'
'Ik ga in elk geval,' zei Pip. 'Weet je zeker dat je geen zin hebt?'
'Ik houd er niet van om uitgedaagd te worden.'
'Ik daag je niet uit. Ik vraag het gewoon.'
Pip wachtte gespannen op Colleens reactie. Ze had heel wat minpunten in haar leven, maar een pluspunt was dat ze vaak in het donker gezwommen had, in een poel van de San Lorenzo River in nationaal park Henry Cowell Redwoods, op zomeravonden wanneer de temperatuur rond de 25 graden bleef hangen, de rivier nog niet was drooggevallen en niet tot een vieze drab was verworden. Gek genoeg was haar moeder dikwijls meegegaan om te zwemmen, misschien wel omdat haar lichaam 's avonds minder zíchtbaar was. Pip herinnerde zich nog dat ze haar moeder een keer in een zwart badpak op haar rug had zien drijven en verbaasd had beseft dat haar moeder ooit een meisje was geweest, net als zij.
'Jezus, oké dan,' zei Colleen terwijl ze opstond. 'Ik laat me niet door jou aftroeven.'
Boven de oostelijke bergtop was de maan opgekomen, die het grasveld deed oplichten en de duisternis onder de bomen bij de rivier nog inktzwarter maakte. Om bij de zwemplek te komen staken Pip en Colleen het water over via een grof gezaagde plank die met een touw aan een boom was vastgeknoopt om te voorkomen dat hij bij een overstroming zou wegspoelen. Tijdens het uitkleden wierp Pip stiekeme blikken op Colleen. Haar gekromde schouders, haar bijna in elkaar gedoken houding, deden een lichaamsbeeld vermoeden dat meer overeenkwam met dat van Pip en minder met dat van haar kamergenotes, die met de schouders naar achteren en geheven hoofd onder de douche vandaan kwamen.
Colleen stak een teen in de rivier. 'Hoe kwam ik erbij dat dit water warm zou zijn?'
Pip deed wat ze moest doen, namelijk rennen, erin springen en zich kopjeonder laten gaan. Ze herinnerde zich de verwachting dat ze elk moment door allerlei dingen gebeten kon worden, met daarna het genot van niet gebeten worden: het ontstaan van vertrouwen in het donkere water. Colleen, die nog steeds wat voorovergebogen stond en haar maanbeschenen armen over elkaar had geslagen, stapte naar voren en liep langzaam tot haar knieën het water in, als een Azteekse maagd die zonder veel enthousiasme de offerdood tegemoet trad.
'Vind je het niet heerlijk?' vroeg Pip, rustig rondzwemmend.
'Verschrikkelijk. Verschrikkelijk.'

'Je moet even kopje-onder gaan.'

'Ik kijk verdomme wel mooi uit.'

'Dit moet wel de prachtigste plek op aarde zijn. Niet te geloven dat ik hier ben.'

'Dat is omdat je de slang nog niet bent tegengekomen.'

'Duik er toch gewoon in. Ga kopje-onder.'

'Ik ben niet zoals jij, natuurkind.'

Pip sprong op met het gevoel dat ze een en al vlezig aanhangsel was, en pakte Colleen bij de arm.

'Niet doen,' zei Colleen. 'Ik meen het.'

'Oké,' zei Pip, en ze liet haar los.

'Zo doe ik dingen, zo zit ik in elkaar. Ik ga er tot mijn knieën in en niet verder. Als er twee kwaden zijn, kies ik ze allebei.'

Pip hulde zich weer in het water. 'Dat gevoel ken ik,' zei ze. 'Maar dat heb ik nu niet.'

'Ik begrijp er niks van dat je niet bang bent dat je te grazen wordt genomen door die húron.'

'Dat is het voordeel van slechte impulsbeheersing.'

'Ik ga nog een sigaret roken,' zei Colleen terwijl ze het water uit ging. 'Schreeuw gewoon maar met bloedstollende doodsangst als je me nodig hebt.'

Pip verwachtte dat Colleen zich wel zou bedenken, maar dat gebeurde niet. Alleen achtergebleven, omringd door kwelende kikkers en het ruisen van stromend water en al die geuren, al die geuren, ervoer Pip een moment van geluk, zo puur als ze niet eerder had gekend. Het had te maken met naakt in schoon water zwemmen, ver van alles vandaan zijn, in een afgelegen dal in het armste land van Zuid-Amerika, maar ook met haar moed om alleen in de rivier te zijn, die een contrast vormde met Colleens neurotische angst. Het riep dankbaarheid jegens haar moeder op, maakte dat ze haar miste en wilde dat ze hier ook kon zijn en vlakbij haar in het water dobberde. De liefde die een granieten, centraal obstakel in haar leven vormde, was ook een onwankelbaar fundament: ze voelde zich gezegend.

Ook de avonden erna, op de achterveranda, voelde ze zich nog steeds gezegend toen ze wat meer te horen kreeg over de rotjeugd van Colleen. De boerderij in Vermont hield het midden tussen een collectief en een sekte; de grond was eigendom van haar vader, die zichzelf had omgetoverd tot een kruising tussen Henry David Thoreau, een Bijbelse patriarch met meerdere vrouwen en de psycholoog Wilhelm Reich. Zijn voortdurende zucht naar zelfverwezenlijking leidde ertoe dat hij de boerderij maandenlang aan Colleens moeder overliet, terugkwam met jonge vrouwen die hem hielpen zijn orgonenergie over te dragen op de steenachtige grond van de boerderij om die vruchtbaarder te maken en als het hem uitkwam Colleens moeder een dikke buik te bezorgen. Colleen kreeg tot haar zestiende thuisonderwijs en nam toen de benen, eerst naar Boston en vervolgens naar Hamburg, waar ze als au pair werkte. Daarna ging ze met een volledige beurs naar het Wellesley College, waar ze afstudeerde toen ze nog maar tweeëntwintig was. De ironie van haar huidige positie, dat ze eenzelfde soort rol vervulde als haar moeder in een patriarchaal geheel had gehad, ontging haar niet. Ze leek er bijna in te zwelgen hoe waardeloos dat was.

Van haar kant had Pip het gevoel dat ze eindelijk eens een vriendin vond die haar eigen merkwaardige jeugd kon begrijpen. Ze voelde zich aangetrokken tot Colleens naar sigaretten ruikende duisternis, en ze hoefde zich nu geen zorgen te maken over waar ze bij het avondeten ging zitten, omdat Colleen een plekje naast zich vrijhield. Ze merkte dat Colleen haar sarcasme leuk vond en daarom zette ze een extra tandje bij. Colleen nodigde haar uit op haar kamer, die mooi was en een laag plafond had, om over anderen te kletsen, bier te drinken en naar tv-programma's te kijken die als stream binnenkwamen door een particuliere glasvezelkabel die Andreas had afgedwongen bij een deal om de communicatiesoftware van het Boliviaanse leger te upgraden. Als Colleen een man was geweest, zou Pip met hem naar bed zijn gegaan. Maar nu ging ze alleen maar ver na middernacht naar bed, werd laat en nogal brak wakker en liet haar ochtendwandelingen schieten.

Toen, op een avond, nadat ze was teruggekomen van een wandeling die zo lang had geduurd dat ze het laatste deel tastend door het donker had gelopen, ging ze naar de eetzaal en zag dat haar vaste plekje naast Colleen was ingenomen door Andreas Wolf. Haar hart veerde op toen ze hem zag. Hij luisterde ernstig naar een andere vrouw aan tafel, luisterde en knikte, en Pip begreep meteen wat de vriend van Annagret had bedoeld toen hij het over het charisma van Andreas had gehad. Het lag deels aan zijn nog altijd jongensachtige, Duitse, knappe verschijning, maar er was ook iets anders, iets ongrijpbaars, een gloed van geladen beroemdheidsdeeltjes, of een zo bedaard en kolossaal zelfvertrouwen dat het de hele indeling van de eetzaal veranderde en alle zichtlijnen naar zichzelf toe trok. Geen wonder dat het Colleen niet kon schelen of hij een lul was. Pip kon zelf ook haar ogen niet van hem afhouden.

Colleen hing onderuitgezakt op haar stoel, met haar eten onaangeroerd en haar gezicht afgewend van Andreas, en zat met een vinger op de tafel te tikken. Het kwetste Pip dat ze de andere zitplaats naast haar niet had vrijgehouden. Ze nam de enige onbezette stoel, naast Flor, haar kamergenote. Er werd een schaal met gestoofd rundvlees doorgegeven aan tafel, samen met de gebruikelijke yucca, aardappelen, uien en tomaten. Pip had het vegetarisme min of meer vaarwel gezegd. In Bolivia was het vee in elk geval grasgevoerd.

'Dus de Geliefde Leider is terug,' zei ze.

'Waarom noem je hem zo?' vroeg Flor scherp. 'Het is hier Noord-Korea niet.'

'Ze doet het omdat Colleen het doet,' zei iemand die Willow heette.

Het was alsof Pip een klap in haar gezicht kreeg. 'Fijn om te horen dat we inmiddels de brugklas ontgroeid zijn,' zei ze.

'Ik durf te wedden dat Colleen hem nooit in zijn gezicht "Geliefde Leider" zou noemen,' zei Willow.

'Ik durf te wedden dat je ernaast zit,' zei Pip. 'Ik durf te wedden dat hij er gewoon om zou lachen. Ik was beledigend in mijn e-mails, en het is ook weer niet zo dat mijn uitnodiging werd ingetrokken.'

Flor sperde heimelijk, op een onaardige manier, haar ogen wijd open, en Pip begreep dat ze zichzelf geen dienst bewees door het steeds weer over haar e-mailcorrespondentie met Andreas te hebben.

'Waarom zou je hier eigenlijk blijven als je er zo'n negatieve instelling op na houdt?' vroeg Willow.

'Wat zegt het over deze omgeving dat een beetje humor er zo bedreigend is?'

'Het is niet bedreigend. Het is zo afgezaagd. *30 Rock* heeft Noord-Korea al gedaan. De lach is al geoogst.'

Pip, die nooit *30 Rock* had gezien, wist niets terug te zeggen en voelde zich vermorzeld. Gedurende de hele avondmaaltijd werd haar nek verwarmd door stralen van beroemdheid en charisma die uit Andreas' richting kwamen. Ze wist dat ze eigenlijk snel weer naar haar kamer terug moest gaan, als reactie op de onheuse bejegening van Colleen en om geen sneue indruk te maken, maar ze wilde ook Andreas ontmoeten en ze bleef daarom aan tafel zitten om twee porties limoenvla te eten, nadat de anderen al waren vertrokken. Achter haar spraken Andreas en Colleen in het Duits met elkaar. Daardoor voelde ze zich uiteindelijk zo buitengesloten en onbenullig dat ze haar stoel achteruitschoof en naar de deur liep.

'Pip Tyler,' zei Andreas.

Ze draaide zich om. Colleen zat weer naar opzij te kijken en met haar vinger te tikken, maar de blauwe ogen van Andreas waren op haar gericht. 'Kom even bij ons zitten,' zei hij. 'We hebben elkaar nog niet ontmoet.'

'Ik ben op de veranda,' zei Colleen terwijl ze opstond.

'Nee, blijf toch bij ons,' zei Andreas.

'Zin in een sigaret.'

Colleen verliet het vertrek zonder Pip een blik waardig te keuren. Andreas wenkte haar. 'Wil je ook een espresso?'

'Ik wist niet eens dat er hier espresso wás.'

'Je hoeft er alleen maar om te vragen. Teresa!'

Teresa, de vrouw van Pedro, keek om de hoek van de keuken, en Andreas stak twee vingers op. Pip kwam aan tafel zitten en koos de stoel die het verst bij hem vandaan stond. Het lef dat ze had gehad toen ze met hem mailde, was zo diep weggezakt dat ze hem niet eens een hand wilde geven. Het enige wat ze deed, was met gekromde schouders afwachten totdat hij het woord tot haar richtte.

'Colleen vertelde dat je je prima hebt vermaakt hier.'

Ze knikte.

'Had ik niet gezegd dat het hier prachtig is?'

'Ja, dat heb je beslist gezegd.'

'Het spijt me dat ik er niet was toen je kwam. De Argentijnse hoofdstad moest eruitzien als het Oost-Berlijn in de jaren zeventig – ze konden heel wat advies gebruiken.'

'Cool dat ze een film over je maken.'

'Heel merkwaardig, maar ja, erg cool. Ook erg saai. Je hangt tien uur rond voor twintig minuten actie, en zelfs die krijg je niet rechtstreeks te zien. Je staat achter in een hele drom mensen in een trailer en probeert mee te kijken op de monitor.'

'Maar toch,' zei Pip.

'Maar toch, reuze strelend voor het ego.'

'Ik vermoed dat je ego in behoorlijk goede conditie is.'

'Mij hoor je niet mopperen.'

Pedro's vrouw bracht twee espresso's, en Andreas zei in het Spaans tegen haar dat ze er heel goed uitzag. Teresa, gewoonlijk het toonbeeld van onverstoorbaarheid, leek buitengewoon dankbaar voor het compliment, en Pip merkte heel even hoe de wereld op Andreas moest overkomen: als een stadionmenigte waar iedereen een gekleurd bord had dat ze tegelijk met alle anderen konden omkeren om er een boodschap mee te vormen. De boodschap die hij steevast kreeg, was dat hij bijzonder en geweldig was. Als hij het stadion binnen kwam, vormde de zee van willekeurige lichamen de woorden: MAN, WE ZIJN DOL OP JE. Er ging een steek van ergernis door Pip heen.

'En hoe is Toni Field?' vroeg ze.

'Een schoonheid. Getalenteerd.'

'Zij speelt toch je moeder?'

'Ja.'

'Was je moeder net zo sexy als Toni Field?'

Andreas glimlachte. 'Ik wist wel dat ik je zou mogen.'

Pip probeerde de begrippen 'lul' en 'aan het lijntje houden' niet uit het oog te verliezen. 'Wat betekent dat?'

'Je stelt goede vragen. Je bent eerder kwaad dan voorzichtig.'

Ze wist niet wat ze daarop moest zeggen.

'Ik ben moe,' zei hij. 'We doen je introductiegesprek morgenochtend wel.' Hij dronk zijn espressokopje leeg. 'Tenzij je het gevoel hebt dat je je vakantie gehad hebt en gewoon naar huis wilt.'

'Nog niet.'

'Mooi. Kom morgenochtend naar de schuur.'

Toen hij weg was, liep Pip naar de veranda en ging bij Colleen zitten, die naar het donkere riviertje staarde. Het was een warme avond en er kwaakten zo veel kikkers dat hun geluid een naadloze wand vormde.

'De kat is dus terug,' zei Pip. 'Houdt dat in dat de muizen niet meer op tafel mogen dansen?'

Colleen stak haar tweede sigaret op, maar gaf geen antwoord.

'Ligt het aan mij of geef je eigenaardige signalen af?' vroeg Pip.

'Sorry,' zei Colleen. 'Heb je weleens een man zien ballroomdansen met een vrouw die van haar stokje is gegaan? Ik voel me als die vrouw. Hij beweegt mijn armen, hij leidt me over de dansvloer. Mijn hoofd valt alle kanten op als bij een lappenpop, maar ik maak de gebruikelijke dansbewegingen. Alsof alles oké is. Die goeie, ouwe Colleen, ze runt de zaak nog steeds.'

'Ik dacht dat je misschien boos op me was om het een of ander.'

'Nee. Puur in mijn eigen gedachten verzonken.'

Dat gaf Pip wat troost, maar niet veel. Ze had alle niet-sombere meisjes van zich vervreemd door op goede voet te raken met Colleen, maar Colleen was te somber om dik bevriend mee te raken. In amper twee weken was ze erin geslaagd haar sociale situatie uit Oakland te kopiëren.

‘Ik dacht dat we vriendinnen konden worden,’ zei ze.
‘Ik ben het niet waard.’
‘Je bent de enige hier die ik graag mag.’
‘Dat gevoel is tamelijk wederzijds,’ zei Colleen. ‘Maar weet je wat ik ga doen, binnenkort, wanneer niemand er ook maar enigszins op bedacht is? Ik ga terug naar Amerika, treed in dienst bij een groot advocatenkantoor, trouw met een saaie vent en krijg kinderen met hem. Dat is de toekomst die ik voor me uit schuif.’
‘Moet je dan niet eerst rechten gaan studeren?’
‘Ik heb rechten gestudeerd aan Yale.’
‘Jeminee.’
‘Ik blijf hier maar doorzetten, in de hoop dat er een interessanter bestaan voor me is weggelegd. Maar dat is er niet. Het is alleen een kwestie van tijd voordat ik iets slooms en saais ga doen.’
‘Een geweldige baan en een gezin, dat klinkt niet als heel erg.’
‘Jij zou iets beters moeten doen met het lef dat je hebt.’
‘Ik zie mezelf meestal niet als iemand die lef heeft.’
‘Dat is meestal zo bij mensen met lef.’
Ze luisterden een poosje naar de kikkers.
‘Is het goed dat ik bij je blijf zitten?’ vroeg Pip.
‘“Jeminee.” Jij bent de eerste die ik ooit “jeminee” heb horen zeggen.’ Colleen hief een hand op, aarzelde en gaf toen een klopje op Pips hand. ‘Jij mag hier best blijven zitten.’
’s Ochtends, na een vroege wandeling, ging Pip op zoek naar Andreas. Het technologiegebouw, waar de jongens werkten, werd van stroom voorzien door een speciale generator die in een geluiddichte bunker stond en die, met dank aan de Boliviaanse overheid, van brandstof werd voorzien door een aardgasleiding, een aftakking van een buis van vijfentwintig centimeter doorsnee die over de bergkam liep. De schuur en de overige gebouwen kregen stroom door middel van microwaterkracht en een veld vol zonnepanelen halverwege de toegangsweg. Andreas werd er enorm om bewonderd dat hij geen eigen kantoor wilde. Hij benadrukte dat het Project een collectief was en geen van bovenaf geleide onderneming door op een laptop te werken op de zolder van de schuur, met zitbanken en een keukentje dat iedereen kon gebruiken. Pip baande zich een weg door de schare vrouwelijke schoonheden op de benedenverdieping, allemaal meisjes die zaten te muizen en te klikken, veelal in een pyjamabroek die ze de hele dag droegen, en liep de trap op naar de zolder.

Andreas was in bespreking met weer andere meisjes in pyjamabroeken. 'Tien minuten,' zei hij tegen Pip. 'Kom er gerust bij zitten.'

'Nee, ik wacht wel buiten.'

De laatste restjes ochtendwolken en mist werden door de zandstenen bergtoppen aan flarden gereten toen de zon de overhand kreeg; de wereld leek hier elke dag opnieuw te worden geschapen. Pip ging op het gras zitten en keek naar een vogel met een lange gevorkte staart die de geiten volgde en vliegen at. Dat zou hij de hele dag blijven doen; zijn taak en plaats in de wereld waren verzekerd. Pedro, die het grasveld overstak met een kettingzaag en een van zijn zoons, zwaaide vriendelijk naar Pip. Ook zijn bestaan leek verzekerd.

Andreas kwam naar buiten en ging naast haar zitten. Hij had een goede, strakke spijkerbroek aan en een nauwsluitend poloshirt dat zijn platte buik benadrukte. 'Mooie ochtend,' zei hij.

'Ja,' zei Pip. 'Het zonlicht heeft vandaag iets extra ontsmettends.'

'Ha.'

'Weet je, ik heb altijd een hekel gehad aan het woord "paradijs". Ik dacht dat het gewoon stomme wedergeboren christenentaal was voor "dood". Maar nu moet ik daar een beetje op terugkomen. Neem nou die vogel daar –'

'Onze vorkstaartkoningstiran.'

'Die lijkt volkomen tevreden. Ik begin inmiddels te denken dat het paradijs niet hetzelfde is als eeuwige tevredenheid. Het is eerder zo dat tevredenheid een soort eeuwigheidswaarde heeft. Het eeuwige leven bestaat niet, omdat je de tijd niet achter je kunt laten, maar je kunt de tijd juist wel ontvluchten als je tevreden bent, want dan telt de tijd niet. Klinkt dat logisch?'

'Jazeker.'

'Daarom benijd ik de dieren. Vooral honden, omdat die niets vies vinden ruiken.'

'Ik ben blij dat het je hier bevalt,' zei Andreas. 'Heeft Colleen je automatische overschrijvingen geregeld?'

'Ja, bedankt daarvoor. Het bankroet is nu tijdelijk afgewend.'

'Laten we het er dan eens over hebben wat jij voor ons zou kunnen doen.'

'Behalve het inwonende manusje-van-alles zijn? Ik heb je al verteld wat ik echt wil. Ik wil uitzoeken wie mijn vader is of op z'n minst wat de echte naam van mijn moeder is.'

Andreas glimlachte. 'Ik begrijp hoe jij daarmee geholpen bent. Maar hoe wordt het Project daarmee geholpen?'

'Nee, ik weet het,' zei Pip. 'Ik weet dat ik moet werken.'

'Wil je researcher worden? Je kunt veel van Willow opsteken. Zij is echt fantastisch in zoekwerk.'

'Willow mag me niet. Er is hier eigenlijk niemand die me mag, behalve Colleen.'

'Dat geloof ik niet.'

'Kennelijk ben ik te sarcastisch. Ik trek mijn neus op voor Kool-Aid. Ik praat ook te veel over geuren.'

'Niemand hier houdt er kwade bedoelingen op na. Iedereen hier is op de een of andere manier heel bijzonder.'

'Weet je, dat is het eerste echt griezelige wat je tegen me hebt gezegd.'

'Hoe dat zo?'

'Stel nou eens dat ik verantwoordelijk was voor jouw imagovorming. Dan zou ik een paar dikke mensen en paar lelijke mensen aannemen. Ik zou niet mijn kamp opslaan in het mooiste dal op aarde. Ik word helemaal eng van al die schoonheid. Het maakt dat ik een hekel aan je krijg.'

Andreas verstrakte. 'Tja, dat kunnen we natuurlijk niet hebben.'

'Tja, of misschien ook wel. Misschien kan ik iets bijdragen door een hekel aan je te hebben. Ik weet vrij zeker dat ik niet de enige ben die griezelt van het hele gedoe hier. Je zei toch immers dat je wilde dat ik je hielp begrijpen hoe de wereld jou ziet? Ik kan je persoonlijke hekelaar zijn. Ik heb echt talent op dat gebied.'

'Grappig is dat,' zei hij. 'Hoe minder jij me mag, hoe leuker ik je vind.'

'Dat zei mijn vorige baas ook.'

'Er zijn hier geen bazen.'

'Ach, kom nou toch.'

Hij moest lachen. 'Je hebt gelijk – ik ben de baas.'

'Nou, en als we dan toch openhartig zijn, ik heb nooit veel aandacht besteed aan je Project. Wat de wereld ervan denkt is jouw probleem, niet het mijne. Ik bedoel, het is fijn dat je me hier wilde hebben. Maar de voornaamste reden dat ik gekomen ben, is dat Annagret heeft gezegd dat jij me kon helpen een antwoord op mijn vragen te vinden.'

'Heb je niet stiekem een klein beetje bewondering voor het Project?'

'Misschien begrijp ik het nog niet. Het is vast heel lovenswaardig. Maar sommige gegevens die je naar buiten brengt zijn zo onbenullig dat het bijna iets weg krijgt van zo'n website waar wraak wordt genomen op vreemdgaande vriendjes.'

'Dat is een nogal hard oordeel, vind je ook niet? We hebben net een nieuwe upload besproken – e-mails van de Australische overheid over bedreigde diersoorten. Wallaby's, papegaaien. Dat ze daar doen alsof ze die willen beschermen, terwijl ze hun principes opzijzetten voor boeren en jagers en de mijnbouwbelangen. Dat is geen onbelangrijke informatie om te laten uitlekken. Maar de enige manier waarop we die informatie binnenhalen, de enige manier om relevant te blijven, is door elke dag iets nieuws te lanceren. We moeten ons met kleine dingen bezighouden om de grotere binnen te halen.'

'Ik ben het met je eens dat het erg jammer is voor de bedreigde diersoorten in Australië,' zei Pip. 'Maar toch riekt het ook naar iets anders.'

'Ha, die neus van jou. Wat vertelt die je precies?'

Ze dacht na voordat ze antwoord gaf. Ze wilde eigenlijk niet zijn persoonlijke hekelaar zijn; ze begreep best wat een vermoeiende, vervreemdende klus dat zou worden. Ze was naar Bolivia gekomen omdat ze bereid was het Project te bewonderen; haar vijandigheid werd voornamelijk opgeroepen door de benauwend hoge bewonderingsgraad van de andere stagiairs. En toch had haar vijandigheid ertoe bijgedragen dat ze opviel in de massa. Het kon een manier zijn om haar eigen sneue, kleine ego te strelen en bij hem in de smaak te vallen.

'Er was vroeger een boerderij,' zei ze. 'Een melkerij die Moonglow heette, vlakbij waar ik woonde toen ik opgroeide. Ik neem aan dat het een echte melkerij was, want er waren een heleboel koeien, maar de echte verdiensten kwamen niet uit de verkoop van melk. Die kwam van de verkoop van hoge kwaliteitsmest aan biologische boeren. Het was een strontproducent die deed alsof hij een melkproducent was.'

Andreas glimlachte. 'Het bevalt me niks waar jij nu op aanstuurt.'

'Nou, je zegt dat je je bezighoudt met burgerjournalistiek. Jouw bedrijf draait zogenaamd om het lekken van informatie. Maar houd je je in feite niet bezig met –'

'Koeienstront?'

'Ik wilde roem en bewieroking zeggen. Jíj bent het product.'

In de tropen kwam er 's ochtends een bepaald tijdstip waarop de warmte van de zon niet langer aangenaam was, maar verzengend werd. Dat tijdstip was echter nog niet aangebroken. Het zweet dat uitbrak op het gezicht van Andreas was door iets anders veroorzaakt.

'Annagret had gelijk,' zei hij. 'Je bent echt degene die ik hier nodig had. Wat jij hebt is moed en integriteit.'

'Dat zeg je ongetwijfeld tegen alle meisjes.'

'Niet waar.'

'Ook niet tegen Colleen?'

'Ja, oké.' Hij knikte langzaam, met zijn blik op de grond gericht. 'Misschien tegen Colleen. Maakt dat het voor jou makkelijker om me te geloven?'

'Nee. Het maakt dat ik zin krijg om mijn koffers te pakken. Colleen is heel ongelukkig.'

'Ze zit hier al te lang. Het wordt tijd dat ze iets anders gaat doen.'

'En nu heb je een nieuwe Colleen nodig? Om uit te buiten en aan het lijntje te houden? Is dat het idee?'

'Ik vind het rot voor haar. Maar ik heb haar niets aangedaan. Ze wil iets van me, maar ik ben er altijd heel duidelijk over geweest dat ik haar dat niet kan geven.'

'Dat is niet wat ze mij vertelt.'

Hij sloeg zijn ogen op en keek haar aan. 'Pip,' zei hij. 'Waarom mag je me niet?'

'Dat is een redelijke vraag.'

'Is het vanwege Colleen?'

'Nee.' Ze voelde haar zelfbeheersing wegglippen. 'Ik geloof dat mijn algehele houding momenteel vijandig is, met name ten opzichte van mannen. Dat is een van de problemen die ik heb. Merkte je dat niet aan mijn e-mails?'

'In e-mails is de toon lastig te beoordelen.'

'Tot gisteravond voelde ik me hier best prettig. En nu is het ineens alsof ik weer midden in de shit zit die ik probeerde te ontvluchten. Ik ben nog steeds een boos iemand met een slechte impulsbeheersing. Het is ongetwijfeld geweldig wat je voor de wallaby's en de papegaaien doet – helemaal te gek, het Sunlight Project. Maar ik denk toch dat ik mijn koffers maar eens moet pakken.'

Ze stond op om weg te gaan voordat ze helemaal door het lint ging.

'Ik kan je niet tegenhouden,' zei Andreas. 'Ik kan je alleen de waarheid bieden. Wil je alsjeblieft weer gaan zitten en me je de waarheid laten vertellen?'

'Ik blijf liever staan, tenzij de waarheid heel veel tijd kost.'

'Ga zitten,' zei hij op een heel andere toon.

Ze ging zitten. Ze was het niet gewend om gecommandeerd te worden. Ze moest toegeven dat het min of meer een verademing was.

'Beroemd zijn brengt twee dingen met zich mee,' zei hij. 'Het ene is dat het erg eenzaam is. Het andere is dat de mensen om je heen zichzelf voortdurend op jou projecteren. Deels daardoor is het zo eenzaam. Het is alsof je niet eens bestaat als persoon. Je bent alleen maar een object waar mensen hun idealisme op projecteren, of hun woede of weet ik wat nog meer. En daar mag je natuurlijk niet over mopperen, je kunt het er niet eens over hebben, want jij bent degene die beroemd wilde zijn. Als je het er toch over probeert te hebben, word je door een boze jonge vrouw uit Oakland beschuldigd van zelfmedelijden.'

'Ik heb gewoon gezegd wat ik vond.'

'Alles spant samen om een beroemd iemand nog eenzamer te maken.'

Het stelde haar teleur dat zijn waarheid iets met hem te maken had, niet met haar. 'En Toni Field dan?' zei ze. 'Voel je je bij haar ook eenzaam? Is dat niet de reden waarom beroemde mensen met elkaar trouwen? Om iemand te hebben met wie je kunt praten over het vreselijke leed van beroemd zijn?'

'Toni is actrice. Met haar naar bed gaan is een wederzijds ijdelheid strelende transactie.'

'Wow. Weet ze dat jij er zo over denkt?'

'We weten allebei wat de voorwaarden van de transactie zijn. Sinds Annagret zijn dat voor mij de voorwaarden die ik bij iedereen aanhoud. Met Annagret lag het anders, omdat ik zomaar iemand was toen ik haar leerde kennen. Om die reden vertrouw ik haar. Om die reden vertrouwde ik haar toen ze tegen me zei dat we je moesten uitnodigen.'

'Ik vertrouwde haar totaal niet.'

'Dat weet ik. Maar ze zag iets bijzonders in je. Niet alleen talent, maar iets anders.'

'Wat betekent dat eigenlijk? Hoe meer je probeert me de waarheid te vertellen, hoe gekker dit wordt.'

'Ik vraag je simpelweg me een kans te geven. Ik wil dat je jezelf blijft. Ga niet projecteren. Probeer me te zien als iemand die een bedrijf probeert te runnen, niet als een beroemde oudere man op wie je boos bent. Benut deze mogelijkheid. Geef Willow de kans om je wat researchvaardigheden bij te brengen.'

'Bij het idee van die Willow plaats ik echt een vraagteken.'

Andreas nam haar handen in de zijne en keek haar in de ogen. Ze durfde niets anders met haar handen te doen dan ze volkomen slap te laten. Zijn ogen waren prachtig blauw. Zelfs als je de beeldvertekenende effecten van zijn charisma buiten beschouwing liet, was hij een aantrekkelijke man.

'Wil je nog meer waarheden horen?' vroeg hij.

Ze keek weg. 'Ik weet het niet.'

'De waarheid is dat Willow ontzettend aardig tegen je gaat doen als ik dat tegen haar zeg. Niet gemaakt aardig. Oprecht aardig. Ik hoef alleen maar op een knopje te drukken.'

'Allemachtig,' zei Pip terwijl ze haar handen wegtrok.

'Wat moet ik dan? Doen alsof het niet waar is? De invloed ontkennen die ik heb? Ze projecteert op mij als een gek. Daar kan ik niets aan veranderen.'

'Allemachtig.'

'Je bent hier toch voor de waarheid gekomen? Je lijkt me sterk genoeg om de onversneden waarheid aan te horen.'

'Allemachtig.'

'Maar goed,' zei hij, terwijl hij opstond. 'Ik zie je bij de lunch.'

De zon was verzengend geworden. Pip viel op haar zij alsof ze werd omgeduwd door de felle kracht; haar hoofd tolde ervan. Ze had het gevoel dat haar schedel heel even was geopend en dat haar hersens stevig waren omgeroerd met een pollepel. Ze was nog lang niet zo ver dat ze zich aan hem zou onderwerpen, nog lang niet zo ver dat hij maar met zijn vingers hoefde te knippen, maar heel even had hij zo diep in haar hoofd gezeten dat ze begreep hoe zoiets kon gebeuren – hoe Willow haar gevoelens kon veranderen als een inktvis die van kleur verandert, alleen omdat hij het haar opdroeg, en hoe Colleen gevangen kon zitten in een situatie die ze verafschuwde, door te verlangen naar iets waarvan ze wist dat ze het niet zou krijgen van iemand die ze een lul vond. Heel even gaapte er een afschuwwekkende kloof in Pip. Aan de ene kant daarvan bevonden zich haar gezond verstand en scepticisme. Aan de andere kant bevond zich een volledige lichaamsgevoeligheid, die inhoudelijk verschilde van alles wat ze op dat gebied had ervaren. Zelfs toen haar obsessie voor Stephen op zijn hoogtepunt was, had ze nooit zijn objéct willen zijn, had ze niet gefantaseerd over onderwérping en gehóórzamen. Maar dat was de gevoeligheid die Andreas, met zijn beroemdheid en zijn zelfvertrouwen, bij haar had blootgelegd. Ze begreep nu beter waarom Annagret zo'n minachting voor Stephens zwakheid had gehad.

Ze dwong zich ertoe rechtop te gaan zitten en haar ogen open te doen. Alle kleuren om haar heen waren zowel zichzelf als oogverblindend wit. In het bos aan de overkant van de rivier jankte de kettingzaag. Hoe kon ze gedacht hebben dat ze enig benul had van waar ze was? Ze had geen flauw benul. Het was hier een sekte, die des te diabolischer was omdat hij zich voordeed als iets heel anders.

Ze stond op en ging terug naar de schuur, legde beslag op de eerste de beste vrije tablet en liep ermee naar de schaduw aan de oever van de rivier. Sinds haar komst hier had ze om de dag een opgewekt mailtje naar haar moeder gestuurd, op het e-mailadres van haar buurvrouw, Linda. Linda had een paar keer teruggemaild en verteld dat haar moeder 'nogal depri' was, maar 'het wel redde'. Pip had als verhaal opgedist dat het onmogelijk was om vanuit Los Volcanes te bellen – wat had het voor zin hier te zijn als ze elke dag haar moeder moest bellen? – en nu aarzelde ze even voordat ze het TSP-equivalent van Skype activeerde. Een inzinking hebben en haar moeder bellen stond vrijwel gelijk aan toegeven dat ze het hier niet kon bolwerken, dat ze al op de terugweg was. Maar de situatie was eigenlijk best als dringend te omschrijven. Het beviel haar totaal niet dat er met een pollepel in haar hersens werd geroerd.

'Schattebout? Is alles goed met je?'

'Alles is oké,' zei Pip. 'Pedro moest naar de stad om inkopen te doen. Ik bel vanuit een telefooncel daar. Hier, bedoel ik. Hier in de stad.'

'O, ik kan niet geloven dat ik je lieve stem hoor. En ik maar denken dat het wel maanden kon duren voordat ik hem weer zou horen.'

'Nee hoor, hier is-ie dan.'

'Hartje van me, hoe is het met je? Gaat het echt goed?'

'Ja, prima. Je kunt je niet voorstellen hoe mooi alles hier is, en ik heb ook een vriendin gemaakt, Colleen, ik heb je over haar verteld, ze is reuzeslim en grappig – ze heeft rechten gestudeerd aan Yale. Iedereen hier is hoogopgeleid. Iedereen heeft ouders met wie ze contact hebben.'

'Weet je al wanneer je terugkomt?'

'Mam, ik ben hier net.'

Er volgde een stilte waarin ze zich voorstelde dat haar moeder terugdacht aan het doel waarmee ze naar Bolivia was gegaan en aan de boze dingen die ze had gezegd voordat ze met haar koffer was vertrokken.

'Maar goed,' zei Pip, 'Andreas is gisteravond teruggekomen. Andreas Wolf. Ik heb hem eindelijk ontmoet. Hij is eigenlijk heel aardig.'

Haar moeder deed er het zwijgen toe, en dus kletste Pip erop los, over de film in Buenos Aires, over Toni Field en de andere vrouwen van Wolf, in de hoop duidelijk te maken dat hij zijn prooi niet onder de stagiaires zocht. Dat ze dat duidelijk wilde maken, terwijl ze haar moeder in werkelijkheid belde omdat ze bang was dat hij haar als een mogelijke prooi zag, illustreerde aardig hoe hun relatie in elkaar zat.

'Dat is het wel zo'n beetje,' zei ze.

'Purity,' zei haar moeder. 'Hij overtreedt de wet. Linda heeft een artikel voor me uitgedraaid om te lezen. Hij heeft echt heel ernstige wetsovertredingen begaan. Zijn aanhangers lijken zich daar niets van aan te trekken –

voor hen is hij een held. Maar als jij de wet overtreedt, alleen al door hem te helpen, kun je misschien nooit meer naar huis komen. Daar moet je goed bij stilstaan.'

'Ik heb in geen enkel krantenartikel gelezen dat stagiairs in de boeien worden geslagen.'

'Federale wetten overtreden is niets om grappen over te maken.'

'Mam, iedereen hier is verschrikkelijk rijk en hoogopgeleid. Ik denk echt niet –'

'Misschien kan hun familie een goede advocaat betalen. Ik zal geen nacht meer rustig slapen totdat je veilig terug bent.'

'Nou, dan heb je nu in elk geval een reden om niet te slapen.'

Dat was best harteloos om te zeggen, maar Pip besefte nu, zoals ze eerder had moeten beseffen – voordat ze de fout beging om op te bellen – dat haar moeder haar niets zinnigs te bieden had.

'O jee,' zei ze. 'Pedro staat naar me te zwaaien – ik moet ervandoor.'

Ze was net op weg naar de schuur toen Willow het gebouw uit kwam. Ze droeg een gestippelde trui waarin ze er deprimerend goed uitzag.

'Hallo, Willow, hoe gaat het?'

'Pip, kan ik je even spreken?'

'Ach jezus, laat me raden. Je wilt je excuses aanbieden.'

Willow fronste haar voorhoofd. 'Waarvoor?'

'Ik weet 't niet – omdat je gisteravond gemeen tegen me deed?'

'Ik deed niet gemeen. Ik was eerlijk.'

'Jezus. Krijg nou wat.'

'Ik meen het,' zei Willow. 'Wat heb ik dan gezegd dat niet eerlijk was?'

Pip slaakte een zucht. 'Ik kan het me niet eens meer herinneren. Je zult wel gelijk hebben.'

'Andreas vertelde me net dat hij wil dat wij samen aan de slag gaan. Dat lijkt me een prima idee.'

'Ja hoor, dat geloof ik graag.'

'Hoe bedoel je?'

'Hij heeft gezegd dat je me aardig moet vinden, en nu vind je me aardig. Het kan toch niet anders dan dat ik daar de rillingen van krijg?'

'Ik wilde je al aardig vinden,' zei Willow. 'Wij allemaal. Maar het is gewoon nogal lastig te weten hoe ik moet reageren op die vijandige houding van je.'

'Zo ben ik nu eenmaal. Dat is ingebakken.'

'Goh, leg het dan eens uit. Als ik beter begrijp waar dat vandaan komt, heb ik er geen moeite meer mee. Zullen we een eindje gaan wandelen, dan kun je me erover vertellen?'

'Willow.' Pip wuifde met haar hand voor Willows ogen. 'Hallo? Ik krijg echt de rillingen van je. Je moet me niet in de zeik nemen. Gisteravond deed je lullig tegen me – mijn zintuigen hebben me echt niet bedrogen. En nu wil je mijn vriendin zijn? Omdat Andreas dat heeft gezegd?'

Willow moest lachen. 'Hij zei dat ik niet moest vergeten dat je geestig bent – dat dat de manier is waarop jouw hoofd werkt. En hij heeft gelijk. Je bent echt geestig.'

Pip ging ervandoor en liep met grote stappen naar de schuur. Willow holde achter haar aan en pakte haar bij de arm.

'Laat me los,' zei Pip. 'Jij bent nog erger dan Annagret.'

'Nee,' zei Willow. 'We zullen vanaf nu een hele tijd met elkaar optrekken. We moeten een manier bedenken om elkaar aardig te vinden.'

'Ik zal je nooit aardig gaan vinden.'

'Waarom niet?'

'Dat wil je vast niet horen.'

'Ik wil het wel horen. Ik wil dat je eerlijk bent. Zonder dat wordt het niks. Kom bij me zitten en vertel me alles wat je vreselijk aan me vindt. Ik heb jou al gezegd dat ik je vijandige houding niet prettig vind.'

In de ogen van Pip waren er maar twee keuzes: haar koffers pakken of doen wat Willow vroeg. Als ze haar moeder niet had gebeld, had ze misschien nog gedacht dat er redenen waren om weer naar huis te gaan. Maar ze was hier gekomen omdat ze hoopte informatie te krijgen en die had ze nog niet, en Colleen en Andreas zeiden allebei dat ze lef had. Dus ging ze met Willow in de schaduw van een bloesemboom zitten.

'Ik heb er de pest over in dat je veel aantrekkelijker bent dan ik,' zei ze. 'Ik heb er de pest over in dat er altijd van die alfameisjes waren, en jij bent er zo eentje en ik niet. Ik heb er de pest over in dat je aan Stanford hebt gestudeerd. Ik heb er de pest over in dat je je geen zorgen hoeft te maken over geld. Ik heb er de pest over in dat je nooit goed zult beseffen hoe bevoorrecht je bent. Ik heb er de pest over in dat je enthousiast bent over het Project en er geen last van hebt wat een enge bedoening het hier is. Ik heb er de pest over in dat je niet humeurig hoeft te doen. Ik heb er de pest over in dat je je niet kunt voorstellen hoe het is om arm te zijn en schulden te hebben en een depressieve alleenstaande moeder te hebben, en zo boos en eigenaardig te zijn dat je niet eens een vriendje kunt hebben – ach, laat ook maar.' Pip schudde vol afschuw haar hoofd. 'Het is duidelijk gewoon allemaal mijn eigen zelfmedelijden.'

Willows gezicht was echter in een paarsrode pruimedant van gekwetstheid veranderd. 'Nee,' zei ze. 'Nee. Je zegt alleen wat ik altijd al heb geweten, dat mensen op die manier over me denken.'

Ze kneep haar ogen dicht en begon te huilen. Pip wist niet hoe ze het had.

'Ik heb er niet om gevraagd mooi te zijn,' zei Willow snotterend. 'Ik heb er niet om gevraagd om bevoorrecht te zijn.'

'Nee, dat weet ik ook wel,' zei Pip troostend. 'Natuurlijk niet.'

'Wat kan ik daartegenover stellen? Wat kan ik in vredesnaam doen?'

'Tja. Als je het echt wilt weten? Heb je toevallig 130.000 dollar die je kunt missen?'

Willow lachte door haar tranen heen. 'Geestig, hoor. Je bent echt geestig.'

'Dat betekent zeker nee?'

'Ik heb ook zo mijn narigheid, weet je. Neem maar van me aan dat ik ook mijn narigheid heb.' Willow pakte Pips handen en streelde met haar duimen over de handpalmen. Dat was kennelijk een typisch Sunlight Project-achtig iets, dat iedereen maar je hand vastpakte. 'Maar mag ik heel eerlijk tegen je zijn?'

'Dat lijkt me niet meer dan redelijk.'

'Er is nog een reden waarom ik min of meer de pest aan je heb. Omdat hij je leuk vindt.'

'Hij lijkt jou ook te mogen.'

Willow schudde haar hoofd. 'Ik kon het merken – aan de manier waarop hij met me over je sprak. Zelfs daarvoor kon ik het al merken. En bovendien, toen we hoorden dat hij je mailtjes stuurt... Het zal een beetje lastig zijn om met je samen te werken, nu ik weet hoe graag hij je mag.'

Pip werd beslopen door een complexe angst, de angst dat Andreas echt bijzondere gevoelens voor haar koesterde, een angst die gepaard ging met de angst dat mensen om die reden een hekel aan haar zouden hebben, dat ze zich ervoor zou moeten verontschuldigen, met name tegenover Colleen. 'Oké,' zei ze. 'Nu begin ík me schuldig te voelen.'

'En daar is niets leuk aan, hè?'

Met een glimlach boog Willow zich naar haar toe om haar zusterlijk te omhelzen. Pip had het unheimische gevoel dat ze werd afgekocht met het vooruitzicht van vriendschap met een alfameisje, de belofte van sociale acceptatie. Maar ze wantrouwde Willow niet meer. En dat leek haar een stap in de goede richting.

's Avonds, op de veranda, vertelde Pip Colleen vrijwel alles wat er die dag met haar was gebeurd.

'Willow is bij lange na de beroerdste niet,' zei Colleen. 'Heeft ze je verteld dat een van haar broers drie jaar geleden om het leven is gekomen?'

'God, nee.'

'Een ongeluk bij het snowboarden. Ze gebruikt nog steeds zware medicijnen. En dat weet de Wolf natuurlijk. De Wolf weet het zwakke lam altijd meteen uit de kudde te pikken.'

Pip was ervan onder de indruk, bijna verbijsterd, dat Willow de dodebroerkaart tegen haar niet had uitgespeeld. Dat ze gewoon onder die boom was blijven zitten en haar straf had ondergaan. Dat zei wel iets over de intensiteit van het verhaal dat Andreas tegen Willow had opgehangen.

'Ik begrijp alweer iets beter waarom je hier bent blijven hangen,' zei ze.

'Ja, nou ja. Uit wat je me vertelt, kan ik wel afleiden dat mijn dagen hier geteld zijn, sinds jouw komst.'

'Colleen. Je weet toch dat ik liever met jou bevriend ben dan met hem?'

'Dat zeg je nu. Maar hij is pas één dag terug.'

'Ik wil hier niet blijven als jij er niet bent.'

'Echt niet? Als je eraan toe was een poos bij je moeder weg te zijn, moet je echt proberen het langer dan twee weken vol te houden.'

'Ik hoef niet terug te gaan naar Californië. Misschien kunnen we samen ergens heen gaan.'

'Ik dacht dat je je vader wilde zoeken.'

'Misschien kan Flor me 130.000 dollar geven, dan hoeft dat niet meer.'

'Je hebt nog heel wat te leren over rijke mensen,' zei Colleen. 'Flor zou nog niet haar tandenstokers met je delen.'

Toen Pip de volgende ochtend na haar vroege wandeling naar de schuur ging, was Willow uiterlijk onveranderd, maar toch leek ze een ander mens, een kwetsbaar mens die antidepressiva slikte, die met een schuldgevoel voortleefde na de dood van haar broertje. Dit keer was Pip degene die het initiatief nam tot een omhelzing. Ze wist niet of het iets positief was dat ze haar vijandige houding ten dele had overwonnen of iets verachtelijks dat ze nu flikflooide met iemand van de incrowd – of ze bezig was zich te ontwikkelen of dat ze aan corruptie onderhevig was. Maar Willows researchvaardigheid was indrukwekkend. Ze typte en muisde en klikte zo razendsnel, en vloog heen en weer tussen zo veel verschillende schermen tegelijkertijd – Australische vastgoedtransfers, overzichten van Australische directieposten van grote bedrijven, Australische archieven van bedrijfsnieuws, *dark web*-databases van de Australische overheid – dat Pip begreep dat het weken zou duren voordat ze kon volgen wat ze nu eigenlijk aan het doen was.

Andreas sprak die dag niet meer onder vier ogen met haar, noch de volgende dag, noch in de tien dagen daarna. Hij voerde voortdurend op zachte toon overleg met de andere meisjes, pendelde heen en weer tussen de schuur en het technologiegebouw en had lange informele gesprekken met Willow, terwijl Pip beginnersachtig op een stoel naast haar zat. Dat hij alleen háár negeerde, als om te benadrukken dat ze de enige stagiair was die materieel niets bijdroeg aan het Project, was duidelijk doelbewust. Het was duidelijk dat hij haar happig probeerde te maken op meer persoonlijk contact, meer momenten van bedwelmende eerlijkheid. Maar ze kon zich er niet toe brengen de confrontatie met hem aan te gaan of een hekel aan hem te krijgen. Hij had met een pollepel in haar hoofd gezeten. Wat hij haar onthield, smaakte naar meer. Niet heel veel meer, prentte ze zich in. Gewoon nog een beetje, om herinnerd te worden aan hoe het gevoeld had – om te zien of hij een tweede keer zo'n uitwerking op haar kon hebben.

En toen, op een avond, was hij weer verdwenen.

'Toni Field was in de stad,' verklaarde Colleen na het avondeten.

'Echt waar? In Santa Cruz? Waarom is ze niet gewoon hiernaartoe gekomen?'

'Dat maakt deel uit van zijn firewall tussen zaken en ontspanning. En bij Toni is er kennelijk een speciale aanpak nodig. Ze is een tikkeltje te gek op hem. Ze schijnt niet te begrijpen wie bepaalt wat de regels zijn. Die heeft ze ver overschreden door hem achterna te komen naar Bolivia. Hij zet waarschijnlijk op dit moment een punt achter hun relatie. Op een allervriendelijkste manier, uiteraard.'

'Heeft hij je dat verteld?'

'Hij vertelt me veel, meid. Ik ben nog steeds het alfavrouwtje onder het voetvolk. Wil je dat niet vergeten?'

'Ik heb de pest aan je.'

'Nou trap je me eigenlijk wel op het hart, Pip. Ik heb je voldoende voor hem gewaarschuwd. En nou zeg je zoiets.'

Twee ochtenden daarna, toen Pip terugkwam van haar wandeling, stond Pedro haar op het grasveld voor het hoofdgebouw op te wachten met de Land Cruiser. Ze verstond nog steeds niet elk woord dat Pedro zei, maar ze begreep dat *El Ingeniero* (zoals hij Andreas noemde) wilde dat ze nu meteen zou meekomen naar Santa Cruz.

'*¿Yo? ¿Está seguro?*'

'*Sí, claro. Pip Tyler. Va a necesitar su pasaporte.*'

Pedro had haast om te vertrekken, maar ze vroeg of ze eerst mocht douchen en schone kleren aan mocht trekken. Ze was zo van de kaart dat ze tot de ontdekking kwam dat ze haar haar ongewild een tweede shampoobeurt gaf. Het lukte haar niet eens te bedenken waarom ze was ontboden. Haar gedachten bestonden uit elkaar verdringende brokstukken. Het was nu te laat om Colleen te vragen of er ooit stagiairs met Andreas op reis gingen. Het was nu te laat om Pedro te vragen of ze geacht werd iets anders dan haar paspoort mee te nemen, of wat ze moest aantrekken. Ze keek naar haar linkerhand en zag dat ze er voor de derde keer shampoo op had geknepen.

De rit naar de stad leek minder lang en opwindend dan de rit vanuit de stad was geweest. De beschaving reeg zich weer aaneen in de vorm van zanderige wegen, goedkope luidsprekers waar *música valluna* uit tetterde, billboardreclames voor mobiele telefoons, groepjes kinderen in schooluniform, een zich verdichtende sluier van luchtverontreiniging. Pas toen ze over de ringwegen van Santa Cruz reden en langs winkels kwamen die in feite kleine opslagplaatsen waren waarvan de voorgevel was verwijderd, waagde Pip het erop Pedro te vragen waarom hij dacht dat El Ingeniero haar in de stad wilde hebben.

Pedro haalde zijn schouders op. '*Negocios. Él siempre tiene algún "negocito" que atender.*'

In een minder ongeciviliseerde en meer schaduwrijke buurt was een laagbouwhotel dat Cortez heette. Pedro hielp haar bij het inchecken en instrueerde haar dat ze op haar kamer moest wachten op een telefoontje van El Ingeniero. Ze speurde Pedro's gezicht af op tekenen van vaderlijk bedoelde bezorgdheid, maar hij lachte alleen maar en zei dat ze van de stad moest genieten.

Ze had nog nooit in een hotel gelogeerd. Toen ze met haar rugzak over haar schouder door de lobby en de bar liep, hoorde ze gesprekken in het Engels en mogelijk Russisch. Op de binnenplaats stonden palissanders en een grote ooievaar van fiberglas met een betaaltelefoon in zijn buik. Ze dacht even dat ze Andreas aan een tafeltje bij het zwembad zag zitten, maar hij bleek het niet te zijn.

Haar eigen kamer hebben, speciaal voor haar schoongemaakt, was misschien wel het meest blij makende cadeau dat ze ooit had gekregen. Over de wc-bril lag een *disinfectado*-garanderende papierstrip en rond de drinkglazen een kersvers papieren hulsje, er was een tv, ingebouwde airconditioning, een minibar – totale luxe. Ze herinnerde zich de beschrijvingen van Hawaïaanse vakantieoorden door haar vriendinnen op de middelbare school, ze herinnerde zich de extatische verhalen van studiegenoten over roomservice en wist nog hoe misdeeld ze zich voelde wanneer ze die moest aanhoren. Zelfs arme mensen kwamen weleens in een budgetmotel. Maar haar moeder wilde niet op reis, en wanneer Pips vriendinnen in de voorjaarsvakantie een roadtrip maakten, was zij altijd plichtsgetrouw naar haar moeder in Felton gegaan.

Ze schopte haar schoenen uit, rolde over het bed en genoot uitgebreid van de schone kussenslopen. Ze deed haar ogen dicht en zag een tropische snelweg met rompemuelles voor zich. Ze verwachtte dat er wel gauw gebeld zou worden, maar dat was niet zo, en daarom bleef ze een poosje naar Aretha liggen luisteren. Ze probeerde soapseries te volgen waar haar Spaans nog te gebrekkig voor was. Ze dronk een biertje uit de minibar en sloeg eindelijk de roman van Barbara Kingsolver open die Willow haar had opgedrongen. Het zonlicht voor haar raam verzachtte al naar abrikooskleurig toen Andreas belde.

'Mooi zo, je bent er.'

'Ja,' zei Pip. Haar stem klonk zwoel na uren in een hotelbed. Dat ze van hem de hele dag in bed had moeten blijven had al iets van de pollepel in zich.

'Ik heb een heel lange bespreking gehad met de staatssecretaris van Defensie.'

'Indrukwekkend. Waarover?'

'Ik ben dadelijk in de bar. Kom maar beneden zodra je kunt.'

Toen ze ophing, trilden haar handen, haar hele armen eigenlijk, vanaf de schouders. Opnieuw het gevoel dat ze geen idee had waar ze was. Ze zag nu bíjna wat haar moeder had beweerd te zien, dat wat niet klopte aan Andreas' belangstelling voor haar. De snelheid waarmee ze dit moment bereikt had, de kaarsrechte lijn van Annagrets vragenlijst naar een kamer in hotel Cortez, gaf haar het stellige gevoel dat ze geen grip op de zaak had. En toch had ze Andreas uit vrije wil gemaild. Ze was naar Bolivia gekomen omdat ze daar zelf goede redenen voor had, en er was in alle eerlijkheid niets heel opvallends of aantrekkelijks aan haar. Was het domweg zo dat ze het zwakste lam was gebleken?

Andreas zat in de bar aan een hoektafeltje iets op een tablet te typen. Toen Pip naar hem toe liep, hoorde ze de naam 'Toni Field' van een tafeltje met drie Amerikaanse zakenlieden. Ze zaten naar Andreas te kijken, en haar desoriëntatie nam toe doordat zij degene was die haar niet-beroemde ik naast hem liet ploffen. Hij typte nog even door voordat hij de tablet uitzette en naar haar lachte. 'Zo,' zei hij.

'Ja, zo,' zei ze. 'Dit is echt heel vreemd.'

'Wil je iets drinken?'

'Kunnen we hier ook blijven zonder dat?'

'Jazeker.'

Ze sloeg haar armen over elkaar om het trillen te stoppen, maar het trillen verplaatste zich daardoor naar haar kaak. Ze voelde zich diep ellendig.

'Je lijkt doodsbenauwd,' zei Andreas. 'Dat is nergens voor nodig. Ik weet dat dit vreemd op je overkomt, maar ik heb je hier om uitsluitend zakelijke redenen laten komen. Ik wilde je spreken en dat kan ik thuis niet doen. Ik heb daar een hele bijenkorf aan bewaking in het leven geroepen.'

'Je hebt altijd het bos nog,' zei Pip. 'Ik lijk wel de enige die daar wandelt.'

'Vertrouw me maar. Dit is beter.'

'Vertrouwen is min of meer het tegenovergestelde van wat ik nu voel.'

'Neem van me aan: dit is zakelijk. Hoe bevalt het je om met Willow te werken?'

'Willow?' Ze keek over haar schouder naar de Amerikaanse mannen. Een van hen zat nog steeds naar Andreas te kijken. 'Het is precies zoals je had voorgespiegeld. Ze vindt me aardig. Hoewel ik me afvraag of ze me nog steeds aardig zal vinden nadat ik met jou in een hotel ben geweest. Colleen niet, dat weet ik. Alleen al door hier te zijn maak ik mezelf verdacht.'

Andreas keek naar de Amerikanen en zwaaide even naar ze. 'Er zit hier om de hoek een leuke *churrasquería*. Heb je trek?'

'Ja en nee.'

Toen ze naast de Brenger van Zonlicht door de stad liep met haar stomme rugtas, voelde ze zich een echte boerentrien uit de San Lorenzo Valley. In de lucht cirkelde een zwerm groen-oranje papegaaien, die meer kabaal voortbrachten dan de bussen en scooters. Ze wou dat ze zich bij hun zwerm kon aansluiten. In de churrasquería gingen ze aan een afgezonderd hoektafeltje zitten; Andreas bestelde een fles wijn. Ze wist dat ze beter niet kon drinken, maar kon er geen weerstand aan bieden.

'Zal ik het je eerlijk zeggen?' zei ze nadat de wijn was ingeschonken. 'Ik weet niet waarom ik hier zit, maar ik zou willen dat ik er niet zat.'

'Het was je eigen keus,' zei hij. 'Je had niet in de Land Cruiser hoeven stappen.'

'Hoezo was dat mijn keus? Jij bent de baas, jij betaalt mijn salaris. Jij hebt alle macht. Jij hebt alles. Ik heb niets. Maar dat betekent nog niet dat ik jouw speciale meisje wil zijn.'

Hij keek hoe ze dronk, zonder zelf te drinken. 'Is het zo erg om speciaal te zijn?'

'Heb je de laatste tijd nog kinderfilms gezien?'

'Ik heb *Frozen* uitgezeten met een vrouw die mijn vriendin was.'

'Ze gaan allemaal over speciaal zijn, de uitverkorene zijn. "Alleen jij kunt de wereld redden van het Kwaad." Dat gedoe. Om maar te zwijgen over het feit dat speciaal zijn niets meer voorstelt als ieder kind speciaal is. Ik weet nog dat ik naar dat soort films keek en dacht aan al die niet-speciale personages, de bijfiguren. De mensen die gewoon hard werken om erbij te horen in de maatschappij. Dat zijn degenen waar mijn hart echt naar uitgaat. De film zou juist over die mensen moeten gaan.'

Hij moest lachen. 'Je had in Oost-Duitsland moeten opgroeien.'

'Wie weet!'

'Maar stel dat alledaags blijven voor jou een onrealistische ambitie is?'

'Ik zal je vertellen wat je kunt doen om me te helpen, als je me echt wilt helpen. Laat me gewoon met rust. Laat me niet de hele middag in een hotelkamer op je zitten wachten. Ik maak liever deel uit van de bijenkorf.'

'Dat is vervelend,' zei hij. 'Ik begrijp best wat je zegt. Maar ik heb ook jouw hulp nodig.'

Pip schonk haar glas nog eens vol. 'Goed. Dan stappen we over op plan B.'

'Ik ga je iets vertellen wat ik ooit maar aan één ander mens heb verteld. Als je het gehoord hebt, wil ik dat je nadenkt over wie van ons werkelijk macht over de ander heeft. Ik ga je de macht geven die je beweert niet te hebben. Wil je dat?'

'Tjongejonge. Nog meer waarheden?'

'Ja, nog meer waarheden.' Hij liet zijn blik door het lege restaurant gaan. De kelner stond glazen te poleren en buiten was de schemering ingevallen. 'Kan ik je vertrouwen?'

'Ik heb niemand verteld over jou en je moeders vagina.'

'Dat was niets. Dit is pas iets.'

Hij pakte zijn wijnglas op, hield het voor zijn ogen en dronk het leeg.

'Ik heb iemand vermoord,' zei hij. 'Toen ik zevenentwintig was. Ik heb een man vermoord met een spade. Ik had het zorgvuldig voorbereid en heb het in koelen bloede gedaan.'

De pollepel was weer in haar hoofd, en dit keer was het erger omdat het dit keer voelde alsof de verwarring afkomstig was uit zijn eigen hoofd. Er lag een gekwelde uitdrukking op zijn gezicht.

'Ik leef er al mijn halve leven mee,' zei hij. 'Het gaat nooit weg.'

Wat hij zei, kon onmogelijk waar zijn, maar hij zag er zo deerniswekkend uit, zo als een mens, zo weinig als een beroemdheid, dat ze over de tafel heen even in zijn hand kneep.

'Het slachtoffer was de stiefvader van Annagret,' zei hij. 'Ze was vijftien en werd seksueel door hem misbruikt. Hij werkte voor de Stasi en ze kon geen kant op. Ze kwam naar de kerk waar ik werkte. Ik heb hem vermoord om haar te beschermen.'

Pip trok haar hand terug en legde hem op haar schoot. Toen ze op de middelbare school zat, was er bij maatschappijleer een keer een ex-gedetineerde komen vertellen over de omstandigheden in het Californische gevangenissysteem. Hij was een welbespraakte blanke man uit de middenklasse, die vijftien jaar had gezeten omdat hij tijdens een hoogoplopende ruzie zijn stiefvader had doodgeschoten. Toen hij vertelde wat het probleem was dat hij nu met vrouwen had, namelijk de vraag of je op een eerste afspraak moest opbiechten dat je een ex-gedetineerde en een moordenaar was, had Pip kippenvel gekregen bij de gedachte met hem uit te gaan. Eens een moordenaar, altijd een moordenaar.

'Wat denk je nu?' vroeg hij.

'Dit is erg verontrustend,' zei ze.

'Ik weet het.'

'Ben ik echt de enige die je dit ooit verteld?'

'Met één vreselijke uitzondering, ja.'

'Het is geen vorm van initiatie, iets wat je doet bij iedereen die voor je werkt?'

'Nee, Pip. Dat is het niet.'

Ze herinnerde zich dat ze zich schuldig had gevoeld en medelijden met de ex-gedetineerde had gehad nadat hij haar kippenvel had bezorgd. Wat moest het een last voor hem zijn om voor altijd iets met zich mee te dragen wat hij één keer had gedaan, in een opwelling. Zij deed aan de lopende band dingen in een opwelling.

'Vandaar,' zei ze. 'Dit moet dan wel de echte reden zijn dat je Annagret vertrouwt.'

'Dat klopt. Ik heb je niet alles over ons verteld.'

'Annagret weet wat je hebt gedaan.'

'Inderdaad. Ze heeft me erbij geholpen.'

'Jeminee.'

Hij schonk hun wijnglazen bij. 'We zijn ermee weggekomen,' zei hij. 'De Stasi had zo zijn vermoedens, maar mijn ouders hebben me beschermd. Ik heb uiteindelijk het dossier van de zaak in handen gekregen, en de zaak is verdwenen. Maar er deed zich een probleem voor. Ik heb een vreselijke vergissing gemaakt, nadat de Muur was gevallen. Ik ontmoette een man in een café en vertelde hem wat ik had gedaan. Een Amerikaan…' Hij sloeg zijn handen voor zijn gezicht. 'Een vreselijke vergissing.'

'Waarom heb je het hem verteld?'

'Omdat ik hem mocht. Ik vertrouwde hem. Ik had ook zijn hulp nodig.'

'En waarom was het een vergissing?'

Andreas liet zijn handen zakken. Er kwam een hardere uitdrukking op zijn gezicht te liggen. 'Omdat ik nu, zo veel jaar later, reden heb om aan te nemen dat hij van plan is het Project kapot te maken met die informatie. Hij heeft al één dreigement geuit dat er niet om liegt. Begin je te begrijpen waarom ik een stagiaire nodig heb die ik kan vertrouwen?'

'Ik begrijp eerlijk niet waarom ik dat ben.'

'Ik kan je nu meteen naar het vliegveld brengen. Dan sturen we je bagage na. Ik heb er begrip voor als je nu wilt vertrekken en nooit meer iets met me te maken wilt hebben. Wil je dat?'

Er was iets heel erg mis, maar Pip wist niet wat. Het leek onmogelijk dat Andreas een man had vermoord met een spade, maar het leek ook onmogelijk dat hij het verhaal gewoon zou verzinnen. Of het verhaal nu waar was of niet, ze voelde dat hij iets met haar probeerde te doen door het aan haar te vertellen. Iets wat niet in de haak was.

'Die vragenlijst,' zei ze. 'Die heb je feitelijk nooit door iemand anders laten invullen. Hij was alleen voor mij.'

Hij glimlachte. 'Je was een speciaal geval.'

'Verder heeft niemand hem hoeven invullen.'

'Ik kan je niet vertellen hoe blij ik ben dat je hier gekomen bent.'

'Maar waarom ík? Zou je niet liever een ware gelovige hebben?'

'Juist niet. Er hebben zich wat onregelmatigheden voorgedaan binnen ons interne netwerk. Kleinigheden die ontbreken, discrepanties in het transmissielog. Het zal je extreem paranoïde in de oren klinken, maar het is eigenlijk maar gematigd paranoïde. Ik heb reden om te vrezen dat we met een undercoverjournalist opgescheept zitten.'

'Nee, dat is van een behoorlijk hoog paranoïde gehalte.'

'Denk eens na. Iemand die ons hier wil komen bespioneren zal zich voordoen als de meest ware gelovige. Dat is de manier om binnen te komen. En ik heb alleen maar ware gelovigen.'

'En Colleen dan?'

'Ze is gekomen als een ware gelovige. Ik vertrouw haar bijna volkomen. Maar niet helemaal.'

'Jezus. Je bent echt paranoïde.'

'En of.' Andreas glimlachte nog eens, breder. 'Ik ben knettergek. Maar de man in Berlijn aan wie ik het heb opgebiecht, die me zover heeft gekregen dat ik het opbiechtte, was journalist. En weet je wat hij nu doet? Hij leidt een non-profitorganisatie voor onderzoeksjournalistiek.'

'Welke dan?'

'Het is beter dat je dat niet weet, in elk geval voorlopig niet.'

'Waarom niet?'

'Omdat ik wil dat je alleen maar luistert. Zet je oren open, zonder vooropgezette ideeën. Vertel me wat er naar jouw gevoel aan de hand is. Ik weet al dat jij heel goed op je gevoel kunt afgaan.'

'Je wilt in feite dat ik een akelige spion word.'

'Misschien. Als je dat woord wilt gebruiken. Maar wel *míjn* spion. Degene met wie ik kan praten en op wie ik kan vertrouwen. Zou je dat voor me willen doen? Je kunt bij Willow in de leer blijven. We zullen je blijven helpen je vader te vinden.'

Ze dacht aan die goeie ouwe geesteszieke Dreyfuss – er klopte iets niet aan die Duitsers. Ze zei: 'Je hebt niet echt iemand vermoord, hè?'

'Jawel, Pip. Dat heb ik echt gedaan.'

'Nee, dat heb je niet.'

'Het is niet echt een kwestie van opvatting.'

'Hm. En je zegt dat Annagret je geholpen heeft?'

'Het was afschuwelijk. Maar ja, dat heeft ze gedaan. Haar moeder was getrouwd met een erg slecht mens. Ik moet leven met wat ik gedaan heb, maar ik heb er maar ten dele spijt van.'

'En als het verhaal naar buiten komt, is het afgelopen met Mister Clean.'

'Dat zou de nekslag zijn voor het Project, ja.'

'En jij bent het Project. Jij bent het product.'

'Dat zeg jij.'

Er verkrampte iets in Pips borst, het leek wel op kokhalzen. 'Ik mag je niet,' flapte ze eruit. Zonder voorafgaande waarschuwing barstte er iets in haar los. Ze wrong zich uit het zitje, boog zich om haar rugzak van de bank te pakken en holde het restaurant uit. Was ze misselijk? Ja. Op het trottoir liet ze zich onder een lantaarnpaal op haar knieën zakken en braakte een donkere sliert vloeistof uit.

Ze zat nog steeds op handen en knieën toen Andreas naast haar hurkte en zijn handen op haar schouders legde. Een poosje zei hij niets en wreef alleen zachtjes over haar schouders.

'Je moet wat eten,' zei hij ten slotte. 'Dat zal wel helpen, denk ik.'

Ze knikte. Ze was aan zijn genade overgeleverd – ze kon immers nergens anders heen. En de manier waarop hij over haar schouders wreef was onmiskenbaar teder. Ze was nog nooit zo aangeraakt door een man die oud genoeg was om haar vader te kunnen zijn. Ze liet zich terugvoeren naar het tafeltje, waar hij een omelet met frites voor haar bestelde.

Nadat ze een stuk van de omelet had gegeten, begon ze weer te drinken, dit keer in hoog tempo. In de daaropvolgende beneveling klonken de eigenlijke woorden die hij sprak, nog veel meer woorden over zijn misdaad, over Annagret, over Oost-Duitsland, over internet, over zijn vader en moeder, over eerlijkheid en oneerlijkheid, over zijn verbroken relatie met Toni Field, en daarnaast klonk de diepere non-verbale taal van intentie en symbolen, die samen de pollepel vormden. Haar hersens werden nu veel langer en grondiger bewerkt dan de eerste keer. Elk van beide talen, de verbale en de non-verbale, bleef haar afleiden van de andere, en ze werd hoe dan ook steeds aangeschotener en dus was het moeilijk te volgen wat er in beide talen werd gezegd. Maar nadat er een tweede fles wijn was opgegaan, Andreas had afgerekend en ze terugliepen naar hotel Cortez, waar Pedro wachtte in de Land Cruiser, kwam ze erachter dat het niet uitmaakte of ze Andreas wel of niet mocht.

'Je bent tegen middernacht thuis,' zei hij. 'Verzin maar een verhaal, het maakt niet uit wat. Een afgebroken kies, een spoedbehandeling bij de tandarts – wat je wilt. Colleen zal nog steeds je vriendin zijn.'

Pedro hield het portier van de Land Cruiser voor haar open.

'Wacht,' zei Pip. 'Kan ik naar mijn kamer gaan om even te liggen? Al is het maar voor een uurtje. Ik ben een beetje draaierig.'

Andreas keek op zijn horloge. Het was duidelijk dat hij wilde dat ze nu zou vertrekken.

'Een uurtje maar,' zei ze. 'Ik wil niet op de snelweg hoeven overgeven.'

Hij knikte onwillig. 'Een uur.'

Zodra ze op haar kamer was, werd ze weer misselijk en moest overgeven. Nadat ze een cola uit de minibar had gedronken, voelde ze zich een stuk beter. Maar in plaats van naar beneden te gaan, ging ze op het bed zitten en liet de tijd voorbijgaan. Andreas ongeduldig maken leek de enige vorm van verzet die haar ter beschikking stond, de enige manier om zich tegen de pollepel te verzetten. Maar wilde ze zich eigenlijk wel verzetten? Hoe langer ze wachtte, hoe sterker de erotische spanning werd. Alleen al het wachten in een hotelkamer leek op seks te duiden – waar diende een hotelkamer anders voor?

Toen de telefoon ging, reageerde ze niet. Hij ging vijftien keer over voordat hij zweeg. Even later werd er aangeklopt. Pip stond op en deed open, bang dat het Pedro zou zijn, maar het was Andreas. Hij was bleek, ziedend. 'Je bent hier al anderhalf uur,' zei hij met strakke lippen. 'Heb je de telefoon niet horen overgaan?'

'Kom even binnen.'

Hij keek links en rechts de gang in en kwam binnen. 'Ik moet je kunnen vertrouwen,' zei hij terwijl hij de deur op slot deed. 'Dit is geen goed begin.'

'Misschien zul je me gewoon niet kunnen vertrouwen.'

'Dat is onacceptabel.'

'Ik heb een slechte impulsbeheersing. Dat is een bekend gegeven. Je wist waar je aan begon.'

Nog steeds bleek, nog steeds boos, kwam hij op haar af lopen en dreef haar in de hoek achter de tv. Hij pakte haar bij de armen. Haar huid reageerde tintelend op zijn handen, maar ze durfde niet als eerste het initiatief te nemen.

'Wat ben je van plan?' vroeg ze. 'Ga je me wurgen?'

Hij had het geestig kunnen vinden, maar dat was niet het geval. 'Wat wil je?' vroeg hij.

'Wat willen alle vrouwen van jou?'

Dat leek hij wel amusant te vinden. Hij liet haar armen los en glimlachte weemoedig. 'Ze willen me hun geheimen vertellen.'

'Eerlijk? Daar kan ik weinig mee, want die heb ik zelf niet.'

'Je bent een open boek.'

'Min of meer.'

Hij liep bij haar vandaan en ging op het bed zitten. 'Weet je, het is moeilijk om iemand te vertrouwen die geen geheimen heeft,' zei hij.

'Ik vind het sowieso moeilijk om mensen te vertrouwen.'

'Ik vind het niet prettig dat Pedro weet dat ik hier ben, bij jou. Maar nu ik hier ben, gaan we niet weg voordat ik weet dat ik je kan vertrouwen.'

'Dan kunnen we hier nog wel een tijdje zitten.'

'Wil je mijn theorie over geheimen horen?'

'Heb ik een keus?'

'Mijn theorie is dat een identiteit wordt gevormd door twee tegenstrijdige geboden.'

'Oké.'

'Enerzijds het gebod om geheimen te bewaren, anderzijds het gebod om ze openbaar te maken. Hoe weet je dat je iemand bent, iemand die zich onderscheidt van andere mensen? Door bepaalde dingen voor jezelf te houden. Die bewaak je in jezelf, want als je dat niet doet, is er geen onderscheid tussen binnen en buiten. Door geheimen te hebben weet je dat er zoiets als een binnenwereld bestaat. Een radicale exhibitionist is iemand die zijn persoonlijkheid heeft verbeurd. Maar een identiteit in een vacuüm is ook betekenisloos. Vroeg of laat heeft je binnenwereld behoefte aan een getuige. Anders ben je gewoon een koe, een kat, een steen, zomaar een ding, gevangen in je ding-zijn. Om een identiteit te kunnen hebben, moet je geloven dat andere identiteiten op eenzelfde manier bestaan. Een mens heeft intimiteit met andere mensen nodig. En hoe ontstaat intimiteit? Door het delen van geheimen. Colleen weet wat jij stiekem van Willow vindt. Jij weet wat Colleen stiekem van Flor vindt. Je identiteit bestaat op het snijpunt van die vertrouwenslijnen. Snap je wat ik bedoel?'

'Zo'n beetje,' zei Pip. 'Maar het is een ongewone theorie voor iemand die de kost verdient met het onthullen van andermans geheimen.'

'Heb je niet goed geluisterd in dat restaurant? Ik ben verstrikt geraakt in dit werk. Ik heb net zo'n hekel aan internet als aan mijn vaderland.'

'Ja, dat heb je inderdaad gezegd, geloof ik.'

'Heb je niet eens naar jezelf geluisterd? Ik doe dit werk niet omdat ik er nog steeds in geloof. Het draait nu allemaal om mij. Het is míjn identiteit.'

Hij maakte een gebaar van zelfverachting.

'Ik weet niet wat ik tegen je moet zeggen,' zei Pip. 'Mijn geheim heb ik je al verteld. Ik heb je verteld wat mijn echte naam is.'

'Je naam is niets om je voor te schamen.'

'Ik heb op de middelbare school ook een fase van winkeldiefstal doorgemaakt. En ik heb flink wat gemasturbeerd toen ik tien was.'

'Dat heeft iedereen toch gedaan?'

'Oké, dan is er niets. Ik ben saai en alledaags. Zoals ik al zei: je wist waar je aan begon.'

Plotseling, zonder dat ze begreep hoe hij de afstand tussen hen had overbrugd, dreef hij haar weer in de hoek. Hij drukte zijn mond tegen haar oor en had zijn hand tussen haar benen gestoken. Er was een raar, gespannen moment van aanpassing. Zij kon niet ademen, maar ze hoorde hem wel zwaar ademen. Toen schoof zijn hand omhoog naar haar buik en weer omlaag, haar spijkerbroek en slipje in.

'En dit?' fluisterde hij in haar oor. 'Is dit geen privéaangelegenheid van je?'

‘Behoorlijk privé, ja,’ zei ze met bonkend hart.

‘Is dit de reden dat ik je vertrouw?’

Ze kon niet geloven wat er gebeurde. Hij ging met het topje van zijn vinger naar binnen, en haar lichaam reageerde bepaald niet afwerend.

‘Ik weet het niet,’ fluisterde ze. ‘Misschien.’

‘Heb ik hier je toestemming voor?’

‘Ehm...’

‘Zeg me gewoon wat je wilt.’

Ze wist niet wat ze moest zeggen, maar ze had waarschijnlijk iets moeten zeggen, want bij gebrek aan respons trok hij al met zijn vrije hand de rits van haar broek naar beneden.

‘Ik weet dat ik erom heb gevraagd,’ fluisterde ze. ‘Maar...’

Hij ging met zijn hoofd naar achteren. Er lag een begerige glans in zijn ogen. ‘Maar wat?’

‘Nou,’ zei ze, een beetje verlegen, ‘is het niet gebruikelijk om iemand te zoenen voordat je een vinger in haar steekt?’

‘Is dat wat je wilt? Een zoen?’

‘Ehm, zo tussen het een en ander door, nu op dit moment, ik geloof van wel, ja.’

Hij ging met zijn handen naar haar gezicht en legde ze tegen haar wangen. Ze rook haar eigen intieme geur en de geur van zijn mannenlichaam, een Europees aandoende geur, niet onaangenaam. Ze sloot haar ogen om zijn zoen te ontvangen. Maar toen die kwam, beantwoordde ze hem niet. Om de een of andere reden was het niet wat ze wilde. Haar ogen openden zich en zagen dat hij haar aankeek.

‘Je moet van me aannemen dat dit niet de reden was dat ik je heb laten komen.’

‘Weet je zeker dat je het nu dan wél wilt?’

‘In alle eerlijkheid? Niet zo graag als ik een ander plekje van je wil kussen.’

‘Hola.’

‘Ik denk dat je het wel lekker zult vinden. Daarna zou je weg kunnen gaan en zou ik je kunnen vertrouwen.’

‘Ben je altijd zo met vrouwen? Is het met Toni Field ook zo gegaan?’

Hij schudde zijn hoofd. ‘Dat heb ik je al verteld. Ik ben mezelf niet bij dat soort transacties. Ik laat je mijn ware ik zien omdat ik wil dat we elkaar kunnen vertrouwen.’

‘Oké, maar, sorry hoor – hoezo ga je míj hierdoor vertrouwen?’

‘Je hebt het zelf gezegd. Als Colleen hierachter komt, zal ze het je niet vergeven. Geen van de stagiairs. Ik wil dat jij een geheim hebt waar alleen ik van weet.'

Met gefronst voorhoofd probeerde ze de logica te begrijpen.

'Wil je me dat geheim geven?' Hij legde zijn handen weer tegen haar wangen. 'Zullen we gaan liggen?'

'Misschien is het beter als ik gewoon terugga.'

'Jij bent degene die naar je kamer wilde. Jij bent degene die ervoor heeft gezorgd dat ik hiernaartoe kwam.'

'Je hebt gelijk. Dat is zo.'

'Dus kom, laten we gaan liggen. Degene die ik werkelijk ben, is iemand die zijn tong in je wil steken. Wil je me dat laten doen? Laat me dat alsjeblieft doen.'

Waarom liep ze achter hem aan naar het bed? Om dapper te zijn. Om zich te conformeren aan het gegeven van een hotelkamer. Om wraak te nemen op de ongeïnteresseerde mannen die ze in Oakland had achtergelaten. Om precies datgene te doen waar haar moeder bang voor was geweest. Om Colleen ervoor te straffen dat ze meer om Andreas gaf dan om haar. Om degene te zijn die naar Zuid-Amerika was gekomen en een beroemde, invloedrijke man aan de haak had geslagen. Ze had er een aantal twijfelachtige redenen voor, en op het bed, waar hij het iets rustiger aan deed, haar ogen kuste en over haar haar streelde, haar hals kuste, haar blouse losknoopte, haar uit haar beha hielp, haar borsten aanraakte met zijn blik en zijn handen en zijn mond, haar teder uit haar spijkerbroek hielp en nog tederder haar slipje uittrok – op het bed waren haar redenen allemaal met elkaar in harmonie. Ze voelde zijn handen trillen op haar heupen, voelde zijn eigen opwinding, en dat was iets – dat was veel. Hij leek oprecht in zijn verlangen naar haar privéaangelegenheid. Dat ze met zo'n heftig enthousiasme klaarkwam, was eerder aan die wetenschap te danken dan aan de *negocitos* die hij vakkundig met zijn mond verrichtte.

Toen het voorbij was, besefte ze weer dat ze hem niet mocht. Ze voelde zich beschaamd en vies. Hij kuste haar wangen en haar hals, als bedankje. Ze wist wat nu een beleefde reactie zou zijn, en door zijn onverminderde aandrang wist ze dat hij dat wilde. Niet over de brug komen zou egoïstisch en helemaal fout van haar zijn. Maar ze kon er niets aan doen: ze had geen zin om te neuken met iemand die ze niet mocht.

'Het spijt me,' zei ze en ze duwde hem zachtjes weg.

'Dat is niet nodig.' Hij liet haar niet los, schoof boven op haar en legde zijn geklede benen tussen haar benen, die bloot waren. 'Je bent bijzonder. Je bent alles wat ik had kunnen hopen.'

'Ja, dat was echt heerlijk. Het was heel lekker. Ik geloof niet dat ik ooit zo snel of heftig ben klaargekomen. Het was van *wowee-zowee*.'

'O, god,' zei hij en hij sloot zijn ogen. Hij legde zijn handen om haar hoofd en reed een beetje tegen haar aan met de harde bobbel in zijn broek. 'God, Pip. God.'

'Maar eh...' Weer probeerde ze hem van zich af te duwen. 'Misschien kan ik nu maar beter gaan. Je zei dat ik terug kon gaan als je dit gedaan had.'

'Pedro en ik hebben een verhaal verzonnen over een kapotte as. We hebben uren de tijd als je wilt.'

'Ik probeer eerlijk te zijn. Daar draait het hier toch om?'

Andreas moest geprobeerd hebben om de blik die vervolgens op zijn gezicht verscheen te verbergen, want hij was meteen weer verdwenen en vervangen door dat lachje van hem. Maar heel even had ze gezien dat hij gek was. Als in een boze droom, een droom waarin een afschuwelijk, schuldbeladen feit is vergeten en dan plotseling weer herinnerd wordt, schoot haar te binnen dat hij daadwerkelijk een keer iemand had vermoord; dat dit echt was.

'Het is al goed,' zei hij.

'Ik vond het best wel lekker, het gevoel dat je me gaf.'

'Heus, het is al goed.' Zonder haar te kussen, zelfs zonder naar haar te kijken, stond hij op en liep naar de deur. Hij fatsoeneerde zijn overhemd en hees zijn broek op.

'Wees alsjeblieft niet boos op me.'

'Ik ben het tegengestelde van boos,' zei hij zonder haar aan te kijken. 'Ik ben gek op je. Heel onverwacht gek op je.'

'Sorry.'

Om nog een tikkeltje waardigheid te behouden vertelde ze Pedro in de Land Cruiser dat El Ingeniero hulp nodig had gehad met zijn *negocios*. Daarop leek Pedro te antwoorden dat het werk van El Ingeniero erg complex was en zijn begrip te boven ging, maar dat hij het niet hoefde te begrijpen om een goede terreinbeheerder te zijn in Los Volcanes.

Toen ze ver na middernacht thuiskwam, brandde er nog licht op Colleens kamer. Pip besloot dat ze een leugen beter heet van de naald kon vertellen en liep meteen de trap op naar de kamer. Colleen lag in bed met een studieboek en een potlood.

'Jij bent nog laat wakker,' zei Pip.

'Ik bereid me voor op een examen, ik wil in Vermont als advocaat gaan werken. Ik heb dit boek al een jaar. Vanavond leek me een goede avond om het eindelijk eens open te slaan. Hoe was Santa Cruz?'

'Ik ben niet in Santa Cruz geweest.'

'O.'

'Bij het ontbijt ben ik een grote vulling kwijtgeraakt. Pedro moest met me naar de tandarts. En toen is hij te hard over een verkeersdrempel gereden en brak er een as van de auto. Ik heb zowat zes uur buiten bij een garage zitten wachten.'

Met haar potlood markeerde Colleen zorgvuldig iets in haar studieboek. 'Jij kunt verschrikkelijk slecht liegen.'

'Ik lieg niet.'

'Er is in een straal van ruim driehonderd kilometer geen rompemuelle die Pedro niet kent.'

'Hij zat tegen me te praten. Hij had hem niet gezien.'

'Sodemieter nou maar gewoon op.'

'Colleen.'

'Het is niets persoonlijks. Jij bent niet degene die ik haat. Ik wist dat dit een keer zou gebeuren. Ik vind het alleen jammer dat het met jou was. Er was veel om leuk aan je te vinden.'

'Ik vind jou ook heel leuk.'

'Ik zei dat je weg moest gaan.'

'Doe niet zo idioot!'

Eindelijk keek Colleen op uit haar studieboek. 'Echt? Wil je tegen me liegen? Wil je er nog langer mee doorgaan?'

Toen schoten Pip de tranen in de ogen. 'Het spijt me.'

Colleen sloeg een bladzijde van haar boek om en deed alsof ze las. Pip bleef nog even in de deuropening staan, maar Colleen had gelijk. Er viel niets meer te zeggen.

De volgende ochtend ging Pip, in plaats van een wandeling maken, ontbijten met de anderen. Colleen was er niet, maar Pedro wel. Hij had het verhaal over de mislukte rit van Pip en hem naar de tandarts al verteld. Als Willow en de anderen al argwaan koesterden, lieten ze daar niets van blijken. Pip was misselijk, iets wat werd veroorzaakt door angstgevoelens ten opzichte van alles en specifieke schuldgevoelens ten opzichte van Colleen, maar voor alle anderen was het gewoon weer een dag vol Zonlicht.

Colleen vertrok twee dagen later. Ze was tactvol geweest over haar beweegredenen en had alleen gezegd dat het tijd werd voor iets nieuws, en toen ze veilig en wel verdwenen was, deden de andere meisjes ronduit neerbuigend over haar depressie en haar hopeloze verliefdheid op Andreas; de eenparige opvatting was dat haar vertrek een broodnodige stap was in de richting van een hersteld gevoel van eigenwaarde. Wat in zekere zin ook klopte. Maar innerlijk werd Pip verteerd door loyaliteit ten opzichte van Colleen, en door haar schuldgevoel.

Toen Andreas terugkwam, gaf hij Colleens baan van zakelijk directeur aan Anders, de Zweed. Maar omdat niemand dacht dat Andreas speciale gevoelens had voor Anders, ging Colleens positie hoog in de pikorde naar degene op wie Andreas bijzonder gesteld heette te zijn, iemand wiens aanwezigheid in Los Volcanes uitzonderlijker was dan die van henzelf. Nu was Pip degene naast wie Andreas kwam zitten bij het avondeten, Pips tafel die als eerste volstroomde. Tot haar immense vermaak wilde de kleine Flor ineens dolgraag haar vriendin zijn. Flor vroeg zelfs of ze een keer mocht meewandelen om zelf de geuren te ervaren waar Pip zo over had gejubeld, en toen Flor met haar was gaan wandelen, wedijverden de andere meisjes met elkaar om hetzelfde voorrecht.

De tamelijk ongezonde voldoening die Pip ontleende aan het feit dat ze voor het eerst in haar leven een sociaal centrale rol kreeg toebedeeld, was in haar hoofd gekoppeld aan de herinnering aan Andreas' tong en hoe heftig haar lichaam daarop had gereageerd. Zelfs het bezoedelde gevoel dat ze eraan had overgehouden, was achteraf bezien aangenaam; het had wel iets stouts. Ze stelde zich een regeling voor waarbij haar die gunst af en toe werd verleend, en hij haar kon vertrouwen en zij haar obscene pleziertje kon hebben. Hij had het zelf laten doorschemeren: hij was zo'n man die van cunnilingus hield. Dan moest er toch wel een wederzijds bevredigende regeling tot stand kunnen worden gebracht.

De weken verstreken echter, augustus ging over in september, en hoewel Pip nu een volleerd researcher was, zelfstandig eenvoudige opdrachten uitvoerde en haar vrije tijd besteedde aan bewerkelijke databasesearches naar de naam Penelope Tyler, bleef Andreas het vermijden om een persoonlijk gesprek met haar te voeren, wat hij met Willow en een heleboel anderen wel deed. Ze begreep dat ze geacht werd voor hem te spioneren en dat mensen nooit mochten zien dat ze samenzweerderig op fluistertoon met elkaar zaten te praten. Maar dat spioneren was in haar ogen belachelijk – het enige wat iedereen hier altijd uitstraalde was overweldigende oprechtheid – en ze begon het gevoel te krijgen dat ze door hem bestraft werd; dat ze hem had gekwetst en beschaamd door haar weigering seks met hem te hebben. Zijn altijd hartelijke en warme houding ten opzichte van haar stelde niets voor; ze besefte heel goed dat hij een meesterlijke huichelaar was; hij had het zelf min of meer zo gezegd, en dat hij het voortdurend over vertrouwen en eerlijkheid had, was alleen maar het bewijs. Ze raakte ervan overtuigd dat hij diep in zijn hart boos op haar was en er spijt van had dat hij haar vertrouwd had.

En zo, dag na dag, verleid door tong en populariteit, kwam ze tot het besluit hem de volgende keer dat ze alleen waren alles te geven wat hij wilde. 'Heel onverwacht gek op je': daar moest toch nog wel iets mee te doen zijn? Ze was niet gek op hem, maar ze was wel nieuwsgierig, seksueel gefrustreerd en in toenemende mate vastberaden. Ze begon meer op zijn dagelijkse activiteiten te letten, op zoek naar mogelijkheden om hem onder vier ogen te kunnen spreken, maar er leek altijd wel iemand met hem mee te lopen van de schuur naar het technologiegebouw; Pedro of Teresa leek altijd wel binnen gehoorafstand als hij alleen in het hoofdgebouw was. Maar eind september keek ze op een middag uit het raam van de schuur en zag hem in zijn eentje aan de overkant van de geitenwei in een hoek zitten, met zijn gezicht naar het bos.

Ze haastte zich naar buiten en liep met zo'n stevige pas over de wei dat de geiten alle kanten uit stoven. Andreas moest haar wel gehoord hebben, maar hij draaide zich pas om toen ze bij hem was; ze zag dat hij gehuild had. Dat herinnerde haar ergens aan: Stephen die had zitten huilen op de veranda voor het huis in Oakland.

Hij klopte op het gras. 'Kom erbij zitten.'

'Wat is er?'

'Kom gewoon zitten. Ik heb slecht nieuws gekregen.'

Zich ervan bewust dat iedereen hen kon zien, ging ze een stukje bij hem vandaan zitten.

'Mijn moeder is ziek,' zei hij. 'Ze heeft kanker. Nierkanker. Dat heb ik net gehoord.'

'Wat erg,' zei Pip. 'Ik wist niet eens dat je contact met haar had.'

'Van mij hoort ze niets. Maar ik hoor nog wel iets van haar.'

'Moet ik je alleen laten?'

'Was er iets wat je wilde?'

'Niets belangrijks.'

'Ik hoor veel liever iets over jou dan dat ik aan haar denk.'

'Is het ernstig, haar kanker? In welk stadium is het?'

Hij haalde zijn schouders op. 'Ze wil me hier komen opzoeken. Klinkt dat als iets goeds? Ik kan natuurlijk niet naar haar toe. Dat is een klein gelukje. Die beslissing blijft me bespaard.'

'Ik zou je in mijn armen willen nemen. Maar ik wil niet dat de mensen dat zien.'

'Dat is oké. Je hebt je trouwens geweldig gedragen.'

'Dank je. Alhoewel... Ben je boos op me?'

'Absoluut niet.'

Ze knikte, terwijl ze zich afvroeg of ze hem kon geloven.

'Ik heb haar het grootste deel van mijn leven gehaat,' zei hij. 'Ik heb je al een paar van de redenen verteld waarom ik haar haat. Maar nu ik deze e-mail heb gekregen, herinner ik me weer dat dat niet de echte redenen waren, of niet de hele reden. Ze zijn de halve reden. Onvermijdelijk, maar niet voldoende. De andere helft is dat ik altijd van haar zal blijven houden, ondanks al die andere redenen. En die belangrijke reden vergeet ik. Die vergeet ik jaren achtereen. Maar dan krijg ik deze e-mail...'

Hij stootte lucht uit, lachend of snikkend. Pip durfde niet te kijken wat het precies was. 'Misschien is de liefde belangrijker dan de haat,' zei ze.

'Voor jou zou dat vast zo zijn.'

'Nou, hoe dan ook. Ik vind het heel erg voor je.'

'Wilde je me onder vier ogen spreken? Zullen we daar een afspraak voor maken?'

'Nee. Of ik ben een belabberde spion, of je was gewoon paranoïde.'

'Wat wilde je dan?'

Ze ging naar hem toe zitten en maakte hem, door de blik op haar gezicht, duidelijk wat ze wilde.

Zijn ogen, die bloeddoorlopen waren, werden groot. 'O,' zei hij. 'Dat.'

Ze keek naar de grond en zei zacht: 'Ik heb echt een rotgevoel over wat er laatst gebeurd is. Ik denk dat het beter kan. Als je daar ook maar enigszins voor voelt, bedoel ik.'

'Ja. Absoluut. Daar had ik amper op durven hopen.'

'Het spijt me. Je vroeg wat ik wilde, maar daar had ik geen antwoord op moeten geven. Niet nu.'

'Nee, dat geeft niet.' Hij sprong overeind, zijn verdriet was kennelijk vergeten. 'Ik heb volgende week een afspraak met haar in de stad. Daar zag ik tegen op, maar nu niet meer. Laat me even nadenken over hoe ik kan regelen dat je meegaat. Hoe klinkt dat?'

Het kostte Pip moeite om de adem voor een antwoord te krijgen. 'Klinkt goed,' zei ze.

Een van de idiootste aspecten van het Project was dat elektronische privé-communicatie onmogelijk was. Het interne netwerk was zo ontworpen dat alle chats en e-mails door iedereen op het netwerk konden worden bekeken, omdat alles door de technische jongens kon worden bekeken en het niet eerlijk was wanneer zij een voorsprong hadden. Als een meisje het wilde aanleggen met een jongen (en dat kwam best vaak voor, hoewel de jongens door de bank genomen minder aantrekkelijk waren), regelde ze dat openlijk op het netwerk of persoonlijk. En daarom stopte Andreas Pip een handgeschreven briefje in de hand toen ze de volgende avond het hoofdgebouw verliet.

Wees blij: je tijd als spion zit er misschien op. Er is geen aannemelijk verhaal voorhanden. Je gaat met me mee omdat ik een afspraak met mogelijke investeerders heb en jij de stagiair bent met het oordeel dat ik het meest vertrouw. Maar denk goed na of je eraan toe bent dat de rest je met andere ogen gaat bezien. Ik accepteer elke beslissing van je. Wil je dit verbranden?
–A.

Op de veranda, boven de donkere rivier, verbrandde Pip het briefje met een aansteker die Colleen had achtergelaten. Ze miste Colleen en vroeg zich af of het nu haar beurt was om drie jaar aan het lijntje te worden gehouden, maar ze voelde zich ook sterk en in een overwinningsroes. Ze was een eind verder de donkere rivier in gegaan dan Colleen, verder dan alleen tot haar knieën, en ze was er vrij zeker van dat ze al verder was gegaan met Andreas. Het was allemaal heel vreemd, en het zou nog vreemder hebben gevoeld als haar leven van meet af aan niet zo vreemd was geweest. De vreemdste gedachte van allemaal was voor haar dat ze misschien wel bijzonder aantrekkelijk was. Dat druiste in tegen alles wat ze geloofde – of in elk geval tegen alles wat ze wílde geloven, want diep in haar hart, in de oprechtste kern van haar wezen, beschouwt misschien iedere vrouw zichzelf als bijzonder aantrekkelijk. Misschien was dat gewoon iets menselijks.

‘Ga ik kennismaken met je moeder?’ vroeg ze Andreas een week later, toen Pedro over de steile weg uit het dal reed.

‘Wil je dat? Annagret is de enige vrouw van mij die haar heeft leren kennen. Mijn moeder was heel aardig voor haar, tot daar een eind aan kwam.’

Pip was te geschokt door de zinsnede ‘vrouw van mij’ om daar iets op terug te zeggen. Was die zinsnede nu op haar van toepassing? Zo klonk het wel.

‘Ze is heel innemend,’ zei Andreas. ‘Je zou haar vast mogen. Annagret mocht haar graag – tot daar een eind aan kwam.’

Pip draaide haar raampje omlaag, keerde haar gezicht naar de frisse vroegeochtendlucht en fluisterde: ‘Ben ik je vrouw?’ Ze dacht niet dat Andreas haar kon horen, maar uitgesloten was het niet.

‘Je bent mijn vertrouwelinge,’ zei hij. ‘Ik ben geïnteresseerd in wat jouw goed ontwikkelde gevoel over haar te melden heeft.’

Hij legde zijn hand op haar bovenbeen en liet haar daar liggen. Vrijwel elke gedachte die ze de afgelopen week had gehad, leidde terug tot één ding. Ze had hevigere verliefdheidsverschijnselen, een hardnekkiger wee gevoel in haar maag, een hart dat vaker op hol sloeg dan ze zich herinnerde bij Stephen te hebben gehad. Maar de verschijnselen waren voor tweeërlei uitleg vatbaar. Een terdoodveroordeelde die naar het schavot liep, had veel van dezelfde verschijnselen. Toen de hand van Andreas naar de binnenkant van haar bovenbeen schoof, wat heel opwindend was, ontbrak het haar aan de moed en zelfs aan de behoefte om een overeenkomstige hand op zijn been te leggen. De juistheid van de uitdrukking ‘mogelijke prooi’ werd nu zonneklaar. De gevoelens van de prooi in de greep van wolventanden waren moeilijk van verliefdheid te onderscheiden.

Haar Spaans was voldoende vooruitgegaan om alles wat Andreas tegen Pedro zei te kunnen volgen. Pedro moest de volgende ochtend om zes uur bij het Cortez zijn. Andreas zou waarschijnlijk klaarstaan, maar was dat niet het geval, dan moest Pedro doorrijden naar het vliegveld met een bordje ‘Katya Wolf’ en haar naar het hotel brengen.

Blijkbaar was Andreas van plan de hele dag en de hele avond en mogelijk de volgende ochtend met Pip door te brengen. Wat absurd dat ze eerst samen drie uur op de achterbank moesten zitten, terwijl Pedro remde voor verkeersdrempels. Wat een kwelling, die rompemuelles.

Ik ben verliefd, besloot ze. Ik ben het minst aantrekkelijke meisje van Los Volcanes, maar ik ben geestig en dapper en eerlijk, en hij heeft mij gekozen. Later mag hij mijn hart breken – dat kan me niet schelen.

In het hotel droeg hij haar op een kwartier in de lobby te wachten voordat ze naar zijn kamer kwam. Ze bekeek reizigers met vochtig haar en een ochtendgezicht die kamersleutels afgaven. Het leek er tijdloos en plaatsloos. Een Latijns-Amerikaanse zakenman die bij de balie rondhing, staarde strak naar haar borsten. Ze wierp hem een dodelijk verveelde blik toe; hij moest lachen. Hij was een onderkruipsel vergeleken met de man die op haar wachtte.

Toen ze zijn kamer binnen kwam, zat hij aan het bureau met zijn tablet. Op het bed stond een dienblad met belegde broodjes en een fruitsalade. ‘Eet wat,’ zei hij.

'Zie ik eruit alsof ik trek heb?'

'Je hebt kennelijk een gevoelige maag. Het is belangrijk dat je eet.'

Ze waagde zich aan een paar stukjes papaja, waarmee ze volgens haar moeder haar maag kon kalmeren.

'Wat zou je vandaag willen doen?' vroeg hij.

'Ik weet het niet. Is er een bijzonder kerkgebouw of een museum dat ik zou moeten bekijken?'

'Ik houd er niet van om in het openbaar gezien te worden. Maar, ja, het oude stadscentrum is het bekijken waard.'

'Je kunt een zonnebril en een raar hoedje opzetten.'

'Is dat wat je wilt?'

Ze moest boeren van de papaja. Ze vond dat ze voortaan geen prooi meer mocht zijn en op de een of andere manier het initiatief moest overnemen. Ze had nog steeds geen behoefte om hem aan te raken, maar ze liep van achteren naar hem toe en dwong zich ertoe haar handen op zijn schouders te leggen. Ze liet ze omlaagglijden naar zijn borst. Er zat niets anders op.

Hij pakte haar bij haar polsen, zodat ze niet weg kon.

'Ik dacht dat je stagiaires met geen vinger aanraakte,' zei ze. 'Ik dacht dat dat slechte publiciteit opleverde.'

'Met de een na de ander naar bed gaan zou slechte publiciteit opleveren,' zei hij. 'Verliefd worden op één van hen is een heel ander verhaal.'

Haar knieën bibberden. 'Zei je dat nou net echt?'

'Ja.'

De pollepel, de pollepel.

'Goed dan,' zei ze en ze liet zich op de grond zakken.

Hij liet haar polsen los, stapte achter het bureau vandaan en ging op zijn knieën voor haar zitten.

'Pip,' zei hij. 'Ik weet dat ik oud ben. Waarschijnlijk zo oud als je vader. Maar ik heb een jong hart – ik heb weinig ervaring met ware liefde. Waarschijnlijk niet veel meer dan jij. Dit is ook voor mij nieuw en beangstigend.'

De pollepel. Haar hersens werden door elkaar geroerd. Het was eerder een vader dan een minnaar tegen wie ze zich nu in haar angst aan drukte, eerder een vader die ze vastgreep om zich veilig te voelen. En toch had ze de vorige avond haar schaamhaar bijgewerkt. Ze verkeerde in de opperste verwarring. Hij hield haar stevig vast en streelde haar hoofd.

'Vind je me eigenlijk wel leuk?' vroeg hij.

Ze knikte, omdat ze wist dat hij dat wilde.

'Heel erg leuk?' vroeg hij. 'Of maar een beetje?'

'Heel leuk,' zei ze, om diezelfde reden.

'Ik vind jou ook leuk.'

Ze knikte nog eens. Maar ook al dwong hij haar ertoe, het gaf haar een rotgevoel om tegen hem te liegen. Als hij echt verliefd op haar begon te worden, was het gemeen om dat tegen hem te doen. Om dat te compenseren probeerde ze iets te zeggen wat zowel eerlijk als aardig was. 'Het gevoel dat je me laatst gaf, vond ik echt heerlijk. Ik blijf er steeds maar aan denken. Ik krijg het bijna niet meer uit mijn hoofd. Ik wil dat je het nog eens doet.'

Zijn lichaam verstrakte bij deze woorden. Ze was bezorgd dat ze het verkeerde had gezegd – dat hij haar poging om het gesprek op iets anders dan liefde te brengen had doorzien en nu gekwetst was. En daarom kuste ze hem. Overtuigend, vrijmoedig, bood ze hem haar tong, stelde zich voor hem open, en hij reageerde op dezelfde manier. Maar haar verstandige kant functioneerde ook nog half. Er welde een lach in haar op voordat ze hem kon smoren.

'Wat?' vroeg hij glimlachend.

'Het spijt me echt,' zei ze. 'Ik vraag me alleen af of we allebei iets proberen te doen wat we geen van beiden eigenlijk willen.'

Hij leek te schrikken. 'Wat bedoel je?'

'Nee, alleen het zoengedeelte,' haastte ze zich te zeggen. 'De vorige keer leek je niet zo dol op dat zoenen. Daar was je eerlijk over. En eerlijk, ik vind het ook prima als we dat overslaan.'

Het gebeurde opnieuw. Opnieuw zag ze een seconde lang, minder dan een seconde, voordat hij zijn gezicht kon wegdraaien, een compleet andere persoon, een gek.

'Je bent een bijzondere vrouw,' zei hij met afgewend gezicht.

'Dank je.'

Hij stond op en liep bij haar vandaan. 'Ik meen het,' zei hij. 'Ik heb me nog nooit zo uit mijn evenwicht gevoeld. Je geeft me het gevoel dat ik kleiner ben, in de goede zin van het woord. Ik word geacht de grote waarheidspreker te zijn, en jij haalt me telkens onderuit. Ik heb er een hekel aan, maar ik houd er ook van. Ik houd van je.' Hij kwam bij haar terug en zei het nog eens. 'Ik houd van je.'

Ze kreeg een kleur. 'Dank je.'

'Meer niet?' viel hij uit. 'Dánk je? Wie heeft jou zo gemaakt? Waar kom je vandaan?'

'Uit de San Lorenzo Valley. Dat is een heel bescheiden, democratische streek.'

Hij kwam met grote stappen op haar af en trok haar overeind. 'Ik word gek van je!'

'In mijn eigen hoofd zit het nu ook niet zo lekker.'

'Dus wat zijn we nu? Hoe gaan we dit aanpakken? Hoe gaan we met elkaar om?'

'Ik heb geen idee.'

'Trek verdomme je kleren uit! – werkt dat?'

'Dat begint erop te lijken.'

'Doe het dan. Langzaam. Ik wil naar je kijken. Doe je slipje als laatste uit.'

'Oké. Daar kan ik wat mee.'

Ze vond het prettig om bevelen van hem te krijgen. Prettiger dan al het andere aan hem. Maar toen ze deed wat haar was opgedragen, een knoopje van haar blouse losmaken, en toen een tweede knoopje, wist ze niet of ze het wel prettig vond dat ze het prettig vond. Ze wilde dat ze kon vergeten wat Stephen in zijn slaapkamer tegen haar had gezegd, over een vader nodig hebben. Langzaam bekroop haar een gevoel van angst terwijl ze een vierde knoopje losmaakte, en toen de laatste. Ze zag een emotioneel tafereel voor zich waarin ze kwaad was op haar afwezige vader, op alle oudere mannen, en waarin ze deze man met een vaderleeftijd daarom uitdaagde en strafte, hem gek maakte, hem ertoe dreef zich aan te bieden als de ontbrekende persoon in haar leven, en haar lichaam reageerde weliswaar op het aanbod, maar griezelde ook van haar eigen reactie. Ze liet haar beha op de grond vallen.

'Mijn god, wat ben je mooi,' zei hij, haar aanstarend.

'Ik denk dat je bedoelt dat ik jong ben.'

'Nee. Je binnenkant is even mooi als je buitenkant.'

'Praat dan maar door,' zei ze. 'Dat helpt.'

Toen ze eindelijk helemaal naakt was, liet hij zich op zijn knieën zakken en drukte zijn gezicht tegen haar kruis. 'Je hebt je voor me geschoren,' mompelde hij dankbaar.

'Wie zei dat het voor jou was?' vroeg ze met een aarzelend lachje. Nu hij zo van haar hield, hield ze ook best veel van zichzelf, maar dat verhevigde de angst om zichzelf te horen doorgaan met uitdagen, en te voelen welk effect haar uitdagendheid had. Zijn handen trilden op haar kont. Hij kuste haar, snoof haar op, en ze voelde hoe het allemaal opnieuw kon gebeuren, net als de vorige keer, met dit verschil dat ze zich deze keer zou moeten onderwerpen aan de hele transactie; ze kon niet op haar woord terugkomen.

Bij het vooruitzicht door hem geneukt te worden onderging ze helemaal opeens een ander soort climax. De moeiteloze manier waarop ze dit moment had bereikt, de snelheid en directheid waarmee hij een clandestiene afspraak met haar had geregeld, het gemak waarmee hij het voor elkaar had gekregen dat ze naakt in een hotelkamer stond, waren versmolten met een ingewikkeld geheel van angstige vermoedens – vader, moordenaar, hanteerder van de pollepel, voortvluchtige, liefhebber van cunnilingus, krankzinnige – en daaruit kwam een simpele gedachte voort: ze wilde zijn vrouw niet zijn.

In het nuchtere licht van deze gedachte leek het belachelijk wat ze aan het doen waren.

'Eh,' zei ze, bij hem vandaan stappend. 'Ik geloof dat ik een korte time-out nodig heb.'

Hij zakte een eindje in elkaar. 'Wat nou weer?'

'Nee, echt, ik heb me hier anderhalve maand op verheugd. Ik heb elke avond gevingerd terwijl ik daaraan dacht. Me voorstellend dat ik jou was. Maar nu – ik weet het niet. Ik denk dat zelf vingeren misschien wel genoeg is.'

Hij zakte nog verder in elkaar. Ze raapte haar beha op en deed hem aan. Ze trok haar spijkerbroek aan, zonder haar hand uit te steken naar het slipje, dat nog steeds vlak voor hem lag.

'Het spijt me echt,' zei ze. 'Ik weet niet wat me mankeert.'

'En wat wil je nu dan doen?' Zijn stem klonk geknepen van zelfbeheersing. 'Een bezoek brengen aan het pittoreske stadscentrum?'

'Ik had eerlijk gezegd nog niet verder gedacht dan aan seks met jou.'

'Dat behoort nog steeds tot de mogelijkheden.'

'Misschien als je het me zou bevelen. Ik vind het lekker als je me commandeert. Misschien heb ik wel een slaafse persoonlijkheid.'

'Dat is een bevel dat ik niet kan geven. Ik wil het niet als jij het niet wilt. Je zei dat je het wilde.'

'Ik weet het.'

Hij zuchtte diep. 'Waardoor ben je van gedachten veranderd?'

'Het voelde ineens gewoon niet meer goed.'

'Ben ik te oud voor je?'

'God, nee. Je leeftijd is niet het probleem. Misschien eerder juist het omgekeerde. Bovendien heb je dat aantrekkelijke leeftijdloze van Duitse mannen. En dan die blauwe ogen van je.'

Hij boog zijn hoofd. 'Dus je houdt gewoon niet van wie ik ben.'

Ze had vreselijk met hem te doen. Ze ging op haar knieën bij hem zitten, aaide over zijn schouders en kuste hem op de wang. 'Iedereen houdt van je,' zei ze. 'Miljoenen mensen houden van je.'

‘Zij houden van een leugen. Jij bent degene aan wie ik mijn ware ik heb getoond.’

‘Het spijt me enorm. Het spijt me enorm.’ Ze drukte zijn hoofd tegen haar borst en wiegde hem zachtjes. Haar hart stelde zich weer voor hem open, en ze vroeg zich af of ze dan maar uit medelijden met hem naar bed moest gaan. Dat had ze nooit eerder gedaan, maar ze begreep nu hoe het ervan kon komen. En verder besefte ze heimelijk dat ze er op een later tijdstip misschien met voldoening aan zou terugdenken dat ze met een beroemde, in ballingschap levende held naar bed was geweest, en dat dit haar kans was om dat te doen, en dat in het andere geval haar toekomstige ik ineen zou krimpen van spijt als ze alleen maar had geprobeerd hem te verleiden en er vervolgens te schijterig voor was geweest. Twéé keer te schijterig was geweest.

Hij had zijn gezicht tussen haar borsten en zijn handen op de kont van haar spijkerbroek. Het feit dat ze twee keer te schijterig was geweest had iets veelbetekenends. Ze dacht aan wat haar moeder had gezegd voordat ze met haar koffer uit Felton was vertrokken. ‘Ik weet dat je heel boos op me bent, schattebout, en daar heb je alle recht toe. Ik maak me zorgen over jou in het oerwoud, op een ander continent. Ik maak me zorgen over jou met Andreas Wolf. Maar het enige waar ik me nooit zorgen over maak, is over jouw moreel besef. Je bent altijd een liefdevol persoon geweest, met een helder besef van goed en kwaad. Ik ken jou beter dan jij jezelf kent. En dat is wat ik van je weet.’ Pip, die niets anders zag dan wat een puinhoop ze door haar wangedrag van elke relatie had gemaakt, was er op dat moment tamelijk zeker van geweest dat haar moeder helemaal niets van haar af wist. Maar twéé keer te zijn teruggeschrokken voor Andreas, terwijl alles pleitte voor zwichten – betekende dat niet iets? Misschien had haar moeder gelijk. Misschien had ze wel een helder moreel besef. Ze herinnerde zich de zuivere onschuld waarmee ze van Ramón en zelfs van Dreyfuss had gehouden. Het was in Oakland misgegaan door haar lichamelijke verlangens naar Stephen, haar boosheid op een oudere man.

Ze gaf Andreas een kus op zijn krullerige kruin en maakte zich van hem los. ‘Het zit er gewoon niet in,’ zei ze. ‘Het spijt me.’

Ze trok haar blouse aan en ging naar de lobby. Haar beslissing leek onherroepelijk te zijn, niet eens binnen haar eigen macht te liggen, en ze was bereid desnoods de hele dag en de hele nacht in de lobby te blijven zitten. Maar binnen een uur was Pedro terug met de Land Cruiser. Ze zag ertegen op om voorin te gaan zitten; haar lichaam voelde kriebelig en besmettelijk.

Ze ging achterin liggen en wachtte tot ze zou worden overvallen door schaamte, schuldgevoel en zelfkritiek achteraf.

Toen die gevoelens kwamen opzetten, waren ze nog erger dan voorzien. Twee dagen lang deed ze weinig anders dan in bed liggen, zonder te reageren op het komen en gaan van haar kamergenotes. Ze had in hogere sferen verkeerd en van zichzelf gehouden zolang Andreas van haar hield, maar nu ze zijn ongenoegen had gewekt, stortte ze in een afgrond van ongenoegen over zichzelf. Ook al was zij degene geweest die de ander had afgewezen en niet de afgewezene, het gebeuren in de hotelkamer was even erg geweest als dat in Stephens slaapkamer. Het bleef voortdurend door haar hoofd spoken, vooral het moment waarop zij naakt was geweest en hij op zijn knieën had gezeten.

Op de derde dag, toen ze erin geslaagd was zich naar het avondeten te slepen, merkte ze dat ze weer onpopulair was. Ze at met gebogen hoofd en ging terug naar bed. Nu deed niemand meer eerlijk tegen haar. Ze wist niet of ze was uitgestoten omdat er gedacht werd dat ze Andreas had verleid of omdat bekend was dat hij niet tevreden over haar was. Hoe dan ook, ze had het gevoel dat ze het verdiende. Ze stelde een uitvoerige e-mail op aan Colleen, een volledige bekentenis, voordat ze besefte dat Colleen haar er des te meer om zou verafschuwen. Ze schrapte alles, op een paar zinnen na:

> Je hebt er goed aan gedaan te vertrekken. Hij is echt een rare vogel. Het enige wat ik met hem gedaan heb is praten, en meer zal het ook niet worden. Ik zie me hier niet lang blijven.

Toen Andreas drie dagen later terugkwam, gedroeg hij zich hetzelfde tegenover haar als voorheen, hartelijk maar afstandelijk, waardoor ze zich extra schuldig voelde. Ze was ervan overtuigd dat hij haar echt een geheim had verteld dat hij niemand anders in Los Volcanes had verteld – dat hij háár echt speciaal had gewild – en dat hij zich achter zijn glimlach gekwetst en beschaamd moest voelen. Omdat ze het moment van haar beslissing niet wilde herbeleven, begon ze te denken dat ze een vreselijke vergissing had gemaakt. Stel dat ze had doorgezet en zijn geliefde was geworden? Stel dat ze had geleerd om dolgelukkig met hem te zijn? Nu zat zijn begeerte in hem opgepot en kon zij er niet van genieten. Ze dacht erover hem om een derde kans te smeken, maar ze was bang dat ze ook een derde keer te schijterig zou zijn. Een week lang liep ze rond met een brok van een bijna klinische depressie in haar keel. Ze deed alsof ze wandelingen maakte, maar ging na de eerste bocht in het pad een potje zitten huilen.

Tijdens een van deze huilbuien trof hij haar aan. Het was laat in de middag en het werd al donker; uit het randgebied van een donderkop viel regen naar beneden. Hij kwam de bocht om lopen in een gele regenjas en rubberlaarzen en zag haar met haar rug tegen een boom zitten, haar armen om haar knieën geslagen, bijna doorweekt.

'Ik was naar je op zoek.' Hij kwam op zijn hurken bij haar zitten. 'Ik wist niet dat je zo dichtbij was.'

'Ik maak geen wandelingen meer,' zei ze. 'Ik kom hier gewoon om te huilen.'

'Het spijt me.'

'Nee, het spijt mij. Ik heb alles kapotgemaakt.'

'Je moet jezelf niets verwijten. Ik ben een volwassen man. Ik red me wel.'

'Ik zal je nooit verraden,' snotterde ze. 'Je kunt me vertrouwen.'

'Ik ga niet doen alsof ik niet van je houd. Ik houd wel van je.'

'Sorry,' snotterde ze.

'Vooruit, genoeg over dat alles.' Hij trok de regenjas uit, sloeg die om haar heen en ging zitten. 'Laten we eens nadenken over wat je nu wilt doen.'

Met haar hand veegde ze haar neus af. 'Stuur me gewoon maar naar huis,' zei ze. 'Ik heb hier een reusachtige kans gehad en ik heb hem verprutst.'

'Willow vertelde dat het niet wil vlotten met de zoektocht naar je vermiste vader.'

'Sorry, twee kansen. Twee dingen die me zijn mislukt.'

'Ik ben bang dat Annagret en ik je geen goede dienst hebben bewezen door te zeggen dat we je konden helpen. Wat jij zoekt is uit het predigitale tijdperk, wat het erg moeilijk maakt. Ik heb het met Chen over je gehad.' Chen was de hoofdhacker. 'Ik heb gevraagd of we een oude foto van je moeder kunnen invoeren in een gezichtsherkenningsprogramma. Dat vergt een massa bij anderen gejatte rekenkracht, maar ik ben bereid dat voor je te doen. Hoewel het volgens Chen tijdverspilling is.'

In het heldere grijze licht van haar depressie zag Pip in dat ze opnieuw had gedaan wat ze bij Igor bij Renewable Solutions had gedaan – ze was gevallen voor de loze verkooppraatjes van een werkgever.

'Geeft niet,' zei ze. 'Bedankt dat je het hem gevraagd hebt.'

'Zolang je hier bent, blijf ik je studielening aflossen. Maar we moeten nadenken over je volgende stap. Je kunt goed schrijven, en Willow zegt dat je erg snel leert. Je was ongelukkig in je salesbaan. Heb je nooit overwogen om journalist te worden?'

Ze wist een flets glimlachje op te brengen. 'Is het Project niet bezig het terrein van de journalistiek om zeep te helpen?'

'De journalistiek overleeft het wel. Er wordt tegenwoordig veel non-profitgeld in gestopt. Iemand die zo begaafd is als jij vindt wel een baan als ze dat echt wil. Ik denk dat de oude media sowieso geschikter voor je zijn, gezien je geringe waardering voor wat ik doe.'

'Ik zou er graag waardering voor hebben gehad. Het spijt me enorm dat het me niet lukt.'

'Genoeg daarover. Hij pakte haar hand en kuste die. 'Je bent wie je bent. Ik houd van wie je bent. Dat zal ik gaan missen.'

Ze begon weer van voren af aan te huilen. Van ergens uit de mist kwam het donderende geraas van zandsteen dat afbrak van de wand van een bergtop, gevolgd door een doffe klap. Ze had op paden gelopen waar brokken gesteente zo dicht bij haar waren neergekomen dat ze het gefluit hoorde waarmee ze naar beneden kwamen.

'Kun je me dat bevelen?' vroeg ze.

'Wat?'

'Geef me een bevel. Zeg dat ik journalistiek moet doen. Wil je dat doen? Ik wil nog steeds dat je me bevelen geeft...' Ze kneep haar ogen dicht. 'Ik ben zo verknipt als wat.'

'Ik begrijp je niet,' zei hij. 'Maar ja, als je dat per se wilt. Ik kan je bevelen dat te doen.'

'Dank je,' fluisterde ze.

'Dus laten we daaraan werken. Ik heb een cadeautje voor je, om je op dreef te helpen. Praat maar met Willow. Zij zal het je laten zien.'

'Je bent echt heel aardig voor me.'

'Geen probleem. Het levert mij ook iets op. Begrijp je wat dat is?'

Ze schudde haar hoofd.

'Dat dokter je dan nog wel uit,' zei hij.

Hij moest die middag weer een hartig woordje met Willow hebben gesproken. Na tien dagen van kilte had ze bij het avondeten een plekje voor Pip vrijgehouden en ze deed weer griezelig aardig tegen haar. 's Avonds, in de schuur, liet ze Pip een reeks foto's zien die door een Facebook-gebruiker waren gewist, maar die door mensen zoals Chen nog uit de krochten van Facebook konden worden opgediept. In de open achterbak van een pick-up, ergens op een feestje van iemand in Texas, lag iets wat eruitzag als een bedrijfsklare kernkop. Het kon onmogelijk een echte zijn, maar hij leek precies op de echte die Pip had gezien tijdens presentaties bij haar studiegroep in Oakland.

In de weken daarna probeerde ze zich te bekwamen in de journalistiek. Met de hulp van een hacker bevriendde ze de Facebook-gebruiker die de foto's had geplaatst, maar dat leidde tot niets. Ze had geen idee hoe ze de luchtmacht of de wapenfabriek met vragen kon benaderen, en ook als dat wel het geval was geweest, had ze zonder referenties mensen moeten bellen via een Skype-achtige verbinding vanuit Bolivia. Dat gaf haar nieuw respect voor echte journalisten, maar persoonlijk vond ze het ontmoedigend. Ze zou het misschien wel hebben opgegeven als Andreas haar vervolgens niet in contact had gebracht met een klokkenluider in de Bay Area, die informatie had over grondwatervervuiling bij een stortterrein in Richmond. Gebruikmakend van die informatie en door te bellen met minder intimiderende plaatselijke autoriteiten – ze had bij Renewable Solutions in elk geval één bruikbare vaardigheid opgedaan: ze was niet bang voor cold calling – schreef ze een artikel dat vervolgens op miraculeuze wijze online verscheen bij de *East Bay Express*, dankzij een redacteur die een fan van Andreas was. De *Express* plaatste ook haar volgende stuk: 'Bekentenissen van een salesmedewerker', waar Willow haar bij had geholpen door er niet om te kunnen lachen totdat ze het echt geestig had gemaakt.

Begin januari, nadat ze nog twee, zij het wat kortere artikelen voor de *Express* had geschreven over onderwerpen die door de redacteur waren aangedragen en die ze per telefoon had kunnen voorbereiden, nam Andreas haar mee voor een wandeling en stelde voor dat ze als researchstagiaire zou solliciteren bij een onlinetijdschrift dat *Denver Independent* heette. 'Het richt zich met name op onderzoeksjournalistiek,' zei hij. 'Het krijgt prijzen.'

'Waarom Denver?' vroeg ze.

'Daar is een uitstekende reden voor.'

'*East Bay Express* is kennelijk blij met me. Ik zou liever dichter in de buurt van mijn moeder zijn.'

'Vraag je me nou of ik je eerst een bevel wil geven?'

Hun ochtend in hotel Cortez lag drie maanden achter hen, en ze wou nog steeds dat hij haar had bevolen met hem naar bed te gaan.

'Denver is voor mij niet meer dan een naam,' zei ze. 'Ik weet niets van die stad. Maar oké. Zeg maar wat je wilt en ik doe het.'

'Wat ík wil?' Hij keek naar de lucht. 'Ik wil dat je van me houdt. Ik wil dat je nooit bij me weggaat. Ik wil oud met je worden.'

'O!'

'Sorry. Ik moest het één keer zeggen voordat je weggaat.'

Ze wou dat ze hem kon geloven. Hij leek het zelf wel te geloven. Maar haar onvermogen hem te vertrouwen zat tot in het merg van haar gebeente, tot in elke vezel van haar lichaam.

'Maar goed,' zei ze.

'Maar goed, ik vraag niet veel van je. Als je die baan in Denver krijgt, en dat zal volgens mij wel lukken, wil ik dat je een bijlage opent die ik je zal sturen zodra je een e-mailadres op je werk hebt. De hoofdredacteur en uitgever is een man die Tom Aberant heet. Het enige wat je feitelijk hoeft te doen is de bijlage openen. Maar als je oren en je ogen goed open wilt houden om erachter te komen of *Denver Independent* het op me voorzien heeft, zou ik daar ook blij mee zijn.'

'Hij is de andere persoon die weet wat je gedaan hebt. Hij is die journalist.'

'Ja.'

'Je wilt dat ik je spion word.'

'Noem het maar zoals je wilt. Als het niets oplevert, het zij zo. Het enige wat ik vraag, afgezien van het openen van de bijlage, is dat je niemand vertelt dat je hier bent geweest. Je bent niet uit Californië weggeweest. Aberant vertellen dat je hier was, is het enige wat me echt kan benadelen. En, ten overvloede, ook jou kan benadelen.'

Er kwam een onheilspellende gedachte bij haar op.

'Begrijp me niet verkeerd,' zei ze. 'Het bevalt me goed om journalist te zijn. Maar is die persoon in Denver de echte reden dat je dat voorstelde?'

'De echte reden? Nee. Maar een deel van de reden? Uiteraard. Het is goed voor jou én goed voor mij. Heb je daar moeite mee?'

Op dat moment leek het niet veel wat hij van haar vroeg. Zij had hem haar hart en haar lichaam onthouden, en ze wist door haar ervaring met Stephen nog hoe troosteloos en verdrietig je je voelde als jou het hart en het lichaam die je had begeerd werden ontzegd. Ze vertrouwde Andreas weliswaar niet helemaal, maar ze had medelijden met hem en met zijn paranoia, en als een muisklik voldoende was om minder bij hem in het krijt te staan en zich minder schuldig te voelen dat ze hem gekwetst had, was ze bereid tot een muisklik. Ze dacht dat het hen allebei zou helpen om hun gezamenlijke hoofdstuk af te sluiten. En dus ging ze naar Denver.

Toen ze op een keer heel laat terugkwam in het huis van Tom en Leila, nadat ze een avondje was wezen stappen met de stagiairs van de *Denver Independent*, zag ze tot haar grote verbazing Leila op het stoepje bij de keuken zitten, gehuld in een dik fleecejack, met een wolk sigarettenrook om haar heen.

'Ha, je hebt me betrapt,' zei Leila.

'Róók jij?'

'Een stuk of vijf per jaar.' In een wit ontbijtkommetje naast Leila lagen vier uitgedrukte peuken. Ze hield haar hand eroverheen.

'Hoe is het om zo matig te zijn?' vroeg Pip.

'O, dat is gewoon het zoveelste om me onzeker over te voelen.' Leila lachte schamper. 'Interessante mensen zijn altijd onmatig.'

'Mag ik bij je komen zitten?'

'Het is steenkoud. Ik wilde net naar binnen gaan.'

Toen ze met Leila mee naar binnen ging, vroeg Pip zich bezorgd af of zij soms de oorzaak was dat Leila rookte. Ze was min of meer verliefd op Leila geworden, net zoals met Colleen in Bolivia, maar vanaf het moment dat ze bij Tom en haar was ingetrokken, had ze het gevoel gekregen dat ze problemen tussen hen veroorzaakte. Ze was ook een beetje verliefd op Tom, omdat ze het zich kon veroorloven, omdat ze zich fysiek niet tot hem aangetrokken voelde – hij was ouder en had daarnaast iets veiligs – maar Leila was de laatste tijd heel duidelijk jaloers op een van hen of op hen allebei. Pip besefte dat ze gewoon ergens anders moest gaan wonen, maar het was moeilijk om het gezinsleven waarin ze terecht was gekomen weer los te laten.

In de keuken deed Leila de peuken en de as in een stukje zilverfolie dat ze tot een prop kneep. Gesterkt door de vier margarita's die ze ophad, vroeg Pip of ze haar iets mocht vragen.

'Natuurlijk,' zei Leila terwijl ze de koffie uit de koelkast pakte.

'Zou je liever hebben dat ik eigen woonruimte ging zoeken? Zou dat helpen?'

Leila verstijfde even. In Pips ogen was ze op een heel bijzondere manier mooi. Niet irritant-mooi zoals de stagiaires bij het Sunlight Project, maar rijper-mooi, mooi zoals je dat zelf zou willen zijn. Ze keek naar het blik koffie in haar hand alsof ze niet wist hoe het daar gekomen was. 'Natuurlijk niet,' zei ze. 'Geef ik de indruk dat ik dat wil?'

'Eh, tja. Ja. Een beetje.'

'Sorry.' Leila liep kordaat naar het koffiezetapparaat. 'Je reageert waarschijnlijk op onzekerheden die van jouw aanwezigheid losstaan.'

'Waarom ben je dan onzeker? Ik heb enorme bewondering voor je.'

Het blik koffie viel op de grond.

'Dat krijg ik nou van het roken,' zei Leila, terwijl ze zich bukte.

'Waarom rook je dan? Waarom zet je om halftwee 's ochtends koffie?'

'Omdat ik weet dat ik toch niet kan slapen. Dan kan ik net zo goed gaan werken.'

'Leila,' zei Pip op verdrietige toon.

Leila wierp haar een meer dan geërgerde blik toe, een felle blik. 'Wát?'

'Is er iets aan de hand?'

'Nee. Niets.' Leila beheerste zich. 'Heb je mijn berichtje uit Washington gekregen?'

'Ja! Het klinkt alsof het groter is dan we dachten.'

'Nou, dat is alles wat er is. Ik word half gek van angst dat iemand ons met dit artikel voor zal zijn.'

'Kan ik iets doen om te helpen?'

'Nee! Ga naar bed. Het is laat.'

Boven op de overloop hoorde Pip Tom zijn drankinname wegsnurken. Ze ging op de rand van het bed zitten en typte een e-mail aan Colleen, de nieuwste van vele, die allemaal onbeantwoord bleven.

> Ja, ik ben het weer. Ik moest aan je denken omdat ik Leila er net op betrapte dat ze achter het huis zat te roken en dat maakte dat ik je miste. Ik blijf je missen. Het enige wat ik doe is mensen verraden, ik weet het. Maar toch blijf ik hopen dat je me nog een kans wilt geven. Veel liefs, PT

E-mailen als je aangeschoten bent is nooit een goed idee, maar ze drukte toch op 'verzenden'.

Haar probleem was dat het waar was: het enige wat ze deed was mensen verraden. Vrijwel meteen nadat haar e-mailadres bij *Denver Independent* was geactiveerd en ze de bijlage van Andreas had geopend, had ze er spijt van. Het klaroengeschal waarmee ze in Bolivia niet was begroet, had in Denver meteen opgeklonken. Haar medestagiairs waren doodgewone jonge mensen, geen godinnen of wonderkinderen. De verslaggevers en redacteuren deden kortaangebonden en sarcastisch, de verdeling van werk was sekseneutraal, de sfeer op de redactie serieus en professioneel, maar in de verste verte niet koel. Hoewel Andreas zijn stagiairs voorhield dat iedereen zich tegen informanten keert en hoewel hij graag aanspraak maakte op de sympathie die de underdog ten deel valt, was het Project toch te cool en beroemd om een underdog te kunnen zijn. De echte underdogs waren de journalisten. Weliswaar werd er steevast breed uitgepakt over het zeer bescheiden inkomen van Andreas en de zuiverheid van zijn onderneming, maar door de alledaagse financiële stress van de journalisten, hun kinderalimentatie en hypotheekaflossingen en de goedkope broodjes die ze tussen de middag aten, werd Pip herinnerd aan haar moeder en haar buren in Felton, die slechts met moeite konden rondkomen. Na zes uur voelde ze zich meer thuis bij *DI* dan na een zes maanden bij TSP.

En Leila: mooi vanbinnen en vanbuiten, moederlijk op een manier die zusterlijk voelde, niet verstikkend, een journaliste met een Pulitzerprijs en een privéleven dat nog gekker was dan dat van Pip. En Tom: op het werk serieus, maar thuis grappig, onverschillig voor andermans mening over wat hij zei of hoe hij eruitzag, zijn manier van doen even gereserveerd en ironisch als die van Andreas opdringerig en gewichtig was, zijn hechte band met Leila onmiskenbaar, juist door de vanzelfsprekendheid ervan. Pip was dol op hen beiden, en toen ze haar vroegen of ze bij hen wilde intrekken, had Pip het gevoel dat ze na een leven vol beperkingen, verkeerde beslissingen en algehele incompetentie eindelijk een prachtige kans kreeg.

En daardoor werd het een nog rampzaliger drama dat ze spyware had geïnstalleerd op de computer bij *DI*, dat ze had gedaan alsof zijzelf verantwoordelijk was voor het vinden van de kernkopfoto's die Andreas haar had toegespeeld en dat ze Tom en Leila nog een tiental andere leugens had opgedist. Ze was erin geslaagd de kleine leugens zonder buitensporige schade of gezichtsverlies achter zich te laten, maar de grootste leugens – en vermoedelijk de spyware – bleven aanwezig. En nu keerde Leila zich tegen haar en voelde Tom zich ineens niet meer op zijn gemak met haar; die twee dingen, bij elkaar genomen, bezorgden haar de angst dat Tom misschien romantische belangstelling voor haar had opgevat, hoewel ze Tom te zeer respecteerde om met hem geflirt te hebben of haar autoriteit in twijfel trekkende act op hem had losgelaten. Twee avonden geleden had hij haar meegenomen naar het theater, en alsof het al niet verwarrend genoeg was daar te zijn als zijn date, had hij op de terugweg naar huis zijn reserve laten varen en haar persoonlijke vragen gesteld, had duidelijk een wit weggetrokken gezicht toen ze hem welterusten zei en had hij haar sindsdien ontlopen.

Dan was er nog de kwestie van de e-mail die Willow haar onlangs had gestuurd. Die stond vol nieuwtjes, was verrassend sentimenteel en ging vergezeld van een bijlage met een foto, een selfie die Willow van haar en Pip had gemaakt bij de schuur. Het bijschrift had kunnen zijn 'Alfameisje met betavriendin'. Maar Willow was betrokken geweest bij het verzinnen van Pips journalistieke referenties; ze moest toch weten dat het sturen van gecodeerde sms-berichten voor iemand bij het Project de enige veilige manier was om met haar te communiceren? Dus waarom dan een e-mail? En waarom dat stomme gedoe met een bijlage? Pip had haar best gedaan om te verdringen dat ze die thuis had geopend, gebruikmakend van Toms privéwifi.

Alles welbeschouwd was ze er trots op dat ze vanavond maar vier margarita's had gedronken met haar collega's. Gezien haar leugens en de spanningen in huis leek het slechts een kwestie van tijd voordat ze weer werkloos was, op straat kwam te staan, en haar prachtige kans had vergooid. En ze wist wat haar te doen stond. Ze moest Andreas verraden en Tom en Leila alles vertellen. Maar ze vond het een onverdraaglijke gedachte hen te moeten teleurstellen.

Door haar mond te houden nam ze een moordenaar in bescherming, een gek, een man die ze niet vertrouwde. En toch wilde ze haar band met hem eigenlijk niet verbreken. Hij had met haar gespeeld, en ze beleefde er ongezond plezier aan om met hem te kunnen spelen – degene in Denver te zijn die zijn geheimen kende en over wie hij zich zorgen moest maken. Zonder zijn dagelijkse nabijheid om haar aan haar wantrouwen te herinneren, waren zijn macht, zijn beroemdheid en zijn speciale belangstelling voor haar een nog betere voedingsbodem voor seksuele fantasieën. Hij scoorde een nul op bepaalde, belangrijke gebieden van de liefdesschaal, maar op andere gebieden was zijn score niet eens in cijfers uit te drukken.

Ze sms'te hem elke avond voor het slapengaan en zette haar telefoon pas uit nadat hij had geantwoord. Ze was tot de conclusie gekomen dat het minder erg zou zijn geweest om met hem naar bed te gaan, een minder grote morele overgave, dan de e-mailbijlage te openen die hij haar had gestuurd. Waarom, waarom, waarom toch, was ze niet met hem naar bed gegaan toen de kans zich voordeed? Dat ze de benen had genomen uit Bolivia leek des te spijtiger nu ze wist dat zijn angst voor Tom ongefundeerd was. Het installeren van spyware was een zinloze, echt smerige zonde die ze had kunnen voorkomen door bij Andreas te blijven en een aangename zonde te begaan.

□ Er is geen undercoverjournalist. Er is geen onderzoek.

“ Weet je dat zeker?

□ T heeft echt de pest aan je. Maar hij heeft L niet eens verteld wat er in Berlijn is gebeurd.

“ Weet je dat heel zeker?

▫ Ja. Vertrouw me maar.
" Wat heeft hij over Berlijn verteld?
▫ Dat hij je gekend heeft.
" Meer niet?
▫ Ja! Ophouden met dat paranoïde gedoe van je.
" Was het maar zo simpel.

Ze moest zich verzetten tegen de verleiding hem een geile foto van haar privéaangelegenheid te sturen. Ze was de nieuwste in de reeks vrouwen die loyaal aan hem bleven. Het door de pollepel ingezette veranderingsproces in haar hersens duurde kennelijk nog voort.

Het was niet moeilijk om de toestand van haar hersens voor Tom en Leila verborgen te houden, maar de erin ontstane verandering had ertoe geleid dat ze rechtstreeks van Bolivia naar Denver was gevlogen zonder tussendoor een bezoek aan haar moeder te brengen. Haar moeder kon griezelig opmerkzaam zijn als het om haar geestestoestand ging. Pip was amper in Denver aangekomen of ze was al genoodzaakt die voor haar te verbergen.

'Purity,' had haar moeder aan de telefoon gezegd. 'Toen je me vertelde dat je in Bolivia niets over je vader kon achterhalen, loog je toen tegen me?'

'Nee. Ik heb je geen leugens verteld.'

'Heb je niets kunnen achterhalen?'

'Nee!'

'Vertel dan eens waarom je naar Denver moest.'

'Ik wil journalist worden.'

'Maar waarom moest dat in Denver? Waarom dát onlinetijdschrift? Waarom niet in een stad dichter bij huis?'

'Mam, dit is de periode waarin ik een poos op mezelf wil zijn. Als jij eenmaal oud bent, zal ik er voor je zijn. Mag ik niet een paar jaar ergens anders zijn?'

'Wilde Andreas Wolf dat je daarnaartoe ging?'

Pip aarzelde. 'Nee,' zei ze. 'Ze hadden toevallig een stageplaats waar ik naar gesolliciteerd heb.'

'Was dit het enige persbedrijf in het land waar je had kunnen solliciteren?'

'Je vindt het gewoon niks omdat het in een andere tijdzone is.'

'Purity. Ik vraag het je nog eens: vertel je me de waarheid?'

'Ja! Waarom vraag je me dat?'

'Linda heeft me geholpen zodat ik haar computer kon gebruiken, en ik heb de website bekeken. Die wilde ik zelf zien.'

'En? Een geweldige site, toch? Het is serieuze onderzoeksjournalistiek met lange, diepgravende stukken.'

'Ik heb het gevoel dat je me dingen niet vertelt die je me wel zou moeten vertellen.'

'Nee! Ik bedoel: ja, dat gevoel kun je hebben, maar het is niet zo.'

Hoe geurgevoelig haar moeder ook was, ze had een nog scherpere neus voor morele zwakte. Ze kon ruiken dat Pip in Denver iets uitvoerde wat niet door de beugel kon, en daar ergerde Pip zich aan. Ze had zich Andreas al ontzegd door een opmerking van haar moeder. Om haar moeders idealen na te leven had ze zich eerzamer gedragen dan ze had gehoeven, en ze vond dat ze daar waardering voor verdiende, ook al wist haar moeder er niets van. Ze was niet in de stemming voor een preek.

Maar sindsdien was haar moeder aan het mokken. Ze belde niet als Pip een bericht had ingesproken, en als Pip haar wel aan de lijn kreeg, klonken er geen blije uitroepen, maar maakte ze haar ongenoegen kenbaar met gezucht en stiltes en korte antwoorden op de plichtmatige vragen van Pip. Uiteindelijk was Pip boos geworden en belde ze haar helemaal niet meer. Ze had haar moeder niet eens verteld dat ze bij Tom en Leila was ingetrokken. Toen ze bij hen woonde, voelde ze zich een poos gesterkt in de overtuiging dat ze een goed aangepast en opmerkelijk mens had kunnen zijn als ze zo'n stel ouders had gehad. Ze hadden al zoveel gedaan om haar te helpen dat het vinden van haar echte vader geen enorme prioriteit meer was. Maar dat ze die twee liever als ouders had gehad, maakte dat ze medelijden kreeg met haar moeder, die in haar eentje in Felton zat en haar best had gedaan met het weinige dat ze ter beschikking had. Het leven van Pip leek een samenzwering die tot doel had iedereen in dat leven te verraden. En nu leek Tom een oogje op haar te hebben, wat neerkwam op een verder verraad, een verraad van Leila, iets wat Pip niet had gewild en niet in de hand had. Door dat alles was ze nog afhankelijker van haar avondlijke ge-sms met Andreas en de zelfbevrediging waartoe ze daarna vaak haar toevlucht nam.

Tom lag nog steeds te snurken toen ze zich de badkamer uit waagde. Van beneden kwam de geur van koffie en het zachte getik van een toetsenbord. Pip had ook medelijden met Leila. En met Tom, als hij zich tot haar aangetrokken voelde. En natuurlijk met Andreas, en met Colleen. Kennelijk gingen medelijden en verraad hand in hand.

Terug in bed sms'te ze Andreas. Het was te laat op de avond om een reactie te verwachten, en ze had gewoon moeten gaan slapen, maar toch stuurde ze nog een paar extra berichtjes.

▫ Bestaat er een manier waarop jouw spyware zichzelf kan vernietigen?
▫ Ik bedoel, omdat T niks verbergt.
▫ Het brengt mij in een lastige positie. Dit zijn goede mensen.
▫ Ik ben bang dat T een oogje op me heeft.
▫ Ik wil je stijve in me voelen. Ik wil

Ze was net bezig met het wissen van het laatste berichtje, dat ze alleen had getikt als hulp bij het masturberen, toen er een reactie kwam uit Los Volcanes.

" Heb je ook een oogje op hem?

Ze was verbaasd. Het was in Bolivia vier uur 's ochtends.

▫ Nee! Hij is van Leila.
" Ik zou er niet mee zitten.
▫ Ik val sowieso niet op hem.
" Je hoeft voor mij niet te huichelen.
▫ Ik huichel niet. Je weet op welke oudere man ik wel val.

Ze kon zich wel voor de kop slaan, maar wachtte tien minuten op zijn reactie op haar onbezonnenheid. Ze wist dat ze zich achterlijk gedroeg met haar poging hem geïnteresseerd te houden nadat ze hem twee keer had afgewezen. Maar op dit moment kwam hun ge-sms voor haar nog het dichtst in de buurt van een seksleven. Ze tikte nog iets in:

▫ Sorry. Te veel info. Ben je daar nog? Negeerde je mijn andere sms'jes? Kan de spyware zichzelf de-installeren?
" Ik wil je niet meer.

Zijn sms'je kwam aan als een mokerslag. Haar handen vlogen weg van het toestel, zodat het tussen haar benen belandde. Was hij jaloers op Tom? Het leek belangrijk alle feiten goed op een rijtje te zetten, en daarom pakte ze het toestel weer op. Ze vervloekte de fouten die haar trillende vingers maakten.

▫ Ik ben seksueel geobsedeerd door je. Spijt als haren op mijn hoofd.
" Zet je eroverheen. Ik wil je niet.
▫ Ben je kwaad op me?
" Niet kwaad. Gewoon eerlijk. Stop met sms'en. Ik reageer niet meer.

Jammerend liet ze zich op haar zij vallen en trok het dekbed over haar hoofd. Ze kon niet bedenken wat ze verkeerd had gedaan – ze had toch gezegd dat ze niet in Tom geïnteresseerd was? Waarom strafte Andreas haar nu? Ze lag te woelen onder het dekbed en probeerde vergeefs te begrijpen wat hij geschreven had, totdat het dekbed een kwelling werd. Zwetend over haar hele lijf gooide ze het van zich af en ging naar beneden, waar Leila in de eetkamer aan het werk was.

'Ben je nog steeds wakker?' zei Leila.

Haar glimlach was bezorgd, maar niet onecht. Pip ging tegenover haar aan tafel zitten. 'Ik kan niet slapen.'

'Wil je dan iets om te slapen? Ik heb echt een halve pillenwinkel.'

'Wil je me vertellen wat je in Washington hebt ontdekt?'

'Ik zal even een slaaptablet voor je pakken.'

'Nee. Laat me gewoon bij je zitten terwijl je werkt.'

Leila glimlachte nog een keer naar haar. 'Ik vind het leuk dat jij eerlijk kunt zijn over wat je wilt. Dat is iets wat mij nog niet goed afgaat.'

Haar glimlachjes haalden een beetje de angel uit de keiharde woorden van Andreas.

'Maar ik doe een poging,' zei Leila. 'Ik wil niet dat je hier zit terwijl ik aan het werk ben.'

'O.'

'Daarbij voel ik me slecht op mijn gemak. Als je het echt niet erg vindt?'

'Nee, ik ga wel. Het is alleen –' Explosiegevaar! Explosiegevaar! 'Ik begrijp niet waarom je zo raar tegen me doet. Ik heb je niets misdaan. Ik zou nooit iets doen om je te kwetsen.'

Leila glimlachte nog steeds, maar in haar ogen glinsterde iets, iets wat akelig veel op haat leek. 'Ik zou het op prijs stellen als je me gewoon liet werken.'

'Denk je soms dat ik eropuit ben je huwelijk kapot te maken? Je weet toch dat ik je dat in geen duizend jaar zou aandoen?'

'Niet opzettelijk.'

'Waarom doe je dan zo, als het mijn schuld niet is?'

'Weet je wie je vader is?'

'Mijn váder?' Pips gezicht en gebaren drukten een beledigende verbijstering uit.

'Ben je daar nooit nieuwsgierig naar?'

'Wat heeft dit allemaal met mijn vader te maken?'

'Ik vraag het alleen maar.'

'Nou, ik heb liever dat je dat niet doet. Ik heb toch al het gevoel dat ik door het leven ga met een bord om mijn nek: PAS OP VOOR DE HOND, HAD GEEN VADER. Dat betekent nog niet dat ik seks wil met elke oudere man die me voor de voeten komt.'

'Sorry.'

'Ik kan mijn spullen pakken en morgen ergens anders gaan wonen. Ik kan ook mijn baan opzeggen als dat helpt.'

'Ik wil niet dat je een van die twee dingen doet.'

'Wat moet ik dan? Een boerka dragen?'

'Ik ben van plan om wat vaker bij Charles te zijn. Jij en Tom mogen het huis wel voor jullie alleen hebben, zodat jullie samen kunnen uitzoeken wat er uit te zoeken valt.'

'Er valt niets uit te zoeken!'

'Het gaat er simpelweg om –'

'Ik dacht dat jullie twee geestelijk gezond en normaal waren. Dat is deels wat ik leuk aan jullie vind. En nu is het alsof ik een laboratoriumrat ben die je alleen in een kooi laat met een andere rat om te zien wat er gaat gebeuren.'

'Dat is niet mijn bedoeling.'

'Het voelt anders wel zo.'

'Tom en ik hebben wat problemen. Meer niet. Zal ik een slaaptablet voor je pakken?'

Pip nam het slaaptablet in en toen ze wakker werd, was ze alleen thuis. Door de ramen zag ze een bleke, grijze Colorado-ochtendlucht van het soort waaraan niet was af te lezen hoe het weer 's middags zou zijn, want dat wist ze inmiddels – het kon gaan sneeuwen of heel warm worden – maar ze was dankbaar voor de lichte bewolking; die paste bij haar stemming. Ze was aan de kant gezet door Andreas, maar ook van hem bevrijd;

ze voelde zich zowel gemangeld als schoner. Nadat ze een paar diepvrieswafels had opgewarmd en gegeten, ging ze te voet op weg naar het centrum van Denver.

Het rook lenteachtig, en de volledig besneeuwde Rockies, achter haar, waren er om haar eraan te herinneren dat ze nog heel wat dingen moest doen in haar leven, zoals naar Estes Park gaan om de bergen van dichtbij mee te maken. Dat kon nadat ze Tom haar bekentenis had gedaan en voordat ze terugging naar Californië. In de frisse buitenlucht zag ze duidelijk in dat nu de tijd voor bekentenissen was aangebroken. Zolang ze 's avonds laat nog kon sms'en en zichzelf bevredigen, had ze enige reden gehad om de spyware te installeren en om het afschuwelijke moment waarop ze het Tom moest opbiechten voor zich uit te schuiven: ze was in de ban van Andreas en horig aan hem. Nu bestond er geen reden meer voor, en het had evenmin zin om te proberen haar in Denver opgebouwde leven in stand te houden, ook al was ze er nog zo enthousiast aan begonnen. Het berustte allemaal op leugens en ze wilde schoon schip maken.

Dat was ze vast van plan, totdat ze bij *DI* aankwam en weer besefte hoe heerlijk ze het er vond. In het grote redactielokaal was de tl-verlichting uit, maar in de vergaderruimte zaten twee journalisten, en Pip hoorde Leila's mooie telefoonstem vanaf haar werkplek, waar alleen een bureaulamp aan was. Pip stond aarzelend op de gang terwijl ze zich afvroeg of ze een bekentenis nog uit de weg kon blijven gaan. Misschien als de spyware verdween? Maar wat Leila van streek maakte, zou niet verdwijnen. Als ze boos was op Tom omdat hij Pip te leuk vond, zou een volledige bekentenis daar beslist een eind aan maken. Pip ging met een omweg naar zijn kantoor, zodat ze Leila kon vermijden.

Zijn deur stond open. Zodra hij Pip zag, pakte hij snel de computermuis.

'Sorry,' zei ze. 'Ben je ergens mee bezig?'

Heel even keek hij ontzettend schuldig. Hij opende zijn mond zonder iets te zeggen. Toen kreeg hij zichzelf weer onder controle en vroeg haar binnen te komen en de deur te sluiten. 'We zijn in de gevechtsmodus,' zei hij. 'Of Leila is in de gevechtsmodus. Ik ben in Leila-zorgmodus. Zij draait door als ze bang is dat haar een scoop wordt afgepakt.'

Pip deed de deur dicht en ging zitten. 'Ik neem aan dat ze iets groots te pakken had, gisteren.'

'Iets afschuwelijks. Een kanjer van een verhaal. Slecht voor iedereen behalve ons. Erg goed voor ons, ervan uitgaande dat wij degenen zijn die de primeur hebben. Ze praat je wel bij – ze heeft je hulp nodig.'

'Een echte kernkop die zoek is?'

'Ja en nee. Hij is nooit weggeweest uit Kirtland. Het armageddon is vermeden.' Hij leunde achterover in zijn stoel en het tl-licht viel op zijn lelijke bril. 'Het was vermoedelijk vóór jouw tijd, maar er was vroeger een klok die aftelde tot het armageddon. Van de Unie van Bezorgde Wetenschappers, meen ik. Het zou vier minuten voor middernacht zijn, maar dan kwam er een nieuwe onderhandelingsronde over wapenbeheersing, en dan werd de klok teruggezet naar vijf minuten voor middernacht. Dat lijkt nu allemaal nogal knullig en lachwekkend, net als alles uit die jaren. Welke klok loopt er nu achteruit?'

Het leek wel alsof hij vrij zat te associëren, zodat hij iets kon verbergen.

'Ze hebben die klok nog steeds,' zei Pip.

'Je meent het.'

'Maar je hebt gelijk, het heeft iets gedateerds. Tegenwoordig zijn de mensen beter onderlegd op het gebied van reclame.'

Hij moest lachen. 'Bovendien blijkt dat het in 1975 helemaal niet vijf minuten voor middernacht was, anders zouden we nu allemaal dood zijn. Het was kwart over negen, of daaromtrent.'

Pips eigen klok die aftelde totdat het moment van bekennen aanbrak, was stil blijven staan op één seconde voor middernacht.

'Hoe dan ook, Leila loopt op haar tandvlees,' zei Tom. 'Ze maakt zo'n niet-bedreigende indruk dat mensen niet beseffen hoe prestatiegericht ze is.'

'Ik begin het een beetje door te krijgen.'

'Een paar jaar geleden was ze koploper met dat artikel over teruggeroepen Toyota's – dat dacht ze in elk geval. Ze dacht dat ze de tijd had om het verhaal helemaal waterdicht te maken en in zijn geheel naar buiten te brengen. En toen namen haar contacten bij persagentschappen ineens contact met háár op. Zij belden haar om te vertellen dat ze net een ongelofelijk verhaal hadden gehoord van de man van de *Journal*. Dat waren de mensen die van niets hadden geweten, die haar niets hadden verteld, en nu hadden ze ineens het hele verhaal! Ze krijgt te horen dat de man van *Journal* de hele nacht had doorgewerkt aan zijn stuk. Ze krijgt te horen dat de *Journal* zijn juristen er al op heeft gezet. En een erger gevoel bestaat er niet. Er is niks zo ellendig als een artikel schrijven waarbij je de eer moet gunnen aan een man op wie je twee dagen terug nog mijlen voorliep. Kennelijk is *The Washington Post* bezig met het verhaal over Kirtland – daar kwam Leila gisteren achter. We liggen nog voor, maar waarschijnlijk niet veel.'

'Is ze aan het schrijven?'

'Vandaar die slapeloze nachten. Ik raak nog bijna liever een primeur kwijt dan haar in de toestand te zien waarin ze nu verkeert. Je moet me helpen om te voorkomen dat ze helemaal door het lint gaat.'

Pip begon er een rotgevoel over te krijgen dat ze was uitgevallen tegen Leila en vroeg zich af of ze gewoon overspannen was door haar werk.

'Maar hoor eens,' zei Tom terwijl hij zich naar voren boog. 'Voordat je gaat, wil ik je een persoonlijke vraag stellen.'

'Ik moet eigenlijk –'

'We hadden het laatst op een avond over je vader. En ik heb zitten denken: je bent een geweldige researcher. Heb je weleens naar hem gezocht?'

Ze fronste haar voorhoofd. Waarom bleven mensen haar maar vragen stellen over haar vader? In haar schuldbewuste gemoedstoestand had ze de merkwaardige gedachte opgevat dat Andréas haar geheime vader was. Dat haar moeder hem om die reden zo vijandig gezind was. Dat Tom en Leila de spyware hadden ontdekt en meer over haar wisten dan zij over zichzelf wist. Andreas als haar vader: het was een krankzinnige gedachte, maar het had een zekere logica, de logica van getver, de logica van schuldgevoel.

'Ja, ik heb het geprobeerd,' zei ze. 'Maar mijn moeder heeft haar sporen goed uitgewist. Alles wat ik heb, zijn haar verzonnen naam en mijn geboortedatum, bij benadering. Ik leek altijd wel de juiste lengte te hebben voor de klas waar ik in zat. Maar ik weet dat mijn geboortebewijs vals is.'

De blik waarmee Tom naar haar keek was onrustbarend liefdevol. Ze sloeg haar ogen neer.

'Weet je,' zei ze, 'ik ben niet zo'n heel goed mens.'

'Wat zeg je nou? Wat is er niet goed aan je?'

Ze haalde diep adem. 'Ik spreek niet altijd de waarheid.'

'Waarover? Over je vader?'

'Nee, dát is waar.'

'Waarover dan?'

Zeg het toch gewoon, dacht ze. Zeg: ik was in Bolivia, niet in Californië...

Er werd aangeklopt.

Tom sprong overeind. 'Kom binnen, kom binnen.'

Het was Leila. Ze keek Pip aan en sprak tegen Tom. 'Ik had Janelle Flayner net aan de lijn. Ik moest gisteravond denken aan iets wat ze tegen me had gezegd. Iets in de trant van "Het is hoog tijd dat er iemand luistert."'

'Leila,' zei Tom behoedzaam.

'Laat me even uitpraten. Dit is geen overdreven achterdocht. Ze zei dat, en ik heb haar gebeld en het blijkt dat ze inderdaad contact heeft gehad met iemand anders. Voordat ze mij sprak. Toen Cody's foto's nog op Facebook stonden, heeft zij een bericht gestuurd aan de beroemde klokkenluider. "De Sunshine Boys"? Dat is wat ze zei. De Sunshine Boys. Waar iedereen zijn tips naartoe stuurt.'

Pip kreeg zo'n dubbele blos, een lichte, gevolgd door een brandende golf die het hele lichaam besloeg.

'Nou en?' zei Tom, minder behoedzaam.

'Nou, mevrouw Flayner heeft niets teruggehoord. Er is nooit iets mee gedaan.'

'Mooi. Eind goed, al goed. Hij kon er geen reet mee vanuit Bolivia. Als je zo'n verhaal wilt brengen, moet je mensen ter plaatse hebben.'

'Ja, maar Wolf heeft die foto's niet geplaatst. Hij plaatst twintig dingen per dag – er is geen filter. Maar om de een of andere reden heeft hij deze niet geplaatst.'

'Volgens mij is er geen vuiltje aan de lucht.'

'Volgens mij pakken er zich donkere wolken samen.'

'Leila. Hij beschikt al bijna een jaar over die informatie. Waarom zou hij ineens besluiten om die in de komende vijf dagen naar buiten te brengen?'

'Omdat die verhalen een kookpunt hebben. Ineens, van de ene dag op de andere, heeft iedereen het erover. Als hij nog meer informatie krijgt toegespeeld, kan hij de boel bederven. Het is al erg genoeg als de *Post* me dat aandoet. Maar als die vent me aftroeft –'

'De wereld ziet er heel angstaanjagend uit als je niet geslapen hebt. Jij probeert angstvallig het grote geheim te bewaren. Jij bent de enige die alle puntjes met elkaar kan verbinden, van Amarillo tot Albuquerque.'

‘Ook grote geheimen worden gestolen. Dat gebeurt aan de lopende band.’

‘Als je je nou tóch ergens zorgen over wilt maken, maak je dan zorgen over de *Post*.’

Leila lachte schor. ‘Daar zit ik ook bovenop. Ze liggen vast dagen op me voor met dat drugsschandaal in Kirtland. Waarschijnlijk weken. Het is uitgesloten dat ik dat kan coveren terwijl ik ook bezig ben dat kernkopverhaal na te trekken.’

‘Daar zul je zijdelings genoeg van oppikken. Het is prima als de *Post* daar nadere bijzonderheden over heeft, zolang wij maar de eerste zijn. Zij mogen het zout aan onze soep toevoegen. In het slechtste geval lopen zij voorop met een drugsverhaal en volgen wij met een armageddonverhaal.’

‘Weet je zeker dat je niet met ze wilt samenwerken?’

‘Een tent waar Jeff Bezos het voor het zeggen heeft? Ik snap niet dat je dat überhaupt vraagt.’

‘Stel je er dan maar op in dat ik in een wrak verander.’

Leila ging weg, en Tom staarde haar na. ‘Ik vind het vreselijk om haar zo te zien,’ zei hij. ‘Voor haar voelt het als het eind van de wereld als iemand haar te snel af is.’

Pip vroeg zich af of ze zich had vergist. Hij leek geen man die op iemand anders dan Leila verliefd was.

‘Heb je je telefoon bij je?’ vroeg hij.

‘Mijn telefoon?’

‘Ik wil een paar telefoontjes plegen naar de *Post*. Een paar nummers bellen om te zien wie er op zaterdag is. Als de mensen die ik in gedachten heb er dan niet zijn, kan ze zich wat minder zorgen maken.’

Ook al was Pip hier gekomen voor een bekentenis, toch kwam ze in de verleiding te zeggen dat ze haar telefoon niet bij zich had, want hij was radioactief van alle belastende sms’jes. Maar beweren dat ze hem niet bij zich had, was stom en ongeloofwaardig. Toen ze hem aan Tom gaf, voelde hij als een kleine bom, en toen ze zijn kantoor verliet, bleef ze aan de andere kant van de deur staan in de hoop dat haar nabijheid zou verhinderen dat hij haar sms-berichten zou lezen.

Ze besefte dat de moed haar was ontvallen en dat ze vandaag niets zou bekennen. Als ze zich had vergist in Toms belangstelling voor haar, zoals ze nu vermoedde, waren de ergste problemen waar ze nu mee te maken had misschien wel op te lossen door Andreas’ spyware te de-installeren. Toen

Tom glimlachend uit zijn kantoor kwam, nam ze haar telefoon mee naar het damestoilet en deed het wc-hokje op slot.

Je zult wel denken dat ik een bitch ben, omdat je me niet meer wilt. Misschien is dat ook wel zo. Maar je moet me vertellen of je die spyware van je kunt de-installeren. Als dat kan, moet je het doen. Je hebt me in een rotpositie gebracht. Ik wil dat het wordt alsof ik je nooit gekend heb. Ik wil dat allemaal deleten zodat ik hier een normaal leven kan leiden. Als je ook maar iets om me geeft, schrijf je me terug. Als ik niets van je hoor, moet ik T alles vertellen. Ja, dat is een dreigement.

Ze verstuurde de sms en ging naar Leila's werkplek, waar Leila weer aan het bellen was. Pip ging met gebogen hoofd op de gang staan om een boetvaardige indruk te kunnen maken.

'Sorry als je je door mij slecht op je gemak voelt,' zei ze toen Leila had opgehangen. 'Ben je zo boos op me dat ik je niet mag helpen?'

Leila leek iets nijdigs te willen zeggen, maar ze bedacht zich. 'Daar gaan we het niet over hebben,' zei ze. 'Deze week moet je journalist zijn. Geen researcher, geen huisgenote. Denk je dat je met me kunt samenwerken?'

'Ik vind het leuk om met je samen te werken.'

De eerste opdracht die Pip kreeg was de elementaire feiten te verzamelen over de executieachtige moord op twee vrouwen in Kentucky. Deze feiten bleken kloppend met het ontstellende verhaal dat Leila haar had verteld. De vrouwen, zussen met de meisjesnaam Keneally, waren enkele minuten na elkaar ontvoerd in verschillende steden; geen van beide lichamen vertoonde sporen van seksueel geweld en officieel had de politie geen enkel aanknopingspunt. Toen Pip daarna alles probeerde uit te zoeken over de ziekenhuisopname en de verdwijning van Richard, hun broer, drong de gedachte zich op dat ze kleinzielig en kinderachtig was geweest met haar dreigement ontslag te nemen. Bij Tom en Leila intrekken was duidelijk een vergissing geweest, maar de baan was dat niet.

Ze ging om de haverklap naar het damestoilet om te kijken of ze berichten had, maar pas toen Tom en zij naar huis waren gegaan voor een late avondmaaltijd, en zij daarna op het gebruikelijke sms-tijdstip in bed lag, kwam er een reactie van Andreas.

" Ik zal Chen vragen wat hij kan doen.

Ze zette haar telefoon uit zonder te reageren. Hij had gezworen haar niet meer te sms'en en zij had hem gedwongen daarop terug te komen, wat best lekker voelde. Minder als een kind, meer als een volwassene met enige zeggenschap. Beslist niet als iemand met een onbuigzaam moreel besef, want moreel absolutisme was kinderlijk. In het centrum van de stad zat Leila na middernacht in haar eentje op de redactie, waar ze haar privéproblemen aan de kant zette en haar artikel schreef, want Leila was een volwassene. Doordat Leila zo ijzerenheinig was, ging Pip Andreas in een nieuw licht zien, als een soort kind-man, geobsedeerd door het openbaar maken van geheimen. Ze gruwde bij de herinnering aan zijn hand in haar spijkerbroek. Ze begreep – ze meende te begrijpen – dat een volwassene zijn kiezen op elkaar zette en zijn geheimen voor zichzelf hield. Haar moeder, in allerlei opzichten een grijsharig kind, was in elk geval in dit ene opzicht een volwassene. Ze hield haar geheimen voor zich en betaalde er de prijs voor. Pip stelde zich voor dat ze bij *DI* bleef werken, wetend wat ze wist, gedaan hebbend wat ze gedaan had, en geen bekentenis af zou leggen, precies zoals Leila had gezegd: 'Daar gaan we het niet over hebben.'

Haar nieuwe besef van volwassenheid hield aan in de dagen daarna, toen Leila naar Washington terugging om haar verhaal bevestigd te krijgen, triomfantelijk maar nog bezorgder thuiskwam (een van haar bronnen had gezegd: 'Je bent misschien niet de enige'), en nog een hele nacht doorwerkte om haar stuk af te maken. Donderdagochtend boog de jurist zich erover. Pip had zelf ook maar weinig geslapen en zou beloond worden met een naamsvermelding voor aanvullende verslaggeving. Ze had nog geen onuitgeput moment gehad om na te denken over Andreas en over de spyware en of die nog steeds geïnstalleerd bleef; ze was als een bezetene aan het factchecken. De spanning op de redactie leek zowel lachwekkend als enerverend. Lachwekkend omdat het hele gedoe gewoon een spel was dat geen enkele maatschappelijke relevantie bezat (wat maakte het uit of ze *The Washington Post* een uur of een dag sneller af waren?), maar enerverend zoals het Manhattan Project enerverend moest zijn geweest: ze hadden maandenlang gebouwd aan hun informatiebom en nu wachtten ze tot hij zou exploderen.

Ze was nog steeds bezig minder essentiële feiten te checken toen het artikel vrijdagochtend online werd gezet.

DIEFSTAL THERMONUCLEAIR WAPEN IN NEW MEXICO BIJ TOEVAL VERIJDELD

VERMISTE DADER IN VERBAND GEBRACHT MET MEXICAANS KARTEL EN DRUGSGEBRUIK LUCHTMACHTBASIS KIRTLAND; EERSTE ALARM GESLAGEN BIJ WAPENFABRIEK IN TEXAS

Leila was met koorts naar huis gegaan; ze hoopte dat ze zich na wat slaap goed genoeg zou voelen voor interviews met National Public Radio en betaalzenders. Het socialmediateam bemande de commandopost en er leken meer telefoons over te gaan dan anders, maar verder was er weinig opschudding op de redactie na de detonatie van de informatiebom. De andere verslaggevers hadden hun eigen artikelen, en Tom had zich al meer dan een uur in zijn kantoor verschanst. De schokgolf en de stralingsuitstoot traden op in cyberspace.

Pip zat aan de telefoon met een manager van Sonic Burgers in een poging Phyllisha Babcock te bereiken, die met haar verhaal over doodsbomseks in één alinea het artikel was binnen geglipt, toen de IT-manager van de redactie, Ken Warmbold, naar haar bureau kwam. Hij wachtte, terwijl zij noteerde op welke uren Phyllisha werkte, en toen zei hij dat Tom haar wilde spreken. Ze kwam met tegenzin achter haar bureau vandaan. Het factchecken sloot aan bij haar dwangmatige zucht tot ordelijkheid. Ze werd er gek van wanneer er een artikel online werd gezet zonder dat ook de alleronbenulligste feiten gecheckt waren.

Tom zat achter zijn bureau, met zijn in elkaar gevlochten vingers tegen zijn mond gedrukt. Zijn knokkels zagen wit, zo veel kracht oefende hij erop uit. 'Doe de deur dicht,' zei hij.

Ze gehoorzaamde en ging zitten.

'Wie heeft je hiernaartoe gestuurd?' vroeg hij.

'Nu net?'

'Nee. Naar Denver. Ik weet het antwoord al, dus je kunt het me net zo goed vertellen.'

Ze opende haar mond en deed hem weer dicht. Ze was zo opgegaan in het factchecken dat de vraag waarom Tom zich met de IT-manager in zijn kantoor had verschanst niet bij haar was opgekomen.

'Dat ik kwaad ben, mag duidelijk zijn,' zei hij, zonder haar aan te kijken. 'Maar ik ben bereid de mogelijkheid in overweging te nemen dat het niet uitsluitend jouw schuld is. Dus zeg gewoon wat je te zeggen hebt.'

Ze probeerde iets te zeggen. Slikte. Probeerde het nog eens.

'Ik wilde het vertellen. Zaterdag. Het spijt me dat ik het niet heb gedaan.'

'Vertel het nu dan maar.'

'Dat wil ik niet.'

'Waarom niet?'

'Dan krijg je vast de pest aan me. Dan krijgt Leila vast de pest aan me.'

Hij smeet haar over zijn bureau een paar aan elkaar geniete pagina's toe. 'Dit is Kens rapport over het redactienetwerk. We zijn hier uitzonderlijk goed beveiligd. We zijn beschermd tegen vrijwel elke vorm van spyware die de mensheid kent. Maar kennelijk is er één die de mensheid niet kent. Die heeft een volkomen onbekende signatuur. Er was wat speurwerk voor nodig, maar Ken heeft hem gevonden.'

Pips ogen functioneerden niet goed. De woorden van het rapport vormden één grote brij.

'Wist jij hiervan?' vroeg Tom.

'Niet met zekerheid. Maar ik maakte me wel zorgen. Ik heb een bijlage geopend die ik niet had moeten openen.'

Hij smeet haar een ander document toe. 'En dit? Dit is het rapport over mijn computer thuis. Heb je thuis verdachte bijlagen geopend?'

'Er was er één...'

Hij sloeg met zijn hand op het bureau. 'Zeg wie het is!'

'Dat wil ik niet,' jammerde ze.

'Mijn harddrive thuis wordt al twee weken uitgelezen. Drie dagen nadat we je in dienst hebben genomen werd mijn bedrijfsnetwerk een open boek. En wie is komen aanzetten met het artikel dat ik net heb gepubliceerd? Wie was de stagiaire die me de Facebook-foto's heeft gegeven? Hoe heet de klokkenluider die al vorig jaar zomer, naar we nu weten, over die foto's beschikte?'

'Ik weet het niet.'

'Zeg op!'

Ze barstte in tranen uit. 'Het spijt me enorm! Ik schaam me zo!'

Tom schoof haar een doos tissues toe en wachtte met over elkaar geslagen armen tot haar tranenvloed zou afnemen.

'Ik heb gelogen,' zei ze sniffend. 'Ik ben een halfjaar in Bolivia geweest. Bij het Sunlight Project. Daar heb ik die Facebook-foto's gekregen. Van hém. Daar heb ik over gelogen. Ik heb gelogen over alles en dat spijt me ontzettend. Ik weet dat het een ramp is.'

'Werkelijk?'

'Ja! Al onze vertrouwelijke bronnen, al onze databases, alles. Ik weet het, ik snap het. Het spijt me enorm.'

Toms ogen waren gericht op een onzichtbare aanwezigheid, niet op haar.

'Ik heb in Oakland een Duitse vrouw ontmoet,' zei ze. 'Ze wilde dat ik naar Bolivia ging. Ze zei dat het Project me kon helpen mijn vader te vinden. En daarom ben ik daarnaartoe gegaan, en hij was –'

'Zeg zijn naam.'

'Dat kan ik niet. Maar hij had speciale belangstelling voor me, en hij vertelde me iets. Ik denk dat jij het ook weet.'

'Zeg op.'

'Dat hij iemand heeft vermoord. Dat hij het aan één ander mens had verteld, en dat jij dat was. En toen heb ik het opgegeven mijn vader te vinden en wilde ik daar weg, en hij zei dat ik hiernaartoe moest gaan. Hij was bang dat je hem wilde ontmaskeren. Hij stuurde me een bijlage bij een e-mail. Ik wist wat het was, en en toch heb ik hem geopend. Maar meer heb ik niet gedaan, ik zweer het je.'

Tom drukte zijn vingertoppen tegen zijn voorhoofd. 'En waarom zou je zoiets voor hem doen?'

'Ik weet het niet! Ik had met hem te doen – hij maakte echt werk van me. Ik vond dat ik erop in moest gaan. Ik ging er ook op in, en dat deugde niet. Ik bedoel, hij was echt beroemd, ik kon er niets aan doen. Maar toen mocht ik hem niet meer, en hij was gekwetst en, ik weet het niet, maar ik geloof dat ik vond dat ik hem iets verschuldigd was. En bovendien voelde ik me daar zo geweldig – en toen kreeg het allemaal iets van een akelige, ranzige droom.'

'Ranzig.'

'Ik ben niet met hem naar bed geweest. Eerlijk niet.'

'Waarom zou het mij iets kunnen schelen met wie jij naar bed gaat?'

De telefoon ging. Tom keek ernaar en trok de stekker eruit, maar bleef ernaar kijken.

'Maar, hoe dan ook,' zei ze. 'Ik was vrijwillig medeplichtig. Je kunt de politie bellen als je wilt.'

'Wat zou het nut daarvan zijn?'

'Mij straffen.'

'Ik geef toe dat ik niet tegen leugenaars kan. Het lijkt me het best dat je je ontslag indient en teruggaat naar je moeder. Maar ik ben er niet op uit om je te straffen.'

Pip had nooit huisarrest gekregen, was op school nooit naar de directeur gestuurd, haar vader was nooit tegen haar tekeergegaan. Ze had wel vervelende dingen gedaan in haar leven, maar niets zo erg dat ze er niet mee weg was gekomen door zich aandoenlijk, zielig of duidelijk goedbedoelend op te stellen. Het was haar altijd gelukt om aan situaties met strenge straffen te ontkomen, maar nu kreeg ze haar verdiende loon. En toch had het iets wreeds en ongewoons dat ze uitgerekend met Tom een aanvaring had. Ze kon niemand bedenken met wiens normen ze minder graag in conflict was gekomen. Zijn volwassenheid en mannelijkheid, zijn vlezige, geschoren wangen, zijn kale hoofd, zijn scheef geknoopte das, zijn elke mode tartende bril leken allemaal gezond verstand uit te dragen. Het deed haar intens veel verdriet dat juist hij, van alle mannen, degene moest zijn die ze had verraden en teleurgesteld.

Hij bladerde door een van de IT-rapporten. 'Dat er op kantoor is ingebroken in het systeem, daar zit ik niet zo mee,' zei hij. 'De hele onderneming van die vent staat of valt met het beschermen van zijn bronnen. Ik denk dat hij de mijne ook zal beschermen. In het ergste geval zal hij ze proberen in te pikken. Waar ik me zorgen over maak is mijn thuiscomputer.'

'Het spijt me,' zei Pip. 'Dat was echt stom van me. Een van de meisjes bij het Project mailde me een bijlage. Die had ik nooit moeten openen.'

'Heb je sindsdien toegang tot mijn computer gehad?'

'Ik? Nee! Ik bedoel, dat zou toch niet kunnen? Jullie hebben toch wachtwoorden?'

'De software registreert aanslagen.'

'Daar weet ik niets van af. Ik wist niet eens dat er spyware wás. Ik bedoel, daar zat ik wel over in, maar ik wist het niet zeker.'

'Heeft hij je geen wachtwoorden gestuurd?'

'Nee.'

'Dus je hebt niets op mijn harddisk bekeken? Hij heeft je geen documenten gestuurd die daarvan afkomstig waren?'

'Nee! We hebben alle contact verbroken!'

'Waarom zou ik je geloven? Je hebt alleen maar tegen ons gelogen.'

'Leila en jij zijn mijn helden. Ik zou jullie nooit bespioneren. Ik zou nooit iets lezen wat niet voor mijn ogen bestemd was. Ik ben echt dol op jullie.'

'En stel dat hij je nu een document zou sturen? Wat zou je dan doen?'

'Als ik wist dat het een document van jou was,' zei ze, 'zou ik het niet lezen.'

Tom slaakte een lange zucht; zijn schouders kromden zich toen hij de lucht die hij had ingehouden liet ontsnappen. Weer staarde hij naar een onzichtbare aanwezigheid. Pip was benieuwd welk van zijn documenten zo gevaarlijk was dat hij erover in moest zitten dat zij het zou lezen. Ze kon zich niet voorstellen dat uitgerekend híj iets te verbergen had.

[le109n8aord]

Mijn affaire met Anabel was begonnen zodra onze scheiding was uitgesproken. In ruil voor het beding dat ik haar had verlaten – 'verlating' was een van de weinige gronden voor echtscheiding die in de staat New York werden erkend, en bovendien de grond die volgens Anabel het best omschreef welk onrecht haar was aangedaan – mocht ik opnieuw mijn intrek nemen in onze waardevolle, met huurbescherming gezegende etage in East Harlem, terwijl Anabel in haar eentje in de bossen van New Jersey ging wonen. Aangezien er geen sprake van kon zijn om haar Manhattan aan te doen, moest ik dus de stad uit, eerst met de bus door 125th Street en daarna met de metro naar 168th Street, gevolgd door een veel langere en altijd weer misselijkmakende busrit over de Hudson, door steeds onherbergzamere nieuwbouwprojecten naar de heuvels ten noordwesten van Netcong.

Ik had deze trip twee keer in februari gemaakt, twee keer in maart en één keer in april. Op de laatste zaterdag in mei ging mijn telefoon om zeven uur 's ochtends, niet lang nadat ik dronken in bed was gestapt. Ik nam alleen op om een eind aan het gerinkel te maken.

'O,' zei Anabel. 'Ik dacht dat ik je antwoordapparaat zou krijgen.'

'Ik hang wel op, dan kun je een boodschap inspreken,' zei ik.

'Nee, dit duurt niet langer dan een halve minuut. Ik zweer je dat ik me niet meer uit mijn tent laat lokken.'

'Anabel.'

'Ik wilde alleen maar zeggen dat ik jouw versie van ons afwijs. Ik wijs haar volkomen af. Dat is mijn boodschap.'

'Had je mijn versie niet kunnen afwijzen door me gewoon nooit meer op te bellen?'

'Ik laat me niet meer uit mijn tent lokken,' zei ze, 'maar ik weet hoe jij te werk gaat. Jij interpreteert iemands zwijgen als een capitulatie.'

'Jij herinnert je zeker niet meer dat ik je heb beloofd om jouw zwijgen nooit op die manier uit te leggen? De allerlaatste keer dat we met elkaar spraken.'

'Ik ga nu ophangen,' zei ze, 'maar wees dan in elk geval eerlijk, Tom, en geef toe dat jouw belofte een gemene streek was. Een manier om zelf het laatste woord te hebben.'

Ik legde de telefoon op mijn matras, naast mijn oor en mond. 'Zijn we al aanbeland op het punt dat mij wordt verweten dat dit gesprek langer dan een halve minuut duurt? Of mag ik me nog op dat verwijt verheugen?'

'Nee, ik hang op,' zei ze. 'Ik wilde voor alle duidelijkheid laten weten dat je het volkomen mis hebt over ons. Maar dat is alles. Dus. Ik ga ophangen.'

'Oké. Nou, dag dan.'

Maar ophangen had ze nooit gekund, en ik verkreeg het nooit over mijn hart om het dan maar voor haar te doen.

'Ik verwijt je niets,' zei ze. 'Je hebt inderdaad mijn jeugd opgebruikt om me vervolgens te verlaten, maar ik besef dat jij niet verantwoordelijk bent voor mijn geluk hier in deze omgeving, hoewel ik het erg naar mijn zin heb en alles behoorlijk goed gaat, hoe ongeloofwaardig dat ook mag klinken voor iemand die mij beschouwt als "niet toegerust" om met "de echte wereld" om te gaan.'

'"Mijn jeugd opgebruikt om me vervolgens te verlaten",' citeerde ik terug. 'Maar dat is zeker niet bedoeld als provocatie. Je wou alleen maar een berichtje van een halve minuut inspreken.'

'En dat zou ik ook hebben gedaan! Maar jij reagéérde –'

'Ik reageerde, Anabel – moet ik dat nou echt uitleggen? Ik reageerde op het feit dat jij de telefoon hebt gepakt en mijn nummer hebt gedraaid.'

'Ja hoor, zeg het maar. Omdat ik zo veel aandacht nodig heb. Zeg het maar. Omdat ik zo zielig veel aandacht nodig heb.'

Ik zou niet één moment van geluk of gezelligheid kunnen opsommen uit onze laatste orgie van samenzijn, vier weken geleden. Ik kwam gekneusd en gekweld uit dit soort orgieën tevoorschijn, met zorgwekkende bomkraters in mijn geheugen, maar ook met een vaag, ziek verlangen naar een herhaling.

'Moet je horen,' zei ik. 'Wil je weer iets afspreken? Wil je dat ik naar je toe kom? Heb je daarom gebeld?'

'Nee! Ik wil niet meer afspreken! Ik wil de telefoon ophangen als je me daar alsjeblieft gewoon de kans toe geeft!'

'Maar wanneer jij in het verleden belde,' zei ik, 'begon jij meestal met zeggen dat je niets wilde afspreken, en vervolgens, na een paar uur aan de telefoon, bleek dat je juist wél iets had willen afspreken, de hele tijd al, ondanks alles.'

'Als jíj hierheen wilt komen om míj weer eens te zien,' zei ze, 'zou je het fatsoen moeten kunnen opbrengen om dat met zoveel woorden te zeggen –'

'En inmiddels is het uiteraard –'

'Zoals iedere andere beschaafde man die het leuk vindt om bij een vrouw te zijn voor wie hij eerbied heeft, in plaats van je uitnodiging te veranderen in een smerig soort beschúldiging –'

'En inmiddels is het dan uiteraard behoorlijk laat geworden,' zei ik, 'met als gevolg dat het echt al héél laat is wanneer we inderdaad iets afspreken, een ontmoeting waar jij stiekem de hele tijd al naar hebt zitten hengelen, en wanneer we dan onvermijdelijk toch met elkaar naar bed gaan –'

'In plaats van geniepig alles te verdraaien,' zei ze. 'Zodat het lijkt alsof míjn behoefte aan aandacht, en niet die van jou, míjn rottige leven, en niet jouw eigen rottige leven –'

'Onvermijdelijk toch met elkaar naar bed gaan –'

'Ik wil niet met je naar bed! Ik wil je niet zien! Daar heb ik niet voor gebeld! Ik heb gebeld om iets heel eenvoudigs te zeggen wat –'

'Het is drie of vier uur in de ochtend voordat naar bed gaan een kwestie wordt van slápen, wat met drie uur reizen en een hele werkdag voor de boeg in het verleden nogal eens een slopende toestand is geworden. Aan meer hoef ik je niet te herinneren.'

'Als jij hierheen wilt komen om een eind met me te gaan wandelen,' zei ze, 'zou dat heel leuk zijn. Maar je moet wel zeggen dat jíj het wilt.'

'Maar ik heb jou toch niet gebeld,' zei ik.

'Maar jij was wel degene die voorstelde om elkaar weer eens te zien. Dus wees noú gewoon eerlijk tegen me.'

'Is dat iets wat jij wilt?'

'Niet tenzij jij het ook wilt en het zegt alsof je een normaal mens bent.'

'Maar dat is een perfecte weergave van mijn eigen gevoelens. Dus...'

'Hoor eens, ik heb gebéld,' zei ze. 'Dan kun jij toch op z'n minst –'

'Wat kan ik dan op z'n minst?'

'Denk je soms dat ik je iets zou áándoen als jij maar voor een halve seconde je afweer laat zakken? Ik bedoel, wat denk je nou eigenlijk dat ik ga doen? Je tot mijn slaaf maken? Je dwingen weer met me te trouwen? Het gaat om een eind wandelen, in hemelsnaam, gewoon een eind wandelen.'

Domweg om te ontkomen aan de twee uur durende versie van dit gesprek – waarin partij A probeerde te bewijzen dat partij B de fatale uitspraak had gedaan die het gesprek zo eindeloos lang had laten duren en waarin partij B vraagtekens zette bij de door partij A aangeleverde versie van de gebeurtenissen, waarna partij A zich gedwongen voelde om vanuit het geheugen te reconstrueren hoe het gesprek was begonnen aangezien er geen feitelijk transcript van bestond, en partij B zich gedwongen voelde op de proppen te komen met een reconstructie die in bepaalde cruciale opzichten afweek van die van partij A, hetgeen daarna een tijdrovende gezamenlijke inspanning vergde om beide reconstructies te vergelijken en met elkaar te verzoenen – stemde ik erin toe om naar New Jersey te komen en een eind met haar te gaan wandelen.

Anabel was destijds bezig haar geest aan een louteringsproces te onderwerpen, in een huis op een stuk land dat eigendom was van de ouders van Suzanne, haar jongere vriendin en enige bewonderaarster. Een van mijn eerste daden na het aanvragen van een echtscheiding was met Suzanne naar bed te gaan. Ze had me uit eten gevraagd als een soort ambassadrice voor Anabel en wilde proberen me de echtscheiding uit het hoofd te praten, maar nadat ze avondenlang Anabels grieven over mij en over de kunstwereld van New York had moeten aanhoren tijdens twee uur durende telefoongesprekken, was ze zo uitgewoond dat ze zich door me liet bewerken om verraad tegenover Anabel te plegen. Ik moet hebben geprobeerd om Anabel zo te beïnvloeden dat zij die echtscheiding net zo graag wilde als ik, maar het was anders afgelopen. Ze had de vriendschap met Suzanne beëindigd en mij ervan beschuldigd dat ik niet zou rusten voordat ik alles had gestolen of bezoedeld wat ze bezat. Maar de uitkomst, volgens haar wonderlijke morele rekenmethode, was dat zowel Suzanne als ik bij haar in het krijt stond. Ik ging telkens weer op Anabels telefoontjes in en bleef met haar afspreken, en Suzanne bleef haar toestaan om het huis in New Jersey te bewonen, dat Suzannes ouders, die naar New Mexico waren vertrokken, voor een onrealistisch hoge prijs in de verkoop hadden gezet.

De ijskoude bus zette me af op een kruispunt, zomaar ergens in de bossen. Door de hoge luchtvochtigheid besloegen mijn oogballen heel even. Er was een soort atmosferische spertijd opgelegd door de hitte – alles voelde benauwd en overdadig aan. Als een broeikas. Ik zag Anabel tevoorschijn stappen tussen een paar bomen, waarachter ze zich verborgen had gehouden. Ze glimlachte breed en op een misplaatste manier, alles welbeschouwd. Mijn gezicht reageerde door iets potsierlijks en ook misplaatst te doen.

'"Dag Tom."'

'"Dag Anabel."'

Haar welige, donkere haardos, waarvan de complexe verzorging en steeds veelvuldigere verfbeurten haar waarschijnlijk meer tijd kostten dan elke andere activiteit dan slapen en mediteren, was in de dampende zomerhitte des te voller en fraaier. Boven haar riemloze corduroy broek en onder een strakke geruite blouse was een strook naakte buik zichtbaar die wel van een dertienjarige had kunnen zijn. Ze was zesendertig. Ik werd over twee maanden vierendertig.

'Je mag wel iets dichter bij me komen,' zei ze op het moment dat ik net dichterbij wilde komen.

'Of niet,' ging ze verder, op het moment dat ik besloot dat toch maar na te laten.

Op de uitgesleten zandweg waren de uitlaatgassen van de bus blijven hangen.

'We zitten hier min of meer op een totaal verschillende golflengte,' zei ik.

'O ja?' zei ze. 'Of geldt dat alleen maar voor jou? Ik heb niet het gevoel dat mijn golflengte afwijkt.'

Ik wilde erop wijzen dat iemand per definitie niet op dezelfde golflengte kon zitten met iemand die niet op dezelfde golflengte zat met haar, maar ik moest rekening houden met de boomstructuur van haar redeneertrant. Elke uitspraak die zij deed, bood me een veelvoud van reactiemogelijkheden, waarvan elk weer aanleiding zou geven tot een verschillende uitspraak waarop ik wederom een veelvoud van reactiemogelijkheden zou hebben, en ik wist hoe snel ik acht of tien stappen op een gevaarlijke boomtak geduwd kon worden en wat een radeloos makend traag karwei het was om over die tak op mijn schreden terug te keren naar een neutraal beginpunt, omdat de opgave om op mijn schreden terug te keren op zich weer uitspraken uitlokte die ik onvermijdelijk zou beantwoorden met een bepaald percentage complicerende reacties; vandaar dat ik geleerd had om in de eerste paar minuten dat we bij elkaar waren uiterst voorzichtig te zijn met wat ik zei.

'Ik moest je maar meteen vertellen,' zei ik, 'dat ik vanavond absoluut de laatste bus naar de stad moet hebben. Dat is een echt vroege bus, om acht uur al.'

Er kwam een droevige uitdrukking op Anabels gezicht te liggen. 'Ik zal je niet tegenhouden.'

In de korte tijd sinds ik uit de bus was gestapt, was de hemel geleidelijk minder grijs geworden. Het zweet brak me overal uit, alsof er iemand een grill had aangezet.

'Jij denkt altijd maar dat ik je probeer vast te houden,' zei Anabel. 'Eerst haal ik je hierheen terwijl je geen zin hebt om te komen. Daarna dwing ik je te blijven terwijl je juist weg wilt. Jij bent degene die altijd komt en gaat, maar op de een of andere manier heb jij het idee dat ik aan de touwtjes trek. Als jij je al machteloos voelt, stel je dan eens voor hoe ik me voel.'

'Ik wilde het gezegd hebben,' zei ik voorzichtig. 'Ik had het toch een keer moeten zeggen en als ik het later had gezegd, had het misschien geleken alsof ik iets had willen achterhouden.'

Geërgerd schudde ze haar haardos naar achteren. 'Omdat het natuurlijk een teleurstelling voor me zou zijn. Natuurlijk zou het me intens verdrietig maken als je de bus van elf over acht moest nemen. En jij staat je daar af te vragen: wat is het beste moment om dat hartverscheurende nieuws bekend te maken aan jouw verstikkende, zich nog steeds aan je vastklemmende voormalige – ja, hoe noem je zo iemand eigenlijk?'

'Nou, zoals je nu min of meer aantoont,' bracht ik naar voren, 'hebben beide benaderingen zo hun eigen risico.'

'Ik weet niet waarom jij denkt dat ik je vijand ben.'

Over de doorgaande weg kwamen auto's aan. Ik liep over de smallere weg naar Anabel, en ze vroeg of ik had gedacht dat ze 'teleurgesteld' zou zijn dat ik niet bleef overnachten.

'Misschien wel, een beetje,' zei ik. 'Maar alleen omdat je had laten weten dat je morgen de hele dag niets anders had gepland.'

'Wanneer heb ik ooit wél iets gepland?'

'Nou, precies. En daarom werd het feit dat jij zo ver ging om dat te vermelden –'

'Ogenblikkelijk in jouw hoofd omgezet in het dreigement van vergelding als jij mocht besluiten om morgen niet bij me te blijven.'

Ik haalde diep adem. 'Daar zit een kern van waarheid in.'

'Mooi is dat,' zei ze. 'Nou weet ik ineens niet meer of ik je überhaupt nog wil zien, dus...'

'Dat is prima,' zei ik, 'alhoewel ik graag had gewild dat je me dat had laten weten voordat je me had gevraagd hierheen te komen en ik een halve dag in de bús heb gezeten.'

'Ik heb je niet gevraagd hierheen te komen. Ik ben ingegaan op jouw aanbod om hierheen te komen. Dat is een heel verschil. Vooral omdat je een en al vijandigheid bent, en het eerste wat je te vertellen hebt, is hoe snel je weer weg moet. Het éérste wat je te vertellen hebt.'

'Anabel.'

'Jíj hebt de hele dag in de bus gezeten. Maar ík heb hier op je zitten wachten. Voor wie is het erger? Wie is er zieliger?'

Het was vernederend om de boomstructuur van haar redeneertrant in gesleurd te worden. Vernederend hoe bereidwillig ik was om kleinigheden te betwisten, vernederend om dat nog steeds te doen nadat ik het in de afgelopen twaalf jaar al zo gruwelijk vaak had gedaan. Het was alsof ik geconfronteerd werd met mijn verslaving aan een middel dat me allang geen genot meer bezorgde. En om die reden moesten onze ontmoetingen nu onder strikte geheimhouding plaatsvinden. Overal elders dan diep in de bossen zouden we ons te erg hebben geschaamd.

'Kunnen we nu gewoon gaan lopen?' vroeg ik, terwijl ik mijn rugzak omdeed.

'Ja! Denk je soms dat ik hier zo wil blijven staan praten?'

Het weggetje liep langs de grens van het Stokes State Forest. We hadden een regenachtige lente achter de rug, en de plantenwereld van de greppels, de ieder seizoen weer veranderende weiden en de bossen met hun steenachtige hellingen waren fabelachtig groen. Er hingen obscene hoeveelheden pollen in de lucht en de bomen waren beladen met het felgekleurde stof van hun eigen vruchtbaarheid, de zwelling van hun gebladerte. We wrongen ons tussen de kaken van een roestig hek door en gingen een oude zandweg op die zo erg was uitgespoeld dat hij meer weg had van een beekbedding. Onkruid dat waarschijnlijk binnen de kortste keren berouw van zijn uitbundige groei zou krijgen – onkruid dat al groter was dan het ooit had mogen zijn, onkruid vol anabole steroïden, onkruid dat op het punt stond om over te hellen, te knakken en lelijk te worden – drong aan weerszijden zo hoog op dat we achter elkaar moesten lopen.

'Ik zal wel niet mogen vragen waarom je vanavond "terug moet",' zei Anabel.

'Niet echt, nee.'

'Ik zou het echt verschrikkelijk vinden als ik moest horen dat je een brunchafspraak hebt met Winona Ryder.'

Mijn veronderstelde voorkeur voor afspraakjes met veel jongere knappe meisjes, nu ik eenmaal gescheiden was, bleek een vast thema voor Anabel te zijn geworden. Maar mijn afspraak van de volgende dag was een etentje, niet een brunch, en niet met een meisje, maar met Anabels vader, die ze haatte en al in geen tien jaar meer had gezien. Ondanks ons welbewezen patroon van recidivisme had ik mezelf wijsgemaakt dat ik echt nooit meer van haar zou horen en dat ik haar vader kon ontmoeten zonder angst ervoor verketterd te worden.

'Is dat niet wat die trutjes van tegenwoordig graag doen?' vroeg Anabel. 'Afspreken om "te gaan brunchen"? Een weerzinwekkender woord bestaat er niet in de Engelse taal, geloof ik. Die geurvermenging van quiche lorraine en worstjesvet.'

'Ik moet terug omdat ik slaap moet inhalen, omdat ik vannacht slaap tekort ben gekomen.'

'Ach, ja. Ik heb je wakker gebeld. Daar moet ik nog voor bestraft worden.'

Het lukte me maar net om niet te reageren. Ik begon me brokstukken van onze vorige ontmoetingsorgie te herinneren die ik na afloop had verdrongen, maar het was eerder een kwestie van opnieuw beleven dan van herinneren. In het land van Tom en Anabel liepen verleden en toekomst door elkaar. De hemel van New Jersey was een laaghangend stoombad van kolkende schapenwolkjes. Nu eens werd de lucht donker en dan weer heel helder, op willekeurige plaatsen die geen aanwijzing gaven over de feitelijke locatie van de zon en dus ook niet over het tijdstip van de dag of over de ligging van oost of west. Mijn gevoel van desoriëntatie verhevigde toen Anabel me meenam in de bossen die vroeger werden bevolkt door de Lenape-stam. Het was tegelijkertijd vijf uur en één uur en zeven uur en de vorige maand en morgenmiddag.

Anabel bleef voor me uit lopen, met haar corduroy kontje recht in mijn zichtlijn. Even hoogpotig als een hert nam ze me mee over hertenpaadjes en omzeilde ze alles wat leek op gevaarlijke planten als gifsumak. Ze was niet meer zo levensbedreigend ondervoed als in de jaren die aan onze scheiding voorafgingen, maar ze was nog steeds mager. Rond haar ribben en middel liepen welvingen van het soort dat de wind uitkerft in opgehoopte sneeuw.

We daalden af over een sponzige roestbruine helling vol dennennaalden toen ik zag dat ze haar blouse had losgeknoopt. De korte slippen flapperden aan weerszijden van haar lichaam. Zonder zich eerst om te keren begon ze de helling af te hollen. Wat was het drukkend heet in de bossen, vergeleken met de weg! Ik volgde mijn ex-vrouw naar een kleine open plek bij een meertje dat leek te zijn drooggevallen, maar niet voordat het alle bomen had verzopen die er ooit in het bekken hadden gestaan. Het was een woud van grijze stokken, met dezelfde metaalkleur als de hemel. Een zilverige reiger verhief zich in de lucht.

'Hier,' zei Anabel. De grond bestond uit mos en rots en kaal zand. Ze ontdeed zich met een schouderbeweging van haar blouse, draaide zich om en liet zich aan me zien. Haar tepelhoven waren zo groot en waanzinnig rood dat ze een onverdraaglijke aanblik opleverden. Het was alsof haar huid van een roomkleurige zijde was waarin het bloed uit gelijkvormige prikgaatjes op uitgebreide schaal was doorgesijpeld. Ik wendde mijn ogen af.

'Ik probeer wat minder verlegen tegenover je te worden,' zei ze.

'Dat schijnt je vandaag geen moeite te kosten.'

'Kijk dus naar me.'

'Nou, vooruit dan maar.'

Haar blos accentueerde de lange, smalle lijn van littekenweefsel op haar voorhoofd – een overblijfsel van hetzelfde paardrijongeluk dat haar als kind het grootste deel van haar twee voortanden had gekost, die daarna van peperdure kronen waren voorzien, zij het niet helemaal onzichtbaar. Tussen deze twee tanden zat een spleetje, dat voor mij altijd heel sexy was geweest. Haar verleidelijke tandenspleetje. De voortdurende suggestie van een tong.

Ze schudde met haar borsten naar me en wendde zich huiverend van verlegenheid van me af terwijl ze haar armen om een boom sloeg. 'Kijk, ik omhels het milieu,' zei ze.

Dit was het moment waarop we eigenlijk op onze schreden moesten terugkeren en haastje-repje naar beneden moesten klauteren langs de boomstructuur van haar logica, waarin alle ja-neevertakkingen nu neigden naar een vorm van beaming: ja, ja, ja. Ik trok mijn kleren uit en ontdekte dat ik ondanks het feit dat we officieel gescheiden waren zes condooms in mijn kleine rugzak had gepakt.

Anabel, die languit op het zand en het mos lag en zich aanbood alsof ze een authentieke Lenape-vrouw was, zei dat ze niet nodig waren.

'Hoezo, niet nodig?'

'Gewoon, niet nodig.'

'Daar hebben we het later wel over,' zei ik, en ik scheurde een pakje open.

In 1991 was ik nog zo mager dat ik eigenlijk helemaal geen lichaam had. Wat ik had was eerder een draagconstructie van klerenhangers, waaraan een paar essentiële sensorische elementen waren bevestigd – flink wat hoofd, flink wat handen, een erectie die tiranniek dan wel afwezig was, en verder niets. Ik had iets weg van een tekening van Joan Miró. Ik was een en al idee. Zes keer nu had dit wonderlijke maaksel zich naar de schilderachtige omgeving van de Delaware Water Gap gesleept om mee te werken aan het gezamenlijke slechte idee dat Anabel en ik nu over onszelf hadden. Het was niet gezellig, het was niet leuk. Het bestond eruit dat zij op iets hards of smerigs lag en dat het maaksel van metalen knaapjes haar besprong als een bezetene.

Ik vroeg of ik haar pijn deed.

'Er wordt geen... scháde aangericht... voor zover ik kan opmaken...'

Ze zei het met een ironische fonkeling in haar ogen. Vlakbij haar hoofd lag een kei, zo groot als een bal. Ik vroeg me af of ze met opzet naast deze kei was gaan liggen om iets voor te stellen wat ze me uit verlegenheid nog niet zelf had durven vragen. Ik vroeg me af of het idee om de kei te pakken en haar de schedel in te slaan van mij moest komen.

'En nu dan?' vroeg ik, hard stotend.

'Nu is er kans op schade.'

Het enige waar we ooit ruzie over hadden was over niets. Alsof we door het vermenigvuldigen van totale inhoudsloosheid met eindeloos praten dat niets ineens inhoud konden geven. Om weer seks met elkaar te kunnen hebben moesten we eerst uit elkaar gaan, en om verwoede en dwangmatige seks met elkaar te hebben moesten we eerst scheiden. Het was een manier om tekeer te gaan tegen het reusachtige niets wat het geruzie ons ooit had opgeleverd. Het was de enige ruzie die elk van ons eervol kon verliezen. Maar dan was het voorbij en was er weer niets.

Anabel lag stilletjes te snikken, met haar gezicht op de rotsen en het zand, terwijl ik de anatomie van broekspijpen en ondergoed ontwarde. Ik wist wel beter dan vragen waarom ze huilde. Als ik dat zou doen, zouden we hier bij het vallen van de avond nog zitten. Het was veel beter om weer te gaan lopen en een flinke afstand af te leggen terwijl we intussen ons gesprek voerden over de reden waarom ik haar niet had gevraagd waarom ze huilde.

Ze stond op om haar blouse aan te trekken. 'Zo,' zei ze. 'Nu heb je je lekkers gehad en kun je weer terug naar de stad.'

'Je wilt toch zeker niet zeggen dat je dit niet zelf wilde.'

'Maar het was het énige wat jij wilde,' zei ze. 'En dus kun je nu terug. Tenzij je het nog eens wilt doen, om daarna terug te gaan.'

Ik sloeg een mug dood op mijn onderarm en keek op mijn horloge. Ik kon niet aflezen wat er heel duidelijk op stond.

'Vertel eens waarom we nooit kinderen hebben gekregen,' zei Anabel. 'Ik herinner me niet meer welke verklaring jij daarvoor had.'

Ik voelde me ineens licht in mijn hoofd worden. Zelfs naar Anabels eigen normen leek het aansnijden van het onderwerp kinderen me een exorbitant hoge prijs voor een paar minuten seks. Bovendien kwam ze genadeloos snel met de rekening aanzetten.

'Weet je dat nog?' vroeg ze. 'Want er is me geen enkele echte discussie over bijgebleven.'

'Nou, laten we daar dan meteen maar een vijf uur durende discussie over houden,' zei ik. 'Dit is er vast een geweldig moment en een geweldige omgeving voor.'

'Je zei: "Daar hebben we het later wel over." En nu is het later.'

Ik sloeg nog een mug dood. 'Ik word ineens gestoken.'

‘Ik word al de hele tijd gestoken.’

‘Ik had me niet gerealiseerd dat je een dergelijke discussie bedoelde.’

‘Wat had je dan gedacht dat ik bedoelde?’

Ik raakte het welgevulde, dichtgeknoopte kapotje in mijn broekzak aan. ‘Iets over mogelijke andere partners, overdraagbare ziekten of zo.’

‘Je mag gerust stellen dat ik daar niets over wil horen.’

‘Er zitten hier een heleboel muggen,’ zei ik. ‘We moesten maar eens verder.’

‘Weet je eigenlijk wel waar je bent? Kun je de weg terug vinden?’

‘Nee.’

‘Dan denk ik dat je me toch nog nodig hebt. Als je de bus op tijd wilt halen.’

Strikte waakzaamheid was geboden om te vermijden dat ik verward raakte in Anabels logica, maar mijn gedachten waren versuft geraakt door haar hitte, de hitte van haar rug en van onze vochtige lichaamsversmelting en de geur van de shampoo in haar haar, die altijd flauw, maar nooit helemaal afwezig was. Ik had gegeten van de opium die Anabel was, met voorspelbare gevolgen. Enigszins radeloos zei ik: ‘Hoor eens, ik weet al dat jij me met geen enkele mogelijkheid die bus op tijd zal laten halen.’

‘Zal laten halen. Ha.’

‘Niet jij,’ zei ik. ‘Ik bedoelde *wíj*. Dat wij ervoor zullen zorgen dat ik met geen enkele mogelijkheid die bus op tijd haal.’

Maar de fout was al gemaakt. Ze schoof haar voeten in haar sneakers. ‘We gaan meteen terug om te wachten,’ zei ze. ‘Alleen maar om me voor één keer in mijn leven een klein stukje van jouw haat te besparen. Zodat me een keer *níet* wordt aangewreven dat ik jou de bus heb laten missen.’

Anabel weigerde in te zien dat er domweg iets kapot was gegaan aan ons, onherstelbaar kapot, iets wat niemand te verwijten viel. Tijdens onze vorige orgie hadden we negen uur non-stop met elkaar gesproken, met toiletbezoek als enige onderbreking. Ik had gedacht dat het me eindelijk was gelukt haar te bewijzen dat er maar één uitweg uit onze ellende bestond, namelijk door voorgoed afstand van elkaar te doen en nooit meer contact met elkaar op te nemen; dat negen uur durende gesprekken nu precies de ziekte waren die ze beoogden te genezen. Dit was de versie van ons die ze vanochtend had willen afwijzen door me op te bellen. Maar hoe luidde haar versie? Dat was onmogelijk te zeggen. Ze was moreel gezien zo zeker van zichzelf, op elk gegeven moment, dat ik voortdurend het gevoel had dat we toch iets zouden bereiken; pas achteraf besefte ik dat we een grote, lege cirkel hadden doorlopen. Ondanks al haar intelligentie en sensitiviteit klopte er niets van haar gedrag, maar was ze niet in staat dat zelf te onderkennen, en het was verschrikkelijk dit mee te maken bij iemand aan wie ik zo ontzettend verknocht ben geweest en aan wie ik de gelofte had gedaan dat ik levenslang voor haar zou zorgen. Vandaar dat ik me moest blijven inspannen om haar te laten begrijpen waarom ik me niet meer voor haar kon blíjven inspannen.

'Ik zal je vertellen wat de puinzooi is,' zei ik terwijl we uit de jammerlijke restanten van het bekken klommen, naar een hoger plekje waar minder insecten waren. 'Ik spreek nu alleen voor mezelf. Er gaat een hele maand voorbij en ik voel me zo verknipt en gedeprimeerd en beschaamd, vanwege de laatste keer dat we elkaar zagen, dat ik amper mijn gezicht aan andere mensen durf te vertonen. En dus moet ik hierheen komen, en zodra ik hier eenmaal ben, is het praktisch biológisch bepaald dat ik uiteindelijk anderhalve dag blijf en allerlei valse hoop en verwachtingen wek –'

Anabel draaide zich met een ruk om. 'Houd je kop! Houd je kop! Houd je kop!'

'Wil je soms dat ik je vermoord?'

Ze schudde nadrukkelijk haar hoofd, nee, nee, ze wilde niet vermoord worden.

'Bel me dan niet op.'

'Ik ben niet sterk genoeg geweest.'

'Laat me dan niet meer hier komen. Doe me dat niet aan.'

'Ik ben niet sterk genoeg geweest! Godallemachtig! Moet je me nou steeds weer inwrijven hoe zwak ik ben?' En ze liep in een rondje met haar handen tot klauwen gebogen voor haar gezicht, dat eruitzag alsof er een zwerm horzels haar hoofd was binnen gedrongen en met hun angels in haar brein staken.

'Heb medelijden met me,' zei ze.

Ik pakte haar beet en kuste haar, mijn Anabel. Haar gezicht zat vol snot en tranen, haar adem was heet. Ze was me dierbaar. Ook was ze tamelijk ernstig gestoord en vrijwel ongeschikt voor een vast dienstverband. Ik kuste haar om haar leed te stelpen, maar in een ommezien had ik ook weer mijn handen op haar achterste. Haar heupen waren zo smal dat ik haar corduroy broek naar beneden kon trekken zonder de knopen los te maken. We waren nog net geen kinderen meer toen we verliefd op elkaar werden. Nu was alles vervallen tot as, as van as die was verbrand op een temperatuur waarmee as verbrandt, maar ons volwassen seksleven had nog maar net een aanvang genomen en ik zou altijd van haar blijven houden. Bij het vooruitzicht nog eens twee, drie of vijf jaar seks in de as te moeten hebben, dacht ik aan de dood. Toen ze zich van me losmaakte en zich op haar knieën liet zakken, mijn rugzak openritste en er mijn legerzakmes uit haalde, dacht ik dat zij daar misschien ook aan dacht. In plaats daarvan ontzielde ze de vijf resterende condooms.

Het appartement aan de Adalbertstraße werd gegijzeld door een maag. Wanneer Clelia 's nachts haar ogen dichtdeed, kon ze zich voorstellen hoe hij in het duister boven haar smalle bed hing. Deze maag, vanbuiten strak en glanzend, een lichtroze spijsverterende aubergine met donkere uitlopers, vanbinnen rood en gerafeld, zat vol met bijtende sappen en kon op elk willekeurig moment van de dag net zo verkrampen als een baby die overstuur is, met name in de kleine uurtjes. Dit ongelukkige orgaan was gehuisvest in het lichaam van Clelia's moeder, Annelie. Clelia sliep in de hoek van de woonkamer die het dichtst bij haar moeders slaapkamer lag, zodat de jongere kinderen of oom Rudi niet wakker werden in hun slaapkamer wanneer Annelie 's nachts om melk en beschuit riep – alleen Clelia.

De maag was sterk gespitst op Clelia's zelfmedelijden. Hij kon haar horen wanneer ze zichzelf in slaap huilde, hij hield er niet van als ze dat deed, hij spuwde bloed en gal op haar moeders lakens, die Clelia vervolgens moest afhalen en in de week zetten. Bloed duldde geen tegenspraak. Ongeacht hoe harteloos haar moeder tegen haar deed, de troefkaart dat ze echt ziek was, liet ze zich niet ontnemen.

Dat Clelia per se een baan moest hebben duldde ook geen tegenspraak. Zelfs al zou haar de toegang tot de universiteit niet zijn ontzegd – de universiteit waar haar vader had gestudeerd, de vierhonderd jaar oude universiteit waar ze op weg naar de bakkerij elke dag langs kwam – kon het gezin het zich niet veroorloven om haar een volledige studie te laten volgen. Oom Rudi werkte voor de gemeente, in de hoedanigheid van stratenmaker, en was trots op zijn felblauwe overall, het uniform van de Duitse arbeider, het ware uniform van de tirannie in de socialistische arbeidersstaat, en hij zorgde voor zijn ziekelijke zus, in de zin dat hij de huur betaalde. Maar hij dronk en hield er vriendinnetjes op na en dus kwam het op Clelia neer om voor brood op de plank te zorgen. Haar broer was vijftien en haar zusje was nog maar een klein meisje.

Overdag bediende Clelia de bakkerijklanten, 's nachts bediende ze de maag. Alleen op zaterdagmiddag en op zondag had ze een paar uurtjes voor zichzelf. Ze vond het leuk om langs de rivier uit wandelen te gaan en op zonnige dagen een schoon stukje gras te zoeken waar ze kon gaan liggen om haar ogen dicht te doen. Ze had er geen behoefte aan om mensen te zien. In de bakkerij nam ze geld aan van honderden mensen, mannen die haar op een onfatsoenlijke manier aankeken, oude vrouwen die muntstukken uit een stoffen beurs opdiepten alsof ze met duim en wijsvinger iets uit hun neus wegpulkten. De meeste van Clelia's Oberschule-vriendinnen zaten op de universiteit en waren nu vreemden voor haar; de rest meed haar, omdat de familie van haar vader uit de bourgeoisie afkomstig was, en trouwens, ze was toch het liefst op zichzelf, zodat ze kon dromen over de man die haar uit de Adalbertstraße zou weghalen om haar mee te nemen naar Berlijn, naar Frankrijk, naar Engeland. Een man als haar vader, van wie ze zich nog kon herinneren dat ze hem achternaliep door het trappenhuis en dat ze hem vriendelijk hoorde vragen, door de zuinige kier waarop de bovenbuurman zijn deur had opengedaan: 'Mijn vrouw is erg ziek vanavond. Zou u iets minder luidruchtig kunnen doen?' Zo'n soort man.

Op een heel warme zaterdag in juni, niet lang nadat Clelia twintig was geworden, ontdeed ze zich in de bakkerij van haar schort en zei tegen de bedrijfsleider dat ze vroeg naar huis ging. In 1954 merkten de arbeiders in Jena dat het hun niet de kop zou kosten wanneer ze vroeg naar huis gingen; het enige gevolg was dat de klanten langer in de rij moesten staan, en in het ergste geval ging dat weer ten koste van de werktijd in hun eigen baan, waar hun afwezigheid al evenmin iets uitmaakte. Haar oom had haar broer en zus mee uit vissen genomen en haar moeder thuis achtergelaten in bed, waar ze lag te slapen nadat ze de hele nacht wakker was gehouden door haar maag. Clelia zette een pot braambessenthee, waarvan haar moeder beweerde dat hij de maag tot rust bracht, ondanks het feit dat er looizuur en theïne in zaten, en ging met de thee en een schaaltje droge kaakjes naar haar slaapkamer. Ze ging op de rand van haar moeders bed zitten en streelde haar haar zoals ze zich dat van haar vader herinnerde. Haar moeder werd wakker en duwde haar hand weg.

'Ik kom u een kopje thee brengen voordat ik de deur uit ga,' zei Clelia terwijl ze opstond.

'Waar ga je heen?'

'De deur uit.'

Haar moeder had nog steeds een knap gezicht wanneer de maag geen dienst had. Haar lichamelijk lijden duurde al zo lang dat ze eigenlijk stokoud had moeten zijn, maar ze was pas drieënveertig. Heel even leek het alsof Clelia een lachje van haar mocht verwachten, maar toen viel haar blik op Clelia's jurk en meteen kreeg haar gezicht zijn vaste trekken terug. 'Maar niet in de jurk die je daar aanhebt.'

'Wat mankeert er aan deze jurk? Het is een ontzettend warme dag.'

'Als je ook maar een greintje gezond verstand had, zou je het wel nalaten zo de aandacht op je lichaam te vestigen.'

'Wat mankeert er aan mijn lichaam?'

'De voornaamste tekortkoming is dat het zo ruim van alles is voorzien. Ieder meisje met enige intelligentie doet juist haar best om de uitwerking daarvan zoveel mogelijk te beperken.'

'Ik ben heel intelligent.'

'Nee, juist niet,' zei haar moeder. 'Je bent een domme gans. En ik durf gerust te voorspellen dat jij jezelf op een presenteerblaadje aanbiedt aan de eerste de beste vreemde die twee vriendelijke woordjes tegen je zegt.'

Clelia bloosde, en terwijl ze bloosde, voelde ze dat ze ontegenzeglijk een domme gans was: rondborstig en lang en lachwekkend, met flinke voeten en een overgrote mond. Gans die ze was, bleef ze doorsnateren: 'Twee vriendelijke woordjes is meer dan ik mijn hele leven ooit van u heb gehad!'

'Dat klopt niet, maar ach, ik trek het me niet aan.'

'Ik zou juist willen dat een vreemde een paar vriendelijke woordjes tegen me zei. Ik zou dólgraag een paar vriendelijk woordjes te horen te krijgen.'

'O, ja, dat is reuze fijn,' zei haar moeder. 'En dan is die vreemde misschien een doodenkele keer nog oprecht ook.'

'Het kan me niet schelen of hij oprecht is! Ik wil gewoon een paar vriendelijke woordjes horen!'

'Luister zelf eens naar wat je zegt.' Haar moeder tastte naar de pot thee en schonk haar kopje vol. 'Je hebt de badkamer nog niet schoongemaakt. Je oom laat altijd een smerige wc-pot achter. Ik kan het hiervandaan ruiken.'

'Dat doe ik wel als ik terug ben.'

'Dat doe je nu. Ik begrijp dat niet, eerst je pleziertjes en dan pas je plicht. Je maakt nu de badkamer schoon en dweilt de keukenvloer, en daarna, als er nog tijd is, mag je je omkleden en de deur uit gaan. Ik snap niet hoe je ergens van kunt genieten wanneer je weet dat er werk ligt te wachten.'

'Ik blijf niet lang weg,' zei Clelia.

'Waarom dan die haast?'

'Het is zo'n mooie, warme dag.'

'Ben je soms van plan iets te kopen? Ben je soms bang dat de winkel dichtgaat?'

Annelie voelde altijd precies aan welke vraag Clelia niet eerlijk wilde beantwoorden, om die vraag daarna te stellen.

'Nee,' zei Clelia.

'Haal je portemonnee dan eens.'

Clelia liep naar de woonkamer en kwam terug met haar portemonnee, met daarin een paar kleine bankbiljetten en wat los geld. Ze keek toe terwijl haar moeder de pfennigs telde. Hoewel haar moeder haar niet meer had geslagen sinds ze de kostwinner van het gezin was geworden, lag er een uitdrukking van dierlijke gespannenheid op Clelia's gezicht, de geagiteerdheid van een prooi die zich in de hoek gedreven voelde.

'Waar is de rest?' vroeg haar moeder.

'Meer is er niet. Ik heb de rest aan u gegeven.'

'Je liegt.'

In de linkercup van Clelia's beha begonnen zich zomaar ineens zes briefjes van twintig en acht briefjes van tien te roeren, als hardvleugelige insecten die aanstalten maakten om op te vliegen. Ze kon het geritsel van hun papieren vleugels horen, en dat betekende dat haar moeder het ook hoorde. Hun kriebelpootjes en harde kopjes groeven zich in Clelia's huid. Ze dwong zichzelf om niet naar beneden te kijken.

'Het is die jurk,' zei haar moeder. 'Jij wilt die jurk kopen.'

'U weet best dat ik me die jurk niet kan veroorloven.'

'Ze nemen genoegen met twintig mark en daarna mag je afbetalen.'

'Nou, niet voor deze jurk, hoor.'

'En hoe weet je dat?'

'Omdat ik het ben wezen vragen! Omdat ik een mooie jurk wil!' Clelia keek ontdaan naar beneden toen haar rechterhand gevolg gaf aan een eigen impuls en langzaam opsteeg om zich op de schuldige behacup neer te vlijen. Ze was zo'n open boek, zo'n weinig gehaaide en zo'n allesverklappende tuttebel dat haar moeder domweg zei: 'Laat maar zien wat je daar hebt.'

Clelia haalde de bankbiljetten uit haar beha en gaf ze aan haar moeder. Achter in de modezaak in hun straat hing een speciale zonnejurk naar westers model, of wat in het achterlijke Jena voor westers doorging, in elk geval te westers om in de etalage te komen. Clelia ging weleens naar de winkeljuffrouw met vers gebak, waarvan ze zei dat het oud was en weggegooid moest worden, en de winkeljuffrouw deed heel aardig tegen haar. Maar Clelia was zo'n domme gans dat ze de zonnejurk aan haar kleine zusje had beschreven, als voorbeeld van wat er achter in de winkels van de socialistische republiek te vinden was, en haar moeder, die weliswaar geen groot bewonderaarster van de socialistische republiek was, had dat onthouden. Ze hield haar omgeving beter in de gaten dan de socialistische republiek dat zelf deed. Na deze overwinning stak ze het geld doodgemoedereerd in de zak van haar kamerjas, nam een slokje thee en vroeg: 'Was die jurk bedoeld voor een bijzonder afspraakje? Of wilde je gewoon een eindje gaan tippelen?'

Het geld was niet Clelia's rechtmatige eigendom; vandaar dat ze het niet zag als echt geld, en bovendien vond ze het een terechte straf dat het haar werd afgenomen – ja, ze had zelfs met een gevoel van boetvaardige opluchting haar hand in haar beha gestoken. Maar nu ze het geld in haar moeders zak zag verdwijnen, werd het weer echt geld voor haar. Een halfjaar had het haar gekost om het bij elkaar te sparen zonder betrapt te worden. De tranen sprongen haar in de ogen.

'U bent zélf een tippelaarster,' zei ze.

'Wat zeg je daar?'

Vol afgrijzen over zichzelf probeerde ze haar woorden terug te nemen. 'Ik bedoelde, u vindt het ook leuk een eind op straat te wandelen. Ik vind het leuk om in het park te wandelen.'

'Maar dat woord dat je net gebruikte? Wat was dat ook alweer?'

'Tippelaarster!'

Hete donkere thee kletste over het lijfje van haar lichtpaarse jurk. Met grote ogen keek Clelia naar de aangerichte verwoesting.

'Ik had je moeten laten verhongeren,' zei haar moeder. 'Maar jij bleef maar eten en eten en eten, en moet je nu eens zien wat een omvang je hebt. Moest ik mijn kinderen dan laten verhongeren? Ik mocht niet werken en daarom heb ik het enige gedaan wat ik kon. Omdat jij maar bleef eten en eten en eten. Jij kunt alleen jezelf verwijten wat ik heb gedaan. Het was jouw eetlust, niet de mijne.'

Het klopte inderdaad dat haar moeder geen eetlust had. Maar ze sprak met de wreedheid van iemand in een sprookje, met zo'n dwingende en beheerste stem dat ze helemaal niet op Clelia's moeder leek; het was alsof er alleen maar een pop van vlees en bloed in het bed zat, als mondstuk van de wraakgierige maag. Clelia wachtte af of haar moeder misschien een laatste restje menselijkheid bezat waarmee ze zou nadenken over wat ze had gezegd, om daarna haar excuses aan te bieden of ten minste iets van haar woorden terug te nemen, maar haar moeder vertrok haar gezicht omdat de maag ineens heftig opspeelde. Ze gebaarde zwakjes naar de theepot. 'Ik moet hete thee hebben,' zei ze. 'Deze is niet heet genoeg.'

Clelia vluchtte weg uit de slaapkamer en wierp zich op haar ledikant.

'U bent een smerige... hoer!' fluisterde ze. 'Een smerige hoer!'

Toen ze zichzelf hoorde, kwam ze onmiddellijk overeind en sloeg haar hand voor haar mond. De tranen in haar ogen maakten dat er trillende, transparante vleugeltjes verschenen aan de banen zonlicht die naar binnen drongen aan weerszijden van de zware gordijnen, die op bevel van de maag dicht bleven. Lieve god, dacht ze. Hoe kan ik dat zeggen? Ik ben een verschrikkelijk mens! Daarna liet ze zich weer met een plof op de smalle matras vallen en stootte een nieuw stel woorden in haar kussen: 'Een hoer! Een hoer! Een smerige hoer!' Tegelijkertijd sloeg ze met de knokkels van haar hand op haar hoofd. Ze had het gevoel dat ze het verschrikkelijkste mens op deze aarde was, en ook een van de meest onfortuinlijke en belachelijke. Ze had zulke lange benen dat ze ze moest optrekken of ze over het voeteneinde moest laten bengelen om te kunnen slapen. Ze was ruim een meter vijfenzeventig lang, een belachelijke gans in de te kleine kooi van haar ledikant, met de lelijkste naam die er ooit aan een meisje was gegeven. De mensen in de bakkerij hadden de indruk dat ze dom was, omdat ze zonder enige aanleiding begon te giechelen en de neiging had er alles uit te flappen wat er maar in haar hoofd opkwam.

Ze was niet dom. Haar schoolcijfers waren uitstekend geweest en ze had colleges aan de universiteit kunnen volgen als het toelatingscomité dat goed zou hebben gevonden. De officiële verklaring was dat haar vader uit de bourgeoisie afkomstig was, maar haar vader was dood en haar moeder en oom kwamen uit de correcte sociale klasse. Het echte stigma was dat haar moeder in de ergste jaren gunsten had verleend aan één en daarna een volgende zwartgeüniformeerde officier. Clelia's kleine zusje was de dochter van de tweede. En ja, Clelia had van het vlees en de boter en het snoep gegeten, maar ze was een kind geweest, zich van geen enkel kwaad bewust. Dat een van de officieren was komen aanzetten met een heel kistje onvervalst zuiveringszout was voor de kwaadwillende maag. Annelie had haar lichaam verkocht voor de maag, niet voor haar kinderen.

De talloze keren dat mijn moeder dit verhaal vertelde, had ze altijd benadrukt dat ze totaal niet van plan was geweest om haar broer en zusje in de steek te laten, noch dat ze een langdurig beraamd plan had willen uitvoeren op het moment dat ze de verpeste jurk voor een andere verwisselde en een hard kadetje en twee boeken in haar handtas gooide. Ze wilde alleen maar een avond verlost zijn van de maag, op z'n hoogst een etmaal weg zijn uit een appartement waar ze geen moment ontkwam aan de ellende van Duits-zijn, maar waar zich ook nooit kon voorstellen dat ze niet Duits was.

Tot aan die zaterdag in juni was de aankoop van een westerse zonnejurk het ergste wat ze ooit stiekem had bedacht. Nu zou ze die jurk nooit meer krijgen, maar wat ze wel kon doen, was uit wandelen gaan in het Westen – de Amerikaanse sector was immers maar een korte treinrit van huis.

Met dertig mark in haar schoudertas haastte ze zich heuvelafwaarts naar het centrum van de stad, die nog steeds, met een socialistisch gebrek aan haast, aan het herstellen was van de klappen die hij had opgelopen omdat hij de fabrieken had geherbergd waar optische componenten voor bommen en geweervizieren werden vervaardigd. Het retourtje naar Berlijn kostte haar vrijwel al haar geld. Met het beetje dat ze overhield kocht ze een zakje snoep, dat haar honger alleen maar erger maakte toen de trein in Leipzig aankwam. Ze had haar wegloperij zo slecht voorbereid dat ze alleen maar een droog broodje te eten had. Maar waar ze nu voornamelijk naar verlangde was frisse lucht. De lucht in haar coupé stonk naar socialistische oksels, de lucht uit het open raampje was heet en hing vol zwaarindustriële walmen, de lucht in het station aan de Friedrichstraße werd bezoedeld door bureaucratische inkt en de rook van goedkope tabak. Ze had er geen enkel besef van dat ze maar een druppel was in de stroom van wegvloeiende intelligentie en talenten waarmee de republiek in die jaren te maken had. Ze was gewoon een blindelings weghollende gans.

Het Westen was een nog grotere ruïne dan het Oosten, maar de lucht was er echt een stukje frisser, al was het maar omdat de avond was gevallen. De indruk die Clelia op de Kurfürstendamm kreeg, was die van een stad die een zware winter achter de rug had, niet een permanente socialistische verwoesting. Op de Ku'damm vertoonden zich inmiddels de eerste levenskrachtige tekenen van handel en negotie, alsof het de eerste groene scheuten van de lente waren, sneeuwklokjes en krokussen. Ze liep de hele Ku'damm af en weer terug, zonder stil te blijven staan, want stilstaan zou betekenen dat ze moest nadenken over hoeveel honger ze had. Ze liep en liep, door donkerdere straten en buurten die veel erger in puin lagen. Uiteindelijk besefte ze dat ze op een gedachteloze, dierlijke manier op zoek was naar een bakkerij, omdat de bakkerijen na het zaterdagse sluitingsuur hun oudbakken *Schrippen* weggooiden. Maar waarom koos iemand die vertwijfeld op zoek was naar een speciaal soort winkel in een onbekende stad steevast de beste route om hem juist niet te vinden? Iedere kruising bood een nieuwe kans op een verkeerde beslissing.

Door de ene verkeerde beslissing op de andere te stapelen kwam Clelia terecht in de uiterst duistere en dubieuze buurt Moabit. Het was intussen zachtjes gaan regenen en toen ze eindelijk ophield met lopen en onder een verminkte linde stond, had ze geen enkel idee waar ze was. Maar de stad wist dat kennelijk wel – had kennelijk alleen maar gewacht tot ze zou ophouden met lopen. Naast haar stopte een zwarte personenauto, met de raampjes open, het dak pokdalig van de regendruppels, en er boog zich een man haar kant op.

'Hé daar, jij met je mooie benen.'

Clelia keek om zich heen om te zien of de man het soms tegen een ander had.

'Ja... jij!' zei de man. 'Hoeveel?'

'Wat zegt u, meneer?'

'Hoeveel voor ons allebei?'

Beleefd glimlachend, omdat beide mannen zelf ook zo vriendelijk glimlachten, wierp Clelia een blik over haar schouder en begon in dezelfde richting weg te lopen. Ze struikelde en versnelde haar pas.

'Hé, wacht nou, je bent fantastisch met je mooie benen –!'

'Kom terug –'

'Jij met je mooie benen –'

Ze had het gevoel dat ze onbeleefd deed, ook al leken deze twee mannen haar voor een publieke vrouw te hebben aangezien. Het was een eerlijke en gezien de omstandigheden ook begrijpelijke vergissing. Ik moet eigenlijk even teruglopen, dacht ze, ik moet maar even teruglopen, om te laten weten dat het echt een vergissing was, ik moet dat maar op de juiste manier duidelijk maken, want anders voelen ze zich misschien opgelaten en schamen ze zich, ook al is het mijn eigen stomme schuld, omdat ik hier door deze straat loop... Maar haar benen bleven haar voortdragen. Ze hoorde de auto keren en achter haar aan komen.

'Excuus voor het misverstand,' zei de bestuurder, terwijl hij vaart minderde en naast haar kwam rijden. 'Je bent een fatsoenlijk meisje, hè?'

'En nog knap ook,' benadrukte de ander.

'Voor een fatsoenlijk meisje is dit niet de goede buurt om rond te lopen. Je mag wel met ons meerijden.'

'Het regent, schatje. Wil je per se natregenen?'

Ze bleef doorlopen, te opgelaten om in hun richting te kijken, maar ook onzeker van zichzelf, omdat het echt regende en ze veel honger had, en misschien was het ook op deze manier voor haar moeder begonnen, misschien was haar moeder ooit net zo'n meisje geweest als zij nu was, een verdwaald meisje dat iets nodig had van een man...

Op het donkere trottoir recht voor haar verscheen een andere man. Ze bleef staan en de auto hield stil. 'Zie je nou wat ik bedoel?' vroeg de bestuurder. 'Het is niet veilig om hier in je eentje rond te lopen.'

'Kom maar, kom maar,' spoorde de andere man haar aan. 'Kom maar met ons mee.'

De man op het trottoir was lichamelijk gezien niet imposant, maar hij had een breed, eerlijk gezicht. En dat zal mijn vader dus zijn geweest: zelfs op een donkere en regenachtige avond in het sinistere Moabit had hij iets door en door betrouwbaars. Ik kan me hem op die straat alleen maar voorstellen in verschrikkelijke, maar opgewekt ogende kleren, zijn degelijke wandelschoenen, zijn kaki broek met de pijpen op hoog water en een van die sportieve overhemden waarvan de kraag breed en plat openvalt. Na de hele situatie met een fronsende blik te hebben gemonsterd sprak hij Clelia aan in een Duits dat hij zichzelf had aangeleerd: '*Entschoeldig, fraulein. Kan iek diek helfen? Ist alles oké hier? Spreken sie Englies*?'

'Een beetje,' zei ze in het Engels.

'Ken je deze kerels? Wil je dat ze hier blijven?'

Na een korte aarzeling schudde ze ontkennend haar hoofd. Waarna mijn vader, die lichamelijk in elk geval geen angst kende en die bovendien geloofde dat als je mensen rationeel en vriendelijk behandelde ze jou op dezelfde manier zouden behandelen en dat de wereld een aangenamer oord zou worden als iedereen dat deed, naar de auto toe liep om de mannen een hand te geven, terwijl hij zich in het Duits aan hen voorstelde als Chuck Aberant uit de stad Denver in de staat Colorado en vroeg of zij in Berlijn woonden of dat ze er alleen maar op bezoek waren, net als hij. Met oprechte belangstelling luisterde hij naar hun antwoord en zei vervolgens dat ze zich geen zorgen over het meisje hoefden te maken, want hij zou persoonlijk voor haar veiligheid instaan. Het was buitengewoon onwaarschijnlijk dat hij die mannen ooit nog zou zien, maar zoals mijn vader zei: je wist het maar nooit. Het was altijd de moeite waard om iedere man aan te spreken alsof hij misschien ooit je allerbeste vriend zou worden.

Mijn moeder, die op haar twintigste al de bombardementen op Jena, de komst van het Rode Leger en het ontstaan van de socialistische arbeidersstaat had meegemaakt, die er getuige van was geweest dat haar moeder de volle po van een buurvrouw over zich heen gegoten kreeg, dat kinderlijkjes door honden werden aangevreten en dat piano's in stukken werden gehakt om brandhout op te leveren, wist altijd smakelijk te vertellen dat ze haar hele leven nooit zoiets verbazends had gezien als de warmte waarmee deze

Amerikaanse man tegen die twee engerds in de personenauto sprak. Zijn soort vertrouwen en openheid waren voor iemand uit Pruisen onvoorstelbaar.

'Hoe heet je?' vroeg mijn vader toen ze de straat weer voor zichzelf hadden.

'Clelia.'

'Nee maar, wat een prachtige naam,' zei mijn vader. 'Wat een geweldige naam.'

Mijn moeder glimlachte tevreden en probeerde daarna haar lippen over haar honderd tanden te trekken, maar aan verbergen viel niet te beginnen. 'Vind je echt?' vroeg ze, met een nog bredere glimlach dan daarvoor.

Mijn vader had geen twee vriendelijke woordjes gezegd, het waren er eerder tien. Dat was nog steeds niet erg veel. In de achterzak van zijn kaki broek zat een kaart van Berlijn, eentje met een gepatenteerd vouwsysteem (mijn vader was dol op nieuwigheden, zag het liefst dat uitvinders rijkelijk werden beloond voor de bevordering van het menselijk welzijn), zodat hij haar naar het Zoo-station kon brengen om een worstje voor haar te kopen bij de kiosk daar die de hele nacht open was. In een mengeling van Engels en Duits, dat mijn moeder slechts bij vlagen kon volgen, verklaarde hij dat dit zijn eerste dag in Berlijn was en dat hij het zo heerlijk vond om hier te zijn dat hij wel de hele nacht had kunnen doorwandelen. Hij nam deel aan het Vierde Wereldcongres van het Genootschap voor Internationaal Begrip (dat niet lang genoeg zou blijven bestaan om een vijfde congres te houden, omdat het een paar maanden later, in het najaar, zou worden ontmaskerd als een feitelijk communistische dekmantelorganisatie). Hij had zijn eigen twee dochtertjes, uit zijn eerste huwelijk, toevertrouwd aan de zorgen van zijn zus en was op eigen kosten naar Berlijn gevlogen. Het leven had hem een paar teleurstellingen bezorgd, hij had gehoopt om meer aan de wereld te kunnen bijdragen dan biologieles geven op een middelbare school, maar het fijne van lesgeven was dat hij de hele zomer vrij had, zodat hij eropuit kon trekken, de wereld in, de natuur in. Hij vond het heerlijk om buitenlanders te ontmoeten en gemeenschappelijk terrein te ontdekken; op een gegeven moment had hij zelfs Esperanto gestudeerd. Zijn dochters, nog maar zes en vier, waren al heuse kampeerders, en wanneer ze wat ouder waren, zou hij ze meenemen naar Thailand, naar Zambia, naar Peru. Het leven was te kort om te slapen. Hij was niet van plan om ook maar één minuut van zijn week in Berlijn te verspillen.

Toen mijn moeder vertelde dat ze was weggelopen uit Jena, was mijn vaders eerste impuls om aan zijn eigen dochters te denken en erop aan te dringen dat ze de volgende ochtend terug naar huis zou gaan. Maar toen hij hoorde dat ze door haar moeder was geslagen en dat ze nooit had mogen studeren, kwam hij op zijn standpunt terug. 'Grote grutten, dat is ook geen pretje,' zei hij. 'Er is iets mis met een systeem dat een pienter, levenslustig meisje als jij achter de toonbank van een bakkerij laat staan. Ik ben zelf een ouderwetse kampeerder – aan een deken en een stukje vlakke grond heb ik genoeg. Mijn hotel stelt niet veel voor, maar er staan wel bedden. Als jij nou eens in mijn bed gaat slapen, dan zien we morgen wel weer hoe je tegen alles aankijkt. Ik knap wel een uiltje op de vloer.'

Hij bedoelde het vrijwel zeker goed. Mijn vader was een fatsoenlijk mens: een onvermoeibare docent en trouwe echtgenoot, een man die bij mijn zussen onafhankelijkheid aankweekte, die zich altijd weer liet inpakken door verhalen over onrecht, die anderen automatisch het voordeel van de twijfel gunde en die energiek zijn hand opstak wanneer er een vrijwilliger werd gezocht voor een vervelende klus. En toch kan ik mijn ogen niet sluiten voor het feit dat hij zijn hele leven precies heeft gedaan waar hij zelf zin in had. Als hij met zijn leerlingen naar Honduras wilde om rioleringsgreppels te graven of naar een Navajo-reservaat om huizen te schilderen en vee te brandmerken, zelfs al zat mijn moeder daardoor wekenlang alleen met de kinderen, dan deed hij het. Als hij de auto met het hele gezin erin aan de kant van de weg wilde zetten om achter een vlinder aan te gaan, dan deed hij het. En als het bij hem opkwam om met een knappe jonge vrouw te trouwen die oud genoeg was om zijn dochter te zijn, dan deed hij het – tot twee keer toe.

Hij kwam oorspronkelijk uit Indiana. Omdat hij graag zijn steentje wilde bijdragen aan de ontwikkeling van de landbouw, had hij entomologie gestudeerd, maar de weg naar een doctorstitel in de insectenleer is lang. Voor bepaalde stadia in de levenscyclus van de schietmotten die hij bestudeerde, kon hij ieder jaar slechts twee weken lang zijn specimens verzamelen, en om al die jaren in zijn levensonderhoud te voorzien nam hij een baan bij het ministerie van Landbouw in Colorado. Hij woonde in Denver toen hij zijn dissertatie voltooide en zijn verzameling opstuurde naar de beoordelingscommissie in Indiana, die geen doctorstitel kon verlenen zonder specimens te zien. Het pakket, dat acht jaar werk vertegenwoordigde, verdween spoorloos in de Amerikaanse posterijen. Het was zijn droom geweest om aan een universiteit te doceren en zuiver wetenschappelijk onderzoek te doen, maar in plaats daarvan eindigde hij als een doctorandus die ergens in Denver voor de klas stond.

Aan het eind van de jaren dertig ontfermde hij zich over een pienter, maar kwetsbaar meisje, wier stiefvader een alcoholistische bruut was. Hij overlegde uitgebreid met haar moeder, hij regelde dat het meisje bij een ander gezin ging wonen en hij stimuleerde haar om zich voor een studie in te schrijven. Maar het meisje bleek alleen tijdelijk open te staan voor hulp, want haar vriendje zat in de gevangenis. Zodra hij op vrije voeten kwam, namen ze samen de benen naar Californië. Mijn vader deed vier jaar dienst in de seintroepen van de landmacht, waarvan de laatste jaren in Beieren, en toen hij weer in Denver aan het werk ging, vernam hij dat de jonge vrouw weer thuis woonde; haar vriendje zat nu in de militaire gevangenis omdat hij tijdens een bargevecht iemand bijna had gedood. Mijn vader, die ik ervan verdenk dat hij van meet af aan verliefd op haar was geweest, vroeg haar mee op lange bergwandelingen en deed na verloop van tijd een huwelijksaanzoek. Omdat ze haar leven een andere wending wilde geven en onder druk van haar moeder stond, zal de jonge vrouw misschien het gevoel hebben gehad dat er niets anders op zat dan zijn aanzoek te accepteren. (Op de enige foto die ik ooit van haar gezien heb, zag ze eruit als een engel, maar er lag iets leegs in haar ogen, iets doods, de wanhoop over het enorme verschil tussen hoe ze eruitzag en hoe ze zichzelf zag.) De dochters die ze met mijn vader had gekregen, waren één en drie toen haar vriendje zijn straf had uitgezeten en weer in Denver opdook. Wat daarna gebeurde, heeft mijn vader zelfs nooit aan mijn moeder verteld, laat staan aan mij. Het enige wat ik weet is dat hij in zijn eentje de voogdij over mijn halfzusjes kreeg.

Hij was ruim twee keer zo oud als mijn moeder, maar zij was een paar centimeter langer dan hij, en misschien heeft dat geholpen om alles gelijk te trekken en normaal te maken. In Berlijn liet hij verstek gaan bij de plenaire zittingen van het Vierde Congres, dat zelfs naar de maatstaven van de internationale wereldverbeterij nieuwe saaiheids- en zinloosheidsrecords moet hebben gevestigd, en gezamenlijk wandelden mijn moeder en hij door de stad. Ze maakten boottochtjes die in Berlijn gemaakt moeten worden, ze aten in restaurants die op haar de indruk maakten van topklasse te zijn. Op hun vijfde avond zei hij dat ze even moest gaan zitten en stak een korte speech af.

'Wat ik wil doen is het volgende,' zei hij. 'Ik wil met je trouwen, en nee, wees maar niet bang, ik ben niets oneerbaars van plan. Ik heb alleen maar het gevoel dat je je in de nesten zult werken als je hier blijft en dat je binnen de kortste keren weer terug in Jena bent, en dan kun je het verder wel schudden. Vandaar dat we maar eens een paspoort en zo voor je moeten regelen. Ik kom volgende week met het vliegtuig terug, samen met mijn dochters, dan kun jij bekijken of je met me mee wilt naar Amerika. Mocht je dat niet willen – niets aan de hand, dan blazen we het hele huwelijk af. Ik vind je gewoon een fantastische meid met een goed stel hersens, en ik heb het gevoel dat ik nog lang en gelukkig getrouwd met je zal blijven. Verdikkeme, Clelia, ik vind je drommels aantrekkelijk.'

'Mijn moeder had gelijk,' zei mijn moeder veel later tegen me. 'Ik was een onnozele gans. Ik verlangde intens naar aardige mensen, maar ik had me nooit voorgesteld dat een man zo aardig kon zijn als jouw vader. Ik dacht dat ik de aardigste man van de wereld was tegengekomen. Op een donkere straat in Moabit! Dat moest wel een wonder wezen! En je weet hoe dik zijn portefeuille altijd was – al die spullen die hij nooit weggooide, visitekaartjes van belangrijke mensen, knipsels uit belangrijke publicaties, al die adviezen voor zelfverbetering, al die recepten voor een betere wereld. En geld. Nou, dat was meer dan ik ooit bij elkaar had gezien – meer dan we aan het eind van de dag in de bakkerij hadden. Een gesubsidieerde communistische bakkerij met één kassa: dat was mijn idee van een heleboel geld! Ik besefte niet eens dat het hotel waarin we logeerden zo verschrikkelijk was, hij moest me eerst vertellen dat het verschrikkelijk was en toen gaf ik ook nog de schuld aan dat congres, niet aan hem. Wat wist ik nou van sterke dollars, zwakke valuta? En ik kon niet eens alles volgen wat hij zei, dus ik dacht dat de hele stad Denver hem had uitgekozen als afgevaardigde naar een belangrijk wereldcongres. Ik dacht dat hij rijk was! Ik had nooit een dikkere portefeuille gezien. Ik wist niet dat het Genootschap voor Internationaal Begrip precies vier betalende leden had in heel Colorado. Ik wist helemaal niets. Hij had zich binnen vijf minuten meester gemaakt van mijn hart. Ik had wel op mijn knieën naar Amerika willen kruipen om zijn vrouw te kunnen worden.'

Het duurde een paar jaar voordat de hartstocht van mijn moeder verflauwde en het huwelijk volledig ontspoorde. In de eerste paar jaar ging al haar tijd op aan het verzorgen van de kinderen en het volgen van een avondopleiding, waar ze uiteindelijk een diploma als apothekersassistente behaalde. Maar bij de eerste presidentsverkiezing die ik me herinner gaf ze haar stem aan Barry Goldwater. Ze had voldoende van het socialisme meegemaakt om te kunnen voorspellen dat het uiteindelijk zou falen, ze wist dat de sovjets dieven, verkrachters en moordenaars waren, en de schok van de ontdekking dat mijn vader alleen maar rijk was in vergelijking met Jena, alleen maar rijk zoals de meeste Amerikanen rijk waren, is ze nooit te boven gekomen. Teleurgesteld als ze over hem was, idealiseerde ze de mensen die echt vermogend waren, en dat deed ze door hun onwaarschijnlijke deugden toe te schrijven. Ze had haar jeugd en knappe gezichtje verzilverd voor een leven in een krap huis met drie slaapkamers, bij een armoedige progressieveling die te goed en te aardig was om van te scheiden, en in haar woede over haar onnozelheid vond ze betere mannen die ze kon bewonderen: Goldwater, senator Charles Percy, later Ronald Reagan. Hun conservatisme appelleerde aan haar geloof als Duitse dat de natuur volmaakt was en dat alle problemen op de wereld werden veroorzaakt door de mens. In de uren dat ik naar school ging, werkte ze voor apotheker Atkinson aan Federal Boulevard en wat ze daar zag, waren ongezonde mensen die in een stoet op de balie af kwamen waar zij hun recepten in ontvangst nam en hun geneesmiddelen overhandigde. Mensen die druk bezig waren zich te vergiftigen met sigaretten en alcohol en vette happen. Zij waren niet te vertrouwen, de sovjets waren niet te vertrouwen, en mijn moeder paste haar politieke overtuiging dienovereenkomstig aan.

Mijn vader wist dat de natuur niet volmaakt was. In zijn tijd bij het ministerie van Landbouw had hij op verdorde akkers gestaan tussen planten die omkwamen van de dorst omdat ze te veel water verloren via hun stomata, omdat hun gebruik van koolzuurgas ontzettend inefficiënt was, omdat de linkerhand van de chlorofylmolecuul niet wist wat de rechterhand aan het doen was – zijn linkerhand absorbeerde zuurstof en stootte CO_2 uit, terwijl zijn rechterhand het tegenovergestelde deed. Hij voorspelde dat er een dag zou komen waarop de woestijnen in bloei zouden komen staan met behulp van slimmere planten, planten die waren vervolmaakt door mensen, planten die waren geïmplanteerd met beter, moderner chlorofyl. En hij wist dat Clelia over scheikundige kennis beschikte, hij daagde haar uit om zijn bewijs van de onvolmaaktheid van de natuur te weerleggen, en daarom zaten ze tijdens het eten over scheikundige processen te discussiëren, met steeds meer stemverheffing.

Helaas was ze geen al te beste stiefmoeder voor mijn zussen. Ze was zelf als een plant op een verdorde akker, dorstend naar de regen van mijn vaders aandacht. Maar eigenlijk was het nog erger. Ze bekritiseerde mijn zussen op dezelfde manier waarop haar moeder haar had bekritiseerd: ze had altijd wel iets op hun kleren aan te merken. Dat had ten dele te maken met de opstandige jaren zestig, een lastige tijd voor iemand die conservatief was, en ten dele met de opstand van een van haar eigen organen, haar dikke darm. Er is me verteld dat ik als baby veel last heb gehad van koliek, en nauwelijks had ze die vermoeiende periode achter de rug of ze kreeg een buitenbaarmoederlijke zwangerschap. Lichamelijke belasting, teleurstelling over het leven, geldzorgen, genetische aanleg, pech: haar darmen raakten ontstoken en daar bleef ze de rest van haar leven last van houden. Het bepaalde de stand van haar gezicht, net zoals de stand van haar moeders gezicht was bepaald door haar maag, en zijzelf werd de stem van haar onfortuinlijke ingewanden, tegenover iedereen, behalve tegenover mij.

Wanneer ik denk aan Anabel en de waarschuwingsborden die ik heb genegeerd op de weg naar mijn huwelijk met haar, kom ik telkens weer terug bij mijn eigen, in tweeën gespleten familie: mijn zussen die samen met mijn vader de deur uit gingen om de wereld te verbeteren, ikzelf die thuisbleef bij mijn moeder. Ze bespaarde me de beschamende bijzonderheden van haar lichamelijke leed (volgens mij had ze veel liever de maag van haar moeder gehad, die niets ergers dan bloed uitstootte, geen stinkende smerigheid, niet de grondslag van de Duitse krachttermen, humor en taboes), maar natuurlijk voelde ik ook wel aan dat ze niet gelukkig was, en mijn vader leek wel altijd de deur uit te zijn, naar een vergadering of op avontuur. Ik heb talloze avonden alleen thuis met haar gezeten. Meestal deed ze streng tegen me, maar soms deden we een vreemd spelletje, dat werd gespeeld met de chique bladen waarop ze geabonneerd was. Nadat we een hele *Town & Country* of *Harper's Bazaar* hadden doorgebladerd, moest ik dat ene huis en die ene vrouw uitkiezen die ik het allerliefst zou willen hebben. Ik leerde algauw het allerduurste huis en de grootste schoonheid uit te kiezen, en als opgroeiende jongen had ik het gevoel dat ik haar ongelukkigheid kon afkopen door dat huis en die mooie vrouw te krijgen. Het meest frappante aan ons spelletje was hoe ze eruitzag wanneer ze in zo'n tijdschrift zat te bladeren: als een dweperige grote zus die nog van alles van het leven verwachtte. Toen ik wat ouder was en zij me telkens opnieuw over haar vlucht uit Jena vertelde, was dat dweperige meisje degene die ik me daarbij voorstelde.

Ik had Anabel al bedrogen voordat ik haar zelfs maar had ontmoet. Aan het eind van mijn derde jaar aan de universiteit van Pennsylvania dong ik mee naar de toppositie bij *The Daily Pennsylvanian*, met als voorgesteld beleid dat ik meer aandacht aan de 'echte' wereld zou besteden, en zodra ik als hoofdredacteur was geïnstalleerd, na een zomer in Denver bij mijn moeder (mijn vader was twee jaar daarvoor overleden), riep ik de positie van stadsredacteur in het leven en gaf ik opdracht voor artikelen over de zwarte kaartjesverkoop rond het Spectrum-stadion, over het kwik en het cadmium in de Delaware-rivier en over een drievoudige moord in West-Philadelphia. Ik dacht destijds dat mijn verslaggevers bezig waren de hermetische, zelfgenoegzame campusbubbel uit de jaren zeventig te doorbreken, maar voor de mensen bij wie ze om een interview zeurden, leken ze, zo vermoed ik, eerder op kinderen die proberen je hun veel te dure snoepgoed te verkopen zodat ze op zomerkamp konden gaan.

In oktober maakte mijn vriendin Lucy Hill me attent op een interessant verhaal. Aan de overkant van de rivier, in Elkins Park, was het hoofd van de Tyler School of Art op een ochtend bij zijn kantoor gekomen en had daar een lichaam aangetroffen dat was verpakt in het bruine pakpapier dat in slagerijen wordt gebruikt. Op het papier waren in rood kleurkrijt de woorden UW VLEES gekalkt. Het lichaam was warm en haalde adem, maar reageerde nergens op. Het hoofd haalde de beveiliging erbij, die voldoende papier wegscheurde om het gezicht van een tweedejaars te onthullen, Anabel Laird. Haar ogen waren open, haar mond was met tape dichtgeplakt. Laird was bij het hoofd al bekend vanwege een reeks brieven waarin scherpe kritiek werd geuit op de ondervertegenwoordiging van vrouwen aan de faculteit en op het onevenredig aantal aio-posities dat aan mannelijke studenten werd toegewezen. Een verder omzichtig wegscheuren leek erop te wijzen dat Laird geen andere kleding aanhad dan dat pakpapier. Na een kort gezamenlijk handenwringen droeg de beveiliging het pakket weg en plaatste het in een kamer, waar een secretaresse de studente uitpakte, het tape van haar mond verwijderde en een deken over haar heen legde. Laird weigerde te spreken of zich te bewegen totdat er aan het eind van de middag een tweede studente arriveerde, met wat kleding in een plastic zak.

Aangezien Laird een oude vriendin van Lucy was, had ik het artikel eigenlijk zelf persklaar moeten maken, maar ik was achter geraakt met mijn studie en had de *DP* tijdelijk overgelaten aan een ander redactielid, Oswald Hackett, die tevens mijn kamergenoot en beste vriend was. Het artikel over Laird, geschreven door een beruchte tweedejaars, was beurtelings vuns en verlekkerd, met een heel assortiment aan smakelijke anonieme citaten van Lairds studiegenoten ('niemand mag haar', 'steenrijke stakker', 'een zielige kreet om de aandacht die ze met haar films niet krijgt'), maar de schrijver had aan de vaste vereisten voldaan door Laird uitvoerig aan het woord te laten en een nietszeggend commentaar van het hoofd los te peuteren, en Oswald plaatste het stuk in zijn geheel op onze voorpagina. Toen ik het de volgende middag las, voelde ik me slechts heel even schuldig. Pas toen ik bij de DP langsging en telefonische berichten van zowel Laird als Lucy te beluisteren kreeg, besefte ik – zomaar ineens, met een lichte hartverzakking – dat het stuk behoorlijk wreed was geweest.

Al mijn hele leven koesterde ik de morbide angst dat me iets verweten zou worden, met name door vrouwen. Op de een of andere manier wist ik mezelf ervan te overtuigen dat ik de berichten van beide vrouwen onbeantwoord kon laten zonder ervoor te hoeven boeten. Ook bracht ik het onderwerp niet bij Oswald ter sprake; omdat ik zelf zo bang was voor verwijten, vond ik het vervelend om vrienden iets voor de voeten te werpen. Het was niet ondenkbaar dat Lucy, die niet op de campus woonde, wel wat zou zijn afgekoeld wanneer ik haar een volgende keer zag, maar het kwam niet bij me op dat een vrouw die militant genoeg was om zich in slagerspakpapier te hullen misschien wel in hoogsteigen persoon bij de DP zou kunnen opdagen.

Als hoofdredacteur had ik een echt kantoor, dat ik ook kon gebruiken om te studeren. Als Anabel in tuinbroek was komen opdagen, in het Penn-uniform van het militante feminisme, had ik misschien wel geraden wie ze was, maar de vrouw die aan het eind van een vrijdagmiddag bij me aanklopte, ging duur gekleed, in een witte zijden blouse en een kokerrok die tot onder haar knieën reikte en een Parijse indruk op me maakte. Haar mond was een wond van vuurrode lippenstift, haar haar een donkere waterval.

'Ik ben op zoek naar Tom Abérrant.'

'Áberant,' verbeterde ik haar.

De vrouw toonde haar verbazing met de uitpuilende ogen van een gehangene. 'Ben jij éérstejaars?'

'Vierdejaars, eigenlijk.'

'Lieve hemel. Ben je hier soms op je dertiende komen studeren? Ik had me iemand met een baard voorgesteld.'

Mijn babyface was een pijnlijk onderwerp. Mijn kamergenoot uit het eerste jaar had geopperd dat ik mezelf wat ouder zou maken door een duelleerlitteken aan te brengen, op z'n negentiende-eeuws; eerst moest ik met een sabel een snee in mijn gezicht maken, om daarna een gezonde genezing tegen te gaan door een haar in de wond te leggen. Hoewel ik makkelijk vriendschap sloot met vrouwen was mijn gezicht de voornaamste reden, geloofde ik, waarom ik nooit met een van hen in bed belandde. Lichamelijke aandacht kreeg ik uitsluitend van uiterst kleine meisjes en van homo's. Iemand uit de laatste categorie was tijdens een feestje naar me toe gekomen en had zonder een woord te zeggen zijn tong in mijn oor gestoken.

'Ik ben Anabel,' zei de vrouw. 'Die van het onbeantwoorde voicemailbericht.'

Ik kreeg een beklemd gevoel in mijn borst. Met een chic gelaarsde voet duwde Anabel de deur achter zich dicht en toen ze ging zitten sloeg ze haar armen stevig over elkaar, alsof ze wilde verbergen wat haar blouse juist wilde onthullen. Ze had grote, bruine ogen, als van een hert, en haar gezicht was tamelijk lang en smal, ook net als van een hert. Eigenlijk behoorde ze niet echt knap te zijn, maar op de een of andere manier was ze dat wel. Ze was minstens twee jaar ouder dan ik.

'Het spijt me,' zei ik diep ongelukkig. 'Het spijt me dat ik niet op je bericht heb gereageerd.'

'Lucy zei dat je een fatsoenlijk iemand was. Ze zei dat ik je kon vertrouwen.'

'Het spijt me bovendien van dat artikel. Het punt is, ik heb het pas gelezen nadat het al was verschenen.'

'Ben jij dan niet de hoofdredacteur?'

'De autoriteit wordt op verschillende manieren gedelegeerd.'

Ik vermeed haar ogen, maar ik voelde wel dat er een laaiende blik op me werd afgevuurd. 'Moest jouw verslaggever er nou per se bij vermelden dat mijn vader directeur van McCaskill is? En dat niet iedereen mij mag?'

'Het spijt me echt,' zei ik. 'Zodra ik het artikel zag, begreep ik dat het wreed was. Als je hard bezig bent om een artikel tot één geheel te smeden, vergeet je weleens dat het ook nog gelezen gaat worden.'

Ze schudde haar donkere haardos. 'Dus als ik het niet had gelezen, zou je geen spijt hebben? Wat betekent dat dan? Dat het je spijt dat je betrapt bent? Dat is geen spijt hebben. Dat is laf zijn.'

'We hadden die uitspraken niet mogen plaatsen als we er niet bij konden vertellen door wie ze zijn gedaan.'

'O, nou, dat wordt dan een leuk raadspelletje,' zei ze. 'Wie vindt er dat ik een verwend rijk meisje ben, wie vindt er dat ik van lotje getikt bent, wie weet er heel zeker dat mijn kunst waardeloos is? Natuurlijk wordt het niet echt leuk om in dezelfde collegezaal te zitten met de mensen door wie die dingen zijn gezegd en te weten dat ze er nog steeds zo over denken en te voelen hoe ze naar me *kijken*. Om daar te moeten zitten met al die ogen op mij gericht. Om op die manier zichtbaar te zijn.'

Ze had nog steeds haar armen niet voor haar blouse weggehaald.

'Jij hebt je toch naakt in het kantoor van het universiteitshoofd vertoond?' bracht ik als vanzelf te berde.

'Pas nadat ze dat papier van me af hadden gescheurd.'

'Wat ik bedoel, is dat jij de publiciteit hebt gezocht en dat je die hebt gekregen.'

'O, daar kijk ik heus niet van op. Wat is er interessanter dan een naakt vrouwenlichaam? Waar breng je de krant sneller mee aan de man? Jullie hebben mijn stelling beter bewezen dan ik dat zelf had kunnen doen.'

Dit was de eerste van de tienduizend keer dat ik Anabels logica niet helemaal kon volgen. Omdat het de eerste keer was en niet de tienduizendste, en omdat ze zo fel en zelfverzekerd deed – het doet me pijn om te beseffen wat een felheid en zelfverzekerdheid ze destijds nog bezat – nam ik maar aan dat de schuld bij mij lag.

'We zijn een gratis krant,' zei ik zwakjes. 'We maken ons niet druk over de verkoop.'

'"Daden hebben gevolgen,"' zei ze. 'Er is een weg van de meeste weerstand en een weg van de minste weerstand, en jij hebt de weg van de minste weerstand gekozen. Jij bent de hoofdredacteur, jij hebt die uitspraken in druk laten verschijnen, en ik heb ze gelezen. Jij hebt me gekwetst en daar zul je mee moeten leven. Ik wil dat je dat nooit vergeet, zoals ik ook nooit zal vergeten wat jij in druk hebt laten verschijnen. Je had niet eens het fatsoen om mijn telefoontje te beantwoorden! Omdat jij een man bent en ik een vrouw, denk jij dat je dat zomaar kunt doen.' Ze zweeg even en ik zag hoe haar mascara uitvloeide in een paar piepkleine traantjes. 'Jij denkt misschien van niet,' zei ze, iets zachter, 'maar ik kom je hier vertellen wat je bent: een zák.'

Omdat ze zo mooi was, en iets ouder dan ik, kwam deze beschuldiging extra hard aan. Maar in feite was ik er al op voorbereid mijn eigen eerzaamheid in twijfel te trekken. Toen ik net op de middelbare school zat, kwam Cynthia, de jongste van mijn oudere zussen, een keer met Pasen thuis van de universiteit en bleek toen een gedaanteverandering tot hippie te hebben ondergaan, inclusief achthoekig brilletje en vriend met een Bijbelse baard. Dit tweetal vatte een welwillend klinische belangstelling voor me op, als een van de eerste nieuwe mannen van morgen. Cynthia vroeg me naar mijn windbuks: vond ik het fijn om daar mijn vijanden mee dood te schieten? Vond ik het fijn hun kop eraf te knallen? Hoe dacht ik dat het voelde als je kop eraf geknald werd? Als een spelletje?

Haar vriend informeerde naar de vlinderverzameling die ik er zonder veel overtuiging op na hield omdat ik mijn vader een plezier wilde doen: hield ik van vlinders? Echt waar? Waarom maakte ik ze dan dood?

Cynthia vroeg welke ambities ik had: wilde ik verslaggever worden, of fotojournalist? Dat was gaaf. Maar verpleger, wat dacht ik daarvan? Of onderwijzer op een basisschool? Waren dat banen voor meisjes? Waarom alleen voor meisjes?

Haar vriend vroeg me of ik er weleens aan had gedacht om cheerleader te worden: mocht dat niet? Waarom niet? Waarom kon ik geen cheerleader worden? Konden jongens niet op en neer springen? Konden jongens niet juichen?

Getweeën gaven ze me het gevoel dat ik een saaie oude vent was. Dat was eigenlijk niet aardig van ze, maar tegelijk had ik het schuldbewuste gevoel dat er iets mis met me was. Een paar jaar daarna kwam ik op een middag laat thuis van school en heerste er een muizenalarm op zolder: al mijn spullen lagen uitgestald op de vloer van mijn slaapkamer, mijn kastdeur stond open en de benen van mijn vader waren zichtbaar op een trapleer. Ik hoopte stilletjes dat hij het stukgelezen exemplaar van *Oui* dat ik uit een tweedehandsboekwinkel had gejat over het hoofd had gezien, maar na het eten kwam hij naar mijn kamer om te vragen hoe ik dacht dat het was om een van de vrouwen in een pornografisch tijdschrift te zijn.

'Daar heb ik nooit over nagedacht,' zei ik naar waarheid.

'Nou, je bent nu op de leeftijd dat je daar maar beter wel over kunt nadenken.'

Dat jaar vond ik alles aan mijn vader afstotend en gênant. Zijn zware brilmontuur, zijn petrochemisch ingevette en naar achteren gekamde haar, de manier waarop hij zich altijd breeduit posteerde, als een soort revolverheld. Hij deed me denken aan een bever: een en al ongereguleerde overbeet en zinloze nijverheid. Alweer een dam bouwen, hoezo? Aan boomstammen knagen, hoezo? Met een brede grijns rondbanjeren, hoezo eigenlijk?

'Seks is een zegen voor de mensheid,' sprak hij op een belerend toontje. 'Maar wat je in een pornoblad ziet, is menselijke ellende en vernedering. Ik weet niet waar je dat blad vandaan hebt, maar alleen al door het te bezitten werk je persoonlijk mee aan de vernedering van een medemens. Stel je eens voor hoe je je zou voelen als dit Cynthia was, of Ellen –'

'Oké, ik snap het.'

'Echt waar? Begrijp je echt dat deze vrouwen iemands zus zijn? Iemands dochter?'

Ik voelde me moreel gekwetst, abusievelijk aangezien voor een slechter mens dan ik was, want ik had heus niet persoonlijk aan iemands vernedering meegewerkt. Integendeel, door het blad te stelen had ik de boekwinkel financieel gestráft voor de grootschalige inkoop van tweedehands pornografie; ik deed juist braaf aan recycling, en wat ik vervolgens zelf met de gestolen *Oui* uitvoerde was mijn eigen zaak en kwam aantoonbaar neer op verdere bestraffing van de uitbuiters, want omdat ik me op gestolen goederen verliet, werd de aankoop van nieuw uitbuitingsmateriaal overbodig, om maar te zwijgen van alle maagdelijke wouden die werden gekapt en tot houtpulp vermalen.

Een paar dagen later stal ik nog een stel bladen. Ik hield van *Oui*, omdat de meisjes die erin stonden levensechter leken – bovendien Europeser, en daardoor ontwikkelder, intelligenter en met een rijker gevoelsleven – dan de meisjes in *Playboy*. Ik stelde me voor dat ik diepgaande gesprekken met hen voerde, ik stelde me voor dat zij werden aangetrokken door de empathische manier waarop ik hen aanhoorde, maar het viel niet te ontkennen dat mijn belangstelling voor hen een zachte dood stierf zodra ik een orgasme kreeg. Ik voelde me alsof ik moest opboksen tegen een structurele oneerlijkheid; alsof ik onverbiddelijk in het verdomhoekje terecht was gekomen, alleen maar door een man te zijn, die zich liet opwinden door afbeeldingen zonder dat hij daar zelf iets over te zeggen had. Ik had geen kwaad in de zin en toch richtte ik kwaad aan.

Het werd nog erger. Met de universiteit in het verschiet maakte ik een bloedeloze, maar toch opwindende afspraak om een maagdelijkheidsruil te plegen met mijn date voor het eindfeest, Mary Ellen Stahlstrom, die haar romantische vizier op een onbereikbaar iemand had gericht, en zo geschiedde het in het allerlaatste zomerweekend dat ik in een vakantieparkchalet, dat eigendom was van de ouders van een wederzijdse vriendin, op het cruciale contactmoment per ongeluk een ferme mannelijke stoot toediende aan het allergevoeligste en streng verboden lichaamsdeel van Mary Ellen. Ze slaakte een harde gil, rukte zich los en trapte me weg. Mijn pogingen om haar te troosten en mijn excuses aan te bieden waren alleen maar olie op het vuur van haar hysterie. Ze jammerde, ze maaide in het rond met haar armen en benen, ze hyperventileerde en brabbelde aan één stuk door een zinnetje dat ik tot mijn onmetelijke opluchting ten slotte wist te ontcijferen als de wens om meteen naar huis te worden gebracht in Denver.

Mary Ellens anaal onteerde gil galmde nog in mijn oren na toen ik werd toegelaten op Penn. Mijn vader had voorgesteld dat ik een kleinere universiteit zou kiezen, maar ik had een studiebeurs voor Penn gekregen; mijn moeder had een heilig ontzag voor de Ivy League, de hoog aangeschreven groep universiteiten in het noordoosten, en wist me te verleiden met verhalen over de rijke, machtige mensen die ik daar zou ontmoeten. In mijn eerste drie jaar op Penn maakte ik niet één rijke vriend, maar de aantijgingen dat ik als man altijd schuld had kregen er een stevige theoretische basis. Uit verhandelingen zowel binnen als buiten de collegezalen, te beginnen met een praatje over seks, in de oriëntatieweek gehouden door een oudere studente in tuinbroek, kwam ik te weten dat ik onherroepelijker vastzat aan het patriarchaat dan ik wel besefte. Het kwam erop neer dat mijn motieven in elke intieme relatie met een vrouw al bij voorbaat verdacht waren.

Overigens bleken intieme relaties geen problemen op te leveren. Kennelijk vonden alleen meisjes die minder dan anderhalve meter lang waren dat ik er niet gruwelijk jong uitzag. Een van hen, een staflid van de *DP* tijdens mijn tweede jaar, begon me veelbetekenend aan te kijken, met scheef gehouden hoofd, en stak me ten slotte een briefje toe waarin ze zinspeelde op het 'gevaar' dat ze door mij 'erg gekwetst' kon worden. Ik was haar van dienst door 's nachts een potje met haar te vrijen op het universiteitsgazon, gedeeltelijk uit schuldgevoel omdat ik er niet zoveel voor voelde om seks met haar te hebben – ik was namelijk zo'n alles tot object makende man dat ik niet verder kon kijken dan haar geringe lengte – en gedeeltelijk uit het lage mannelijke motief om eindelijk seks met iemand te hebben, maar het lukte me niet haar van dienst te zijn met de liefdesverklaring waarnaar ze vervolgens hengelde, met scheef gehouden hoofd, en zo kwetste ik haar uiteindelijk toch, schuldbewust en zonder er iets voor terug te krijgen. Ze diende zelfs haar ontslag bij de krant in.

Ik nam mijn toevlucht tot het bier, de biljarttafels in Houston Hall en *The Daily Pennsylvanian*. Als werkende journalisten in een gemeenschap van studenten die met frivole studententoestanden bezig waren, bereikten mijn vrienden en ik een niveau van eigendunk dat ik pas weer zou tegenkomen toen ik mensen van *The New York Times* ontmoette. We hadden uiteraard een kleverige kern van onschuld, maar we schepten allemaal op over onze seksuele avonturen op de middelbare school, en hoewel ik daar zelf over loog, kwam het geen moment bij me op dat mijn vrienden misschien ook wel hadden gelogen. De enige die me doorzag, was Lucy Hill. Ze had op een dure kostschool gezeten, Choate Rosemary Hall, zij het met een beurs, en had twee jaar als serveerster gewerkt voordat ze op Penn begon. Ze had een vriend die tegen de dertig liep, een hippie die zichzelf het vak van timmerman had bijgebracht en die sterk op D.H. Lawrence leek, haar favoriete schrijver. Lucy's welwillend klinische belangstelling voor mij was explicieter en vergevingsgezinder dan die van mijn zus Cynthia. Toen ik haar opbiechtte wat ik Mary Ellen Stahlstrom had aangedaan, moest ze lachen en zei ze dat Mary Ellen had gegild omdat ik haar had getrakteerd op een vorm van copulatie waar ze misschien wel zin in had, maar die voor zichzelf niet mocht toegeven. Lucy nam zich nu voor om iemand voor me te vinden met wie ik kon neuken 'als konijnen'. Ik was niet dol op de uitdrukking 'als konijnen' en had vaag de pest in over de meewarigheid die uit Lucy's plannetje sprak, maar ik had niemand anders met wie ik over seks kon praten en dus ging ik vaak bij haar thuis een bak slappe koffie drinken en kreeg dan ook een papperige toetje uit het *Volkomen vegetarisch kookboek* voorgeschoteld.

Toen Anabel uit mijn kantoor vertrok, na haar oordeel over mijn karakter te hebben geveld, wisten we geen van beiden dat ik precies de man was die zij wilde. Buiten was de zon razendsnel ondergegaan, zoals dat vaak in oktober gebeurt. Overweldigd door een gevoel van schaamte bleef ik in de schemering voor het raam zitten. Ik was bereid te geloven dat ik een zak was en toch stak het me dat ik een zak was genoemd door een oudere en heel aantrekkelijke (en rijke, laat ik dat niet vergeten, dat heeft vanaf het begin een rol gespeeld) vrouw die speciaal de Schuylkillrivier was overgestoken om me aan de schandpaal te nagelen. Ik wist niet wat ik moest doen. Lucy opbellen zou alleen maar tot nog meer verwijten leiden. Ik kon het 'je bent een zak' niet uit mijn hoofd krijgen. Het mentale beeld van Anabels naakte lichaam in slagerspapier liet me ook niet met rust.

Nadat ik in de mensa snel twee kipfiletjes en een stuk taart had gegeten, ging ik terug naar mijn kamer in het studentenhuis en draaide Anabels nummer, dat ik op de binnenkant van mijn hand had opgeschreven. Ik liet haar telefoon tien keer overgaan voordat ik ophing. Toen Oswald na het avondeten terugkwam, had ik nog steeds geen licht aangedaan.

'Tom zit te tobben,' zei hij. 'Er zit hem iets "dwals"'. De "lapen zijn gaal" en nu zit hij in de "pulee".' Hij verwees hiermee, niet voor het eerst, naar een aflevering van *Get Smart*, waarin een Oost-Aziatische booswicht niet alleen worstelde met geheim agent Maxwell Smart, maar ook met de medeklinker r.

Ik wilde tegen Oswald zeggen dat hij er een zooitje van had gemaakt, maar hij was in zo'n melige bui, zich zo weinig bewust van de zooi die hij had aangericht dat ik het niet over mijn hart verkreeg om zijn avond te verpesten. In plaats daarvan ging ik tekeer over de schrijver van het artikel.

'Hij heeft veel weg van een rat met scherpe tandjes,' beaamde Oswald. 'Als er iets van rechtvaardigheid op de wereld bestond, zou hij niet zulke onberispelijke kopij afleveren.'

'Die anonieme uitspraken over Laird waren echt vals. Ik vraag me af of we niet een verontschuldiging moeten plaatsen.'

'O, doe dat nou niet,' zei Oswald. 'Je mag je verslaggever niet afvallen, ook al is het een venijnige rat met kraaloogjes.'

Oswald en ik waren samen tot de redactie van de *DP* toegetreden en kraakten elkaars proza af. Geen van ons tweeën raakte ooit zo zwaarmoedig dat de ander hem niet uit zijn sombere bui kon lullen, en Oswald kreeg me algauw aan het lachen met zijn imitatie van Norris Weese, de reservequarterback van de Bronco's (Oswald kwam uit Nebraska en was net als ik een Bronco's-fan), en met zijn meedogenloze persiflage op het gedrag van jaargenoten die stommer en populairder waren dan wij. Oswalds aanleg tot afgunst werd gecompenseerd door de Iejoor-achtige lage dunk die hij van zichzelf had. Aan de lange periode dat hij seksueel had drooggestaan was onlangs een eind gekomen doordat hij met een tweedejaars de koffer in was gedoken, een dichteres die onmiskenbaar zijn hart aan flarden zou rijten, maar daar nog niet aan toe was gekomen. Uit respect voor mijn eigen, nog steeds voortdurende periode van droogstand had hij het maar zelden over haar, maar toen hij opstapte, wist ik dat hij bij haar langsging en viel ik weer ten prooi aan diepe wroeging.

Rond een uur of tien lukte het me Anabel telefonisch te bereiken.

'Moet je horen,' zei ik, 'ik vind het echt heel vervelend dat ik je niet in bescherming heb genomen. Ik wil graag proberen het goed te maken.'

'De schade is al aangericht, Tom. Je hebt je keuze al gemaakt.'

'Maar ik ben niet wie je denkt dat ik ben.'

'Wie denk je dan ik denk dat je bent?'

'Een slecht mens.'

'Ik ga alleen maar af op het bewijsmateriaal,' zei ze met een zweem van speelsheid, een mogelijke matiging van haar oordeel.

'Wil je soms dat ik mijn functie neerleg? Zou je me dan wel geloven?'

'Dat hoef je voor mij niet te doen. Je kunt ook gewoon proberen voortaan een betere hoofdredacteur te zijn.'

'Dat zal ik zeker, absoluut.'

‘Nou, goed dan,’ zei ze. ‘Ik vergeef het je niet, maar ik kan waardering opbrengen voor het feit dat je nog eens gebeld hebt.’

Dat was het moment waarop het gesprek had moeten eindigen, maar zelfs toen al had Anabel last van een bijzondere besluiteloosheid wanneer het erop aankwam de telefoon op te hangen, en ik wilde niet zelf ophangen zonder vergeving te hebben gekregen. Een paar seconden zeiden we allebei niets. Terwijl de stilte voortduurde, begonnen er allerlei mogelijkheden uit op te klinken, voor mij tenminste. Ik spande me in om Anabels ademhaling te kunnen horen.

‘Laat jij je werk weleens zien?’ vroeg ik toen de stilte ondraaglijk was geworden. ‘Ik zou best een van je films willen zien.’

‘“Kom dan maar langs om mijn etsen te bekijken.” Heb je me daarom weer gebeld?’ Weer dat speelse toontje. ‘Misschien wil je nu wel meteen langskomen om mijn werk te bekijken.’

‘Serieus?’

‘Denk eerst maar eens goed na en beslis dan of je denkt dat ik serieus ben.’

‘Oké.’

‘Mijn werk hangt niet aan een muur.’

‘Oké.’

‘En mijn slaapkamer is alleen toegankelijk voor mijzelf.’

Ze zei het alsof het een verbod was, geen omstandigheid.

‘Je lijkt me heel interessant,’ zei ik. ‘Het spijt me dat we je gekwetst hebben.’

‘Daar zou ik nu wel aan gewend moeten zijn,’ zei ze. ‘Kennelijk is dat wat iedereen doet.’

Wederom had het gesprek hier kunnen eindigen. Maar er speelde een factor mee waar ikzelf nooit op zou zijn gekomen: Anabel was eenzaam. Ze had nog één vriendin aan het Tyler, een lesbienne die Nola heette en haar medeplichtige was geweest in het slagerspakpapiergebeuren, maar de druk van Nola’s uitzichtloze verliefdheid op Anabel maakte het moeilijk om haar in grote doses tot zich te nemen. Volgens Anabel hadden alle andere studenten zich tegen haar gekeerd. Ze hadden namelijk alle reden om verontwaardigd te zijn over de speciale status die Anabel als filmmaker had weten te ritselen op een instituut dat geen filmopleiding op het studieprogramma had staan, maar het ware probleem lag bij haar persoonlijkheid. De mensen voelden zich tot haar aangetrokken door haar knappe uiterlijk en giftige tong en door de niet ondenkbare mogelijkheid dat ze een kunstzinnig genie was;

ze wist ieders blik op zich te vestigen. Maar ze was in wezen een stuk verlegener dan haar optreden suggereerde, en ze bleef voortdurend mensen van zich vervreemden met haar morele absolutisme en haar superioriteitswaan, die zo vaak de geheime kern van verlegenheid vormen. De docent die haar had gestimuleerd om films te maken had haar later ook een huwelijksaanzoek gedaan, wat (a) niet door de beugel kon, (b) blijkbaar niet ongebruikelijk was en (c) haar vertrouwen in zijn beoordeling van haar talent teniet had gedaan. Sindsdien was ze op het universitaire oorlogspad. Dat had haar status als paria bezegeld, want de andere studenten maakten zich volgens haar alleen maar druk om professorale waardering, het professorale knikje en de professorale doorverwijzing naar een galerie.

Ik kwam een deel hiervan, maar ook heel veel andere dingen te weten in de opwindende twee uur dat we die avond met elkaar spraken. Hoewel ik mezelf niet als een interessant iemand beschouwde, kon ik goed luisteren. Hoe meer ik luisterde, hoe milder de klank van haar stem werd. En toen stuitten we op een vreemd toeval. Ze was opgegroeid in Wichita, in een paleiselijk huis op College Hill. Ze behoorde tot de vierde generatie van een van de twee families die het agro-industriële conglomeraat McCaskill in bezit hadden, de op een na grootste onderneming van het land die particulier eigendom was. Haar vader had er een vijfprocentsaandeel in geërfd, was getrouwd met een McCaskill uit de vierde generatie en werkte al jaren voor het bedrijf. Als meisje had ze een hechte band met haar vader gehad, vertelde Anabel. Toen het tijd werd om haar naar Rosemary Hall te sturen, waar haar moeder op kostschool had gezeten voordat de Hall samenging met Choate, zei ze dat ze daar geen zin in had. Maar haar moeder zette door, terwijl haar vader geheel tegen zijn aard in niet bereid was met zijn hand over zijn hart te strijken, en zo belandde ze op dertienjarige leeftijd in Connecticut. 'Heel lang zag ik in mijn hoofd alles precies verkeerd om,' vertelde ze. 'Ik vond mijn moeder verschrikkelijk en mijn vader fantastisch. Hij is ontzettend slim en verleidelijk. Hij weet hoe hij mensen kan bespelen. En toen hij mijn moeder begon te bedriegen, nadat ik naar kostschool was gegaan, besefte ik dat ze me had willen beschermen door me weg te sturen. Dat heeft ze nooit aan me toegegeven, maar ik weet dat het zo zit. Hij maakte haar kapot, en zij wilde niet dat hij ook mij kapotmaakte. Ik ben ontzettend onrechtvaardig tegenover haar geweest. En toen heeft hij haar vermoord. Mijn arme moeder.'

'Heeft je vader je moeder vermoord?'

'Je moet eerst begrijpen hoe het bij McCaskill werkt. Ze zijn bezeten van de gedachte om het bedrijf in de familie te houden, zodat buitenstaanders geen zicht hebben op wat ze doen. Het draait allemaal om geheimen en zeggenschap door de familie. Wanneer een Laird met een McCaskill trouwt, moet dat voor altijd zijn, omdat ze bezeten zijn van solidariteit binnen de familie. Nadat ik naar kostschool was gegaan en mijn vader mijn moeder begon te bedriegen, zat er dus voor haar eigenlijk niets anders op dan naar de fles te grijpen. Zo hoort dat bij de McCaskills. Drank en drugs en gevaarlijke hobby's zoals helikopters besturen. Je zou ervan staan te kijken hoeveel leden van mijn familie ergens aan verslaafd zijn. Minstens één van mijn broers kampt momenteel met een verslaving. Je gaat voor het bedrijf werken om het familiebezit te vermeerderen – zo hoort dat bij de McCaskills, volgens hén – en anders pleeg je zelfmoord door middel van hedonistisch gedrag, want er is geen enkel realiteitsprincipe waardoor je wordt tegengehouden. Niemand in de familie hoeft te werken voor de kost.'

Ik vroeg haar wat er met haar moeder was gebeurd.

'Ze is verdronken,' zei Anabel. 'In ons zwembad. Mijn vader was de stad uit – vingerafdrukken waren er dus niet.'

'Hoelang is dat geleden?'

'Iets meer dan twee jaar. In juni. Het was een mooie, warme avond. Ze had een alcoholpercentage in haar bloed waarvan zelfs een paard zou zijn omgevallen. Ze is in het ondiepe van haar stokje gegaan.'

Ik zei dat ik het heel erg voor haar vond en toen vertelde ik dat mijn vader in dezelfde maand was overleden als haar moeder. Hij was pas twee weken gepensioneerd, nadat hij de jaren tot zijn vijfenzestigste verjaardag had afgeteld; hij had het nooit over 'stoppen met werken' gehad, alleen over 'stoppen met lesgeven', want hij zat nog steeds boordevol energie. Hij verheugde zich erop om zijn verzameling schietmotten te reconstrueren en eindelijk zijn doctorstitel te halen, om Russisch en Chinees te leren, als gastheer op te treden voor buitenlandse studenten en een camper te kopen die voldeed aan de eisen die mijn moeder stelde aan comfort in de buitenlucht. Maar het eerste wat hij deed, was als vrijwilliger twee maanden zoölogisch onderzoek doen op de Filipijnen. Hij wilde gehoor geven aan zijn oude drang om exotische reizen te ondernemen zolang ik nog jong genoeg was om de zomer thuis door te brengen, zodat mijn moeder niet alleen zou zijn. Toen ik hem met de auto naar het vliegveld van Denver bracht, zei hij tegen me dat hij wist dat mijn moeder moeilijk kon zijn, maar als ik ooit mijn geduld met haar dreigde te verliezen, moest ik maar bedenken dat ze een moeilijke jeugd had gehad en geen al te beste gezondheid genoot. Er sprak liefde uit zijn woorden, en het is het laatste wat ik hem heb horen zeggen. Een dag later zat hij in een vliegtuigje dat tegen een berghelling vloog. Een verslag van vier alinea's in de *The New York Times*.

'Op welke dag is dat gebeurd?'

'Op 19 juni op de Filipijnen. 18 juni in Denver.'

Anabels stem kreeg iets omfloersts. 'Dat is echt heel raar,' zei ze. 'Mijn moeder is op dezelfde dag overleden. We zijn allebei op dezelfde dag halve weeskinderen geworden.'

Het lijkt me nu om de een of andere reden van doorslaggevend belang dat het aantoonbaar níet op dezelfde dag gebeurde – haar moeder was de negentiende overleden. En tot aan die vrijdagavond was ik nooit bijgelovig geweest. Mijn vader was persoonlijk ten strijde getrokken tegen het overwaarderen van toeval: hij had een riedel die hij op school afstak en soms thuis herhaalde, waarin hij 'bewees' dat je blonde haren krijgt door op kauwgom van Juicy Fruit te kauwen, aan de hand van een strikt wetenschappelijk opgezette en toegelichte redenering. Maar toen Anabel die woorden sprak, na anderhalf uur waarin mijn wereld was gekrompen tot het bereik van haar stem in mijn oor – en hier lijkt het opnieuw van doorslaggevend belang dat we ons eerste echte gesprek hebben gevoerd over de telefoon, die maakt dat een mens uiteenvalt in woorden die rechtstreeks tot het brein doordringen – huiverde ik alsof ik door mijn noodlot werd overvallen. Hoe kon dat toeval nu níet veelbetekenend zijn? De interessante persoon die me nog geen zes uur geleden een zak had genoemd, nam me nu met haar lieflijke stem in vertrouwen, al anderhalf uur lang. Daar zat iets ongelofelijks in, iets magisch. Nadat de huivering was weggetrokken, kreeg ik een erectie.

'Wat denk je dat het betekent?' vroeg Anabel.

'Ik weet het niet. Misschien niets. Dat zou mijn vader hebben gezegd. Alhoewel –'

'Het is heel vreemd,' zei ze. 'Ik was vandaag niet eens van plan om naar je kantoor te gaan. Ik was op de terugweg van de Barnes Collection, wat weer een heel ander verhaal is – waarom iemand nog steeds zou vinden dat Renoir *père* de moeite van het bekijken waard is, maar er is nou eenmaal zo iemand op het Tyler en ik heb de pech college van hem te hebben, omdat ik vorig jaar zijn lessen niet gevolgd heb toen alle anderen dat wel deden. Ik had me voorgesteld dat er misschien een uitzondering zou worden gemaakt, maar ik mag gerust stellen dat niemand tegenwoordig in de stemming is om voor mij een uitzondering te maken. Maar ik stond dus op het perron van 30th Street, en ik raakte zo van streek over wat je me had aangedaan dat ik vergat om in te stappen. En dat leek weer een teken dat ik jou moest zien te vinden. Omdat ik de metro had gemist. Ik raak nooit zo diep in gedachten dat ik vergeet in te stappen.'

'Dat heeft inderdaad iets van een teken,' zei ik op aandringen van mijn erectie.

'Wie bén jij?' vroeg ze. 'Waarom is dit gebeurd?'

Gezien de toestand waarin haar stem me had gebracht, vond ik die vragen niet krankjorum, maar ik schrok wel van hun ernst. 'Ik ben een Amerikaan, geboren in Denver,' zei ik. En voegde daar pompeus aan toe: 'Saul Bellow.'

'Komt Saul Bellow uit Denver?'

'Nee, Chicago. Je vroeg toch wie ik ben.'

'Ik vroeg niet wie Saul Bellow is.'

'Hij heeft de Pulitzerprijs gewonnen,' zei ik, 'en die wil ik ook.'

Ik probeerde een beetje interessant op haar over te komen, maar vond eigenlijk ook dat ik klonk als een malloot.

'Wil je romanschrijver worden?' vroeg Anabel.

'Journalist.'

'Dus ik hoef er niet over in te zitten dat je mijn levensverhaal tot een roman verwerkt.'

'Gaat niet gebeuren.'

'Het is mijn levensverhaal. Mijn materiaal. Het is waar mijn kunst uit voortkomt.'

'Dat spreekt voor zich.'

'Maar journalisten komen aan de kost door mensen te verraden. Dat journalistje van je heeft me verraden. Ik dacht dat hij geïnteresseerd was in de dingen die ik tot uitdrukking probeerde te brengen.'

'Hij is niet het enige soort journalist.'

'Ik probeer te bedenken of ik nu moet ophangen. Of dit sléchte voortekens zijn. Verraad en de dood, dat zijn toch slechte voortekens, hè. Ik geloof dat ik ons gesprek nu maar moet beëindigen. Ik herinner me weer dat je me gekwetst hebt.'

Maar natuurlijk kon ze niet ophangen.

'Anabel, alsjeblieft,' zei ik. Het was voor het eerst dat ik haar naam had uitgesproken. 'Ik wil je nog een keer zien.'

Ik zag haar inderdaad weer, maar niet voordat ik bij Lucy thuis een kop slappe koffie had gedronken en een stuk appeltaart had gegeten waarin havermout was verwerkt. Het was veel te warm bij Lucy in huis en het rook er – voor mij tenminste – naar neuken als konijnen. 'Je hoeft je niet lullig te voelen over dat artikel,' zei ze tegen me. 'Ik belde alleen maar om te zeggen dat er een moraalridder op je af kwam stormen. Anabel moest Nietzsche maar eens lezen, dan kan ze een keer ophouden met haar gezeur over goed en kwaad. De enige filosoof waar ze het ooit over heeft is Kierkegaard. Kun je je dat voorstellen, naar bed gaan met Kierkegaard? Hij zou aan één stuk door vragen: "Mag ik je dit wel aandoen? Is dat wel goed?"'

'Ik voel me er nog steeds lullig om,' zei ik.

'Ze heeft me gisteren gebeld om over je te praten. Jullie hebben blijkbaar een soort marathongesprek gevoerd?' Lucy bediende zich van een tweede stuk appeltaart. Ze was niet dik, maar het *Volkomen vegetarisch kookboek* begon zich af te tekenen op haar gezicht en haar dijen. 'Ze vroeg of je een Goed Mens was, met hoofdletters, wat volgens mij betekent dat ze misschien wel een wip met je wil maken. Dat jij een keer met iemand gaat wippen is heel hard nodig, maar ik geloof niet dat zij de juiste kandidaat is. Ik weet waar ik het over heb. Ik was zelf helemaal van weg van haar, in ons laatste jaar op kostschool. Alle docenten hadden ontzag voor haar, en ze had altijd massa's geld en wist aan supersterke wiet te komen, met hydrocultuur gekweekt. Omgaan met mensen kostte haar moeite, maar niet als ze stoned was. Op feestjes werd ze gigantisch stoned, min of meer gevaarlijk stoned, dook dan met iemand het bed in en stond dan om zes uur weer op om een werkstuk te schrijven dat een universitair niveau haalde. Ik wilde zelf ook met haar vrijen, maar toen we eenmaal kamergenoten waren, had ze de seks al afgezworen. Nu heeft ze ook de wiet afgezworen. Ze is Sint-Anabel geworden. Ik houd nog steeds van haar en ik vond dat artikel heel vervelend, maar eigenlijk was het haar eigen schuld: ze had niet met jouw verslaggever moeten praten. Ze haalt dat soort dingen zelf aan.'

'Heeft ze een vriendje?'

'Al heel lang niet,' zei Lucy. 'Ik heb haar gevraagd hoe vaak ze masturbeert, en ze deed net alsof ze die vraag heel choquerend vond. Alsof ze niet een van de meest bandeloze meisjes uit de geschiedenis van Choate is geweest. Maar ik denk dat ze daar seksueel een beetje verknipt door is geraakt. Ze was te jong en ze heeft er ook nog een geslachtsziekte door opgelopen. Het is heel jammer, maar mijn conclusie is dat ze niet bepaald geschikt voor je is.'

Ik was nog steeds bezig deze informatie te verwerken, toen Lucy me aan de hand meenam uit de keuken, weg van de torens aangekoekt kookgerei, de trap op naar de kamer waarin ze sliep met Bob, haar vriend. Het bed was niet opgemaakt en de vloer lag bezaaid met kleren. 'Ik heb een nieuw plan,' zei ze. Ze drukte haar voorhoofd tegen het mijne en duwde me achterover op bed. 'We kunnen langzaam beginnen en dan zien waar het op uitloopt. Wat vind je daarvan?'

'En Bob dan?'

'Dat is mijn probleem, niet het jouwe.'

Nog maar een week geleden zou ik haar plan wel oké hebben gevonden. Maar nu Anabel in beeld was gekomen, voelde ik me teleurgesteld bij het idee dat de seks, die in mijn gedachten zulke enorme proporties had aangenomen, een even natuurlijke en huiselijke handeling zou zijn als het verorberen van een stuk appeltaart. Er viel niet te ontkomen aan de conclusie dat Lucy me bij Anabel weg probeerde te houden. Ze had het bijna met zoveel woorden gezegd. We lagen zo'n tien minuten te vrijen op haar paisleylakens voordat ik zei dat ik weg moest.

'Dit is toch lekker, vind je ook niet?' zei Lucy. 'We hadden hier al maanden eerder aan moeten denken.'

'Absoluut, heel lekker,' zei ik. Uit beleefdheid zei ik erbij dat ik me al op de volgende keer verheugde.

Mijn zondagmiddag met Anabel was van een heel andere orde. We zagen elkaar bij het kunstmuseum, onder een kille grijze hemel. Anabel had zich bewapend met een zwart afgebiesde vuurrode kasjmieren jas en een stel stevige opvattingen. Ik had gevraagd of ze mijn kunstkennis wilde bijspijkeren. Ongeduldig stevende ze door de zalen en deed alles wat ze zag met een paar laatdunkende woorden af – 'slaapverwekkend', 'verkeerd uitgangspunt,' 'godsdienstige blablabla', 'vlees en nog meer vlees' – totdat we bij Thomas Eakins kwamen. Daar bleef ze staan en raakte zichtbaar ontspannen.

'Dit is de man,' zei ze. 'Dit is de enige mannelijke schilder die ik vertrouw. Corot en zijn koeien mogen ook wel van me. Hij begrijpt de treurigheid van het koe-zijn. En Modigliani ook, maar dat is alleen omdat ik vroeger weg was van zijn werk en wilde dat hij mij had kunnen schilderen. De rest van het stel vertelt alleen maar leugens over vrouwen, neem dat maar van me aan. Zelfs wanneer ze geen vrouwen schilderen, zelfs wanneer ze een landschap schilderen: het zijn leugens over vrouwen. Zelfs Modigliani, ik weet niet waarom ik hem het niet kwalijk neem. Ik denk omdat het Modigliani is. Het is maar goed dat ik hem nooit heb ontmoet. Straks kan ik je alle vrouwelijke schilders in deze verzameling laten zien – o, wacht.' Ze maakte een snurkend geluid. 'Er zijn geen vrouwelijke schilders. Deze hele collectie illustreert wat er gebeurt als er geen vrouwen aanwezig zijn om de mannen eerlijk te houden. Behalve deze meneer hier. God, wat is hij eerlijk.'

Ik vatte het op als een bemoedigend teken dat ze in elk geval één mannelijke schilder bewonderde, dat ze een uitzondering kon maken. Als kunsthistorisch docente was ze verschrikkelijk, maar als je slechts één kunstenaar in dat museum bekeek, was Eakins geen beroerde keus. Ze wees op de geometrische lijnen van roeier, riem, boot en kielzog, ze wees erop hoe eerlijk Eakins was over de atmosfeer van het laagste deel van de Delaware-vallei. Maar Eakins' lichamen waren voor haar het voornaamste. 'Mensen beelden het menselijk lichaam al duizenden jaren af,' zei ze. 'Je zou denken dat we daar inmiddels al echt goed in zouden zijn. Maar het blijkt juist ontzettend moeilijk te zijn. Om het te zien zoals het werkelijk is. Deze man heeft het niet alleen gezien, maar hij heeft het ook in verf vastgelegd. Op de een of andere manier staat bij alle anderen, zelfs bij fotografen, een idéé in de weg. Maar niet bij Eakins.' Ze keek me aan. 'Ben je ook een Thomas of doodgewoon Tom?'

'Thomas.'

'Mag ik zeggen dat ik blij ben om niet jouw achternaam te hebben, met die suggestie van "aberrant", afwijkend?'

'Anabel Aberant.'

Ze dacht hierover na. 'Eigenlijk hoeft Anabel Abérrant niet eens zo erg te klinken. Het omschrijft in twee woorden mijn hele levensverhaal.'

'Je mag het uitspreken zoals je wilt.'

Als om iedere verhulde zinspeling op een toekomstig huwelijk weg te wuiven zei ze: 'Je ziet er echt bizar jong uit. Dat weet je toch, hè?'

'Helaas, ja.'

'Volgens mij was het bij Eakins een kwestie van karakter. Om zo eerlijk te kunnen schilderen moet je volgens mij een fatsoenlijk karakter hebben. Hij mag dan seksuele problemen hebben gehad, zijn hart was zuiver. De mensen zeggen altijd dat Van Gogh een zuiver hart had, maar dat geloof ik niet. Zijn hoofd zat vol muizenissen.'

Ik kreeg het gevoel dat ik het weinig opwindende kleine broertje was van iemand die aan Anabel had gevraagd of ze alsjeblieft een keer met me op stap wilde. Het was moeilijk te geloven dat ze Lucy had gebeld om naar me te informeren of dat ze misschien haar best deed me te imponeren. Toen we weer naar buiten liepen, merkte ik op dat Lucy en zij veel van elkaar verschilden.

'Ze heeft een goed stel hersens,' zei Anabel. 'Ze was de enige op Choate bij wie ik iets van ambitie herkende. Ze zou documentaires gaan maken en de Amerikaanse film voorgoed veranderen. En nu is het haar ambitie om kindjes te maken met Bob de Klusjesman. Na alle psychedelische middelen die hij gebruikt heeft, zou het me verbazen als hij nog één goed chromosoom over heeft.'

'Volgens mij zit het niet helemaal lekker tussen Bob en haar.'

'Nou, dat werd tijd.'

De eerste sneeuwvlokken van het seizoen dwarrelden schuin over de traptreden van het museum. In Denver zou er op een dag als deze een pak sneeuw zijn gevallen van tien tot twintig centimeter dik, maar in Philadelphia had de ervaring me geleerd nu een omslag naar regen te verwachten. Terwijl we over de Benjamin Franklin Parkway liepen, de meest troosteloze van de vele deprimerende doorgaande wegen van Philadelphia, vroeg ik Anabel waarom ze geen auto had.

'Je bedoelt zeker, waar is mijn Porsche?' vroeg ze. 'Dat bedoel je toch, hè? Niemand heeft me ooit leren autorijden. En ik zal er meteen maar bij vertellen, voor het geval je het verkeerde idee over me hebt, dat ik bezig ben de gouden lepel uit mijn mond te duwen. Mijn vader betaalt nog voor mijn laatste semester, maar dan houdt het op.'

'Dochters erven niet?'

Ze negeerde deze kleine vermetelheid. 'Het geld werkt al verpestend op mijn broers. Ik ben niet van plan me er ook door te laten verpesten. Maar dat is niet eens de reden. De reden is dat er bloed aan dat geld kleeft. Ik ruik het aan mijn bankrekening, het bloed uit een rivier van vlees. Dat is McCaskill namelijk, een rivier van vlees. Ze handelen ook in graan, maar zelfs daarvan wordt een groot deel gebruikt om die vleesrivier op peil te houden. Jij hebt vandaag waarschijnlijk vlees van McCaskill bij het ontbijt gehad.'

'Ze hebben hier iets wat *scrapple* heet, een patéachtig gehaktbrood. Schijnt voor een deel te zijn gemaakt van orgaanvlees en oogballen.'

'Zo doen ze dat bij McCaskill, alles wordt gebruikt.'

'Ik geloof dat scrapple eerder uit Pennsylvania komt, van de Duitse immigranten daar.'

'Ben je weleens naar een varkensbedrijf geweest? Kippenfokkerij? Runderboerderij? Slachthuis?'

'Ik heb ze van veraf geroken.'

'Het is een rivier van vlees. Ik maak er mijn afstudeerfilm over.'

'Die film zou ik graag eens zien.'

'Hij is niet om aan te zien. Iedereen vindt hem vreselijk, behalve Nola, die veganiste is. Volgens Nola ben ik een genie.'

'Vertel even wat een veganist is.'

'Geen enkel dierlijk product, wat dan ook. Ik weet dat ik zelf ook die kant op moet, maar ik leef in feite op boter en geroosterd brood, dus dat zal me niet meevallen.'

Alles wat ze zei boeide me. We leken op het treinstation af te gaan, en ik was bang dat onze wegen zouden scheiden zonder dat ik háár maar enigszins had geboeid.

'Ik kan een artikel over scrapple laten schrijven,' zei ik. 'Laten onderzoeken waar het vandaan komt, waar het van wordt gemaakt, hoe de dieren worden behandeld. Ik zou het zelf kunnen schrijven. Iedereen moppert over scrapple, maar niemand weet wat het is. Dat is precies wat een goed artikel moet inhouden.'

Anabel keek bedenkelijk. 'Maar het is min of meer mijn idee. Niet dat van jou.'

'Ik probeer iets goed te maken.'

'Ik moet eerst te weten zien te komen of McCaskill scrapple maakt.'

'Ik zeg toch dat het iets van de Duitse immigranten in Pennsylvania is? Ik was trouwens degene die met scrapple kwam aanzetten.'

Ze bleef staan en keek me strak aan. 'Is dit wat we voortaan gaan doen? Elkaar de loef afsteken? Want ik weet niet of ik daar wel behoefte aan heb.'

Ik was blij dat ze over ons sprak als iets waar een mogelijke continuïteit in zat, en verontrust dat wij iets zouden kunnen zijn waar zij geen behoefte aan had. Op de een of andere manier lag de beslissing al bij haar. Mijn interesse in haar werd stilzwijgend aangenomen.

'Jij bent de kunstenaar,' zei ik. 'Ik ben alleen maar de journalist.'

Haar blik ging zoekend over mijn gezicht. 'Je bent best een knap jochie,' zei ze, maar niet op een aardige manier. 'Ik weet niet of ik je wel vertrouw.'

'Mooi is dat,' zei ik, pijnlijk getroffen. 'Bedankt dat je me Thomas Eakins hebt laten zien.'

'Sorry,' zei ze. Ze drukte een gehandschoende hand tegen haar ogen. 'Niet gekwetst zijn. Ik heb alleen ineens erge hoofdpijn en moet meteen naar huis.'

Toen ik terug was op de campus, dacht ik erover haar te bellen om te vragen hoe ze zich voelde, maar de woorden 'knap jochie' zaten me nog dwars, en ons afspraakje was zo anders geweest dan ik gehoopt had, zo totaal niet de droomachtige voortzetting van ons telefoongesprek, dat de naald van mijn seksuele kompas alweer naar Lucy en haar plan terugdraaide. Mijn moeder had sinds kort de gewoonte om me te waarschuwen dat ik niet dezelfde fout mocht maken als zij, door op veel te jeugdige leeftijd als een blok voor iemand te vallen – om allereerst aan mijn carrière te denken, waarmee ze bedoelde dat ik eerst maar eens geld moest gaan verdienen en dán kiezen voor het duurste huis et cetera – en als een blok voor Lucy vallen zat er bij mij beslist niet in.

Tijdens mijn zondagavondtelefoontje naar Denver vertelde ik dat ik naar het kunstmuseum was geweest met een van de erfgenamen van het McCaskill-fortuin. Dat was slap van me, maar ik had het gevoel dat ik mijn moeder had teleurgesteld door niet de juiste Ivy League-vrienden te maken. Ik had zelden nieuws waar ze vrolijk van werd.

'Vond je haar aardig?' vroeg mijn moeder.

'Jazeker.'

'Een vriend van je vader, Jerry Knox, heeft zijn hele leven voor McCaskill gewerkt. Ze staan daar bekend om hun uiterst hoogstaande principes. Alleen in Amerika vind je zo'n soort bedrijf...'

Ik bereidde me voor op weer een preek. Na het overlijden van mijn vader had mijn moeder iets zeurderigs gekregen en vulde ze het gat dat in haar leven was geslagen met een eindeloze woordenstroom. Ook had ze haar haar geelgrijs geverfd om er wat ouder uit te zien, meer als een weduwe, maar ze was pas vierenveertig, en ik hoopte dat ze zou hertrouwen en nu eens een rijk en rechts iemand zou uitkiezen, nadat er een voor haar gevoel fatsoenlijke rouwperiode was verstreken. Overigens had ze niet uitgebreid gerouwd. Ze had de rouwperiode eerder gebruikt om kwaad te worden op mijn vader, vanwege de zinloze manier waarop hij dood was gegaan. Het was aan mij en mijn zussen toegevallen om helemaal kapot van dat vliegtuigongeluk te zijn. Toen het gebeurde, was ik al wat milder over mijn vader gaan denken en toen ik in de aula van zijn school kwam om zijn herdenkingsplechtigheid bij te wonen en daar de enorme toevloed van collega's en voormalige leerlingen zag, was ik er trots op de zoon van een man te zijn die nooit mensen tegenkwam zonder ze aardig te willen vinden. Mijn zussen hielden allebei een toespraak, waarvan de emotionaliteit gericht leek te zijn op de weduwe, die naast me op haar lip zat te bijten, strak voor zich uit starend. Toen de dienst eindigde, had ze nog steeds geen traan gelaten. 'Hij was een héél goed mens,' zei ze.

Ik had sindsdien drie steeds onverdraaglijkere zomers bij haar doorgebracht. Het best betaalde baantje dat ik kon vinden was bij het filiaal van Atkinsons apotheek waar ze zelf werkte. Ik ging elke avond tot laat uit met mijn vrienden en werd bij mijn thuiskomst na middernacht geconfronteerd met een akelige stank in de badkamer. Mijn moeders dikke darm was niet alleen ontevreden over mij, maar ook over mijn zussen. Cynthia had haar studie gestaakt om vakbondsleider te worden in het landbouwgebied van de Central Valley in Californië; Ellen woonde in Kentucky met een grijsbebaarde banjospeler en gaf Engelse les aan kinderen met een taalachterstand. Ze leken daar allebei tevreden mee te zijn, maar het enige wat mijn moeder kon zien en bejammeren was de verspilling van hun capaciteiten.

Ik had mijn baantje bij Atkinson's apotheek te danken aan Dick Atkinson, de eigenaar van de keten. Tijdens mijn tweede zomer bij mijn moeder namen haar darmklachten toe doordat Dick haar het hof maakte. Dick was een aardige vent en een verstokte republikein, en ik vond dat mijn moeder, die altijd bewondering voor zijn ondernemende geest had gehad, het een stuk minder had kunnen treffen. Maar Dick was twee keer gescheiden, en mijn moeder, die de rit met mijn vader had uitgezeten, keurde het afdanken van een wederhelft af en wilde daarom niets van zijn hofmakerij weten. Dick vond dat belachelijk en dacht dat hij haar uiteindelijk wel over de streep kon trekken. Aan het eind van de zomer had ze zich zo in de zenuwen gewerkt dat haar specialist haar prednison voorschreef. Een paar maanden later nam ze ontslag. Ze werkte nu zwaar onderbetaald, zo vermoedde ik, als campagnemedewerkster voor Arne Holcombe. Hij had een projectbureau dat kantoorruimte ontwikkelde voor de binnenstad van Denver en hij wilde Congres-lid worden. Toen ik voor een derde zomer naar huis ging, constateerde ik dat haar gezondheid erop vooruitging. Haar idealisering van Arne Holcombe was echter zo overtrokken en werd zo breed uitgemeten dat ik begon te vrezen dat ze geestelijk uit balans was geraakt.

'Wat laten de peilingen zien?' vroeg ik toen ze was uitgepraat over het onderwerp van McCaskills bijdragen aan de morele spankracht van de Amerikaanse samenleving. 'Heeft Arne een kans?'

'Arne heeft de meest voorbeeldige campagne gevoerd die de staat Colorado ooit heeft meegemaakt,' zei ze. 'We hebben nog steeds te kampen met de na-effecten van een plebejische president die het publieke belang heeft achtergesteld bij de belangen van zijn plebejische vriendjes. Wat is dat een godsgeschenk geweest aan de democraten met hun verwennerij van belangengroepen en aan hun misselijkmakende, grijnzende pindaboer. Waarom iemand die goed bij zijn verstand is zou denken dat Arne iets met Watergate te maken heeft gehad is me een raadsel, Tom, ik meen het. En de tegenpartij maar lasteren en pamperen, lasteren en pamperen. Arne weigert te pamperen. Waarom zou hij pamperen? Is het echt zo moeilijk te begrijpen dat iemand met twintig miljoen dollar en een bloeiende onderneming alleen maar afdaalt naar het politieke riool van Colorado wanneer hij wordt gedreven door zijn verantwoordelijkheidsbesef als burger van ons land?'

'Dus dat betekent nee?' zei ik. 'Zijn de peilingen niet best?'

Het lukte me nooit meer om een rechtstreeks antwoord van haar te krijgen. Ze bleef maar doorzeuren over Arnes eerlijkheid en integriteit, Arnes intens onafhankelijke geest, Arnes praktische, zakelijk aangepakte oplossing voor het probleem van de stagflatie, en toen ik ophing, wist ik nog steeds niet wat de peilingen uitwezen.

De volgende zaterdagavond gaven Lucy en Bob thuis een Halloweenfeestje. Oswald en ik hadden allebei een pak aangetrokken, een zonnebril opgezet en een oortje ingedaan, want we gingen als geheim agent. Bobs vele vrienden, die al bijna tien jaar binnen een straal van anderhalve kilometer van hun oude universiteit woonden, mensen voor wie het als een politiek statement gold om hun energie in flauwekul en banaal gedoe te steken, kwamen opdraven in knullige, op een concept gebaseerde kostuums ('Ik ben de Buitengesloten Middenklasse', werd ons in volle ernst meegedeeld door een man die twee plakkaten polystyreen tegen zijn lichaam had gebonden) en hulden het hele huis in wietdampen. Bob zelf had een elandgewei op zijn hoofd, iets wat moest duiden op de tekenfilmfiguur Bullwinkle, terwijl Lucy als zijn gabber optrad, de vliegende eekhoorn Rocky. Ze had haar neus zwartgemaakt en de rest van haar gezicht bruin geschminkt en ging gekleed in een bruine tricot pyjama waaraan een staart van echt bont was vastgemaakt, vlak boven haar kont. Ze kwam op Oswald en mij af gedraafd en zei dat we aan haar staart mochten komen.

'Moet dat echt?' vroeg Oswald.

'Ik ben Rocky de vliegende eekhoorn!'

Ze zag eruit alsof ze stoned was. Ik voelde me al opgelaten dat ik daar samen was met Oswald, die geen geduld voor alternatieve malligheid kon opbrengen. Ik keek vluchtig door de kamer of ik soms jongere, wat scherper uit hun ogen kijkende gezichten zag. Tot mijn verbazing ontdekte ik Anabel, die in haar eentje in een hoek stond, met haar armen stevig over elkaar geslagen. Haar kostuum was geen kostuum – spijkerbroek en spijkerjack.

Lucy zag welke kant ik op keek. 'Weet je wat haar kostuum voorstelt? "Normaal mens". Snap je wel? Ze kan alleen maar dóen alsof ze normaal is.'

'Dat is Anabel Laird,' verklaarde ik aan Oswald.

'Lastig te herkennen, zo zonder slagerspapier.'

Anabel had ook mij ontdekt en sperde haar ogen open, zoals ze altijd deed, als iemand die opgehangen is. Het was interessant om haar in spijkergoed te zien – bij haar leek het inderdaad alsof ze zich verkleed had.

'Ik moet eigenlijk een praatje met haar maken,' zei ik.

'Nee, laat haar maar eens proberen gezellig te doen,' zei Lucy. 'Zoiets is ook op het Quatorze Juillet-feest gebeurd. De mensen beseffen best dat ze de moeite waard is om mee te praten, maar durven haar niet aan te spreken. Ik snap niet waarom ze nog haar neus laat zien op feestjes waar iedereen haar te min is.'

'Ze is verlegen,' zei ik.

'Zo kun je het ook noemen, ja.'

Anabel, die zag dat we het over haar hadden, keerde ons haar rug toe.

'Zeg maar waar het bier staat,' zei Oswald.

Ik liep achter hem aan naar de keuken toen Lucy mijn hand vastpakte en zei dat ze me iets wilde laten zien. We gingen de trap op naar haar slaapkamer. In het schelle licht van de plafondlamp zag ze eruit als Lucy, maar ook als een klein dier. Ik vroeg wat ze wilde laten zien.

'Mijn staart.' Ze draaide zich om en wiegelde met haar staart naar me. 'Wil je niet even aan mijn staart komen?'

Wie vindt het nu niet fijn om bont aan te raken? Ik streelde over haar staart en zij schoof naar achteren en kronkelde met haar kont tegen mijn dijen, waardoor de staart losraakte. Dat had wel iets geils, maar ook weer niet. Ze trok mijn handen omhoog naar haar borsten, die heen en weer bungelden onder de pyjama en sprak: 'Ik ben Eekhoorntje Neukgraag!'

'Hola... oké,' zei ik. 'Maar ben je ook niet, zeg maar, de gastvrouw op een feestje?'

Ze draaide een halve slag in mijn armen, zette mijn zonnebril af en drukte haar gezicht tegen het mijne. Haar schmink rook sterk naar vetkrijt. 'Heeft er weleens iemand zijn maagdelijkheid aan een eekhoorn verloren?'

'Dat valt moeilijk te achterhalen,' zei ik.

'Telt het eigenlijk wel mee?'

Ze stak haar tong in mijn mond en trok me toen mee naar het bed. Seks met een eekhoorn die opwindende borsten onder haar kinderpyjama had sprak me best aan en ik voelde me merkwaardig onbezorgd over Anabel: besprongen worden door iemand anders zou mijn zaak misschien wel bij haar bepleiten, voorzag ik. Maar toen Lucy even later mijn hand onder de tailleband van haar pyjama wilde laten glijden, met de woorden: 'Voel eens hoeveel bont dit eekhoorntje op haar lichaam heeft', bekeek ik haar malligheid onwillekeurig met de ontzette blik van Oswald, wiens persoonlijkheid me herinnerde aan die van Anabel, aan haar strenge oordelen, haar ogen van een gehangene, met als gevolg dat ik mijn hand wegtrok. Ik kwam overeind en zette mijn zonnebril weer op. 'Sorry,' zei ik.

Lucy was te programmatisch op seksueel gebied om gekwetstheid te laten zien, en misschien zelfs wel om die te voelen. 'Dat geeft niet,' zei ze. 'We hoeven niets te doen als je er nog niet klaar voor bent.'

Ik rook de schmink op mijn gezicht en moet eruit hebben gezien alsof ik stront had gevreten. Toen ik naar de badkamer ging om me te wassen, ontdekte ik een grote bruine veeg op de kraag van mijn nette overhemd, het enige goede overhemd dat ik bezat.

Beneden klonk de muziek van King Crimson, een van Bobs favoriete bands. Anabel was nergens te bekennen. Oswald stond in de buurt van de voordeur bij de Uitgesloten Middenklasse, met in zijn hand een pakje pamfletten, bij elkaar gehouden door een elastiekje.

'Onze vriend hier heeft een poëziebundel geschreven,' verklaarde Oswald.

'Poëzie behoort gratis te zijn,' zei de Uitgesloten Middenklasse en hij overhandigde me een bundel. 'Dit is mijn cadeau aan jou.'

'Lees het eerste gedicht maar eens aan Tom voor,' spoorde Oswald hem aan. 'De joie de vivre die erin zit is helemaal te gek.'

'"Blootsvoets betreed ik de zompige zwarte lentemodder,"' declameerde de Uitgesloten Middenklasse. '"De aarde is mijn SCHEETKUSSEN!"'

'Dat is het dan,' zei Oswald. 'Een wonder van poëtische compactheid.'

'Heb je Anabel gezien?' vroeg ik. 'Anabel Laird?'

'Ze is net de deur uit.'

'Met een spijkerjasje aan?'

'Ja, precies.'

Ik haastte me de straat op. Toen ik bij de hoek van Market Street kwam, zag ik Anabel op de volgende straathoek, waar ze stond te wachten tot het stoplicht zou verspringen. Ik besefte dat ze binnen het tijdsbestek van een halfuur iemand was geworden van wie ik meer dan ooit wilde dat ze me in de gaten kreeg. Ze moest me hebben horen rennen, maar ze keek niet op of om, zelfs niet toen ik naast haar kwam staan.

'Hoe kon je nou weggaan?' vroeg ik hijgend. 'We hadden nog niet eens met elkaar gepraat.'

Ze boog haar gezicht van me weg. 'Hoe weet je zo zeker dat ik met jou had willen praten?'

'Ik werd aangevallen door een dolle eekhoorn. Sorry.'

'Je kunt nog teruggaan,' zei Anabel. 'Ze heeft kennelijk haar zinnen op je gezet. Jij bent het probleem dat de Klusjesman en zij hebben, vermoed ik. Ik zag hem met dat belachelijke gewei en dacht: dat klopt meer dan hij zelf in de gaten heeft.'

'Kunnen we niet ergens naartoe?' vroeg ik.

'Ik ga naar huis.'

'O. Da's goed.'

'Ik zal je overigens niet tegenhouden als je dezelfde metro neemt. Als je met me meeloopt naar mijn voordeur, mag je misschien wel bij me in de keuken komen zitten.'

'Waarom was je eigenlijk op dat feestje?' vroeg ik. 'Je wist dat je het er afschuwelijk zou vinden.'

'Wil je soms horen dat het was omdat ik dacht dat jij er zou zijn?'

'Was dat de reden?'

Ze glimlachte, maar keek me nog steeds niet aan. 'Ik laat je gewoon je eigen conclusies trekken.'

Haar appartement was op de bovenste verdieping van een goed onderhouden oud huis, geen studentenwoning, en haar keuken was een droom van properheid. Bij de deur trok ze haar schoenen uit en vroeg of ik hetzelfde wilde doen. In een rustieke witte schaal op de tafel lagen drie volmaakte appels, op de vensterbank stonden twee delen van *De vegetarische gastronoom*, op het fornuis zag ik een glimmende, verkoperde koekenpan. Aan de breedste muur hing ook een slagerijposter, een tekening van een koe, onderverdeeld in soorten vlees waarin de naam stond afgedrukt. Ik zat ernaar te kijken en kwam te weten waar de naborst en de schenkel zaten, terwijl Anabel uit de keuken wegliep en met een duur uitziende fles terugkwam.

'Hier hebben we een Château Montrose,' zei ze. 'Uit hetzelfde jaar waarin ik ben geboren. Mijn vader heeft me een hele kist gestuurd voor mijn verjaardag. Ik zou hem een dienst bewijzen als ik hem vertelde dat het op z'n minst ongevoelig was, een cadeau met een groteske symboliek, als je kijkt naar de manier waarop mijn moeder is gestorven. Ik vermoed dat zijn motieven nog duisterder waren. Maar in mijn eentje drinken doe ik niet, om voor de hand liggende redenen, en Nola is de enige die hier ooit komt en zij drinkt geen rode wijn vanwege de medicijnen die ze slikt, vandaar dat ik nog tien flessen heb. Je mag vanavond dus van geluk spreken.'

'Wat is er met die andere twee gebeurd?'

'Ik heb ze meegenomen naar Lucy, op Quatorze Juillet. Ze is een van mijn oudste vriendinnen, ik wilde iets goeds cadeau doen. Maar ze deed te dankbaar, als je snapt wat ik bedoel. Eén of twee opmerkingen over mijn "geweldige gulheid" zouden wel genoeg zijn geweest. Daarna werd het een onvriendelijk commentaar op mijn bevoorrechte positie. Niet alleen maar op mijn bevoorrechte positie, op mij persoonlijk. Ik moet zeggen, ik weet dat jullie nog steeds vrienden zijn, maar ik ben inmiddels op het punt dat ik letterlijk misselijk van haar word.'

'Ik ook wel, een beetje,' zei ik.

'Besef je wel dat je eekhoorn op je kraag hebt zitten?'

'Ik kon me haar met moeite van het lijf houden.'

'Het zal je zijn opgevallen dat ik niet heb gevraagd waarom *jíj* op dat feestje was.'

'Kijk eens waar ik nu dan ben,' zei ik. 'Ik ben hier, niet daar.'

'Dat valt niet te ontkennen.'

We stootten elkaars glas aan en ik feliciteerde haar alsnog met haar verjaardag. Zo kwamen we ertoe om onze geboortedagen te vergelijken. Die van haar bleek acht april te zijn. Die van mij is vier augustus.

De symmetrie van 8/4 en 4/8 had een krachtige uitwerking op Anabel.

'Lieve hemel,' zei ze, me aanstarend alsof ik een verschijning was. 'Verzin je dat nou? Is jouw verjaardag echt op vier augustus?' Voor haar hadden deze tekens meer inhoud dan voor mij. Wat haar betrof wezen ze erop dat er meer tussen ons bestond dan aantrekkingskracht, dat er iets in de sterren stond geschreven, terwijl ze wat mij betrof hoofdzakelijk bevestigden dat ik me tot haar aangetrokken voelde. Toen ze het weer wat warmer had gekregen van de wijn en ze haar jasje uittrok, zag ik mijn lot niet in kalendertoevalligheden, maar in de slankheid van haar bovenarmen, in wat ze met mijn hart uitrichtten.

Onder invloed van wijn en tekensymboliek nam ze die avond mijn ontplooiing als mens ter hand. Om met haar te mogen omgaan moest ik mijn ambities opkrikken. Toen ze hoorde dat ik me had aangemeld voor een journalistieke opleiding, zei ze: 'En dan? Vijf jaar lang naar de gemeenteraadsvergadering in een duffe provinciestad?'

'Het is een eerbare traditie.'

'Maar is het wat je wilt? Wat wil je eigenlijk precies?'

'Ik wil beroemd en machtig worden. Maar je moet eerst je sporen verdienen.'

'Stel dat je je eigen tijdschrift kon beginnen. Wat zou je daar dan mee doen?'

Ik zei dat ik zou proberen de waarheid te dienen, in al haar complexiteit. Ik vertelde over het politiek verdeelde huis waarin ik was opgegroeid, mijn vaders blinde vooruitstrevendheid, mijn moeders vertrouwen in grote ondernemingen, over de manier waarop ze elkaars politieke opvattingen doeltreffend onderuit konden halen.

'Ik zou je moeder wel het een en ander over grote ondernemingen kunnen bijbrengen,' sprak Anabel op duistere toon.

'Maar het alternatief werkt ook niet. De Sovjet-Unie bijvoorbeeld, de woningbouwcorporaties, de vakbond. De waarheid ligt ergens in het spanningsveld tussen die twee kanten, en daar behoort de journalist rond te lopen, in dat spanningsveld. Door in dat verdeelde huis op te groeien kón ik bijna niet anders dan journalist worden.'

'Ik weet wat je bedoelt. Om dezelfde reden moest ik kunstenaar worden. Maar daarom zie ik niet in waarom je vijf jaar in een duffe provincieplaats zou moeten verdoen. Als je nu al weet dat je de waarheid wilt dienen, moet je haar meteen gaan dienen. Begin een blad zoals er nog nooit een is gemaakt. Niet progressief, niet conservatief. Een blad dat tegelijkertijd de pretenties van beide partijen doorprikt.'

'*The Complicater*.'

'Dat is een goeie! Die moet je onthouden. Ik meen het.'

In de gloed van haar goedkeuring leek het bijna aannemelijk te worden dat ik een blad zou beginnen dat *The Complicater* heette. En zou ze het over mijn toekomst hebben als ze verwachtte dat ze daar deel van ging uitmaken? De gedachte aan deze toekomst, de liefde die deze toekomst zou inhouden, inspireerde me tot de gedachte om over de tafel heen haar hand aan te raken. Ik wilde dat net doen toen ze van haar stoel kwam.

'Ik heb ook een project.' Ze liep naar de tekening van het in stukken onderverdeelde rund. 'Dit is mijn project.'

'Ik vroeg me al af waarom een vegetariër een poster van een koe in haar keuken had.'

'Ik ben er nog niet helemaal uit. En de afronding gaat me vijftien jaar kosten. Maar als het me lukt, wordt het net iets als jouw blad: iets wat de wereld nooit eerder heeft beleefd.'

'Vertel eens wat het inhoudt.'

'Laten we eerst maar afwachten of ik je nog een keer zie.'

Ik ging naast haar voor de tekening staan. 'Mag ik voortaan geen rundvlees meer eten?'

Ze draaide zich verbaasd naar me toe. 'Ja, nu je het zegt. Dat zou wel een vereiste zijn.'

'En wat voor iets zou jij dan opgeven?'

'Een heleboel,' zei ze, terwijl ze weer naar de tafel liep. 'Ik kan tegenwoordig heel goed alleen zijn. Deze keuken ruikt zoals ik dat zelf wil. Ik heb een probleem met luchtjes, ik ruik dingen die niemand anders kan ruiken. Ik ruik bij jou momenteel vetschmink. Het is fijn om mijn geurbeleving in eigen hand te houden en ik kan mezelf beter horen denken wanneer het stil is. Het heeft me veel moeite gekost om iemand te worden die het geen punt vindt om op zaterdagavond alleen te zijn, maar ik heb eraan gewerkt, ik heb mijn doel bereikt, en nu zou ik half en half willen dat ik vanavond niet de deur uit was gegaan. Ik wil ook half en half dat jij niet hier bent. Maar het is alsof jouw aanwezigheid hier voorbestemd was.' Ze haalde diep adem en keek me recht aan. 'Ik heb op die hoek op jou staan wachten, Tom. Ik keek op mijn horloge en zei dat ik vijf minuten zou wachten. En je kwam binnen vier minuten. Acht vier, vier acht.'

Mijn hart begon te bonken. Ik was een teken aan het worden, ik was mijn eigen ik aan het verliezen en hoewel het natuurlijk geweldig was om te horen dat Anabel op me had gewacht, was het opstoten van bloed in mijn kruis misschien wel de erectie die mannen schijnen te krijgen op het moment dat ze worden geëxecuteerd. Zo voelde het tenminste.

Ik liep naar haar toe en liet me op mijn knieën vallen. Niet minder krachtig dan mijn lichamelijke verlangen naar haar was mijn wens, nu op het punt van inwilliging, om de man te worden die ze in haar persoonlijke wereldje toeliet – om iets te betekenen in het verhaal dat ze aan zichzelf vertelde. Toen ze haar handen op mijn schouders legde en tegenover me neerknielde, drong de ernst van wat deze daad voor haar betekende diep tot me door, en mijn opwinding gold eerder haar dan mij. Ik keek haar in de ogen.

Ze zei: 'Dit is namelijk onze vierde ontmoeting.'

'Als je dat telefoontje meetelt.'

'Ga je me nu kussen?'

'Daar ben ik te bang voor,' zei ik.

'Ik ben ook bang. Ik ben bang voor je. Ik ben bang voor wat er met ons gaat gebeuren.'

Ik ging wat dichter met mijn gezicht naar dat van haar toe.

'Breukschade dient te worden vergoed,' fluisterde ze.

Ik had haar wel de hele nacht kunnen kussen. Ik kuste haar inderdaad de hele nacht. Hoe de uren kunnen verstrijken met alleen maar kussen is iets wat ik nu niet meer kan bevatten, net zomin als de rest van mijn jeugd. En er was beslist wel sprake van onderbrekingen. Er was sprake van in elkaars ogen staren, er was sprake van een aangename gedachtewisseling over het exacte tijdstip waarop onze relatie iets onvermijdelijks was geworden. Er was sprake van de weelde van haar haardos, de zuivere Anabel-geur van haar huid, de fysieke buitenrand waarmee ik vertrouwd moest zien te raken voordat ik aan een diepere verkenning toe was. Er was sprake van nieuwe verontschuldigingen en kleine bekentenissen. Er was sprake van haar plotselinge, dwaze, amusante gelik aan het linoleum om te bewijzen hoe schoon Anabel Laird een keukenvloer kon houden. Later was er ook sprake van een verkassing naar de bank in haar woonkamer. Er was sprake van de dichte deur naar de slaapkamer waar niemand anders dan Anabel naar binnen ging. Maar voornamelijk kusten we elkaar alleen maar totdat we elkaar, overvallen door het eerste ochtendgloren, met prikkende ogen lagen aan te kijken.

Anabel ging overeind zitten om haar waardigheid te herstellen, als een kat na een klunzige sprong. 'Je moet nu gaan,' zei ze.

'Natuurlijk.'

'Ik kan je niet helemaal in één keer binnenlaten. Jij kunt kennelijk zonder blikken of blozen van Lucy naar mij overstappen, maar die handigheid ben ik verleerd.'

'Ik zou mezelf niet handig willen noemen.'

Ze knikte ernstig.

'Ik moet je iets bekennen en ik moet je iets vragen,' zei ze. 'Ik wil je laten weten dat Lucy me het een en ander over je heeft verteld. Ik had haar het liefst toegeschreeuwd: houd je kop, houd je kop! Maar ze vertelde me dat je maagd bent.'

Wat had ik de pest aan dat woord. Het klonk ouderwets, obsceen en correct.

'Nou, dit is mijn bekentenis: ik vind dat belangrijk. Het is de reden waarom ik op die hoek ben blijven staan wachten. Ik bedoel, ik ben blijven wachten omdat ik je wilde zien. Maar ook omdat ik dacht dat je iemand was met wie ik opnieuw kon beginnen. Begrijp je eigenlijk wel hoe schoon je bent?'

Mijn onderbroek was plakkerig door een urenlange lekkage, maar Anabel had gelijk: mijn pik en ik hadden amper nog contact met elkaar. Die plakkerigheid was net als mijn pik zelf een vervelende mannelijke bijkomstigheid en leek weinig te maken te hebben met de tederheid die ik voor haar voelde.

'Maar dat is niet mijn vraag,' zei ze. 'Mijn vraag is wat Lucy jou over mij heeft verteld.'
'Ze heeft me verteld' – ik koos mijn woorden met zorg – 'dat je een paar slechte ervaringen hebt gehad op de middelbare school en dat je al een hele tijd geen vriend meer hebt gehad.'
Anabel slaakte een gil. 'Gód, wat haat ik haar! Waarom ben ik bevriend gebleven met dat mens?'
'Het kan me niet schelen wat je op Choate heb uitgespookt. Ik zal niet meer met haar over je praten.'
'Ik haat haar. Ze is een beerput zonder deksel. Ze moet alles verlagen tot haar eigen niveau. Ik kén haar. Ik weet precies wat ze je verteld heeft.' Anabel kneep haar ogen dicht zodat er mascaratranen naar buiten drongen. 'Je moet nu gaan, oké? Ik wil nu naar mijn kamer.'
'Ik ga wel, maar ik begrijp het niet.'
'Ik wil dat wij anders zijn. Ik wil dat wij op niemand anders lijken.' Ze deed haar ogen open en glimlachte verlegen. 'Het is echt oké als je niet wilt. Je bent gewoon een heel aardig iemand, geboren in Denver. Ik begrijp het best als je dit allemaal niet wilt.'
Mijn communicatielijnen met mijn pik waren misschien niet eens zo slecht, want ik reageerde door haar gezicht naar dat van mij te trekken en haar gezwollen lippen tegen mijn eigen zere lippen aan te dwingen. Ik kan maar niet ontkomen aan de gedachte dat we misschien een gelukkig leven tegemoet zouden zijn gegaan als we zo verstandig waren geweest om op de grond te gaan liggen neuken. Maar op dat moment pleitte alles daartegen: mijn onervarenheid, mijn argwaan over mijn motieven, Anabels vreemde opvattingen over zuiverheid, haar wens om alleen gelaten te worden, mijn wens om haar geen kwaad te doen. Hijgend maakten we ons van elkaar los en we keken elkaar strak aan.
'Ik wil het wel,' zei ik.
'Kwets me alsjeblieft niet,' zei ze.
'Ik zal je niet kwetsen.'
Thuis op de campus sliep ik de hele ochtend en ging net op tijd naar de mensa om nog iets te eten te kunnen krijgen. Ik zag Oswald aan onze favoriete tafel zitten. Hij begroette me in krantenkoppen.
'Aberant tegen vriend: veel plezier op feestje.'
'Het spijt me echt ontzettend.'
'Geheime topontmoeting met Laird aangevoerd als excuus.'
Ik moest lachen en zei: 'Hackett schuldig bevonden aan karaktermoord op Laird.'

'Daar geef je míj de schuld van?' Oswald wapperde met zijn wimpers.
'Niet meer.'
'Zeg alsjeblieft dat er ook wat slagerspakpapier aan te pas is gekomen.'
De maandagse uitgave van *DP* was een makkie, want we hadden er het hele weekend voor. Aan het eind van de middag konden we de krant laten zakken en had ik tijd om Anabel te bellen. Ze had tot drie uur geslapen en zou daarom eigenlijk niets te melden moeten hebben, maar als je smoorverliefd bent, zijn zelfs de geringste gedachten en handelingen de moeite van het vertellen waard. We zaten een uur met elkaar te praten en bespraken daarna of we elkaar die avond zouden zien, aangezien ik pas vrijdag weer een vrije avond zou hebben.
'Dus daar begint het al,' zei ze.
'Wat begint er?'
'Jij die met belangrijke verantwoordelijkheden bezig bent, ik die zit te wachten. Ik heb geen zin om degene te zijn die zit te wachten.'
'Ik ben degene die tot vrijdagavond moet wachten.'
'Jij bent druk bezig, ik zit te wachten.'
'Heb jij dan geen werk te doen?'
'Ja, maar vanavond is mijn enige kans om jóu te laten wachten. Ik wil dat jij even meemaakt hoe het voor mij in de toekomst zal zijn.'
Als het de redenering van iemand anders was geweest, zou ik misschien ongeduldig zijn geworden, maar ook ik wilde graag dat we op niemand anders leken. Ik vond er niets frustrerends aan om een in wezen semantische onenigheid een halfuur lang te rekken, zoals we vervolgens deden. Ik kwam daardoor dichter bij haar uniekheid, onze binnenkort gezamenlijke uniekheid. Het maakte dat haar stem in mijn oren bleef klinken.
Toen we ten slotte bij wijze van compromis hadden besloten om samen iets in Center City te gaan drinken – vanwaar ik weer met haar mee naar huis zou gaan, zoals ik me voorstelde, om nu wél toegang tot haar slaapkamer te krijgen, om toestemming te krijgen met mijn handen aan de explosieve delen van haar lichaam te komen, om misschien wel alles te krijgen wat ik wilde, zolang zij dat maar even graag wilde als ik – gebruikte ik snel de avondmaaltijd en ging naar mijn kamer om een uur lang Hegel te lezen. Ik was nauwelijks gaan zitten of mijn zus Cynthia belde.
'Clelia ligt in het ziekenhuis,' zei ze. 'Ze is rond middernacht opgenomen.'
Ik verkeerde in zo'n Anabel-roes dat ik meteen dacht: rond middernacht hebben we elkaar voor het eerst gekust. Het was alsof mijn moeder dat op de een of andere manier had geweten. Cynthia verklaarde dat mijn moeder

vier uur lang met stijgende koorts in de badkamer had gezeten, zonder van de wc te kunnen komen. Ten slotte was ze er toch in geslaagd haar specialist te bellen, dokter Van Schyllingerhout, die nog voldoende van de oude stempel was om visites af te leggen en die mijn moeder graag genoeg mocht om dat om elf uur op zaterdagavond te willen doen. Zijn diagnose was niet alleen een acute darmontsteking, maar ook een totale zenuwinzinking – mijn moeder kon maar niet ophouden Arne Holcombe vrij te pleiten van een niet nader omschreven beschuldiging.

'Ik heb net gebeld met de campagneleider,' zei Cynthia. 'Kennelijk heeft Arne zijn piemel laten zien aan een vrouwelijk staflid.'

'Godallemachtig,' zei ik.

'Ze hebben geprobeerd het voor Clelia te verzwijgen, maar er is toch iemand geweest die het haar heeft verteld. Ze ging zo ongeveer door het lint. Vierentwintig uur later kon ze niet lang genoeg van de wc wegkomen om telefonisch hulp in te roepen.'

Cynthia hoopte dat ik naar Denver zou vliegen. Ze had vrijdag een belangrijke stemming over vakbondsvorming en Ellen was nog altijd razend op mijn moeder vanwege een opmerking die ze over banjospelers had gemaakt. (Ellens standpunt luidde destijds en voorgoed: ze is een secreet tegen me en ze is eigenlijk mijn moeder niet.) Cynthia was de morele twijfels die ze over mij had nooit helemaal kwijtgeraakt, alhoewel ze daar niet vervelend over deed, en waarschijnlijk was ze al bang (met alle reden) dat ze opgezadeld zou worden met de mantelzorg voor haar stiefmoeder. Ik sprak met haar af dat ik naar het ziekenhuis zou bellen.

Eerst belde ik echter naar Anabel en gelukkig kreeg ik haar te pakken voordat ze al naar Center City was vertrokken. Ik legde uit wat er aan de hand was en vroeg of ze me in mijn kamer op de campus wilde komen opzoeken. Haar antwoord was een doodse stilte.

'Het spijt me,' zei ik.

'Nu snap je zeker wel wat ik bedoel met "dus daar begint het al",' zei Anabel.

'Maar dit is echt een noodgeval.'

'Probeer je eens voor te stellen dat ik bij jou op je campuskamer ben. Al die ogen die naar me kijken. De stank van die doucheruimte. Kun jij je voorstellen dat ik zoiets doe?'

'Mijn moeder ligt in het ziekenhuis!'

'Dat spijt me,' zei ze iets vriendelijker. 'Ik word er alleen beroerd van dat het juist nu gebeurt. Het is net alsof alles bij ons een soort teken is. Ik weet dat het niet jouw schuld is, maar toch ben ik teleurgesteld.'

Ik troostte haar bijna een uur. Ik geloof dat dit de eerste keer was dat ik ooit echt kwaad heb gesproken over mijn moeder; vroeger was ze alleen maar iemand geweest voor wie ik me geneerde, zonder daar uitgebreid over te praten. Ik moet Anabel hebben willen laten zien dat mijn loyaliteit zo voor het grijpen lag. En hoewel Anabel zich identificeerde met haar eigen tekortgedane moeder, sprong ze niet in de bres voor mijn moeder, maar sterkte ze me ook nog eens in de grieven die ik over haar had. Ze maakte een kreunend geluid toen ik haar vertelde dat mijn moeder een abonnement op *Town & Country* had en dat ze papieren servetjes ordinair vond en bij elke maaltijd stoffen servetten klaarlegde, met een servetring, en dat Neiman Marcus haar idee van een chic warenhuis was. 'Je moet haar maar vertellen,' zei Anabel, 'dat de mensen die ze bewondert allemaal naar New York vliegen om bij Bendel te gaan shoppen.' Anabel mocht dan misschien afstand hebben gedaan van haar bevoorrechte afkomst, ze verdedigde hem nog steeds tegen parvenu's. Wanneer ik aan haar snobisme terugdenk, de argeloze wreedheid die erin lag, lijkt ze me heel jong, en ik nog jonger, want ik liet me erdoor bedwelmen en wapende me ermee tegen mijn moeder.

De stem in Denver klonk schor en slepend van de kalmerende middelen. 'Je domme oude moeder ligt in het ziekenhuis,' hoorde ik. 'Dokter Schan... Vyllingerhout had maar één blik nodig... "Ik stuur je naar het ziekenhuis." Hij is een fe'tastiese man. Tom. Is bij se bridgeavondje weggelopen, speelt bridge op zaterdagavond... Dat soort dokters maken ze niet meer... Werken hoeft-ie niet meer. Hij is sessesestig. Een echte arrisokraat, volgens mij heb ik je verteld dat zijn familie... heel oude familie, België. Hij komt op 's zaterdagavonds recht van se bridgeavondje naar een dom oud mens. Zegt dat ik weer beter word, geeft niet op voordat ik beter ben. Eerlijk waar, dit domme oude mens valt me bitter tegen... Hij is echt mijn redder in nood.'

Ik vond het hoopgevend dat ze inmiddels haar aandacht had verlegd van Arne Holcombe naar dokter Van Schyllingerhout. Ik vroeg of ze wilde dat ik haar kwam opzoeken.

'Nee, lieffie. Het is lief aangeboden, maar je hebt je blad. Om uit te geven... je universiteitsblad, bedoel ik. Ik ben zo trots dat je hoofdredacteur bent. Dat zal echt indruk maken op de mensen van... een juridische opleiding.'

'Maar vooral op die van een journalistieke opleiding.'

'Ik vind het echt fijn om te bedenken dat je daar geweldige, interessante, ambitieuze vrienden hebt... al die stralende vooruitzichten van je. Nergens voor nodig om dit domme oude mens te komen opzoeken. Ik heb liever niet dat je me zo ziet. Niet op mijn best... Kom maar wanneer ik weer beter ben.'

Ik ben er niet trots op dat ik gretig gebruik heb gemaakt haar toestemming om weg te blijven, hoewel die toestemming onder invloed van kalmerende middelen was gegeven. Ik denk dat ze oprecht wilde dat ik mijn eigen leven leidde, maar dat is nog geen excuus voor mijn smadelijke angst om in haar nabijheid te zijn, mijn angst om betrokken te raken bij haar ziekte en herstel, en ik had moeten weten – wist dat ook wel, maar deed alsof ik van niets wist – dat Cynthia, die een heel goed mens was, net als onze vader, zou aanvullen wat ik tekortschoot en na haar vakbondsstemming in haar Volkswagen-busje naar Denver zou rijden.

Overigens bleef ik daar niet lang over nadenken. Mijn hoofd was een radio waarin Anabel op iedere zender speelde. Er was op de hele wereld geen enkel tijdschrift waarin ik niet onmiddellijk naar de bladzijde met Anabels foto zou hebben gewezen zonder te zeggen: die daar. Er waren geen andere woorden die mijn hart zo deden stokken als de woorden op het mededelingenbord in mijn kantoor: ANABEL HEEFT GEBELD. (Nooit ANNABELLE. Ze was erg ingenomen met haar naam en spelde hem voor iedereen die de boodschap moest doorgeven.) We spraken elke avond met elkaar en ik kreeg de pest in dat de *DP* daartussen kwam. Ik hield op met rundvlees eten en heel veel andere dingen; ik werd voortdurend bestookt door een lichte misselijkheid. Oswald deed bezorgd, maar ik werd overal misselijk van, met inbegrip van mijn beste vriend. Het enige wat ik wilde was Anabel Anabel Anabel Anabel Anabel. Ze was mooi en slim en grappig en stijlvol en creatief en onvoorspelbaar en ze vond me aardig. Oswald vestigde tactvol mijn aandacht op dingen waaruit bleek dat ze misschien een tikje gestoord was, maar hij liet me ook een artikel zien in het economische katern van *The New York Times*: McCaskill, dat zich nog steeds rondwentelde in de winsten van de sovjet-Russische graanverkoop, had een geschatte waarde van vierentwintig miljard dollar, zijn dynamische directeur, David M. Laird, was op een agressieve manier de overzeese activiteiten aan het uitbreiden. Ik maakte een rekensommetje over David Laird – vijf procent, vier erfgenamen – en kwam uit op een bedrag van driehonderd miljóen dollar voor Anabel, en werd nog onpasselijker.

Ik moest nog drie keer met haar afspreken voordat ik in haar slaapkamer mocht komen. Ze had daarbij ongetwijfeld het getal vier in haar achterhoofd, maar er was ook een eigenaardige bijkomstigheid waarover ik werd geïnformeerd nadat we al drie uur bij elkaar waren tijdens onze derde date en ik zegevierend tevoorschijn was gekomen uit een langdurige strijd met angst en feministische zelfkritiek en het had aangedurfd langzaam mijn hand omhoog te schuiven onder de roodbruine fluwelen jurk die ze droeg. Toen mijn vingers eindelijk bij haar slipje aankwamen en de hittebron tussen haar benen aanraakten, zuchtte ze abrupt en zei: 'Laat dat.'

Mijn hand trok zich onmiddellijk terug. Ik wilde niets doen wat ze vervelend vond.

'Nee, dat geeft niet,' zei ze, terwijl ze me kuste. 'Je mag best voelen. Maar alleen maar voor jou, niet voor mij. Je kunt beter niet bij mij beginnen.'

Ik haalde mijn hand helemaal onder haar jurk vandaan en streelde haar haar om te laten merken dat ik geen haast had, niet egoïstisch was. 'Hoezo niet?' vroeg ik.

'Omdat het niet zou werken. Niet vanavond.'

Ze kwam overeind op de bank en drukte haar knieën tegen elkaar, met haar vlakke handen ertussen. Ze liet me beloven dat ik nooit, maar dan ook nooit, aan iemand zou vertellen wat ze nu aan mij ging vertellen. Al vanaf haar dertiende, zei ze, liep haar menstruatie volkomen in de pas met de schijngestalten van de maan. Het was iets heel raars: het bloeden begon steevast negen dagen na vollemaan. Ze zei dat ze jarenlang opgesloten kon zitten in een grot en nog steeds zou weten wat voor dag het op de maankalender was. Maar er was nog iets gekkers: nadat ze op de middelbare school haar nare kwaaltje had opgelopen (dat was haar omschrijving, 'mijn nare kwaaltje') was seksuele bevrediging voor haar alleen maar mogelijk op de drie dagen dat de maan op z'n volst was, hoe hard ze het ook probeerde op andere dagen van de maand. 'En geloof me maar, ik heb mijn best gedaan,' zei ze. 'Aan het eind van wat jij op gang wilde brengen, wacht alleen maar frustratie.'

'Het is vanavond halvemaan.'

Ze knikte en keek me aan met een bezorgde blik in haar ogen. Ik interpreteerde die blik als de aandoenlijke bezorgdheid dat ik haar vreemd of gestoord zou vinden, en misschien zelfs wel de nog aandoenlijkere bezorgdheid dat ze me zou afstoten. Maar dat was niet het geval. Ik was diep ontroerd dat ze me in vertrouwen had genomen en dat ze me graag genoeg wilde om bang te zijn dat ze me zou afstoten. Ik dacht dat ik nog nooit zoiets geweldigs en bijzonders had gehoord: volkomen in de pas met de maan!

Ze moet zich opgelucht hebben gevoeld door de vurigheid waarmee ik haar kuste en geruststelde, omdat haar feitelijke bezorgdheid verband hield met de logische conclusie uit haar bekentenis: als ik me zou verplichten tot totale wederzijdsheid, tot niets waaraan ze niet in gelijke mate kon meedoen, zou ik hooguit drie dagen per maand een beurt krijgen. Ze nam aan dat ik die conclusie wel had getrokken. Maar nee. En zelfs als ik hem wel had getrokken, zou drie dagen per maand een prima vooruitzicht zijn geweest, zoals ik het op die avond bekeek. (Later, toen we getrouwd waren, werd het inderdaad een prima vooruitzicht, achteraf bezien.)

Toen ik een week later al vroeg op 30th Street aankwam om daar op de trein te stappen, kwam ik op het idee iets voor Anabel te kopen om onze vierde date luister bij te zetten. Ik drentelde naar de boeken- en tijdschriftenzaak, in de hoop dat ze daar een exemplaar van *Augie March* zouden hebben, een boek dat ik dankzij Oswald was gaan beschouwen als de mooiste roman van een nog levende Amerikaanse schrijver, maar ze hadden er geen. Mijn oog viel op een knuffel, een pluchen miniatuur van een zwarte stier met korte, dikke vilten hoorns en slaperige oogjes. Ik kocht hem en stopte hem in mijn rugzak. Toen de trein over de Schuylkill reed, zag ik hoe de volle-maan de dreigende wolken boven Germantown een gouden randje bezorgde. Ik was al zo ver heen dat de maan me het persoonlijke eigendom van Anabel leek te zijn. Iets aanraakbaars wat ik op het punt stond aan te raken.

Anabel, die een verbluffend mooie jurk aanhad, stond in haar keuken een nieuwe fles Château Montrose open te trekken. 'Dit is de laatste fles,' zei ze. 'Ik heb de andere acht aan dat stelletje zuiplappen achter de slijterij gegeven.'

Acht en vier, overal acht en vier.

'Ze moeten je hebben aangezien voor een engel,' zei ik.

'Nee, ze deden zelfs vervelend tegen me omdat ik geen kurkentrekker bij me had.'

Ik had gedacht dat het een betoverende nacht zou worden, maar in plaats daarvan kregen we onze eerste ruzie. Ik maakte een achteloos grapje over haar vaders rijkdom, waarna ze helemaal overstuur raakte omdat iedereen al de pest aan haar had, want zij was 'dat rijke meisje', en daar mocht ik absoluut geen grapjes over maken! Ze kon niet met me omgaan als ik op die manier over haar dacht; ze had al genoeg de pest aan dat geld zonder dat ik haar er nog eens aan herinnerde, ze stond al tot aan haar knieën in het bloed dat eruit stroomde. Na mijn tiende vergeefse verontschuldiging toonde ik enige ruggengraat en werd boos. Als ze dat rijke meisje niet wilde zijn, moest ze voortaan misschien maar niet iedere keer dat ik haar zag een nieuwe jurk van Bendel aanhebben! Ze was diep ontdaan over mijn woede. Haar hertenogen keken me uitpuilend aan. Ze leegde haar glas wijn in de gootsteen en keerde toen de fles ondersteboven. Als ik het dan per se wilde weten, ze had al sinds haar laatste jaar op Brown geen nieuwe jurk meer gekocht, maar dat kon me kennelijk niet schelen, ik had kennelijk zo mijn eigen ideeën over haar en ik was met het verkeerde idee komen opdraven voor wat eigenlijk een volmaakte avond had moeten zijn. Alles was verpest. Maar dan ook alles. Enzovoorts. Ten slotte stormde ze de kamer uit en sloot zich op in de badkamer.

Toen ik daar in mijn eentje zat en hoorde dat zij een douche nam, had ik de kans om onze ruzie terug te spelen in mijn gedachten. Alles wat er uit mijn mond was gekomen leken de woorden van een zák te zijn geweest. Ik werd besprongen door mijn oude besef van onontkoombare mannelijke foutheid. Mijn enige hoop op loutering was mijn eigen ik te laten opgaan in dat van Anabel. Zo zwart-wit leek alles voor me te zijn. Alleen zij kon me redden van mannelijke fouten. Toen ze eenmaal de badkamer uit kwam, gekleed in een schattige witte flanellen pyjama met lichtblauwe biesjes, zat ik te trillen en te huilen.

'O jeetje,' zei ze, terwijl ze aan mijn voeten neerknielde.

'Ik houd van je. Ik houd van je. Het spijt me. Ik houd gewoon van je.'

Ik sprak in deerlijke ernst, maar mijn pik lag mee te luisteren in mijn corduroy broek en kwam ineens tot leven. Ze legde haar wang en haar vochtige haar op mijn knie. 'Heb ik je gekwetst?'

'Het lag aan mij.'

'Nee, je had gelijk,' zei ze. 'Ik ben zwak. Ik houd van mijn kleren. Ik zal overal afstand van doen, maar nog niet van mijn kleren. Denk alsjeblieft niet te slecht over me. Het is niet mijn bedoeling geweest je te kwetsen. Het was gewoon nodig dat we vanavond ruziemaakten, meer niet. Het was een test die we moesten doorstaan.'

'Ik vind je kleren prachtig,' zei ik. 'Ik vind het prachtig hoe je er erin uitziet. Ik ben zo verliefd op je dat ik er helemaal beroerd van word.'

'Ik kan ze voortaan niet meer in het openbaar dragen,' zei ze. 'Ik zal ze voortaan alleen maar dragen als ik met jou ben, en dat hoeft dan niets te betekenen, omdat jij weet dat ik gewoon nog niet sterk genoeg ben.'

'Ik wil niet iemand zijn die tegen je zegt wat je niet mag doen.'

Ze gaf een dankbare kus op mijn knie. Toen zag ze de bobbel in mijn broek.

'Sorry,' zei ik. 'Daar geneer ik me voor.'

'Geneer je maar niet. Daar kunnen mannen niets aan doen. Ik zou alleen willen dat ik alles wat ik over die bobbel weet omwille van jou uit mijn hoofd kon zetten.'

Toen stelde ze voor dat ik zou gaan douchen, wat me volkomen redelijk leek, omdat ze dat zelf ook had gedaan. Nadat ik me had afgedroogd met een van haar weelderige handdoeken trok ik al mijn kleren weer aan, omdat ik niet vrijpostig wilde lijken. Toen ik de badkamer uit kwam, werd de woning slechts verlicht door de maan. Haar slaapkamerdeur, die altijd dicht was geweest, stond nu op een vingerbrede kier.

Ik liep ernaartoe en bleef bij de drempel staan. Mijn oren waren vervuld van de klank van mijn hart dat leek te bonken door de onmogelijkheid van wat me overkwam. Niemand kwam Anabels slaapkamer binnen, maar voor mij had ze de deur opengelaten. Voor mij. Mijn hoofd hechtte daar zo veel betekenis aan dat ik dacht dat het zou kunnen exploderen, zoals de wereld zou moeten exploderen wanneer ze met een onmogelijkheid werd geconfronteerd. Het was alsof er niemand anders bestond of ooit had bestaan dan Anabel en ik. Ik duwde de deur open.

De slaapkamer was een droombeeld van zuiverheid in krachtig, monochroom maanlicht. Het bed was een hoog, ouderwets ledikant met een kleurige quiltdeken en daar lag Anabel onder, op haar zij. Voor de ramen van de dakkapel hing vitrage, op de grond lag een amishkleed en ook stonden er een ranke stoel en tafel (de laatste leeg, afgezien van het horloge en de oorbellen die ze had gedragen) en een hoge, antieke ladekast met een kanten kleedje erop. Op de ladekast stonden een bijna kale teddybeer en een al even kale speelgoedezel zonder ogen. Aan de wand hing een tweetal oningelijste schilderijen, het ene van een paard vanuit een verontrustend perspectief, benauwend dichtbij, het andere van een koe vanuit een soortgelijk perspectief, allebei zo te zien onaf, met lege stukken doek, wat Anabels gewoonte was als schilder. De soberheid van de kamer riep de landelijke sfeer van Kansas op, negentiende-eeuws, vooral in het maanlicht. Deze dieren herinnerden me eraan dat ik Anabel haar cadeautje nog niet had gegeven.

'Waar ga je naartoe?' riep ze klaaglijk toen ik mijn rugzak ging halen.

Ik kwam terug met het pluchen stiertje en ging op de rand van het bed zitten, als een vader bij zijn dochtertje. 'Ik was vergeten dat ik een cadeautje voor je had.'

Ze ging in haar pyjama rechtop zitten en pakte het stiertje aan. Even dacht ik dat ze het vreselijk zou vinden en in de angstaanjagende Anabel zou veranderen. Maar in haar slaapkamer was ze die Anabel niet. Ze glimlachte naar het stiertje en zei: 'Hallo, kleintje.'

'Vind je het leuk?'

'Het is perfect. Ik heb al sinds mijn tiende geen nieuw knuffelbeest meer gekregen.' Ze wierp een blik op haar ladekast. 'De andere zijn te aftands om nog tegen me te praten.' Ze aaide het stiertje. 'Hoe heet het?'

'Niet Ferdinand.'

'Nee, niet Ferdinand. Alleen Ferdinand is Ferdinand.'

Ik weet niet waarom de naam Leonard in mijn hoofd opkwam, maar dat is wat ik zei.

'Leonard?' Ze keek diep in de slaperige ogen van het stiertje. 'Ben jij Leonard?' Ze draaide zijn pluchen gezicht mijn kant uit. 'Heet het Leonard?'

'Ja, ik heet Leonard,' zei ik met het Vlaamse accent van mijn moeders maag-darmspecialist.

'Je bent geen Amerikaanse stier,' zei Anabel bedeesd.

Via mij legde Leonard uit dat hij uit een heel oude, aristocratische runderfamilie in België stamde en dat hij door een reeks tegenslagen in uiterst behoeftige omstandigheden in 30th Street Station was beland. Leonard bleek een vreselijke snob te zijn, vol afschuw over de afzichtelijkheid van Philadelphia en de smakeloosheid van Amerika, en hij was dolgelukkig met het vooruitzicht bij Anabel in dienst te treden – hij kon wel zien dat ze een geestverwant was.

Anabel was verrukt, en ik was verrukt omdat ik haar in verrukking kon brengen. Ik was ook bang om Leonard opzij te leggen, bang voor wat er daarna zou komen, en ik begrijp nu dat ik geen betere manier had kunnen vinden om Anabel een veilig gevoel te geven dan door met een pluchen beest te spelen in haar kleinemeisjeskamer. Ik was al blunderend de perfecte partner voor haar gebleken. Toen we Leonard ten slotte weg zetten en ze me op zich trok, lag er een nieuwe blik in haar ogen, de niet te verhullen, niet te veinzen blik van een vrouw die zwaar verliefd is. Dat is niet iets wat een man elke dag ziet.

Ik wou dat ik me kon herinneren hoe het voelde door haar in bezit genomen te worden, of misschien is het correcter te zeggen dat ik wou dat ik naar dat moment kon terugkeren als degene die ik nu ben om weer in die toestand van trillende verwondering te kunnen verkeren maar ook voldoende ervaring te hebben om te waarderen hoe het voelde om me voor het eerst met een vrouw te verenigen; om daarvan te genieten, in wezen. Maar het was natuurlijk ook weer niet zo dat ik echt van mijn eerste biertje of sigaar had genoten. De schoonheid van de naakte Anabel deed letterlijk pijn aan mijn ogen, en ik stond duizend angsten uit. Als ik me überhaupt iets van dat moment kan herinneren, is dat het droomachtige gevoel een kamer binnen te lopen waarin zich al mijn hele leven twee personen bevonden, twee personen die elkaar goed kenden en over praktische, volwassen aangelegenheden spraken waar ik niets van af wist, twee personen die zich niets aantrokken van mijn zeer verlate komst. Die twee personen waren de dingen die zo treffend als 'daar beneden' worden aangeduid, mijn pik en Anabels kut. Ik was de jonge, buitengesloten derde partij, Anabel een verre vierde. Maar dat kan ook een echte droom uit een andere periode zijn geweest.

Wat me wel helder is bijgebleven, is wat de vollemaan met Anabel uitrichtte, hoe ze maar bleef klaarkomen. Ik was te stuntelig om dat alleen maar door stoten te bewerkstelligen zoals ik graag had gewild, maar ze bracht me andere technieken bij. Het was onvoorstelbaar dat zo'n volslagen genotsmachine niet op andere tijdstippen van de maand kon klaarkomen, maar latere ervaringen leken dat te bevestigen. Ze gaf vrijwel geen kik bij het klaarkomen, want ze was geen luidruchtig type. Bij het warmere licht van de dageraad biechtte ze me op dat ze in de nu beëindigde jaren van celibaat soms haar beste dag afwachtte en dan haar slaapkamer niet eens uit kwam, alleen maar masturbeerde. Door het beeld van haar prachtige, onafgebroken, solitaire seksuele bevrediging wilde ik dat ik haar kon zijn. Maar aangezien dat niet kon, neukte ik haar een vierde en laatste, schrijnende keer. Daarna sliepen we tot in de middag, en nog twee dagen bleef ik in haar appartement, waar ik mezelf op krachten hield met beboterd geroosterd brood, omdat ik geen enkel moment van de vollemaan wilde verspillen. Toen ik eindelijk terug was op de campus, nam ik ontslag bij de *DP* en droeg het stokje over aan Oswald.

Mijn moeder had me ervoor gewaarschuwd dat haar gezicht opgezwollen was door de hoge dosis prednison die dokter Van Schyllingerhout haar had voorgeschreven, maar toch schrok ik toen ik haar van het vliegveld ging halen. Haar gezicht was een groteske, dikke karikatuur van zichzelf, een akelige maan van vlees, met wangen die zo opgezet waren dat ze haar ogen half dichtduwden. Haar verontschuldigingen aan mij waren meelijwekkend. Ze zei dat ze er ziek van was dat ze in deze toestand verkeerde nu ze naar een buluitreiking aan een Ivy League-universiteit ging waar ze zich juist zo op had verheugd.

Ik zei dat ze er niet over in moest zitten, maar ik was er ook ziek van.

Hoe vaak je je ook voorhoudt dat een gezicht maar een gezicht is en dat het niets zegt over het karakter van de mens daarachter, toch ben je er zo aan gewend om op basis van een gezicht een inschatting van iemand te maken dat het niet meevalt om een mismaakt gezicht recht te doen. Mijn moeders nieuwe gezicht had uitgerekend een afstotende werking op het medeleven dat het bij me had horen opwekken. Toen ik met haar over de Green liep, op weg naar de plechtigheid waarmee ik in het eregenootschap Phi Bèta Kappa zou worden opgenomen, leek ze wel een beschamend geheim dat ik erop na hield, een vogelverschrikker met een hoofd als een pompoen in een geruit broekpak. Ik vermeed het mensen aan te kijken, en nadat ik haar op een stoel in College Hall had neergeplant, moest ik mezelf dwingen om bij haar weg te lopen en niet weg te rennen.

Na de plechtigheid gaf ik haar mijn Phi Bèta Kappa-sleuteltje, wat ronduit voelde alsof ik mijn vrijheid van haar kocht. (Ze droeg het de rest van haar leven aan een dun gouden kettinkje om haar hals.) Ik liet haar achter in het Superblock, om zich op te frissen in de kamer die haar was toebedeeld – het was gruwelijk warm en vochtig weer – terwijl Oswald en ik op onze studentenkamers voorbereidingen troffen voor een simpel feestje met wat wijn en kaas. Ik had me het feestje voorgesteld als een manier om Anabel en mijn moeder in een ontspannen omgeving met elkaar te laten kennismaken. Anabel zag ertegen op, maar daar had mijn moeder geen reden toe. Ze had Anabel al afgekeurd voordat ze haar ooit had ontmoet, en ik was te laf geweest om haar te vertellen dat Anabel ook op het feestje zou komen.

In november had ik me voorgesteld dat mijn moeder blij zou zijn dat ik officieel verkering had met een erfgename van McCaskill. Maar ze had van mijn zus gehoord hoe Anabel en ik elkaar hadden ontmoet. Cynthia had wel kunnen lachen om de anekdote over het slagerspakpapier, maar het enige wat mijn moeder erin zag was geschiftheid, radicaal feminisme en publieke naaktheid. In de wekelijkse klaagzang die ze tegen me afstak introduceerde ze een nieuw, irritant onderscheid tussen rijkdom die was verworven door ondernemen en rijkdom die was verworven uit een erfenis. Ook vermoedde ze terecht dat ik de baan van hoofdredacteur eraan had gegeven vanwege Anabel. Ik legde uit dat ik me wilde focussen op mijn journalistieke capaciteiten – ik was, met Anabels zegen, een groot artikel over scrapple aan het schrijven – maar mijn moeder kon helemaal vanuit Denver ruiken wat we allemaal in bed uitspookten. Toen ik met Kerstmis naar huis ging en haar niet alleen vertelde dat ik vegetariër was geworden maar ook dat ik al over een week terugging naar Philadelphia, speelde haar dikke darm weer enorm op.

Ik wil niet de indruk wekken dat ik niet wist waar ik met Anabel aan begon of dat ik niet heb geprobeerd eraan te ontkomen. Drie dagen per maanmaand waren we een stel junkies die de zuiverste heroïne ooit hadden gescoord, maar op de overige vijfentwintig dagen moest ik zien om te springen met haar stemmingen, haar scènes, haar gevoeligheden, haar oordelen en haar lichtgeraaktheid. We hadden zelden een echte ruzie of een woordenwisseling; het was meer een kwestie van eindeloos herkauwen van wat ik of iemand anders had gedaan om haar een rotgevoel te bezorgen. Om haar gemoedsrust te beschermen en om mij tegen haar verwijten te beschermen onderging mijn hele persoonlijkheid een reorganisatie. Dat zou je kunnen omschrijven als een ontmannelijking, maar het was eigenlijk meer het wegvallen van de grenzen tussen onze persoonlijkheden. Ik leerde voelen wat zij voelde, zij leerde anticiperen op wat ik dacht, en wat kon heftiger zijn dan liefde zonder geheimen?

'Even iets over de wc,' zei ze op een dag, in de begintijd.

'Ik doe altijd de bril omhoog,' zei ik.

'Dat is het 'm nou juist.'

'Ik dacht dat het probleem was dat mannen denken dat ze wel door de bril heen kunnen mikken.'

'Ik ben blij dat je er niet zo een bent. Maar het spettert.'

'Ik veeg de rand ook af.'

'Niet altijd.'

'Oké, het is voor verbetering vatbaar.'

'En het is niet alleen op de rand. Ook onder de rand en op de tegels. Spettertjes.'

'Dan zal ik die ook afvegen.'

'Je kunt niet elke keer de hele badkamer schoonmaken. En ik houd niet van de geur van verschaalde urine.'

'Ik ben een man! Wat moet ik dan?'

'Gaan zitten?' opperde ze bedeesd.

Ik wist dat het niet normaal was, het kón niet normaal zijn. Maar zij was gekwetst door mijn zwijgen en zweeg nu zelf ook, op een gegriefde manier, met een ijzige blik in haar ogen, en ik vond haar gekwetstheid belangrijker dan het feit dat ik gelijk had. Ik zei tegen haar dat ik voorzichtiger zou zijn of zou gaan zitten, maar ze voelde dat ik wrokkig was, dat mijn onderwerping met tegenzin gebeurde, en er kon geen sprake zijn van vrede in onze relatie tenzij 'we het werkelijk over alles eens waren'. Zij begon te huilen, en ik begon aan de lange speurtocht naar de dieper liggende oorzaak van haar verdriet.

'Ik ga toch zelf ook zitten?' zei ze uiteindelijk. 'Dus waarom jij niet? Ik kan niet níet zien waar jij gespetterd hebt, en telkens wanneer ik dat zie, bedenk ik hoe oneerlijk het is om een vrouw te zijn. Jij kunt niet eens begrijpen hoe oneerlijk het is, je hebt geen idee, geen idee.'

Daarna volgde er een stortvloed van tranen. Ik kreeg haar alleen maar tot bedaren door ter plekke iemand te worden die met dezelfde hevigheid als zij ervoer hoe oneerlijk het was dat ik staande kon plassen. Ik maakte deze aanpassing in mijn persoonlijkheid – en nog honderd vergelijkbare andere in onze eerste paar maanden samen – en voortaan plaste ik zittend als ze me kon horen. (Maar wanneer ze me niet kon horen, plaste ik in haar wasbak. Het deel van mij dat daartoe overging, was het deel dat ons uiteindelijk te gronde richtte en mij mijn redding opleverde.)

Met verschillen in de slaapkamer ging ze soepeler om. Het was echt een ellendige dag toen ze me stapsgewijs uitlegde dat we geen gemeenschap konden hebben als maar één van ons daar plezier aan beleefde. Op mijn voorstel, na urenlange gepijnigde discussie en stiltes, probeerden we het toch en werd ik met een schuldgevoel opgezadeld omdat zij in snikken uitbarstte toen ik in haar klaarkwam. Ik vroeg of ze er geen enkel genot aan had beleefd, waarop ze snikkend zei dat de frustratie groter was geweest dan het genot. We deden het hele gesprek over oneerlijkheid nog eens dunnetjes over, maar nu kon ik aanvoeren dat zij, naar eigen zeggen, niet normaal was, wat betekende dat we niet met een structurele ongelijkheid tussen de seksen te maken hadden. Uiteindelijk, omdat ze van me hield en vermoedelijk bang was me kwijt te raken aan iemand die normaler was, deed ze de toezegging dat ze andere maatregelen zou treffen. Die waren wat ongewoon, maar hoogst creatief en, een tijd lang, bevredigend. Eerst moest ik douchen, vervolgens voerden we een gesprek met Leonard en hoorden zijn geestige, rake Vlaamse stierencommentaar over actualiteiten aan, vervolgens kleedden we ons uit en vervolgens speelde ze – er is geen ander woord voor – met de pik. Soms was hij een camera die langzaam over haar lichaam streek en daarna opnames van zijn favoriete lichaamsdelen maakte. Soms wikkelde ze hem in haar koele, zijdezachte haar en molk hem. Soms wreef ze hem tegen haar gezicht totdat hij begon te sproeien, alsof het een douchekop was. Soms nam ze hem in haar mond en bleef er strak naar kijken; pas als ze slikte, richtte ze haar blik weer op mij. Ze was lief tegen de pik op vrijwel dezelfde manier dat ze lief was voor Leonard. Ze zei dat hij een knappe jongen was, zoals ook ik een knappe jongen was. Ze beweerde dat mijn sperma frisser rook dan ander sperma dat ze tot haar spijt wel geroken had. Maar achteraf bezien is het merkwaardigste dat ze altijd deed alsof de pik geen deel van mij uitmaakte. Ze vond het niet prettig dat ik haar kuste als ze ermee bezig was; ze had het liefst dat ik haar zelfs niet met mijn handen aanraakte totdat ze met hem klaar was. En ik kwam erachter dat ze altijd de tel bijhield. Wanneer het weer vollemaan werd, en de normaliteit was hersteld, liet ze me weten als haar orgasme de stand tussen ons weer gelijk had getrokken. En dan was alles goed tussen ons. Dan waren we weer één.

Twee andere crises zijn de moeite van het vermelden waard. De eerste was mijn toelating tot de School voor de Journalistiek aan de universiteit van Missouri, een uitstekende opleiding die mijn moeder me had aangeraden omdat hij betaalbaar en niet zo ver van Denver was. Ik mocht dan stapelverliefd zijn op Anabel en ik mocht me tegen mijn mannelijkheid gekeerd hebben omdat die de eenheid van onze zielen in de weg stond, maar mijn mannelijke kant bestond nog steeds en was zich er terdege van bewust dat zij vreemd was, dat ik jong was en dat mijn maag niet was opgewassen tegen een vegetarisch regime. Ik stelde me voor dat ik me in Missouri op het leven ging heroriënteren, een hardwerkende journalist zou worden en iets met andere meisjes zou proberen voordat ik tot een leven met Anabel zou besluiten. Ik beging de fout haar het nieuws over Missouri te vertellen op de avond voordat het vollemaan werd. Ik probeerde haar over te halen naar de slaapkamer te gaan, maar ze bleef zwijgen. Pas na uren pruilen en poeren, uren die we in bed hadden kunnen doorbrengen, legde ze mijn denkwijze bloot in zijn volle, mannelijke verachtelijkheid. Er was haar niets ontgaan. 'Dan ben jij daar en leid je je fantastische journalistenbestaan, dolblij dat je niet bij mij bent, terwijl ik hier zit te wachten,' zei ze.

'Je zou mee kunnen gaan.'

'Kun je je voorstellen dat ik in Columbia woon? Als de vriendin die met je is meegekomen?'

'Je zou hier kunnen blijven om aan je project te werken. Het is maar voor twee jaar.'

'En je tijdschrift?'

'Hoe kan ik nou een tijdschrift beginnen zonder geld en ervaring?'

Ze trok een la open en pakte een chequeboekje.

'Dit is wat ik heb,' zei ze, wijzend op een getal van om en nabij 46.000 dollar op een spaarrekening. In haar sierlijke schildershandschrift zag ik haar een cheque voor 23.000 dollar aan mij uitschrijven. 'Wil je bij mij blijven en je ambities volgen?' Ze scheurde de cheque eruit en gaf hem aan me. 'Of wil je naar Missouri met alle andere broodschrijvers?'

Ik wees haar er maar niet op dat met een groots gebaar een cheque uitschrijven weinig indruk maakt als een miljardairsdochter het doet. Het in twijfel trekken van haar plechtige belofte geen geld van haar vader meer aan te nemen was net zo'n ernstig vergrijp als haar serieuze bedoelingen als kunstenares in twijfel trekken. Ze had me al afgeleerd dat ooit te doen. Dat onderwerp kon haar tot razernij drijven.

'Ik kan jouw geld niet aannemen,' zei ik.

'Het is óns geld,' zei ze, 'en dit is laatste wat ervan over is. Alles wat ik bezit, is van jou. Gebruik het goed, Tom. Als je wilt, kun je ervan gaan studeren. Als je mijn hart gaat breken, moet je het nu doen. Niet over een jaar vanuit Missouri. Pak het geld aan, ga naar huis, ga naar de School voor de Journalistiek. Doe alleen niet alsof dat iets van ons samen is.'

Ze ging naar de badkamer en sloot zich erin op. Ik weet niet hoe vaak ik haar heb moeten beloven dat ik niet zou weggaan voordat ze me binnenliet. Toen ze dat eindelijk deed, verscheurde ik de cheque – 'Doe niet zo idioot, dat is goed geld!' riep Leonard vanaf de plank bij het hoofdeinde – en ik pakte haar lichaam vast met een nieuw bezittersgevoel, alsof ze meer van mij was nu ik meer van haar was geworden.

Mijn moeder was des duivels over mijn besluit. Ze zag mij de weg van de armoede kiezen, net als mijn zussen hadden gedaan, de weg van mijn vaders stompzinnige idealisme, en ik schoot er niets mee op dat ik tal van beroemde journalisten opnoemde die ook niet de School voor de Journalistiek hadden gedaan. Ze raakte nog meer van streek toen ik haar een maand later vertelde dat ik die zomer niet meer dan één week naar Denver kwam. Ik had maar acht schamele dagen met haar doorgebracht sinds haar ziekenhuisopname, en ik vond dat ik haar (en Cynthia) een maand thuis verschuldigd was, maar Anabel had erop gerekend dat we zouden gaan samenwonen zodra ik was afgestudeerd. Ze vatte mijn voorstel om een maand gescheiden te blijven op als een catastrofaal verraad van alles wat we ons samen hadden voorgenomen. Toen ik voorstelde dat ze mee zou gaan naar Denver, staarde ze me aan alsof ik, en niet zij, iets aan mijn hoofd mankeerde. Het is moeilijk te begrijpen waarom ik de crisis niet oploste door onze relatie te verbreken. Mijn hersens waren kennelijk al zo afgestemd op die van haar dat ik me er niets meer van aantrok dat ze onredelijk en harteloos deed. Alle drugs zijn een manier om aan jezelf te ontvluchten, en mijn drug was mezelf wegcijferen voor Anabel, iets doen wat overduidelijk verkeerd was, zodat zij zich beter zou voelen, om vervolgens de extase te oogsten van haar hernieuwde enthousiasme voor mij. Mijn moeder was in tranen toen ik haar vertelde wat mijn reisplan was, maar alleen de tranen van Anabel konden me op andere gedachten brengen.

Op mijn afstudeerfeestje was van mijn moeders opgezwollen gezicht duidelijk af te lezen hoe woedend ze op ons allebei was. Ik kon niet zonder meer aan mijn vrienden en hun normaal uitziende ouders uitleggen dat mijn moeder er niet altijd zo uitzag als nu. Iedereen zweette als een otter tegen de tijd dat Anabel arriveerde. Ze droeg een oogverblindend mooie, hemelsblauwe cocktailjurk en had Nola bij zich. Ze gingen recht op de wijn af, en het duurde even voordat ik mijn moeder had losgeweekt van de ouders van Oswald en haar kon meetronen naar het hoekje waar Anabel zat, gehuld in Nola's kleine wolk van onvrede. Ik stelde hen aan elkaar voor. Stijf van verlegenheid stond Anabel op om mijn moeder een hand te geven.

'Mevrouw Aberant,' zei ze dapper. 'Wat fijn u eindelijk te ontmoeten.'

Mijn arme, misvormde moeder in haar broekpak zag zich geconfronteerd met de aanblik van die hemelsblauwe cocktailjurk – wat ze deed, heeft Anabel haar nooit kunnen vergeven, maar ik uiteindelijk wel. Op haar opgezwollen gezicht verscheen iets wat op een neerbuigend lachje leek. Ze liet Anabels hand los en keek naar de zittende Nola, gekleed in punkachtig zwart. 'En jij bent...?'

'De depressieve vriendin,' zei Nola. 'Let maar niet op mij.'

Anabel had een goede indruk op mijn moeder willen maken; het enige wat ze nodig had om haar verlegenheid te laten varen was maar een klein beetje aanmoediging. Maar die aanmoediging bleef uit. Mijn moeder draaide zich om en zei dat ze zich voor het diner wilde omkleden.

'U moet even met Anabel praten,' zei ik.

'Misschien een andere keer.'

'Mam. Alstublieft.'

Anabel was weer gaan zitten, met grote ogen van gekwetst ongeloof.

'Het spijt me dat ik niet op mijn best ben,' zei mijn moeder.

‘Ze is helemaal hiernaartoe gekomen om u te ontmoeten. U kunt niet zomaar weggaan.’

Ik deed een beroep op haar gevoel voor fatsoen, maar ze was te zweterig en voelde zich te ellendig om zich daar iets van aan te trekken. Ik wenkte Anabel dat ze met ons mee moest lopen, maar ze negeerde me. Ik liep met mijn moeder mee naar de gang.

‘Zeg alleen maar even hoe ik weer bij mijn kamer kom,’ zei ze. ‘Blijf jij maar op dat leuke feest van je. Ik vind het fijn dat ik meneer en mevrouw Hackett heb ontmoet. Dat zijn leuke, interessante, verantwoordelijke mensen.’

‘Anabel is heel erg belangrijk voor me,’ zei ik trillend.

‘Ja, ik zie best dat ze heel aantrekkelijk is. Maar zo veel ouder dan jij.’

‘Ze is maar twee jaar ouder.’

‘Ze ziet er een stuk ouder uit, jongen.’

Half verblind door haat en schaamte liep ik met mijn moeder naar buiten en bracht haar naar haar kamer. Toen ik terugkwam op het feest, waren Anabel en Nola vertrokken – een hele opluchting, want ik was bepaald niet in de stemming om mijn moeder te verdedigen. Tijdens het etentje met de Hacketts was mijn moeders gezicht een plompe aanwezigheid waar niets over werd gezegd, en ik vertikte het om rechtstreeks het woord tot haar te richten. Na afloop, in de vochtige schaduw van de Locust Walk, vertelde ik haar dat ik ’s avonds niet bij haar zou zijn, omdat Anabels afstudeerfilm om halftien in het Tyler werd vertoond. Ik had ertegen opgezien haar dat te zeggen, maar nu deed ik het met plezier.

‘Het spijt me dat je je zo moet schamen voor je moeder,’ zei ze. ‘Die domme ziekte van me bederft alles.’

‘Mam, ik schaam me niet voor u. Ik wou alleen dat u even een praatje met Anabel had gemaakt.’

‘Ik kan er niet tegen als je boos op me bent. Voor mij bestaat er niets ergers ter wereld. Wil je dat ik meega om die film van haar samen met jullie te bekijken?’

‘Nee.’

‘Als ze zoveel voor je betekent dat je tijdens het eten niet eens met me wilde praten, moet ik misschien toch maar meegaan.’

‘Nee.’

‘Waarom niet? Is haar film soms zedenkwetsend? Je weet dat ik niet tegen bloot en schuttingtaal kan.’

'Nee,' zei ik, 'u zult er niets van begrijpen. Het gaat over de visuele eigenschappen van film als een louter expressief medium.'

'Ik ben dol op een goede film.'

We moeten allebei geweten hebben dat ze Anabels werk verschrikkelijk zou gaan vinden, maar ik wist mezelf zo ver te krijgen haar een tweede kans te geven. 'U moet me alleen beloven dat u aardig tegen haar zult zijn,' zei ik. 'Ze heeft er het hele jaar aan gewerkt, en kunstenaars zijn gevoelig. U moet echt heel aardig zijn.'

Anabels project heette *Een rivier van vlees*, op mijn voorstel. Zij had hem *Onvoltooid #8* willen noemen omdat de film naar haar idee niet helemaal af was, omdat ze nooit iets helemaal afmaakte, omdat ze zich snel verveelde en liever aan een volgende artistieke uitdaging begon. Ik bracht naar voren dat alleen zij zou weten dat haar film niet helemaal af was. Ze had de hand weten te leggen op twee korte 16-mm fragmenten; het ene fragment ging over een koe die in het slachthuis een pin in de kop werd geschoten, het andere over Miss Kansas die in 1966 tot Miss Amerika werd gekroond. Anabel was er vrijwel een jaar mee bezig geweest om beide fragmenten te kopiëren, handmatig te bewerken en door elkaar te monteren. Haar favoriete filmers waren Agnès Varda en Robert Bresson, maar haar project was meer geïnspireerd door de hypnotische muzikale tapisserieën van Steve Reich. Ze wisselde een enkel beeld af met zijn negatief, een op een, een op twee, twee op een, twee op twee, enzovoort; ze bracht andere ritmische variaties aan door de beelden in omgekeerde volgorde te plaatsen, negentig graden te kantelen, terug te spoelen en opnieuw te tonen en ze had de beelden handmatig met rode inkt ingekleurd. De resulterende film, die vierentwintig minuten duurde, wekte een radicale vorm van weerzin en was een complete aanslag op de visuele cortex, maar als je er op de juiste manier naar keek, zag je er ook iets geniaals in.

Mijn moeders meest favoriete film aller tijden was *Doctor Zhivago*. Gedurende de laatste minuten van de voorstelling hoorde ik haar boos mompelen. Toen het licht aanging, haastte ze zich meteen naar de uitgang.

'Ik wacht buiten wel,' zei ze, toen ik haar inhaalde.

'U moet eerst iets aardigs tegen Anabel zeggen.'

'Wat valt er te zeggen? Ik heb mijn hele leven nog niet zoiets afschuwelijks en walgelijks gezien.'

'Iets aardigers dan dat zou al mooi zijn.'

'Als dat kunst is, is er iets mis met kunst.'

Ik werd overvallen door een golf van woede.

'Weet u wat?' zei ik. 'Zeg dat dan maar gewoon tegen haar. Zeg maar tegen haar dat u het verschrikkelijk vond.'

'Ik ben niet de enige die zoiets verschrikkelijk zou vinden.'

'Mam, het is oké. Ze zal er niet vreemd van opkijken.'

'Vind jij dat het kunst is?'

'Absoluut. Ik vind het geweldig.'

Voor in de filmzaal stond Anabel met Nola, maar ze keurde ons geen blik waardig; ongetwijfeld broedde ze al op een vreselijke scène met mij. Het handjevol studenten en hoogleraren in het publiek had zich al het vege lijf gered. Mijn moeder bleef zachtjes tegen me staan praten.

'Ik ken je niet meer terug, Tom, je bent zo ontzettend veranderd in het afgelopen halfjaar. Ik ben erg ontdaan door wat er met je is gebeurd. Ik ben ontdaan dat iemand zo'n film maakt. Ik ben ontdaan dat je vanwege haar een prima baan laat schieten waar je zo veel moeite voor hebt moeten doen, en dat je geen vervolgstudie gaat doen.'

Ik op mijn beurt was ontdaan door de steroïdale lelijkheid van mijn moeder. Mijn leven bestond uit de prachtige Anabel, en ik kon alleen maar haat voelen jegens degene met het opgeblazen gezicht en de spleetogen die daar twijfels over had. Mijn liefde en mijn haat waren niet van elkaar te scheiden; ze leken logisch uit elkaar voort te vloeien. Maar ik was nog steeds een plichtsgetrouwe zoon en ik zou mijn moeder hebben teruggebracht naar de campus als Anabel niet door het middenpad was komen aanschrijden.

'Dat was geweldig,' zei ik tegen haar. 'Het is verbluffend hem op een groot scherm te zien.'

Ze wierp mijn moeder een woedende blik toe. 'Wat vond ú ervan?'

'Ik weet niet wat ik moet zeggen,' zei mijn moeder benauwd.

Anabels verlegenheid had inmiddels plaatsgemaakt voor morele verontwaardiging; ze lachte smalend en zei tegen mij: 'Ga je met ons mee?'

'Ik moet eigenlijk eerst mijn moeder wegbrengen.'

Anabel sperde haar lange neusgaten open.

'Ik zie je straks wel,' zei ik. 'Ik wil niet dat ze in haar eentje op de trein stapt.'

'En ze kan natuurlijk onmogelijk een taxi nemen.'

'Ik heb maar acht dollar op zak.'

'Heeft zij dan geen geld?'

'Ze heeft haar portemonnee thuisgelaten. Dat is vanwege haar beeld van Philadelphia.'

'Tuurlijk. Al die enge zwarte mensen.'

Over mijn moeder praten alsof ze er niet bij was kon niet door de beugel, maar haar houding ten opzichte van Anabel ook niet. Anabel schreed terug door het middenpad, opende haar rugzak en kwam terug met twee twintigdollarbiljetten. Wat zeggen ze ook alweer bij Anonieme Drugsverslaafden-bijeenkomsten? Wat je je voornam nooit te zullen doen voor drugs is precies wat je uiteindelijk zult doen? Ik zou gezegd hebben dat het op wel acht verschillende manieren verkeerd was om geld van Anabel aan te nemen en aan mijn moeder te geven, maar dat is wat ik deed. Toen belde ik een taxi en wachtte zwijgend met haar voor President's Hall tot die kwam.

'Ik heb heel wat ellende meegemaakt,' zei ze na een poosje. 'Maar dit is geloof ik de zwartste dag van mijn leven.'

In de nevelsluier van Philadelphia zag de maan boven ons hoofd eruit als een beige hoestpastille die oploste. Mijn reactie op de vollemaan was pavloviaans, met een versnelde hartslag, die op dat moment moeilijk te onderscheiden was van mijn angst om mijn moeders verdriet en van de opwindende wreedheid van wat ik haar aandeed. Ik had zo'n beklemd gevoel in mijn borst dat ik geen woord kon uitbrengen, zelfs niet dat het me speet.

Later in die zomer ontmoette ik Anabels vader. Twee maanden lang hadden Anabel en ik vader en moedertje gespeeld met een deel van haar resterende 40.000 dollar; we sliepen uit tot een uur of twaalf, ontbeten met geroosterd brood, schuimden tweedehandswinkels af om mijn garderobe op peil te brengen, ontsnapten aan de hitte met een dubbele voorstelling in de bioscoop en werden handiger met de wok. Op mijn verjaardag maakten we een plan om ons werk serieuzer aan te pakken. Ik zette me aan het schrijven van een manifest voor *The Complicater* en zij begon voor haar grootse filmproject aan het noodzakelijke leeswerk, dat een jaar in beslag zou nemen. Doordeweeks ging ze elke middag naar de openbare bibliotheek, omdat we hadden besloten dat het gezonder was om een paar uur niet bij elkaar te zijn, en zij niet thuis op me wilde zitten wachten alsof ze een huisvrouw was.

Op een van die middagen belde David Laird. Ik moest uitleggen dat Anabel een vriend had en dat ik dat was.

'Interessant,' zei David. 'Ik ga je een geheimpje verklappen: ik ben blij een mannenstem te horen. Ik was bang dat de wind in de richting waaide van die gestoorde vriendin van haar, die pot, al was het maar om mij te treiteren.'

'Volgens mij heeft dat er nooit in gezeten,' zei ik.

'Ben je zwart?' vroeg hij. 'Gehandicapt? Crimineel? Drugsverslaafd?'

'Nou, nee.'

'Interessant. Ik zal je nog een geheim verklappen: ik mag je nu al. Ik neem aan dat je van mijn dochter houdt?'

Ik aarzelde even.

'Natuurlijk houd je van haar. Ze is me er eentje, hè? Zeggen dat je er je handen aan vol hebt, is het understatement van de eeuw. Zoals zij worden ze niet meer gemaakt.'

Ik hoorde nu al waarom Anabel een hekel aan hem had.

'Maar moet je horen,' zei hij, 'als zij je leuk vindt, vind ik je ook leuk. Jezus, ik was zelfs bereid dat gestoorde meisje leuk te vinden, hoewel het – God zij geloofd en geprezen – zo ver niet is gekomen. Anabel is tot vrijwel alles bereid om me het leven zuur te maken, maar ze zou niet zo ver gaan haar eigen glazen in te gooien, als je begrijpt wat ik bedoel. Ik ken haar, ik weet hoe ze in elkaar zit. En ik wil de man leren kennen met wie ze samenwoont. Wat dacht je van een etentje komende donderdag bij Le Bec-Fin? Met z'n drieën. Ik bel omdat ik voor zaken in Wilmington moet zijn.'

Ik zei dat ik het eerst aan Anabel moest vragen.

'Ach jezus, Tom – je heet toch Tom? Je moet wel een paar flinke ballen zien te kweken als je met mijn dochter samenwoont. Ze verslindt je levend als je niet uitkijkt. Kun je dit zinnetje tegen me zeggen? "Ja, David, ik ga met je uit eten"?'

'Ik bedoel: ja, prima,' zei ik. 'Als zij akkoord gaat.'

'Nee, nee, nee. Zo klonk dat zinnetje niet. Jij en ik gaan samen eten, punt, en als ze wil mag ze meekomen. Ze gaat liever dood dan dat ze ons samen uit eten laat gaan, neem dat maar van mij aan. Daarom is het belangrijk dat je dat zinnetje tegen me zegt. Als je nu al zo bang voor haar bent, wordt het later alleen maar erger.'

'Ik ben niet bang voor haar,' zei ik. 'Maar als ze je niet wil zien...'

'Oké. Goed. Hier is een ander argument. Ik zal je een ander geheim verklappen: ze wil me wel zien. Het is al ruim een jaar geleden dat ze me heeft kunnen afzeiken. Dat doet ze namelijk. Ze heeft nogal wat azijn te pissen, en ik ben haar favoriete doelwit. Dus wanneer zij zegt dat ze me niet wil zien, zeg jij tegen haar dat je toch gaat. Het is ons geheimpje dat we het eigenlijk voor háár doen.'

'Tjonge,' zei ik. 'Ik weet niet of dat wel zo'n goed argument is.'

David moest er hard om lachen. 'Ach, kom op, ik maak maar een grapje. Laten we gewoon heerlijk gaan eten in de beste tent van Philadelphia. Ik mis mijn Anabel.'

Uiteraard schopte ze een scène toen ze hoorde dat ik hem gesproken had. Hij was een verleider, zei ze, en als hij niet kon verleiden, ging hij dreigen, en als hij niet kon dreigen, dan kócht hij mensen, en zij had hem weliswaar door en had zich ertegen gewapend, maar ze had er geen vertrouwen in dat ik was opgewassen tegen het verleiden, dreigen en kopen. Enzovoort. Veel van wat hij had gezegd had ik beledigend gevonden, maar ik kon zijn uitnodiging ook niet uit mijn hoofd zetten: met wie anders kon ik immers over Anabel praten? Bij wijze van experiment kweekte ik een paar flinke ballen en zei dat het kwetsend en beledigend was dat ze er niet op vertrouwde dat ik van háár hield, niet van hem. Om nog iets verder te experimenteren zei ik dat ik had beloofd met hem uit eten te gaan. En precies zoals hij had voorspeld, stemde ze erin toe om mee te gaan.

In Le Bec-Fin proefde ik voor het eerst van mijn leven wijn die drieduizend dollar kostte. David had Anabel de wijnkaart gegeven en die zat ze te bekijken toen de sommelier verscheen. 'Geef haar nog even de tijd om uw goedkoopste fles te vinden,' zei David tegen de sommelier. 'Intussen nemen Tom en ik de Margaux uit 1945.'

Toen ik keek of Anabel dat goedvond, wierp ze me met opengesperde ogen een onaangename blik toe. 'Ga je gang,' zei ze. 'Ik zit er niet mee.'

'Het is een spelletje dat zij en ik spelen,' legde David uit. Hij was een lange, gesoigneerde, energieke man met vrijwel wit haar, een gedistingeerde, mannelijke versie van zijn dochter, veel knapper om te zien dan de doorsneemiljardair. 'Maar ik zal je een interessant feit vertellen waar je later nog je voordeel mee kunt doen. In een zaak als deze is de allergoedkoopste fles wijn vaak fenomenaal. Ik weet niet precies waarom dat is. Maar het is kenmerkend voor een uitstekend restaurant.'

'Ik ben niet op zoek naar iets fenomenaals,' zei Anabel. 'Ik ben op zoek naar een wijn waarvan de prijs me niet laat kokhalzen.'

'Fijn voor je dat je waarschijnlijk in beide gevallen op je wenken wordt bediend,' zei David. 'Gewoonlijk bestel ik die fles zelf,' zei hij tegen mij. 'Maar dan hadden zij en ik ons spelletje niet meer kunnen spelen. Nu snap je vast wel wat ze me laat doen.'

'Grappig dat vrouwen altijd de schuld krijgen van wat mannen hun aandoen,' merkte Anabel op.

‘Heeft ze je verteld hoe haar gebit beschadigd is geraakt?’

‘Ja, dat heeft ze verteld.’

‘Maar heeft ze je ook het mooiste deel van het verhaal verteld? Ze is weer opgestegen. Haar gezicht onder het bloed, haar mond vol kapotte tanden, en ze stapt zo weer op dat paard. En dan geeft ze een haal aan de teugels alsof ze zijn hoofd eraf wil rukken. Ze heeft zowat zijn nek gebroken. Dat is mijn Anabel.’

‘Pap, houd er alsjeblieft over op.’

‘Liefje, ik vertel je vriend allerlei goeds over je.’

‘Dan moet je niet achterwege laten dat ik daarna nooit meer heb paardgereden. Ik heb nog steeds een rotgevoel over wat ik dat arme beest heb aangedaan.’

Gezien de haat die Anabel voor David koesterde, verbaasde ik me over de vertrouwelijke manier waarop ze met elkaar omgingen. Het was alsof ik zat te kijken naar een stel Hollywood-bazen die elkaar beledigingen naar het hoofd slingerden – je moest veel macht bezitten om die met een lach aan te kunnen. Toen David tussen neus en lippen door zei dat hij hertrouwd was, was Anabels reactie: ‘Met één persoon of met meerdere?’

David moest lachen. ‘Meer dan één kan ik me niet veroorloven.’

‘Je zult er minstens drie nodig hebben voor het geval je er nog een paar om zeep moet helpen.’

‘Ik was getrouwd met een kwartaaldrinkster,’ legde David me uit.

‘Je hebt een drinkster van haar gemáákt,’ zei Anabel.

‘Om een of andere reden krijgen mannen altijd de schuld van wat vrouwen hun aandoen.’

‘Om de een of andere reden is het ook altijd waar. Wie is de gelukkige dame?’

‘Ze heet Fiona. Je zult haar wel willen ontmoeten.’

‘Ik zal haar niet willen ontmoeten. Ik wil gewoon mijn geboorterecht aan haar overdragen. Wijs maar waar het stippellijntje is.’

‘Dat gaat niet gebeuren,’ zei David. ‘Fiona heeft een huwelijkscontract ondertekend, zoals dat heet. Zo gemakkelijk kom je niet van je geboorterecht af.’

‘Dat zul je nog wel zien,’ zei Anabel.

‘Je moet haar die gekkigheid uit het hoofd praten, Tom.’

Het was niet makkelijk om mijn houding te bepalen in hun plagerige gesprek. Ik wilde niet dat David zou vinden dat ik te serieus was of te veel naar Anabels pijpen danste, maar ik kon me ook niet al te ongedwongen tegen hem opstellen zonder dat het leek of mijn loyaliteit niet bij haar lag. 'Dat staat niet in mijn taakomschrijving,' zei ik voorzichtig.

'Maar ben je het ermee eens dat het gekkigheid is?'

Ik keek Anabel aan. 'Nee,' zei ik.

'Dat komt nog wel. Laat er maar eens wat tijd overheen gaan.'

'Nee, zo zit hij niet in elkaar,' zei Anabel terwijl ze me aankeek. 'Tom is niet zoals jij. Tom heeft schone handen.'

'Ach ja, het bloed aan mijn handen.' David stak zijn handen omhoog ter inspectie. 'Grappig, vanavond zie ik er niets van.'

'Kijk dan maar beter,' zei Anabel. 'Ik ruik het gewoon.'

David maakte een teleurgestelde indruk toen hij hoorde dat ik geen vlees at en was ronduit geïrriteerd toen Anabel alleen een bord groente bestelde, maar zijn humeur knapte flink op van zijn foie gras en zijn kalfskotelet. Wellicht was het niet meer dan een vorm van miljardairsnarcisme, maar hij liet merken dat hij een vaste lezer was van *The New Yorker*, sprak met kennis van zaken over Altman en Truffaut, bood aan kaartjes voor *The Elephant Man* in New York voor ons te kopen en leek oprecht geïnteresseerd in mijn mening over Bellow. Het kwam in me op dat er iets tragisch moest zijn voorgevallen in de familie Laird – dat Anabel en haar vader eigenlijk dikke vrienden hadden moeten zijn. Was zij zijn bittere vijand, en waren haar broers drie volslagen mislukkelingen, niet omdat hij een onmens was, maar omdat hij een man van zulke fabelachtige status was? Anabel had nooit beweerd dat hij niet sympathiek was, alleen dat hij mensen verleidde met zijn sympathieke gedrag. Hij vertelde me anekdotes over zakelijke misslagen die hij had gemaakt – de verkoop van een Braziliaanse suikerfabriek, een jaar voordat die buitensporig winstgevend werd, het torpederen van een partnerschap met Monsanto, omdat hij meer over plantengenetica meende te weten dan het hoofd R&D van Monsanto – en hij dreef de spot met zijn eigen arrogantie. Toen het gesprek op mijn carrièreplannen kwam en hij me eerst aanbood een baan voor me te regelen bij *The Washington Post* ('Ben Bradlee is een oude vriend van me') en vervolgens, nadat ik dat aanbod had afgeslagen, aanbood de lancering van mijn tegendraadse tijdschrift te financieren, kreeg ik het gevoel dat hij me uitdaagde eenzelfde fabelachtige status te bereiken als hij had gedaan.

Anabel dacht er anders over. 'Hij wil je gewoon kopen,' zei ze tijdens de treinrit naar huis. 'Het is altijd hetzelfde liedje. Ik hoef maar heel even niet op mijn hoede te zijn en daarna kan ik mezelf wel voor mijn kop slaan. Hij wil zich met alles bemoeien wat van mij is, net zoals McCaskill zich met alles bemoeit wat er op de hele wereld wordt gegeten. Hij zal niet rusten voordat hij overal een vinger in de pap heeft. Het is niet genoeg om de grootste leverancier van kalkoenvlees ter wereld te zijn, hij moet Truffaut en Bellow er nog bij hebben. Jij streelt zijn intellectuele ijdelheid. Als hij jou kan hebben, zal hij mij ook krijgen, denkt hij, en dan heeft hij alles.'

'Heb je me ja horen zeggen tegen hem?'

'Nee, maar je vond hem sympathiek. Als je denkt dat hij je nu met rust zal laten, zit je ernaast.'

Ze had gelijk. Niet lang na ons etentje ontving ik, per exprespost, een pakketje met daarin vier gebonden eerste drukken (*Augie March*, H.L. Mencken, John Hershey, Joseph Mitchell), twee kaartjes voor *The Elephant Man* en een brief van David waarin hij zijn gedachten beschreef bij het herlezen van *Augie March*. Hij vermeldde ook dat hij met Ben Bradlee over me had gebeld, en hij nodigde mij en Anabel uit de volgende maand naar New York te komen voor een weekendje theater. Toen Anabel klaar was met het verscheuren van de kaartjes, wees ze op de initialen in de benedenhoek van de tweede bladzijde van de brief. 'Voel je niet al te gevleid,' zei ze. 'Hij heeft hem gedicteerd.'

'Nou en? Ik kan niet geloven dat hij voor mij *Augie March* heeft herlezen.'

'O, ik wel.'

'Die boeken verscheur je overigens niet.'

'Nee, die mag je houden als je het bloed eraf krijgt. Maar als je ooit iets meer van hem aanneemt dan een symbolisch cadeau, dan maak je me kapot. En ik bedoel: dan maak je me echt kapot.'

Hij bleef me zo nu en dan bellen, en ik overwoog dat voor Anabel te verzwijgen, maar ik plaste al in de wasbak en wilde niet nog meer geheimen voor haar hebben. Dus ik hield haar op de hoogte van zijn fabuleuze doen en laten en viel haar dan bij wanneer ze zijn gedrag veroordeelde. Maar stiekem vond ik hem aardig, stiekem hield ik van de liefdevolle manier waarop hij over Anabel sprak, en zij genoot er stiekem van om nieuwe dingen te hebben die ze kon veroordelen; wat dat betreft had hij het bij het rechte eind gehad.

Met mijn manifest voor *The Complicater* wilde het niet zo vlotten. Het had een teveel aan tegendraadse retoriek en een tekort aan feiten. Als ik echt van plan was een nieuw tijdschrift op te richten, had ik mijn vriendschappen bij de DP moeten warmhouden en relaties met plaatselijke freelancers moeten opbouwen. *The Complicater* was een kansloze zaak, tenzij Anabel met haar hand over haar hart streek en David voor de financiering liet zorgen, en daarom sleet ik mijn dagen in de vage hoop dat ze met haar hand over haar hart zou strijken. Oswald, die was teruggegaan naar Lincoln, waar hij vandaan kwam, om zijn studieschuld af te betalen, stuurde me grappige brieven, maar ik kon de fut niet opbrengen om ze te beantwoorden. Ik stelde mezelf als enige middagtaak om hem een brief te schrijven en slaagde er niet in ook maar één zin te schrijven tot vijf minuten voordat Anabel thuiskwam van de bibliotheek. Ik had niemand iets anders te melden dan dat ik dolverliefd op haar was.

Nadat ik de voorgaande tien maanden mijn persoonlijkheid zodanig had gemodelleerd dat hij aansloot bij die van haar, en de meest in het oog springende wrijvingspunten waren weggevijld, voelde ik me dat najaar meestal intens gelukkig in haar aanwezigheid. We ontwikkelden onze vaste gewoonten, onze gedeelde meningen, ons eigen taaltje, ons arsenaal van zinnen die de eerste keer geestig waren geweest en bij de honderdste keer niets aan geestigheid hadden ingeboet, en over alles wat ze zei en alles wat ze bezat lag het kleurzweem van de seks die ik met haar had gehad en met niemand anders. Maar wanneer ik alleen thuis was, voelde ik me depressief. Anabel had onbeperkt geld, maar was niet van plan er ooit iets van te gebruiken; ik was stapelgek op haar lichaam, maar kon er maar drie dagen per maand over beschikken, ik mocht haar vader, maar moest doen alsof dat niet zo was; haar vader had fabuleuze contacten, maar die mocht ik niet gebruiken; ik had een zogenaamd ambitieus project, maar geen enkele kans om het te realiseren; en telkens wanneer mijn moeder het hart had te vragen wat ik deed – ik belde haar nog steeds elke zondagavond – ervoer ik dat als kritiek op Anabel en stapte boos op een ander onderwerp over.

Ons gezamenlijke plan was om arm, obscuur en puur te zijn en de wereld op een later tijdstip versteld te doen staan. Anabel was zo overtuigend dat ik in ons plan geloofde. Mijn enige angst was dat ze zou doorkrijgen dat ik niet zo interessant was als zij en dat ze bij me zou weggaan. Ze was het verbazingwekkendste wat me was overkomen, en ik wilde haar steunen en verdedigen tegen een wereld die haar niet begreep, en daarom nam ik precies een jaar na Lucy's Halloween-feest, toen we elkaar hadden leren kennen, de laatste driehonderdvijftig dollar van mijn oude spaarrekening op en kocht een ring met een armzalig diamantje ter grootte van een grammofoonnaald. Toen Anabel thuiskwam van de bibliotheek had ik de ring aan een wit lintje om Leonards nek gehangen en hem daarna midden op ons bed gezet.

'Leonard en ik hebben iets voor je,' zei ik.

'Aha, je bent de deur uit geweest,' zei ze. 'Ik dacht al dat er een stadsluchtje aan je zat.'

Ik nam haar mee naar de slaapkamer.

'Leonard, wat heb je voor me?' Ze pakte hem op en zag de ring. 'O, Tom.'

'Ik ben natuurlijk geen lastdier,' zei Leonard. 'Ik ben een sieraad voor de samenleving, niet een ordinaire ploeteraar. Maar toen hij me verzocht om je ring in bewaring te nemen, kon ik eigenlijk niet weigeren.'

'O, Tom.' Ze zette Leonard op het nachtkastje, sloeg haar armen om mijn nek en keek me in de ogen. Haar ogen glansden van tranen en hartstocht.

'We zijn vandaag een jaar bij elkaar,' zei ik.

'O, lieve schat. Ik wist dat je eraan zou denken, maar ik was er ook niet zeker van.'

'Wil je met me trouwen?'

'Duizend keer ja!'

We lieten ons op het bed neerploffen. Het was niet de goede tijd van de maand, maar ze zei dat het niet uitmaakte. Ik dacht dat ze haar probleem misschien zou overwinnen nu we gingen trouwen, en ik geloof dat zij dat ook dacht, maar het mocht niet zo zijn. Ze zei dat ze zich toch gelukkig voelde. Ze lag op haar rug met ons stiertje tussen haar borsten en maakte het lintje los.

'Sorry dat de diamant zo klein is,' zei ik.

'Hij is fantastisch,' zei ze en ze deed de ring om. 'Jij hebt hem voor me uitgekozen en dus is hij fantastisch.'

'Ik kan niet bevatten dat ik met je ga trouwen.'

'Nee, ik ben juist de gelukkige. Ik weet dat ik geen makkelijk mens ben.'

'Ik vind het fijn dat je zo lastig bent.'

'O, je bent fantastisch, je bent fantastisch, je bent fantastisch!' Ze kuste me over mijn hele gezicht en we bedreven nog een keer de liefde. De ring aan haar vinger bezat magische krachten. Ik was mijn verlóófde aan het neuken; het genot daarvan had een nieuwe dimensie, een onmetelijk diepere kloof waar ik me in kon storten, en er kwam maar geen einde aan mijn val. Zelfs nadat ik klaargekomen was, bleef ik vallen. Anabel huilde zacht – van puur geluk, zei ze. Wat ik nu zie, is een stel kinderen die een jaar lang coke hadden gesnoven, al hun contacten met de werkelijkheid stuk voor stuk hadden verloren en daar depressief van werden (dat gold in elk geval voor mij). Wat had voor ons, volgens de logica van verslaving, een andere vervolgstap kunnen zijn dan naald en ader? Maar op dat moment was ik me alleen maar bewust van de roes die de ring opleverde. Zolang die nog aanhield, verzamelde ik mijn moed en vroeg Anabel om met Kerstmis mee naar Denver te gaan, onze verloving bekend te maken en mijn moeder een tweede kans te geven. Tot mijn grote blijdschap maakte Anabel niet alleen geen bezwaar, maar overstelpte ze me met kusjes en zei dat ze nu alles voor me zou doen, alles, alles.

Op haar eigen manier deed ze haar best. Ze was bereid mijn moeder aardig te vinden als mijn moeder maar waardering voor haar kon opbrengen. Ze kocht zelfs haar eigen afzonderlijke kerstcadeaus voor haar – een boek van Simone de Beauvoir, een paar zeepjes met vruchtengeur, een prachtige oude, koperen pepermolen – en toen we in Denver waren, was ze zo lief om meerdere keren te vragen of mijn moeder hulp in de keuken kon gebruiken. Maar mijn moeder, nog steeds getraumatiseerd door *Een rivier van vlees*, wees dat telkens van de hand. Ze leek vastberaden de rol van de werkende moeder-martelares neer te zetten – ze had haar oude baan bij de apotheek terug, nadat Dick Atkinson met iemand anders was getrouwd – tegenover Anabels rol van het luie rijke meisje. En hoewel ik haar maandenlang had uitgelegd dat Anabel veganist was geworden en ik vegetariër, weigerde ze dat te begrijpen. De eerste avond betrapte ik haar erop dat ze voor mij gebakken witvis en voor Anabel macaroni met kaas stond klaar te maken.

'Voor mij geen vlees, voor Anabel geen dierlijke producten,' zei ik nog maar eens.

Haar gezicht had nog steeds iets weg van de vollemaan, maar we raakten er inmiddels aan gewend. 'Het is lekkere vis,' zei ze, 'geen vlees.'

'Het is een dood dier. En kaas is een dierlijk product.'

'Wat is dan "veganistisch"? Eet ze wel bróód?'

'De macaroni is prima, het kaasgedeelte is het probleem.'

'Nou, dan kan ze gewoon de macaroni eten. Die korst bovenop snij ik wel weg.'

Gelukkig was mijn zus Cynthia er ook. Nadat ik haar aan Anabel had voorgesteld, nam ze me even apart en fluisterde: 'Tom, ze is beeldschoon, ze is geweldig.' Cynthia sprong voor ons in de bres met een pleidooi voor de beperkingen die onze manier van eten met zich meebracht, en toen ik aan de eettafel onze verloving bekendmaakte, ging ze op een holletje naar de keuken om een fles roze champagne te halen die mijn moeder had gekocht in afwachting van een overwinning van Arne Holcombe. Mijn moeder zelf staarde slechts naar haar bord en zei: 'Jullie zijn erg jong om dat te doen.'

Anabel vroeg rustig hoe oud zij was geweest toen ze trouwde.

'Ik was erg jong, dus ik kan het weten,' zei mijn moeder. 'Ik weet wat er kan gebeuren.'

'Wij zijn u niet,' zei Anabel.

'Dat denkt iedereen,' zei mijn moeder. 'Ze denken dat ze niet als andere mensen zijn. Maar dan leert het leven je nog wel een paar lesjes.'

'Mam, wees toch blij,' riep Cynthia vanuit de keuken. 'Anabel is fantastisch, dit is geweldig nieuws.'

'Mijn zegen hebben jullie niet nodig,' zei mijn moeder. 'Het enige wat ik jullie kan geven is mijn mening.'

'Genoteerd,' zei Anabel.

Op de een of andere manier wisten we de feestdagen op een beschaafde manier door te komen. Ik sliep in het souterrain, zodat Anabel een eigen slaapkamer kon hebben. Omwille van de lieve vrede gingen we akkoord met die fatsoensregel, maar in het souterrain werd ik elke avond door Anabel gepijpt, alsof ze mijn moeder duidelijk wilde maken wie de baas was. Dat was waarschijnlijk het nooit geëvenaarde hoogtepunt van haar zinnelijke omgang met me, de enige periode die ik me kan herinneren waarin ze door de knieën ging. Mijn moeder was amper vijf meter verderop, in gammastraal gemeten; we hoorden haar voetstappen, het doortrekken van de wc, zelfs haar darmgeluiden. Nadat Cynthia was vertrokken, kwam Oswald voor twee nachten over uit Nebraska, en mijn moeder deed zo overdreven hartelijk tegen hem dat Anabel zei: 'Ze zou liever zien dat je met Oswald trouwde.'

Op onze laatste dag, alleen met mijn moeder, maakten wij een roerbakschotel die we erg lekker vonden, en toen begon ze over geld te zeuren. Ze kon begrijpen dat we van Anabels geld leefden en iets deden wat maatschappelijk nut had, zei ze, en ze kon het begrijpen als we een baan met verantwoordelijkheid zochten en onszelf onderhielden, maar wat ze níet kon begrijpen was dat we in vrijwillige armoede leefden en onrealistische dromen nastreefden.

'We hebben nog wat spaargeld,' zei ik. 'Als dat op is, zoeken we een baan.'

'Heb jij weleens een baan gehad?' vroeg mijn moeder aan Anabel.

'Nee, ik ben weerzinwekkend rijk opgegroeid,' zei Anabel. 'Het zou een lachertje zijn geweest om een baan te hebben.'

'Eerlijk werk is nooit een lachertje.'

'Ze is ontzettend hard met haar kunst bezig,' zei ik.

'Kunst is geen werk,' zei mijn moeder. 'Kunst is iets wat je voor jezelf doet. Ik beweer niet dat je moet werken als je zo'n bofkont bent dat het niet hoeft. Maar als er zomaar geld jouw kant op komt, moet je de bijbehorende verantwoordelijkheid nemen. Je moet íets doen.'

'Kunst ís iets,' zei ik.

'Een onderdeel van mijn artistieke werk is geen geld aan te raken waar bloed aan kleeft,' zei Anabel. 'Degene te zijn die het afwijst.'

'Dat begrijp ik niet,' zei mijn moeder.

'Er bestaat zoiets als collectieve schuld,' zei Anabel. 'Ik persoonlijk heb geen fokdieren gehouden onder tenhemelschreiende omstandigheden, maar zodra die omstandigheden me ter ore kwamen, heb ik mijn schuld geaccepteerd en besloten dat ik er niets mee te maken wil hebben.'

'Ik kan me niet voorstellen dat McCaskill slechter is dan andere bedrijven,' zei mijn moeder. 'Ze helpen mee een hongerige wereld van voedsel te voorzien. En hoe zit het dan met graan? En sojabonen? Zelfs als je niets van de vleesindustrie moet hebben, is niet al je geld verderfelijk. Je kunt een deel aannemen voor jezelf en met de rest iets voor goede doelen doen. Ik begrijp niet wat je ermee wint door het te weigeren.'

'De nazi's hebben de Duitse economie vooruitgeholpen en een geweldig netwerk van snelwegen aangelegd,' zei Anabel. 'Misschien waren die ook maar half verderfelijk?'

Mijn moeder werd nijdig. 'De nazi's waren een verschrikkelijk kwaad. Je hoeft mij niets over de nazi's te vertellen. Ik heb mijn vader verloren tijdens Hitlers oorlog.'

'Maar u heeft daar zelf geen enkele schuld aan.'

'Ik was een kind.'

'O, zit het zo. Dus er bestaat níet zoiets als collectieve schuld.'

'Je hoeft mij niets over schuld te vertellen,' zei mijn moeder boos. 'Ik heb een zusje en een broer en een zieke moeder die me nodig had achtergelaten. Ik heb ik weet niet hoeveel brieven geschreven om me te verontschuldigen, maar ze hebben nooit teruggeschreven.'

'Zes miljoen joden ook niet, denk ik zo.'

'Ik was een kínd.'

'Ik ook. En nu doe ik er iets aan.'

Mijn eigen soort collectieve schuld had te maken met het feit dat ik een man was, maar ik snapte dat mijn moeder gelijk had wat werk betrof. Toen Anabel en ik teruggingen naar Philadelphia en ik weer met de onhaalbaarheid van *The Complicater* werd geconfronteerd, raakte ik in de ban van een nieuw plan. Schrijf een novelle, dacht ik. Begin ermee in het geheim, zodat je Anabel op onze huwelijksdag kunt verrassen. Het zou me nieuw werk geven om te doen, het probleem oplossen wat ik als huwelijksgeschenk aan Anabel moest geven, haar bewijzen dat ik interessant en ambitieus genoeg voor haar was om mee te trouwen, en het zou haar misschien zelfs met mijn moeder verzoenen – omdat de novelle die ik in gedachten had een Bellow-achtige uitwerking zou zijn van het enige goede verhaal dat ik kende: mijn moeders met schuld beladen vlucht uit Duitsland. De eerste zin ervan had ik al: 'Het lot van het gezin in de Adalbertstraße lag in de handen van een ziedende maag.'

We hadden het weekend van de geboortedag van Washington uitgekozen voor ons huwelijksfeest, zodat onze vrienden van buiten de stad makkelijk konden komen. Naast Nola had Anabel drie betrekkelijk goede vriendinnen, een uit Wichita, twee van Brown. (Twee van die vriendschappen zou ze binnen enkele maanden na ons trouwen afkappen; de derde was nog steeds in de proeftijd, totdat een baby daar een eind aan maakte.) Omdat zij geen enkel familielid voor het feest uitnodigde en omdat mijn moeder haar niet eens mocht, vond Anabel het oneerlijk dat ik mijn eigen familie wel uitnodigde, maar ik voerde aan dat Cynthia haar graag mocht en dat ik mijn moeders enige kind was.

Toen, op een avond, gaf Anabel me een brief die in de bus had gezeten.

'Het is interessant dat je moeder nog steeds alleen aan jou schrijft,' zei ze, 'niet aan ons beiden.'

Ik maakte de brief open en las hem vluchtig door: *Lieve Tom… huis lijkt zo leeg nu je weg bent… dokter Van Schyllingerhout… hogere dosis van… ik probeerde het voor me te houden maar elke vezel van mijn lichaam… haar jeugd met zijn geërfde privileges en luxe te vergelijken met mijn jeugd in Jena… onbeschrijflijke massamoord in de Tweede Wereldoorlog met moderne fokmethodes… diep gekwetst… geen andere keus dan mijn hart tegen je te luchten… Je begaat een* VRESELIJKE VERGISSING*… best knap en heel aanlokkelijk voor een onervaren jongeman… je* BENT *heel onervaren… zie niets dan ellende in je toekomst met een verwende, veeleisende,* EXTREME *vrouw die extreem rijk en bevoorrecht is opgevoed… nu al zo mager en bleek door dat geschifte dieet waar ze je op… als men-*

sen weinig ervaring hebben, wordt hun oordeel soms vertroebeld door seksuele driften... ik vraag je met klem om goed en nuchter na te denken over je toekomst... wil niets liever dan dat je een liefhebbende, verstandige, volwassen, in alles NUCHTERE *vrouw vindt om een gelukkig bestaan mee op te bouwen...*

Ik kreeg ineens koude handen, vouwde de brief op en stopte hem terug in de envelop.

'Wat zegt ze?' vroeg Anabel.

'Niets. Haar dikke darm speelt weer op; het is echt ernstig.'

'Mag ik de brief lezen?'

'Gewoon typisch mijn moeder.'

'Dus we gaan over zes weken trouwen, maar ik mag de brief van je moeder niet lezen?'

'Volgens mij wordt ze een beetje raar van die steroïden. Lees hem nou maar niet.'

Anabel wierp me een van haar angstaanjagende blikken toe. 'Zo gaat het mis,' zei ze. 'Of we zijn gelijkwaardige partners, of we zijn niets. Niemand zou mij een brief kunnen sturen die je van mij niet zou mogen lezen. Niemand. Nooit.'

Omdat ze aanstalten maakte om tegen me uit te vallen dan wel in tranen uit te barsten, wat ik in beide gevallen onverteerbaar vond, gaf ik haar de brief dus maar en trok me terug in de slaapkamer. Mijn leven was een nachtmerrie vol vrouwelijk verwijt geworden, en dat terwijl ik er alles aan had gedaan om dat nou juist te vermijden. Als ik bij mijn moeder nachtmerries wist te vermijden, riep ik ze juist op bij Anabel en vice versa; er was geen ontkomen aan. Ik zat handenwringend op bed toen Anabel in de deuropening verscheen. Ze zag er niet gekwetst uit, maar was een en al kille woede.

'Ik ga dit woord één keer in mijn leven gebruiken,' zei ze. 'Welgeteld één keer.'

'Welk woord?'

'Kútwijf.' Ze sloeg haar handen voor haar mond. 'Nee, dat is een afschuwelijk woord, zelfs voor haar. Sorry dat ik het gezegd heb.'

'Het spijt me enorm van die brief,' zei ik. 'Ze voelt zich echt niet goed.'

'Maar je begrijpt dat ik haar niet meer wil zien. Ik ga geen kerstcadeautjes meer voor haar kopen. Ze is niet welkom op ons huwelijksfeest. Als we ooit een gezin stichten, mag ze mijn kinderen niet zien. Dat begrijp je toch zeker wel?'

'Ja, ja,' zei ik gretig, opgelucht dat Anabel zich niet tegen mij had gekeerd.

Ze knielde aan mijn voeten en pakte mijn handen. 'Mensen reageren heftig op me,' zei ze, iets kalmer. 'Dat kwetst me, maar ik ben eraan gewend. Wat ik niet kan verkroppen, is wat haar brief over jou zegt. Ze heeft geen respect voor je smaak, voor je mening of voor je gevoelens. Ze denkt dat ze nog steeds zeggenschap over je heeft en je kan vertellen wat je moet doen. En dat maakt me erg boos. Ze weigert te zien wie je bent.'

'Ik denk echt dat ze zich zo ellendig voelt doordat ze ziek is.'

'Haar gevoelens máken haar ziek. Dat heb je zelf gezegd.'

'Ze was beleefd tegen je in Denver. Het komt vast door de steroïden dat ze zulke dingen zegt.'

'Ik zeg niet dat jíj haar nooit meer mag zien. Je bent een liefdevol mens. Maar ík wil haar niet meer zien. Nooit meer. Dat begrijp je toch wel?'

Ik knikte.

'We zijn allebei op dezelfde dag een halve wees geworden,' zei ze. 'En nu worden we samen een hele wees. Ga je daarin met me mee?'

De volgende dag schreef ik een heel formele brief aan mijn moeder waarin ik haar uitnodiging voor het huwelijksfeest introk.

We trouwden op Valentijnsdag, met twee dames van de burgerlijke stand als getuigen. We aten thuis, spaghetti met spinazie en knoflook en olijfolie, als symbool voor de zuinigheid die we wilden nastreven, maar Anabel had zich een keer laten ontvallen dat ze Mumm-champagne lekker vond, vandaar dat ik een fles voor haar had gekocht om de gelegenheid met een kleine luxe luister bij te zetten. Na het eten gaf ze me mijn cadeau: een nieuwe draagbare Olivetti-schrijfmachine. Ik was me meteen bewust van een zorgwekkende symboliek: allebei onze cadeaus hielden verband met míjn werk, niet met dat van haar. Maar mijn novelle had een onverwachte wending genomen – de jonge vrouw uit Jena was afkomstig uit de rijkste familie van de stad, en haar vader was een bruut – en ik was ervan overtuigd dat Anabel het wel zou herkennen als een liefdevol eerbetoon aan haar. Dus ik overhandigde haar dapper een bruine envelop waar ik een witte strik op had geplakt.

Ze maakte hem met een verbaasde frons open. 'Wat is dit?'

'De eerste helft van een novelle. Ik wilde je verrassen.'

Ze haalde het manuscript eruit, las een deel van de eerste bladzijde en bleef er toen alleen nog naar staren zonder verder te lezen, en ik zag dat ik een vreselijke vergissing had gemaakt.

'Je schrijft fictie,' zei ze mat.

'Ik wil in alles met je samen zijn,' zei ik. 'Ik wil geen journalist zijn, ik wil met je samen zijn. Partners...'

Ik wilde haar hand pakken, maar ze trok hem weg.

'Ik geloof dat ik even alleen moet zijn,' zei ze.

'De novelle is een eerbetoon aan jou. Aan ons tweeën.'

Ze stond op en liep naar de slaapkamer. 'Ik moet nu gewoon echt even alleen zijn.'

Ik hoorde dat ze de deur van de slaapkamer achter zich dichttrok. Ons huwelijk, vier uur oud, had niet slechter van start kunnen gaan, iets wat ik helemaal aan mezelf weet. Ik had de pest aan mijn novelle omdat hij die uitwerking op haar had gehad. En toch had ik er met plezier aan gewerkt en ik was aanzienlijk minder depressief geweest in de anderhalve maand sinds ik afstand had gedaan van háár plan voor mij, *The Complicater*. Ik zat een uur aan de keukentafel, in een steeds dichtere, koude mist van depressie, wachtend of Anabel uit de slaapkamer zou komen. Dat gebeurde niet. Integendeel, ik hoorde nu de scherpe inademingen waarmee ze zonder succes haar tranen probeerde binnen te houden. Vervuld van medelijden met haar ging ik de slaapkamer binnen, waar het donker was. Ze lag als een zielig hoopje op de kale vloer bij de ramen. 'Wat heb ik misdaan?' riep ik uit.

Haar antwoord kwam langzaam, in horten en stoten, onderbroken door mijn verontschuldigingen en haar tranen: ik had tegen haar gelogen. Ik had geheimen voor haar gehad. Beide huwelijkscadeaus draaiden om mij. Ik had mijn beloften aan haar verbroken. Ik had beloofd dat zij de kunstenares was en ik de criticus. Ik had beloofd dat ik me haar verhaal niet zou toe-eigenen, maar ze kon uit één alinea al opmaken dat ik het me wel had toegeëigend. Ik had beloofd dat we niet met elkaar zouden concurreren, en toch was ik nu wél met haar aan het concurreren. Ik had haar bedrogen en onze trouwdag verpest...

Elk verwijt landde als zoutzuur op mijn hersens. Ik had weleens gehoord dat er geen ergere pijn bestaat dan mentale foltering, en nu geloofde ik dat. Zelfs de ergste voorhuwelijkse aanvaringen waren niet van deze aard geweest; het was altijd zo geweest dat ik, aan wie in wezen niets mankeerde, met de temperamentvolle Anabel moest zien om te gaan. Nu ervoer ik haar geestelijke pijn rechtstreeks als de mijne. De hemel van versmeltende zielen was een hel. Met mijn handen om mijn hoofd geslagen holde ik bij haar weg, liet me op de bank in de woonkamer vallen, lag daar een paar uur en onderging een mentale foltering, terwijl Anabel in haar slaapkamer hetzelfde onderging. Ik bleef maar denken: dit is onze huwelijksnacht, dit is onze huwelijksnacht.

Het moet twee uur 's ochtends zijn geweest voordat ik voldoende haat voor mijn novelle voelde om op te staan en hem, bladzijde voor bladzijde, te verbranden op het keukenfornuis. Uiteindelijk merkte Anabel de rook op en kwam heel bleek binnenwankelen; ze keek zwijgend naar me totdat de laatste bladzijde was verbrand en ik in tranen uitbarstte.

Ze omhelsde me meteen uitbundig, een en al troost, radeloos van liefde. Wat verlangde ik naar die liefde! Wat verlangden we er allebei naar! Beter dan de beste drug na de kwelling van onthouding: de geur van haar betraande gezicht, haar zachte, begerige mond, de warme stevigheid van haar lichaam, het naakte feit van haar bestaan. Het was bijna alsof we opzettelijk een onbeschrijflijke pijn hadden voortgebracht om dit niveau van gelukzaligheid in de huwelijksnacht te kunnen bereiken.

Zonder me er echter van bewust te zijn had ik een tweede afschuwelijke vergissing gemaakt, die aan het licht kwam tijdens ons feest, twee avonden daarna. Het feest kampte al met een ongemakkelijk tekort aan gasten van de kant van de bruid, omdat Nola niet was komen opdagen (ze was naar New York verhuisd, deels om over haar gevoelens voor Anabel heen te komen), en een van Anabels vriendinnen van Brown had op het laatste moment verstek laten gaan, terwijl Cynthia en vijf van mijn vrienden van Penn en drie uit Denver van heinde en verre waren gekomen. Maar Oswald had goede mixtapes meegebracht en leek als beste vriend van de bruidegom verkikkerd te raken op diens zus, Cynthia, wat leuk was om te zien gebeuren, en Anabel had genoeg gedronken om te genieten van de verhalen die mijn andere vrienden over mij vertelden, in plaats van dat ze zich bedreigd door hen voelde, en ik was er trots op dat ze er zo prachtig uitzag in haar strapless feestjurk.

Ik was ruimte aan het vrijmaken om te kunnen dansen toen onze deurbel ging. In de hoop dat het Nola was, holde Anabel naar de intercom in de keuken. Door het feestrumoer kon ik niet verstaan wat ze zei, maar ze kwam bleek van woede terug. Met een hoofdbeweging wenkte ze me mee te gaan naar de slaapkamer en deed de deur achter ons dicht.

'Hoe kón je?' vroeg ze.

'Wat?'

'Het is mijn váder.'

'O, nee toch.'

'De enige manier waarop hij iets aan de weet kan zijn gekomen is doordat jij het hem hebt verteld. Jij!' Haar gezicht verwrong zich. 'Ik kan niet geloven dat ik dit moet meemaken!'

Het was waar: tijdens een recent telefoongesprek had David me de datum van ons feest weten te ontfutselen, zodat hij ons een bescheiden huwelijkscadeau kon sturen, zei hij. Ik had beklemtoond dat het feest voor vrienden was, niet voor familie.

'Ik heb nadrukkelijk gezegd dat hij niet werd uitgenodigd,' zei ik.

'Godallemachtig, Tom, hoe kon je zo stom zijn? Heb je dan echt niets over hem geleerd?'

'Het spijt me. Het spijt me. Maar kunnen we gewoon proberen er het beste van te maken?'

'Nee! Het feest is afgelopen. Ik trek de stekker eruit. Dit is mijn ergste nachtmerrie.'

'Heb je hem binnengelaten?'

'Ik móest wel! Maar ik kom deze kamer niet uit voordat hij weg is.'

'Ik handel het wel af.'

'O, nou, veel succes ermee.'

In de woonkamer had David een massa cadeautjes en een magnumfles Mumm neergezet. Opgewekt stelde hij zich aan onze gasten voor. Toen hij mij zag, lichtte zijn gezicht nog meer op. 'Ha, daar hebben we hem! De bruidegom! Gefeliciteerd! Je ziet er piekfijn uit, Tom, en zo hoort het ook.' Hij gaf me een verpletterende handdruk. 'Ik had hier twee uur geleden al willen zijn, maar we hadden een probleem met het vliegtuig. Waar is mijn kleine meid?'

Ik probeerde kil te antwoorden, maar mijn stem klonk alleen maar zakelijk. 'Ze wil je hier niet.'

'Wil ze haar enig overgebleven ouder niet op haar huwelijksfeest?' David liet zijn blik door de kamer gaan in de hoop bijval te krijgen van onze zwijgende gasten. De stereo speelde 'Remote Control'. 'Ze is het liefste wat ik op de hele wereld heb. Ik kan toch niet verstek laten gaan op haar huwelijksfeest?'

'Ik denk echt dat het beter is dat je weggaat.'

David stapte langs me heen en klopte op de slaapkamerdeur. 'Anabel, schat? Kom gezellig bij ons voordat de wijn lauw wordt.'

Tot mijn verrassing ging de deur onmiddellijk open. Anabel deed haar hoofd iets naar achteren en spuugde David in zijn gezicht. De deur werd dichtgeslagen.

Iedereen zag het, niemand zei een woord. 'Remote Control' speelde door terwijl David het spuug uit zijn ogen veegde. Toen hij zijn hand liet zakken, zag hij er tien jaar ouder oud. Hij glimlachte flauwtjes naar me. 'Geniet maar van jullie jaren samen,' zei hij, 'totdat ze jou hetzelfde flikt.'

Toen haar lange maanden van voorbereidend leeswerk erop zaten, ging Anabel aan de slag met haar ambitieuze project. Het werd een film over het lichaam. Ze kon niet bevatten hoe vreemd het is dat iemand vijftig of zeventig of negentig jaar leeft en vervolgens sterft zonder zelfs maar oppervlakkig te hebben kennisgemaakt met het lichaam dat de som van zijn of haar bestaan vormt: dat het lichaam zo veel plekjes heeft – bepaalde plekjes op het hoofd en de rug die ze niet rechtstreeks kon zien, maar ook plekjes op haar armen en benen en romp – waaraan ze, in al die jaren, minder aandacht had besteed dan een slager aan een lap rundvlees.

De oppervlakte van haar eigen lichaam besloeg ongeveer 16.000 vierkante centimeter, en haar plan was om er met een dunne zwarte viltstift een rooster op af te tekenen van 'lapjes' van 32 vierkante centimeter. Met uitzondering van haar voeten, gezicht en vingers zouden die lapjes simpele vierkanten worden van 57 x 57 millimeter. Alle vijfhonderd daarvan zouden in haar film te zien zijn. Ze wilde er een volle week voor uittrekken om zich met elk lapje vertrouwd te maken – om geen enkel stukje van 32 vierkante centimeter van haar lichaam tekort te doen of te bevoorrechten, zodat ze kon zeggen, wanneer ze doodging, dat ze werkelijk alles gekend had wat ervan te zien was – en ze had zichzelf de intimiderende taak gesteld om met elk lapje iets nieuws en boeiends te doen. De verschillen konden louter filmisch zijn, maar vaker kwamen er beelden aan te pas die verband hielden met de gedachten en herinneringen die een bepaald lapje opriep. In dat opzicht grensde het project dichter aan performancekunst dan aan film. Als ze zich aan haar schema kon houden, zou de performance tien jaar in beslag nemen en zou de creatieve uitdaging geleidelijk groter worden. Ze wist niet hoelang de film uiteindelijk zou worden, maar ze mikte op negenentwintigenhalf uur, een uur voor elke dag van de maanmaand. Haar grotere ambitie was lapje voor lapje haar lichaam terug te veroveren van de wereld van mannen en vlees. Na tien jaar zou ze zichzelf volledig in bezit hebben.

Ik vond het een geweldig idee, en zij vond mij geweldig omdat ik het geweldig vond. Op een erg warme middag in juli liet ze mij de eerste zwarte lijnen op haar lichaam zetten, een vakje met twee van de tenen van haar linkervoet; ze had er een halve dag over gedaan om het oppervlak nauwkeurig uit te rekenen en had inktstippen achtergelaten, die ik nu met elkaar verbond. 'Nu moet je me er alleen mee laten,' zei ze.

'Ik wil ook elke centimeter van je lichaam kennen.'

'Ik kom altijd bij je terug,' zei ze ernstig. 'Over tien jaar ben ik geheel de jouwe.'

Ik kuste de tenen en liet haar alleen met ze. Wat was nou tien jaar?

Als ze sneller had kunnen werken, en als kunstenaars als Cindy Sherman en Nan Goldin niet intussen grote opgang hadden gemaakt, en als de experimentele film niet plotseling vrijwel compleet van het toneel was gevaagd door de videokunst, en als ze niet verlamd van afgunst was geweest door mijn kleinere, maar voltooibare journalistieke projecten, was het voorstelbaar geweest dat haar film op iets zou zijn uitgelopen. Maar toen er een jaar verstreken was, was ze nog steeds bij haar linkerenkel. Ik begrijp nu dat ze snel uitgekeken moet zijn geraakt op het oppervlak van haar lichaam – het is niet zonder reden dat we ons leven leiden zonder er veel aandacht aan te besteden – maar voor haar was het alsof de wereld erop uit was haar te dwarsbomen.

Uiteraard kreeg ik het zwaar te verduren. Een werkdag kon verpest worden door één verkeerd woord aan de ontbijttafel of door een hinderlijke geur van iets wat ik aan het koken was ('Geuren zijn de hel op aarde,' zei ze graag). Zelfs een korte recensie in de krant over een 'concurrent' kon haar een week uit haar evenwicht brengen.

Met haar stilzwijgende instemming ploos ik *The New Yorker* en de kunstsecties van *The New York Times* uit op artikelen die haar van streek konden maken en scheurde ik ze eruit voordat zij ze kon lezen. Ook nam ik de telefoon aan, betaalde onze rekeningen en deed onze belastingaangifte. Toen we een grotere woonruimte betrokken, maakte ik de ramen van haar projectkamer geluiddicht, en toen ze een halfjaar later tot de conclusie kwam dat Philadelphia haar deprimeerde en mijn carrière belemmerde, ging ik naar New York en vond een appartement voor ons in East Harlem. Ook daar maakte ik haar kamer geluiddicht. En dat alles zonder wrok, dat alles omdat ik écht in haar geloofde, want zij was de egel en ik was de vos. Maar het was meer dan dat: net als bij de wc-bril compenseerde ik een structurele onrechtvaardigheid. Het kwetste haar dat ik een doe-het-zelver was, en omdat het haar kwetste, kwetste het mij ook.

Mijn grootste talent was geld verdienen. Ik snakte er zo naar om vooruit te komen en had zo veel tijd ter beschikking (Anabel sloot zich zeven dagen per week op met haar 16 mm Beaulieu) dat ik vrij makkelijk wist binnen te komen bij het tijdschrift *Philadelphia*. Ik had daar, of later bij *The Village Voice*, nieuwsredacteur kunnen worden, maar ik wilde geen kantoorbaan; Anabel had er namelijk 's ochtends, voordat ze zich opsloot, soms behoefte aan om een paar uur te praten over een verkeerde blik die ik haar had toegeworpen of over een storend artikel dat aan mijn censuur was ontsnapt, en daar moest ik me beschikbaar voor houden. Daarom werkte ik vanuit huis en kon ik me als verslaggever bekwamen. Omdat ik in creatief opzicht geen concurrent van Anabel was, stimuleerde ze me om ambitieus te zijn en gaf me positieve feedback over alles wat ik schreef. In ruil daarvoor zorgde ik ervoor dat onze huur en energierekeningen werden betaald en dat er huishoudgeld was. Voor nieuwe filmcassettes en de bewerking ervan joeg ze haar resterende spaargeld erdoorheen en verkocht vervolgens de sieraden die ze van haar vader had gekregen en van haar moeder had geërfd. Het choqueerde me hoeveel de sieraden waard waren en het maakte me een tikkeltje rancuneus, maar het was natuurlijk niet zo dat ik zelf sieraden had ingebracht in ons huwelijk.

Dat het met ons seksleven rap bergafwaarts ging, hoef ik er niet bij te vertellen. Ons probleem was niet de gebruikelijke verveling die in een huwelijk optreedt. Het kwam deels doordat ze de hele dag intens haar lichaam bestudeerde en in haar vrije tijd gewoon een boek wilde lezen of tv wilde kijken, maar de hoofdreden was dat onze zielen met elkaar versmolten waren. Het is niet makkelijk om het gevoel te hebben dat je iemand bént en haar tegelijkertijd te begéren. Halverwege de jaren tachtig was de enige schappelijke seks die we hadden van het soort dat je hebt als je thuiskomt na een lange afwezigheid. Nadat ik voor mijn journalistieke werk op reis was geweest of mijn jaarlijkse zomerbezoek aan Denver had gebracht, verschilden we een paar uur voldoende van elkaar om weer aansluiting bij elkaar te vinden. In de jaren daarna, toen ze zich ging uithongeren en drie uur per dag aan sport deed, bleef haar menstruatie gewoon weg. Toen was er nooit meer een goede tijd van de maand voor haar, toen deden we Leonard in een schoenendoos en haalden hem er niet meer uit, toen was het enige wat we deden praten, praten en nog eens praten, als een tweekoppige, emotionele bureaucratie. De meest onbenullige vraag ('Waarom heb je tien minuten gewacht om me je goede nieuws te vertellen in plaats van het me meteen te vertellen?') leidde tot een diepgaand officieel onderzoek, waarbij elke reactie in drievoud moest worden ingediend en de periode voor heroverweging meermaals werd verlengd omdat het onderzoek in de archieven nog gaande was.

En we leidden een teruggetrokken bestaan. Ons piekfijn aankleden en ons onder andere seksuele wezens begeven had kunnen helpen om ons van elkaar los te maken. Maar Anabel werd steeds verlegener en steeds minder zelfverzekerd en schaamde zich er steeds meer voor om te praten over een project dat zij en ik geniaal vonden, maar dat niemand anders begreep, en aangezien onze enige vrienden *míjn* vrienden waren, was het onvermijdelijk dat Anabel zich afgewezen voelde, omdat zij meer in mij geïnteresseerd waren. Ik sprak voortaan in mijn eentje met hen af voor de lunch of een vroege borrel. Ik vertelde helemaal niemand over mijn thuissituatie. Dat zou verraad zijn geweest ten opzichte van Anabel, en ik geneerde me voor de excentriciteit van mijn huwelijk en – erger nog – voor hoe ik klonk wanneer ik een beleefde vraag van een vriend over haar en haar werk beantwoordde. Ik klonk als iemand die uitvluchten voor haar verzon, als iemand die er blind voor was dat zijn echtgenote in feite niet het genie bleek dat ze in zijn overtuiging was. Ik was er nog steeds van overtuigd, maar gek genoeg klonk ik niet overtuigend.

Zelfs David, die me was blijven bellen, scheen zijn belangstelling voor Anabel te hebben verloren. Zijn drie zoons bleven voldoen aan alle clichés die er maar bestonden over het wangedrag van rijkeluiskinderen, en zijn dochter had hem in het gezicht gespuugd. Ik was het meest acceptabele doelwit voor vaderlijke trots dat hem nog resteerde. Hij bood me steevast financiering, connecties of een goede baan bij McCaskill aan, en soms alle drie. Onder zijn leiding had McCaskill activiteiten in Azië ontplooid, handelde het in Peruviaans vismeel en Duitse lijnzaadolie, breidde zijn bezigheden uit met financiële dienstverlening en kunstmest, verbreedde de stroom van vlees, goot rundvlees en eieren in het keelgat van McDonald's en kalkoen in de muil van Denny's. Volgens mijn berekening was Davids aandeel in het bedrijf tegen de drie miljard dollar waard.

En toen was ik ineens een dertiger. Ik had tientallen bevriende collega's, maar niemand met wie ik over Anabel kon praten, afgezien van Ruben, de conciërge van ons gebouw, die een dubbelrol vervulde als de zetbaas van een illegale loterij, die werd gerund door de eigenaar van ons gebouw en die was gelieerd aan de Dominicaanse Lotería Nacional. De veiligheid in het gebouw werd gewaarborgd door de voortdurende aanwezigheid van Ruben en zijn hulpjes – een tandeloze alcoholist met de bijnaam Low Boy en een paar gepensioneerde prostituees. Ruben deed hoffelijk tegen Anabel en behandelde haar echtgenoot met respect; hij noemde me Lucky. Anabels andere fan was haar nieuwe vriendin, Suzanne, die ze had leren kennen bij een improvisatiecursus die ze op mijn dringende advies was gaan volgen nadat ze een heel najaar was vastgelopen met haar project. Ze had zich eindelijk omhooggefilmd naar de bovenkant van haar linkerbeen, maar kon zich er niet toe brengen om een lapje af te tekenen bij haar genitaliën. Haar voedselinname was afgenomen tot koffie met sojamelk 's ochtends en een kleine portie avondeten. Overdag had ze vaak erg veel last van een 'opgeblazen' gevoel en maagkramp, maar ze werd panisch als er iets was (dat wil zeggen een urenlange discussie met mij) waardoor ze haar trainingsprogramma niet kon afwerken. Dat programma duurde van vijf tot acht uur 's avonds en bestond uit meedoen met fitnessvideo's van Jane Fonda, hardlopen in Central Park en roeien op een tweedehands roeiapparaat dat nu haar werkruimte domineerde.

Ze had evenveel lichaamsvet als een Thonet-stoel, haar menstruaties waren verleden tijd, en er gingen hele jaargetijden voorbij waarin ik haar alleen maar neukte in de fantasie van Ruben, maar dat weerhield ons er niet van om het over een mogelijk kind te hebben. Ze wilde graag een gezin met me stichten, maar eerst moest ze haar project voltooien, haar lichaam heroveren en een succes tot stand brengen dat gelijkwaardig was aan dat van mij of dat overtrof, want anders zat zij thuis tussen de luiers, terwijl ik mijn schitterende, mannelijke loopbaan had. Ik zag niet in hoe we konden wachten tot ze klaar was – een groot deel van haar honderd uur ruw filmmateriaal had ze nog niet eens bekeken, laat staan dat ze al aan de montage was begonnen, en gezien het tempo waarmee ze vorderde, zou ze op haar zeventigste nog aan het filmen zijn – maar dat kon ik haar niet duidelijk maken zonder haar paniekgevoel te voeden. Ik kon alleen proberen haar te kalmeren, zodat ze door kon gaan met het beschouwen en filmen van haar genitaliën.

Nadat ik mijn eerste artikel aan *Esquire* had gesleten, kreeg ik Anabel zo ver dat ze meeging naar Italië om daar te vieren dat we acht jaar bij elkaar waren. We hadden geen huwelijksreis gehad, en ik dacht dat Europa onze relatie nieuw leven kon inblazen. De reis was toeristisch gezien een succes – we hadden het rijk alleen bij de gotische beeldhouwwerken in Toscane en de oude ruïnes op Sicilië – maar Anabel kreeg elke middag hoofdpijn van de honger en elke avond moest ik haar na zonsondergang vergezellen op een wandeling van drie uur in een stevig tempo, en gingen we daarna rammelend van de honger op zoek naar een restaurant waar de plaatselijke bevolking in groten getale aanwezig was, want dit was haar huwelijksreis en haar enige maaltijd van de dag moest van grote klasse zijn.

Toen we terug waren in New York hadden we ons voorgenomen dat we onze eigen versie zouden maken van Siciliaanse spaghetti met gebakken aubergine en tomaten, een zo verrukkelijk gerecht dat we het wel twee keer per week wilden eten. En dat deden we dan ook, maandenlang. En nu komt het rare: ik kreeg er niet geleidelijk genoeg van. Ik kreeg er plotseling genoeg van, hartgrondig en voorgoed, terwijl ik er een bord van zat te eten, hoewel ik de eerste paar happen net zo lekker had gevonden als altijd. Ik legde mijn vork neer en zei dat we die aubergine en tomaat voorlopig maar van het menu moesten schrappen. Aan het gerecht mankeerde niets en het was heerlijk. Het was me gaan tegenstaan omdat ik het te vaak had gegeten. En daarom schrapten we het een maand lang van het menu, maar Anabel vond het nog steeds heerlijk, en op een erg warme avond in juni kwam ik thuis en rook dat ze het aan het maken was.

Mijn maag draaide zich om.

'We zijn te ver doorgeschoten,' zei ik vanaf de keukendrempel. 'Ik verdraag het niet meer.'

Symboliek was altijd goed besteed aan Anabel. 'Ik ben geen spaghetti met aubergine, Tom.'

'Ik ga letterlijk over mijn nek als ik hier blijf.'

Ze keek angstig. 'Goed,' zei ze. 'Maar kom je straks wel terug?'

'Ja, maar er moet iets veranderen.'

Ik holde vijf trappen af en koerste naar het station van 125th Street, zonder plan, zonder een vriend die ik goed genoeg kende om in vertrouwen te kunnen nemen, met alleen maar de behoefte om weg te zijn. Er was in die jaren een haveloos groepje funkmuzikanten dat te hooi en te gras speelde op het perron waar de treinen van en naar het centrum stopten. Altijd een bassist en een gitarist, dikwijls een drummer met een drumstel dat eruitzag alsof het uit een vuilcontainer was gehaald, en soms een zangeres met gouden tanden en een smoezelige lovertjesjurk. Alleen de zangeres had weleens contact met hun publiek; de anderen leken volledig verstrikt in een pijnlijk persoonlijk verleden waar de muziek even respijt van bood. De gitarist wist hoe je boven het kabaal van de treinen uit zonder compromissen iets swingends kon verkopen, ongeacht hoeveel zweetdruppels het hem kostte.

Die avond waren ze een trio. Er lagen al wat dollarbiljetten in de open gitaarkoffer, en ik deed er ook een dollar bij en liep verder over het perron met het respect dat blanken in Harlem nu eenmaal horen te tonen. Sindsdien heb ik vergeefs gezocht naar het nummer dat ze toen speelden. Misschien was het een eigen nummer dat nooit is opgenomen. Het had een eenvoudig, zich herhalend mineur septiemakkoord dat sprak van schoonheid te midden van ontroostbaar verdriet, en in mijn herinnering duurde het nummer twintig minuten of een halfuur, lang genoeg voor de aankomst en het vertrek van heel wat sneltreinen en boemeltjes. Ten slotte kwamen er prachtige, stormachtige windvlagen van beide kanten opzetten, een stevige, klamme wind met een pislucht die over het perron joeg en toen van richting veranderde, en nog eens, zodat de dollarbiljetten opstegen uit de gitaarkoffer en alle kanten uit dwarrelden over het perron als bladeren in de herfst, tuimelend en zwevend, terwijl het bandje verder speelde. Het was zowel uitermate mooi als triest, en iedereen op het perron was zich daarvan bewust en bleef dan ook van dat geld af.

Ik dacht aan mijn gekwelde Anabel, alleen in het appartement. Ik bezag mijn leven en liep de trap weer op.

Ze stond achter de voordeur, alsof ze me had verwacht. 'Wil je me helpen?' vroeg ze meteen. 'Ik weet dat er iets moet veranderen, en ik kan het niet zonder jou. Wil je kijken naar wat ik aan het doen ben en me vertellen wat ik over het hoofd zie?'

'Je moet je me alleen geen gebakken aubergine meer voorzetten,' zei ik.

'In alle ernst, Tom. Ik heb je hulp nodig.'

Ik beloofde haar mijn hulp. We gingen haar werkkamer in, die lange tijd verboden terrein voor me was geweest, en verlegen liet ze me een paar indrukwekkende fragmenten zien. Een onderbelichte zwart-wit close-up van een lapje van haar linkerbovenbeen, dat ze met de hand had bewerkt om de suggestie van donkere oceaangolven op te roepen. Een niet helemaal synchroon lopende, maar erg geestige monoloog over knieschijven. Een beangstigende montage van beelden van het metroperron, met daardoorheen gemonteerd haar lijkwitte grote teen met daaraan een kaartje met haar naam, als om te suggereren dat ze had overwogen voor een trein te springen. Ik was zo enthousiast en positief dat ze haar notitieboekjes voor me opende.

Die waren altijd strikt privé geweest, en dat ik ze mocht inkijken, gaf al aan hoe wanhopig ze was, want het waren niet de elegant beschreven bladzijden met storyboards die ik me had voorgesteld. Ze vormden een dagboek vol gekweldheid. Ze begon dagelijks met een lijstje van actiepunten dat telkens uitliep op een zelfdiagnose in een steeds onleesbaarder handschrift. Daarna begon ze op een nieuwe bladzijde met een keurig schema van filmcoupures, vulde alleen de eerste paar vakjes in, krabbelde daar dan herzieningen bij, streepte dan de herzieningen door en krabbelde nieuwe in de kantlijn, met lijnen die verschillende gedachten met elkaar verbonden en kernpunten die ze drie keer onderstreepte; daarna kruisten ze het geheel door met een grote, boze x.

'Ik weet dat het er niet naar uitziet,' zei ze, 'maar er staan echt goede ideeën in. Dit hier ziet eruit alsof het doorgestreept is, maar het is niet echt doorgestreept; ik ben er nog over aan het denken. Ik moet het doorgestreept laten, omdat het me te veel onder druk zet. Wat ik eigenlijk moet doen is alle notitieboekjes doornemen' – het waren er minstens veertig – 'en proberen alles in mijn hoofd te houden en dan een duidelijk plan op te stellen. Het is alleen zo véél. Ik ben niet gek. Ik moet een manier zien te vinden om alles te ordenen zonder mezelf te veel onder druk te zetten.'

Ik geloofde haar. Ze was intelligent en had goede ideeën. Maar toen ik die notitieboekjes doorbladerde, zag ik dat ze geen schijn van kans had haar project te voltooien. Ze had me heel lang almachtig geleken, maar ze was niet sterk genoeg. Ik voelde me medeverantwoordelijk omdat ik niet eerder had ingegrepen, en nu, ook al was ik het huwelijk zo zat dat mijn maag zich ervan omkeerde, kon ik niet weggaan voordat ik haar had bevrijd van de strop die ze om haar hals had gelegd zonder dat ik had ingegrepen. Ik had gehoopt dat het huwelijk me zou verlossen van mijn schuldgevoel, maar het was alleen maar beklemmender geworden.

En toch: schuldgevoel moet wel de monsterlijkste van alle menselijke emoties zijn, want wat ik vervolgens deed om mijn schuldgevoel te verminderen – getrouwd met haar blijven – was precies datgene waar ik me later, toen het huwelijk voorbij was, het schuldigst over voelde. Alsof ze zich voor het eerst had gerealiseerd dat ik bij haar weg zou kunnen gaan, begon ze na de avond van de spaghetti en de aubergine over een datum, anderhalf jaar later, wanneer we konden beginnen ons op een dochtertje te richten (een zoontje kwam niet in haar hoofd op). Het idee diende deels om zichzelf een doel te geven en een deadline om met haar project tot boven haar onderbuik te vorderen, maar omwille van mij probeerde ze ook realistischer te zijn; we konden een zwangerschap niet eeuwig voor ons uit schuiven. Ik zag in dat een kind misschien precies was wat we nodig hadden, een kind zou onze redding kunnen zijn, maar ik zag ook in dat de zorg voor het kind waarschijnlijk grotendeels op mij zou neerkomen, zolang het project tenminste niet af was. En daarom begon ik, telkens wanneer zij de kwestie van een kind opwierp, over haar project. Ik kan me eerlijk gezegd niet meer herinneren of ik wilde dat ze opschoot en het project voltooide zodat we de zorg voor een kind konden delen, of dat ik gewoon wilde dat het zo de goede kant met haar op ging dat ik veilig van haar kon scheiden. Maar ik weet wel dat ik de misselijkmakende geur van gebakken aubergine kon oproepen door er alleen maar aan te denken. Als ik naar mijn maag had geluisterd en onze banden had verbroken, zou ze misschien nog de tijd hebben gehad om met iemand anders een kind te krijgen.

'Een gedurfd voorstel,' had ik gezegd in haar werkkamer, de ochtend na de spaghettiavond. 'Je vergroot de afmeting van je lapjes met een factor tien. Ik kan je helpen het geheel te plannen, ik kan het voor je uittekenen zodat je het niet allemaal in je hoofd hoeft te houden. En dan doe je het in twee jaar en zit het erop.'

Afwijzend schudde ze haar hoofd. 'Ik kan niet halverwege de afmeting van de lapjes veranderen.'

'Maar als je ze tien keer groter maakt, kun je het hele been in twee maanden overdoen. Dan kun je de beste non-bodyshots die je al hebt eruit pikken.'

'Ik ga toch niet acht jaar werk weggooien!'

'Maar het is werk dat nog niet eens klaar is.' Ik wees naar haar stapels verwerkte, maar ongeopende filmcassettes. 'Je moet doen wat nodig is om het af te krijgen.'

'Je weet dat ik mijn hele leven nog nooit iets heb afgemaakt.'

'Mooi moment om ermee te beginnen, vind je ook niet?'

'Ik weet echt waar ik mee bezig ben,' zei ze. 'Ik heb je hulp niet nodig bij het weggooien van acht jaar werk. Ik heb je hulp nodig bij het ordenen van de ideeën die ik al heb. En het was duidelijk een vergissing om het jou te vragen. Jezus, wat ben ik toch stom.'

Ze sloeg met haar vuisten tegen haar hoofd, de boosdoener. Het kostte me twee uur om haar te kalmeren en vervolgens nog een uur om uit de boze bui te komen die me had overvallen omdat ze had gesuggereerd dat mijn esthetiek vulgair was. Daarna hielp ik haar drie uur met het opstellen van een ruw schema voor de voltooiing van haar project en daarna was ik nog een uur bezig belangrijke gedachten uit het eerste van haar pakweg veertig notitieboekjes over te schrijven in een nieuw notitieboekje, dat ik zou bijhouden. En toen was het tijd voor haar drie uur durende trainingsprogramma.

We hadden heel wat van dit soort dagen in het daaropvolgende jaar. Tien uur lang werkte ik een opnameschema voor haar uit, een opnameschema dat mij prima haalbaar leek, maar toen het tijd was om te gaan trainen, zei ze alleen maar dat het erop leek dat we míjn journalistiek georganiseerde film aan het maken waren, niet haar film, wat uitliep op een volgende dag van discussies waarin ze duidelijk probeerde te maken welke opnames zíj wilde, maar waarbij ik haar algehele logica niet kon volgen, waarna ze het me allemaal nog eens uitlegde, maar ik het nog steeds niet kon volgen, en dan was het weer tijd om te gaan trainen. Ik verminderde mijn eigen werkzaamheden en liet een kans lopen om de Dukakis-campagne te volgen voor *Rolling Stone*, en ik raakte vrienden kwijt zoals dat gebeurt bij verslaafden, door op het laatste moment afspraken af te zeggen. We waren terechtgekomen in de treurige onderhoudsfase van onze verslaving, zonder een sprankje plezier in de ochtend, met alleen een beroerd gevoel over onopgeloste kwesties van de vorige dag. Zo bleef het maar doorgaan en zo zou het eindeloos zijn doorgegaan als mijn moeder niet een doodvonnis had gekregen.

Tegen haar gewoonte in belde ze me op een doordeweekse middag. 'Ach, dat vreselijke lichaam van me,' zei ze. 'Ik heb er alleen maar narigheid van, en nu wordt het mijn dood. Het spijt me enorm, Tom. Ik stel jou teleur, ik stel Cynthia teleur, ik stel iedereen teleur. Dokter Van Schyllingerhout heeft zo veel geduld met me gehad, hij heeft zo zijn best gedaan. Hij zegt dat ik een van de redenen ben waarom hij niet met pensioen gaat. Hij loopt tegen de tachtig, Tom, en heeft nog steeds patiënten. Ik ben zo'n teleurstelling voor jullie allemaal. Maar je domme oude moeder heeft kanker.'

Nog deerniswekkender dan haar kanker was haar neiging om zich ervoor te verontschuldigen. Ik vroeg nog wat door, in de hoop op een sprankje licht, maar dat was er kennelijk niet. Ze had gewoon stomme pech gehad. Omdat de steroïden een verhoogd risico op kanker met zich meebrachten, had dokter Van Schyllingerhout haar elke twee jaar een coloscopie laten ondergaan, maar de kanker moest kort na haar vorige onderzoek zijn ontstaan. Die had zich binnen twee jaar uitgezaaid en was vermoedelijk niet operabel. Ze gingen haar openmaken om de obstructie weg te halen, haar een flinke dosis bestraling geven en haar dan opnieuw opereren om te zien wat er nog te redden viel, maar de prognose was slecht.

'Ik kom morgen,' zei ik.

'Het spijt me echt, Tom. Ik vind het afschuwelijk om je hiermee te belasten. Ik wil blijven leven om jou gelukkig en succesvol te zien. Maar dat domme oude lichaam van me, altijd hetzelfde domme gedoe...'

Ik liep Anabels werkkamer binnen, ging zitten en begon te huilen. Anabel vertelde me later dat ze doodsbang was geweest voor mijn tranen – ze was bang dat ik was binnengekomen om te zeggen dat het onmogelijk was nog met haar samen te leven – maar toen ik haar het nieuws vertelde, sloeg ze haar armen om me heen en huilde met me mee. Ze bood zelfs aan mee te gaan naar Denver.

'Nee,' zei ik, mijn tranen drogend. 'Jij blijft hier. Dit zal ons allebei goeddoen.'

'Dat is precies waar ik over inzit,' zei ze. 'Dat ik zonder jou beter zal kunnen werken en dat jij gelukkiger zult zijn zonder mij. En dan is het afgelopen met ons. Jij zult denken: waarom blijf ik bij die krankzinnige vrouw die haar werk niet kan doen? En ik zal me herinneren hoeveel beter ik kon werken toen ik voortdurend alleen kon zijn.' Ze raakte weer in tranen. 'Ik wil je niet kwijt.'

'Je raakt me niet kwijt,' zei ik. 'We zijn alleen een poos niet bij elkaar.'

De redenering die ik aan haar voorlegde, en aan mezelf, was dat we onze afzonderlijke identiteit opnieuw moesten vormgeven om samen verder te kunnen. Ik geloofde dat echt, maar mijn redenen om het te geloven deugden niet. Eigenlijk probeerde ik het schuldgevoel dat zou ontstaan wanneer ik bij haar wegging zo lang mogelijk uit te stellen. Ik hoopte, onrealistisch, dat ze me dat schuldgevoel zou besparen door zelf op te stappen.

In een ziekenhuisgang in Denver overlegde ik met dokter Van Schyllingerhout terwijl mijn moeder nog op de verkoeverafdeling lag. Hij was een kale man met meelevende ogen en een haviksneus. Hij had mijn moeder goed behandeld, en hij was onmiskenbaar woest over haar kanker. 'De chirurg is ontevreden,' zei hij met een accent dat minder op dat van Leonard leek dan ik me herinnerde. 'Hij wilde meer weghalen, maar je moeder is er heel stellig over dat ze geen stoma wil. Die beslissing over haar kwaliteit van leven moeten we respecteren. Ze wil niet zo'n zakje. Maar een chirurg beperkingen opleggen kan eigenlijk niet door de beugel. Haar kansen zijn nu slechter.'

'Hoe slecht?'

Hij schudde zijn hoofd, woest. 'Slecht.'

'Ik waardeer het dat u haar wensen respecteert.'

'Uw moeder is een vechtersbaas. Ik heb patiënten gehad die minder ziek waren dan zij en die een stomaoperatie hebben laten doen. En u kent ongetwijfeld het verhaal over hoe ze Duitsland heeft verlaten. Ze verkeerde in een onwaardige situatie die ze weigerde te accepteren. Met de wilskracht die zij heeft, had ze nog dertig jaar kunnen leven.'

Zo ontstond mijn bewondering voor mijn moeder. Het is raar om te zeggen, gezien hoe ziek ze was, maar ze gaf me hoop voor mijn eigen leven.

Mijn situatie met Anabel was beslist geen grotere kwelling voor mij dan haar darmen voor haar waren, en het achterlaten van haar moeder en broer en zusje kon niet makkelijker zijn geweest dan wat ik Anabel moest aandoen. En als mijn moeder zich daardoorheen kon slaan, dan kon ik het misschien ook.

Haar operatie leek de frase 'domme oude moeder' uit haar vocabulaire te hebben verwijderd, net als andere soortgelijke omschrijvingen. Ze kwam uit het ziekenhuis zonder nog denigrerend over zichzelf te doen. Onder invloed van Cynthia, die nu een alleenstaande moeder was en met haar dochter in Denver woonde, werden ook haar politieke opvattingen milder. 'Ik begin te denken dat geld werkelijk de wortel van alle kwaad is,' zei ze op een avond tegen me. 'Zodra je geld hebt, is er ook afgunst. Dat is het probleem met de communisten, ze zijn afgunstig op de rijken en geobsedeerd door de herverdeling van geld. En het spijt me, maar als ik naar de familie van Anabel kijk, zie ik alleen de narigheid die geld daar heeft aangericht.'

'Daarom weigert ze dat geld ook,' zei ik.

'Maar geld weigeren is gewoon een andere manier van erdoor geobsedeerd zijn. Het is net als bij de communisten. De productieve arbeiders worden uitgebuit door de werkschuwen. Het spijt me dat ik het zeggen moet, maar het is niet eerlijk dat Anabel niet werkt – dat jíj degene bent die haar obsessie moet compenseren. Ze was beter af geweest als ze helemaal nooit geld had gehad.'

'Haar familie is verknipt, dat klopt. Maar ze is niet werkschuw.'

'Als ik er niet meer ben, krijg je wat geld van dit huis. En ik wil niet dat je dat geld gebruikt om Anabel te onderhouden. Dat geld is voor jóu. Het is niet veel, maar je vader heeft er hard voor gewerkt en ik heb er hard voor gewerkt. Beloof me alsjeblieft dat je het niet weggeeft aan de dochter van een miljardair.'

Ik dacht aan mijn hardwerkende ouders. 'Goed,' zei ik.

'Beloof je het?'

Ik deed de belofte, maar ik wist niet of ik hem zou nakomen.

Die zomer begon ik weer vlees te eten. Ik ging naar Nevada en schreef een artikel voor *Esquire* over de geplande opslagplaats voor kernafval bij Yucca Mountain. Ook verzorgde ik mijn moeder toen ze last kreeg van de bestraling en zag ik Cynthia en haar dochtertje vaak. Nu was Anabel degene die ik op zondagavond belde. Ze beweerde dat ze productieve gedachten had, en alleen wanneer ze dingen zei als 'je moet me niet vergeten, Tom' was het bepaald niet prettig haar stem te horen. Ze had geen flauw idee dat ik weer vlees at, en ik zei er niets over.

Mijn moeder bleef me verbazen. Nadat ze was hersteld van haar tweede, ronduit ontmoedigende operatie, in oktober, vroeg ze of ik haar naar Duitsland wilde brengen voordat ze stierf. Ze had de politieke ontwikkelingen daar gevolgd, de aanzwellende exodus van Oost-Duitsers via Tsjecho-Slowakije, en voor het eerst in vele jaren had ze nog eens geprobeerd een brief naar haar familie te sturen op het oude adres. Drie weken later kreeg ze een lange brief terug van haar broer. Zijn vrouw en hij woonden nog steeds in het huis van vroeger, zijn moeder was in 1961 overleden, zijn kleine zus was twee keer gescheiden, zijn oudste zoon toegelaten tot de universiteit. Zijn brief was vrij van rancune, in elk geval zoals mijn moeder hem voor me vertaalde, alsof haar verdwijning gewoon het zoveelste gegeven was uit een moeilijke jeugd die hij reeds lang achter zich had gelaten. Er werd met geen woord gerept over alle eerdere brieven, die hij niet had beantwoord. Ik vroeg me af of hij wellicht nooit rancuneus was geweest, alleen bang dat de Stasi zijn correspondentie met een vluchtelinge zou hebben afgekeurd. En nu waren de mensen niet meer bang voor de Stasi.

Op grond van mijn drie semesters Duits aan de universiteit en het verhaal van mijn moeder bood *Harper's* me een contract aan om een ooggetuigenverslag te schrijven over de val van het communisme. Mijn moeder was erg vermagerd en zag er werkelijk uit als een vogelverschrikker, maar haar darmen bleken op de een of andere manier nog te functioneren en ze had geen stoma. Op een avond, toen ik haar hielp haar eenvoudige zaken te regelen, legde ze haar pen neer en zei tegen me: 'Ik denk dat ik in Duitsland doodga.'

'Dat weet u niet,' zei ik.

'Ik ben hier klaar,' zei ze. 'Cynthia is een goede moeder, een prachtig mens, en jij bent een prachtige carrière aan het opbouwen. Ik geloof dat Denver en ik genoeg van elkaar hebben. Een leven is een grappig gegeven, Tom. Mensen hebben het wel over ergens aarden, maar mensen zijn geen bomen. Als ik ergens geaard ben, is het niet hier.'

Ze zat erover in dat ze haar Duits zou zijn vergeten, maar ze was zo goed in taal en had zo goed Engels geleerd dat dat me onwaarschijnlijk leek. Op onze laatste avond in Denver kwam Cynthia bij ons thuis op bezoek zonder haar dochter. Toen het voor haar tijd was om afscheid te nemen, voorgoed, wilde ik haar met mijn moeder alleen laten.

'Nee, blijf er maar bij zitten,' zei mijn moeder. 'Ik wil dat je hoort wat ik te zeggen heb.' Ze richtte zich tot Cynthia. 'Ik wil je mijn verontschuldigingen aanbieden voor het feit dat ik geen betere moeder voor je ben geweest toen je klein was. Ik heb er uitvluchten voor bedacht, maar meer dan dat waren het niet, het waren uitvluchten, en ik verdien niet wat je sindsdien voor me hebt gedaan. Je bent de beste dochter geweest die een moeder zich ooit zou kunnen wensen. Jij was het prachtige geschenk dat je vader me heeft gegeven. Ook als ik nergens anders geluk mee heb gehad, ik heb wel geluk gehad met Tom en jou. Ik wil dat je weet dat ik enorm waardeer wat je allemaal hebt gedaan, en dat het me enorm spijt dat ik ooit onaardig tegen je ben geweest. Je bent een fantastisch mens, fantastischer dan ik verdien.'

Cynthia's gezicht was vertekend door emotie, maar mijn moeder bleef waardig en liet geen traan. In de schaduw van de dood was ze niet langer de persoon die ik had gekend. Ze was de persoon geworden die ik niet had gekend, de Duitse persoon. De tientallen jaren dat ze niet gelukkig was geweest, haar eeuwige zeurverhalen, hadden nu iets van een mislukte campagne om een goede manier te vinden om Amerikaans te worden.

Toen we naar Berlijn vertrokken, was de Muur al gevallen. (In mijn hoofd bracht ik wijzigingen in mijn ongeschreven artikel aan, zoals journalisten dat doen, zodat het meer over de jonge Clelia zou gaan.) Na een rustdag in Berlijn reisden we per trein verder naar Jena. Uit het raam kijkend naar een stad die zich hulde in steenkoolwalmen was het commentaar van mijn moeder: 'Ze hebben vijfendertig jaar gehad om het nog lelijker te maken. Mijn god, vijfendertig jaar om lelijkheid voort te brengen. De mensen zullen het vergeten, maar ik wil niet dat jij het vergeet: dit deel van Duitsland heeft zijn schuld wel betaald.'

Dat noteerde ik in een notitieboekje. Oost-Duitsland mocht dan een reusachtige, door de Russen bestuurde strafgevangenis zijn geweest, de Stasi mocht de ernstigste excessen van Duitse autoriteit en bureaucratische grondigheid hebben belichaamd en misschien was iedereen met gezond verstand of een stevig karakter het land al ontvlucht voordat de Muur was gebouwd, maar de gevangenen die waren achtergebleven om te boeten voor de collectieve schuld van het land waren gek genoeg van hun Duitsheid ontdaan. De mensen die ik in Jena ontmoette, waren bescheiden, onpunctueel, spontaan en royaal met het weinige dat ze bezaten. De economie van het land was van meet af aan een schijnvertoning geweest, en hoewel de gevangenen het spel volgens de regels hadden meegespeeld, politiek-educatieve bijeenkomsten hadden bijgewoond, hun presentiezegels hadden belikt en in boekjes hadden geplakt die mij deden denken aan de spaarzegelboekjes uit mijn jeugd, lag hun ware loyaliteit bij elkaar, niet bij de staat. Mijn oom Klaus en zijn vrouw ontruimden de slaapkamer die vroeger van Annelie was geweest en stonden die aan mijn moeder af. Ze hadden een telefoon, maar die werd sporadisch gebruikt. Vrienden stonden gewoon voor de deur en werden binnen genood voor het feest dat een week duurde waarmee de terugkeer van mijn moeder werd gevierd. Er was een overvloed aan bier, slechte witte wijn en slagroomtaart. Mijn aanwezigheid was ongemakkelijk, omdat ik het merendeel van de gesprekken niet kon volgen, en ik was opgelucht toen mijn moeder aan het eind van de week voorstelde dat ik haar bij haar broer zou achterlaten en alleen op zaterdagavond en zondag op bezoek zou komen. 'Jij moet je artikel schrijven,' zei ze. 'Ze hebben aangeboden voor me te zorgen, maar ik wil dat ze elke week even vrijaf kunnen nemen.'

'Weet u zeker dat u het zo wilt doen?'

'Zo doen ze de dingen hier,' zei ze. 'Ze zorgen voor elkaar.'

'U klinkt als een oude communiste.'

'Het waren veertig jaren van verschrikkelijke verspilling,' zei ze, 'een heel land vol verspilde levens. Het is een land vol opgeschoten kinderen, mensen die stout doen achter de rug van de onderwijzer, mensen die elkaar verklikken, mensen die hun stomme diploma's krijgen omdat ze brave socialisten zijn. Mensen die zich onderwerpen aan het systeem omdat ze Duitser zijn en omdat het een systeem is. Het was allemaal een stompzinnige leugen. Maar ze zijn niet arrogant, geen betweters. Ze geven wat ze hebben en ze nemen mij zoals ik ben.'

Hoe dichter ze bij de dood kwam, hoe zekerder ze van zichzelf werd. Ze was tot de slotsom gekomen dat de betekenis van het leven school in de vorm die het aannam. De vraag waarom ze was geboren viel niet te beantwoorden, ze kon alleen accepteren wat haar was toebedeeld en trachten het tot een goed einde te brengen. Ze had zich voorgenomen te sterven in de slaapkamer van haar moeder, in gezelschap van haar broer en haar enige nakomeling, zonder de vernedering van een stomazakje.

Ik ging terug naar Berlijn, waar ik me aansloot bij een stel jonge Franse journalisten die ik had ontmoet en met wie ik uiteindelijk een etage in Friedrichshain kraakte. De bewoners waren er zomaar vandoor gegaan, zonder enige aanwijzing dat ze zouden terugkeren. Een maand lang maakte ik de wekelijkse reis naar Jena, en een keer extra met Kerstmis, terwijl mijn moeder steeds magerder en grauwer werd. Gelukkig was haar pijn over het algemeen draaglijk. Wanneer ze een hevigere pijnaanval kreeg, wreef ze de morfine die dokter Van Schyllingerhout haar had laten meesmokkelen op haar tandvlees.

Mijn laatste maaltijd met haar was het ontbijt op de tweede zondag van januari. Ze was 's nachts een paar keer op geweest om dingen te doen waar ik niet bij mocht zijn, zodat ze niet in haar waardigheid werd aangetast; haar ogen stonden hol en de contouren van haar schedel tekenden zich scherp af onder haar dunne huid, maar ze was nog steeds de intelligente Clelia, haar hart sloeg nog, haar hersens werden nog van zuurstof voorzien en waren nog vervuld van haar leven. Ik vond het fijn om te zien dat ze een knapperig broodje met boter helemaal opat.

'Ik wil weten wat Anabel en jij van plan zijn,' zei ze.

'Daar ben ik nu niet mee bezig.'

'Ja, maar daar zul je je binnenkort wel mee moeten bezighouden.'

'Ze moet haar project afmaken en dan hopen we nog steeds een gezin te stichten.'

'Is dat wat jij wilt?'

Ik dacht erover na en zei: 'Ik wil haar weer gelukkig zien. Ze was vroeger fantastisch, maar nu zit ze helemaal in de put. Als zij gelukkig en succesvol was, zou ik gelukkig met haar zijn.'

'Jouw geluk zou niet afhankelijk moeten zijn van haar geluk,' zei mijn moeder. 'Je was een gelukkig jochie, en ik weet dat je vader en ik niet de makkelijkste ouders waren, maar ik geloof niet dat je daaronder geleden hebt. Je hebt het recht om voor jezelf gelukkig te zijn. Als je samen bent met iemand die niet gelukkig kan zijn, moet je nadenken over wat je gaat doen.'

Ik beloofde erover na te denken, en mijn moeder ging naar bed in haar moeders slaapkamer, terwijl ik mijn best deed een Duitse krant te lezen. Een halfuur later hoorde ik haar naar de wc gaan. Enige tijd daarna hoorde ik haar een gil slaken. Die gil is me bijgebleven; ik kan hem in mijn hoofd terugspelen, precies zoals ik hem gehoord heb.

Ze zat voorovergebogen op de wc en wiegde heen en weer van de pijn. Ze had talloze keren in haar leven radeloos van ellende op de wc gezeten, maar dit was, opmerkelijk genoeg, de allereerste keer dat ik haar op de wc zag zitten. Ze zou gewild hebben dat ik haar niet zo gezien had, en voor haar speet het me, en zal het me altijd blijven spijten dat het wel zo was. Ze keek met verwilderde ogen naar me op en zei, naar adem happend: 'Mijn god, Tom, ik ga dood.'

Met mijn handen onder haar oksels hielp ik haar overeind en droeg haar min of meer naar de slaapkamer en liet een wc-pot vol bloed en erger achter. Haar ademhaling was snel en oppervlakkig. Een deel van haar slordig gehechte dikke darm was gescheurd, en ze lag dood te gaan aan een bloedvergiftiging. Ik wreef morfine op haar tandvlees en streelde haar kwetsbare hoofd. Haar hoofd voelde nog zo warm dat ik me afvroeg wat zich daarbinnen afspeelde, maar ze zei niets meer tegen me. Ik zei dat het goed was, ik zei dat ik van haar hield, ik zei dat ze zich geen zorgen over me hoefde te maken. Haar ademhaling werd trager en moeizamer, en toen, kort na twaalf uur, stopte hij helemaal. Ik legde mijn wang op haar borst en hield haar een hele poos in mijn armen, zonder iets te denken, ik was gewoon maar een dier dat zijn moeder had verloren. Toen stond ik op en belde het nummer dat mijn oom Klaus me had gegeven voor het geval ik een boodschap aan hem wilde laten doorgeven in zijn weekendhuisje.

Het leek oom Klaus en mij beter om helemaal geen begrafenis te hebben dan een kleine. Na de crematie wandelden hij en ik langs de rivier, tussen de grasvelden waar mijn moeder als meisje had liggen zonnen, en strooiden de helft van de as uit langs de rivieroever. De andere helft hield ik apart om samen met Cynthia in Denver uit te strooien. Op de ochtend dat ik Jena verliet, bedankte ik oom Klaus in hortend Duits voor alles wat hij had gedaan. Hij haalde zijn schouders op en zei dat mijn moeder voor hem hetzelfde zou hebben gedaan. Het kwam bij me op te vragen hoe ze als meisje was geweest.

'*Herrisch*!' Hij moest lachen. 'Nu begrijp je waarom ik haar wel móest helpen.'

Later zocht ik het mij onbekende woord op. 'Bazig.'

In de trein terug naar Berlijn stond ik de hele reis in het achterste deel van het laatste treinstel en zag de verdwijnende spoorseinen van rood op groen springen. Het voelde niet zo heel erg om een wees te zijn. Het voelde als de eerste dag van een lange vakantie, een dag even leeg als de januarihemel helder en zonnig was. De enige wolk, Anabel, bevond zich op een ander halfrond. Mijn gevoel van bevrijding was deels financieel – Cynthia, Ellen en ik zouden een erfenis van ruim 400.000 dollar delen – maar het was meer dan dat. Mijn ouders hadden nu allebei het veld geruimd en lieten de hele race aan mij over, en ik zag nu dat ik me had ingehouden omwille van Anabel, uit angst te ver op haar uit te lopen.

Ik had beloofd haar die middag te bellen, maar door het verstrooien van mijn moeders as was ik me bewust geworden van iets kinderlijks en in wezen onbenulligs in haar lichaamsfilmproject, en ik was bang dat prijs te geven als we elkaar spraken. Mijn eigen lichaam voelde zo vitaal, zo ver van zijn eigen dood, dat ik in plaats van haar te bellen ging wandelen waar mijn moeder lang geleden had gewandeld; ik mengde me onder de buitenlanders die zich in Moabit vergaapten aan de Muur en ging toen op weg naar de Kurfürstendamm.

Bij het westelijke eind daarvan ging ik in een café een worstje eten en mijn journalistieke indrukken opschrijven in een notitieboekje. Op een gegeven moment zag ik een man alleen aan een tafeltje zitten, een jonge Duitser met een hoog voorhoofd en wild krullend haar. Hij zat naar de televisie te kijken met zijn beide armen achteloos over de stoelen naast hem. De onbekommerde manier waarop hij daar zat, het gevoel van heerschappij dat hij daarmee uitstraalde, bleef mijn blik trekken. Uiteindelijk zag hij me kijken en lachte naar me. Alsof hij me bij een grap betrok, wees hij naar het tv-scherm.

Zijn gezicht was ook op het scherm te zien. Hij werd op straat geïnterviewd, en het onderschrift luidde: ANDREAS WOLF, SYSTEEMCRITICUS VAN DE DDR. Ik verstond niet veel van wat hij zei, maar ik ving het woord 'zonlicht' op. Toen er in de nieuwsrubriek een breed shot verscheen van wat ik als het landelijk hoofdkwartier van de Stasi herkende, keek ik zijn kant uit en zag dat hij zijn armen nog wijder uiteen had gespreid. Ik stond op met mijn notitieboekje en ging naar zijn tafeltje. '*Darf ich*?'

'Natuurlijk,' zei hij in het Engels. 'Je komt uit Amerika.'

'Inderdaad.'

'Amerikanen mogen zitten waar ze maar willen.'

'Dat weet ik nog zo net niet. Maar ik ben benieuwd wat je daarnet zei. Mijn Duits is niet geweldig.'

'Dat notitieboekje,' zei hij. 'Ben je journalist?'

'Ja.'

'Uitstekend.' Hij stak me een hand toe. 'Andreas Wolf.'

Ik gaf hem een hand en ging tegenover hem zitten. 'Tom Aberant.'

'Mag ik je een biertje aanbieden?'

'Ik bied jou een biertje aan.'

'Ik ben degene die iets te vieren heeft. Nooit op de televisie geweest, nooit in het Westen geweest, nooit een Amerikaan ontmoet. Ik heb een topavond.'

Ik haalde twee biertjes en liet hem vertellen. Hij zei dat hij had meegedaan aan de bestorming van het hoofdkwartier van de Stasi, waar hij tot feitelijke woordvoerder was gebombardeerd van het Burgercomité dat het toezicht opeiste van het archief, waarna hij zichzelf had beloond door zijn eerste tochtje buiten het Oosten te maken. Hij had zestig uur nauwelijks geslapen, maar hij maakte geen vermoeide indruk. Ik voelde me net zo opgewekt. Het geluk een Oost-Duitse dissident te ontmoeten tijdens zijn eerste uren in het Westen, voordat een andere westerse journalist met hem had gesproken, gaf mijn stemming in de trein vanuit Jena iets profetisch.

We dronken ons biertje op en gingen naar buiten. Wat Andreas deed, was eigenlijk geen lopen, maar paraderen als een pauw, in zijn strakke spijkerbroek en zijn legerjack, met zijn schouders naar achteren. Er hing nog steeds een feestelijke sfeer in de stad en Andreas bleef de buitenlanders en Oost-Berlijners op de Ku'damm met uitdagend geheven hoofd aankijken, alsof hij ze tartte hem niet te herkennen. Wanneer we knappe vrouwen tegenkwamen, draaide hij zich met een ruk om en keek hen na. Ik had het gevoel dat Anabel hem niet zou mogen, ook niet een beetje, en dat ik mijn bevrijding bevorderde door alleen al naast hem te lopen.

In een rustiger stuk van de straat bleef hij staan voor een BMW-showroom. 'Wat vind jij, Tom? Moet ik nu zo'n auto willen? Nu er geen Oost meer is, alleen West?'

'Het is je plicht als consument er zo een te willen.'

Hij bleef naar de ultieme autobeleving staren. 'Ik heb mijn hele leven nog niet zoiets schrikwekkends gezien. Alle anderen stonden te popelen om hiernaartoe te komen. Alle anderen waren te stom om zich angst te laten aanjagen.'

'Hoe zou je het vinden als ik opschrijf wat je zegt?'

'Is dat wat je wilt doen?'

'Je lijkt me iemand die verhalen te vertellen heeft.'

Hij moest lachen. '"Laat mij dan den volke, dat niets nog weet, verkonden, hoe 't gebeurde; dan hoort gij daden, bloedig, onnatuurlijk..." Wie citeer ik?'

'Ik meen dat het de laatste rede is die Horatio houdt.'

'Heel goed!' Hij gaf me met de vlakke hand een klap op de schouder. 'Zou het alleen voor jou opgaan of zal ik alle Amerikanen sympathiek vinden?'

'Waarschijnlijk iets daartussenin.'

'Je zou erom lachen als je kon zien wat voor beeld ik van Amerika heb.

Wolkenkrabbers en een beklagenswaardige onderklasse. Brechtiaanse uitbuiting. Gorkiaanse kleine luiden, Mick Jagger als de duivel. *Puerto Rican girls juist dyin' to meetchoo.*'

'Ik raad je aan om je verwachtingen naar beneden bij te stellen.'

'Moet ik ernaartoe?'

'Naar New York? Beslist. Ik kan je de hele stad laten zien.'

Ik was me ervan bewust dat hij me hoger inschatte omdat ik een Amerikaan was; ik was me ook bewust van de schaamte die ik zou voelen wanneer hij naar New York kwam en zou zien wat voor leven ik met Anabel leidde. Hij stak zijn middelvinger op naar de glanzende BMW's en hield de vinger boven zijn schouder toen we verder liepen over het trottoir.

Hetgeen hij me al had verteld – namelijk dat hij als twintiger was aangemerkt als antisociaal burger en buiten het socialistische raamwerk had geleefd, in het souterrain van een kerk – werd regelrecht opgenomen in mijn artikel voor *Harper's*. En toch waren mijn journalistieke overwegingen niet de doorslaggevende redenen waarom ik hem vroeg, toen we in Friedrichstraße ieder onze eigen weg gingen, me daar de volgende middag opnieuw te ontmoeten. Andreas leek totaal niet op Anabel, behalve dat hij mager was, maar zijn zelfverzekerdheid was zo roekeloos dat het de indruk wekte dat daaronder iets beschadigds of gepijnigds schuilging, iets wat me herinnerde aan het charismatische, beschadigde meisje voor wie ik was gevallen. Of misschien herinnerde hij me alleen aan hoe verliefdheid voelde.

Of ik er nu zin in had of niet, ik ontkwam er de volgende dag niet aan om Anabel te bellen. Dat kon alleen vanuit een telefooncel op het postkantoor, en terwijl Andreas me het centrum van Oost-Berlijn liet zien, de kerk wees waar hij probleemjongeren begeleidde, de elitaire Oberschule die hij had bezocht, de jeugdclub waar bandjes speelden die afkeurend werden bekeken en de cafés waar de *Asoziale* waren bijeengekomen, maakte ik me zenuwachtig of ik voor sluitingstijd wel een postkantoor zou vinden. Uiteindelijk zei ik dat ook tegen hem.

'Wat zijn de gevolgen als je haar niet belt?'

'Zo veel ellende dat het niet loont om haar niet te bellen.'

'Oké, een serieuze vraag: is dat hoe het is om getrouwd te zijn?'

'Hoezo? Denk je er zelf over?'

Zijn gezicht nam een ernstige uitdrukking aan. We liepen door een straat in Prenzlauer Berg, die bezaaid lag met armzalige meubels die mensen uit het raam hadden gegooid sinds de Muur was gevallen.

'Niet over een huwelijk,' zei hij. 'Maar er is een meisje. Ze is erg jong, ik hoop dat je haar zult ontmoeten. Als je haar ontmoet, zul je begrijpen waarom ik het vraag.'

Dat ik jaloers werd toen hij het over een meisje had, gaf al aan hoe aardig ik hem vond. Ik twijfelde er niet aan dat ze ongelofelijk mooi was en in tegenstelling tot Anabel belust op seks. Daar benijdde ik hem om. Gekker, en kenmerkend voor mijn wankele evenwicht na het verlies van mijn moeder, was dat ik ook jaloers was op het meisje omdat ze als vrouw toegang had tot zijn privéleven.

'Ga je vrouw bellen,' zei hij. 'Ik wacht wel op je.'

'Nee, ze kan de pot op,' zei ik. 'Ik doe het morgen.'

'Heb je een foto van haar?'

Die had ik, in mijn portefeuille, een kiekje uit Italië, een flatterende foto. Andreas bekeek hem aandachtig en knikte goedkeurend, maar ik zag, of verbeeldde me te zien, dat iets in hem zich ontspande, alsof hij nu zeker wist dat hij de betere vrouw had en hij die specifieke wedstrijd had gewonnen. Ik had te doen met Anabel, maar ook met mezelf, omdat ik voor haar moest opkomen.

Hij gaf me het kiekje terug. 'Ben je haar trouw?'

'Tot nu toe wel.'

'Elf jaar – fantastisch!'

'Beloofd is beloofd.'

'Het zal me niet meevallen jouw ethische niveau te halen.'

Ook hij leek al te denken dat we vrienden zouden kunnen zijn. Toen we verder liepen door de slecht verlichte straten zinspeelde hij op de vervuiling in zijn land, de letterlijke en spirituele vervuiling, en op zijn eigen persoonlijke vervuiling. 'Jij hebt geen idee hoe schoon je bent.'

'Ik ben al in geen drie dagen in bad geweest.'

'Je zit erover in dat je je vrouw moet bellen. Je verpleegt je moeder wanneer ze stervende is. Die dingen lijken voor jou vanzelfsprekend, maar dat zijn ze niet voor iedereen.'

'Het is eerder een ziekelijk overontwikkeld plichtsgevoel.'

'Je moeder – hoe oud was ze?'

'Vijfenvijftig.'

'Shit, wat een pech. Een goede moeder?'

'Ik weet het niet. Ik heb haar altijd als een probleem beschouwd, maar nu kan ik niet één slecht ding bedenken dat ze me ooit heeft aangedaan.'

'In welke zin was ze een probleem?'

'Ze mocht mijn vrouw niet.'

'En jij was loyaal aan je vrouw.'

'Je schat me verkeerd in,' zei ik. 'Ik ben dat schone zat. Ik ben mijn huwelijk zat. Ik heb mijn leven verdaan.'

'Dat gevoel ken ik.'

'Ik ben spuugzat wie ik ben.'

'Dat gevoel ken ik ook.'

'Zullen we een biertje gaan drinken?'

Hij bleef staan en keek op zijn horloge. Het kwetste mijn trots dat ik zo duidelijk de initiatiefnemer was, maar ik was vastbesloten met hem bevriend te raken. Hij had een onweerstaanbare aantrekkingskracht en straalde iets uit van geheim verdriet, geheime kennis. Ik keek er niet van op toen hij jaren later internationale roem verwierf. De hele wereld leek hetzelfde voor hem te voelen als ik en ik kon hem zijn succes niet misgunnen, omdat ik wist dat daarachter, diep vanbinnen, iets kapot was.

'Ja, oké, een biertje,' zei hij.

We gingen een café binnen dat heel toepasselijk de Bres heette en daar begon ik aan mijn zelfkastijding. Ik vertelde Andreas dat ik voorbij was gegaan aan mijn moeders waarschuwingen over Anabel en vervolgens elf jaar vrijwel geen contact met haar had gehad. Dat ik voorbij was gegaan aan de waarschuwingen van Anabels vader, de miljardair, voorbij was gegaan aan de intuïtieve sympathie die ik voor hem voelde, en trouw had beloofd aan een gestoorde vrouw. Met elk woord dat ik zei, verraadde ik Anabel, en het akelige was hoe prettig dat verraad aanvoelde. Het was alsof ik alleen maar een aanvaardbaar alternatief voor haar nodig had gehad, een potentiële vriend voor wie ik een soort verliefdheid voelde, om voor mezelf toe te geven hoe kwaad ik op haar was, hoe kwaad ik misschien altijd al was geweest.

Dat mijn bekentenis een tactische dimensie had, maakte hem niet minder oprecht. Ik had nooit met een bron over mijn huwelijk gesproken, maar mijn aanpak was openheid – mijn manier om een bron aan te moedigen om ook open te zijn. Het betekende niet dat ik manipulatief was; het betekende dat ik een persoonlijkheid had die geknipt was voor de journalistiek. En door de gespannen aandacht van Andreas merkte ik dat mijn Amerikaanse stijl ook aansloeg bij een Duitser. Het was ook de stijl van mijn vader geweest, en mijn moeder had daar op haar twintigste geen verweer tegen gehad.

'Dus wat ga je nu doen?' vroeg Andreas toen ik uitgesproken was.

'Alles klinkt goed, als het maar niet betekent dat ik naar Harlem terug moet.'

'Je moet haar morgen bellen. Als je echt niet teruggaat.'

'Ja, goed. Misschien.'

Hij keek me met een doordringende blik aan. 'Ik mag je graag,' zei hij. 'Ik zou je graag helpen om de waarheid over mijn land te schrijven. Maar als je mijn verhaal zou kennen, ben ik bang dat jij mij niet meer mag.'

'Als je het me nou eens vertelt, dan kan ik zelf oordelen.'

'Als je Annagret kon ontmoeten, zou je het misschien begrijpen. Maar ik mag nog geen contact met haar hebben.'

'Je meent het.'

'Ja, ik meen het.'

Het café had zich gevuld met sigarettenrook, mannen die eruitzagen alsof ze kanker onder de leden hadden en meisjes met kapsels die ik amper een dag geleden nog afschuwelijk zou hebben gevonden. Nu ik mezelf toestond om te fantaseren over seks met een van die kapsels, zag het ernaar uit dat ik dat binnenkort wel zou doen, als ik tenminste niet uit Berlijn wegging.

'Het is goed om over dingen te praten,' zei ik.

Hij schudde zijn hoofd. 'Ik kan het je niet vertellen.'

We bevonden ons op bekend terrein voor een journalist. Bronnen die de moeite namen om te zinspelen op verhalen die ze me niet konden vertellen, vertelden die uiteindelijk bijna altijd wel. Het was belangrijk om over van alles te praten, als het maar niet het onvertelde verhaal was. Ik bestelde nog een paar biertjes en kreeg hem aan het lachen met een aanval op de twintigste-eeuwse Britse literatuur, die hij op zijn duimpje leek te kennen, en het choqueerde hem dat ik daar zo laatdunkend over deed. Daarna verdedigde ik The Beatles terwijl hij enthousiast was over The Stones, en we vonden het allebei leuk om de Dylan-verheerlijkers belachelijk te maken, zowel de Amerikaanse als de Duitse. We zaten drie uur te praten terwijl de Bres leegstroomde en het onvertelde verhaal in de lucht hing. Ten slotte sloeg Andreas zijn handen voor zijn gezicht en drukte hard tegen zijn gesloten ogen. 'Oké,' zei hij. 'Laten we opstappen.'

Het was achteraf bezien merkwaardig hoe weinig ik me met mijn vader had geïdentificeerd, hoe volledig ik mijn moeders kant had gekozen. Maar nu ze dood was, en ik door het donkere Tiergarten liep met Andreas, had ik mijn vader kunnen zijn op de avond dat hij haar tegenkwam. Een toevallige ontmoeting, een lange, jonge vrouw uit het Oosten, een stad die zinderde van de mogelijkheden. Het moet hem diep hebben verbaasd dat ze daar zomaar naast hem liep.

We gingen op een bankje zitten.

'Dit is niet voor publicatie,' zei Andreas. 'Dit is alleen bedoeld om het jou beter te laten begrijpen.'

'Ik ben hier als een vriend.'

'Een vriend. Interessant. Ik heb nog nooit een vriend gehad.'

'Nooit?'

'Toen ik op school zat, mochten de mensen me wel. Maar ik vond hen verachtelijk. Laf en saai. En toen werd ik een paria, een dissident. Niemand vertrouwde mij, en ik vertrouwde de anderen nog minder. Ook zij waren laf en saai. Iemand zoals jij had in dat land niet kunnen bestaan.'

'Maar nu hebben de dissidenten gezegevierd.'

'Kan ik je vertrouwen?'

'Dat kun je onmogelijk weten, maar ja, dat kun je echt.'

'Zie maar of je nog steeds mijn vriend wilt zijn als je hoort wat ik je te vertellen heb.'

In de duisternis, in het hart van een stad die te ruim opgezet en te dunbevolkt was om de lucht met lawaai te vervullen, vertelde hij me wat een hoge positie zijn ouders hadden bekleed. Hoe bevoorrecht hijzelf was geweest, totdat hij zijn leven had vergooid door een daad van politiek verzet te plegen. En dat hij, nadat hij van de universiteit was gestuurd, was terechtgekomen in een Milan Kundera-achtige wereld vol lekkere grietjes, en dat hij toen een meisje had ontmoet dat zijn leven had veranderd, een meisje dat hij tot in de ziel liefhad, en dat hij haar had proberen te redden van de stiefvader die haar misbruikte. Dat de stiefvader hem was gevolgd naar de datsja van zijn ouders. Dat hij de stiefvader uit zelfverdediging had gedood en het lichaam achter de datsja had begraven. Hij vertelde me hoe paranoïde hij toen was geworden en wat een geluk hij had gehad dat hij zijn politie- en observatiedossiers had kunnen weghalen uit de Stasi-archieven.

'Ik deed het om haar te beschermen,' zei hij. 'Mijn leven is het niet waard om beschermd te worden, maar dat van haar wel.'

'Maar het was zelfverdediging. Waarom heb je het niet gewoon gemeld?'

'Om dezelfde reden dat zij niet naar de autoriteiten is gestapt. De Stasi beschermt zijn eigen mensen. De waarheid is zoals hij wil dat die is. We zouden allebei achter de tralies zijn verdwenen.'

Ik had in het verleden weleens veroordeelde moordenaars geïnterviewd. Voor elk van hen was ik wel een beetje bang geweest, op een puur intuïtieve manier, alsof hun geschiedenis zich met mij zou kunnen herhalen. Maar in de toestand waarin ik verkeerde, na zo veel bier en gepraat, bespeurde ik gek genoeg jaloezie jegens Andreas, vanwege de grootse en extreme gebeurtenissen in het leven dat hij had geleid.

Hij was geluidloos gaan huilen.

'Het was erg, Tom,' zei hij. 'Het gaat nooit weg. Ik was niet van plan hem te doden. Maar ik heb het gedaan. Ik heb het gedaan...'

Ik legde mijn arm om zijn schouder, en hij draaide zich om en klampte zich aan me vast.

'Het is oké,' zei ik.

'Het is niet oké. Niet oké.'

'Ja, juist wel. Het is oké.'

Hij huilde een hele poos. Ik streek over zijn hoofd en hield hem dicht tegen me aan. Als hij een vrouw was geweest, had ik hem een kus op zijn haar gegeven. Maar de heteroman heeft zich aan strenge intimiteitsgrenzen te houden. Hij maakte zich van me los en wist zich te beheersen.

'Dat is dus mijn verhaal,' zei hij.

'Je bent ermee weggekomen.'

'Niet helemaal. Zij wil me niet zien totdat ik weet dat we veilig zijn. We zijn bijna veilig, maar er ligt nog steeds een lijk bij mijn ouders in de tuin.'

'Jezus.'

'Het is nog erger. Ze gaan het huis misschien aan speculanten verkopen. Het is goed mogelijk dat het erf wordt omgespit. Als ik haar wil terugzien, moet ik het lijk verplaatsen.'

'Sorry dat ik je daar niet mee kan helpen.'

'Nee, jij blijft buiten schot. Daar zou ik je nooit bij betrekken.'

Er lag iets teders in zijn stem. Ik vroeg wat hij van plan was met het lijk.

'Ik weet het niet,' zei hij. 'Ik zou kunnen leren autorijden, maar dat vergt tijd. Ik ben bang dat ik haar kwijtraak. Ik denk dat ik het met twee koffers zou kunnen doen, een rit met de trein.'

'Dat zou een behoorlijk gestreste treinrit worden.'

'Ik wil haar terugzien. Ik doe alles wat daarvoor nodig is. Dat is mijn enige plan: ik wil haar terugzien.'

Ik kreeg nog een steek van jaloezie. Van buitengesloten zijn, van concurreren met het meisje. Hoe kan ik anders verklaren wat ik toen zei?

'Ik kan je wel helpen.'

'Nee.'

'Ik heb pas mijn moeder gecremeerd. Ik kan het wel aan.'

'Nee.'

'Ik ben een Amerikaan. Ik heb een rijbewijs.'

'Nee. Het is een smerige bedoening.'

'Als je me de waarheid hebt verteld, is het de moeite waard.'

'Ik moet het alleen doen. Ik kan het je nooit vergoeden.'

'Dat is ook niet nodig. Ik bied het je aan als vriend.'

Ergens in de verte, tussen de donkere bomen en struiken achter ons, klonk de zwakke kreet van een kat. Toen was er een tweede kreet te horen, iets luider, niet van een kat. Van een vrouw die aan haar trekken kwam.

'En het archief?' vroeg Andreas.

'Wat is daarmee?'

'Het comité gaat vrijdag weer naar de Normannenstraße. Ik kan ervoor zorgen dat je daar naar binnen komt.'

'Ik kan me niet voorstellen dat ze een Amerikaan zullen toelaten.'

'Je moeder was Duitse. Jij vertegenwoordigt de mensen die zijn gevlucht. Ook die hebben dossiers.'

'Je hoeft er niets voor terug te doen.'

'Nee, dat is het niet. Ik doe het uit vriendschap.'

'Het zou wel een journalistieke meesterzet zijn.'

Andreas sprong op van het bankje. 'Laten we het doen! Beide dingen.' Hij boog zich over me heen en gaf een klap tegen mijn armen. 'Zullen we het doen?'

De vrouw in de verte slaakte nog een kreet. De gedachte drong zich op dat deze vrouw, of net zo een als zij, van mij kon zijn als ik bij Andreas in Berlijn bleef.

'Ja,' zei ik.

De volgende ochtend vroeg, in Friedrichshain, was ik een en al wroeging toen ik wakker werd. Mijn beddengoed was al niet schoon geweest toen ik hier aankwam en ik had het nooit gewassen; ik was domweg gewend geraakt aan groezeligheid. Als degene op wie ik verliefd was geworden een vrouw was geweest en naakt naast me in bed had gelegen, had ik alle gedachten aan Anabel verre van me kunnen houden. Maar zoals de zaken er nu voor stonden, kon ik alleen maar weer in slaap komen door te besluiten om Anabel later op de dag te bellen en proberen goed te maken wat ik tegen Andreas over haar had gezegd.

Maar toen ik rond het middaguur opstond, gruwde ik van het vooruitzicht haar stem te horen, met zijn tremolo van gekwetstheid. De stem die ik wilde horen en het gezicht dat ik wilde zien, waren die van Andreas. Ik ging naar West-Berlijn om een auto te huren, waarbij me werd gegarandeerd dat ik me ermee buiten de stadsgrenzen mocht begeven.

Thuisgekomen zag ik op de vloer in de hal een voor mij bestemd telegram liggen.

BEL ME.

Ik strekte me uit op mijn smoezelige bed, met het telegram naast me, en wachtte tot de bruinkoolrook van de stad zich tot duisternis verdichtte en de postkantoren hun rolluiken lieten zakken.

Toen ik in het veilige donker op weg ging naar de rand van de stad, moest ik uitwijken voor een tram die was gestopt en reed ik bijna de naar buiten stromende reizigers plat. Er werd boos naar me geschreeuwd, en op z'n Amerikaans hief ik verontschuldigend mijn handen. Met behulp van mijn vaders oude, uitklapbare plattegrond van Berlijn zocht ik mijn weg door eindeloze wijken die Duitse boetedoening uitstraalden. De straten in de buurt van de Müggelsee waren dichter bebouwd en er was meer verkeer dan ik me had voorgesteld; opgelucht constateerde ik dat het zomerhuis van de familie Wolf schuilging achter hoog opgeschoten coniferen.

Ik deed mijn lichten uit en reed de auto over het berijpte grasveld naar de achterkant van het huis, zoals Andreas me had uitgelegd. Vandaar zag ik het bevroren meer, vlekkerig wit onder een koepel van stadswolken, en een gereedschapsschuurtje in de verste hoek van het erf. Bij dat schuurtje stond Andreas, met een spade en een stuk zeildoek.

'Nog problemen gehad?' vroeg hij opgewekt.

'Bijna iemand doodgereden, maar verder, nee.'

'Aardig van je om dit voor me te doen.'

'Bedank me later maar.'

Hij nam me mee naar het bos achter de schuur. Daar lag een berg aarde en een bijbehorend gat. 'Mijn handen zijn er verschrikkelijk aan toe,' zei hij. 'De bovenste laag aarde was bevroren. Maar ik denk dat we het hele geval er nu aan zijn kleren uit kunnen trekken. Ik heb beide kanten al even opgetild.'

Ik keek omlaag in het gat. Er was voldoende omgevingslicht om te kunnen zien dat de overall van het lijk ooit blauw was geweest. Die overall gaf aan de botten de vorm en iets van de omvang van een lichaam mee. Aan de handbotjes leken nog flintertjes huid te zitten. De stank viel mee, een flauwe geur van rotting op rotting, als schimmelkaas. Er ontbrak alleen één ding.

'Waar is het hoofd?'

Andreas keek over zijn schouder. 'Daar, in een plastic tas. Dat hoef jij niet te zien.'

Ik waardeerde het dat hij rekening met me hield. Aangezien ik zo kortgeleden bij het lichaam van mijn moeder had gezeten, was ik nog min of meer gehard tegen de dood. Maar een schedel, misschien met nog wat plukjes haar erop, zou een nare aanblik hebben opgeleverd. De botten waren een veiligere abstractie. Door mezelf te dwingen daarnaar te kijken, had ik het gevoel dat ik me ervan verzekerde dat ik nooit meer terug kon gaan naar Anabel.

Toch stond ik te klappertanden, en niet alleen van de kou. Andreas spreidde het zeildoek uit en we gingen wijdbeens boven het graf staan en trokken aan de overall. Die moest van onderen verteerd zijn geweest. Hij scheurde doormidden en er vielen botten en allerlei brokken van een niet thuis te brengen substantie uit.

'Godallemachtig,' zei ik.

'Ja, oké. Laat mij het maar doen.'

Ik ging aan de oever van het meer staan terwijl Andreas al scheppend en sjorrend dingen uit het gat haalde. Ik keerde pas terug toen hij het dekzeil had opgerold en het gat weer met aarde dichtgooide. Daar hielp ik hem bij, zodat het wat sneller ging.

'Ik heb wat broodjes bij me,' zei hij, toen we het zeildoek met inhoud in de kofferbak stouwden.

'Ik kan niet zeggen dat ik veel trek heb.'

'Je moet wat eten. We hebben een lange rit voor de boeg.'

We wasten onze handen met mineraalwater uit een fles en aten de broodjes op. Ik kreeg het weer koud en daardoor besefte ik, eigenlijk voor het eerst, dat ik op het punt stond een ernstig misdrijf te begaan. Heel even had ik een vlaag van heimwee naar Anabel, niet heftig, maar onmiskenbaar. Hoe beroerd ons leven ook was geworden, het was huiselijk, voorspelbaar, monogaam en niet-crimineel. In een krocht van mijn geest scharrelde een rat van een gedachte: dat ik Andreas achtenveertig uur geleden had ontmoet, dat ik hem eigenlijk niet kende en dat hij me misschien niet de volledige waarheid had verteld, dat hij me misschien al die tijd had gebruikt als middel om bij Annagret terug te kunnen komen.

'Stel me eens gerust over de politie,' zei ik. 'Ik zie ineens een verkeerscontrole voor me. Doet u de kofferbak eens open.'

'De politie heeft tegenwoordig wel serieuzere dingen om zich druk om te maken.'

'Ik heb op weg hiernaartoe op een haar na zes mensen doodgereden.'

'Zou je ervan van opknappen als ik zei dat ik doodsbang ben?'

'Is dat dan zo?'

'Een beetje wel, ja.' Hij kneep even in mijn arm. 'Jij?'

'Ik heb leukere avonden gehad.'

'Ik zal niet vergeten wat je voor me doet, Tom. Nooit.'

In de auto, met de verwarming op zijn hoogste stand, voelde ik me beter. Andreas vertelde me meer over zijn leven, de bizarre literaire termen waarin hij het interpreteerde en zijn vurige verlangen naar een beter, onschuldiger leven met Annagret. 'We gaan op zoek naar een woning voor ons twee,' zei hij. 'Je mag zo lang bij ons logeren als je maar wilt. Dat is wel het minste wat we voor je kunnen doen.'

'En wat ga je doen om aan de kost te komen?'

'Zo ver heb ik nog niet vooruitgedacht.'

'De journalistiek?'

'Wie weet. Hoe is dat?'

Ik vertelde hem hoe het was, en hij leek geïnteresseerd, maar ik bespeurde een vage, onuitgesproken afkeuring, alsof hij grootsere ambities had die hij uit tactvolle overwegingen niet ter sprake bracht. Het was hetzelfde gevoel dat ik had gekregen toen hij Anabels foto bekeek: hij wilde best bewonderen wat ik had, als wat hij had maar beter was. Dat voorspelde misschien niet veel goeds voor een toekomstige vriendschap van gelijkwaardige partners, maar destijds, in het begin, in de ontzettend warme auto, strookte het met mijn ervaring van verliefdheid: het gevoel van minderwaardigheid, de hoop om toch waardig bevonden te worden.

'Het Burgercomité komt morgenochtend bijeen,' zei hij. 'Je zou mee moeten komen, dan weten ze vrijdag al wie je bent. Hoe is je Duits?'

'Eh...'

'*Sprich. Sprich.*'

'*Ich bin Amerikaner. Ich bin in Denver geboren –*'

'De r is niet goed. Die moet meer in de keel. Amerikaner. Geboren.'

'Mijn r's zijn de minste van mijn problemen.'

'*Noch mal, bitte:* Amerikaner.'

'Amerikaner.'

'Geboren.'

'Geboren.'

Ruim een uur werkten we aan mijn uitspraak. Het maakt me verdrietig wanneer ik aan dat uur terugdenk. Afgaand op hoe arrogant zijn houding op straat was, had ik nooit kunnen vermoeden wat een geduldige leraar hij was. We gingen er al van uit dat ik in Berlijn zou blijven, maar ik voelde ook dat hij zowel op mij als op zijn taal gesteld was en wilde dat we goed met elkaar zouden kunnen opschieten.

'Laten we aan jouw Engelse accent werken,' zei ik.

'Mijn accent is onberispelijk. Ik ben de zoon van een hoogleraar Engels.'

'Je klinkt als de BBC. Je a's moeten vlakker klinken. Je hebt pas echt geleefd als je een "a" hebt gezegd zoals een Amerikaan. Een van de dingen waar ons land trots op is. Zeg eens *cèn't.*'

'*Can't.*'

'Èèèèè. *Cèèèèn't.* Als een mekkerende geit.'

'*Cèèèèn't.*'

'Ja, dat was 'm. De Britten hebben geen idee wat ze missen.'

Aan de rand van een onaanzienlijk stadje stopten we bij een tankstation waar alle rolluiken naar beneden waren, zodat Andreas de schedel kon wegstoppen onder het afval in een vuilnisbak. Terwijl ik in de auto zat te wachten, was ik ervan overtuigd dat ik een goede daad verrichtte. Als mijn moeder niet was geëmigreerd, als ik in een door de Stasi overheerst land was geboren, had ik misschien uit zelfverdediging zelf ook wel een Stasi-rat gedood. Andreas helpen leek me een manier om te boeten voor de privileges waarmee ik als Amerikaans was opgegroeid.

'Je hebt de motor niet laten lopen,' zei hij, toen hij weer was ingestapt.

'Ik wilde niet opvallen.'

'Het is een kwestie van efficiëntie. Nu duurt het weer even voordat het hier behaaglijk wordt.'

Ik zette de auto in de eerste versnelling en glimlachte omdat ik wel beter wist. 'Om te beginnen,' zei ik, 'wordt een auto verwarmd door overtollige warmte van de motor. Het extra brandstofverbruik is nihil. Dat zou je weten als je ooit auto had gereden. En waar het feitelijk om gaat, is dat het nooit efficiënt is om warmte te behouden in een koude omgeving.'

'Daar klopt helemaal niks van.'

'Ja, dat is echt waar.'

'Daar klopt helemaal niks van.' Hij leek er zin in te hebben om het tegen me op te nemen. 'Als je een huis verwarmt, is het veel efficiënter om 's nachts een temperatuur van 16 graden aan te houden dan 's ochtends de temperatuur 5 graden te verhogen. Mijn vader deed dat altijd in de datsja.'

'Je vader had het bij het verkeerde eind.'

'Hij was de meest vooraanstaande econoom van een belangrijk industrieland!'

'Dan begrijp ik beter waarom het zo slecht is afgelopen met het land.'

'Neem nou maar van mij aan, Tom, dat je ernaast zit.'

Het toeval wilde dat mijn eigen vader me de thermodynamiek van huisverwarming had uitgelegd. Zonder aan hem te refereren wees ik Andreas erop dat de snelheid van calorische overdracht evenredig is aan het temperatuursdifferentieel: hoe warmer het huis, des te groter het calorisch verlies is tijdens een koude nacht. Andreas probeerde me af te troeven met integraalberekeningen, maar daarvan kon ik me de basisprincipes ook nog herinneren. We harrewarden verder terwijl ik reed. Hij kwam met steeds esoterischere argumenten en weigerde te accepteren dat zijn vader het bij het verkeerde eind had gehad. Toen ik hem eindelijk had klemgezet, voelde ik dat er iets veranderd was tussen ons, dat er iets van vriendschap was ontstaan. Hij maakte de indruk zowel verbijsterd als vol bewondering te zijn. Tot dat moment had ik niet het idee gehad dat hij me als een waardige intellectuele tegenstander beschouwde.

Het was al na middernacht toen we het Oderdal bereikten. We staken een gammel houten bruggetje over naar een eiland dat alleen in de zomer werd gebruikt door boeren die er kwamen hooien. De bevroren sneeuw op de dijken tussen de met ijs overdekte moeraslandjes was maagdelijk. De sporen die wij achterlieten zaten me niet lekker, maar Andreas zei dat er regen en warmer weer was voorspeld. Aan de andere kant van het eiland was een bos van kreupelhout, dat hij zich herinnerde van een natuurwandeling die hij ooit had gemaakt toen hij naar een zomerkamp voor elitekinderen was geweest. 'Dat was het allerhoogste privilege,' zei hij. 'We hadden grensbewakers bij ons.'

Maar wat het Oost-Duitse leger tegenwoordig uitspookte, werd in elk geval elders gedaan. We sjouwden het opgerolde zeildoek en twee spades naar een klein ravijn waar onze voetsporen niet zichtbaar zouden zijn. Vanaf daar worstelden we ons door de kale braamstruiken het bos in.

Het graven was zwaar werk, maar we kregen het er wel warm van. Ik wilde stoppen toen we dertig centimeter diep waren, maar Andreas wilde per se dat we dieper zouden graven. Ergens vlakbij riep een uil, maar het enige andere geluid was het knerpen van onze spades en het knappen van boomwortels waar we op stuitten.

'Laat me nu maar alleen,' zei hij.

'Ik vind het niet erg om mee te helpen. Niet meehelpen verandert niets aan mijn medeplichtigheid.'

'Ik begraaf wat ik was voordat ik Annagret kende. Dit is iets persoonlijks.'

Ik liep bij het graf vandaan en bleef weg totdat hij aarde over het stoffelijk overschot begon te scheppen. Toen hielp ik hem bij het begraven en dekte alles af met bladeren en groezelige sneeuw. Toen we terugkwamen bij de weg, hing er mist, die iets lichter was in het oosten, waar de nacht ten einde liep. We legden de spades in de kofferbak. Nadat Andreas de klep had dichtgedaan, stootte hij een hoge juichkreet uit. Hij sprong op en neer en juichte nog eens.

'Jezus, houd je mond,' zei ik.

Hij pakte me bij de armen en keek me aan. 'Dank je, Tom. Dankjewel, dankjewel, dankjewel.'

'Laten we maken dat we hier wegkomen.'

'Je moet begrijpen wat dit voor mij betekent. Een vriend hebben die ik kan vertrouwen.'

'Als ik zeg dat ik het begrijp, kunnen we er dan vandoor?'

Er lag een merkwaardige glans in zijn ogen. Hij boog zich naar me toe en heel even dacht ik dat hij me zou kussen. Maar het werd slechts een omhelzing. Die beantwoordde ik en zo stonden we een poosje wat onhandig met de armen om elkaar heen. Ik voelde hem ademen en voelde de vochtigheid van zijn zweet ontsnappen van onder zijn legerjack. Hij legde een hand tegen mijn achterhoofd en zijn vingers sloten zich om mijn haar zoals Anabel had kunnen doen. Toen liet hij me abrupt los. 'Wacht hier.'

'Waar ga je naartoe?'

'Een minuutje maar,' zei hij.

Ik zag hem weer het ondiepe ravijn in hollen en zich al schoppend een weg door de braamstruiken banen. Ik had die juichkreten van hem al niks gevonden en dit extra oponthoud stond me al helemaal niet aan. Tussen de bomen kon ik hem niet meer zien, maar ik hoorde houtjes knappen en het geschuur van zijn jack tegen takken. Toen viel er een diepe, landelijke stilte. Gevolgd door gerinkel van de gesp van zijn broekriem. Het geluid van een rits.

Ik wilde niet nog meer horen en liep over de weg in de richting van onze bandensporen. Ik probeerde me in Andreas te verplaatsen, probeerde me de opluchting en de vreugde voor te stellen die hij voelde, maar het was simpelweg onmogelijk om zijn openlijk erkende wroeging te rijmen met het feit dat hij zich stond af te trekken bij de laatste rustplaats van zijn slachtoffer.

Na een paar minuten zat het erop. Hij kwam aanrennen over de weg, springend en rennend. Eenmaal naast me draaide hij een keer helemaal rond, met zijn armen in de lucht en opgestoken middelvingers. Hij slaakte nog een juichkreet.

'Kunnen we nu gaan?' vroeg ik koeltjes.

'Tuurlijk! Je kunt nu twee keer zo hard rijden.'

Hij leek niet te merken dat mijn stemming was omgeslagen. In de auto zat hij honderduit te praten, op een manische manier, van de hak op de tak: dat het goed voor me kon uitpakken om bij Annagret en hem te komen wonen, hoe hij er precies voor zou zorgen dat ik het archief binnen kwam en hoe wij tweeën konden samenwerken, waarbij hij de verboden deuren kon openen en ik de artikelen kon schrijven. Hij spoorde me aan om harder te rijden en vrachtwagens in te halen in bochten waar ik geen zicht had. Hij zei oude gedichten van hemzelf op en gaf er uitleg bij. Hij citeerde lange passages Shakespeare in het Engels en tikte het ritme van de vijfvoetige jamben hard mee op het dashboard. Nu en dan zweeg hij even om weer een luide juichkreet te slaken of met twee vuisten tegen mijn arm te stompen.

Toen we eindelijk aankwamen bij zijn kerk in Berlijn, in de Siegfeldstraße, had ik een metaalachtige smaak in mijn mond van vermoeidheid. Hij wilde even snel ontbijten en meteen doorgaan naar de bijeenkomst van het Burgercomité, maar ik zei, naar waarheid, dat ik moest gaan liggen.

'Laat het dan maar aan mij over,' zei hij.

'Oké.'

'Ik zal dit nooit vergeten, Tom. Nooit, echt nooit.'

'Het is wel goed.'

Ik ontgrendelde de kofferbak en stapte uit. Toen ik Andreas in het volle daglicht de spaden zag pakken, vroeg ik me – een beetje laat – af welke van de twee het moordwapen was geweest. Door slaapgebrek geteisterd leek het me helemaal verkeerd dat ik misschien die ene spade had gebruikt.

Hij gaf me een klapje op mijn schouder. 'Gaat het wel?'

'Prima.'

'Ga wat slapen. Kom om zeven uur hiernaartoe. Dan gaan we samen eten.'

'Klinkt goed.'

Ik heb hem nooit meer gezien. Toen ik wakker werd tussen mijn groezelige lakens, was het een uur voordat het autoverhuurbedrijf ging sluiten. Ik bracht de auto terug en liep in het donker terug naar mijn kraakpand. Ik verlangde er nog steeds naar Andreas' gezicht te zien en zijn stem te horen – dat heb ik zelfs nog terwijl ik dit opschrijf –, maar het verdriet waarvoor ik op de vlucht was geweest trof me zo hard dat ik amper op mijn benen kon blijven staan. Ik ging op het bed liggen en huilde om mezelf, en om Anabel, en om Andreas, maar vooral om mijn moeder.

De onweersbuien die in aantocht waren, maakten de lucht boven New Jersey driedimensionaal, een veelgelaagd gewelf met wolken in allerlei kleuren, grijs en wit en galgroen, toen Anabel en ik het bos uit liepen en zij me over een grasland meetroonde naar het huis van Suzannes ouders. Ze beweerde dat ze me snel iets wilde laten zien voordat ze me op de bus zou zetten, maar ik wist dat de kans dat ik werkelijk de bus van 20:11 uur zou nemen net zo onwaarschijnlijk was als de kans dat we ooit een manier zouden vinden om samen te wonen, al was het alleen maar omdat de opgave om aan haar te ontsnappen en mijn recht om bij haar weg te gaan af te dwingen zo pijnlijk was dat ik er als een mishandeld dier voor terugdeinsde. Alles liever dan dat, en daarnaast was er nog het vooruitzicht op meer seks, met zijn garantie van een paar minuten vergetelheid.

En toch kon ik me er niet meteen toe brengen het huis in te gaan. Het was een modern, jarenzestigzomerhuis met uitzicht op de berg en in de achtertuin een paar appelbomen. Anabel liep wel meteen naar binnen, maar ik bleef in de deuropening staan – mijn maag was ineens net zo van streek als de lucht en mijn hart ging tekeer door wat regelrechte PTSS was, denk ik nu.

'Kom je niet met me naar binnen?' vroeg ze op een toon die zo lief was dat hij aan waanzin grensde.

'Ik denk misschien toch beter van niet.'

'Weet je dat je hier de vorige keer je tandenborstel hebt laten liggen?'

'Mijn tandarts zorgt ervoor dat ik een flinke voorraad heb.'

'De man die zijn tandenborstel "vergeet" in het huis van een vrouw is een man die terug wil komen.'

Mijn paniek nam toe. Ik keek over mijn schouder en zag een grillige bliksem boven de volgende bergkam; ik wachtte op de donderslag. Toen ik weer naar binnen keek, was Anabel nergens te bekennen. Ik overwoog, heel serieus, haar te wurgen terwijl ik haar neukte en me daarna voor de bus van 20:11 uur te gooien. Er zat iets heel logisch en aantrekkelijks in dat idee. Maar ik mocht de gevoelens van de buschauffeur niet uit het oog verliezen...

Ik stapte het huis binnen en deed de hordeur achter me dicht. Met mijn hulp had ze alle meubels weggehaald uit de woonkamer, zodat er nu alleen nog maar een matje lag, voor haar yoga en meditatie. Ze had haar filmproject niet officieel opgegeven; ze had het alleen opgeschort, omdat ze eerst haar rust en concentratievermogen terug wilde krijgen. Ze leefde van de helft van mijn erfenis die ik haar had gegeven als onderdeel van onze echtscheidingsregeling. Nadat ik was teruggekomen uit Berlijn had ik er niet meer dan één gezamenlijke dag voor nodig gehad om onder ogen te zien dat mijn heimwee gestoeld was geweest op een fantasie. Ze had gezegd dat ze geen spaghetti met aubergine was, maar voor mij was ze dat in feite wel. En daarom had ik een nieuwe fantasie voor ons in het leven geroepen, waarin een echtscheiding onze enige hoop op hereniging was.

Anabel was ervan overtuigd dat ik haar in Berlijn ontrouw was geweest, dat ik haar om die reden niet had gebeld. Om me tegen deze ongegronde beschuldiging te verdedigen had ik haar meer over Andreas verteld dan verstandig was. Niet over de moord, niet over het feit dat ik achteraf medeplichtig was geweest, maar voldoende over zijn persoonlijkheid en geschiedenis om te verklaren waarom ik me tot hem aangetrokken had gevoeld, maar ook waarom ik voor hem was weggevlucht. Zij had geconcludeerd dat hij een klootzak was die de klootzak in mij naar boven had gehaald, de klootzak die uit Berlijn was teruggekomen en om een echtscheiding had gevraagd. Maar degene tegenover wie ik me echt als een klootzak had gedragen was Andreas. Ik was onze eetafspraak niet nagekomen en daarna had ik twee maanden gewacht voordat ik hem een afstandelijke brief had geschreven met verontschuldigingen, geruststellingen en ‘hartelijke groeten’.

Ik hoorde Anabel douchen in de badkamer. Omdat er in de woonkamer geen stoelen meer stonden, ging ik op haar bed zitten. Buiten leek de lucht de zwarte soliditeit van een heuvelflank te hebben aangenomen die je probleemloos zou kunnen beklimmen. Alle boeken op het nachtkastje gingen over zelfhulp en spiritualiteit, titels waar Anabel tot voor een paar jaar geleden smalend om zou hebben gelachen. Ik had erg met haar te doen.

Ze kwam naakt uit de badkamer met een handdoek om haar haar. ‘Het is een prettige douche,’ zei ze. ‘Als ik jou was, ging ik ook even.’

‘Ik wacht wel tot ik vanavond thuis ben.’

'Je hoeft niet bang voor me te zijn. Ik sluit je heus niet in de badkamer op.' Ze kwam vlakbij me staan, zodat ik goed zicht had op haar schaamhaar. 'Als je me leuk vindt,' zei ze, 'ga je ook even douchen.'

Ik vond haar niet leuk, niet meer, maar ik had nog geen manier gevonden om dat te zeggen. 'Heb je nog een voorbehoedsmiddel dat je niet met je zakmes hebt bewerkt?'

'Eerst douchen, dan vertel ik je dat wel.'

Er klonk een donderslag, pal boven het huis.

'Je zei dat je me iets wilde laten zien,' zei ik. 'Dat is de enige reden waarom ik binnen ben gekomen.'

'Maar nu is het gaan regenen en bliksemen.'

'Op dit moment lijkt het me niet zo erg om door de bliksem te worden getroffen.'

'Aan jou de keus,' zei ze. 'Douchen of door de bliksem getroffen worden.'

De middenweg werd uitgesloten, en de middenweg was de realiteit. Ik ging douchen, luisterde naar het onweer en trok mijn kleren weer aan. Toen ik terugkwam in de slaapkamer, zat Anabel in kleermakerszit op het bed in haar oude Japanse kimono, die ze met overduidelijk verleidelijke bedoelingen zo had gedrapeerd dat een van haar borsten er half uit hing. Naast haar stond een schoenendoos.

'Kijk eens wie ik gevonden heb,' zei ze.

Ze deed het deksel open en haalde Leonard tevoorschijn. Het was vijf of zes jaar geleden dat ik hem voor het laatst had gezien. Het regengordijn werd aan flarden gereten door de appelbomen achter het huis.

'Kom hem eens gedag zeggen,' zei Anabel en ze lachte liefdevol naar me.

'Hallo.'

Ze pakte het stiertje op en keek het aan. 'Wil je Tom gedag zeggen?'

Ik kon niet ademen, laat staan praten.

Anabel keek Leonard met gespeeld verwijt aan. 'Waarom zeg je geen gedag?' Ze keek naar me op. 'Waarom zegt hij niets?'

'Ik weet het niet.'

'Leonard, zeg toch iets.'

'Hij praat niet meer.'

'Hij zal wel boos zijn dat je niet meer bij ons bent. Ik denk dat hij wil dat je thuiskomt.' Ze knuffelde het stiertje. 'Ik wou dat je iets tegen me zei.'

Praat me niet over haat als je nooit getrouwd bent geweest. Alleen liefde, alleen langdurige empathie en vereenzelviging en mededogen kunnen iemand zo diep in je hart verankeren dat je niet meer ontkomt aan je haat jegens haar, nooit meer; vooral niet wanneer haar vermogen om door jou gekwetst te worden hetgeen is wat je het meest aan haar haat. De liefde blijft en daarmee ook de haat. Zelfs je eigen hart haten biedt geen respijt. Ik geloof niet dat ik haar ooit meer heb gehaat dan toen ze zichzelf blootstelde aan de schaamte waarmee ik het vertikte om met Leonards stem te spreken.

'Ik heb morgen een afspraak met je vader,' zei ik.

'Dat is niet Leonards stem,' zei ze angstig.

'Nee. Het is mijn stem. Doe dat ding weg.'

Ze legde het speelgoedbeest aan de kant. Toen pakte ze het weer op. Toen legde ze het weer weg. Haar angst en besluiteloosheid waren verschrikkelijk om aan te zien. Of misschien was het mijn eigen macht die verschrikkelijk was.

'Daar wil ik niets over horen,' zei ze. 'Kun je me dat alsjeblieft besparen?'

Ik had het haar willen besparen, maar mijn haat jegens haar was nu te groot. 'Hij neemt een cheque voor me mee,' zei ik.

Ze kreunde en viel opzij alsof ik haar geslagen had. 'Waarom doe je me dit aan?'

'Een fikse cheque,' zei ik.

'Houd in godsnaam je mond! Ik probeer aardig voor je te zijn en je spuugt me in het gezicht!'

'Hij geeft me geld om een tijdschrift te beginnen.'

Ze ging weer rechtop zitten en haar ogen schoten vuur. 'Je bent een zak,' zei ze. 'Dat is wat je bent. Een zak! Dat ben je altijd geweest en dat zul je altijd blijven!'

Ik had gedacht dat niets erger kon zijn dan te zien dat ze zich door mij gekwetst en beschaamd voelde. Maar in feite haatte ik haar nog meer omdat ze mij haatte.

'Als iemand je twaalf jaar dat gevoel heeft gegeven is het misschien wel genoeg,' zei ik.

'Het gaat er niet om wat voor gevoel je hebt, het gaat om wat je bént. Je bent een zak, Tom. Je bent een ongelofelijke lul, een journalistieke zak. Je hebt mijn leven verpest en nu spuug je op me, je spúúgt op me.'

'Jij bent degene die heeft gespuugd, zoals je misschien nog weet.'

Het sierde haar dat haar eerlijkheid en moreel besef nog functioneerden. Iets rustiger zei ze: 'Je hebt gelijk. Ik was jong en hij verpestte ons huwelijksfeest, maar je hebt gelijk: ik heb letterlijk iemand bespuugd.' Ze schudde haar hoofd. 'En nu laat je me daarvoor boeten. Jullie allebei. Nu word ik door mannen bespuugd omdat ik zwak was. Ik ben altijd zwak geweest. Ik ben nu ook zwak. Ik heb gefaald. Maar degene die ik bespuugde had álles, terwijl jij iemand bespuugt die in de put zit. Dat is wel een verschil.'

'Een opvallend verschil is dat ik feitelijk niet spuug,' zei ik kil.

'Ik zit zo diep in de put, Tom. Hoe kun je me dit aandoen?'

'Ik zoek nog steeds een manier om te verhinderen dat je me belt. Telkens denk ik dat ik er iets op gevonden heb, maar nee, dan gaat die kuttelefoon weer.'

'Nou, misschien heb je die manier nu wel gevonden. Zijn geld aannemen is een goeie zet van je. Ik denk niet dat je ooit nog wat van me hoort. Er was nog één ding in mijn leven dat je niet had bedorven, gestolen of kapotgemaakt. Nu is er niets meer over. Ik ben helemaal alleen en heb niets meer. Knap gedaan, hoor.'

'Ik haat je,' zei ik. 'Ik haat je nog meer dan ik je liefheb. En dat wil wat zeggen.'

In een oogwenk werd haar gezicht rood en ze begon hartverscheurend te huilen, als een klein meisje, en het maakte niet uit dat ik haar haatte, ik kon het niet aanzien dat ze zo veel verdriet had. Ik ging op het bed zitten en nam haar in mijn armen. De regen was weggetrokken en had een blauwgrijs wolkengordijn achtergelaten, dat een bijna winterse aanblik bood. Ik dacht aan de winter terwijl ik haar in mijn armen hield, maar het begon me te vervelen om haar in mijn armen te houden. De winter dat er geen Anabel in mijn leven zou zijn.

Alsof ze dat aanvoelde, begon ze me te zoenen. We hadden altijd op pijn vertrouwd om het genot te verhogen dat erop volgde, en in mijn ogen hadden we de grens bereikt van de psychische pijn die we elkaar konden toebrengen. Toen ze achterover ging liggen en haar kimono opensloeg, keek ik naar haar borsten en haatte hun schoonheid zo intens dat ik in een tepel kneep en hem hard omdraaide.

Ze schreeuwde het uit en sloeg me in het gezicht. Ik was moordlustig geil, maar voelde het amper. Ze gaf me nog een klap, tegen mijn oor, en keek me woedend aan. 'Ga je terugslaan?'

'Nee,' zei ik. 'Ik ga je in je kont neuken.'

'Nee, dat wil ik niet.'

Ik had nog nooit zo grof tegen haar gesproken. Ons feministische huwelijk had zijn eindstation bereikt. 'Jij hebt de condooms kapotgemaakt,' zei ik. 'Wat moet ik anders?'

'Geef me een kind. Laat me met iets achter.'

'Vergeet het maar.'

'Ik denk dat het vanavond zou kunnen gebeuren. Ik voel dat soort dingen aan.'

'Ik geloof dat ik me liever van kant maak dan dat ik daaraan meewerk.'

'Je haat me.'

'Ik haat je.'

Ze hield nog steeds van me. Ik zag het in haar ogen, de liefde en de schier ontroostbare teleurstelling van een kind. Ik had alle macht, en daarom deed ze het enige wat haar nog ter beschikking stond om me in het hart te steken, en dat was zich onderdanig omdraaien, haar kimono omhoogdoen en zeggen: 'Vooruit dan. Ga je gang.'

Dat deed ik, en niet één keer, maar drie keer voordat ik de volgende ochtend het huis ontvluchtte. Na elke aanranding ging ze meteen naar de badkamer. Mijn gemoedstoestand was als die van een crackverslaafde die over de grond kruipt, op zoek naar kruimeltjes. Ik verkrachtte Anabel niet, maar het leek er wel op. Ons genot stond niet hoog op de lijst van wat we allebei wilden bereiken. Ik wilde bereiken wat zij met haar film had willen bereiken, een definitieve, uitputtende behandeling van haar lichaam. Wat zij kennelijk wilde bereiken, was het bezegelen van haar morele slachtofferschap.

Bij het krieken van de dag, toen de vogels floten, stond ik op en kleedde me aan zonder me eerst te wassen. Anabel lag op haar buik op het bezwete bed, stil als een lijk, maar ik wist dat ze niet sliep. Ik hield verschrikkelijk veel van haar en hield des te meer van haar om wat ik haar had aangedaan. Mijn liefde was als de motor van een auto van honderd dollar die eigenlijk niet meer hoort te starten, maar die het toch blijft doen. De moord en zelfmoord die ik me had voorgesteld waren niet figuurlijk. Ik zou blijven terugkomen, en het zou elke keer erger zijn, totdat we tot de gewelddadigheid werden gedreven die onze liefde zou vrijgeven aan de eeuwigheid waarin ze thuishoorde. Terwijl ik naast het bed stond en neerkeek op het lichaam van mijn ex-vrouw, dacht ik dat zoiets misschien al wel zou gebeuren wanneer ik haar de volgende keer zag. Ik dacht dat het misschien nu zou gebeuren als ik iets tegen haar zei. Daarom pakte ik mijn rugzak en verliet het huis.

De vollemaan ging onder in het westen, als een witte schijf waarvan het lichtgevende vermogen was tenietgedaan door de ochtend. Halverwege de oprit kwam ik in het goudkleurige zonlicht en zag op een dode boomtak een felrode vogel paren met een geel vrouwtje. De vogels hadden het te druk om zich iets van mij aan te trekken. De veren op de kop van het mannetje, die rechtovereind stonden, een knalrode hanenkam, leken puur testosteron uit te zweten. Toen hij klaar was met het vrouwtje, kwam hij recht op me af vliegen, in kamikazestijl, en scheerde langs mijn hoofd. Op een andere tak streek hij neer en keek me aan, een en al agressie.

Het was die dag nog warmer dan de dag ervoor, en de airco in de bus was stuk. Toen ik eindelijk terug was in 125th Street was de stoep drukbevolkt met glimmend bezwete vrouwen en kinderen die een dienst hadden bijgewoond van in voormalige winkelpanden gevestigde kerkgenootschappen. Er hing een stank van rottende meloen, zurig en wee, vermengd met de wasemkaplucht van een Kennedy Fried Chicken. De stoep was overdekt met een glanzende, zwartig gevulkaniseerde korst van kippenvet, spuug, gemorste cola en weggelekt vocht uit vuilniszakken.

'Ha, die Lucky,' zei Ruben tegen me in de hal van het gebouw, die op deze zondagochtend bezaaid lag met gokstrookjes. 'Je ziet eruit als een opgewarmd lijk.'

Ik zag op het antwoordapparaat dat er een boodschap was. Ik was bang dat hij van Anabel was, maar het was een boodschap van een Jamaicaans klinkende vrouw die me vroeg aan Anthony te vertellen dat haar man de vorige avond was overleden en dat de uitvaart op dinsdagmiddag zou plaatsvinden in de zus-en-zokerk in West Harlem. Ze herhaalde dat ik Anthony moest vertellen dat haar man was overleden. Dat was het, het enige bericht: een Jamaicaanse vrouw die me op rustige en erg vermoeide toon liet weten dat haar echtgenoot was overleden.

Ik zette de airco aan en liet in het Carlyle een boodschap achter voor David Laird. Toen viel ik in slaap en droomde dat ik op een feest was, in een huis met heel veel kamers. Ik was verzeild geraakt in een intens flirterig gesprek met een jonge, donkerharige vrouw die me leuk scheen te vinden en bereid leek te zijn er samen met mij tussenuit te knijpen. Het enige wat moeiteloos geluk met haar in de weg stond, was iets wat ik wel of niet gezegd zou hebben, iets waardoor zij dacht dat ik misschien wel een zák was. Ik was blij dat ik kon zeggen dat die woorden van een andere man afkomstig waren. Andreas Wolf had het gezegd. Ik wist dat zeker, en ze geloofde me. Ze was al verliefd op me aan het worden. En net toen ik begon te begrijpen dat ze Annagret moest zijn, het jonge meisje van Andreas, drong het tot me door dat ze Anabel was – een jongere, zachtere Anabel, zowel plooibaar als sportief, die beschikte over de allerbeste kennis over mij, kennis die liefdevol en vergevensgezind was – alleen kon ze onmogelijk Anabel zijn, omdat de echte Anabel in een deuropening mijn geflirt stond te bekijken. De angst die ik voelde voor haar oordeel, en voor de bestraffing van mijn meegaan in haar geschiftheid, kwam rechtstreeks uit het echte leven. Ze zag eruit alsof ze zich verraden en gekwetst voelde. Erger nog, het meisje had haar gezien en was verdwenen.

Aan het eind van de middag belde David me terug.

'Het gaat niet door,' zei ik.

'Een tafeltje om acht uur bij Gotham laten lopen? Zit je me in de maling te nemen? Natuurlijk gaat dat door.'

'Ik kan het geld niet aannemen.'

'Wát? Dat is te gek voor woorden. Schandalig dom. Al wijd je alle nummers aan het bezoedelen van de goede naam van McCaskill, dan nog wil ik dat je het geld krijgt. Als je inzit over Anabel moet je het haar gewoon niet vertellen.'

'Ik heb het haar al verteld.'

'Tom, Tom. Je moet niet luisteren naar wat zij zegt.'

'Doe ik ook niet. Zij zal denken dat ik het geld heb aangenomen, en dat vind ik best. Ik wil het alleen gewoon niet aannemen.'

'Dat is wel het stomste wat ik ooit heb gehoord. Je moet echt naar het Gotham komen en je laten volgieten met martini's. Die cheque brandt in mijn koffertje.'

'Het gaat niet door.'

'En waarom heb je je bedacht?'

'Ik wil niets met haar te maken hebben,' zei ik. 'Ik waardeer enorm hoe goed je bent geweest voor –'

'Ik zal eerlijk tegen je zijn,' zei David. 'Ik ben diep teleurgesteld in je. Ik dacht dat je eindelijk klaar was Anabel de loef af te steken, nu je gescheiden bent. Maar alles wat je tegen me zegt is klinkklare onzin.'

'Hoor eens, ik –'

'Klinkklare onzin,' zei hij nog eens en toen hing hij op.

De volgende keer dat ik van David hoorde, vier maanden later, was via een tussenpersoon, een gepensioneerde agent uit New York, die als privédetective werkte. Hij heette DeMars en hij stond op een middag onaangekondigd bij me voor de deur nadat hij Ruben had overdonderd. Hij had een walrussnor en was intimiderend. Het simpelste zou zijn, zei hij, als ik hem mijn agenda en bonnetjes van de afgelopen vier maanden liet zien. 'Het is gewoon een routineonderzoek,' zei hij.

'Hoezo, een routineonderzoek?' zei ik.

'Bent u onlangs in Texas geweest?'
'Sorry, maar wie bent u?'
'Ik werk voor David Laird. Ik ben vooral geïnteresseerd in de laatste twee weken van augustus. U zou er veel mee opschieten als u kunt aantonen dat u toen geen enkel moment in Texas bent geweest.'
'Ik ga nu meteen David bellen, als u het niet erg vindt.'
'Uw ex is verdwenen,' zei DeMars. 'Ze heeft haar vader een brief gestuurd die authentiek lijkt. Maar we weten niet onder welke omstandigheden de brief is geschreven en, niets persoonlijks, maar u bent de ex. U bent de man bij wie we dan aankloppen.'
'Ik heb haar sinds eind mei niet meer gezien.'
'Het makkelijkst voor ons allebei is als u dat kunt documenteren.'
'Het is lastig om ergens het tegendeel van te bewijzen.'
'Doe uw best.'
Aangezien ik niets te verbergen had, gaf ik hem mijn bonnetjes en creditcardafschrijvingen. Toen DeMars zag dat de maand augustus rijk gedocumenteerd was – ik was in Milwaukee geweest, net als vijftig procent van alle andere Amerikaanse journalisten, en had voor *Esquire* verslag gedaan over de seriemoordenaar Jeffrey Dahmer – draaide hij bij en liet me kopieën zien van een gefrankeerde envelop en het handgeschreven briefje dat erin had gezeten.

Aan David Laird: ik ben je dochter niet. Je zult niets meer van me horen. Voor jou ben ik dood. Ga me niet zoeken. Je zult me niet vinden. Anabel.

'Afgestempeld in Houston,' zei DeMars. 'Ik wil van u weten wie ze kent in Houston.'
'Geen mens.'
'Weet u dat zeker?'
'Ja.'
'Tja, kijk, dit is de reden dat ik erbij gehaald ben. David zegt dat hij haar ruim tien jaar niet heeft gezien. Hij is dood voor haar, dus waarom dan toch die brief? Waarom nu? En waarom is ze in Houston? Ik dacht dat u daar misschien wat licht op kunt werpen.'
'We hebben net een vervelende scheiding achter de rug.'
'Hoe vervelend? Gewelddadig? Straatverbod?'
'Nee, nee. Alleen emotioneel pijnlijk.'
DeMars knikte. 'Oké, dus een gewone scheiding. Ze wil een radicale

breuk, een nieuw leven beginnen, enzovoort. Maar wat ik uit die brief opmaak, is dat ze bang is dat mensen zullen denken dat iemand haar uit de weg heeft geruimd. Dat is de enige reden om zo'n brief te schrijven: maak je geen zorgen, ik ben niet dood. Maar waarom zou iemand dat eigenlijk denken? Snapt u wat ik bedoel?'

Anabel was dermate onpraktisch en zo'n kluizenaar dat ik me haar moeilijk in Houston kon voorstellen. Maar ze was duidelijk veranderd, want ze had me al vier maanden niet meer gebeld.

'We weten dat ze op 22 juli in New York was,' vervolgde DeMars, 'en vijfduizend dollar contant heeft opgenomen bij haar bank. Diezelfde dag heeft ze sleutels, geen briefje, alleen de sleutels, afgegeven in het gebouw waar haar vriendin Suzanne woont. U heeft haar die dag in New York niet gezien?'

'We hebben sinds mei geen enkel contact meer gehad.'

'Maar, snapt u, als ze dat briefje niet stuurt, zal niemand haar gaan zoeken. Ik heb de indruk dat ze nou niet bepaald een van de snuggersten is. Het had jaren kunnen duren voordat iemand doorkreeg dat ze verdwenen was.'

'Op het gevaar af dat u denkt dat ik sta op te scheppen – ik denk dat ze die brief heeft geschreven als boodschap aan mij.'

'Hoe zit dat dan in elkaar? Waarom schrijft ze niet gewoon een brief aan ú? Heeft ze u soms een brief geschreven?'

'Nee. Ze probeert te bewijzen dat ze in staat is geen enkel contact met me te onderhouden.'

'Dit is dan wel een extreme manier om dat te doen.'

'Tja, ze ís extreem. Het is ook mogelijk dat ze me probeerde te beschermen voor het geval er iemand als u naar haar op zoek ging.'

'Bingo.' DeMars knipte met zijn vingers. 'Ik hoopte al dat u dat zou zeggen. Want dat is mijn probleem met de brief. Pijnlijke scheiding, onverzoenlijke geschillen, en toch slooft ze zich uit om u te beschermen? Dat begrijp ik niet. De gemiddelde boze ex zou niets liever willen dan dat mensen zich zouden afvragen of u haar om zeep hebt geholpen.'

'Dat is niets voor Anabel. Bij haar draait het allemaal om morele onberispelijkheid.'

'En u? Vrienden in Texas?'

'Nauwelijks.'

'Laat me straks uw adresboekje en telefoonrekeningen maar zien.'

'Dat is goed. Maar u zou haar een dienst bewijzen door niet verder te zoeken.'

‘Zij is niet degene die me betaalt.’

DeMars wilde meer van me – contactgegevens van iedereen die Anabel ooit had gekend – en ik was bang dat ik me verdacht zou maken door die niet te willen verschaffen. Maar zijn ondervraging van mij had iets gepast plichtmatigs, alsof het een formaliteit was. Hij leek al tot de conclusie te zijn gekomen dat Anabel geschift was en gewoon een lastpak, en dat de hele zaak niet meer om het lijf had dan flauwekul binnen een familie. Hij belde me nog een paar keer voor aanvullende informatie, en daarna vernam ik niets meer van hem en kreeg ook niet te horen of hij erin was geslaagd haar te vinden. Voor haar hoopte ik dat het niet gelukt was, omdat ik er werkelijk van overtuigd was dat haar brief aan David een boodschap aan mij was. Ik was dan misschien wel uit het huwelijk gestapt voordat zij dat deed, maar ze was vastbesloten me te overtroeven en degene te zijn die echt radicaal vertrok. Ik haatte haar vanwege de impliciete haat die daaruit sprak, maar ik voelde me er nog steeds schuldig over dat ik bij haar weg was gegaan, en het verlichtte mijn schuldgevoel een heel klein beetje om me voor te kunnen stellen dat ze ergens in geslaagd was, al was het maar in verdwijnen. Ik was het huwelijk ontvlucht, maar de morele overwinning was aan haar.

Ik hoorde niets meer van David, tot 2002, een jaar voordat hij overleed. Dit keer was de tussenpersoon een jurist, die me schriftelijk liet weten dat ik tot enige lasthebber was benoemd van een trustfonds op Anabels naam dat David bij zijn leven had opgericht. Ik belde het telefoonnummer dat in de brief vermeld stond en kreeg te horen dat ze nog steeds vermist was, elf jaar na haar verdwijning, en dat David toch een kwart van zijn nalatenschap aan haar wilde vermaken in de hoop dat ze uiteindelijk zou opdagen en daar aanspraak op zou maken.

‘Ik wil geen lasthebber zijn,’ zei ik.

‘Wacht even,’ zei de jurist uit Kansas met een prachtig, zangerig accent. ‘Misschien wilt u eerst de voorwaarden horen.’

‘Nee, hoor.’

‘Als u dat niet doet, krijg ik er last mee, dus laat me alstublieft even uitpraten. Het trustfonds bestaat geheel uit aandelen McCaskill. Zeventig procent daarvan is niet-liquide, de andere dertig procent kan vrijgemaakt worden door middel van een werknemersoptieplan dat het bedrijf heeft, maar noodzakelijk is dat niet. Uitsluitend afgaand op de boekwaarde hebben we het over bijna een miljard dollar. Het gemiddelde vijfjaardividend is 4,2 procent, maar het bedrijf zal dat naar alle verwachting hoger doen uitkomen.

Alleen gebaseerd op dat simpele gemiddelde, is de jaarlijkse opbrengst een dividenduitkering van ongeveer tweeënveertig miljoen in contanten. De vergoeding voor de lasthebber bedraagt 1,5 procent daarvan. Dus dan hebben we het over ruwweg driekwart miljoen per jaar voor de lasthebber, waarschijnlijk binnen niet al te lange tijd een miljoen. Omdat de aandelen niet kunnen worden verhandeld en daar ook geen verplichting toe bestaat, hebben de verplichtingen van de lasthebber niets om het lijf. Niets meer dan de gewone verplichtingen van een aandeelhouder. Simpel gezegd, meneer Aberant, u ontvangt een miljoen per jaar en daar hoeft u niets voor te doen.'

Mijn salaris als hoofdredacteur van *Newsday* bedroeg destijds nog geen kwart daarvan. Ik was nog steeds de hypotheek aan het aflossen van het tweekamerappartement aan Gramercy Park dat ik had gekocht toen ik mijn eerste baan kreeg als redacteur bij *Esquire* en dat ik had aangehouden tijdens mijn jaren bij het magazine van *The New York Times* en bij *The New York Times* zelf. Als ik nog steeds van mening was geweest dat een opinieblad dat *The Complicater* heette de wereld kon veranderen – als ik niet het gevoel had gekregen dat verantwoord verslag doen van actualiteiten een waardiger en veel meer onder vuur liggend ideaal was – had ik een prachtig kwartaalblad kunnen financieren met een miljoen per jaar. Maar David had gelijk gehad: ik probeerde Anabel te overtroeven met haar eigen wapens. Ik probeerde vrij van blaam te blijven voor het geval ze er ooit achter zou komen wat ik had gedaan sinds ik bij haar was weggegaan. Ik had proberen te bewijzen dat haar oordeel over mij onterecht was. Ik zei nogmaals tegen de jurist in Wichita dat ik niets met het trustfonds te maken wilde hebben.

Ik heb David nooit helemaal begrepen. Hij was fabelachtig goed in geld verdienen en hij hield echt van Anabel, om veel van dezelfde redenen als ik, maar het was onmiskenbaar wreed en wraakzuchtig om haar een miljard ongewenste dollars na te laten en degene die ze het meest haatte tot lasthebber te benoemen. Ik kwam er niet uit of hij van plan was haar over het graf heen te blijven straffen of dat hij de sentimentele hoop koesterde dat ze op een dag zou terugkomen om haar geboorterecht op te eisen. Misschien was het allebei. Wat ik wel weet, is dat geld de taal was die hij sprak en waarin hij dacht. Een jaar nadat zijn jurist contact met me had opgenomen overleed hij en liet me twintig miljoen dollar na, vrij en onbelast, 'voor de oprichting van een landelijk kwaliteitsblad'. Dat legaat leek meer te zijn ingegeven door de wens mij te belonen dan Anabel te straffen – dat was in elk geval de manier waarop ik het verkoos uit te leggen – en dit keer zei ik geen nee.

In de necrologieën over David werd over Anabel alleen vermeld dat haar adres en beroep onbekend waren, maar als je nieuwsgierig was en een beetje zocht, waren er in de pers nog wel artikelen over de familie Laird te vinden. De drie broers van Anabel waren tot nog grotere mislukkingen uitgegroeid. Bucky, de oudste, was korte tijd in het nieuws omdat hij had geprobeerd de Minnesota Timberwolves te kopen en dat basketbalteam naar Wichita te brengen, wat hem niet was gelukt. Dennis, de middelste, stak vijftien miljoen in een republikeinse voorverkiezing voor de Senaat, die hij toch nog dik wist te verliezen. Danny, de jongste en de voormalige drugsverslaafde, was in Wall Street aan de slag gegaan en had talent getoond voor het fuseren van bedrijven die op de rand van de ondergang verkeerden. Drie jaar na Davids dood, en vermoedelijk gebruikmakend van het geld dat hij had geërfd, werd hij partner in een hedgefonds dat kort daarna ten onder ging. Omstreeks diezelfde tijd liep ik Bucky Laird tegen het lijf tijdens een leiderschapsconferentie in Californië die weggegooid geld bleek. We maakten een praatje, en hij vertelde me, heel nuchter, dat zijn broers en hij altijd hadden aangenomen dat ik Anabel had vermoord en ermee was weggekomen. Toen ik dat ontkende, leek hij me niet te geloven en er ook bepaald niet van wakker te liggen.

Ik ben me altijd blijven afvragen waar Anabel is en of ze nog leeft. Als ze nog leeft, weet ik dat zij er voldoening uit put dat ik dat niet weet – een voldoening die groot genoeg is om te blijven leven, vermoed ik, ook als ze daar verder geen reden toe heeft. Ik blijf ervan overtuigd dat ik haar op een dag zal terugzien, ook al zie ik haar nooit meer. Ze is voor eeuwig in mij aanwezig. Slechts één keer, en alleen omdat ik erg jong was, heb ik mijn identiteit kunnen laten versmelten met die van iemand anders, en in uitzonderlijkheden als deze vind je de eeuwigheid. Omdat ik Anabel had verhinderd kinderen te krijgen, wilde ik ze niet meer met iemand anders krijgen. Ik kon geen vaste relatie aangaan met iemand die beduidend jonger was dan ik zonder daarmee te bewijzen dat ik Anabel juist om die reden had laten vallen. Ze had me ook opgezadeld met een levenslange allergie voor onrealistische vrouwen, een allergie die de neiging had te verergeren, want zodra ik ook maar een zweem van fantasie bij een vrouw ontdekte en daar mijn allergische reactie op had gekregen, deed ik elke hoop die zo'n vrouw nog voor me koesterde als onrealistisch af. Ik wilde niets te maken hebben met iemand als Anabel, en zelfs toen ik iemand vond die werkelijk volkomen anders was dan zij, een vrouw met wie het een onbeschrijflijke zegen is het leven te delen, bleven Anabels triestheid en haar morele absolutisme mijn nachtelijke dromen inkleuren. De betekenis en de krenking van wat zij heeft gedaan door te verdwijnen en me te verloochenen, wordt alleen maar groter, en niet kleiner, bij ieder jaar dat verstrijkt zonder enig levensteken van haar. Ze mag dan zwakker zijn geweest dan ik, maar ze is erin geslaagd me te overtroeven. Zij is een nieuwe weg in geslagen, terwijl ik ben blijven steken. Ik moet het haar nageven: ik voel me schaakmat gezet.

De Moordenaar

Toen de walkietalkie kwetterend tot uitbarsting kwam en de bromstem van Pedro opklonk, leek Andreas te ontwaken uit een droom die zelf besefte dat hij te lang had geduurd en nu probeerde zichzelf te beëindigen. '*Hay un señor en la puerta que dice que es su amigo. Se llama Tom Aberant.*'

Op het tafeltje naast zijn bed lag een sandwich waaruit één hap was genomen. Hij had niet kunnen zeggen welke dag van de week het was. Het systeem dat hem onder huisarrest had geplaatst zat in zijn hoofd. Dat hij de naam Tom Aberant hoorde, deed hem vrijwel niets. Het stond hem bij dat hij een enorme en obsessieve energie in Tom Aberant had geïnvesteerd, maandenlang, misschien wel jarenlang, maar die herinnering was vaag, zonder kraak of smaak. Hij haatte of vreesde Tom niet méér dan hij tegenwoordig al het andere haatte. Hij had alleen maar onverdraaglijke, borstbeklemmende angstgevoelens. Dat, plus een vage notie van het onbarmhartige van bezoek, om wat voor reden ook, van een journalist. Hij beantwoordde niet meer aan het fundamentele vereiste voor geïnterviewd worden: jezelf aardig vinden.

'*Hacelo pasar*,' zei hij tegen Pedro.

Voordat hij was opgehouden met interviews geven, het afgelopen najaar, had hij zich aangewend het woord 'totalitair' te laten vallen. Jongere interviewers, voor wie dat woord volledige bewaking inhield, volledige controle over andermans geest, grijze legers in een parade met middellangeafstandsraketten, hadden daaruit opgemaakt dat hij iets onbillijks over internet zei. In feite doelde hij gewoon op een systeem waaraan het onmogelijk was je te onttrekken. De oude republiek had beslist uitgeblonken in bewaking en parades, maar het wezen van haar totalitarisme was alledaagser en subtieler geweest. Je kon met het systeem samenwerken of je kon je ertegen verzetten, maar wat je juist nooit kon doen, of je nu een veilig en aangenaam leven leidde of in een gevangenis zat, was er geen enkele relatie mee onderhouden. Het antwoord op elke vraag, groot of klein, was het socialisme. Als je 'sociale netwerken' verving door 'socialisme' kreeg je internet. De concurrerende platforms van internet waren verenigd in hun ambitie om elk aspect van je bestaan vast te leggen. In zijn eigen geval had hij ingezien, op het moment dat hij echt beroemd begon te worden, dat roem, als verschijnsel, naar internet was verhuisd en dat de structuur daarvan het voor zijn vijanden makkelijk maakte om het verhaal Wolf te bewerken. Net als in de oude republiek kon hij de haatdragende partijen negeren en de consequenties lijdzaam ondergaan of juist de premissen van het systeem aanvaarden, hoe onvolwassen hij ze ook vond, om de macht en wijdverspreidheid van het systeem te vergroten door eraan deel te nemen. Hij had voor het laatste gekozen, maar deze specifieke keuze was niet van belang. Hij onderhield hoe dan ook een relatie met de revolutie.

In zijn ervaring leken maar weinig zaken meer op elkaar dan de ene revolutie en de andere. Anderzijds had hij alleen maar het soort ervaren dat zichzelf luidkeels een revolutie noemde. Het kenmerk van een legitieme revolutie – de wetenschappelijke revolutie, bijvoorbeeld – was dat ze niet opschepte over haar revolutionair bezielde geest, maar zich eenvoudigweg voltrok. Alleen wat zwak en bevreesd was, onwettig, voelde zich genoodzaakt om op te scheppen. Het refrein uit zijn kindertijd, onder een regime dat zo zwak en bevreesd was dat het een gevangenismuur had opgetrokken rond het volk dat het naar eigen zeggen had bevrijd, was dat de republiek zo fortuinlijk was geweest om in de geschiedenis een voortrekkersrol te spelen. Als je baas een eikel was en je eigen man je bespioneerde, was dat niet de schuld van het regime, omdat het regime de revolutie diende, en de revolutie tegelijkertijd historisch onafwendbaar én verschrikkelijk broos was, door vijanden bestookt. Deze lachwekkende tegenstrijdigheid was een vast element in opschepperige revoluties. Geen enkel misdrijf of onvoorzien neveneffect was zo kwalijk dat het niet viel weg te poetsen door een systeem 'dat er moest zijn' maar 'makkelijk kon falen'.

Ook de apparatsjiks waren een eeuwig terugkerend type. De toon van de nieuwe lichting, in de korte, onderhoudende manier waarop ze hun ideeën lanceerden, in hun TED-praatjes, bij productpresentaties met behulp van PowerPoint, in verklaringen tegenover parlementen en congressen, in boeken met utopisch klinkende titels, was een glibberige stroop van hapklare overtuigingen en een vorm van persoonlijke overgave die hij zich nog goed van de republiek herinnerde. Hij kon er niet naar luisteren zonder aan een regel uit een liedje van Steely Dan te denken: '*So you grab a piece of something that you think is going to last.*' (De radio in de Amerikaanse sector had dat liedje wel duizendmaal voor de jeugdige luisteraars in de Russische sector gedraaid.) De beschikbare privileges in de republiek hadden iets armoedigs gehad, een telefoon, een appartement met licht en lucht, de uiterst belangrijke toestemming om te reizen, maar misschien niet veel armoediger dan een x aantal volgers op Twitter en een veel geliket profiel op Facebook hebben en zo af en toe vier minuten met je gezicht op een kabel- of satellietnieuwskanaal verschijnen. De ware aantrekkingskracht van de wereld der apparatsjiks lag in het veilige gevoel erbij te horen. Buiten stonk de lucht naar zwavel, was het eten slecht, kwijnde de economie, tierde het cynisme welig, maar binnen 'was de overwinning op de klassenvijand verzekerd'. Binnen 'deden professor en ingenieur hun kennis op aan de voeten van de Duitse arbeider'. Buiten verdween de middenklasse sneller dan de ijskappen, wonnen de xenofoben de verkiezingen of werden er automatische geweren gehamsterd, slachtten strijdlustige stammen elkaar fanatiek af, maar binnen 'zetten ontwrichtende nieuwe technologieën de traditionele politiek buitenspel'. Binnen werden 'de regels van creativiteit herschreven' door ad-hocgemeenschappen, 'beloonde' de revolutie 'degene die risico's nam en de macht van de netwerken begreep'. Het nieuwe regime recyclede zelfs de toverwoorden van de oude republiek, 'collectief' en 'samenwerkingsverband'. In beide gevallen sprak het voor zich dat er een 'nieuwe mensensoort' ontstond. Hierover waren de apparatsjiks van alle rangen of standen het eens. Het leek ze nooit te deren dat hun heersende elite was opgebouwd uit een grijpgraag, genadeloos en heel oud soort mensen.

Lenin was iemand geweest die risico's nam. Trotski was er ook een geweest, totdat Stalin hem de Bill Gates van de Sovjet-Unie had gemaakt, de over de hekel gehaalde cryptoreactionair. Maar Stalin zelf had minder risico's hoeven nemen, omdat terreur nu eenmaal beter werkte. Alhoewel de nieuwe revolutionairen zonder uitzondering beweerden een groot voorstander te zijn van risico's nemen – een betrekkelijk tandeloze term, aangezien het risico in kwestie bestond uit het verliezen van het geld van een durfkapitalist en in het ergste geval het verspillen van een paar jaar waarvoor je ouders de financiële middelen aanleverden, in plaats van het gevaar om doodgeschoten of opgehangen te worden, om maar iets te noemen – hadden de meest geslaagden onder hen daarentegen het voorbeeld van Stalin gevolgd. Net als de oude politbureaus riep het nieuwe politbureau zichzelf uit tot de vijand van de elite en de vriend van het gewone volk, toegedaan aan 'consumenten geven wat ze wilden hebben', maar voor Andreas (die eerlijk gezegd nooit had geleerd om spullen te willen hebben) leek internet eerder te worden geleid door angst: de angst om niet populair en cool te zijn, de angst om iets te missen, de angst om te worden afgefakkeld of te worden vergeten. In de republiek waren de mensen doodsbenauwd geweest voor de staat; onder het nieuwe regime waren ze doodsbenauwd voor de staat van de natuur: doden of gedood te worden, eten of gegeten te worden. In beide gevallen was de angst volkomen redelijk; was ze zelfs het prodúct van de rede. De volledige naam van de ideologie van de republiek was wetenschappelijk socialisme geweest, een naam die terugverwees naar *la Terreur* (de jakobijnen, met hun schitterend efficiënte guillotine, mogen dan uitvoerende beulen zijn geweest, ze profileerden zich als uitvoerders van de redelijkheid van de Verlichting) en vooruitverwees naar de verschrikkingen van de technocratie, die zich beijverde om de mensheid van haar menselijkheid te bevrijden door middel van efficiënt werkende markten en rationeel werkende machines. Dit was het werkelijk eeuwige vaste element van de onwettige revolutie, dit ongeduld over irrationaliteit, deze wens om er eens en voor altijd van verlost te zijn.

Het was Andreas' gave, wellicht zijn grootste, om unieke niches te vinden in totalitaire regimes. De Stasi was de beste vriend die hij ooit had gehad – totdat hij internet ontdekte. Hij had een manier gevonden om ze allebei te gebruiken en er tegelijkertijd los van te staan. Pip Tylers opmerking over Melkerij Moonglow had een wond bij hem geslagen omdat hij erdoor werd herinnerd aan het feit dat hij op zijn moeder leek, maar toch had Pip gelijk gehad: ondanks alle goeds dat het Sunlight Project voortbracht, functioneerde het nu voornamelijk als verlengstuk van zijn ego. Een roem spuwende fabriek die zich voordeed als een geheimen spuwende fabriek. Hij stond het nieuwe regime toe om hem naar voren te schuiven als een inspirerend voorbeeld van de bijbehorende 'openheid', en als tegenprestatie, als het niet anders kon, beschermde hij het regime tegen slechte pers.

Er bevonden zich heel wat potentiële Snowdens in het nieuwe regime, werknemers met toegang tot de algoritmes die Facebook vroeger gebruikte om munt te slaan uit de privacy van zijn gebruikers en Twitter om internethypes te manipuleren die bedoeld waren om vanuit zichzelf te ontstaan. Maar slimme mensen lieten zich in feite veel meer angst aanjagen door het nieuwe regime dan door de schrikbeelden waarmee het regime de minder slimme mensen had overtuigd, de NSA, de CIA – zoiets kwam recht uit de totalitaire speltactiek, het ontkennen van je eigen terreurmethoden door ze toe te schrijven aan je vijand en jezelf te presenteren als het enige verdedigingsmiddel – en het merendeel van de potentiële Snowdens hield dan ook zijn mond dicht. Tweemaal echter hadden insiders contact met Andreas gezocht (interessant was dat ze allebei voor Google werkten) om hem het aanbod te doen van een pakket interne e-mails en op algoritmen gebaseerde software waaruit duidelijk bleek hoe het bedrijf een hele voorraad aanlegde van persoonlijke gebruikersgegevens en actief informatie uitfilterde, die naar eigen bewering juist passief zou worden bekeken. In beide gevallen had Andreas, die bang was voor wat Google hem kon aandoen, ervoor bedankt om de informatie te uploaden. Om zijn zelfrespect te redden was hij eerlijk tegen de informanten geweest: 'Gaat niet gebeuren. Ik heb Google nodig als bondgenoot.'

Alleen in dit opzicht beschouwde hij zichzelf als apparatsjik. Verder liet hij zich in interviews minachtend uit over de holle retoriek van de revolutie, en kromp inwendig ineen wanneer zijn medewerkers het hadden over de wereld verbeteren. Uit het voorbeeld van Assange had hij geleerd hoe dwaas het was om Messiaanse uitspraken te doen over zijn missie, en hoewel hij er een ironische voldoening aan beleefde geroemd te worden om zijn zuiverheid, koesterde hij geen illusies over zijn vermogen om die zuiverheid ook werkelijk na te leven. Het leven met Annagret had hem daarvan genezen.

Twee dagen nadat Tom Aberant hem had geholpen om de botten en vergane kleren van haar stiefvader in de Odervallei te begraven, was hij in Leipzig naar haar op zoek gegaan. Hij had eigenlijk eerder willen gaan, maar inmiddels was hij erg in trek voor interviews bij de westerse pers. Puur op grond van het feit dat hij een keer een paar ondeugende gedichten had geplaatst in de *Weimarer Beiträge*, in het souterrain van een kerk had gewoond en op het juiste moment door stom toeval uit het Stasi-hoofdkwartier was weggekomen, had hij het stempel van PROMINENTE OOST-DUITSE DISSIDENT gekregen. Inmiddels klonk er ook gemor onder de oude onaangepasten in de Siegfeldstraße, omdat hij weinig meer had gedaan dan met tieners naar bed gaan, terwijl de anderen het risico van vervolging liepen. Maar geen van hen had een vader in het Centraal Comité, geen van hen een cv dat even sexy klonk als het verhaal over zijn letterverzen, en door kort op elkaar een tiental interviews te geven, altijd met het etiket van prominente dissidentie (en altijd met zorgvuldige vermelding van zijn kameraden uit de Siegfeldstraße), maakte hij zichzelf zoveel levensechter dan de onaangepasten dat er weinig anders voor hen op zat dan de versie van de media te accepteren. In een ommezien veranderde zijn roem zelfs de herinneringen die zij aan hem hadden.

Annagret woonde niet bij haar zus in Leipzig, maar haar zus stuurde hem naar een theehuis waar veel feministes kwamen, een groepering die tot voor kort nog bedrukter door het leven ging dan de milieubeweging; hoewel vervuild, was de Leipzigse hemel minder grijs dan het grijze stelletje mannen waaruit de leiding van de republiek bestond. Het was twee uur in de middag toen hij de piepende deur van het theehuis open duwde. Annagret kwam tevoorschijn uit de keuken achterin, haar handen afvegend aan een theedoek.

Lach eens, dacht Andreas.

Er kon geen lachje bij haar af. Ze keek om zich heen door het vertrek, dat leeg was. Aan de muren hingen een afbeelding van Rosa Luxemburg, een poster waarop de Vrouwen van de Zware Industrie werden gehuldigd, plus een paar wat gewaagdere foto's van westerse vrouwelijke musici en activisten. Alles verschoten en voorzien van het laagje treurnis dat hij vroeger zo lachwekkend had gevonden. Er klonk zacht een cassettebandje van Joan Baez.

'We hoeven niet nu te praten,' zei hij. 'Ik wil je alleen maar laten weten dat ik hier ben.'

'Nu is prima,' zei ze. 'Misschien valt er niet veel te bepraten.'

'Ik heb wel iets te vertellen.'

Ze lachte wat meesmuilend. 'Goed nieuws?'

'Ja, goed nieuws. Moet ik soms later terugkomen?'

'Nee.' Ze ging aan een tafeltje zitten. 'Vertel dan alleen je goede nieuws maar. Ik denk dat ik er al iets van weet. Ik heb je op tv gezien.'

'Tja,' zei hij, 'ik ben op slag een ware sensatie. En jij geloofde me niet toen ik zei dat ik de belangrijkste persoon van het hele land was. Weet je dat nog?'

'Dat weet ik nog.' Ze vertikte het hem aan te kijken. 'Ik weet alles nog. En jij?'

'Ja.'

'Waarom ben je dan hier?'

'Omdat we nu veilig zijn. We zijn veilig en ik houd van je.'

Ze bleef een tijdje naar het tafelblad staren. Toen knikte ze.

'Wil je weten waarom we veilig zijn?'

'Nee,' zei ze.

'Ik heb de persoonsdossiers, en ik heb verplaatst wat verplaatst moest worden.'

Ze knikte weer.

'Vind je het niet fijn om dat te horen?'

'Nee.'

'Waarom niet?'

'Om wat we hebben gedaan.'

‘Annagret. Kijk me alsjeblieft aan.’

Ze schudde haar hoofd, en hij begreep dat het probleem nooit had gelegen in de vraag of ze wel veilig waren. Het probleem bestond eruit dat hij haar herinnerde aan wat hij haar had laten meemaken.

‘Je kunt maar beter gewoon weggaan,’ zei ze.

‘Ik kan niet weggaan,’ zei hij. ‘Ik kan me geen leven voorstellen zonder jou.’

Voordat ze kon antwoorden, ging de deur piepend open en kwamen er twee vrouwen naar binnen, die het over het Neues Forum hadden. Annagret sprong op en verdween in de keuken. Algauw kwamen er andere vaste klanten, allemaal vrouwen. Hoewel ze geen daadwerkelijke vijandschap uitstraalden, voelde Andreas zich als een vreemd lichaam in een organisme dat hem stilletjes kwijt probeerde te raken. Een vliegje in een tranend oog.

Er arriveerde een meisje dat hij herkende als de vriendin die hij twee maanden geleden in Berlijn bij Annagret had zien staan, en ze begon haar te helpen met de bediening. De vriendin vroeg hem of hij iets wilde hebben.

‘Niets, dankjewel.’

‘Ik wil niet onbeleefd zijn,’ zei de vriendin. ‘Maar misschien moest je maar opstappen.’

‘Ja, doe ik.’

‘Het is niets persoonlijks. Het gaat er hier nou eenmaal anders aan toe.’

De opluchting van het vliegje dat het werd uitgedreven was even groot als de opluchting van het waterende oog dat het vliegje uitdreef. Buiten, in de koude druilerige regen, bedacht hij dat hij misschien maar met de trein terug naar Berlijn moest gaan om zijn rol als PROMINENTE OOST-DUITSE DISSIDENT weer op te nemen, zodat Annagret wat meer bedenktijd kreeg. Als Tom Aberant niet zomaar was verdwenen, had hij het misschien ook wel gedaan. Als hij maar één echte vriend had gehad, een vriend die zijn geheim kende en vrijwillig had aangeboden hem te helpen om het te begraven, was het misschien minder dringend geworden om Annagret te zien. Maar Tom had zich niet aan de eetafspraak gehouden. Andreas had urenlang gewacht om te zien of hij nog zou opdagen. Toen hij de volgende dag terugkwam van een hele reeks interviews had hij aan iedereen in de kerk gevraagd of er soms een Amerikaan was gekomen die naar hem op zoek was. Hij had geen moment het gevoel gehad dat Tom hem alleen maar uit journalistieke overwegingen probeerde te strikken. Zelfs als dat wel zo was, klopte het niet dat hij was verdwenen voordat Andreas hem het Stasi-archief binnen had weten te krijgen. De verklaring moest zijn dat Tom naar huis was gegaan, naar zijn vrouw: dat hij Andreas minder aardig had gevonden dan de vrouw die hij naar eigen zeggen spuugzat was. De felle pijn van deze afwijzing was een maatstaf voor de snelheid en de diepte van de sympathie die Andreas voor hem had opgevat. Om ook nog eens door Annagret afgewezen te worden was domweg niet aan de orde.

Hij liep naar het station van Leipzig en viste een paar kranten uit afvalbakken om ze te lezen. Hij voelde zich gesterkt toen hij zijn eigen naam zag. Wie was er bestand tegen de verleiding van geloven wat er over je gedrukt stond? In de avond ging hij terug naar het theehuis, waar hij buiten bleef wachten tot het donker werd en Annagret en haar vriendin de rolluiken naar beneden trokken.

'Ga weg,' zei de vriendin tegen hem. 'Ze wil je niet zien.'

'Dat klinkt wel degelijk persoonlijk.'

'Ja, nu is het persoonlijk.'

'Ik moet terug naar Berlijn. Er is een hoop aan de hand, en ik wil daar per se bij horen. Ik heet trouwens Andreas.'

'Ik weet wie je bent. We hebben je op tv gezien.'

'Annagret,' zei hij. 'Ik moet weer terug. Kun je niet op z'n minst een stukje met me oplopen?'

'Dat wil ze niet,' zei de vriendin.

'Een klein stukje,' zei hij. 'We hebben een paar persoonlijke familiekwesties te bespreken. We kunnen later wel ergens met z'n drieën naartoe gaan.'

'Goed dan,' zei Annagret ineens en ze liep bij de vriendin weg.

'Annagret –'

'Hij is niet zoals die anderen. En hij heeft gelijk – er is een familiekwestie.'

Het viel Andreas op, niet voor het eerst, dat ze behoorlijk goed kon liegen. Toen zij en hij alleen liepen, elk onder een eigen paraplu, verontschuldigde ze zich voor de vriendin. 'Birgit is gewoon erg beschermend ingesteld.'

'Ze lijkt er aardig in te slagen om de mannen weg te houden.'

'Dat kan ik zelf ook wel. Maar het wordt vervelend, die voortdurende aandacht. Het is wel prettig om hulp te hebben.'

'Is die er dan zo voortdurend, die aandacht?'

'Walgelijk, gewoon. In Leipzig is het eigenlijk nog erger. Gisteren hield er een man op een fiets naast me stil. Hij vroeg of ik met hem wilde trouwen.'

Hoewel Andreas de man graag een gebroken neus had willen slaan, was hij onwillekeurig trots op dit eerbetoon aan Annagrets schoonheid. 'Dat zal wel niet meevallen,' zei hij. 'Het zal wel niet meevallen om jou te zijn.'

'Hij kende me niet eens.'

Zwijgend liepen ze een poos door.

'Wat wij gedaan hebben,' zei ze, 'heb ik voor jou gedaan.'

Hij vond het vervelend om dit te horen, maar ook het tegenovergestelde van vervelend.

'Het was een stommiteit van me,' zei ze. 'Ik was stapel op je. En ik heb iets gedaan wat mijn leven verwoest heeft, en nu kan ik aan niets anders denken wanneer ik je zie. Aan wat ik voor jou gedaan heb.'

'Maar wat ik heb gedaan, heb ik ook voor jou gedaan. Ik zou het zo overdoen. Ik zou alles doen om je te beschermen.'

'Hm.'

'Ga dan mee naar Berlijn. Leipzig is een kutstad.'

'Je bent niet van plan me met rust te laten, hè?'

'Er zit niets anders op. We zijn voor elkaar bestemd.'

Ze bleef staan. Er liep niemand anders op de stoep, en hij wist al niet meer waar ze waren. 'En weet je wat het allerergste is?' vroeg ze. 'Ik vind het wel leuk dat je een moordenaar bent.'

'Volgens mij ben ik wel meer dan dat.'

'Maar dat is de reden waarom ik met je zal meegaan, gesteld dat ik dat doe. Is dat niet verschrikkelijk?'

Het had inderdaad wel iets verschrikkelijks, omdat hij nu pas, nadat ze hem een moordenaar had genoemd, werd overweldigd door lichamelijk verlangen naar haar. Hij pantserde zich tegen de drang om haar in zijn armen te nemen.

'We hebben iets goed te maken,' zei ze. 'We moeten proberen iets goeds voor anderen te doen.'

'Ja.'

'Proberen een heleboel goede daden te doen. Wij allebei.'

'Dat is ook wat ík wil. Samen met jou iets goeds voor anderen doen.'

'O, god.' Er ontsnapte haar een snik. 'Ga alsjeblieft terug naar Berlijn. Alsjeblieft, An–'

Ze had op het punt gestaan zijn naam te zeggen. Hij besefte dat hij haar dat nooit had horen doen.

'Kun je mijn naam zeggen?' vroeg hij, een ingeving volgend.

Ze schudde haar hoofd.

'Kijk me gewoon aan en zeg mijn naam. Dan ga ik terug naar Berlijn. Ik blijf wachten zo lang als nodig is.'

Ze rende bij hem weg. Ineens, in volle vaart, met opzijgehouden paraplu. Hij verloor een paar tellen terwijl hij stond te dubben of hij haar achterna zou gaan, en ze was zo jong en zo rap, zijn judomeisje, dat hij haar nooit zou hebben ingehaald als ze niet bij een stoplicht was gekomen en daar een te scherpe bocht had genomen. De druilerige regen moest er zijn opgevroren. Haar voeten schoten onder haar weg en met een misselijkmakend gevoel zag hij haar vallen.

Ze lag nog steeds op de grond, met haar hand krampachtig tegen haar heup, toen hij bij haar aankwam.

'Gaat het een beetje?'

'Nee. Of eigenlijk, ja. Het gaat wel.' En daar kwam het: het lachje dat hij zo graag had willen zien. 'Je zei toch tegen me dat ik er niet zo'n drama van moest maken? Weet je nog?'

'Ja.'

'Ik herinner me alles. Ieder woord.'

Hij hurkte neer om haar koude handen in de zijne te nemen en haar in zijn ogen te laten kijken. Hij zag dat hij haar kon hebben. Maar in plaats van een symfonie van vreugde en dankbaarheid hoorde hij een naar stemmetje vol twijfel: weet je zeker dat je echt van haar houdt? Nauwelijks heeft ze zichzelf verweten dat ze overal een drama van maakt of ze beweert dat ze ieder afzonderlijk woord heeft onthouden dat jij ooit hebt gezegd! Ze heeft geen enkel gevoel voor humor – zou het niet allemaal wat benauwend gaan worden? Hij probeerde zich doof te houden voor het stemmetje. Ze was immers uitzonderlijk mooi. Twee jaar geleden, toen hij haar een keuzelijst had voorgelegd waarop de mogelijkheid van moord stond, had ze gekozen voor moord. Ze was een keurig meisje dat ook een vieze en leugenachtige meid was. Ze walgde van de interesse van andere mannen, maar op de een of andere manier niet van die van hem. Ze wist dat hij iets slechts had gedaan en toch wilde ze hem hebben, toch bood ze hem een beter leven aan.

'Laten we naar je huis gaan om je spullen in te pakken,' zei hij.

'Birgit krijgt vast de pest aan me.'

'Maar vast niet zoveel als aan mij.'

Zo'n twee à drie jaar was hij gelukkig met haar. Ze was heel jong en had nergens enig idee van, zeker niet van de manier waarop ze haar leven met een man moest delen, en hoewel hijzelf nooit zijn leven met een vrouw had gedeeld, was hij ouder en ging zij ervan uit dat hij alles wist. Ze kon hem zo ernstig aankijken wanneer hij op haar lag, in haar, en alleen al de herinnering aan die blik wond hem op, om redenen die hij maar langzaam begreep. Zolang haar idealistische bezieling bleef duren, liet hij haar kleinigheden kopen, spreien, aardewerken bekers, lampenkappen, waarvan hij wist dat ze lelijk waren. Hij prees de treurige Indiase maaltijden die ze zichzelf had leren koken. Hij vond het leuk om te zien hoe goed ze haar weg in Berlijn vond, nieuwe vriendschappen sloot en oude vriendschappen nieuw leven inblies, zich aansloot bij collectieven, aan de slag ging bij een centrum dat ondersteunende diensten aan vrouwen verleende. Wanneer ze samen de deur uit gingen, voelde hij zich trots, niet benauwd, dat ze hem een arm gaf en naar geen enkele andere man keek dan naar hem. Wanneer ze thuis waren, was het hartverscheurend hoe graag ze het hem naar de zin wilde maken. Ze leek het idee te hebben dat hoe vaker ze de liefde met elkaar bedreven, hoe sterker daarmee bevestigd werd dat ze voor elkaar bestemd waren, en dat zij niets slechts had gedaan door te zwichten voor de moord op haar stiefvader. Twee à drie jaar was hij zo fortuinlijk de vruchten van dit idee te plukken, vrijwel elke nacht.

Maar het probleem met seks als idee was dat ideeën konden veranderen. Op den duur rijpte er bij Annagret een ander en veel saaier idee, van volslagen eerlijkheid in bed, met een sterke nadruk op discussie. Aanvankelijk gaf hij eraan toe en probeerde hij een goede man te zijn, probeerde hij een ideaalbeeld waar te maken dat ook hij nog van zichzelf had, maar uiteindelijk viel er niet aan te ontkomen: eindeloze discussies met iemand van drieëntwintig verveelden hem stierlijk. Overdag, wanneer ze niet bij elkaar waren, bleef hij zich haar ernstige blik voor de geest halen, maar wanneer hij thuiskwam, vond hij daar iemand die in niets leek op de vrouw naar wie hij zo had verlangd. Ze was moe, had buikpijn, had plannen voor de avond, er was ergens een zielige vrouw wier hand vastgehouden moest worden, er moest een protest georganiseerd worden voor een hopeloos verloren zaak. Of nog erger: ze wilde haar gevoelens bespreken. Of, het allerergste: ze wilde zíjn gevoelens bespreken.

Om aan de verveling thuis te ontsnappen woonde hij overzeese congressen bij, in Sydney en São Paulo en Sunnyvale in Californië. Naast zijn werk in de commissie-Gauck, het beheren van de Stasi-archieven, werkte hij in het gehele voormalige Oostblok als adviseur op het gebied van waarheidsvinding en verzoening. Dan zat hij in helverlichte congreszalen die in alle opzichten identiek waren, afgezien van de taal op de flesjes waaruit de nog niet met elkaar verzoende tegenstanders hun mineraalwater schonken. Omdat de verslaggevers en de camera's zo dol op hem waren, werd hij rechtstreeks benaderd door bedrijfs- en overheidsklokkenluiders in het verenigde Duitsland, en omdat het commissiewerk niet aansloot bij zijn persoonlijkheid (hij was individualistisch ingesteld, niet collegiaal), overwoog hij zelf iets op te zetten, een uitwisselingscentrum van geheimen te worden waarbij de commissies werden overgeslagen en rechtstreeks contact met de kranten werd gezocht. Maar zijn huiselijke probleem, de ongelijkheid tussen het nachtelijke object van zijn verlangen en de dagelijkse realiteit van Annagret, bleef hem overal volgen. Zelfs wanneer hij in zijn eentje in een hotelkamer in Sydney zat, opgewonden bij de herinnering aan haar ernstige blik, hoefde hij alleen maar naar huis te bellen en twee minuten haar stem te horen om zich al bij haar te vervelen. De verveling was onmiddellijk en overweldigend. Alles waar ze het over hadden, ongeacht wat, was onvoorstelbaar irrelevant, onverdraaglijk irrelevant ten opzichte wat hij wilde.

Hij besefte dat hij in zijn eigen val was getrapt. Hij was niet gaan samenwonen met een vrouw, maar met een wensbeeld van zichzelf als man die nog lang en gelukkig met een vrouw onder één dak kon wonen. En nu hing dat beeld hem de keel uit. Alhoewel hij nooit zijn stem tegenover Annagret verhief, begon hij te mokken en te muggenziften. Hij maakte subtiel spottende opmerkingen over haar werk en deed onsportief tegenover haar vriendinnen, die hij beschouwde als slome trutten en aan wie hij de pest had omdat ze de zwakke plek die Annagret had voortdurend uitbuitten om deel te kunnen hebben aan zijn roem. Hij bedacht flauwe smoesjes om hen uit de weg te blijven en als er eens niet aan een gezellig groepsgebeuren viel te ontkomen, deed hij afwisselend kil, zwijgzaam en beledigend. Hij gedroeg zich als een klootzak en betaalde daarvoor met zijn zelfrespect, maar hij volhardde erin, omdat hij hoopte dat Annagret zijn gedrag zou herkennen als een algemeen erkend gevaarsignaal binnen een relatie en dat hij uiteindelijk misschien wel uit de val zou kunnen ontsnappen.

Maar zij was genadeloos lief tegen hem. Wanneer ze kwaad werd, was het maar zelden voor lang. Zij, die verder een fervent feministe was en omringd werd door mannen wantrouwende types, bleef voor hem een uitzondering maken. Ze nam zijn werk serieus en gaf hem nuttige adviezen. Ze waste de vuile kleren en borden die hij inmiddels overal in de flat liet rondslingeren. En hoe aardiger ze deed, hoe dieper hij zich in de val voelde zitten. In de val van zijn dankbaarheid voor de hoge dunk die ze van hem had en zijn angst om die te verspelen, in de val ook van de beloften en geloften die hij in het begin had gedaan, het vuur waarmee hij haar idealisme had aangewakkerd (en een tijdje ook dat van hemzelf). En omdat er maar weinig vrouwen waren die haar combinatie van schoonheid en jeugd wisten te overtreffen, en al helemaal geen voor wie hij niet zou moeten verhelen dat hij een moordenaar was, en omdat hij trouwens al zo beroemd was dat alle geruchten over een liefdesaffaire snel tot Annagret zouden doordringen en verwoestend zouden uitwerken op haar idealisering van hem, leken andere vrouwen niet voor hem te zijn weggelegd.

Om deze vorm van gevangenschap te vervolmaken kwam daar Annagrets vriendschap met zijn moeder bij. In 1990 had hij haar laten kennismaken met zijn ouders. Ze waren toen al gaan samenwonen in Berlijn en hadden zich aangewend getweeën in het openbaar te verschijnen, zodat ze langzaam de angst waren kwijtgeraakt om verdenking op zich te laden door samen naar buiten te treden. Omwille van zijn vader, tegenover wie hij zich dankbaar voelde en op wiens gunstige oordeel hij prijs stelde, nam hij het risico dat zijn moeder jaloers op Annagret zou worden en vervelend tegen haar zou doen. Maar Katya deed charmant. Ze leek Annagrets schoonheid als een aanwinst te beschouwen, een passend Wolf-sieraad, net als Annagrets jeugdige plooibaarheid, waardoor Andreas' eigen vijandige gedrag iets onnatuurlijks kreeg. Ze wilde dat Annagret haar schoolopleiding zou voortzetten, en toen Annagret bezwaar maakte en zei dat ze liever haar mouwen opstroopte om andere mensen te helpen, gaf Katya haar een knipoogje en zei: 'Dat zullen we dan maar toestaan. Maar je moet beloven dat je bij mij op de universiteit colleges komt volgen. Je mag in je vrije tijd bij mij studeren, we gaan aan je Engels werken, en alles wat je leert zal interessant zijn. Heus, ik weet best wanneer het saai wordt.' Ze knipoogde nog eens.

Intuïtief verontrust door dit voorstel nam Andreas Annagret weer mee naar huis, waar hij zijn ergste Katya-verhalen aan haar opdiste, de verhalen die hij had achtergehouden uit angst dat de zieke familietrekjes ook bij hem aan het licht zouden komen. Annagret luisterde aandachtig en zei dat ze Katya toch mocht. Ze mocht haar omdat ze hem ter wereld had gebracht. Ze mocht haar – ondanks alles wat hij zei – omdat ze zichtbaar evenveel van hem hield als zij. En het wonder dat hij Annagrets lichaam mocht bezitten, het wonder dat hij zich tot liefde in staat voelde, was nog steeds zo nieuw voor hem dat hij met het voorstel instemde. Hij wist zich in te beelden dat hij het probleem Katya kon oplossen door het aan Annagret uit te besteden.

Annagrets eigen moeder was een ramp. Zoals ze al had gedreigd, was ze van de politie blijven eisen dat er een onderzoek naar de verdwijning van haar man werd ingesteld, maar ze stond bij hen bekend als dievegge en drugsverslaafde, was net uit de gevangenis ontslagen en maakte een slechte indruk. De politie zei eerlijk dat het dossier verloren was geraakt en dat men weinig anders kon doen dan zijn foto te verspreiden. De moeder probeerde de hulp van de moeder van haar man in te schakelen, een weduwe, en vernam dat de Stasi zijn moeder twee jaar daarvoor had meegedeeld dat hij naar het Westen was gevlucht; ze zat nog steeds op bericht van hem te wachten. Algauw begon haar moeder weer te gebruiken. Ze kwam bij Annagret en Andreas om geld zeuren. Annagret stelde haar moeder koeltjes voor om nuchter te worden en op zoek te gaan naar werk in het buitenland, waar een tekort aan verpleegsters bestond. Annagrets afkeer van haar was oprecht, maar kwam haar ook heel goed uit, aangezien ze erdoor werd beschermd tegen haar schuldgevoel dat ze haar man had laten vermoorden. De moeder bleef hen lastigvallen en bij hen aankloppen om uitvoerig over Annagrets ondankbaarheid uit te weiden, totdat ze erin slaagde haar uiterlijke schoonheid voor drugs te verhandelen en in te trekken bij een Poolse timmerman die ook gebruikte.

Daarbij vergeleken gedroeg Katya zich als een engel tegen Annagret. Nadat Andreas' vader in 1993 was overleden, behield ze het appartement aan de Karl-Marx-Allee. Ze had ontslag genomen bij de universiteit en moest heel terecht twee jaar van statusherstel doorlopen voordat ze weer aan de slag kon als *Privatdozent* en een goed ontvangen boek publiceerde, een studie over Iris Murdoch. Elke ochtend deed ze een powerwalk van acht kilometer en vaak ging ze een paar dagen naar Londen met haar hond Lessing, een Lhasa apso. Annagret zag haar minstens één keer per week als ze in Berlijn was. De regeling die Andreas voor ogen had gestaan, waarin Annagret de onaangename taak op zich nam om de schone familieschijn op te houden, functioneerde vrijwel precies zoals hij had gehoopt – behalve dat de hechte band tussen beide vrouwen hem waanzinnig jaloers maakte.

Hij had het niet zien aankomen. Voor hem was Annagrets ernst nooit moeilijker te verteren, hun ongeschiktheid als stel nooit duidelijker, dan op avonden dat ze bij zijn moeder thuis was. Hij nam haar kwalijk dat ze zijn moeder aardig vond en dat ze door zijn moeder aardig werd gevonden. En voor zijn razende jaloezie had hij geen acceptabele uitlaatklep. Zelfs wanneer ze ruziemaakten, werd zijn stem alleen maar afgemeten en rationeel. Ze verfoeide deze afgemeten stem, maar hij was heel doeltreffend, in tegenstelling tot het rood aangelopen gezicht waarmee zij er dingen uitgooide: hij was een goede man, die zijn drift en al het andere stevig onder controle had. Maar als ze toevallig maar een halfuur langer bij Katya bleef dan verwacht, verviel hij tot zo'n hevige toestand van starogige, hartbonkende razernij dat hij alleen maar met zijn armen tegen zijn lichaam geklemd kon gaan zitten en zijn best moest doen om niet in woede uit te barsten. Het was zoiets extreems dat hij begon te vermoeden dat er iets in hem zat, een andere ik die altijd in hem had gezeten, die bij andere mensen ontbrak. Die heel ongewoon en ziek was, alleen eigen aan hem.

Dit iets, wat voor hem geleidelijk de Moordenaar ging heten, was als een neutrino of een esoterische boson, alleen maar traceerbaar door middel van deductie. Door zijn subatomaire ik met rigoureuze eerlijkheid te observeren, door de diepliggende structuur van zijn ongelukkigheid te inspecteren en door bepaalde vreemde en vluchtige fantasieën bij te houden, wist hij een theorie op te bouwen over de Moordenaar en over de tegenstrijdige gelijkwaardigheden en tijdskrommingen waardoor die theorie werd gekenmerkt. Verveling en razende jaloezie waren bijvoorbeeld gelijkwaardig. Ze hadden allebei te maken met het feit dat de Moordenaar werd gefnuikt in het verkrijgen van het object van zijn verlangen. De Moordenaar was razend op Katya, omdat ze hem van dat object beroofde, maar niet minder razend op Annagret zelf. En wat was dat object? Afgaand op deze theorie was dat object het vijftienjarige meisje voor wie hij een moord had gepleegd. Hij had geloofd dat hij werd aangetrokken tot haar goedheid, haar vermogen om hem verlossing te brengen, maar voor de Moordenaar was ze medemoordenares, leugenaarster en verleidster. Haar ernstige blik wond hem op omdat hij erdoor terugdacht aan de nacht achter de datsja van zijn ouders, aan het lichaam van de man die ze had verleid en voorgelogen en die ze had helpen vermoorden. Hoe meer ze een zelfstandig personage werd, de vriendin van zijn moeder en de vriendin van vele andere vrouwen, hoe moeilijker het was om haar als die vijftienjarige te zien.

Doordat hem deze speciale voldoening werd ontzegd, viel hij ten prooi aan door de Moordenaar ingegeven fantasieën, die soms zo krenkend voor zijn zelfbeeld waren (bijvoorbeeld de fantasie waarin hij klaarkwam op Annagret terwijl ze lag te slapen) dat het immense eerlijkheid kostte om ze te registreren voordat hij ze onderdrukte. In al deze fantasieën was zonder uitzondering sprake van nachtelijk donker, het donker van de datsja van zijn ouders, het donker in een gang waardoor hij eeuwig afliep op een slaapkamer. In zijn subatomaire ik was geen enkele tijdsorde stabiel. Het door hem gewenste object was van een eerdere datum dan de piercings, het haar dat in het wilde weg was afgeknipt en de bonte Indiase jurken die ze was gaan dragen, en niet omdat hij 'stiekem' liever vijftienjarigen had (zelfs al was dat ooit zo geweest, dan was hij dat nu ontgroeid), maar omdat het Annagret was, het socialistische judomeisje dat hem had geholpen een moord te plegen. Hem ertoe had gedréven een moord te plegen; gelijkwáárdig was aan het plegen van een moord. De oudere Annagret, die zich in lachwekkend onbaatzuchtige bochten wrong om voor die moord te boeten, voldeed in geen enkel opzicht aan de doeleinden van de Moordenaar, en om die reden zond de Moordenaar, in zijn fantasieën, de pijl van de tijd de andere kant op en maakte hij haar weer vijftien. En meer dan dat: wanneer hij bepaalde fantasieën nauwkeurig inspecteerde, was het soms niet hij, maar haar stiefvader die door de donkere gang naar de slaapkamer liep waar ze lag te slapen. Hij was zowel de man die hij had vermoord als de man die de moord had gepleegd, en omdat er een andere donkere gang in zijn geheugen bestond, de donkere gang tussen zijn kinderslaapkamer en de slaapkamer van zijn moeder, ontstond er een verdere tijdsvervorming waarin zijn moeder het leven had geschonken aan het monster dat Annagrets stiefvader was, dat hij dat monster was en hij hem had vermoord om hem te kunnen zijn. In de schimmige wereld van de Moordenaar was niemand ooit dood.

Hij had dolgraag niet in zijn theorie geloofd, had hem dolgraag op één hoop gegooid met het abracadabra van de moderne natuurwetenschap en er verder zijn schouders over opgehaald. Maar de eigenschap die hij het meest bij zichzelf waardeerde was dat hij het vertikte om zichzelf voor te liegen, en ongeacht hoe druk hij het kreeg en hoe vaak hij op reis was, er kwam altijd wel een volgende avond dat hij alleen thuis was, in de greep van een moordzuchtige woede die hij op geen enkele andere wijze kon verklaren.

Op een dergelijke avond kwam Annagret terug van zijn moeder met een diep ernstige blik op haar gezicht. Hij zat op de bank, zonder ook maar te doen alsof hij iets aan het lezen was. Hij moest zich tot het uiterste inspannen om niet met zijn vuist tegen de muur te beuken, zo erg was het met hem gesteld.

'Ik dacht dat je om negen uur thuis zou komen,' wist hij uit te brengen.

'We zijn aan de praat geraakt over van alles,' zei Annagret. 'Ik heb haar naar de jaren vijftig gevraagd, hoe het land in die tijd was. Ze heeft me allerlei interessants verteld. Maar toen – en dit is iets heel vreemds. Het is belangrijk. Vind je het erg dat ik het er nu over heb?'

Hij voelde dat ze hem aankeek en hij dwong zijn mondhoeken omhoog te krullen, te glimlachen. 'Natuurlijk niet.'

'Heb je al gegeten?'

'Geen trek.'

'Ik maak straks wel wat noedels voor je.' Ze ging naast hem op de bank zitten. 'Je moeder had het over je vaders loopbaan, hoe briljant hij was, hoe druk hij het had. En toen hield ze ineens op en zei: "Ik had een minnaar."'

De woede in hem was gigantisch. Hoe moest hij een uitbarsting voorkomen? Wat was het een opluchting om tot uitbarsting te komen. Wat moest het een ongeëvenaarde ervaring voor hem zijn geweest om de schedel van een man te verbrijzelen met een spade. Als hij die opluchting toch eens opnieuw kon oproepen – opnieuw kon beleven! Hij kon die niet opnieuw oproepen. Maar de gedachte eraan had een licht kalmerende uitwerking op hem, gaf hem een vorm van houvast.

'Dat is interessant,' mompelde hij.

'Ja, hè? Ik kon niet geloven dat ze het me vertelde. Jij zei dat ze altijd heeft beweerd dat het niet is gebeurd. Ik was te bang om haar te vragen iets meer te vertellen, en dat heeft ze ook niet gedaan. Alleen: "Ik had een minnaar." En toen veranderde ze van onderwerp. Maar daarna bleef ze me aankijken, ik weet niet, alsof ze wilde controleren of het me ontgaan was wat ze had gezegd.'

'Hm.'

'Maar hoor eens. Andreas. Ik weet dat we niemand over ons geheim kunnen vertellen. Maar ik zie haar zo vaak, ze is in de zeventig, ze is je moeder. Ik kreeg een opwelling om haar op de hoogte te brengen, en die opwelling gaf me een goed gevoel. Ze zou het nooit aan iemand anders vertellen, dat weet ik zeker. Vind je het goed als ik het aan haar vertel?'

Hij vond dat niet, totaal niet. Dat Annagret het zich ook maar in haar hoofd kon halen om Katya op de hoogte te brengen! Voor zijn geestesoog ontvouwde zich een reeks voorheen onvermoede perspectieven van vrouwelijke vertrouwelijkheid. Katya die haar zin bij hem doordreef door middel van de meegaande Annagret. Annagret die zo goedgelovig was, zo vol oprechte ernst, zo bereid om hem te verraden. Die om halfelf thuiskwam, terwijl ze had beloofd rond een uur of negen thuis te zijn – al die uren bij Katya. En maar praten, praten, praten. Kutwijven, kutwijven, kutwijven. Hij werd er stapelgek van.

'Ben je stapelgek geworden?' vroeg hij.

'Nee, echt niet,' zei ze, onmiddellijk op haar hoede. 'En zij ook niet. Ik denk dat het zelfs beter met haar gaat. Ik weet dat ze lastig is geweest toen jij nog klein was, maar dat is een hele tijd geleden.'

Dat wist ze? Lástig? Ze wist van niets. Niemand kon weten hoe het was geweest om Katya als moeder te hebben. Hoe het was geweest om geestelijk verkloot te worden, dag in dag uit, en niet alleen te jong en te zwak te zijn om ertegen te vechten, maar zelfs niet in staat te zijn om er woedend over te worden, omdat ze hem ertoe had verleid om het zelf te willen. Annagret had het hoogstens een week of twee van haar stiefvader gewild, een maand hooguit; Andreas had het zijn hele kindertijd gewild. En toch zat hij weer in de val, want anders dan Annagret was hij niet lichamelijk verkracht. Hij moest leven met de mogelijkheid dat er nooit iets monsterlijks aan Katya was geweest. Haar versie van de werkelijkheid was consistent, vooral nu ze op leeftijd gekomen was, haar jeugdzonden waren nu vergeten of onschadelijk gemaakt met een leuke, ondeugend klinkende term als 'minnaar'. Ze had altijd volgehouden dat de stoornis bij hem zat, niet bij haar, dat hij zich ziekelijk gedroeg door niet te willen geloven dat ze een goede en liefhebbende moeder was. En inderdaad was hij degene die al urenlang razend van jaloezie zat te wachten, te wachten tot de dames gezellig waren uitgebabbeld.

'Het kan opluchten om dingen op te biechten,' zei ze. 'Soms denk ik weleens dat je bent vergeten dat jij het aan je vader hebt kunnen opbiechten. Ik kan het aan níemand opbiechten.'

IK ZOU HAAR NU MET MIJN BLOTE HANDEN KUNNEN VERMOORDEN.

'Als je eenmaal met opbiechten begint,' zei hij op afgemeten toon.

'Wat?'

'Waar houdt het dan op?'

'Ik stel voor dat we het aan één persoon vertellen. Aan je moeder. Wil je dat dan niet? Je vader was heel begripvol, en jij voelde je er beter bij. Ik wed dat je moeder heel wat begripvoller zou zijn, omdat zij weet hoe het is om fouten te maken.'

Ineens ondergingen zijn gedachten een temperatuuromslag, zoals dat met gedachten gaat. Enigszins afgekoeld stelde hij zich voor dat zijn moeder wist wat ze hadden gedaan. Katya was echt de laatste ter wereld tegenover wie hij reden had zich te schamen – Katya, die voor hem de belichaming was van alles wat smerig was – en toch beeldde hij zich in dat hij zich schaamde een moordenaar te zijn. Zich schaamde over alles, tot in iedere vezel van zijn wezen, tot aan dit moment toe. Zijn lieve judomeisje wurgen om haar het zwijgen op te leggen? Wat mankeerde hem?

Zonder haar aan te kijken draaide hij een kwartslag haar kant op en drukte zijn gezicht tegen haar borst. Hij zwaaide zijn benen op haar schoot en sloeg zijn armen om haar hals. Hij zag eruit als die stomme foto van John Lennon in Yoko's armen, maar wat maakte het uit. Hij had er behoefte aan om vastgehouden te worden. Ze was beter dan goed, omdat ze niet altijd goed was geweest. Het slechte had meegemaakt en voor het goede had gekozen.

'Het spijt me,' fluisterde ze, terwijl ze zijn haar streelde, hem koesterde als een kindje. 'Ik wilde je niet van streek maken.'

'Sst.'

'Gaat het eigenlijk wel?'

'Sst, sst.'

'Wat is er dan?'

'We kunnen het haar niet vertellen,' zei hij.

'Maar dat moet toch kunnen? Laten we het toch maar doen.'

'Alsjeblieft, nee. Dat kan niet.'

Hij begon te huilen. In hem roerde de Moordenaar zich weer, zich ervan bewust dat er kansen voortkwamen uit zijn tranen, zijn regressiegedrag. De Moordenaar hield van regressiegedrag. De Moordenaar vond het fijn wanneer hij vier was en Annagret vijftien. Blindelings, met dichtgeknepen ogen, zocht hij haar lippen met de zijne. Heel even waren die van haar open en beschikbaar, maar toen, alsof ze een prooi was, zich instinctief bewust van de Moordenaar die ze niet kon zien, wendde ze haar gezicht af. 'Onze discussie is nog niet afgelopen,' zei ze.

Discussie, discussie, discussie. Gepraat, gepraat, gepraat. Hij haatte haar. Hij had haar nodig, haatte haar, had haar nodig, haatte haar. Met zijn ogen nog dicht probeerde hij haar weer te kussen.

'Ik meen het,' zei ze en ze probeerde op te staan. 'Ga van mijn schoot.'

Hij ging van haar schoot en deed zijn ogen open. 'Ga dan naar een priester,' zei hij.

'Wat?'

'Als je wilt biechten. Zoek een katholieke kerk, stap naar de biechtstoel, zeg wat je op je lever hebt. Daar knap je van op.'

'Ik ben niet katholiek.'

'Ik kan je niet tegenhouden, maar ik vind het niet prettig dat je met haar omgaat.'

'Ze aanbidt je! Je bent praktisch haar heiland.'

'Ze aanbidt wat ze ziet in een spiegel. Voor haar zijn wij niet meer dan bruikbare voorwerpen. Hoe meer je haar vertelt, hoe beter ze ons kan gebruiken.'

'Het spijt me, maar je hebt het volkomen mis.'

'Prima. Ik heb het mis. Maar ik kan niet met je blijven samenwonen als je haar vertelt wat wij hebben gedaan.'

Haar gezicht werd rood. 'Dan moeten we misschien maar niet blijven samenwonen.'

'Misschien niet. Misschien moet je maar met haar gaan samenwonen.'

'Ik doe mijn best om een hechte band met je moeder op te bouwen, omdat jij dat niet kunt. Ik bewijs jou een enorme dienst, en nu ben je jaloers.'

'Ik ben niet jaloers.'

'Volgens mij wel.'

'Niet waar. Niet waar.'

Alles wat ze zei klopte, elk woord van hem was een leugen. En toch was hij een goedbetaalde waarheids- en verzoeningsadviseur, en overal waar hij kwam, waren de mensen blij om hem te zien. Ze spraken vleierig over zijn eerlijkheid en openheid, ze lachten om zijn oneerbiedige humor, ze namen flatterende foto's van hem. Hij zat aan alle kanten in de val.

Intussen bleef de gelekte informatie binnenstromen, in eenvoudige bruine enveloppen en kartonnen mappen zonder retouradres. Omdat hij Duits was, en ook nog eens Oost-Duits, was hij in technologisch opzicht behoudend en dacht hij nog steeds in termen van papieren documenten en tastbare computerschijven. Nog in de zomer van 2000 gebruikte hij thuis dezelfde computer en hetzelfde e-mailadres als Annagret. Zij, met haar buurtorganisaties, de marginale zaken waarvoor ze zich inspande, kende alle technologische kneepjes. Steeds vaker kwam het voor dat ze driftig zat te tikken en te klikken wanneer hij thuiskwam, in die lachwekkend lenige zithouding van haar, op een stoel met haar knieën opgetrokken tot haar kin en haar armen daar weer omheen, een beker met thee naast de muis van haar computer, en dat hij dan dacht: god nog aan toe, is dit de rest van mijn leven? Voor de Moordenaar in hem leek het alsof ze zich met internet had bewapend om zich te verdedigen tegen de man die hij in werkelijkheid was. Ze was er niet bij weg te slaan.

Maar toen bewees ze hem een schijnbaar levensreddende dienst. Ze dwong hem zijn eigen krachtige computer te kopen en die volledig te benutten, wat hij vervolgens ook deed. In de avonduren bouwde hij aan een netwerk van activisten en hackers en bedacht het Sunlight Project; overdag, wanneer Annagret handjes zat vast te houden in haar buurthuis, zat hij pornografie te bekijken. Dat hij zwichtte voor internet en zijn wereldveranderende potentieel kwam eerder door het tweede dan door het eerste. De plotselinge brede beschikbaarheid van pornografie, de anonimiteit van de toegang, de betekenisloosheid van copyright, de onmiddellijke bevrediging, de schaal van de virtuele wereld binnen de werkelijke wereld, de wereldwijde verspreidheid van gemeenschappen die bestanden met elkaar uitwisselden, de gewaarwording van macht die het zoeken en klikken met de muis met zich meebracht: internet zou iets kolossaals worden, vooral voor de brengers van zonlicht.

Pas veel later, toen internet voor hem hetzelfde was gaan inhouden als de dood, besefte hij dat hij de dood ook in die internetporno had zien opduiken. Iedere dwangmatige handeling, zeker zijn eigen bekijken van digitale beelden van seks dat snel een dwang werd die de hele dag opslokte, riekte naar de dood door de manier waarop er kortsluiting ontstond in het brein en het mens-zijn verviel tot een gesloten cirkel van prikkel en reactie. Maar ook was er al iets, in die tijd van bestandsoverdracht, van protocollen en van hiërarchie creërende nieuwsgroepen, wat wees op de onpeilbare onmetelijkheid waardoor het volwassen internet en de latere social media gekenmerkt zouden worden; in de geüploade beelden van iemands vrouw die naakt op de wc zat, de kenmerkende vernietiging van het verschil tussen wat privé en openbaar was; in het verbijsterende áántal vrouwen dat naakt op de wc zat, in Mannheim, in Lübeck, in Rotterdam, in Tampa – een aankondiging van de manier waarop het individu in de massa oploste. Het brein dat met behulp van een apparaat verviel tot een gesloten feedbackcirkel, de privépersoonlijkheid die verviel tot een openbare algemeenheid: als mens zou je net zo goed dood kunnen zijn.

En uiteraard werkte de dood als een lokstof op de Moordenaar. De beelden op zijn computerscherm leidden hem af van gedachten aan donkere gangen en geheime bezoedeling, en een tijdje bleef hij geloven dat hij een aanpak had gevonden die het leven met Annagret op de lange termijn leefbaar zou maken. Hij kon de ideale ik die in zijn eigen ogen bestond handhaven door aandacht te blijven schenken aan de mannelijke uitbuiting van vrouwen waarvan hij getuige was op zijn scherm, door die uitbuiting te betreuren terwijl hij er tegelijkertijd door werd geprikkeld, en daarna, nadat hij zijn driften had geloosd, kon hij ook het ideaal handhaven dat in Annagrets ogen bestond. Om Frank Zappa te parafraseren: ze dacht dat ze een man wilde, maar wat ze eigenlijk wilde was een muffin. Misschien strafte ze hem omdat hij haar verbood hun misdaad aan Katya op te biechten, of misschien was het een kwestie van seksepolitiek of misschien gewoon de normale gang van zaken, maar het leek haar niet te kunnen schelen of ze ooit weer met elkaar naar bed gingen. Wat zij wilde – waar zij expliciet om vroeg, op haar ideeënbeladen manier – waren 'een hechte band' en 'saamhorigheid'. Die waren te verwezenlijken met geknuffel, en Andreas, wiens behoeften elders lagen, vond knuffelen prima.

Internet had het hun makkelijk gemaakt om zich als kinderen te gedragen.

Pas na een halfjaar besefte hij dat hij niet was ontsnapt, maar juist veel dieper in de val was geraakt. Als het hem niet zou lukken met de mooie Annagret een leven op te bouwen, met haar verbonden door hun geheim en door zijn oude hoop op verlossing, zou hij nooit meer voldoende hoop kunnen opbrengen om met iemand anders een geslaagd leven op te bouwen, meende hij. Door bij haar weg te gaan zou hij erkennen dat er altijd iets mis met hem was geweest. Maar er was inderdaad iets mis met hem. Zijn masturbatiegedrag was nu nog dwangmatiger dan in de tijd dat hij een tiener was. De herhaling was objectief gezien saai, maar ermee ophouden kon hij niet. De weldenkende prevelementen die een tijdje resultaat hadden gehad, zijn scrupuleuze pogingen om zich een voorstelling te maken van de omstandigheden waaronder een tienermeisje aan drie beestachtig ogende Russen zou toestaan in haar gezicht te ejaculeren voor een camera en om deernis met zo'n meisje te voelen, hadden geen resultaat meer. Wat er in de virtuele wereld gebeurde, waar schoonheid bestond met het doel gehaat en besmeurd te worden, had een dwingendere kracht dan wat er in de echte wereld gebeurde, waar schoonheid geen enkel doel leek te dienen. Hij werd bang voor Annagrets aanrakingen. Hij haalde diep adem wanneer hij die zag aankomen, zodat hij niet in elkaar zou krimpen. Een hechte band en saamhorigheid waren precies wat hij nu niet kon verdragen, en het was ontzettend belangrijk dat ze dat niet zou merken en vol walging bij hem zou weggaan. Zonder haar idealisering bestond er voor hem geen enkele hoop meer. Hij begon zich af te vragen of een zelfmoord, zijn eigen dood, was wat de Moordenaar werkelijk wilde.

Hoewel hij wist dat de Moordenaar zijn vijand was, kon hij zich er nooit helemaal toe brengen om hem te verafschuwen. Telkens wanneer hij zichzelf voorhield dat hij hem verafschuwde, ging hij in zijn gedachten een stapje achteruit en zag dat hij loog: hij wilde in alle eerlijkheid niets anders zijn dan precies wie hij was. Dat bleek met name uit het ontbreken van schuldgevoelens over de moord op Horst Kleinholz. Het bleef voor hem onmogelijk om te willen dat hij het nooit gedaan had. Wanneer hij volkomen eerlijk tegenover zichzelf was, voelde hij zich zelfs ontzaglijk blij dat hij het gedaan had. En hetzelfde gold voor de middagen dat hij zich zat af te trekken voor zijn krachtige computer. Hij veroordeelde wat hij deed aan de hand van de principes waarin hij wilde geloven, maar op het moment zelf werd zijn afschuw er nooit door gewekt. In plaats daarvan verfoeide hij Annagret, verfoeide hij zijn eigen morele overwegingen, verfoeide hij zijn andere verantwoordelijkheden, omdat ze zijn dwangmatige gedrag belemmerden. En toch was het ingewikkeld, want wanneer zijn waakzame ik wegstapte van de computer waarvoor hij zat, met gekromde rug en zijn broek op zijn knieën, verafschuwde hij wat hij zag. Hij was er niet op ingesteld om zichzelf subjectief te verafschuwen, maar hij verafschuwde het object dat hij was. Het beschamende, weerzinwekkende object waarmee iets heel erg mis was. En de gedachte kwam bij hem op dat Annagret en zijn moeder misschien wel beter af waren zonder dat object, dat hij als tiener een hogere brug had moeten kiezen om van af te springen.

Bijna radeloos schreef hij een brief aan Tom Aberant. Door de jaren heen waren Tom en hij ansichtkaarten blijven uitwisselen. Toms kaarten hadden de laconieke Amerikaanse toon die Andreas altijd zo graag van hem had gehoord, maar het ontbrak erin aan de warme vertrouwelijkheid die hem ertoe had aangezet zijn eigen biecht te doen. In zijn brief probeerde hij die warmte nieuw leven in te blazen. Hij zei nu te begrijpen wat er in Toms huwelijk was gebeurd; hij vermeldde erbij, met enige zelfspot, zoals hij hoopte, dat hij zich net iets te veel met internetporno bezighield; hij beweerde dat hij binnenkort voor zaken in New York moest zijn. Het had Tom weinig moeite hoeven kosten om tussen de regels door te lezen en een verzoek om hulp te ontdekken. Maar de ansichtkaart waarmee hij reageerde was laconiek en afstandelijk, zonder een uitnodiging om hem in New York te komen opzoeken.

De reddende hand die Andreas werd toegestoken kwam zowaar van zijn moeder. Op haar uitnodiging ging hij op een regenachtige vrijdagmiddag bij haar lunchen in haar appartement, vier dagen voor het meesterstuk van Al Qaida. Hij was te laat, want hij had het nodig gevonden nog een orgasme te beleven voordat hij de deur uit ging, om zich maar zo diep te verlagen als hij kon. Neerslachtigheid kon een soort narcotisch middel zijn, dat een dempende werking had op de drang om een discussie met Katya aan te gaan en haar tegen te spreken. Hoe minder hij tegen haar zei, hoe beter. Het allerbeste zou zijn geweest om helemaal niet met haar te gaan lunchen, maar ze had tegen hem gezegd dat ze Annagrets toekomst moesten bespreken, onder vier ogen. Ze had erop gezinspeeld dat het iets te maken had met de opstelling van een nieuw testament.

Uiteraard bleek dat een leugen te zijn geweest. In haar appartement vroeg Andreas – versuft – naar haar testament, terwijl zij de kant-en-klare gerechten neerzette die ze bij de Galeria had gekocht.

'Ik heb je niet uitgenodigd om over mijn testament te komen praten,' zei ze. 'Mijn testament is mijn eigen zaak.'

Hij slaakte een zucht. 'Ik vraag het alleen omdat je het erover had toen je belde.'

'Die twee dingen stonden los van elkaar. Het spijt me als je dat gedacht hebt.'

Het verdovende middel werkte. Hij ging geen discussie aan.

'Je ziet er heel moe uit,' zei ze.

'Zo is het leven in het computertijdperk.'

Toen ze aan tafel gingen, kwam het hondje op haar af. Lachend zei Katya tegen Andreas: 'Bij elke maaltijd is het weer dezelfde poppenkast.'

'Wat voor poppenkast?'

'De poppenkast van onthouding en discipline.'

'Die staat me nog goed bij.'

'Lessing,' zei ze tegen de hond. 'Dat gebedel staat je niet fraai.'

Het hondje blafte en zette zijn poten op haar in linnen gestoken dijbeen.

'Het is verschrikkelijk,' zei ze. 'Het is net alsof ik het huisdier ben, niet andersom.' Ze gaf de hond een stukje gebakken aardappel. 'Wees maar tevreden met die aardappel,' liet ze het dier weten. 'Meer krijg je niet.'

'Nou,' zei Andreas, 'ik heb niet veel trek en ik heb nog heel wat werk te doen.'

'Ja hoor, het is al goed. Dom van me om te denken dat je misschien een paar uurtjes gezellig bij je enige ouder zou blijven.'

'Je weet best dat je liever over me leest dan me in levenden lijve mee te maken. Waarom doen alsof?'

De hond had alweer zijn poten op haar dijbeen. Ze gaf hem nog wat aardappel.

'Ik zal ter zake komen,' zei ze. 'Ik maak me bezorgd om Annagret.'

Versuft als hij was, uitgewoed als hij was, kwam de gedachte bij hem op dat hij in het geval van een korte lunch misschien nog een paar vrije uurtjes met zijn computer had voordat Annagret thuiskwam. Er was beslist niets leuks aan de echte wereld die hij bewoonde.

'Andreas,' zei Katya. 'Volgens mij zal ze misschien bij je weg moeten.'

'Pardon?'

'Je weet hoe dol ik altijd op haar ben geweest – bijna alsof ze mijn eigen dochter was. In zeker opzicht wás ze ook mijn dochter. Ze heeft eigenlijk geen andere moeder.'

'Dus... wat? Ben ik met mijn zus naar bed geweest?'

'Dat is echt weer iets voor jou om zo'n gedachte te krijgen en hem meteen hardop uit te spreken. Je weet dat ik dat niet bedoel. Ik bedoelde dat we heel dik met elkaar zijn geworden.'

'Dat is me niet ontgaan.'

'En ik ken jóu beter dan ieder ander op aarde.'

'Dat beweer je wel vaker.'

'Ik maak me nooit zorgen over wat er met jou gaat gebeuren. Je bent een dominant iemand, geboren om te domineren, en iedereen voelt dat aan. Jij kunt doen wat je wilt, en de wereld bedenkt meteen een manier om jou daar geweldig om te vinden. Je bent al vanaf je geboortedag een buitengewoon mens.'

Hij haalde zich die buitengewone, dominante mens voor de geest zoals hij er drie kwartier geleden bij had gezeten, met zijn broek omlaag, stevig rukkend. 'Dat beweer je wel vaker.'

'Nou, Annagret is anders dan jij. Ze is pienter, maar niet briljant. Ze bewondert je, maar is anders dan jij. En ik ben bang – en dit is alleen maar een veronderstelling van me – dat ze heeft geconcludeerd dat ze niet op haar plaats is bij iemand die zo briljant en dominant is. Een andere verklaring is er niet. En,' – er kwam een harde trek op Katya's gezicht te liggen – 'ik vind het vervelend om het te zeggen. Maar volgens mij heeft ze gelijk.'

'Ga vooral verder,' zei Andreas.

'Dit is een vertrouwelijk gesprek.'

'Natuurlijk.'

'Lessing...' Ze gaf een heel varkenskarbonaadje aan de hond, die er op een drafje mee vandoor ging. 'Ben je nu tevreden?' riep ze het beest spottend achterna.

'Het wordt me wat minder een raadsel hoe je zo slank blijft,' zei Andreas.

'Annagret heeft me iets opgebiecht.'

Hij voelde zich licht in het hoofd worden.

'Ik heb beloofd om het niet aan jou te vertellen. Ik verbreek die belofte nu, maar daar ga ik me niet voor verontschuldigen. "*Those that betray them do no treachery*,"' haalde Katya een Engels citaat aan. 'Bovendien wist ze volgens mij wel dat ik het aan je zou vertellen. Ze zei dat ze erdoor in gewetensnood kwam – maar waarom krijg ík het dan te horen? Ze weet heel goed dat ik je moeder ben.'

Er kwam een fronsende blik op zijn gezicht te liggen.

'Ze is niet de juiste vrouw voor je, Andreas. Ik dacht dat ik de laatste zou zijn om dat ooit tegen je te zeggen. Maar ze is niet de juiste vrouw, en ik ben nu erg kwaad op haar. In zeker opzicht heeft ze mij ook bedrogen.'

'Waar hebben we het precies over?'

'Ik weet zeker dat er spanningen zijn in jouw leven met haar. Geen enkel stel houdt het tien jaar uit zonder spanningen. Maar kijk eens naar jezelf!' Ze monsterde hem met een fanatieke gloed in haar ogen. 'Ze zou van niemand anders behoren te houden dan van jou!'

De hoeveelheid middelen waarmee zijn moeder hem wist te ontregelen leek onuitputtelijk. En hij maar denken dat hij het allemaal al had meegemaakt, dat ze eindelijk de bodem van haar voorraad had bereikt. Maar er was altijd meer.

'Annagret denkt beter over me dan ik verdien,' zei hij rustig. 'Ik ben niet helemaal gezond te noemen.'

'Ik kan me alleen maar voorstellen wat ze zich in haar hoofd heeft gehaald, maar blijkbaar onderhoudt ze een soort relatie met een vrouw uit haar buurthuis. Ik weet niet hoe ver het intussen is, maar duidelijk ver genoeg dat ze er behoefte aan had om het op te biechten – aan míj. Nou, ik wist niet wat ik moest zeggen. Ik heb haar gevraagd of ze dacht dat ze misschien lesbisch was. Ze zei dat ze dacht van niet. Ik kon niet helemaal wijs worden uit wat ze zei, maar ik heb begrepen dat die vrouw wat ouder is en dat ze een soort vriendschap onderhouden die "meer dan zomaar vriendschap" is. Ze gebruikte steeds maar de term "een speciale, hechte band", wat dat ook mag inhouden. En ze wilde dat ik – ik! – haar vertelde wat dat betekende.'

Hij kende de bewuste persoon. 'Heet die vrouw soms Gisela?'

'Andreas, ik maak al mijn hele leven een studie van de literatuur. Ik weet het een en ander over de menselijke psychologie. Wat ik zie, is dat Annagret niet de juiste vrouw voor je is en dat ze dat weet. Maar ik ben niet degene om dat tegen haar te zeggen. Ik weet zelfs niet eens of ik haar ooit nog hoef te zien.'

Als Katya te geloven was (weliswaar een groot 'als'), had Annagret hem een fantastisch geschenk gegeven, een deus ex machina, een uitweg uit de val. Maar hij bleef op zijn hoede. Het leek wel alsof Annagret meer over hem wist dan hij besefte en dat ze van hem walgde en bewust bij een ander was gaan halen wat hij haar niet meer gaf. Zou ze zich schuldig genoeg voelen om haar mond dicht te houden nadat ze van hem was verlost?

'Mensen hebben voortdurend affaires met een ander,' zei hij. 'Jij hebt affaires gehad en bent getrouwd gebleven. Het hoeft niets te betekenen.'

'Als jij het nou deed,' zei Katya, 'zou het niet echt iets hoeven te betekenen. Jij hebt een kunstenaarsziel, die alle goed en kwaad overstijgt. Maar zij is te klein voor je. Dat weet ze. Ze heeft het zelf tegen me gezegd, hoe moeilijk het is om in jouw schaduw te leven.'

'Daar is me niets van gebleken.'

'Ze wilde het niet aan jou vertellen. Ze heeft het wel aan mij verteld. En ze is troost gaan zoeken bij die speciale vriendin van haar, en ook daar heeft ze me over verteld. Jij bent zo goed in rekenen – vertel jíj me dan wat twee plus twee is.'

'Het is dieptreurig. Dat wij dit gesprek voeren.'

'Het spijt me. Ik weet hoeveel je om haar geeft. Maar ik geloof echt niet dat ik haar nog hoef te zien. Mijn loyaliteit gaat naar jou uit, niet naar de persoon die het nodig vindt jou te bedriegen.'

Hij stond op en liep weg van de tafel. Als hij Katya mocht geloven, verweet Annagret zichzelf van alles en idealiseerde ze hem nog steeds. De deur naar de uitgang stond wijd open. Maar ineens kreeg hij ontzettend veel medelijden met haar. Dat ze nog steeds tegen hem opzag en zich klein voelde wanneer ze zichzelf met hem vergeleek, en dat ze zo eenzaam was geweest dat ze haar heil bij Gisela was gaan zoeken: hij voelde zich weer vervuld met het innige mededogen dat hij had ervaren in het hoogkoor van de kerk aan de Siegfeldstraße, en daarmee ook van alle hoop die hij in Annagret had geïnvesteerd, van zijn onschuldige verlangen om een beter mens te zijn, voordat hij zich tot smerigheid en twijfel had verlaagd. Zijn lieve verdwaalde judomeisje.

'Andreas,' zei zijn moeder zachtjes.

Hij draaide zich naar haar om en deed zijn best om niet te huilen. 'Het was fóut van u om dat aan me te vertellen.'

'Als iemand iets uit liefde doet, kan dat nooit fout zijn.'

'Fout! Fout!'

Hij vloog de voordeur uit, voorbij de lift, het trappenhuis in, waar hij in snikken kon uitbarsten zonder bang te hoeven zijn dat hij door zijn moeder werd ontdekt. Het was jaren geleden sinds er een flard bewijs was geweest dat hij gelukkig met Annagret was. Alles aan zijn ellendige bestaan, tot en met de pik die momenteel rauw geschuurd in zijn onderbroek hing, pleitte tegen hen. Zonder haar kon hij zich niet ellendiger voelen dan hij al deed, en ook zij zou zonder hem veel gelukkiger zijn. Maar daar werd zijn verdriet niet minder om. Nooit eerder had hij verdriet als dit ervaren. Het zag ernaar uit dat hij uiteindelijk toch van haar hield.

Het verdriet ging echter over. Nog voordat hij thuis was, zag hij zijn toekomst. Nooit meer zou hij de fout maken om met een vrouw te gaan samenwonen. Om wat voor reden dan ook (zijn kindertijd waarschijnlijk) was hij daar niet geschikt voor, en als hij flink was, zou hij dat accepteren. Zijn computer had een slappeling van hem gemaakt. Ook had hij de vage, beschamende herinnering dat hij bij Annagret op schoot was geklommen en had geprobeerd haar baby te zijn. Slap! Slap! Maar nu had zijn moeder hem met haar bemoeizucht het benodigde excuus gegeven om zich van haar en Annagret te kunnen verlossen. Een dubbele deus ex machina – de meevaller van een man die voorbestemd was om te domineren. Het was natuurlijk ironisch dat het Katya was geweest die hem naar zijn flinkere ik had teruggestuurd en zijn slapheid zichtbaar voor hem had gemaakt. Ironisch dat hij had ingezien, hoewel ze een leugenares was, dat haar beschrijving van hem met de waarheid overeenkwam. Ironisch dat hij zijn nieuwe vrijheid aan haar te danken zou hebben. Maar dat maakte haar bemoeizucht niet minder verachtelijk. Ze had elke vorm van toekomst met hem verspeeld.

Thuis schoonde hij de harde schijf van zijn computer van gedownloade obsceniteiten. Het had hem weliswaar een dwangmatige rukorgie gekost om zijn nieuwe gevoel van wilskracht en nuchterheid te bereiken, maar die prijs was hem niet te hoog geweest. Hij waste de vaat in de gootsteen en droogde af. Hij besefte dat hij binnenkort andere vrouwen mee naar zijn nieuwe huis zou nemen, de ene na de andere – de herhaaldrift van een sterke man – en dat dat huis, waar het zich ook mocht bevinden, schoon en opgeruimd zou moeten zijn, als teken van zelfbeheersing.

Hij zat met rechte rug voor de computer en ging de wachtrij van e-mails vol zelfbeheersing te lijf, toen Annagret thuiskwam met wat armzalige 'biogroenten' in een netje.

'Ik kom me alleen maar omkleden,' zei ze. 'We houden straks een solidariteitsbijeenkomst voor de huurstakers.'

'Dat is prima,' zei hij. 'Maar ga eerst heel even zitten.'

Ze liep stilletjes naar de woonkamer en ging op de rand van een stoel zitten, strak naar de grond kijkend. Ze leek naar zijn idee een en al schuldgevoel uit te stralen. Interessant dat hij dat niet eerder had opgemerkt. Hij had zorgvuldig nagedacht over de verwoording van wat hij tegen haar te zeggen had, maar nu de tijd was gekomen om het tegen haar te zeggen, aarzelde hij. Zijn verdriet was nog steeds niet helemaal weg, en hij vroeg zich af of hij niet iets heel nieuws moest zeggen, gezien zijn herwonnen greep op zijn omgeving: 'Genoeg geluld, genoeg geknuffeld. Kleed je spiernaakt voor me uit. Vanaf nu gaan we de zaken anders aanpakken.' Het was denkbaar dat ze zoiets zou toejuichen; het was denkbaar dat zoiets hun redding zou zijn. Maar waarschijnlijk zou ze weigeren, wat hem zou kwetsen en beschaamd maken, en er waren hoe dan ook veel andere vrouwen tegen wie hij zo kon spreken. Ook hun aantrekkingskracht was waarneembaar op een manier die niet eerder had bestaan.

'We zijn niet gelukkig samen,' zei hij.

Ze boog haar hoofd en schoof ongemakkelijk heen en weer. 'Het gaat de laatste tijd moeizaam, ik weet het. We staan niet meer zo dicht bij elkaar. Dat weet ik. Maar...'

'Ik weet van jou en Gisela.'

Ze bloosde hevig, en hij voelde een nieuwe opwelling van medelijden met haar, maar ook, voor het eerst, woede. Ze had hem bedrogen, precies zoals Katya had gezegd. Tot op dit moment was hij helemaal niet woedend geweest.

'Ga maar naar haar toe,' zei hij kil. 'Ga maar bij haar logeren. Ik zoek wel een andere woonruimte.'

Ze boog haar hoofd nog dieper. 'Het is niet wat je denkt...'

'Het kan me niet schelen wat het is. Het trouwens toch maar een aanleiding. Wij zouden geen relatie behoren te hebben.'

'Maar van wie heb je dat dan?'

'Mensen komen bij mij de vuile was uithangen. Het is mijn taak om dingen te weten.'

'Heb je het soms van Katya?'

'Katya? Nee. Het doet er trouwens niet toe. In alle eerlijkheid, vind je het fijn om een relatie met me te hebben?'

Het duurde even voordat ze antwoordde. 'Vroeger was het beter,' zei ze, 'toen we wat dichter bij elkaar stonden... Ik denk dat je een goed mens bent... Een geweldig iemand. Het is alleen...'

'Wat?'

'Soms vraag ik me af waarom je überhaupt een relatie met me wilde.'

Toen hij dit hoorde, werd de Moordenaar in hem waakzaam.

'Jij was degene die zei dat we een relatie moesten hebben,' zei ze. 'Diep in mijn hart wist ik dat het verkeerd was. Ik dacht dat er een mogelijkheid bestond om ons niet zo schuldig te voelen, als we maar bij elkaar wegbleven, maar zodra we een relatie kregen, hield dat in dat er vanaf het begin sprake is geweest van schuldgevoelens.'

'Ik was verliefd op je. Ik heb een fout gemaakt.'

'Ik was ook verliefd op jou. Maar goed is het nooit geweest, hè?'

'Nee.'

Ze begon te huilen. 'En nu komen we er nooit meer overheen wat we gedaan hebben.'

'Niet zolang we bij elkaar blijven.'

'Ik ben het zo zat om ermee te leven. Het spijt me dat ik weer iets slechts heb gedaan, het is niet eens wat je denkt. Ik denk dat ik heb gedacht: ik ben toch al schuldig – wat maakt het uit wat ik doe?'

'Het is goed dat je het gedaan hebt. Ik zou er het lef niet toe hebben gehad.'

Hij vroeg zich af of hij nu ook maar over de computer moest beginnen, schoon schip maken over zijn eigen zonden, om haar een troostend gezelschap bieden in haar schuldgevoel. Maar de Moordenaar in hem zei nee. De Moordenaar had nu slechts één doel: ervoor zorgen dat ze nooit een morele reden had om hen te verraden door iemand over de moord te vertellen. Hoewel het hem pijn deed dat hij haar zag huilen en zich verontschuldigen, zat er ook iets geruststellends in. Ze had nog steeds last van minderwaardigheidsgevoelens omdat ze Horst had willen hebben, omdat ze misbruikt was, en ook al had Andreas daarom medelijden met haar, toch genoot hij al van zijn aanstaande vrijheid. De zoete vrijheid van overal mee wegkomen, van nooit meer haar bedaagde, ernstige vrienden hoeven zien, van nooit meer aan een discussie hoeven meedoen.

'We hadden tien jaar in de gevangenis kunnen zitten,' zei hij. 'In plaats daarvan zijn we tien jaar samen geweest. Misschien was dat onze gevangenis. Misschien hebben we ons vonnis uitgezeten. Je bent pas achtentwintig – je kunt nu doen en laten wat je wilt.'

'Je hebt gelijk. Het begon iets van een gevangenis te hebben. Het... O! Het spijt me!'

'Het wordt vast allemaal weer beter als je die gevangenis uit bent.'

'Het spijt me.'

'Nergens voor nodig. Ga nou maar. Ga naar je bijeenkomst.'

Het verdriet kwam weer terug toen ze weg was. Hij verwelkomde het, zwolg er bijna in, omdat het een echte emotie was, onbezoedeld door twijfels over zijn geheime motieven. Net als het medelijden waaruit het ontstond, suggereerde het dat er uiteindelijk niets mis met hem hoefde te zijn. Misschien, als hij wist te vermijden dat hij ooit nog met een andere vrouw ging samenwonen, zou het hem lukken om helemaal te leven naar het beeld dat andere mensen van hem hadden. Misschien was de Moordenaar niet meer dan een verzinsel geweest, een projectie van zijn ondermijnde, maar in wezen nog steeds gezonde morele besef, een product van de ongelukkige bijkomstigheid dat zijn grote liefde ook degene was met wie hij samen een moord had gepleegd. Een ongelukkige bijkomstigheid, beslist. Maar misschien was dat genoeg om zijn laaghartige gevoelens te verklaren, zijn woede, zijn jaloezie, zijn radicale twijfels, zijn zieke neigingen. Door zelfbeheersing te betrachten kon hij dat misschien nu allemaal achter zich laten.

Na de aanslagen met de vliegtuigen in New York en Washington snelde Annagret naar huis om te kijken of alles wel goed met hem was. Dat was niet helemaal logisch, maar op die dag niets ongewoons: nu er in Amerika krankzinnige dingen gebeurden, heerste het gevoel dat die dingen ook elders konden gebeuren, met ieder ander. Maar Annagret en hij waren elkaar al zo lang ontgroeid dat toen de draad van saamhorigheid eenmaal was geknapt ze van de weeromstuit nog verder van elkaar wegschoten, omdat ze geen gezamenlijke vrienden of zelfs maar gezamenlijke interesses hadden. Het enige wat hem resteerde, was de sentimentele en met regelmatige tussenpozen verdriet veroorzakende overtuiging dat ze zijn grote liefde was geweest.

De band met Katya verbreken was minder makkelijk. Zonder ze af te luisteren wiste hij de berichten die ze insprak op zijn antwoordapparaat, en toen ze hoogstpersoonlijk naar hem toe kwam, sloeg hij de deur voor haar neus dicht en vergrendelde hem luidruchtig; een week later verhuisde hij naar een nieuwe, wat minder gemakkelijk toegankelijke flat in Kreuzberg. Maar het was niet moeilijk om aan zijn telefoonnummer te komen, en later dat najaar, nadat hij in het nieuws was geweest omdat hij als eerste de Duitse computerverkopen aan Saddam Hoessein naar buiten had gebracht, in een van zijn eerste grote uitlekactiviteiten op internet, werd hij gebeld door een man die zei dat hij een document had dat interessant voor hem was.

'Als het op papier is, doe het dan maar op de post,' zei Andreas. 'Als het digitaal is, kunt u het mailen.'

De beller had een Berlijns accent en stembanden die verslapt klonken van ouderdom. 'Ik kom het liever persoonlijk brengen.'

'Nee. U kunt zich vast wel voorstellen dat mijn persoonlijke veiligheid me tegenwoordig zorgen baart.'

'Ik kom u geen bom bezorgen. Gewoon een document. Het betreft u persoonlijk.'

'Doe maar op de post.'

'Ik geloof niet dat u het goed begrijpt. De onthullingen in dit document slaan op u persoonlijk.'

Andreas wist niet wie zijn oude misdaad nog aan het licht kon brengen, afgezien van Tom Aberant. Kapitein Wachtler, die hem zijn dossiers in het Stasi-hoofdkwartier was komen brengen, was allang dood – Andreas had zijn positie in de commissie-Gauck gebruikt om de achteruitgang van Wachtlers gezondheid bij te houden – maar boven en onder hem in de oude gezagsstructuur was een eindeloze hoeveelheid naamloze ambtenaren. Dat zouden allemaal oudere mannen met een Berlijns accent zijn. Het was mogelijk dat hij momenteel met een van hen sprak.

'Wat wilt u precies?' vroeg hij op een zo neutraal mogelijk toon.

'Ik wil dat u me helpt een document te publiceren.'

'Zelfs al staat daar iets in over mij.'

'Ja.'

Andreas sprak met de beller af dat ze elkaar zouden ontmoeten in de bibliotheek van het Amerika Haus, dat zwaar werd beveiligd. De man die hij daar op zich zag wachten, de volgende middag, was een knappe vent met het afgetakelde, maar fris geschoren gezicht van een stevige drinker. Hij was ver in de zestig, zo te zien, en ging gekleed in een fantasieloze beatnikuitmonstering: een rode coltrui en een ribfluwelen colbert met leren elleboogstukken. Nadrukkelijk geen voormalige stasi. Vóór hem op de bibliotheektafel lag een aktetas.

'Zo zien we elkaar weer eens,' zei hij met een glimlach toen Andreas tegenover hem zat.

'Hebben wij elkaar dan al eens eerder ontmoet?'

'Ik was toen jonger. Ik had een baard. Ik had een hele week onder een brug geslapen.'

Andreas zou hem nooit hebben herkend.

'Hoe gaat het met je, zoon van me?' vroeg zijn vader.

'Niet slecht, tot op dit ogenblik.'

'Ik heb je wapenfeiten bijgehouden. Hopelijk vind je het niet erg dat ik het mezelf permitteer een beetje trots op je te zijn. Trots en vervuld van een bevredigend leedvermaak, gezien het feit dat je bij onze vorige ontmoeting zo weinig van geheimen wilde weten. Nu waait de wind wel uit een andere hoek, hè? Nu zijn geheimen je enige bezigheid.'

'Die ironie is me niet ontgaan. Wat wilt u?'

'Af en toe wat contact met je zou niet onwelkom zijn.'

Hoe moest hij verklaren wat een afkeer dat vooruitzicht bij hem opriep? Het waren niet alleen de rode coltrui en de elleboogstukken. Hij had zich achter de nagedachtenis van zijn andere vader geschaard. 'Geen interesse,' zei hij.

De glimlach van zijn vader kreeg een pijnlijk trekje. 'Natuurlijk ben je een arrogante klootzak. Je bent groot geworden met privileges, alles is je zo in de schoot geworpen. Hoe had je anders kunnen uitvallen?'

'Daar heeft u het keurig mee samengevat.'

'Je hebt nog steeds een goede verstandhouding met je moeder, neem ik aan?'

'Nauwelijks.'

'Het is schokkend hoe weinig ze is veranderd.'

'Heeft u haar gezien?'

'Door een kier van de deur, heel kort.'

'Wat wilt u?'

Zijn vader deed zijn aktetas open en haalde er een manuscript uit dat drie vingers dik was. 'Je bent er niet nieuwsgierig naar,' zei hij. 'Maar ik kan je vertellen dat mij niet alles in de schoot is geworpen. Ik ben teruggestuurd naar de gevangenis. Kwam er weer uit en werkte als taxichauffeur totdat de Stasi het loodje legde. Ben getrouwd met een meisje dat lief was, maar dronk. Ben ook zelf flink aan de drank geraakt. Ik ben nu nuchter – fijn dat je ernaar vraagt. Ik heb een zoon – een andere zoon – die zwaar gehandicapt is. Mijn vrouw heeft hem tot aan haar overlijden verzorgd, twee jaar geleden. Onze zoon zit nu in een tehuis, niet zo'n heel best, maar het beste wat er binnen mijn bereik ligt. Na de Wende heb ik werk kunnen krijgen als leraar Engels voor leerlingen uit groep acht en negen. Ik heb daar nu een klein pensioentje van, maar ik leef voornamelijk van een uitkering.'

'Dat is geen leuk verhaal,' zei Andreas meelevend. 'Wat naar voor u.'

'Voel je maar niet verantwoordelijk. Ik kom hier geen beschuldigende vinger uitsteken. Het zal vast niet makkelijk zijn geweest met Katya als moeder. Ik was helemaal kapot nadat ik haar zes jaar had meegemaakt. Of nee, dat is niet eerlijk. Ik ben al die tijd gek op haar geweest. De kant van haar die ze nooit aan een kind zou laten zien was niet mis.'

'Ik denk dat ik wel iets van die kant gezien heb.'

'Ze is op haar eigen manier grandioos. Maar uiteraard heeft ze me ook kapotgemaakt.'

'Dus...'

Met trillende hand schoof zijn vader het manuscript over tafel. 'Als gepensioneerd man ben ik gaan schrijven. Dit zijn mijn memoires. Kijk maar eens.'

Liefde als misdaad. Door Peter Kronburg. Andreas vond het vervelend de naam van zijn vader te zien. Zonder naam had zijn bestaan iets schimmigs gehad, wat Andreas goed was uitgekomen.

‘Ik wil dat je ze leest,’ zei Peter Kronburg. ‘Dat zal geen corvee zijn – ik kan goed schrijven, duidelijk. Dat zei je moeder ook altijd.’

‘Ongetwijfeld. En vermoedelijk staan er uitgebreide beschrijvingen in van de seks met haar? Alleen de titel al lijkt dat te beloven.’

Peter Kronburg liep lichtrood aan. ‘Alleen voor zover relevant in het ruimere verhaal over het privéleven van het Centraal Comité.’

‘Daar zat mijn moeder niet in.’

‘Haar man wel. De beschrijvingen van seks blijven binnen de perken van de goede smaak, en dat is trouwens maar de ene helft van het boek. De rest gaat over de gevangenis en socialistische “gerechtigheid”.’

‘En mij. U zei dat ik er ook in voorkwam.’

Peter Kronburg werd nog roder. ‘Aan het eind vertel ik hoe wij elkaar voor het eerst hebben ontmoet, en ik geef toe dat ik dit aspect heb vermeld in mijn informatie aan uitgevers. Er is me verteld dat het belangrijk is om in mijn aanbiedingsbrief een mogelijk marketingplan te beschrijven.’

‘“Het nooit vertelde verhaal over de abjecte afkomst van Andreas Wolf.” En daar wilt u mijn hulp bij?’

‘Met jouw naam toegevoegd aan het marketingplan denk ik dat het boek een bestseller zou kunnen worden. Ik heb een gehandicapte zoon die moet worden onderhouden als ik er niet meer ben. Het boek gaat mee in de ostalgie en levert er tegelijkertijd een verzengende kritiek op. We bevinden ons op een perfect historisch moment om het te publiceren.’

‘Ik ben stomverbaasd dat de uitgevers nog niet tegen elkaar zitten op te bieden.’

Peter Kronburg schudde zijn hoofd. ‘Ik krijg telkens weer hetzelfde antwoord. Kennelijk brengt iedere uitgever al te veel Oost-memoires uit. Er is maar één uitgever geweest die gevraagd heeft het manuscript te mogen inzien, en het werd me teruggestuurd door een uiterst jong klinkende vrouw die als commentaar had dat het niet genoeg over jou ging.’

Andreas had met zijn vader te doen. Vanwege zijn kleinheid in betrekking tot de grootheid van zijn zoon. Vanwege zijn graaien naar de hoofdprijs vanuit een marginale positie, zijn gepraat over een ‘marketingplan’. Het was hartverscheurend om te zien hoe oude ossi’s de denktrant van wessi’s probeerden na te apen, probeerden het taaltje van kapitalistische zelfpromotie onder de knie te krijgen.

‘“Ik ontmoette mijn zoon een tweede keer, nu in de bibliotheek van het Amerika Haus,”’ zei Andreas. ‘Deze ontmoeting zelf zou als slotstuk voor uw boek kunnen dienen.’

Peter Kronburg schudde nog eens zijn hoofd. 'Het doel van het boek is niet om jou aan de schandpaal te nagelen. Ik ben niet kwaad op je. Op je moeder, op je vader, op de Stasi, ja. Maar niet op jou. Tenzij jij Katya uit de wind wilt houden, zal het boek je op geen enkele manier kwaad berokkenen. Juist integendeel, denk ik.'

'Hoe werkt dat dan?'

'Zoals ik het begrijp, richt jouw eigen marketingplan zich op zonlicht. Als jij het boek je fiat geeft, als jij me helpt het weer aan uitgevers voor te leggen – aan topredacteuren, niet aan bange drieëntwintigjarigen – zul je het bewijs leveren dat geen enkel geheim zo heilig is dat je weigert het bekend te maken. Je zult er nog beroemder door worden. Je zult alleen nog maar legendarischer worden.'

En jij daarmee ook, dacht Andreas. Misschien was zijn vader niet zo'n onbenul als hij had gedacht. Niet zoveel anders dan hij. Misschien helemaal niet anders, alleen maar niet zo'n geluksvogel.

'En als ik u niet help?' vroeg hij. 'Dan gaat u naar *Stern* om ze daar te vertellen dat ik een hypocriet ben?'

'Ik doe dit voor mijn zoon – mijn andere zoon – en om gerechtigheid te krijgen. En ik weet niet of gerechtigheid wel zo belangrijk is op dit tijdstip. Niemand kijkt er meer van op dat de Stasi en mensen als jouw ouders slecht waren. Maar in de wereld die na hen ontstond is geld heel belangrijk.'

'Ik heb geen geld voor u.'

'In de toekomst wel, vermoed ik.'

Andreas bladerde vluchtig door de bladzijden van het manuscript, waarvan de letters uit stippeltjes waren opgebouwd omdat er een matrixprinter was gebruikt. Zijn blik viel op de zin: 'Op handen en voeten was ze een hete bliksem.' Daar hoefde hij verder dus niets meer over te lezen. Maar hij was nieuwsgierig, een klein beetje maar, naar de man in de rode coltrui tegenover hem aan de tafel. Was hij altijd al belust geweest op voordeeltjes? Had hij zich voorgesteld dat hij in Katya's kielzog, als haar minnaar, de macht en het prestige binnen het socialistische systeem zo voor het grijpen had? Naar de gevangenis gestuurd worden als een subversief element was geen 'onrechtvaardigheid', als je echt een subversief element was. Van onrechtvaardigheid was sprake wanneer je een apparatsjik was en de beloofde beloning uitbleef.

'Van mij krijgt u geen geld,' zei hij. 'Ik wil u ook niet meer zien. Ik heb mijn vader begraven en aan een andere vader heb ik geen behoefte. Maar ik zal het boek lezen en doen wat ik kan.'

Met zichtbare emotie stak Peter Kronburg een trillende hand uit over de tafel. Andreas accepteerde de handdruk, als afscheidscadeau aan Kronburg. Toen pakte hij het manuscript en vertrok zonder verder nog één woord te zeggen.

Een tiental jaar geleden had hij zorgvuldig zijn eigen Stasi-dossier gelezen. Het was hoofdzakelijk saaie kost, omdat hij nooit het doelwit van een grootschalige operatie was geweest, maar toch kwam hij voor een paar verrassingen te staan. Minstens twee van de drieënvijftig 'risicomeisjes' met wie hij had geslapen waren officieuze collaborateurs geweest, wat korte metten maakte met zijn theorie dat de Stasi zelden vrouwen in dienst nam, en nooit dergelijk jonge vrouwen. Een van de informanten had gerapporteerd dat hij misplaatste grapjes maakte ten koste van de staat, onder zijn pupillen een oneerbiedige houding ten opzichte van het wetenschappelijk socialisme aankweekte en zijn autoriteit in de kerk misbruikte door hen als seksuele prooi te benaderen; dat zijzelf, 'na te hebben getracht om zijn vertrouwen volledig te winnen door zich te onderwerpen aan geslachtsverkeer met hem' en te hebben ontdekt dat hij 'abnormale seksuele neigingen' had (waarmee ze vermoedelijk bedoelde dat hij liever haar staatsondermijnende kutje likte dan haar staatsvriendelijke mond zoende), had geveinsd sterk geïnteresseerd te zijn in milieuactivisme; dat hij had gelachen en had gezegd dat 'het enige groen waarvoor hij warmliep een augurk was'. Het bleek dat deze informant tweeëntwintig was geweest; hij herinnerde zich alleen haar naam, niet haar gezicht. De andere, die hij zich beter herinnerde, had de wettige leeftijd van zeventien gehad. Ze had gemeld dat hij 'geen vriendschappelijke omgang zocht met de andere antisociale elementen in de kerk', niets ondernam om 'de leidende principes van het marxistisch-leninistische denken aan de orde te stellen' en 'zichzelf presenteerde als een leerzaam voorbeeld van de gevolgen van lichtzinnig contrarevolutionair gedrag'. Niet toevallig had ze ook geen klachten over de seks gehad.

De andere kleine verrassing in zijn dossier was dat zijn moeder tot september 1989 elke eerste vrijdag van de maand de Stasi op bezoek had gekregen, louter om te controleren of ze contact met haar zoon had gehad. De rapporten over deze bezoeken, waarvan er meer dan honderd waren, bleven kort en in wezen identiek, afgezien van het feit dat ze voor de eerste drie jaar annotaties bevatten die op een andere typemachine waren getypt en bevestigden dat de telefoontap op haar praktijktelefoon negatief was inzake communicatie met AW. In het eerste rapport zonder annotatie had iemand neergekrabbeld: 'Telefonisch toezicht op KW opgeschort op verzoek van staatssecretaris W.'

Het had Andreas onwillekeurig aangegrepen om te lezen over de mate waarin Katya zelf door de Stasi in de gaten was gehouden. Hij kon nooit helemaal zijn ogen sluiten voor de vele manieren waarop zij zelf een slachtoffer was – van haar labiele gemoedstoestand, van ouders die haar mee naar de republiek hadden gesleept in plaats van haar in Engeland achter te laten, van een geheim politieapparaat dat die ouders had verbannen en misschien wel om het leven had gebracht, van een man van wie ze niet hield maar die ze wel moest gehoorzamen, van een systeem dat haar van nature briljante geest smoorde, van een minnaar die naar Berlijn was teruggekeerd om haar zoon tegen haar op te hitsen, en ten slotte van die zoon zelf. Voor het grootste deel verfoeide hij haar, maar het potentieel voor medelijden bleef latent in hem aanwezig. Medelijden met het geknakte, verdoolde, tot slachtoffer gemaakte meisje dat ze was geweest. Soms vroeg hij zich zelfs af of hij een jonge Katya in de vijftienjarige Annagret had gezien, of dat de werkelijke kijk was die achter zijn kijk op haar schuilging.

Terwijl hij met het manuscript van Peter Kronburg naar zijn flat liep, liet zijn medelijden zich langzaam gelden. Hoewel hij inzag dat Kronburg gelijk had, dat een publicatie van *Liefde als misdaad* bevorderend voor zijn eigen carrière kon zijn, zag hij ook in dat hij het manuscript niet zelf zou gaan lezen. Ten dele was dat koudwatervrees, maar eerder nog zijn wens om Katya te beschermen. De weinige vrienden die ze tegenwoordig had, waren Engelsen en oude wessi's – met ostalgie wenste ze niets te maken te hebben – en die zou ze waarschijnlijk voor de helft kwijtraken als ze het boek lazen. Zelfs in een tijdperk van vergeven en vergeten zou actief meewerken om een onschuldig man voor tien jaar in de gevangenis te laten verdwijnen, zoals zij gedaan moest hebben, niet zo makkelijk vergeven worden wanneer het eenmaal was opgerakeld. De trotse moeder van de Brenger van Zonlicht zou de verguisde moeder worden.

En dus, hoewel hij zichzelf had bezworen zoiets nooit meer te doen, ging hij nog één keer met zijn moeder praten. Toen ze naar de deur kwam, deed ze gepikeerd omdat hij haar al drie maanden uit de weg ging, maar haar gepikeerdheid sloeg om in woede nadat hij haar had gevraagd te gaan zitten en had uitgelegd hoe de vork in de steel zat.

'Het komt doordat ik heb geweigerd hem nog eens te zien,' zei ze. 'Hij moet naar huis zijn gegaan om wraak te nemen op de enige manier die voor hem mogelijk was.'

'Voor zover ik begrijp, is geld zijn motief.'

'Hij heeft me al eens eerder lastiggevallen, en nu doet hij het weer.'

‘*It takes two to tango*,’ zei Andreas.

‘Ik ben niet van plan dit met jou te bespreken. Ik huiver bij de gedachte dat jij zijn versie zou lezen.’

‘De waarheid is een netelige zaak, hè?’

‘Hij had subversieve contacten met het Westen, op verschillende niveaus. Hij dweepte met Amerika, vooral met de muziek. Hij liegt als hij zegt dat er een andere reden voor zijn zware vonnis was.’

‘Ach, moeder toch.’

‘Wat nou weer?’

‘Kun je niets beters bedenken? Hij verdiende tien jaar gevangenisstraf omdat hij een Elvis-fan was?’

Katya wierp het hoofd in de nek. ‘Het was een heel beangstigende tijd, en hij was niet loyaal. Hij wilde met mij het land verlaten, en toen de Muur werd opgetrokken, verloor hij alle voorzichtigheid uit het oog. Hij heeft geprobeerd me kapot te maken. Om óns kapot te maken, je vader en mij. Ik kan me niet voorstellen dat je daar in zijn versie iets over zult lezen.’

Telkens weer was haar oneerlijkheid het zuur waarin zijn medelijden oploste. Hij was naar haar toe gegaan omdat hij haar voor onaangenaamheden wilde beschermen. Als ze maar één moment oprecht was geweest, als ze had erkend dat ze een fout had gemaakt en spijt had van wat ze Peter Kronburg had aangedaan, zou hij haar beschermd hebben.

‘Je hield genoeg van hem om zijn kind te houden,’ opperde hij.

‘Zeg niet “zijn”. Je was míjn kind, niet dat van hem.’

‘Ha. Als ik voor die positie had kunnen bedanken, zou ik het in een vloek en een zucht hebben gedaan.’

‘Het gaat je voor de wind. Je bent een stralend succes. Hoe slecht kan je jeugd geweest zijn?’

‘Goed punt. Mijn roem strekt jouw talenten als moeder tot eer. Maar als ik hem niet help zijn memoires te publiceren, kan hij mij als huichelaar te kijk zetten. Zou je dat soms willen?’

Ze schudde haar hoofd. ‘Het is een loos dreigement. Dat zou hij niet doen. Verbrand dat manuscript maar gewoon en negeer hem. De mensen maken zich niet meer druk om onze vuile was. Dit waait wel weer over.’

‘Misschien. Maar nu heb ik een strikvraag voor je: zou je liever hebben dat ik te kijk word gezet of dat jij te kijk wordt gezet? Denk maar eens goed na voordat je antwoordt.’

Ze staarde strak voor zich uit, met opeengeklemde kaken.

‘Lastig probleempje, hè?’

Ze zakte tegen de rugkussens van de bank en bleef met een lege blik voor zich uit staren. Het was alsof hij zag hoe zijn vraag kortsluiting in haar getroebleerde brein veroorzaakte. Hij stelde zich een fugatisch denkpatroon voor: een liefhebbende moeder stelt altijd het welzijn van haar zoon voorop, en het staat goed om een liefhebbende moeder te zijn, maar in dit geval leidt het vooropstellen van het welzijn van mijn zoon ertoe dat ik een slechte indruk maak, en het is juist de bedoeling om geen slechte indruk te maken, en desondanks is bang zijn om een slechte indruk te maken hetzelfde als het welzijn van mijn zoon niet vooropstellen, en een liefhebbende moeder stelt altijd het welzijn van haar zoon voorop... Een eindeloze cirkelredenering.

'Geen antwoord is ook een antwoord,' zei hij, terwijl hij opstond. 'Ik ga nu weg.'

Ze hield hem niet tegen, zei helemaal niets. De laatste blik die hij op haar gezicht had gezien was zo diep ellendig geweest dat hij er niet van had opgekeken als ze uit het raam was gesprongen. Maar het verschil tussen haar en hem zat in haar vermogen tot zelfbedrog. Ze pleegde geen zelfmoord. Nadat hij zijn connecties in de tijdschriftenwereld had bewerkt en een uitgever voor *Liefde als misdaad* had gevonden, en nadat het boek drie maanden op de bestsellerlijst van de *Spiegel* had gestaan en hijzelf universele lof had geoogst omdat hij het had gepromoot, verhuisde zij naar Londen en huurde een flatje in de buurt van haar zus die onlangs weduwe was geworden. Ze publiceerde – in de *London Review of Books*, nota bene – een lang, zelfrechtvaardigend en adembenemend oneerlijk artikel over de onbetrouwbaarheid van het Oost-Duitse geheugen. Ze bleef leven, leven.

Hij ook. Er waren massa's vrouwen die echt van seks hielden en die seks met hem wilden, en er was mondiale roem die nagejaagd moest worden. Dat had in beide gevallen iets dwangmatigs, maar niet op een ziekelijke manier. Geruime tijd, terwijl de getalenteerde jonge mensen intussen in groten getale op het Sunlight Project af stroomden, terwijl hij zijn wiskundige en logische capaciteiten aanwendde om een eersteklas computerspecialist en behoorlijk goede programmeur te worden, en terwijl de opwinding over het uitlekken van informatie gelijke tred hield met de groei van internet, totdat hij een lijfwacht nodig had om hem te beschermen tegen gekken, en een team pro-Deoadvocaten om hem te verdedigen tegen de overheden en ondernemingen wier gretige kwelgeest hij was, leken zijn tien jaar in de gevangenis met Annagret en de Moordenaar hem een lange nare droom waaruit hij was ontwaakt. Hij zag zijn moeder nooit, maar in het geweldige decennium dat volgde op de jaren negentig, toen hij volop genoot van de rust van de seriële monogamie en het plezier van zijn voortdurende winst in het beroemdheidsspel, dacht hij weleens terug aan haar retorische vraag: hoe slecht kon zijn jeugd geweest zijn? Zelfs toen hij Duitsland ontvluchtte om aan arrestatie te ontkomen, Denemarken ontvluchtte om aan uitlevering te ontkomen, en toen hij in Belize een ongewis toevluchtsoord vond, week het geluk niet van zijn zijde.

En toen, op een dag in Belize, was de Moordenaar terug. Waarschijnlijk was hij nooit weggeweest, maar dat had Andreas pas in de gaten op het moment dat hij vertrok van Tad Millikens omheinde villa aan het strand, na een heerlijke lunch. Tad Milliken was de durfkapitalist uit Silicon Valley die de wijk had genomen in Belize om geen last te hebben van de vervelende aanklacht wegens ontucht met een minderjarige die hem in Californië boven het hoofd hing. Hij was aantoonbaar krankzinnig, een Ayn Rand-adept die zichzelf een übermensch en de 'gekozen avatar van Singulariteit' waande, maar hij was verrassend aangenaam gezelschap als je het met hem op onderwerpen als tennis en vissen hield. Hij beschouwde Andreas als de op één na grootste wereldhistorische figuur die verblijf hield in Belize, een collega-übermensch, en wilde graag zijn vriend zijn, maar dat was lastig. Andreas had dringend geld nodig en hoopte dat Tad hem een bedrag zou geven, en Tad had nog steeds internetapologeten die een fijne herinnering aan hem bewaarden als de vader van de revolutie en die beweerden dat zich beroepen op krankzinnigheid gold als waterdicht verdedigingsmiddel in de verkrachtingszaak, maar Tad was onlangs weer in het nieuws gekomen omdat hij de ara van een buurman had afgeschoten met een zilveren Colt .45 die hij overal bij zich had, en Andreas kon het zich niet veroorloven met hem in het openbaar gezien te worden. Assange had al reputatieschade opgelopen door zich als een seksuele griezel te gedragen. Andreas stelde zich voor hoe mensen 'tad milliken' zouden googelen en op de eerste bladzijde met treffers 'Andreas Wolf' en 'ontucht met een minderjarige' zouden zien staan, waardoor zijn lelieblanke onschuld en zijn soort werkzaamheden zouden worden aangetast door de onfortuinlijke beginletterovereenkomst van 'Andreas' en 'Assange' en zo de subliminale indruk zou ontstaan dat hij iets met meisjes van vijftien had. Wat niet meer het geval was. Vandaar dat hij zich in allerlei beleefdheidsbochten wrong om voor Tad te verbergen dat hij hem alleen in zijn omheinde villa of op zijn boot wilde ontmoeten. Het hielp dat Tad altijd een chauffeur in een Escalade met donkergetinte raampjes stuurde wanneer ze weer een afspraak hadden.

Tad was iemand die zijn eigen leven vastlegde. In het Yankees-petje dat hij altijd droeg had hij een camera die zichzelf inschakelde, en aan een koord om zijn nek hing een minuscuul filmapparaat. Tijdens de lunch, die werd opgediend naast het zwembad door een schoonheid op blote voeten, een meisje dat Carolina heette en met een beetje goede wil misschien wel zestien was, had Andreas gevraagd of Tad de camera eens een keer wilde uitzetten. Tad, die een losgeknoopt hawaïhemd droeg, zodat hij kon pronken met zijn wasbord, zijn gebronsde en zwaar gesportschoolde buikspieren, lachte en zei: 'Heb je vandaag soms iets te verbergen?'

'Ik vraag me gewoon af waar al die gegevens naartoe gaan.'

'Kijk eens wat zonniger, man. Je zit in *Candid Camera*.' Tad begon weer te lachen.

'Het is niet dat ik je niet vertrouw. Maar als er iets met je mocht gebeuren...'

'Als ik doodga, bedoel je? Ik ga niet dood. Dat is het hele punt van een doorlopend levensjournaal.'

'Oké.'

'Alle gegevens zitten in de cloud, en de cloud vernieuwt zichzelf voortdurend. En de foutmarge vergeleken met DNA-zelfreplicatie? Vijf orden van grootte lager. Alles blijft daar aanwezig, ongerept opgeslagen, wanneer ze me heropstarten. Ik wil me deze lunch herinneren. Ik wil me Carolina's kleine teentjes herinneren.'

'Ik begrijp wat het voordeel voor jou is. Maar vanuit mijn standpunt –'

'Jij bent niet dol op de cloud.'

'Niet erg.'

'Die staat nog steeds in de kinderschoenen. Je vindt het vast geweldig wanneer ze je heropstarten.'

'Ik doe de hele dag niets anders dan onverkwikkelijke dingen uit de cloud opvissen.'

'Aha, nu we het toch over vissen hebben...'

Carolina was verschenen met een schaal gegrilde vis op bananenbladeren. Ze schoof Tads met zilver beslagen revolver opzij en zette de schaal neer, en hij trok haar op zijn schoot om haar in haar hals te kussen. Haar glimlach had een pijnlijk trekje. Tad trok het laag uitgesneden lijfje van haar jurk een eindje naar voren en richtte zijn filmcameraatje in de jurk. 'Deze hier zal ik me ook willen herinneren,' zei hij. 'Vooral deze.'

Carolina sloeg de camera weg en maakte zich zonder een woord te zeggen van hem los.

'Ze is nog kwaad op me vanwege die vogel,' zei Ted, haar achternakijkend. 'Ik kan ook niet zeggen dat het in de pers goed overkomt.'

'O, het was niet omdat ze zo gek op die vogel was. Het was erger dan wonen naast een fabriek waar ze plaatstaal maken, het gekrijs van dat kreng. Ze vond alleen niet dat ik hem zonder jachtgeweer kon omleggen. Het was bijna godsdienstig bijgeloof. Gij zult geen revolver tegen een vogel gebruiken. Ze stond niet open voor mijn argument dat een revolver sportiever is.'

Andreas nam een stuk vis. 'Laten we het over Bolivia hebben.'

'Dat land heeft geen zeekust,' zei Tad. Het meest afstotende aan hem was misschien wel het precieuze maniertje waarop hij eten aan zijn vork prikte en het in zijn mond stak, alsof contact met voedsel een noodzakelijk kwaad was. 'Het heeft wel een zeekust gehad, maar die heeft Chili afgepakt. Hoe dan ook, ik kan daar niet wonen. Ik heb de zee nodig. Maar er ligt een landgoed in de bergen, Los Volcanes. Dat was vroeger van een Duitser die ecologisch bodemonderzoek doet. Ik had hem in dienst genomen toen ik dacht dat ik een wereldmonopolie in de lithiummarkt kon opbouwen. Hij vertelde me dat hij in een klein vliegtuigje vloog en een Shangri-La-achtig valleitje zag liggen en tegen zichzelf zei: godskolere! Voor 35.000 Amerikaanse dollar was het van hem, niet te geloven. Ik heb een dagje vrijaf genomen om het te bekijken, en hij had gelijk. Niet van deze wereld! Ik bood hem een miljoen, hij accepteerde anderhalf. Soms zie je iets en dan moet je het gewoon hebben.'

'Is er elektriciteit? Ligt er een kabel?'

'Niets. Maar het land heeft een president met wie je zaken kunt doen. Toen hij werd gekozen, was hij voorzitter van de vereniging van cocatelers. Heeft hij dat voorzitterschap toen neergelegd? Niks ervan! Dat noem ik nog eens stijl hebben. President van Bolivia plus voorzitter van de vereniging van cocatelers. Hij heeft me met die lithiumtoestand verneukt, maar dat was vanuit hem gezien alleen maar terecht. En nu staat hij bij me in het krijt. Ik kan je bij hem introduceren. Ik kan je Los Volcanes verhuren voor één dollar per jaar. Dan gooi ik er ook nog eens tien miljoen bovenop voor infrastructuurverbetering en bedrijfskosten – je moet er onmiddellijk een glasvezelkabel leggen.'

'Waarom zou je dat voor mij doen?'

'Jij hebt een veilige basis nodig. En ik moet ergens op kunnen terugvallen. Belize bevalt me momenteel prima, de politie is er mijn beste vriend, maar we zitten nog steeds in het voorstadium van de Singulariteit. Als mensen zoals jij en ik de wereld gaan herscheppen, hebben we misschien een plek nodig om ontwrichtende overgangsgebeurtenissen uit te zitten. Bovendien zie ik Groenland niet wegsmelten vóór de Singulariteit, maar als dat wel gebeurt, zouden er nucleaire wapens ingezet kunnen worden. We hebben afstand genomen van het nucleaire winterarsenaal, maar er kan nog steeds een nucleaire herfst komen, een nucleaire november, en in dat geval kun je maar beter op de evenaar zitten. Een afgelegen vallei, midden op een continent waar geen bommen op vallen. Zorg maar dat je een paar aanvallige jonge vrouwtjes bij je hebt, een paar reserveonderdelen, een paar geiten en kippen. Je kunt er iets gezelligs van maken. Ik moet er niet aan denken om daar ook te komen zitten, maar die mogelijkheid is niet uitgesloten.'

Tad hield op met praten om een stuk vis aan zijn vork te prikken en dat te consumeren door er wantrouwig en schokkerig telkens een hapje van te nemen. Toen schoof hij zijn bord weg alsof hij iets beschamends afzwoer.

'Ik weet niet precies hoe ik dit anders moet zeggen dan recht op de man af,' zei Andreas, 'of waarom ik de moeite neem om het te zeggen, nu jouw camera dit gesprek rechtstreeks naar de cloud stuurt. Maar het zou belangrijk voor me zijn dat niemand weet waar het geld vandaan komt.'

Er kwam een bedenkelijke blik op Tads gezicht te liggen. 'Geneer je je voor me?'

'Nee, natuurlijk niet. Volgens mij begrijpen we elkaar. Maar ik heb mijn eigen identiteit in de wereld, en... hoe moet ik dat zeggen? Jouw problemen met de wet stroken daar niet mee.'

'Mijn problemen met de wet vallen in het niet bij die van jou, beste vriend.'

'Ik heb de Duitse wet op de staatsgeheimen overtreden, plus de Amerikaanse antihackingwetten. Dat valt zelfs goed in de behoudende media. In elk geval beter dan een aanklacht wegens ontucht.'

'De oude media doen niets liever dan mijn naam bezoedelen. Ik ben de Grote Ontwrichter, en dat weten ze.'

'Zoiets krijg ik ook wel te horen. En om die reden –'

'Van alle precloudsystemen zie ik het systeem van de wet als de meest krenkende schoffering van mijn intellect. "Gelijke monniken gelijke kappen" – mijn god. Het is nog erger dan ouderwets handelsverkeer vanuit een bakstenen gebouw. Waarom denken de mensen in hemelsnaam dat de wet op dezelfde manier geldt voor iedereen, terwijl we juist beschikken over het computervermogen om al het andere per individu af te stemmen? Niet iedere vijftienjarige is hetzelfde, neem dat maar van mij aan. En ben ik precies hetzelfde als elke andere man van vierenzestig?'

'Dat is een interessant punt.'

'En de voorschriften over bewijsmateriaal – dat is geen zoeken naar de waarheid, dat is een beledigen van de waarheid. Ik héb de waarheid, ik heb hem digitaal vastgelegd. En de advocaten leggen hun handen over hun oren, leggen letterlijk hun handen over hun oren en zeggen dat ze er niets van willen weten. Kan een systeem nog erger verkloot zijn? Ik tel de dagen totdat een "proces" uit niets anders bestaat dan gaan zitten en de digitale waarheid bekijken.'

'Maar intussen...'

'Het is al goed,' zei Tad, licht geprikkeld. 'Houd mijn naam er maar buiten. Los Volcanes staat geboekt als bezit van een Boliviaanse onderneming die ik heb opgezet om hun onzinnige gedoe over buitenlands eigendom te omzeilen. Er zijn drie lagen omheen gebouwd. De Boliviaanse rechtspersoon kan het geld uitbetalen.'

'Vind je het echt niet erg?'

'We zijn allebei mensen die de waarheid spreken, maar ik ben daarin radicaler dan jij. Ik heb het lef om je recht aan te kijken en tegen je te zeggen dat jouw vorm van de waarheid spreken minder voorstelt dan die van mij. Maar jij bent sympathieker. Jij mag het vriendelijke gezicht zijn waarmee de waarheid wordt verteld.'

'Dat lijkt me een goed idee,' zei Andreas.

Het kwalijke incident deed zich voor nadat Tad en hij naar de hoofdingang in de muur rond de villa waren gelopen. Omdat hij daar de Escalade niet zag staan, belde Tad naar de chauffeur, die zei dat hij net had getankt en nu terugreed. Toen het hek na een paar minuten naar binnen open zwenkte en de Escalade kwam aanrijden, sprong er van achter een palm aan de overkant van de weg een kale man met een camera tevoorschijn, een gringo in een kaki vest met een groot aantal zakken. Hij maakte minstens tien snelopnamen van Andreas en Tad, met Tads huis op de achtergrond, voordat Andreas dekking zocht achter de Escalade.

Hoe had hij zo stom kunnen zijn om vol in het zicht te gaan staan? Dat was al niet best, maar het werd nog erger. Tad had een schiethouding aangenomen en richtte zijn revolver op de fotograaf, wiens sluiter Andreas kon blijven horen klikken. 'Laat die camera vallen, klootzak,' schreeuwde Tad. 'Denk je soms dat ik het niet zal doen? Denk je soms dat ik bang ben?'

De revolver lag verrassend onvast in Tads handen. De chauffeur sprong uit de Escalade, met een verbijsterde blik op zijn gezicht. Vanaf de weg klonken wegstuivende voetstappen. Tad liet de revolver zakken, rende naar de kooien die tegen de muur bij het hek stonden en liet twee van zijn rottweilers los.

En hiermee komt er een eind aan mijn langdurige mazzel, dacht Andreas.

De chauffeur en hij volgden Tad door het hek en keken toe terwijl de honden over de weg achter de fotograaf aan vlogen. Dit was het moment waarop de Moordenaar zijn aanwezigheid bekendmaakte. De fotograaf viel struikelend tegen een geparkeerd bestelbusje en de honden haalden hem in en sprongen zonder aarzelen op hem af. Een van hem beet hem in zijn armen, de andere in zijn been. Andreas betrapte zichzelf op de hoopvolle gedachte dat de honden de man zouden doodbijten.

Tad liep al haastig de weg op met zijn revolver.

Andreas stapte in de Escalade en zei tegen de chauffeur dat hij hetzelfde moest doen. Toen ze eenmaal door het hek waren, waren de honden aan het janken en stonden ze wankel op hun poten – de fotograaf moest ze met pepperspray hebben bewerkt – en reed het busje recht op Tad af, die alle belangstelling voor een confrontatie leek te hebben verloren. Hij sjokte de weg af, met zijn revolver losjes in zijn afhangende hand. De chauffeur moest met een ruk aan het stuur van de Escalade vermijden dat hij frontaal tegen het busje op botste.

'Keren, en ga hem achterna,' zei Andreas.

De chauffeur knikte, niet erg gelukkig, en maakte geen haast. Toen hij eenmaal had gekeerd, was de weg leeg. 'Hij is weg,' zei hij, alsof de zaak daarmee was afgedaan.

Kennelijk was er niets veranderd. De Moordenaar was niet voorgoed verdwenen. Andreas voelde zich als iemand die droomde en wakker werd in een bestaan dat een stuk uitzichtlozer was geworden in het tiental jaar dat hij tevreden had liggen slapen. In plaats van liefde had hij roem. In plaats van een vrouw of kinderen of echte vrienden, zoals de vriend die Tom Aberant had kunnen zijn geweest, had hij Tad Milliken. Hij was alleen met de Moordenaar.

Hij gaf de chauffeur opdracht hem naar de dichtstbijzijnde dokterspost te brengen. Daar stond het bestelbusje van de fotograaf geparkeerd. Druppels vers bloed op het asfalt leidden naar een rode veeg op het linoleum in de hal. Er zaten twee Belizaanse vrouwen en vier zieke kinderen in de wachtkamer.

'Ik wil graag mijn vriend zien,' zei Andreas tegen de receptioniste. 'De man die gebeten is.'

Omdat het hier Belize was, werd hij meteen naar een behandelkamer geloodst, waar een jonge arts een rafelige wond, een van meerdere, in de arm van de fotograaf aan het schoonmaken was. 'Buiten wachten, alstublieft,' zei de arts zonder op te kijken.

De fotograaf, die op zijn rug lag, draaide zijn hoofd Andreas' kant op, met ogen als schoteltjes.

'Ik ben een vriend,' zei Andreas. 'Ik wil dit graag rechtzetten.'

'Jouw vríend heeft geprobeerd me te vermoorden.'

'Het spijt me. Hij is krankzinnig.'

'Dacht je?'

'Buiten wachten, alstublieft,' zei de arts.

De camera lag op een stoel. Hij kon er moeiteloos mee vandoor gaan, maar de foto's vormden maar een deel van het probleem. Geld zou de rest van het probleem hebben verholpen, maar hij stond er juist om bekend dat hij geen geld had. Hij stond bekend om de Ghandi-achtige eenvoud van zijn bestaan, de koffer en de aktetas waarin zijn aardse bezittingen pasten. Meestal werkte dat in zijn voordeel, maar nu ging die vlieger niet op.

Buiten op het parkeerterrein, onder een schroeiende zon, belde hij zijn voormalige vriendin Claudia. Het Sunlight Project opereerde momenteel vanuit het strandhuis van haar familie. Het geduld van deze familie, die de toegang tot het eigen vakantiehuis werd ontzegd en die de vaste lasten van het Project voorgeschoteld kreeg, begon behoorlijk op te raken, maar Claudia's loyaliteit stond nog stevig overeind en kostte hem weinig meer dan wat plagerijtjes van haar kant. Het was pas middernacht in Berlijn. Ze was in een club aan de Spree toen hij haar wist te bereiken en haar verzocht de medische kosten van de fotograaf te dekken. 'Ik sms je het nummer wel,' zei hij.

Claudia lachte. 'Wil je soms ook dat ik het vliegtuig pak om je tegelijk maar een koffie verkeerd te brengen?'

'Magere melk, medium cafeïne.'

'Ik zit niet gewoon ergens met vrienden te eten, of zo.'

Andreas wist heel goed dat haar vrienden tegen haar opkeken omdat ze rond middernacht door hem werd gebeld. Het enige wat haar aanzien nog meer zou verhogen was dat ze uit de club vertrok om iets te belangrijks voor hem te regelen. Ze wisten dat ze een halfjaar zijn vriendin was geweest, destijds in het midden van het heerlijke decennium dat nu voorbij was, het decennium waarin de roem alleen maar prettige kanten had, en niets slechts. Claudia had hem interessante seks gegeven, in combinatie met andere tegenprestaties die een bedrag van minstens 200.000 euro bedroegen, en toch was zij degene die zich dankbaarder voelde, omdat hij de beroemde, buiten de wet gestelde vrijbuiter was. Wat was dat een fijne tijd geweest.

De fotograaf, die Dan Tierney heette, kwam een uur later uit de artsenpost naar buiten. Zijn kaalgeschoren hoofd maakte hem ouder dan hij waarschijnlijk was. Het verband om zijn arm en been zag er niet al te ernstig uit. 'Het schijnt dat mijn rekening is voldaan door iemand uit Berlijn,' zei hij.

'Een vriendin van me,' zei Andreas. 'Hoe voel je je?'

'Mijn vaste criterium is een schorpioensteek in mijn ooglid. Op die schaal van tien zit ik nu zo rond de vier.'

'Mag ik je iets te drinken aanbieden?'

'Nee. Ik ga terug naar mijn hotelkamer om een paracetamol te nemen.'

'Rum combineert goed met paracetamol.'

'Dus nu zijn we ineens bevriend? Ik vraag me af waar jij zat toen die Enorme Krankzinnige een revolver op me gericht hield.'

'Verstopt achter een SUV.'

'Die rum doen we een andere keer wel. Sorry.'

'Vind je het erg als ik vraag voor wie je werkt?'

Tierney hinkte naar zijn busje. 'Dat varieert. *The New York Times* is weer bezig aan een nieuw verhaal over Milliken. Dat geval met die ara, de plaatselijke politie. De grootste griezeloïde uit de IT-wereld, enzovoort. Het wordt lastig te begrijpen waarom de publieke opinie zou omslaan door een foto waarop hij een revolver op me richt.'

'Ik neem aan dat ik je niet kan overreden om die opnamen van mij te wissen en aan niemand te vertellen dat je me bij hem thuis hebt gezien?'

'Waarom zou ik dat doen?'

'Om het Sunlight Project te helpen.'

Tierney lachte. 'Kan het soms geen daglicht velen, het feit dat je dikke maatjes met die Enorme Krankzinnige bent? Is dat ironie, hypocrisie of een tegenstrijdigheid? Ik weet nooit precies welke omschrijving van toepassing is.'

'Alle drie, als je dat wilt,' zei Andreas.

'Een gotspe. Dat is de vierde term.'

'Het punt is, ik ben geen dikke maatjes met Tad. Je zou me in een kwaad daglicht stellen.'

'Nee maar. Ik had geen idee dat er zoiets bestaat.'

'Internet straalt heel wat kwaad daglicht uit.'

'Het verbaast me dat van jou te horen.' Tierney deed zijn voertuig van het slot en stapte in. 'Of het verbaast me half en half. Ik vind het best wel goed wat je allemaal doet. Je gemiddelde score is heel behoorlijk, in de zin dat je de juiste mensen aanpakt. Maar ik moet toegeven dat ik me je altijd min of meer als een eikel had voorgesteld.'

Bij het horen van deze woorden roerde de Moordenaar zich weer in Andreas. Als Tierney zich hem als een eikel had voorgesteld, zat het erin dat veel andere mensen dat ook deden. Hij kreeg ineens de sterke, ongeruste behoefte om voor een computer te gaan zitten om te weten te komen wie dat waren en wat ze precies zeiden.

'Ik heb je niets anders te bieden dan de waarheid,' zei hij tegen Tierney. 'Laten we wat gaan drinken, dan kan ik je vertellen wat die waarheid inhoudt.'

Het was zijn beste babbel, de babbel die hij het afgelopen decennium keer op keer had gebruikt. Hij gebruikte hem zelfs wanneer het niet hoefde, want zelfs als een vrouw al te kennen had gegeven dat ze beschikbaar was, vond hij het fijn om te zien wat voor uitwerking zijn babbel had. Iedereen wilde de waarheid van hem horen. Hij keek toe terwijl Tierney nadacht.

'Ik geef toe dat ik nooit had gedacht een man als jij in levenden lijve te ontmoeten,' zei Tierney. 'Er is een bar in mijn hotel.'

In de bar stak Andreas van wal met zijn standaardpraatje over TSP, over de lijst van overheden die hij in hun hemd had gezet, en de langere lijst van grote ondernemingen en machtsmisbruikende individuen. De laatste lijst werkte hij wat haastiger af, omdat Tierney ongeduldig leek te worden. 'De waarheid valt dus in twee delen uiteen,' zei hij. 'Het eerste is dat het Project staat of valt met het beeld dat het grote publiek van mij persoonlijk heeft. De reden waarom het ons nog steeds voor de wind gaat en Wikileaks het loodje legt, is dat de mensen Assange een autistische, megalomane seksgriezel vinden. Zijn technologische capaciteiten zijn niet veranderd. Wat wel veranderd is, is dat mensen nooit hun vuile was brengen bij iemand die zelf een vuilak is. Mensen die de vuile was buiten hangen doen dat omdat ze snakken naar iets wat schoon is. Als je mij geen helpende hand toesteekt, dreigt het gevaar dat wij dezelfde kant op gaan als Wikileaks.'

'Zeg, kom nou,' zei Tierney. 'Het gaat om één foto van twee internettitanen op het terrein van een omheinde villa. Tenzij je me vertelt dat dit slechts het topje van een ijsberg is –'

'En dat is het tweede deel van de waarheid. Op dat punt zul je me echt moeten geloven. Er is geen ijsberg. Ik leid een onberispelijk leven. Als twintiger ben ik nogal uit de band gesprongen, maar ik woonde in een ziek land en ik was jong. Gezien alle kritische blikken waarmee ik sindsdien in de gaten word gehouden, zou het hele internet er vol mee staan als iemand iets belastends over me te vertellen had. Denk je ook niet?'

'Als iemand iets belastends te vertellen had, zouden jouw hackers er vooral erg goed in zijn om het weg te moffelen, denk ik.'

'Serieus?'

'Oké, je hebt een schone lei. Maakt niet uit. Dat bewijst alleen maar het punt dat ik wil maken. Eén foto stelt dus weinig voor.'

'Als ik met Milliken gezien word, is dat een ramp voor het Project. Je kunt net zo goed één rode sok laten meedraaien in een witte was. Eén rode sok, en er is nooit meer iets wit.'

Tierney verschoof op zijn barkruk en trok een gezicht. 'Ik hoef het je vast niet te zeggen, maar jij bent een heel vreemde gast. Wie kan het iets schelen of zijn lakens een beetje roze zijn? Iedereen heeft lakens die een beetje roze zijn. De mensen gaan nog steeds naar films met Hugh Grant. De mensen vinden Bill Clinton leuker dan ooit.'

'Het is niet hun taak om een schone lei te hebben. Wel de mijne.'

'Wat moest je daar eigenlijk bij Milliken?

'Ik kwam er om geld bedelen.'

'Dan snap ik echt niet dat je dat aan iemand anders dan aan jezelf kunt wijten.'

'Je hebt gelijk, het is mijn eigen schuld. Ik was radeloos en heb domme pech gehad. Je hebt me volkomen in je macht.'

'En is dit dan het moment waarop je me geld gaat aanbieden?'

'Als ik geld had, zou ik niet bij Milliken hebben gezeten. En ik ben minder hypocriet dan je denkt. Zelfs als ik het had, zou ik je geen geld aanbieden. Dat zou pas echt verraad zijn aan de Project-principes.'

Tierney schudde zijn hoofd alsof hij versteld stond van Andreas' vreemde gedrag. 'Ik kan waarschijnlijk een paar duizend dollar krijgen voor een foto van jullie twee. Ik ben ook nog aangevallen door twee rottweilers.'

'Als het puur een kwestie is van schadeloosstelling, geen zwijggeld, kan mijn vriendin in Berlijn je een marktconform bedrag bieden.'

'Leuke vriendin.'

'Ze gelooft in het Project.'

'Ongeacht wat je verder ook mag zeggen, jij wilt niet dat ik jou aandoe wat jij andere mensen aandoet.'

'Dat is de waarheid.'

'Dus ben je een eikel.'

'Zeker. Maar ik ben niet Tad Milliken. Ik heb geen bezittingen. Ik heb geen vaste verblijfplaats. Onderdrukkende regeringen moeten niets van me hebben. Er zijn maar een stuk of tien landen ter wereld waar ik veilig naartoe kan reizen.'

Dat klonk goed, het kwam er prima uit, en Tierney zuchtte. 'Geef me vijfduizend dollar,' zei hij. 'Ik zou je maatje Tad een proces aandoen als ik dacht dat ik hier in Belize een rechtszaak kon winnen. Ik ga hem nog wel aangeven bij de politie. Ze zullen wel vragen wie er verder aanwezig was. Wil je dat ik lieg?'

'Ja, graag.'

'Natuurlijk wil je dat.' Tierney zette zijn camera aan en liet Andreas meekijken terwijl hij de beelden wiste waarop zijn gezicht zichtbaar was, één voor één. Andreas moest denken aan de dag, in een ander decennium, een ander leven, toen hij zijn computer van porno had ontdaan, en aan zijn favoriete citaat van Mefistofeles: 'Voorbij! Stompzinnig woord. Voorbij, ja wat? Voorbij en nooit geweest, 't is één pot nat. Dan is 't voorbij! En de conclusie? Bestaan is niet veel meer dan een illusie.'

Maar het had niet nooit bestaan. Het enige wat Tierney hoefde te doen, was het incident ergens online vermelden en het zou voor eeuwig in de cloud blijven hangen. In de weken na het incident, waarin Andreas afscheid van het strandhuis nam en zwaar versleutelde e-mails met Tad Milliken uitwisselde, begon zijn paranoia wortel te schieten en tot volle wasdom te komen. Bij iedere nieuwe zoekterm waarmee hij zijn naam bij alle verschillende zoekmachine intoetste, stelde hij zich er voortaan niet meer tevreden mee de resultaten op de eerste twee bladzijden door te nemen. Hij vroeg zich af wat er op de volgende bladzijde stond, de bladzijde die hij nog niet had gelezen, en nadat hij de volgende bladzijde had bekeken, vond hij weer een andere bladzijde. Herhaling, herhaling. De mate aan geruststelling die hij nodig had leek oneindig te zijn. Hij was zo verdiept en verwikkeld in internet, zat zo verstrikt in het totalitaire systeem van internet, dat zijn onlinebestaan op den duur echter leek dan zijn fysieke bestaan. De ogen van de wereld, zelfs de ogen van zijn volgers, deden er op zich niet toe, in de fysieke wereld. Wie kon het überhaupt iets schelen wat iemands persoonlijke gedachten over hem waren? Persoonlijke gedachten bestonden niet in de oproepbare, verspreidbare en leesbare manier van elektronische informatie. En aangezien iemand niet tegelijkertijd op twee plaatsen kon bestaan, voelde hij minder dat hij bestond als mens van vlees en bloed naarmate hij meer bestond als het beeld dat er op internet van hem heerste. Internet betekende 'de dood', en anders dan Tad Milliken vond hij geen toevlucht in de hoop op een hernieuwd bestaan dat uit de cloud voortkwam.

Het doel van internet en de bijbehorende technologieën was om de mensheid te 'bevrijden' van de taken – dingen maken, dingen leren, dingen onthouden – die vroeger zin aan het leven hadden gegeven en dus het leven hadden gevórmd. Nu leek het alsof de optimale functionering van zoekmachines de enige taak was die iets voorstelde. Zodra hij de boel in Bolivia op de rails had gezet, stelde hij uit zijn trouwste discipelen een team samen van hackers en vrouwelijke stagiairs die met alle geoorloofde en ongeoorloofde middelen zoekmachineoptimalisatie uitvoerden. Tads gedroom over een luxe vorm van reïncarnatie mocht feitelijk onrealistisch zijn, het was ook een metafoor voor iets echts: zo lang als – en alleen zo lang als – je over voldoende geld en/of technologische middelen beschikte, behield je zeggenschap over je internetpersonage en dus ook over je lot en je virtuele voortbestaan na de dood. Optimale functionering of de dood. Doden of gedood worden.

Een jaar lang bleef hij de zoekopdracht 'tierney andreas milliken' intikken, twee of drie keer per dag. Niet minder dwangmatig volgde hij Tierney op Facebook en Twitter. Zijn paranoia was kennelijk een vast gegeven. Als hij haar op de ene plaats onderdrukte, sprong ze op een andere plek tevoorschijn. Toen hij uiteindelijk wat minder benauwd over Tierney werd – als de man van plan was geweest zijn mond voorbij te praten, zou hij dat inmiddels al hebben gedaan en zou Andreas het geweten hebben –, nam zijn onrust toch niet af. Hij maakte zich serieel bezorgd over voormalige vriendinnen, over ontevreden voormalige werknemers, over nog in leven zijnde Stasi-functionarissen, totdat hij bij de moeder aller zorgen aankwam: Tom Aberant.

Al heel lang, twintig jaar, had hij aangenomen dat het geheim van zijn moorddadige verleden veilig was bij Tom. Door te helpen het lichaam te verplaatsen had Tom zelf een ernstig misdrijf gepleegd, en in de brief die hij Andreas een paar maanden later stuurde, vanuit New York, had hij zich ervoor verontschuldigd dat hij hem had 'laten zitten', hem verzekerd dat niets van wat hij in Berlijn had gezegd ooit naar buiten zou komen, niet in *Harper's Bazaar* of ergens anders, en de wens uitgesproken dat hun 'kleine avontuur' Andreas het leven zou bezorgen dat hij wilde met zijn meisje. Gekwetst als hij zich voelde door de afstandelijke toon van Toms latere ansichtkaarten, vooral de kaart waarmee hij had gereageerd op zijn uiterst vertrouwelijke brief, had hij zich nergens bezórgd om gemaakt. Zelfs toen hij in 2005 een laatste poging had gedaan om hun vriendschap nieuw leven in te blazen, door Tom op te bellen in Denver en *Denver Independent* een fors pakket uitgelekte informatie aan te bieden maar door Tom was afgewezen, was hij niet bezorgd geweest. In het ergste geval, had hij gedacht, was Tom een concurrent, op grond van zijn beroep. Dit soort dingen gebeurde nu eenmaal in mislukte vriendschappen.

Maar toen hij op een ochtend, in de schuur op Los Volcanes, de dagelijkse samenvatting van nieuws over hemzelf zat te lezen, stuitte hij op een interview dat Leila Helou, een journalist van *Denver Independent*, aan de *Columbia Journalism Review* had gegeven.

> De mensen die informatie laten uitlekken spugen alleen maar iets uit. Je hebt er een journalist voor nodig om te verifiëren en te bekorten en van context te voorzien wat zij uitspugen. Wij hebben weliswaar niet altijd de beste motieven, maar we beschikken op z'n minst over een zekere beschaving. Wij zijn volwassenen die proberen te communiceren met andere volwassenen. De lekkende partij heeft eerder iets van barbaren. Ik heb het niet over de primaire lekkende partijen, niet over Snowden of Manning; dat zijn eigenlijk gewoon veredelde bronnen. Ik heb het over de doorgeefluiken, zoals Wikileaks en het Sunlight Project. Zij hebben een primitieve naïviteit, net als de jongere die denkt dat volwassenen huichelaars zijn omdat ze hun woorden eerst een filter laten passeren. Filteren is geen huichelarij – het is beschaving. Julian Assange is zo blind en doof voor de elementaire sociale functies dat hij met zijn handen eet. Andreas Wolf is een man die zo vervuld is van zijn eigen smerige geheimen dat hij de hele wereld ziet als een vergaarbak van smerige geheimen. Smijt alles maar tegen de muur, als een vierjarige die met poep gooit, en zie maar wat ervan blijft hangen.

'Smerige geheimen'? De angst sloeg Andreas om het hart toen hij deze aanstootgevende passage las. Wie was Leila Helou in godsnaam? Een snelle zoekopdracht leidde hem naar foto's van Tom Aberant en haar, samen op vakbijeenkomsten, met daarnaast wat valse opmerkingen uit blogs van laag allooi, met als strekking dat slapen met de hoofdredacteur van *Denver Independent* haar geen windeieren had gelegd. Leila Helou was Toms vriendin.

'Smerige geheimen'? 'Smijten met stront'? Hoezo een 'filter' gepasseerd? Hij dacht aan de keer dat hij naar Denver had gebeld, in 2005. De Haliburton Papers waren tot dan toe het voornaamste internationale lek van het Sunlight Project geweest. Hij had er regelrecht mee naar *The New York Times* kunnen gaan, maar hij wist dat Tom een onlinenieuwsbureau had opgestart en de kans om vanuit het niets bekend te worden waarschijnlijk met beide handen zou aangrijpen. Hoewel zijn motief om Tom te bellen niet honderd procent zuiver was – hij vond het een prettig idee dat Tom nu iets nodig had van de vriend die hij in de steek had gelaten, de vriend die nu beroemder en machtiger was dan hij – sprak de oude hunkering naar zijn vriendschap ook mee. Hij had zich voorgesteld dat *Denver Independent* de Amerikaanse spreekbuis van het Sunlight Project zou kunnen worden, dat Tom en hij eindelijk zouden kunnen samenwerken, zij het vanuit afzonderlijke werelddelen. En aan de telefoon had Tom geïnteresseerd geklonken. Ja, bijna uitbundig – het was vijftien jaar geleden dat ze elkaars stem hadden gehoord. Hij had Andreas gevraagd of hij het lek een uurtje met een 'door hem vertrouwde adviseur' mocht bespreken.

Zo te horen leek dat niet meer dan een formaliteit. Maar toen Tom terugbelde, een uur en een kwartier later, lag er een andere klank in zijn stem. 'Andreas,' had hij gezegd, 'ik stel je aanbod echt op prijs. Het betekent heel veel voor me, en het was een lastige beslissing. Maar ik denk dat ik me aan mijn kernactiviteit moet vasthouden, het bevorderen van onderzoeksjournalistiek. Vrije nieuwsgaring door de deur uit te gaan. Ik wil niet zeggen dat er geen ruimte is voor wat jij doet. Maar ik ben bang dat die ruimte niet hier te vinden is.'

Toen hij ophing, had Andreas gezworen zich nooit meer door Tom te laten kwetsen. Maar pas nu, acht jaar later, toen hij het interview met Helou las, begreep hij dat Tom niet zomaar onverschillig tegenover hem stond. Tom vormde een bedreiging voor zijn bestaan.

Wat hij meteen inzag: Tom had een glimp van de Moordenaar opgevangen. In het licht van de vroege ochtend, in het Oderdal. De kolossale stijve die het omarmen van Tom hem had bezorgd was niet, zoals hij had aangenomen, de natuurlijke uitlaatklep van het libido dat hij al sinds de nacht van de moord onderdrukte. En ook was het niet de stijve van een homo, niets om vanuit die hoek betekenis aan te hechten. Maar het was desalniettemin een op Tóm gerichte stijve. Hij had hem om dezelfde reden als hij een stijve had gehad voor de vijftienjarige Annagret: omdat Tom zich bij de moordpartij had laten betrekken. Man, vrouw – de Moordenaar maakte zich niet druk om dat soort onderscheid. En wat had hij toen gedaan? Hij wist het niet meer precies, misschien was het wel een droom geweest. Maar als het een droom was geweest, moest het een levendige droom zijn geweest. Wijdbeens over het graf, zijn stijve in de hand: was dat echt gebeurd? Het moest wel zijn gebeurd, want hoe viel het anders te verklaren dat Tom hem vanaf dat moment had buitengesloten? Tom was getuige geweest van de daad die de Moordenaar hem had laten plegen. Tom had beloofd met hem uit eten te gaan, maar in plaats daarvan was hij naar huis gevlucht, naar New York, om bij deze vrouw zijn heil te zoeken. En Andreas was hem vervolgens achterna blijven zitten met een gebrek aan trots dat totaal tegen zijn aard in druiste, door hem ansichten te sturen, hem een veel over zichzelf onthullende brief te schrijven en ten slotte door hem op te bellen, niet omdat zij beiden voorbestemd waren om vrienden te zijn, maar omdat de Moordenaar nooit vergat wat hij wilde, zodra hij het eenmaal wilde. Er bestond niet zoiets als liefde.

De 'vertrouwde adviseur' waar Tom het tijdens hun telefoongesprek over had gehad – wie kon dat anders zijn geweest dat Leila Helou? Tom had zijn nieuwe vrouw gevraagd wat hij met de Haliburton Papers moest doen, zijn nieuwe vrouw had nee gezegd, en nu, acht jaar later, was het zo klaar als een klontje waarom: omdat Tom haar over de moord op Horst Kleinholz had verteld. Waar konden die 'smerige geheimen' anders op slaan? Ze had Andreas praktisch beschuldigd van moord in koelen bloede.

Toen hij haar woorden herlas, manifesteerde de Moordenaar zich onmiddellijk, en wel als wens om Tom met een stomp voorwerp de schedel in te slaan. Als er een manier had bestaan om de Amerikaanse immigratiedienst te omzeilen, zou hij naar Denver zijn gegaan om Tom van het leven te beroven. Omdat hij een glimp van de Moordenaar had opgevangen. Omdat hij had bedankt voor de meest oprechte vriendschapsavances die Andreas ooit had gemaakt. Omdat hij hem telkens weer nul op het rekest had gegeven, om de smadelijke afwijzing die daarin school. En omdat hij gezwicht was voor zijn vrouw en zich conformeerde aan zijn vriendin. Omdat hij Andreas had verleid en hem daarna bij die vriendin had verraden; omdat hij zijn mooie mondje niet dicht had gehouden. Maar vooral om zijn Amerikaanse schijnhéiligheid: 'Ik zeg niet dat er geen plaats is voor de walgelijke, misdadige, roemnajagende, strontsmijtende, grafbezoedelende dingen die je doet. Maar ik ben bang dat mijn schone huis daar niet de plek voor is.' Dat had hij nog net niet gezegd toen hij belde.

'Ik kan niet geloven dat je me dit hebt aangedaan,' mompelde Andreas. 'Ik kan niet geloven dat je me dit hebt aangedaan.'

Hij was rationeel genoeg om in te zien dat Tom ervoor zou terugschrikken om zich verdacht te maken door Andreas' misdaad aan de openbaarheid prijs te geven. Dat zijn paranoia weer oplaaide, kwam door het besef dat Tom de Moordenaar in hem had gezien. Dat besef was als een elektrode in zijn brein. Hij kon het niet nalaten op de knop te drukken, en elke keer kreeg hij een identieke schok toegediend, een schok van angst en haat.

Hij liet zijn stagiairs weten dat hij zich niet lekker voelde en trok zich terug in zijn slaapkamer om op zoek te gaan naar negatieve berichtgeving over Tom en Helou. In de blogosfeer en de social media knetterde het al van de verontwaardigde reacties op haar interview met *CJR*. In de wereld van de zogenaamde volwassenen was Helou een gerespecteerd journalist, maar in de online wereld werd ze even stevig onderuitgeschoffeld als Andreas werd verdedigd. Op de een of andere manier stelde hem dat niet gerust, maar kreeg hij juist nog meer de pest aan het koppel Aberant-Helou. Ze hadden met opzet de bloggers en tweeters geprovoceerd, mensen die hij probeerde zoet te houden door een steeds groter deel van zijn bestaan aan ze te besteden. Telkens weer die pregnante schijnheiligheid, telkens weer die boodschap: 'Wij zijn wat jij nooit kunt worden. We minachten niet alleen jou, maar ook de virtuele wereld waarin jouw bestaan zich steeds meer afspeelt. Wij zijn in staat tot de liefde die jij nooit voor Annagret hebt kunnen opbrengen...'

Volgens Google was Helou getrouwd met een gehandicapte romanschrijver, die ze vermoedelijk bedroog. Maar als ze samen met Tom in het openbaar verscheen, kon het hun vast geen zier schelen wat de mensen daarvan vonden. Een veelbelovender vraag was wat er met de vrouw van Tom was gebeurd. Na 1991 bestonden er nul contemporaine gegevens over iemand met haar naam en geboortedatum. Andreas werd overvallen door de hoop dat Tom haar had vermoord zonder dat er een haan naar had gekraaid. Het leek waanzinnig onwaarschijnlijk, maar op een bepaalde manier ook weer niet. Tom had immers laten weten dat hij niet met Laird kon samenleven, maar ook niet zonder haar. En hij had Andreas immers geholpen een lichaam te begraven.

Afgaand op een ingeving richtte hij zijn aandacht op Laird en ontdekte dat haar vader, de miljardair, een trustfonds voor haar had opgezet; de *Wichita Eagle* had een artikel geplaatst over de belastingopgave. Ook was er bewijs dat Tom *Denver Independent* had opgericht met geld van haar vader. Maar niet heel veel geld. Niet de hoeveelheid geld die Anabel waard zou zijn als ze nog leefde. Was ze in leven? Of nog beter: een lijk? Intuïtief voelde Andreas aan dat Anabel, dood of levend, misschien wel een instrument zou kunnen worden om Tom van een afstand met pijn en chaos te bestoken.

Hij liep naar zijn belangrijkste hacker, Chen, en vroeg hoe makkelijk ze een flinke hoeveelheid computercapaciteit konden stelen.

'Hoeveel?' vroeg Chen.

'Ik heb twee goede foto's van een vierentwintigjarige vrouw die nu achter in de vijftig is. Ik wil gezichtsherkenning uitvoeren in elke fotodatabase waar we toegang toe hebben.'

'Mondiaal?'

'Te beginnen bij de Verenigde Staten.'

'Dat is wel veel. Als je het snel wilt doen, worden we betrapt. In heel veel datapakhuizen kun je telkens maar een paar minuutjes pakken. Wij hebben een stel echt goede datapakhuizen, maar we willen ze niet kwijtraken.'

'En niet zo snel, waar hebben we het dan over?'

'Over weken, misschien wel langer. En dan heb je het nog alleen maar over de Verenigde Staten.'

'Kijk maar wat je kunt doen. Blijf zoveel mogelijk binnen de veiligheidsmarges.'

Hun gezichtsherkenningssoftware was bijna van NSA-kwaliteit, maar werkte nog steeds niet erg best. (Die van de NSA ook niet.) Een paar weken lang stuurde Chen Andreas elke dag foto's van vrouwen van middelbare leeftijd die niet erg op Anabel Laird leken. Maar het bekijken van die afbeeldingen gaf hem iets te doen, gaf hem het gevoel dat er een plan werd uitgewerkt, dat de scherpe randjes van zijn paranoia werden afgeslepen. En toen, niet voor het eerst en ook niet voor het laatst, had hij geluk.

Hij had altijd gevonden dat geluk hebben zijn geboorterecht was – zijn moeder had het zelf gezegd: als hij iets wilde, ging de wereld daarin mee – maar door de pech met Dan Tierney had zijn vertrouwen in zijn geluk een deuk opgelopen. De resolutie van de afbeelding van een grijsharige supermarktmedewerkster in het Californische plaatsje Fenton was te laag om het litteken op Lairds voorhoofd te kunnen zien dat op de oudere foto's wél zichtbaar was, en omdat de werkneemster niet glimlachte, kon hij ook het spleetje tussen haar voortanden niet controleren. Toen hij de naam van de werkneemster zag, Penelope Tyler, en die koppelde aan haar jaren op de Tyler School of Art, voelde hij dat zijn geluk was teruggekeerd. Hij liep het IT-gebouwtje uit en keek omhoog naar de Boliviaanse zon, spreidde zijn armen en koesterde zich in het warme licht.

Penelope Tyler was duidelijk iemand die had geprobeerd te verdwijnen. De foto van haar als supermarktmedewerkster was de enige afbeelding die van haar te vinden was, en haar officiële voetafdruk was indrukwekkend vaag. Het kostte Andreas bijna een uur om te ontdekken dat ze een dochter had. Deze dochter, Purity, was betrekkelijk rijk gedocumenteerd, met profielen op Facebook en LinkedIn, en een heel wankele financiële situatie. Hij bestudeerde de foto's van haar en recente foto's van Tom en vergeleek haar wenkbrauwen met die van Tom, haar mond met die van Tom, en concludeerde dat ze zijn dochter moest zijn. Maar van onderling contact bleek niets te bespeuren, niet in de social media, niet in haar universitaire of medische gegevens, helemaal niets. Gezien het feit dat ze niet lang was geboren nadat Laird was verdwenen, kon het alleen maar zo zijn dat Tom niet wist dat ze bestond. Waarom zou Laird anders haar identiteit hebben veranderd?

Het meisje was indirect een ongelofelijke smak geld waard, een bedrag van rond de miljard, en ze was daar vrijwel zeker niet van op de hoogte. Ze was nog bezig haar studielening af te betalen, woonde in een huis dat er op Streetview uitzag alsof het onbewoonbaar was verklaard en ze werkte als 'outreachassistent' voor een alternatief, pas opgericht internetbedrijf. Het geld interesseerde Andreas in zoverre dat het zijn leven zou vergemakkelijken als hij er een deel van in handen zou kunnen krijgen. Maar dat was niet de reden waarom hij doorklikte van de ene foto naar de andere die hij van Purity Tyler had. En ook haar uiterlijk, hoewel best aardig, was niet de reden waarom hij zo'n moorddadig verlangen naar haar opvatte. Wat ertoe deed, was dat ze van Tom was.

Hij bracht een veilige verbinding tot stand en belde Annagret. Door de jaren heen had hij ervoor gewaakt alle contact met haar te verliezen. Hij dacht aan haar verjaardag en stuurde haar soms een link door die relevant was voor een van de idealen waar ze zich voor inzette. Ondanks alle energie die ze in het project 'een hechte band' had geïnvesteerd, was het opmerkelijk hoe weinig hecht de band was die hij met haar voelde. En hoe toevallig het was – afgezien van haar schoonheid – dat hij ooit iets met haar te maken had gehad. Niet alleen was ze klein in haar ambities, maar die kleinheid leek haar ook volkomen tevreden te stellen. Ze was vertrokken uit Berlijn en nota bene naar Düsseldorf verhuisd. Maar haar e-mails waren altijd hartelijk, vol bewondering, en met veel uitroeptekens.

Aan de telefoon legde hij uit, nadat hij eerst had gecontroleerd of ze wel alleen was, wat hij van haar wilde. 'Beschouw het maar als een gratis vakantie in Amerika,' zei hij.

'Ik heb de pest aan Amerika,' zei ze. 'Ik dacht dat Obama dingen zou veranderen, maar het is nog steeds wapens, drones en Guantánamo wat de klok slaat.'

'Guantánamo is geen goed idee geweest, dat ben ik met je eens. Ik vraag je niet om van het land te gaan houden. Ik vraag je alleen om erheen te gaan. Ik zou het zelf doen als ik kon, maar dat kan ik niet.'

'Ik weet ook niet of ik het wel kan,' zei ze. 'Ik weet dat jij altijd vond dat ik goed kon liegen, maar ik heb er tegenwoordig een hekel aan.'

'Dat wil niet zeggen dat je er niet goed meer in bent.'

'En misschien... Nou ja. Is het echt zo verschrikkelijk als die bewuste persoon de wereld vertelt wat we gedaan hebben? Ik denk er nog vrijwel elke dag aan. Ik kan niet naar films kijken waar geweld in zit. Vijfentwintig jaar later krijg ik er nog steeds paniekaanvallen van.'

'Wat vervelend voor je. Maar Aberant dreigt alles wat ik tot stand heb gebracht in diskrediet te brengen.'

'Dat begrijp ik ook wel. Het Project is heel belangrijk. En ik heb altijd graag gewild dat ik op een bepaalde manier kon goedmaken wat ik je heb aangedaan. Maar... wat schiet je ermee op om zijn dochter naar Bolivia te halen?'

'Laat dat maar aan mij over.'

Er viel een stilte. Verontrustend.

'Andreas,' zei ze ten slotte. 'Voel jij je rot over wat we hebben gedaan?'

'Natuurlijk.'

'Oké. Ik weet eigenlijk niet waar ik op doel. Op onze tijd samen, denk ik. Soms voel ik me er heel erg rot om. Ik weet dat ik je heb teleurgesteld. Maar dat is niet waarom ik me rot voel. Er is iets anders – ik kan het niet uitleggen.'

Hij schrok, maar bleef rustig doorpraten. 'Wat is er dan?'

'Ik weet het niet. Ik zie nu hoe je leeft, al die vriendinnen van je, en... Soms vraag ik me af waarom je niets met anderen bent begonnen toen je met mij was. Het geeft niet, hoor, als je dat hebt gedaan. Je kunt het me nu gerust vertellen.'

'Dat heb ik nooit gedaan. Ik deed juist mijn best om me tegenover jou goed te gedragen.'

'Je bént ook goed. Ik ben op de hoogte van alle fantastisch goede dingen die je hebt gedaan. Soms kan ik niet geloven dat ik vroeger met je heb samengewoond. Maar toch... Voel je je echt wel rot over wat wij samen hebben gedaan?'

'Ja!'

'Oké. Ik weet niet wat ik me in mijn hoofd haal.'

Hij zuchtte. Zo veel jaar geleden, en nog steeds moest er worden gediscussiéérd.

'Ik voel me rot om de seks,' zei ze ineens. 'Het spijt me, maar daar komt het op neer.'

'Wat was daar dan mee?' wist hij uit te brengen.

'Ik weet het niet. Maar ik heb meer ervaring tegenwoordig, meer vergelijkingsmateriaal. En nu ik je stem hoor... Ik weet het niet. Je stem haalt iets terug waar ik niet graag aan denk. Een echt akelig gevoel dat ik niet kan beschrijven. Ik raak ervan in paniek, een beetje. Nu, op dit moment, voel ik iets van paniek.'

'Het is allemaal vervlochten geraakt met wat we hebben gedaan. Misschien was dat de reden waarom we niet bij elkaar konden blijven.'

Ze haalde hoorbaar diep adem. 'Andreas, dat meisje – waarom wil je dat ik haar naar je toe breng?'

'Om te bereiken dat ze in het Project gaat geloven. Zo kunnen we ons het best beschermen. Als ze aan onze kant staat, zal haar vader niets doen.'

'Oké.'

'Annagret, meer heeft het niet om het lijf.'

'Oké. Oké. Maar mag ik dan in elk geval Martin meenemen?'

'Wie is Martin?'

'Een man met wie ik een hechte band heb. Bij wie ik me veilig voel.'

'Zeker mag dat. Des te beter. Alleen' – hij liet een krakerig lachje horen – 'moet je hem natuurlijk niets vertellen.'

Bij wie ik me veilig voel: deze woorden drukten op de knop die aan de elektrode vastzat. Zo veel jaar geleden, en nog steeds kwam het in hem op haar te vermoorden. Hoeveel van zijn subatomaire leven moest hij ongewild hebben verraden in de tien jaar dat hij met haar was! Hij had geluk gehad dat ze te jong was geweest om het door te hebben. Maar ze had ermee samengeleefd en was zich er achteraf bewust van geworden. De gedachte aan haar latere besef, zijn afgrijselijke ontmaskering in de ogen van iemand die hij niet zelf was, was bijna even erg als de gedachte aan wat Tom had gezien.

Terwijl hij wachtte tot hij iets van haar uit Oakland hoorde, maakte hij een eerlijke inventaris van zichzelf op. Hij zag hoeveel terrein hij had verloren in zijn strijd tegen de Moordenaar. Hoe belachelijk onbenullig zijn oude zwelgen in internetporno nu leek; hoe schrijnend doortrokken van goede bedoelingen zijn plan om Horst te vermoorden. Zijn innerlijk leven hield nu weinig meer in dan dwangmatig werken aan zijn imago op een internet dat voor hem aanvoelde als de dood; weinig meer dan opgaan in zijn haat voor Tom en bedenken hoe hij wraak op hem kon nemen. Als hij zo doorging, zou hij binnenkort alleen maar Moordenaar zijn. En opnieuw voorvoelde hij dat hij een dood man zou zijn, letterlijk, wanneer de Moordenaar het eenmaal volledig voor het zeggen had. Dat de Moordenaar er in feite op gespitst was hém te doden.

Het bracht dan ook een soort opluchting teweeg toen hij van Annagret hoorde dat ze haar verkooppraatje aan Pip Tyler had verknald en het meisje van zich had vervreemd. Met het gevoel dat hem respijt was verleend, stortte hij zich op een wat minder waanzinnige klus: zijn medewerking aan de film die de Amerikaanse auteur Jay Cotter over zijn leven maakte en die deels was gebaseerd op *Liefde als misdaad*. Hij trok zich twee weken terug in het Cortez met Cotter en zijn productieontwerper; hij voerde lange telefoongesprekken met Toni Field om haar instructies te geven over de manier waarop Katya zich gedroeg. Toen hij naar Los Volcanes terugkeerde, werd er een volgend project afgerond, een project dat hem niet minder na aan het hart lag: een schitterend pakket e-mails en in de wandelgangen bekonkelde afspraken tussen de Russische oliereus Gazprom en de regering-Poetin. Hoewel het Project nu grotendeels op de automatische piloot draaide, had Andreas persoonlijk het Gazprom-lek begeleid en de voorwaarden opgesteld voor vrijgave aan *The Guardian* en *The New York Times*. De herkomst van het lek had ingewikkelde witwasserij vereist, een ondoordringbare doolhof van elektronische afleidingsmanoeuvres om de bron te beschermen. Andreas had vooral een afschuw van Vladimir Poetin vanwege zijn werkzaamheden bij de Stasi als jonge man, en hij was vastbesloten om Poetins regering zoveel mogelijk in diskrediet te brengen, omdat die een wijkplaats had verleend aan Edward Snowden, aan wiens zuivere motieven al veel te veel woorden waren gewijd op het net. In de twaalf minuten durende video die Andreas had opgenomen en die bestemd was om te worden geüpload op de dag voordat *The Guardian* en *The New York Times* met hun artikelen kwamen, wist hij Poetin vakkundig te stangen en sprak hij een – subtiel – verwijt uit tegen de online stemmen die zich door de eendagsvlieg Snowden hadden laten afleiden van zijn eigen vijfentwintigjarige staat van dienst. Zijn blijvende vermogen om te presteren als de nood aan de man was, gekoppeld aan het vooruitzicht om het hoofdonderwerp te zijn van een film met een behoorlijk budget en een wereldwijde distributie, was een welkome aanleiding om het probleem Tom Aberant even uit zijn hoofd te zetten.

De e-mail die Pip Tyler hem vervolgens stuurde, zomaar uit het niets, versterkte zijn gevoel dat hem respijt was verleend. In werkelijkheid leek ze in niets op de figuur die hij zich in zijn wraakzuchtige fantasieën had voorgesteld. Ze klonk jong, was intelligent en op een onbezonnen manier amusant. De humor en vijandige toon van haar e-mails werkten als een balsem op zijn zenuwen. Wat kwam de pluimstrijkerij hem de strot uit sinds hij was gezwicht voor zijn paranoia! Wat was het verfrissend om ter verantwoording te worden geroepen voor zijn oneerlijkheid! Terwijl hij steeds ontvankelijker voor Pips e-mails werd, stelde hij zich een ontsnappingsroute voor die de Moordenaar was ontgaan, een wonderbaarlijke vluchtweg: stel dat hij aan een vrouw het volledige beeld van zijn ontaardheid kon onthullen, stukje bij beetje? En stel dat ze hem dan toch nog aardig vond?

Het kwam niet erg gelegen dat de definitieve opnamen inmiddels waren begonnen in Buenos Aires en dat Toni Field als een blok voor hem was gevallen. Voor de eerste keer in zijn leven bracht hij waardering op voor de noeste inspanningen van mannelijke pornosterren en zag hij het nut in van viagra. Alsof het al niet erg genoeg was dat Toni en hij bijna even oud waren en zij de rol van zijn moeder speelde, bleef hij haar in zijn gedachten telkens met Pip Tyler vergelijken. En toch, om een aantal strategische redenen, waarvan het tevreden houden van de hoofdrolspeelster niet de minste was, bleek het van vitaal belang om de indruk te wekken dat hij zich erg gevleid voelde door hun verhouding. Tijdens zijn verblijf in Argentinië, en nog meer nadat hij naar Bolivia was teruggekeerd en Pip had ontmoet, was de juiste aanpak van Toni een slopende bezigheid. Als het hem allemaal niet zo slecht was uitgekomen, zou het dolkomisch zijn geweest om te zien hoeveel Toni inmiddels op zijn moeder was gaan lijken voordat hij erin slaagde van haar af te komen.

Hij werd verliefd op Pip. Daar was geen enkele andere beschrijving voor. Zijn motieven waren aanvankelijk alleen maar laag-bij-de-gronds, en in het duistere deel van zijn brein bleven de berekenende gedachten voortdurend rondzoemen, maar echte liefde was geen kwestie van willen. Ja, hij zette zijn beste manipulerende beentje voor om een vertrouwensband met haar te kweken, hij biechtte de moord op, hij overreedde haar om voor hem te spioneren. Maar toen ze zich in het Cortez, tot zijn grote verrassing en verrukking, door hem liet uitkleden, dacht hij niet aan haar vader: hij was domweg dankbaar voor het lieve, brave meisje dat ze was. Dankbaar dat ze hem naar haar kamer had gelokt, ook al had hij de moord opgebiecht, dankbaar dat ze niet van hem walgde toen hij tegen haar zei wat hij met haar wilde doen. En toen ze er kuis voor bedankte om verder te gaan, was er absoluut een moment dat hij haar wilde wurgen. Maar dat was niet meer dan een moment.

Langzaam begon hij te denken dat ze de vrouw was op wie hij al zijn hele leven wachtte. De hoop die ze hem gaf, was zoeter dan de hoop die Annagret hem in het verleden had geboden, omdat hij Pip al meer van zijn ware ik had laten zien dan hij ooit aan Annagret had laten zien, en omdat hij vijfentwintig jaar geleden, toen hij had gehoopt dat Annagret hem zou kunnen redden, geen enkel besef had gehad van de Moordenaar van wie hij gered moest worden. Nu wist hij wat er op het spel stond. En daar stond Tom Aberant volkomen buiten. Wat er op het spel stond, was de mogelijkheid dat hij niet alleen hoefde te zijn met de Moordenaar. Dat hij eindelijk kon krijgen wat hij destijds bij Annagret had gezocht, op een onrealistische manier. Een leven met een jonge, pientere, aardige vrouw die gevoel voor humor had en hem accepteerde voor wat hij was en die in niets op zijn moeder leek. Was het mogelijk, nu hij een eind in de vijftig was, dat hij zou settelen met een vrouw zonder zich bij haar te gaan vervelen? Alle geluk dat hem ooit beschoren was geweest, viel in het niet bij het geluk dat hij spontaan was gaan houden van degene die hij om morbide redenen van plan was te misbruiken. Hij gaf zich over aan een dagdroom waarin hij op een zonnige ochtend met haar trouwde op de geitenwei.

Maar toen sloot de wonderbaarlijke vluchtweg zich. Vrijwel even snel als ze voor hem was gevallen, amper een week nadat hij haar 'brandende blik' had ontvangen, bevond hij zich in een kamer in het Cortez waar vanaf het allereerste moment niets meer leek te kloppen. Hij begreep maar niet waarom ze daar niet wilde zijn, maar het was duidelijk dat ze dat niet wilde. Hij probeerde het nu eens op de ene manier, dan weer op de andere. Onhandig, tastenderwijs. Zonder enig resultaat. Ze moest niets van hem hebben. Ze wilde hier niet zijn. Maar wat hij daar zelf bij voelde, was dat de Moordenaar weinig van háár moest hebben, niet wilde dat zíj hier was, dat het de Moordenaar was geweest die hem de fout had laten begaan om haar haastig mee terug te nemen naar een hotelkamer voordat ze echt van hem hield, omdat de Moordenaar bang voor haar was.

Alleen achtergebleven, op de grond geknield, vergoot hij geen tranen om zijn gefnuikte liefde. Hij vergoot helemaal geen tranen. Drie maanden van liefde vervlogen in een oogwenk. Hij was met veel moeite uit een afgrond geklommen, langs een touw dat zij vasthield, en nauwelijks was hij zo dicht bij haar geklommen dat ze zijn gezicht kon zien of ze deinsde vol afkeer terug en liet het touw schieten. Wat je voelde voor de vrouw die dat deed, was geen liefde.

Hij sloeg de hotelkamer aan puin. Een paar minuten, vele minuten, was hij zowel de Moordenaar als degene die razend was op de Moordenaar omdat hij hem liefde ontzegde. Hij smeet eten tegen de muur, gooide borden kapot, rukte de deken en de lakens van het bed, wierp de matras van het bed en beukte met een stoel op de grond totdat de poten afbraken. Tot aan het moment dat ze de deur achter zich dichtdeed, had hij zich vastgeklampt aan zijn hoop. Pas toen had hij ingezien dat ze net zo erg was als haar vader – te zúiver voor types als Andreas Wolf. Ze was een schijnheilig klein secreet, een niemendal. Hij sloeg de hotelkamer aan puin om lucht te geven aan zijn frustratie over het feit dat hij iets beters van haar had gehoopt. Hoop was de zwendelaar die hem ervan had weerhouden om haar te bevelen met hem te neuken (ze zou het gedaan hebben! Dat had ze zelf gezegd!), totdat het te laat was. Hij had alles geriskeerd en het had hem niets opgeleverd.

Dat hij zichzelf die dag of avond geen lichamelijk letsel toebracht, afgezien van een stel gekneusde knokkels doordat hij een hengst tegen de muur had gegeven, was te danken aan een idee dat bij hem opkwam toen zijn woede weer voorbij was. Hij bedacht dat hij nog steeds in het bezit was van een brokje informatie waarvan niemand op de hoogte was en dat hij die gegevens kon gebruiken om gelijktijdig wraak te nemen op Pip en Tom. Hoewel hij zelf niet met het meisje had geneukt, was het niet ondenkbaar dat Tom dat wel zou doen. Die mogelijkheid was niet minder verrukkelijk vanwege de geringe kans dat het zou gebeuren. En dan moest Tom maar eens proberen om de zedenpreker bij hem uit te hangen. Dan moest Pip maar eens proberen te zeggen dat het haar niet speet dat ze hem had afgewezen.

Het was een hele opluchting om niet meer de strijd te hoeven aangaan met de Moordenaar en om zich aan dit snode idee over te kunnen geven; hij raakte er zo opgewonden van dat hij naar de plaats in de kamer liep waar Pip naakt had gestaan, en gebruikte het slipje dat ze had laten liggen om zich tot drie keer toe leeg te melken van de substantie die hij niet in haar had kunnen lozen; zo kwam hij die heel lange nacht door. 's Ochtends vroeg ging hij een paar geldautomaten af. Hij pinde voldoende geld van de rekening van het Project om de schade te betalen die hij in de kamer had aangericht. Hij nam een douche en schoor zich, en toen Pedro kwam om hem naar het vliegveld te brengen, zat hij al klaar in de lobby van het hotel. Katya's vliegtuig was een kwartier te vroeg. Gekleed in een Chanel-pakje, of iets wat daarop leek, kwam ze door de douane. Ze trok een met brokaat gestoffeerde rolkoffer voort en aan een schouderriem droeg ze een ouderwetse aktetas. Ze bewoog zich strammer dan vroeger, oogde beslist ouder en droeg een pruik die niet echt mooi rood was, maar ze zag er van een afstand nog steeds heel knap uit. Andreas wrong zich tussen de mensen door om haar te begroeten. Hij sloeg zijn armen om haar heen, en zij legde haar hoofd tegen zijn borst. Het eerste wat hij tegen haar zei was: 'Ik houd van je.'

'Dat is nooit anders geweest,' zei ze.

Het had eigenlijk fijn moeten zijn om Tom Aberant over de weg tegemoet te lopen en spieren te strekken die stijf waren van een week nietsdoen. In de weide naast de stroomversnelling, opzij van de bijeengerolde natte keien, roffelde een specht tegen een holle boom. Een arendbuizerd schoot omhoog langs de verticale wand van een rode bergpiek. De warme luchtstromingen aan het eind van de ochtend veroorzaakten beweging in de bossen langs de weg door een tapijt van licht en schaduw te creëren, dat zich op zo'n fijnkorrelige en ongeordende manier verplaatste dat het in geen enkele computer op de wereld had kunnen ontstaan. Zelfs op de meest plaatselijke schaal dreef de natuur de spot met informatietechnologie. In vergelijking met het universum was het menselijk brein iets schamels, iets oneindig kleins, zelfs als zijn speelruimte werd vergroot met behulp van technologie. En toch had het fijn moeten zijn om hersens te hebben en op een zonnige ochtend in Bolivia een wandeling te maken. De bossen bezaten een onpeilbare complexiteit, alleen wisten ze dat zelf niet. Materie was informatie, informatie materie, en alleen in de hersens organiseerde materie zich voldoende om besef van het eigen bestaan te krijgen; alleen in de hersens kon de informatie waaruit de wereld bestond zichzelf manipuleren. Het menselijk brein was een heel speciaal geval. Andreas moest zich eigenlijk dankbaar hebben gevoeld om het voorrecht dat hij een brein bezat, dat hij een klein aandeel had gehad in het feit dat 'het zijn' kennis had van zichzelf. Maar met zijn speciale brein was iets helemaal mis. Het leek nu alleen nog maar in staat de leegte en zinloosheid van 'het zijn' te kennen.

Er was een week verstreken sinds de spyware in Denver niet meer functioneerde. Hij had Chen kunnen vragen de installatie ongedaan te maken nadat Pip erom had gevraagd, en als hij snel zou hebben ingegrepen, had hij detectie kunnen voorkomen, maar Pips laatste sms'je had hem zo verontrust dat hij nauwelijks adem kon halen, laat staan met Chen communiceren. 'Ik wil dat allemaal deleten zodat ik hier een normaal leven kan leiden': ergens binnen in hem hadden zijn liefde en hoop voor haar in gefragmenteerde vorm standgehouden, totdat hij die woorden van haar had gelezen. Nu voelde hij niets dan pijn en angst. Het kon hem niet schelen of hij haar ooit nog zou zien, het kon hem niet schelen wat zij of iemand anders van hem vond. Er was niets waar hij zich nog maar een zier van aantrok, wie het ook deed of waar het ook gebeurde.

Of bijna niets. In Londen had zijn moeder haar behandeling tegen kanker doorstaan. Ze knapte alweer aardig op. Als hij bij machte was geweest om iets te doen, in de dagen dat hij in zijn kamer was blijven liggen, zou hij haar hebben gevraagd om weer bij hem te komen logeren. Ze had altijd alles aan hem geweldig gevonden. Zij, de meest waardeloze moeder op de hele wereld, was voor hem de beste moeder op de hele wereld. Toen hij daar op bed lag, zou hij van haar alle liefde en zorg hebben geaccepteerd, ongeacht de voorwaarden die ze daarbij stelde. Dat leek zowaar bijna de essentie van de toestand waarin hij verkeerde.

Hij sjokte door een van Pedro's bandensporen om de modder te vermijden. Omdat het de vorige nacht had geregend, was het overal modderig. Vlakbij de betonnen brug over de rivier hoorde hij dat één bocht verder de Land Cruiser in een lagere versnelling werd gezet. Het enige goede wat er gezegd kon worden over de toestand waarin hij verkeerde, was dat de nadering van de Land Cruiser hem niet nog onrustiger maakte. Zijn onrust had al het maximale niveau bereikt. Het ergste wat Tom met hem kon doen was hem vermoorden.

Deze gedachte, het idee om door Tom te worden vermoord, was echter als het vooruitzicht van regen in een woestijn. Het bood op zich geen verlichting, maar was een reden om niet stil te blijven staan. De dood, op welke manier dan ook, zou een eind maken aan zijn verstikkende angst voor de dood; de precieze manier waarop precies hoorde eigenlijk niet uit te maken. Maar moordenaar zijn en vermoord worden was aantoonbaar de vertrouwelijkste vorm van menselijke intimiteit. In zeker opzicht was hij intiemer met Horst Kleinholz geweest dan met enige andere persoon sinds hij uit zijn moeders baarmoeder was gekomen. En doodgaan in de wetenschap dat ook Tom tot moorden in staat was – de wereld verlaten met het gevoel dat hij er uiteindelijk niet zo alleen was geweest – leek eveneens een vorm van intimiteit.

Stof tot nadenken. Hij zette er iets meer de pas in; hij hief zijn hoofd op en rechtte zijn schouders. Met elke stap die hij deed, verstreek er een kleine aanwas van de tijd. De wetenschap dat het aantal stappen dat hem resteerde telbaar klein was, maakte de pijn waarmee hij ze nam iets beter te verdragen. Toen de Land Cruiser de bocht om kwam, ontlokte de aanblik van zijn oude vriend hem een glimlach.

'Tom,' zei hij hartelijk terwijl hij hem een hand toestak door het raampje aan de passagierskant.

Met een fronsend gezicht bekeek Tom de hand, eerder verbaasd, leek het wel, dan kwaad. Hij droeg het kakikleurige overhemd van een gringojournalist. Andreas had recente foto's van hem gezien, maar zijn persoonlijke aanwezigheid maakte zijn lichamelijke verandering, zijn gezetheid en zijn kaalheid tot een voldongen feit, waaruit duidelijk bleek hoeveel jaren er waren verstreken.

'Ach, kom nou. Geef me een hand.'

Zonder hem aan te kijken beantwoordde Tom zijn handdruk.

'Als je nou eens uitstapt, dan kun we samen oplopen. Pedro kan wel vooruitrijden met je spullen.'

Tom stapte uit het voertuig en zette een zonnebril op.

'Het is geweldig om je te zien,' zei Andreas. 'Bedankt dat je gekomen bent.'

'Ik kom hier niet voor jouw plezier.'

'Vast niet. Maar toch – zullen we gaan?'

Ze begonnen te lopen, en hij besloot de koe bij de hoorns te vatten. De afname van zijn geestelijke pijn was zo bevrijdend dat hij het gevoel had extra speeltijd te hebben gekregen op het voetbalveld – alle mannen naar voren, dan was alles mogelijk. 'Nog gefeliciteerd,' zei hij, 'met het feit dat je een dochter hebt.'

Tom had hem nog steeds niet aangekeken.

'Ik weet al ruim een jaar van haar bestaan,' zei Andreas. 'Het zou misschien eerzamer zijn geweest om jou meteen op de hoogte te brengen.'

'En Brutus is een eerzame man.'

'Nou ja, ik heb mijn excuses aangeboden. Ze heeft in veel opzichten grote indruk op me gemaakt.'

'Hoe heb je haar gevonden?'

'Door fotoherkenning. De software is zo primitief dat het programma eigenlijk niet zou behoren te werken. Maar zoals je weet, bij mij pakt alles in mijn voordeel uit.'

'Jij kunt zelfs wegkomen met moord.'

'Precies!' Hij had het gevoel dat hij buiten zijn lichaam was getreden, op een rare manier zweefde. Tom was werkelijk de enige ter wereld voor wie hij geen geheimen had. 'Je bent zelf ook heel succesvol. Geweldig artikel over die vermiste kernkop. Hebben jullie het al online gezet?'

'Het staat al een week online.'

'Ik heb het je als cadeautje gegeven. We hadden eigenlijk van meet af aan moeten samenwerken.'

Spontaan gaf hij Tom een stomp op zijn arm. Terwijl hij met Tom het weiland over stak en met hem om het hoofdgebouw naar de veranda liep, praatte hij honderduit en beschreef trots hoe Los Volcanes in elkaar zat. Zijn vader, Katya's man, had niet meer meegemaakt wat hij allemaal had opgebouwd met het vrijheidsgeschenk dat hij hem had gegeven, maar als hij nog had geleefd en naar Los Volcanes was gekomen, had Andreas misschien op net zo'n spontane manier met hem gesproken, had hij al zijn prestaties met evenveel verve opgesomd, terwijl hij intussen drommels goed wist dat zijn vaders vernietigende oordeel over hem zich nergens door liet veranderen.

Op de veranda kwam Teresa hun een biertje brengen. Er vlogen een paar niet-stekende bijen rond. Tom volhardde al een paar minuten in een vaderlijke stilte.

'En, wat is de reden van je komst naar Bolivia?' vroeg Andreas.

'Afgezien van het feit dat je mijn computers hebt gehackt, bedoel je?' Toms stem klonk verstikt van zelfbeheersing. 'Afgezien van het feit dat jij je trucjes loslaat op een jonge vrouw die toevallig mijn dochter is?'

'Een duister beeld, ik geef het toe,' zei Andreas. 'Maar mag ik erop wijzen dat alles goed is afgelopen en dat jij het juist in gang hebt gezet?'

Tom keek hem ongelovig aan. 'Heb ík het in gang gezet?'

'We hadden een afspraak om te gaan eten. Weet je dat nog? In Berlijn. Je bent niet komen opdagen.'

'En daarom heb je me dit aangedaan?'

'Ik dacht dat we vrienden waren.'

'Kun je me kwalijk nemen dat ik dat niet wil, in het licht van wat je allemaal zegt?'

'Nou, hoe dan ook, de stand is nu gelijk. Ik ben bereid opnieuw te beginnen, met een schone lei. We hebben vast een paar nieuwe lekken die je zullen interesseren.'

'Daarvoor ben ik hier niet gekomen.'

'Nee, dat zal wel niet.'

'Ik ben hier gekomen,' zei Tom zonder hem aan te kijken, 'om je te bedreigen. Ik ben van plan een artikel over je te maken. Ik ben van plan het zelf te schrijven. En ik ben van plan de politie naar het graf te brengen.'

De hardheid in zijn stem was begrijpelijk, maar toch voelde Andreas zich gekwetst. Toms verbeelding was kennelijk niet in staat om geraakt te worden door wat hij impliciet had opgebiecht: dat hij Tom meer had gemogen dan Tom hem had gemogen en dat het op geestelijk vlak niet helemaal goed met hem ging.

'Prima dan,' zei hij. 'Je komt me bedreigen. Ik neem aan dat er een "en anders" is?'

'Het is heel eenvoudig,' zei Tom. 'Twee heel eenvoudige voorwaarden. Ten eerste neem je geen contact op met mijn dochter, nooit meer, onder wat voor omstandigheden dan ook. En ten tweede: je versnippert digitaal alles wat je uit mijn computers hebt gehaald. Je bewaart geen kopieën en je praat nooit over wat je daar hebt gezien. Als je dat allemaal doet, zal ik mijn mond dichthouden.'

Andreas knikte. De Tom die hij zich uit Berlijn herinnerde was zachter geweest, vergevingsgezinder, moederlijker. Zijn strengheid gaf Andreas nu het gevoel dat hij een stout jongetje was.

'Ik zal alles doen wat je zegt,' zei hij.

'Mooi. Dan zijn we uitgesproken.'

'Als dat alles was wat je wilde, had je me ook gewoon kunnen bellen.'

'Ik geloof dat dit wel een gesprek onder vier ogen waard was.'

Hij vroeg zich af wat Tom zo graag wilde laten versnipperen. Veel van wat hij had gestolen, had hij niet eens bekeken. Zodra hij zich ervan had vergewist dat Leila Helou geen vendetta tegen hem ondernam, had hij zijn belangstelling in de spyware verloren, en de afgelopen paar weken ging hij te zeer gebukt onder zijn angst en pijn om zich te bekommeren om negatieve informatie die hij op Toms thuiscomputer had kunnen aantreffen.

'Het kan me niet schelen wat jij van me weet,' zei Tom, alsof hij zijn gedachten las. 'Maar het kan me wél schelen wat Pip weet. Als ze iets te weten komt door jou, maak ik je kapot.'

'Ik neem aan dat je haar niet hebt verteld dat je haar vader bent.'

'Ik heb liever niet dat ze dat weet. Ook heb ik liever niet dat ze iets te weten komt over het geld.'

'Jij wilt niet dat je eigen dochter weet dat haar een miljard dollar toekomt.'

'Dat begrijp jij toch niet.'

'Het is een verstandig meisje. Ik denk niet dat het geld haar zou bederven.'

'Ik ga me niet met Anabels zaken bemoeien. En dat ga jij ook niet doen.'

'Dus je geeft meer om je voormalige vrouw dan om je dochter. Daar hoef ik eigenlijk niet van op te kijken. In Berlijn was dat hetzelfde liedje.'

'Zo is het nu eenmaal.'

'En wat is dan de positie van je vriendin? Als je het niet erg vindt dat ik het vraag.'

'Leila staat hier volkomen buiten.'

'Je hebt haar vermoedelijk verteld wie Pip is?'

'Jazeker.'

'Een hele schok, zou ik zeggen.'

Tom keek hem aan en glimlachte. Het duurde even voordat Andreas zag wat voor wreedheid daarin school. 'Zal ik je eens wat vertellen?' vroeg Tom. 'Het heeft Leila en mij goedgedaan. Dat fameuze zonlicht van je. Het heeft ons goedgedaan.'

Andreas sloot zijn ogen. Zo eenvoudig was het om duisternis te scheppen. Hij liet zich er geestelijk in wegzakken en zou het liefst willen dat het een diepere duisternis was. 'Vertel verder.'

'Je hebt Pip op ons af gestuurd.'

'Op die manier.'

'Leila had het er moeilijk mee. Ik heb haar uiteindelijk alles moeten vertellen, met inbegrip van wat jij en ik in Berlijn hebben gedaan.'

'Maar dat had je haar al heel lang geleden verteld.'

'Niks hoor. Pas nadat ik erachter was gekomen wat jij me had aangedaan.'

'Je hebt het haar verteld.'

'Maak je geen zorgen. Je geheim is veilig, zolang jij Pip met rust laat. Leila heeft een slot op haar mond, net als ik. Maar je mag het gerust weten, je hebt ons inderdaad een plezier gedaan.'

'Ik heb je geholpen...'

'Leila en ik waren vastgelopen. Op zich was dat niet zo erg. Maar we hadden een duwtje nodig.'

'Ik heb je geholpen...'

'Begrijp me niet verkeerd – wat je met Pip hebt uitgehaald is onvergeeflijk. Ik ben hier niet gekomen om je te bedanken. Het is gewoon een kwestie van ere wie ere toekomt.'

De duisternis waar Andreas in wegviel was zo verstoken van contouren dat hij het gevoel kreeg erin rond te tollen, en dat rondtollen was misselijkmakend. Het was al erg genoeg om Toms leven niet verwoest te hebben. Maar om het onbedoeld gelukkiger te hebben gemaakt...

Hij deed zijn ogen open en stond op.

'Ik heb nog wat dringende werkzaamheden,' zei hij. 'Als jij nou eens gaat lunchen, of een uurtje gaat slapen. Dan gaan we daarna een eind wandelen wanneer het afkoelt. Zo rond een uur of vier?'

'Nee, dank je,' zei Tom. 'Ik heb gezegd wat ik kwam zeggen.'

'Blijf dan in elk geval overnachten. Je dochter hield van de wandelpaden hier.'

Tom keek op zijn horloge. Hij stond duidelijk uit te rekenen hoe snel hij bij Andreas kon wegkomen, terug naar die vrouw van hem. Er was in vijfentwintig jaar niets veranderd.

'De middagvluchten heb je toch al gemist,' zei Andreas. 'Er is hier een hoop te zien. In de stad valt niets te beleven.'

'Ik heb een lift nodig, morgen heel vroeg.'

'Natuurlijk. Dat regelen we.'

Boven, alleen op zijn kamer, opende hij zijn kopie van de harde schijf van Toms thuiscomputer. Hij zocht met 'andreas' en 'anabel' en kreeg een paar overeenkomsten, niets interessants. Toms beveiliging was belabberd – zijn inlogwachtwoord, vastgelegd in toetsaanslagen, was leonard1980; zonder hoofdletters, geen afwijkende lettertekens – en zijn bureaublad was pijnlijk netjes ingedeeld, map na map met pdf's van anderen en saaie foto's en zakenbrieven waarvoor hij niet de moeite had genomen ze met een wachtwoord te beveiligen. Er was echter een submap met de naam x, in zijn hoofdmap met documenten. Deze submap bevatte één enkel bestand, een rivier van vlees.doc, beveiligd met een wachtwoord. Andreas probeerde leonard1980 en verkreeg geen toegang.

Het bestand was omvangrijk, bijna een halve megabyte. Hij typte een paar voor de hand liggende varianten op leonard1980 in voordat hij het opgaf en de *keystroke logfile* begon door te nemen, waarvan de geringe omvang een pluspunt was (minder om door te nemen) en een ernstig minpunt, aangezien Tom misschien niet al zijn wachtwoorden had gebruikt nadat de spyware was geactiveerd. Er was een leonardD1980 en een leonard-198019801980. Met geen ervan was een rivier van vlees.doc te openen. Hij nam de keystroke logfile nog eens door, met een minder strak gerichte blik, zodat hij de vaste patronen beter kon onderscheiden, en nu ontdekte hij een le1o9n8a0rd, gevolgd door getallen die op internetbankieren wezen. Met dit iets minder belabberde wachtwoord kreeg hij toegang tot het document.

Het had iets weg van een roman of van persoonlijke herinneringen. Hij zocht naar zijn eigen naam en vond hem achterin. Alles in het document wees erop dat het persoonlijke herinneringen waren, een exacte en eerlijke poging tot geheugenonderzoek, maar toen hij aankwam op een punt in het verhaal waar Tom erover sprak dat hij van hem hield, geloofde hij daar geen woord van. Het verhaal werd pas weer waarheid op het moment dat de verteller zich tegen hem keerde. Toen klopte het allemaal opnieuw. Toen was het precies zoals hij altijd had geweten hoe het in elkaar zat: niemand die hem kende kon van hem houden. En iedereen had gelijk, net zoals hij gelijk had gehad. Er was iets heel erg mis met hem.

Hij klauwde naar zijn gezicht. De tijd verstreek. Hij zat naar het computerscherm te staren, een milliseconde leek het wel, maar het moest minstens een halfuur zijn geweest, want het document was gesloten en hij wist hoe het verhaal eindigde. Hij typte le1o9n8a0rd in, als onderwerpregel van een e-mail. Uit zijn adresboek selecteerde hij andtylertoo@cruzuio.com en maakte daarna een attachment van een rivier van vlees.doc. De reden waarom hij de tijd niet voelde verstrijken, was dat zijn geest zich sneller verplaatste dan hem ooit was overkomen, zich zonder hem verplaatste, hem achter zich liet. Hij klikte op 'verzenden'.

Tom zat op de veranda op hem te wachten. Andreas kon hem niet aankijken, maar uit zijn mond vloeiden vriendelijke woorden, het aantal hectares dat Los Volcanes omvatte, de beschermde status van het nationale park aan de noordzijde. Ze liepen naar het riviertje en over de plankenbrug en namen het eerste wandelpad naar een hoogte, een van de lagere bergtoppen. Toen het pad steiler werd, begon Tom te hijgen.

Hij had eigenlijk zijn tempo moeten aanpassen, voor Tom, maar het leek dringend noodzakelijk om zo snel mogelijk bij de top te komen. Het leek hem alsof hij een rendez-vous had met een vrouw die misschien zou weggaan. Hij had iets glorieus dat hij aan haar wilde opdragen. Het was dringend noodzakelijk dat ze niet wegging. Of doodging – dat was het. Ze zou misschien kunnen doodgaan voordat hij de top bereikte. Ze was er niet eens, maar ze zou kunnen doodgaan voordat hij er aankwam. Ook al had hij haar niet gevraagd hem te komen bezoeken, hij haatte haar omdat ze niet was gekomen. Haatte haar en had haar nodig en haatte haar en had haar nodig. Alles was nu gevolg, niets was oorzaak. Hij herinnerde zich vaag dat hij iemand met veel geluk was geweest. Het was in elk geval gelukkig dat ze haar behandeling tegen kanker had doorstaan. Ze kon nog steeds in ontvangst nemen wat hij aan haar wilde opdragen, zolang hij maar tijdig op de top arriveerde.

Helemaal bovenaan stond een mirador met een bankje van ruw bewerkt hout. Aan de overkant van de vallei werden de pieken in lichterlaaie gezet door de ondergaande zon, maar deze kant van de vallei was al in schaduwen gehuld. De rotswand had een rond aflopende richel, waarop je makkelijk uitgleed over de zandstenen kiezels. Eronder lag een diepte van een paar honderd meter, loodrechte kale rots waaraan zich een paar taaie plantjes vastklampten.

Tom kwam hijgend omhoog over het pad, met een rood gezicht en een overhemd vol zweetplekken. 'Je bent een stuk fitter dan ik,' zei hij, en hij liet zich op het bankje vallen.

'Het uitzicht maakt alles de moeite waard, vind je ook niet?'

Tom hief plichtmatig zijn hoofd op om het uitzicht te bekijken. Vanuit de vallei klonk gekrijs van een groot aantal parkietenzwermen. Maar de schoonheid van de rode rotsen, het groene gebladerte en de blauwe hemel was alleen maar een idee. De wereld, het bestaan ervan, elk atoom ervan, was een gruwel.

Toen Tom op adem was gekomen, keek Andreas hem aan en deed zijn mond open. Hij zou graag gezegd hebben: alles is me een gruwel. Wil je niet weer mijn vriend worden? Maar in plaats daarvan zei een stem: 'Tussen twee haakjes, ik heb je dochter naakt gezien.'

Tom ogen versmalden zich.

Hij zou graag hebben gezegd: je zult het niet geloven, maar ik hield van haar. 'Ik zei tegen haar dat ze zich moest uitkleden, en ze kleedde zich voor me uit. Ze heeft een prachtig lichaam.'

'Houd je bek,' zei Tom.

Ik kende haar amper, maar ik hield van haar. Ik hield ook van jou. 'Ik heb met mijn tong in haar poesje gezeten. Dat was heel fijn. Heel *lec-*

ker, om dat passende Duitse woord te gebruiken. Zij vond het ook lecker.'

Tom sprong overeind. 'Houd verdomme je bek! Wat mankeert jou?'

Wil je me alsjeblieft helpen?

'Ze heeft niets gedaan wat jij zelf niet ook wilde. Het enige verschil is dat zij het wél heeft gedaan.'

'Wat mankeert jou in vredesnaam?'

Laat iemand me alsjeblieft helpen. Moeder. Moeder.

'Dacht je soms aan mij toen je Anabel anaal verkrachtte?'

Tom greep hem bij zijn kraag. Hij leek op het punt te staan een klap uit te delen.

'Volgens mij zou Pip dat wel een leuke scène vinden. Daarom heb ik haar jouw document gestuurd. Zojuist, toen jij even lag te slapen. Ik heb er het wachtwoord bij vermeld.'

Tom verstevigde zijn greep op de kraag. Iemand pakte hem bij zijn polsen.

'Wurg me nou niet. Er bestaat een betere manier om dit aan te pakken. Een manier waarmee je ongestraft kunt wegkomen.'

Tom liet de kraag los. 'Waar ben je mee bezig?'

Iemand liep dichter naar de rand van de bergwand. 'Ik zeg dat je me eraf mag duwen.'

Tom staarde hem aan.

Het verdriet dat ik hierover heb is onverdraaglijk.

'Ik heb je dochter bezoedeld. Alleen maar omdat ze je dochter was, gewoon voor de lol. Zo fijn had ze het nog nooit meegemaakt, zei ze. Ik verzin het niet. Het is allemaal feitelijke waarheid – ze zal het best toegeven als je ernaar vraagt. En toen heb ik haar jouw document gestuurd. Om ervoor te zorgen dat ze weet hoe smerig ze is. Heb je niet beloofd om me kapot te maken als ik dat deed? Als ik jou was, zou ik mij vermoorden.'

Tom keek nu angstig, niet kwaad.

Help me alsjeblieft. Al heeft geen mens dat ooit gedaan.

'Ga maar op de grond zitten, zodat je niet naar beneden valt. En geef me dan een harde zet met je voeten. Lijkt je dat geen goed idee? Vooral als ik... Hierzo.' Iemand haalde een pen uit zijn zak. 'Ik schrijf wel een briefje waarin jij van alle verantwoordelijkheid wordt ontslagen. Ik schrijf het wel op mijn arm. Hier, kijk maar, ik schrijf het op mijn arm.'

Het schrijven, op een vochtig bezwete arm, met haartjes die in de weg zaten, ging traag, maar zijn hand was vast. De tekst zat al volledig in zijn hoofd zonder dat hij erover had nagedacht.

JULLIE KENNEN ME ALS EEN EERLIJK MAN. ER IS GEEN DREIGEMENT DAT MIJ KAN DWINGEN IETS ONWAARS OP TE SCHRIJVEN. IK BEKEN DE MOORD OP HORST WERNER KLEINHOLZ IN NOVEMBER 1987. IK BEN ALS ENIGE VERANTWOORDELIJK VOOR DE DAAD DIE IK VANDAAG HEB BEGAAN. ANDREAS WOLF

Iemand liet de woorden aan Tom zien, die nu op de bank zat, met zijn hoofd in zijn handen.

'Dit moet toch genoeg zijn, hè? De bekentenis op zich levert het motief. Desgewenst kun jij die bevestigen. Maar ik denk niet dat hij ooit in twijfel zal worden getrokken.' Iemand stak een hand uit naar Tom. 'Doe je het?'

'Nee.'

'Ik vraag het je als vriend. Moet ik er soms om smeken?'

Tom schudde zijn hoofd.

'Moet ik je dan meesleuren?'

'Nee.'

'Lieg me niet iets voor, Tom. Jij weet best wat het is om iemand te willen vermoorden.'

'Het verschil is dat ik het niet heb gedaan.'

'Maar nu kan het. Je wilt het. Geef in elk geval toe dat je het wilt.'

'Nee. Je zit in een psychose, en je kunt het niet inzien omdat je in een psychose zit. Wat jij moet, is –'

Het geluid van Toms stem verstomde. Dat ging wonderlijk en abrupt. Toms mond bewoog nog wel, en in de verte klonk nog steeds een geruis van water, gekrijs van parkieten. Alleen was er geen menselijke spraak meer hoorbaar. Het was heel desoriënterend en moest op een of andere manier aan de Moordenaar liggen. Maar iemand was de Moordenaar. Was de Moordenaar altijd doof voor gesproken woorden geweest?

In de raadselachtige selectieve stilte slenterde hij weg van Tom, naar de rand van de rotswand. Hij hoorde een geschraap van voeten over kiezels, keek achterom en zag dat Tom overeind kwam, driftig gebaarde en kennelijk iets schreeuwde. Hij draaide zich om naar de afgrond en keek neer op de tropische boomtoppen, de grote stukken afgebrokkelde rots, de groene branding van struikgewas die over de rotsen heen sloeg. Toen ze langzaam dichterbij dreven, en toen snel dichterbij kwamen, en nog weer sneller, hield hij zijn ogen wijd open, omdat hij eerlijk tegenover zichzelf was. In dat ene ogenblik voordat het voorbij was en een zuiver niets werd, hoorde hij alle menselijke stemmen die er op de wereld waren.

Regen op komst

Vanuit de heuvels van San Francisco kwam mist opzetten, als de vloeistof die hij bijna was. Op betere dagen verspreidde hij zich over de baai en nam Oakland straat voor straat in bezit, iets wat je zag aankomen, een verandering die je om je heen zag plaatsvinden, een seizoen in beweging. Waar de mist op sequoia's stuitte, viel er heel plaatselijk een buitje. Waar hij open ruimte aantrof, leek zijn gewichtloze bleke doortocht zowel eindeloos als het einde aller dingen. Het effect was een tijdelijke triestheid, des te mooier omdat het triest was, des te kostbaarder omdat het tijdelijk was. De mist was als de langzame ballad in mineur die vervolgens werd verjaagd door de rock-'n-rollzon.

Pips triestheid was niet zo tijdelijk toen ze de heuvel op liep naar haar werk. Zondagochtend vroeg, de straten waren verlaten. Auto's die er in het zonlicht misschien hadden uitgezien alsof ze gewoon geparkeerd waren, zagen er in de mist uit alsof ze in de steek waren gelaten. Ergens, op een afstandje, kraste een raaf. Mist legde andere vogels het zwijgen op, maar maakte de raven spraakzaam.

Bij Peet's zag ze dat Navi, de assistent-manager, de vitrine stond te vullen met gebakjes. In zijn oorlellen had Navi houten schijven die zo groot waren als pokerfiches, en hij was vrijwel geen dag ouder dan Pip, maar leek volkomen vrede te hebben met het bedrijfsleven en de detailhandel. Het was haar eerste werkdag na de speciale cursus die ze had gevolgd, en de manier waarop hij een oogje op haar hield terwijl ze de kassa aanzette en flesjes met siroop bijvulde, was puur zakelijk, zonder toegeeflijkheid. Ze raakte bijna in tranen, zo dankbaar was ze ervoor een baas te hebben die niets anders dan een baas was, die haar met rust liet.

Toen ze de deur openzette, stonden er drie klanten te wachten in de mist. Nadat ze die had geholpen, was er even een luwte, en in die luwte kwam er iemand binnenlopen die ze kende. Het was Jason, de jongen met wie ze anderhalf jaar geleden net niet naar bed was geweest, de jongen wiens sms'jes ze had gelezen. Jason Whitaker met zijn zondagseditie van *The New York Times*. Toen ze bij Peet's solliciteerde, had ze aan hem en aan hun zondagochtenden gedacht. Maar ze had toen ook gedacht dat hij inmiddels wel een andere koffietent zou hebben gevonden waar hij enthousiast over kon zijn.

Terwijl hij met zijn krant beslag legde op het tafeltje van zijn voorkeur en naar de gebaksvitrine kwam, stond zij te wachten, op haar speciale, in het oog springende plekje van een barista. Naar haar eigen idee was ze niet meer het meisje dat hem een eeuwigheid had laten wachten in haar slaapkamer en hem vervolgens had overladen met beledigingen, maar dat kon hij onmogelijk weten, omdat ze dat meisje natuurlijk ook nog wél was. Toen hij naar de kassa kwam, zag hij dat meisje en kreeg hij een kleur.

Als ironisch gebaar stak ze even haar hand naar hem op. 'Hallo.'

'Wow. Je werkt hier.'

'Het is mijn eerste echte werkdag.'

'Ik herkende je niet meteen. Je hebt nu kort haar.'

'Ja.'

'Het staat leuk. Je ziet er geweldig uit.'

'Dank je.'

'Tjonge, zeg.' Hij keek over zijn schouder. Er stond niemand achter hem. Zijn haar was ook korter, zijn lichaam nog steeds mager, maar minder mager dan eerst. Ze wist weer waarom ze hem had gewild.

'Zeg het maar,' zei ze.

'Je weet het misschien nog wel. Een vruchtentaartje en een middelgrote, extra sterke cappuccino.'

Ze was blij dat ze zich kon omdraaien om zijn koffie te gaan maken. Navi was achterin bezig met een groot plastic vat.

'En, doe je dit parttime?' vroeg Jason. 'Werk je ook nog voor dat bedrijf dat in alternatieve energie doet?'

'Nee.' Met de tang pakte ze een vruchtentaartje uit de vitrine. 'Ik ben weggeweest. Ik ben net terug.'

'Waar ben je geweest?'

'In Bolivia en daarna in Denver.'

'Bolivia? Echt waar? Wat heb je daar gedaan?'

Ze liet de melkstomer razen zodat ze niet hoefde te antwoorden.

'Deze krijg je van mij,' zei ze toen ze klaar was. 'Je hoeft er niet voor te betalen.'

'Nee, ben je gek.'

Hij schoof haar een tiendollarbiljet toe. Ze schoof het terug. Het lag daar op de toonbank. Met haar blik op het biljet gevestigd zei ze: 'Ik heb je nooit mijn verontschuldigingen aangeboden. Dat had ik wel moeten doen.'

'God, nee, dat zit wel goed. Ik ben degene die zich had moeten verontschuldigen.'

'Dat heb je toch gedaan? Ik heb je sms'jes gekregen. Ik schaamde me zo dat ik je niet kon terugschrijven.'

'Het spijt me.'

'Niet zo erg als het mij spijt, vermoed ik.'

'Echt alles wat er die avond mis kon gaan, ging mis.'

'Ja.'

'Die jongen die ik sms'te? Daar ben ik niet eens meer mee bevriend.'

'Echt, Jason, jij bent niet degene die zich hoeft te verontschuldigen.'

Hij liet het geld op de toonbank liggen toen hij naar zijn tafeltje terugging. Ze sloeg zijn bestelling aan en stopte het wisselgeld in de fooienpot. Anderhalf jaar geleden had ze verontwaardigd kunnen raken omdat hij zo nonchalant deed over het geld, maar diegene was ze niet meer. Gaandeweg had ze haar vermogen verloren om verontwaardigd te worden, en ook om zich vijandig te gedragen, en dus tot op zekere hoogte ook haar vermogen om geestig te zijn. Dat was echt een verlies, maar daar kon ze niets aan doen, behalve er triest over zijn. Ze was er vrij zeker van dat het verlies dateerde van vóór de tijd dat ze wist dat haar moeder miljardair was.

Een tijd lang was er een gestage stroom klanten. Navi moest meer dan eens bijspringen; de hoeveelheid koffie en zuivel die door fouten moest worden weggegooid liep aardig op. Toen het weer rustig was, kwam Jason naar de toonbank. 'Ik ga ervandoor,' zei hij.

'Het was leuk je weer te zien. Ik bedoel, afgezien van mijn verpletterende gevoel van opgelatenheid.'

'Ik kom hier nog steeds elke zondag. Maar nu kun je denken: o, dat is gewoon Jason. En ik kan denken: o, dat is gewoon Pip.'

'Is dat iets wat ik gezegd heb?'

'Dat is iets wat je gezegd hebt. Zie ik je komende zondag?'

'Waarschijnlijk wel. Het is geen populaire dienst.'

Hij maakte aanstalten om te gaan, maar draaide zich nog een keer om. 'Sorry,' zei hij. 'Dat klonk als iets wat ik niet meende. Vragen of je hier volgende week zou zijn.'

'Het klonk gewoon vriendelijk.'

'Mooi. Ik bedoel... ik ben nu min of meer met iemand anders. Ik wilde geen verkeerd signaal afgeven.'

Ze voelde zich even teleurgesteld, maar niet verbaasd. 'Vriendschappelijk signaal ontvangen.'

Toen hij wegliep, schoot ze in de lach. Hij draaide zich nog eens om. 'Wat?'

'Niets. Sorry. Het staat hier los van.'

Toen hij weg was, moest ze nog een keer lachen. Een stom condoom! Was er iets grappiger dan een condoom? Als ze niet bij Jason was weggegaan om beneden een condoom te halen, anderhalf jaar geleden, had ze Annagrets vragenlijst misschien niet ingevuld, en dan zou alles wat haar sindsdien was overkomen niet zijn gebeurd. Als ze een vriendje had gehad, zou ze nooit uit de stad zijn weggegaan. Dan zou ze nooit hebben geweten van die andere condooms, de grap daarvan. De grap dat ze überhaupt bestond. Navi wierp haar een vermanende blik toe, maar ze kon haar lachen niet inhouden.

's Middags, toen haar dienst erop zat, liep ze de heuvel af. De lucht was helder, alsof er nooit zoiets als mist was geweest. In theorie hoorde ze nu te werken aan een opdracht voor de *Express*, een artikel over haar persoonlijke ervaringen als stagiaire bij het Sunlight Project. Maar ongeacht hoelang of hoe goed het artikel werd, ze zou er niet meer dan een paar honderd dollar voor krijgen en ze moest nog steeds haar studieschuld aflossen, vandaar de fulltimebaan bij Peet's. Bovendien had ze er geen idee van hoe ze over Andreas moest schrijven. Het zou wel een jaar of tien kunnen duren voordat ze haar gevoelens over zijn dood op een rijtje had, en ze moest al zo veel andere dingen op een rijtje zetten, zo'n berg ongesorteerd materiaal, dat ze na haar uren bij Peet's tot niets anders in staat was dan oude tennisballen tegen de deur van Dreyfuss' garage slaan.

Dreyfuss lag in de woonkamer languit op de bank naar een wedstrijd van de Athletics te kijken. Hij was herstellende na een behandeling voor een darmparasiet die hij vermoedelijk had opgelopen door het anticonsumentisme van zijn huisgenoten Garth en Erik. Die twee zaten zelf tijdelijk in de Alameda-gevangenis. Drie dagen geleden hadden ze een makelaar 'gemolesteerd' die potentiële kopers wilde rondleiden door het huis van Dreyfuss, en de crowdfunding van hun anarchistische vrienden had nog niet genoeg geld opgebracht voor hun borgtocht.

'Er ruikt iemand naar koffie,' zei Dreyfuss.

'Ik heb scones voor je,' zei Pip terwijl ze haar rugtas openritste. 'Wil je er melk bij? Ik heb ook melk meegebracht.'

'Anders wordt het probleem van oudbakken scones en een chronisch droge mond onoverkomelijk.'

Dreyfuss zette de zak met scones op zijn minder omvangrijke, maar nog altijd bolle buik en stak er zijn hand in. Pip zette het plastic flesje melk op de bijzettafel. 'Houdbaar tot gisteren, het is maar dat je het weet. Heb je verder nog wat van de bank gehoord?'

'Zelfs Geldwolf bv werkt niet op sabbat.'

'Het komt wel goed. Ze kunnen niets doen voordat je zaak is behandeld.'

'Ik word bepaald niet optimistisch van wat ik over rechter Costa aan de weet ben gekomen. Volgens mij heeft hij twee jaar op de middelbare school gezeten en heeft hij een slaafs respect voor bedrijven. Ik heb mijn presentatie tot op het bot geredigeerd, maar er zijn nog steeds honderdtweeëntwintig afzonderlijke verhalende elementen over. De aandacht van de rechter zal na een stuk of drie ervan wel inzakken, vermoed ik.'

Pip was niet meer zo bang voor Dreyfuss, en zijn bank jammer genoeg ook niet. Ze gaf een klopje op een van zijn dikke, vrijwel onbehaarde handen. Ze verwachtte niet dat hij daar ook maar enigszins op zou reageren, en dat deed hij ook niet.

Boven, op haar oude kamer, trok ze een korte broek en een T-shirt aan. De halve kamer stond vol met spullen van Stephen en zijn bij het grofvuil weggehaalde troep, die ze wat verticaler had neergezet om ruimte te maken voor haar matras en koffer. Nadat ze twee weken geleden uit de verdoofde toestand was gekomen waarin ze zichzelf met Samantha's Temesta had gebracht, had ze Dreyfuss vanuit Samantha's woning gebeld om gedag te zeggen en hem te vertellen dat hij wat die Duitsers betreft gelijk had gehad. Dreyfuss vertelde haar dat Stephen op avontuur was in Centraal-Amerika met een twintigjarig meisje dat rijke ouders had. Momenteel waren Garth en Erik Dreyfuss' enige huisgenoten; als ze wilde, was ze welkom in haar oude kamer. De mannelijke verslonzing van het huis was nog weerzinwekkender dan ze had gedacht, maar de schoonmaak had haar een poos structuur geboden.

In de berg troep van Stephen vond ze een oud tennisracket. De garagedeur van Dreyfuss zat los in het kozijn en was verzwakt door droogrot. Zelfs de ballen die ze er het allerhardst tegenaan sloeg, stuiterden terug met een puppyachtig gebrek aan agressie. Achter de garage stond een dichte haag van struiken die als vangscherm fungeerde. Ballen die ze daaroverheen knalde, waren makkelijk te vervangen als ze even ging zoeken in de struiken van Mosswood Park. Hoe ouder de bal, des te geschikter voor haar doel, en dat doel was ze tot moes te slaan totdat zij fysiek uitgeput was. Volgens haar had ze nog nooit zoiets bevredigends gedaan.

Van de paar weken tennisles bij gymnastiek op de middelbare school wist ze dat je je blik op de bal moest houden en hem van opzij moest slaan. Haar backhand was nog steeds zwieberig, maar haar forehand – o, die forehand. Haar natuurlijke slag was met topspin, een keiharde upswing. Ze kon een kwartier achterelkaar stevige forehands slaan, haastig om de terugkaatsende bal heen lopen en een nieuwe aanvalspositie kiezen, als een kat met haar muisbal, voordat ze op adem moest komen. Elke mep was weer een hapje uit een te lange, late namiddag.

Ze was nog in Denver geweest, waar ze een paar dagen bij haar vroegere flatgenoten in Lakeview had gelogeerd, toen de e-mail met de onderwerpregel le l o9n8a0rd binnenkwam. Ze had meteen al het vermoeden gehad dat de bijlage afkomstig was uit Toms computer, die ze had beloofd ongemoeid te laten. Maar later diezelfde dag, na een slopende busrit naar de luchthaven van Denver, waren er twee korte e-mails van Tom zelf gevolgd.

Andreas dood. Zelfmoord. Ik ben totaal in shock, maar vond dat je het moest weten.

PS: Ik ben in Bolivia, ik zag het hem doen. Als hij je iets gestuurd heeft, gooi het dan weg zonder het te lezen. Hij was geestesziek.

Wat aankwam als een misselijkmakende stomp in haar maag was niet zozeer geschoktheid of angst of verdriet, maar een schuldgevoel. En dat was raar: waarom schuldgevoel? Maar ze wist wat ze wist. De misselijkheid was beslist schuldgevoel. Werktuiglijk, omdat haar groepsnummer was omgeroepen, ging ze aan boord van haar goedkope vlucht van Frontier Airlines naar San Francisco. Er zaten soldaten in het vliegtuig. Zij hadden eerder mogen boarden, en zij kwam naast een van hen te zitten.

Andreas was geestesziek. Dat had ze wel en ook weer niet geweten. Ze had het gezien, maar ze had ook gedaan wat hij haar had gevraagd om niet te doen: ze had geprojecteerd. Ze had haar eigen gezonde geestestoestand op hem geprojecteerd. Als hij nu echt dood was, moest het in haar vermogen hebben gelegen hem te redden. Dat idee was duidelijk een vorm van egostrelerij, maar toen ze haar herinneringen naliep op de keren dat ze alleen waren geweest, leek het alsof hij haar had gevraagd om hem te redden. Ze had gedacht dat ze zich moreel gezien correct gedroeg door hem af te wijzen, maar stel dat het moreel gezien juist verkeerd was geweest? Een gebrek aan mededogen? Ze zakte zo ver mogelijk onderuit in haar krappe vliegtuigstoel, huilde zo onopvallend mogelijk en hield haar ogen dicht, alsof dat haar onzichtbaar kon maken voor de soldaat in werktenue die naast haar zat.

Toen ze bij Samantha was, was ze zich bewust geworden van een loyaliteitsconflict. Aan de ene kant haar belofte om Toms privacy te respecteren, samen met zijn indringende waarschuwing dat Andreas geestesziek was geweest; Tom leek te hebben bedoeld dat er al iets zieks school in het feit dat ze een document in haar bezit had. Maar toch: haar een e-mail sturen was een van de laatste daden geweest die Andreas hier op aarde had verricht. Er was slechts een paar uur verstreken tussen zijn e-mail en die van Tom. Hoe geestesziek hij ook was geweest, zij was wel degene aan wie hij had gedacht. Daar belang aan te hechten was natuurlijk ook een vorm van egostrelerij – gebrek aan mededogen voor iemand die zo gekweld was dat het hem tot zelfmoord had gedreven, gebrek aan respect voor het feit dat er weinig anders voor hem telde dan het lijden dat hij onderging. Maar toch: dat hij haar die e-mail had gestuurd moest toch in elk geval wel íets betekenen. Ze was bang dat het betekende dat zij een van de redenen was waarom hij zich van het leven had beroofd. Als ze op een bepaalde manier verantwoordelijk was voor zijn dood, dan was het bericht lezen dat hij haar had gestuurd het minste wat ze kon doen om haar schuld te erkennen. Ze redeneerde dat ze het document best kon bekijken en toch haar belofte aan Tom kon nakomen door hem daar niets over te zeggen. Het leek iets wat ze Andreas verschuldigd was.

Het document was echter als een doos waarvan ze het deksel niet meer dicht kreeg, als het geheim van atoomsplitsing, de zogeheten doos van Pandora. Toen ze bij Toms beschrijving kwam van het litteken op het voorhoofd van zijn ex-vrouw en haar gereconstrueerde voortanden, werd ze door een ijzingwekkende kilte overvallen. De kilte hield verband met Andreas en bestond uit een merkwaardige dankbaarheid en een verdubbeld schuldgevoel: in zijn laatste levensuur had hij haar gegeven wat ze het allerliefst had gewild, het antwoord op haar vraag. Maar nu ze het had, wilde ze het niet meer. Ze begreep dat ze zowel haar moeder als Tom iets heel ergs had aangedaan door dat antwoord te krijgen. Zij hadden het allebei geweten en hadden geen van beiden gewild dat zij het zou weten.

Zonder verder te lezen ging ze op Samantha's slaapbank liggen. Ze wilde dat Andreas zou verschijnen om haar te vertellen wat ze moest doen. Ook zijn meest gestoorde bevel zou beter zijn geweest dan helemaal geen bevel. Ze vroeg zich af of het mogelijk was dat Tom zich vergiste over zijn dood. Ze kon niet verdragen dat hij dood was; het gemis was verschrikkelijk. Ze pakte haar telefoon en zag dat *Denver Independent*, dat gewoonlijk niet bekendstond om zijn actualiteitsgehalte, al verslag van het gebeuren had gedaan.

Ze zette de telefoon uit en huilde totdat haar verdriet werd verdrongen door oplaaiende angst en ze Samantha wakker moest maken om haar om een Temesta te vragen. Ze vertelde Samantha dat Andreas zelfmoord had gepleegd. Samantha, die er moeite mee had iets te begrijpen wat niet op de een of andere manier met haarzelf verband hield, reageerde door te vertellen dat ze op de middelbare school een vriend had gehad die zich had opgehangen en dat ze daar pas overheen was gekomen toen ze begreep dat zelfmoord een van de grootste mysteries was.

'Het is geen mysterie,' zei Pip.

'Jawel,' zei Samantha. 'Het heeft me zo veel moeite gekost eroverheen te komen. Ik bleef maar denken dat ik het had kunnen verhinderen, dat ik hem had kunnen redden –'

'Ik had hem echt kunnen redden.'

'Dat dacht ik ook, maar het was niet zo. Ik moest leren inzien dat het niets met mij te maken had. Ik hoefde me niet schuldig te voelen over iets wat niets met mij te maken had. Ik werd er zo kwaad van toen ik dat doorhad. Ik betekende niets voor hem. Ik had hem niet kunnen redden, omdat ik niet belangrijk voor hem was. Ik kwam erachter dat het in feite veel gezonder is om kwaad te zijn...'

Samantha praatte maar door, een fontein van uitspraken over zichzelf, totdat de Temesta begon te werken en Pip moest gaan liggen. 's Ochtends, toen ze weer alleen was in Samantha's appartement, las ze langzaam de rest van Toms document. Ze wilde de basisinformatie, maar om aan die informatie te komen zonder al te veel over het seksleven van haar ouders te lezen, las ze veel stukken diagonaal en moest dan soms toch nog terugkijken. Niet dat ze preuts was als het om seks op zich ging; het probleem was juist dat ze de merkwaardige houding van haar ouders ten opzichte van seks zo raar vond, heel ouderwets en ongelofelijk triest.

Er stonden tal van andere zaken in het document om ondersteboven van te raken, maar toen ze aan het eind was gekomen, besefte ze dat geld het grootste probleem had gevormd. Het was beslist interessant om te fantaseren dat ze Tom en Leila als tweede ouders zou hebben. Maar ze kon Tom niet opbellen en zeggen: 'Hallo, pá', zonder te erkennen dat ze haar belofte had verbroken, zijn document had gelezen en hem opnieuw had verraden. Realistisch gezien zouden er geen Tom en Leila in haar leven zijn, tenzij haar moeder spontaan met zijn identiteit voor de draad zou komen. En ze was best bereid daarmee te leven, in elk geval voorlopig. Maar een trustfonds van een miljárd dollar? Hoe vaak had haar moeder niet gezegd dat er niemand op de wereld was van wie ze zoveel hield als Pip? Als er niets of niemand belangrijker voor haar was, hoe kon ze dan al dat geld bezitten en Pip toch laten aanmodderen met haar studielening en haar beperkte mogelijkheden? Toms document was een getuigenis van frustratie over haar moeder, en ze voelde zich erdoor aangestoken. Ze begreep nu waarom haar moeder bang was geweest dat Tom haar bij haar weg zou halen en haar tegen haar moeder zou keren. Dat was wat ze nu voelde, dat ze zich tegen haar keerde.

Ze nam nog een Temesta in en stuurde nog maar eens een mailtje naar Colleen. Nu kreeg ze, na acht maanden radiostilte, wel antwoord.

Er toch weer in getuind. En ik maar denken dat hij me op geen enkele manier meer kon kwetsen.

De reactie kwam van een telefoonnummer met het kengetal van San José, dat Pip meteen belde. Colleen bleek in Californië te wonen, aan de overkant van de baai, in Cupertino, en werkte als senior jurist voor een tamelijk nieuw IT-bedrijf. Ze hing niet op toen Pip belde, maar ging gewoon verder waar ze acht maanden geleden gebleven was, met mopperen over de wereld die een shitzooi was.

'Zijn vrouwen twitteren als bezetenen,' zei ze. 'Toni Field zegt dat hij de eerlijkste man was die ooit op aarde heeft rondgelopen – met andere woorden: "Ik heb met hem geneukt, na-na-na-na-na." Sheila Taber zegt dat de hegeliaanse geest van de wereldgeschiedenis in hem voortleefde – met andere woorden: "Ik heb hem eerder geneukt dan Toni, en langer." Misschien moet jij ook gaan twitteren. Je deel opeisen van de bewierookte held.'

'Ik heb niet met hem geneukt.'

'Sorry, dat was ik vergeten. De vulling was uit je kies.'

'Doe niet zo vervelend tegen me. Ik ben echt van streek. Ik moet even met iemand praten die dat begrijpt.'

'Ik vrees dat ik op het moment één grote laaiende bal van boosheid en verdriet ben.'

'Misschien moet je ophouden met tweets lezen.'

'Ik vlieg morgen naar Shenzhen, dat moet helpen. De Chinezen hebben nooit begrepen waar al die heisa over ging, de onnozelaars.'

'Kunnen we iets met elkaar afspreken, als je weer terug bent?'

'Volgens mij heb je altijd een verkeerd beeld van me gehad. Dat is een tikkeltje pijnlijk, maar ook aandoenlijk. Maar als je wilt, kunnen we iets afspreken.'

Pip wist dat ze haar moeder moest bellen om te vertellen dat ze weer in Oakland was. Ze begreep nu waarom haar moeder haar motieven om naar Denver te gaan niet had vertrouwd: er was maar één blik op de website van *DI* voor nodig geweest, op de computer van haar buurvrouw Linda, en ze had een foto van het gezicht van haar ex-man gezien, met zijn wekelijkse commentaar boven aan de pagina. De gedachte dat Pip daar bij hem was, moest een kwelling voor haar zijn geweest. Dat verklaarde haar stiltes en recalcitrantie sindsdien: ze dacht dat Pip haar vader had gevonden en erover loog. Los van al het andere wilde Pip haar verzekeren dat ze dáár niet over gelogen had. Maar ze wist niet hoe ze dat moest doen zonder prijs te geven wat ze in de tussentijd aan de weet was gekomen en hoe ze dat aan de weet was gekomen. Haar moeder zou het besterven van schaamte, zou letterlijk kunnen sterven omdat ze te zíchtbaar was, als ze zou weten wat Pip over haar had gelezen. Pip zou natuurlijk gewoon kunnen blijven liegen en blijven doen alsof haar baan in Denver gewoon maar een baan was geweest. Maar ze werd boos bij de gedachte altijd maar te moeten liegen, het nooit over het geld te hebben, zich Tom en Leila te moeten ontzeggen en in algemene zin haar moeders fobieën en irrationele verbodsbepalingen te moeten tolereren. Andreas was blijkbaar niet de eerlijkste persoon die op aarde had rondgelopen, maar misschien was haar moeder wel de moeilijkste. Pip wist niet wat ze met haar aan moest en daarom was ze een poosje aan de Temesta geweest.

Een tennisbal tegen de muur slaan was de Temesta voor de arme mensen. Aan de nog steeds mistvrije hemel was de zondagse zon ondergegaan achter de verhoogde snelweg. Californië verkeerde al maandenlang in een droogtecrisis, maar nu pas, na de zonnewende (ze had haar moeder een niet-verjaardagskaart gestuurd waar niets anders op stond dan: 'Liefs, Pip'), gaven de weersomstandigheden ook echt een droogtegevoel. Als de mist was teruggekomen, had ze misschien met een gerust hart kunnen ophouden met het meppen tegen een tennisbal en naar binnen kunnen gaan, maar dat was niet gebeurd. Ze probeerde haar backhand te verbeteren en sloeg twee ballen over het vangscherm van struiken in de tuin van de buren, en ging toen verder met haar forehand. Was er een mooier gefabriceerd voorwerp denkbaar dan een tennisbal? Pluizig en rond, pletbaar en stuiterend, twee eendere tongen met een lasnaad, de klank bij het slaan een 'plok' in het alleraangenaamste register. Honden hadden een neus voor wat goed was, honden waren dol op tennisballen, en zij ook.

Toen ze eindelijk, helemaal bezweet, naar binnen ging, zaten Garth en Erik aan de keukentafel met twee halve liters bier die een barmhartige samaritaan voor hen had gekocht tijdens hun lange wandeling naar huis nadat de borgsom was voldaan.

'Crowdfunding is cool,' zei Garth.

'Zeker wanneer het in feite een lening is,' zei Erik.

'Blijft de aanklacht gehandhaafd?' vroeg Pip.

'Voorlopig,' zei Garth. 'Als Dreyfuss zijn zaak wint, wordt de makelaar iemand die zich op verboden terrein had begeven en dan was het wettelijk toegestaan dat wij hem wegjoegen.'

'Ik denk niet dat hij gaat winnen.' Pip pakte een van de halflege flesjes. 'Mag ik?' Garth en Erik aarzelden iets te lang, zodat ze het flesje weer neerzette. 'Ik kan er nog een paar gaan halen.'

'Dat zou geweldig zijn,' zei Erik.

'Ik kom straks terug met een hele lading.'

'Dat zou geweldig zijn.'

Voordat ze vertrok om bier te gaan kopen, ging ze op zoek naar Dreyfuss, die ze zittend op bed aantrof, met zijn handen voor zijn gezicht. De situatie waarin hij verkeerde was echt zorgwekkend. Hij was erin geslaagd zijn oude hypotheek nieuw leven in te blazen, maar de door welgestelde IT'ers opgevoerde marktdruk had de waarde van zijn pand met dertig procent of meer opgedreven in het jaar dat Pip weg was geweest. Dat had tot nieuw gelazer over zijn gewijzigde hypotheekaflossingen geleid. Er waren hem daar verschillende offertes voor gedaan en hij had uiteraard voor de laagste gekozen, een offerte die was uitgebracht door een bankmedewerkster die daarna was verdwenen en van wie de bank volgens eigen zeggen geen gegevens had, hoewel hij haar naam en de naam van het bankfiliaal had opgeschreven. Maar zonder het salaris van Marie en de invaliditeitsuitkering van Ramón kon hij zelfs het laagste hypotheekbedrag niet elke maand voldoen. Het enige wat juridisch gezien in zijn voordeel sprak, was zijn zorgvuldig bijgehouden klaagzang over het verderfelijke en vermoedelijk criminele gedrag van de bank. Pip had een poging gedaan zijn klaagzang te lezen, maar die was bijna 300.000 woorden lang.

'Zeg, hoor eens,' zei ze terwijl ze op haar hurken naast hem kwam zitten. 'Ik heb een vriendin die als jurist voor een IT-bedrijf werkt. Zij weet misschien wel advocatenkantoren die pro-Deowerk doen. Zal ik dat voor je navragen?'

'Ik waardeer je bezorgdheid,' zei Dreyfuss. 'Maar ik heb met eigen ogen gezien wat de uitwerking van mijn zaak is op pro-Deoadvocaten. Aanvankelijk heerst er een sfeer van gemoedelijke kameraadschap, van dit-is-een-onrechtvaardigheid-en-dat-gaan-we-beslist-rechtzetten, en van waarom-benje-niet-eerder-bij-ons-gekomen. Een week later zitten ze met hun handen en gezicht tegen het raam gedrukt. "Laat me eruit!" gillen ze dan. Ik denk... Ach, laat ook maar.'

'Wat?'

'Ik bedacht ineens dat als we een geesteszieke advocaat konden vinden, iemand die al aan de medicijnen is... Een belachelijke gedachte. Vergeet maar wat ik gezegd heb.'

'Het is niet eens zo'n gek idee.'

'Nee. We kunnen beter bidden dat rechter Costa tussen nu en volgende week dinsdag van de trap valt. Geloof jij in de kracht van gebed, Pip?'

'Niet echt.'

'Probeer het toch maar eens,' zei Dreyfuss.

De zondag daarop stond Jason tussen de wachtende klanten toen Pip bij Peet's de deur van het slot deed. Omdat ze wist dat hij een vriendin had, wilde ze niet te veel waarde hechten aan zijn vroege komst, maar hij maakte wel de indruk dat hij had gehoopt met haar te kunnen praten. Hij bleef bij de toonbank staan en praatte haar bij over zijn vorderingen met zijn nieuwe handboek statistiek en de presentaties die hij had gehouden voor hoogleraren die het vertikten te geloven dat een methode zo eenvoudig en intuïtief kon werken. 'Ze zeggen: "Oké, de wiskundige berekeningen werken in dat ene speciale geval." Dus dan laat ik ze andere voorbeelden zien. Ik vraag of ze me hun eigen ongelofelijk ingewikkelde voorbeelden willen sturen. De methode werkt echt altijd, maar ze willen er nog niet aan. Het is alsof hun hele loopbaan berust op het feit dat statistiek onmogelijk een intuïtief vakgebied kan zijn.'

'Mij werd altijd gezegd: "Deze cursus moet je maar niet gaan doen,"' zei Pip.

'En hoe is het met jou? Je hebt me niet verteld wat je in Bolivia bent gaan doen.'

'Ja, och. Ik heb als stagiaire gewekt bij het Sunlight Project. Je weet wel – Andreas Wolf.'

Het was grappig te zien wat een grote ogen Jason opzette. De verheerlijking van Andreas Wolf was inmiddels in volle gang: herdenkingen met kaarsjes in Berlijn en Austin, Praag en Melbourne, en online herdenkingssites die opliepen tot terabytes met boodschappen waarin mensen uiting gaven aan hun dankbaarheid en verdriet; het was net als na de zelfmoord van internetactivist Aaron Swartz, alleen op een oneindig grotere schaal.

'Dat meen je niet,' zei Jason.

'Eh... jawel. Ik ben daar geweest. Niet toen hij doodging – ik ben eind januari weggegaan.'

'Dat is ongelofelijk.'

'Ja, gek idee, hè?'

'Heb je daar echt een tijd met hem opgetrokken?'

'Jazeker. Iedereen daar. Hij was er altijd.'

'Dat is ongelofelijk.'

'Dat moet je niet te vaak zeggen, anders krijg ik er een raar gevoel over.'

'Dat was niet mijn bedoeling. Ik weet dat je superslim bent. Ik wist alleen niet dat je geïnteresseerd was in internetgedoe.'

'Nou, dat was ik ook niet. En toen wel. Toen weer niet.'

Hoewel ze het een afknapper zou hebben gevonden, omdat het zou aantonen dat Jason net zo beroemdheidsgeil was als de rest van de wereld leek te zijn, verwachtte ze dat hij het onderwerp niet zou laten rusten. Maar dat deed hij wel. Hij vroeg wat haar plannen nu waren. Ze biechtte op dat ze niet veel verder vooruit kon kijken dan na afloop van haar werk naar huis gaan en een balletje slaan. Hij zei dat hij onlangs ook was begonnen met tennissen. Hij merkte op dat ze best een keer samen een balletje konden slaan, maar het klonk wat vaag, ontkracht door het vaste gegeven dat hij een vriendin had, en hij droop met zijn zondagseditie van *The New York Times* af naar zijn favoriete tafeltje.

De klik tussen Jason en haar was er nog steeds, al was het maar in de vorm van spijt dat ze er eigenlijk nooit iets mee gedaan hadden. Ze besefte, met extra spijt, dat hij waarschijnlijk de leukste goed uitziende jongen was die ooit flink wat belangstelling voor haar had getoond. Ze had er de pest over in dat ze dat niet op de juiste waarde had geschat toen ze ermee gebaat had kunnen zijn. Ze hoopte maar dat hij ook wat extra spijt voelde nu hij wist dat Andreas Wolf iets in haar had gezien.

Na een lange onderbreking zat ze weer op Facebook. Het was een manier om haar oude vrienden te laten weten dat ze in het land was zonder echt met ze te hoeven afspreken, maar haar voornaamste beweegreden was defensief. Tot haar Facebook-vrienden behoorde ook Linda, de buurvrouw van haar moeder, die haar verzekerde dat er niet veel was veranderd in het leven van haar moeder en die het prima leek te vinden om Pips nietszeggende groeten aan haar over te brengen. Pip koesterde de hoop dat Linda haar moeder misschien haar Facebook-pagina zou laten zien of haar in elk geval zou vertellen wat erop stond: vrijwel niets. Pip woonde in haar oude huis in Oakland en werkte bij Peet's, klaar. Ze wilde haar moeder de kwellende gedachte besparen dat ze nog steeds in Denver was, herenigd met haar vader. Linda was een kletskous op wie je kon rekenen.

Na haar werk, en nadat ze tegen de bal had gemept, had gedoucht en naar het BART-station was gelopen om daar op de metro te stappen, kon ze het niet laten Jason op te zoeken op Facebook. Zijn vermogen tot enthousiasme bleek uit alles. Maar wat ze natuurlijk wilde weten, was hoe knap zijn vriendin was. Op dat vlak was het nieuws gemengd. De vriendin had een prachtig gezicht en een alarmerende hippielook en een alarmerend Franse naam, Sandrine, maar ze bleek een kop kleiner dan Jason, zodat ze er als stel raar uitzagen. Gruwend van afkeer over zichzelf, en over Facebook, zette Pip haar telefoon uit.

Ze ging op weg naar een Peruaans restaurant in Bernal Heights, wat een eind buiten haar normale actieradius was, omdat Colleen kennelijk nogal een foodie was en het restaurant eens wilde proberen. En dat nog wel nadat Colleen hun eerdere afspraken twee keer op het laatste moment had afgezegd, zich beroepend op overwerk. Als het haar bedoeling was om Pip te blijven straffen en kleineren, slaagde ze daar goed in.

Bernal Heights was vergeven van de jonge mensen die het gemaakt hadden. Het restaurant zal vol schreeuwende IT'ers van in de twintig. Colleen zat aan een tafeltje dat onhandig dicht op de route naar de keuken stond; voor Pip had ze de stoel vrijgelaten die het bedienend personeel in de weg stond. Pip schrok een beetje van de overbodige hoeveelheid make-up die Colleen ophad en van haar overduidelijk dure sieraden en zijden jasje. Ze herinnerde zich Colleens uitspraak dat het haar ambitie was om saaie, veilige dingen te doen.

'Sorry dat ik zo laat ben,' zei Pip. 'Het is een heel eind vanuit Oakland.'

'Ik heb wat kleine gerechtjes besteld,' zei Colleen. 'Ik moet straks nog terug naar kantoor.'

Het was Pip al duidelijk dat Colleen een vakantievriendin was geweest, geen echte vriendin, en dat ze haar niet meer had moeten mailen. Maar ze had niemand anders met wie ze over Andreas kon praten en daarom bestelde ze een sangria en stak van wal. Ze begon met het grote geheel – dat hij in Duitsland een man had vermoord en haar naar Los Volcanes had laten komen in een krankzinnige poging dat te verhullen – zodat Colleen misschien zou begrijpen dat het niets persoonlijks was wat er zich in hotel Cortez had afgespeeld.

'Volgens mij was hij echt ziek,' concludeerde Pip. 'Zieker dan anderen wisten.'

'Dat maakt het bepaald geen prettig idee dat ik hem drie jaar heb willen hebben.'

'Ik wilde hem ook hebben. Maar de kant die hij van zichzelf liet zien was te eng.'

'Je denkt echt dat hij iemand heeft vermoord.'

'Dat zei hij. En ik geloofde hem.'

'Weet je, ik heb veel meer over hem gelezen dan gezond is. Het is puur masochisme. Maar ik heb nergens iets over een moord gelezen.'

'Ik ben ervan overtuigd dat ze het in de doofpot zouden stoppen, zelfs als hij een bekentenis of zoiets heeft achtergelaten. Ik kan me niet voorstellen dat Willow of Flor het merk niet zou beschermen.'

'Bazuin het rond,' zei Colleen. 'Zodat kutwijven als Toni Field en al die anderen hun mond houden. "Die als een heilige vereerde held van jullie was een psychopaat." Wil je me dat plezier doen?'

Pip schudde haar hoofd. 'Zelfs als ik het openbaar maakte, wie zou me geloven? Ik heb trouwens andere problemen. Hij heeft me verteld wie mijn moeder is.'

'Je bedoelt, los van het feit dat ze je moeder is?'

'Ze is miljardair, Colleen. Ze heeft een trustfonds dat om en nabij de miljard dollar vertegenwoordigt. Ze is een soort rebelse erfgename. Ik heb nog geen flauw idee hoe ik daarmee om moet gaan.'

Colleen trok haar wenkbrauwen op. 'Een miljard dollar? Tegen mij vertelde je dat ze arm was.'

'Ze had een andere identiteit aangenomen. Ze is voor het geld weggevlucht. Haar vader was president-directeur van McCaskill, het levensmiddelenbedrijf.'

'Is dat jouw móeder?' Colleen hield haar hoofd schuin en keek Pip aan, alsof Pip zelf een berg geld was en Colleen probeerde uit te maken of ze haar ogen kon geloven. 'Is dat wat de Geliefde Leider je heeft verteld?'

'Min of meer.'

'Dan is het, denk ik, wel duidelijk waarom hij je mocht.'

'Reuze bedankt. Hij gaf niet om geld.'

'Er is niemand die niets om een miljard dollar geeft.'

'Nou, mijn moeder niet. Ik weet niet eens zeker of het er nog is.'

'Dat moet je proberen uit te zoeken.'

'Ik wil dat alles gewoon verdwijnt.'

'Je moet het beslist uitzoeken.' Colleen reikte over tafel en raakte even Pips hand aan. 'Denk je ook niet?'

Toen ze terug was in het huis van Dreyfuss, tamelijk laat, zat er een lange e-mail van Colleen in haar postvak. Het was niet de inhoud van de e-mail die raar was. Colleen verontschuldigde zich tegenover Pip dat ze haar helemaal naar Bernal Heights had laten komen; de volgende keer dat ze elkaar zagen, wat hopelijk snel zou zijn, zou Colleen naar Oakland komen; zo fantastisch om Pip weer te zien; het nieuwe kapsel stond haar echt goed... Er volgden verscheidene alinea's met vintage Colleen over hoe waardeloos het bestaan als jurist was, hoe waardeloos China was, en hoe waardeloos de IT'er was die ze twee maanden als vriendje had gehad voordat ze erachter kwam dat zijn grote passie belastingontduiking was. Het rare zat 'm in de timing van de e-mail. Acht maanden lang had Pip gewacht op een paar hartelijke woorden van Colleen. Nu pas, twee uur nadat ze het woord 'miljardair' had uitgesproken, kreeg ze die.

Zou Colleen beseffen hoe doorzichtig ze was? Pip dacht van niet. En misschien was ze zelf wel paranoïde. Ze herinnerde zich wat Andreas had gezegd over beroemdheid, over hoe eenzaam beroemd zijn was, dat je er onmogelijk op kon vertrouwen dat mensen van een celebrity hielden om wie hij was. Ze vermoedde dat miljardair zijn in dat opzicht nog eenzamer was.

De volgende dag, maandag, kwam er weer een lange e-mail van Colleen en ook stonden er nog twee hartelijke berichten op haar antwoordapparaat. Dinsdag moest Dreyfuss voor rechter Costa verschijnen, die hem tien minuten gaf om zijn zaak te bepleiten en toen zijn vonnis velde: vijftien dagen om het huis te ontruimen. Woensdag liet Jason een bericht op Facebook achter voor Pip met de vraag of ze zin had om een balletje te gaan slaan. Dat was geen bericht dat een jongen met een vriendin in alle onschuld stuurde aan een meisje waar hij vroeger een keer bijna mee naar bed was geweest. Pip had er blij om kunnen zijn of zich in elk geval gevleid hebben kunnen voelen, ware het niet dat Colleen ineens zo vriendelijk deed. Nu kon ze alleen maar denken dat Jasons belangstelling was gewekt door haar connectie met Andreas. Zou dit voor haar het nieuwe normaal worden? Het kostte haar toch al moeite om mensen te vertrouwen; nu ging ze een heel leven tegemoet waarin ze mensen moest wantrouwen. Ze schreef Jason terug: Dat bespreken we wel bij Peet's. Daarna deed ze wat research en belde een paar mensen. De volgende dag, donderdag, vloog ze in alle vroegte naar Wichita.

Toen ze achter in de taxi zat en wegreed van de luchthaven, zag ze de naam McCaskill op honkbalclubs voor junioren, op een tentoonstellingsruimte in het centrum, op een kinderopvangcentrum en op een voedselbankdepot aan de verpauperde oostkant van de stad en op billboards die haar verzekerden: MCCASKILL, UW ZORG IS ONZE ZORG. De middagwarmte evenaarde alles wat ze in Bolivia had ervaren. De grasvelden lagen er vrijwel witgeblakerd bij en de bomen stonden op het punt hun bladeren drie maanden te vroeg te laten vallen.

Dankzij de airconditioning was het frisjes op het kantoor van James Navarre & Partners. Pip had nog maar amper haar mond geopend of de receptioniste ging haar al voor naar een groot, gelambriseerd kantoor, waar James Navarre in de deuropening stond te wachten. Hij was klein van stuk, had grijs haar en maakte de indruk zo'n man te zijn die zich onprettig voelde in kleren die niet verfomfaaid waren. 'Allemachtig,' zei hij terwijl hij Pip aanstaarde. 'Je lijkt sprekend op je moeder.'

Ze gaf hem een hand en ging het kantoor binnen. De receptioniste bracht haar een flesje koud water en liet hen alleen. Navarre bleef haar maar aanstaren.

'Zo,' zei ze. 'Fijn dat u tijd voor me heeft.'

'Fijn dat je gekomen bent.'

'Ik heb foto's van mijn moeder, als u geïnteresseerd bent.'

'Uiteraard ben ik dat. En het is ook mijn plicht.'

Pip gaf hem haar telefoon. Ze had foto's uitgekozen die 's avonds waren genomen bij haar moeder thuis, om niet te verraden waar ze woonde. Navarre bekeek ze en schudde zijn hoofd alsof hij verbijsterd was. Aan één wand van zijn kantoor hingen portretfoto's van mensen uit het Midwesten in exotisch aandoende onmodieuze kleding tegen een exotisch aandoende stijlloze achtergrond, andermans idee van wat Amerika was. Pip herkende David Laird, haar grootvader, een van de mensen naar wie ze research had gedaan, samen met een verfomfaaide, jongere Navarre op een golfkarretje.

Hij gaf Pip de telefoon terug. 'Leeft ze nog?'

'Nou en of.'

'Waar?'

'Dat kan ik u niet zeggen. Ze weet niet dat ik hier ben, maar ze zou er niet blij mee zijn. Ze wil gewoon met rust gelaten worden.'

'Wij hebben het zoeken gestaakt,' zei Navarre. 'Haar vader heeft haar in de jaren negentig meer dan eens proberen te vinden. Na zijn dood was ik verplicht het opnieuw te proberen. Hij is altijd blijven denken dat ze nog in leven was. Ik was daar niet zo van overtuigd. Mensen gaan aan de lopende band dood. Maar ik mocht het trustfonds niet opheffen, tenzij ik kon bewijzen dat ze niet meer onder de levenden was en geen erfgenamen had voortgebracht.'

'Dus het is er nog, het trustfonds.'

'Jazeker. Door het te beheren ben ik een heel vermogend man geworden. Ik heb alle reden om erop aan te dringen dat je me vertelt waar je moeder is. Ze hoeft niet meer te doen dan te tekenen voor de ontvangst van een aangetekende brief. Daarna hoeft ze nog steeds niets te doen, maar ze moet wel weten dat zij de begunstigde is.'

'Nee. Het spijt me.'

'Sandrine –'

'Dat is niet mijn echte naam.'

Navarre knikte. 'Dat begrijp ik.'

'Ik wil niet dat er iets verandert. Ik ben alleen gekomen om u om een gunst te vragen.'

'Aha. Laat me raden. Je hebt geld nodig.'

'Zelfs dat niet. Ik bedoel, ik heb wel geld nodig, maar dat is niet de reden van mijn komst. Mag ik het uitleggen?'

'Ik ben een en al oor.'

'Ik woon in Oakland. Er is daar een huis waar beslag op is gelegd, en de man van wie het is, moet er binnen twee weken uit. Het is een goede vent, en de bank probeert hem zijn pand afhandig te maken. Dus ik heb eens nagedacht: er zit veel geld in dat trustfonds en u mag beslissen hoe dat wordt geïnvesteerd. Ik heb de indruk dat u niet veel meer hoeft te doen dan vette cheques aan uzelf uit te schrijven.'

'Nou, in feite –'

'Het geld zit grotendeels in aandelen McCaskill. U bent verplicht dat zo te laten. Hoeveel werk kan dat zijn? En daar krijgt u, pakweg, een miljoen dollar per jaar voor.'

'Hoe weet je dat?'

'Ik weet het gewoon.'

'Je heb contact gehad met de ex-man van je moeder. Die heeft het je verteld.'

'Wie zal het zeggen?'

'Sandrine. Help me een beetje op weg.'

'Ik ben de kleindochter van die man. Van David. Dat maakt mij ook een Laird, en wat ik u vraag is een kleine gunst die u persoonlijk niets kost. Het bedrag is niets vergeleken met de hoeveelheid die in het trustfonds zit. Ik wil dat u het huis van mijn vriend koopt, meteen, en hem dan een huur berekent die hij kan betalen. Veel huur zal dat niet zijn, dus het is geen geweldige investering. Maar u kunt het geld toch beleggen zoals u wilt?'

Navarre maakte een tent van zijn vingers. 'Ik heb de fiduciaire verantwoordelijkheid om het geld verstandig te investeren. Ik zou op z'n minst schriftelijke toestemming van uw moeder moeten hebben. Toegegeven: het is niet waarschijnlijk dat ze mijn beslissingen op korte termijn zal aanvechten, maar ik moet me tegen die mogelijkheid indekken.'

'Is in de trust opgenomen dat ik de erfgename ben?'

'Ja, er is een clausule over plaatsvervulling opgenomen.'

'Laat mij dan tekenen.'

'Ik kan je niet willens en wetens onder een valse naam laten tekenen. Zelfs al zou ik bereid zijn tot deze specifieke investering.'

Pip fronste haar voorhoofd. Ze had over veel dingen nagedacht tijdens de twee vluchten die ervoor nodig waren geweest om in Wichita te komen, maar hier had ze niet bij stilgestaan. 'Als ik u mijn echte naam geef, gaat u die gebruiken om mijn moeder op te sporen, ook als ik u vraag dat niet te doen.'

'Laten we het eens rustig bekijken,' zei Navarre. 'Bekijk het eens vanuit mijn gezichtspunt. Ik wil best van je aannemen dat Anabel in leven is en dat jij haar dochter bent. Dit is een hoogst ongebruikelijke situatie, maar ik geloof heus wel dat je me de waarheid vertelt. Maar stel dat je over een maand terugkomt en zegt dat je nog een investering wilt, om wat voor reden dan ook – dan is het eind toch zoek?'

'Dat ga ik niet doen.'

'Dat zeg je nu. Maar stel dat je het alleen maar hoeft te vragen?'

'Nou, dan voeren we deze discussie opnieuw. Maar dat gaan we niet doen. Het zal niet nog eens gebeuren.'

Navarre maakte het tentje van zijn vingers wat spitser. 'Ik weet niet wat er zich in die familie heeft afgespeeld. In jouw familie. Ik heb je moeder noch haar vader ooit begrepen. Maar de beslissingen die hij heeft genomen over zijn belangen in McCaskill hebben behoorlijk wat kwaad bloed gezet. Gezien het enorme bedrag aan belastingen dat hij moest betalen omdat hij een kwart van zijn nalatenschap aan haar had vermaakt, was hij genoodzaakt het merendeel van wat er nog over was in charitatieve trustfondsen onder te brengen. Ik weet dat jij denkt dat ik geld krijg voor nietsdoen, maar voldoende aandelen liquide maken om de successierechten te kunnen voldoen was geen sinecure. En intussen hebben de broers van Anabel ieder maar ongeveer tachtig miljoen gekregen. De rest zit in trustfondsen waar ze wel het beheer over hebben, maar die weinig opleveren. En dat allemaal omdat David er zeker van wilde zijn dat de dochter die een hekel aan hem had haar geld in één keer zou krijgen. Het mag een understatement heten dat ik daar met mijn verstand niet bij kan. En nu wil jij niet eens dat ik haar vertel dat het geld er ís?'

Dat klopt, dacht Pip. Iedereen moet onder één hoedje blijven spelen om mijn moeder voor de realiteit af te schermen.

'Daar kan ik misschien wel iets aan veranderen,' zei Pip. 'Maar dat moet ik zelf doen. Ik wil niet dat ze een aangetekende brief van u krijgt. Als ik beloof daar mijn best voor te doen, koopt u dan dat huis in Oakland?'

'Waarom zou ik dat doen?'

'Omdat ik de erfgename ben en het vraag!'

'Jij bent dus ook geschift.'

'Nee.'

'Je zou met je moeder kunnen gaan praten en miljardair worden, maar je vraagt me voor een derde partij een huis te kopen dat door de bank in beslag is genomen. En die persoon is niet toevallig je vriend?'

'Nee. Hij is een schizofreen van in de veertig met een flinke dosis medicijnen.'

Navarre schudde zijn hoofd. 'Je wilt geen malaria uitroeien. Je wilt geen arme kinderen laten studeren. Je wilt geen privéreis in de ruimte maken. Je wilt niet eens aan de coke.'

'Zijn alle Lairds en McCaskills zo verknipt omdat ze te veel geld hebben?'

'Ongeveer de helft, ja.'

'Heeft een van mijn ooms niet een keer geprobeerd een topbasketballteam te kopen?'

'Mooier nog. Hij wilde dat het team werd gekocht door het David M. Laird Jr. Liefdadigheidsfonds.'

'Dat klinkt alsof mijn rare gedrag volkomen binnen de grenzen van het normale valt.'

'Luister eens.' Navarre ging rechtop zitten en keek Pip indringend aan. 'Ik zal nooit aan jou verantwoording hoeven afleggen. Ik ben ouder dan je moeder en ik ben verzot op vet, rood vlees. Dat ik het volgende voorstel, is dus niet omdat ik je iets verschuldigd ben. Jij vertelt me hoe je echt heet en tekent een machtiging. Als je hier weggaat, breng je een bezoek aan de huisarts van de familie Laird en laat bloed afnemen. Als ik binnen zes maanden niets van je gehoord hebt, neem ik een privédetective in de arm om je moeder te traceren. In ruil daarvoor koopt het trustfonds het huis van je vriend. Dat probleem los ik voor jou op en jij lost voor mij de kwestie met je moeder op.'

'Maar u moet het huis nu meteen kopen. Echt vandaag, of morgen. Maandag op z'n laatst.'

'Stem je in met de voorwaarden? Je krijgt zes maanden om de kwestie met je moeder op te lossen.'

Pip woog haar wens om Dreyfuss te helpen af tegen haar aversie om een gesprek met haar moeder te voeren. Ook als ze dat gesprek niet ging voeren, zo besefte ze, zou haar moeder niet zeker weten dat het aan haar lag als Navarre haar had gevonden. Haar moeder zou kunnen denken dat het aan Tom of aan Andreas lag. Ze kon tekenen voor ontvangst van het aangetekende stuk, de brief verbranden zonder hem te hebben gelezen en gewoon verdergaan met het ontkennen van de werkelijkheid.

'Mijn officiële naam is Purity Tyler.'

Toen ze de machtiging getekend had, bloed had afgestaan bij de huisartsenpraktijk en een taxi naar de luchthaven had genomen was het halfvijf. Op het tarmac stonden straalvliegtuigen onder de genadeloze zon te zinderen in brandstofdampen, maar de lucht was aan het betrekken; er waren voortekenen dat het peilloze blauw algauw zou veranderen in een zeer plaatselijk grijs. Haar aansluitende vlucht naar Denver had een vertraging van vijfenveertig minuten. Ze moest de volgende middag op haar werk zijn, maar ze bedacht dat ze de aansluitende vlucht naar Denver kon omboeken naar de volgende ochtend. Ze was zo dapper geweest te vragen of Navarre haar de kosten van haar vluchten en taxi's wilde vergoeden; tot dusver had de reis haar niets gekost.

Ze kon Tom niet opzoeken zonder toe te geven dat ze zijn memoires had gelezen, en hoewel ze dolgraag wilde dat Leila haar zou vergeven, zat ze erover in dat Leila haar nog steeds als een bedreiging zag en niet blij zou zijn om haar te zien. Op haar telefoon googelde ze dus Cynthia Aberant en ze zag dat ze werd vermeld als hoogleraar sociologie. De enige persoon die zich in Toms memoires altijd vriendelijk en fatsoenlijk gedroeg was zijn zus. Pip belde naar haar werk en kreeg haar meteen aan de lijn.

'Met Pip Tyler,' zei ze. 'Weet je wie ik ben?'

'Nou nee. Zeg je naam nog eens?'

'Pip Tyler. Purity Tyler.'

Er viel een doodse, draadloze stilte. Toen zei Cynthia: 'Je bent de dochter van mijn broer.'

'Inderdaad. Dus ik hoopte dat ik even met je kon praten.'

'Je zou met Tom moeten praten, niet met mij.'

'Ik ben op dit moment onderweg naar Denver. Zou je vanavond misschien een uurtje hebben? Jij bent de enige met wie ik kan praten.'

Na een volgende stilte ging Cynthia akkoord.

De vlucht, in een te klein vliegtuig dat onweer moest ontwijken, genas Pip voorgoed van het verlangen ooit nog een vliegreis te maken. Ze verwachtte constant dat ze dood zou gaan. Het interessante was hoe snel ze daarna, toen ze in de taxi naar Cynthia's huis zat, haar angst weer vergat, alsof ze een hond was voor wie de dood letterlijk onvoorstelbaar was. Honden hadden alweer gelijk. Die maakten zich niet druk om raadselachtigheden die toch nooit konden worden opgelost.

Cynthia woonde in dezelfde buurt als Leila's echtgenoot. Ze kwam naar de voordeur met een glas rode wijn in haar hand. Ze was een mollige vrouw met lang, asblond haar en een aangenaam gezicht. 'Ik was wel aan een glaasje toe,' zei ze, haar glas heffend. 'Drink jij?'

Haar woonkamer was een academische versie van die van Dreyfuss; al haar kunstwerken, haar boeken en zelfs haar meubilair getuigden van haar linkse opvattingen. Pip nam plaats naast een kast waarop in primitieve stijl felgekleurde latino boeren waren afgebeeld. Cynthia koos een leunstoel waarvan de kussens de afdruk vertoonden van haar forse lichaamscontouren. 'Zo, jij bent dus mijn nichtje,' zei ze.

'En jij bent mijn tante.'

Pip nam een slok van haar wijn en deed haar verhaal. Toen ze was uitverteld, schonk Cynthia nog een glaasje wijn in en zei: 'Ik heb altijd al gedacht dat er wel een roman in Tom zat.'

'Hij vertelt het in zijn memoires,' zei Pip. 'Hij wilde wel schrijver worden, maar daar wilde mijn moeder niets van weten.'

De uitdrukking op het gezicht van haar tante verhardde. 'Er was heel veel waar ze niets van wilde weten.'

'Mocht je haar niet?'

'Nou, in het begin wel. Ik wilde dat we een band zouden krijgen. Maar ze was op de een of andere manier onbenaderbaar.'

'Zo is ze nu nog. Maar in wezen is ze heel verlegen.'

'Wat ik akelig vond, was hoe ze mijn stiefmoeder behandelde. Maar Clelia was zelf ook iemand met uitgesproken meningen, dus dat nam ik je moeder niet zo kwalijk. Maar toen... dat staat waarschijnlijk in zijn memoires...'

'Het spuugincident?'

'Ik was in dezelfde kamer, ik zag het gebeuren. Tom heeft het me naderhand uitgelegd, en ik begreep het min of meer wel. Ik ben zelf ook geen voorstander van landbouwindustrie en kapitaal zonder scrupules. Toch vond ik dat Tom een vergissing had begaan. Ik dacht: die vrouw is knettergek. En daarna heb ik hem jarenlang amper gezien, en haar helemaal niet; ik was bezig mijn dochter groot te brengen. Maar zelfs op afstand kreeg ik het gevoel dat hij in een zieke relatie zat. Hij was zo loyaal aan haar dat ik nooit iets uit hem kreeg toen ze samen waren. Zelfs daarna wilde hij eigenlijk geen kwaad woord over haar zeggen. Ik vond dat hij een stuk bozer mocht zijn dan hij was. Maar uiteindelijk is het allemaal goed gekomen met hem. Hij is briljant in wat hij doet, en Leila – nou ja, dat weet je. Iedereen is dol op Leila. Zij is degene met wie hij getrouwd had moeten zijn.'

'Oké. Iedereen ziet in dat ze veel geweldiger is dan mijn moeder.'

'Ze is echt geweldig. Ik begrijp niet waarom je met mij praat en niet met haar.'

'Zij schijnt te denken dat ik Tom van haar wilde afpakken.'

'Daar zou ik me geen zorgen om maken. Ze lijken tegenwoordig nog een hechter stel dan vroeger.' Cynthia schonk haar eigen glas bij. 'Maar je bent hier nu. Vertel nog eens waarom ook alweer?'

'Omdat ik niet weet wat ik moet doen.'

'Je wilt mijn advies.'

'Ja, graag.'

'Misschien valt het wel niet in goede aarde.'

'Zeg toch maar.'

'Ik vind dat je echt heel erg boos zou moeten zijn.'

Pip knikte. 'Maar dat is best moeilijk. Ik heb het gevoel dat ik Tom heb verraden door zijn memoires te lezen, en nu verraad ik mijn moeder door naar Wichita te gaan en achter haar rug om dingen uit te zoeken.'

'Dat is pure onzin, als ik het tenminste mag zeggen.'

'Hoezo is dat onzin?'

'Ik ben erg boos op Tom geworden toen hij me over jou vertelde. Je hebt weet ik hoelang bij hem in huis gewoond, weken, terwijl hij wist dat je zijn dochter was, maar hij heeft je niets verteld. Vind je niet dat je recht had op die informatie?'

'Ik vermoed dat hij de privacy van mijn moeder respecteerde.'

'Eerlijk? Dat is toch slap geouwehoer, om helemaal razend van te worden? Waarom moet hij haar beschermen? Waarom zou hij dansen naar de pijpen van zijn ex-vrouw, ten koste van jou? Ze is zwanger geraakt zonder hem iets te vertellen. Ze heeft hem nooit verteld dat ze jou gekregen had. Ze heeft hém gebruikt én ze heeft jou gebruikt om een nooit eindigende ruzie met hem voort te zetten. Hij had een dochter kunnen hebben, jij had een vader kunnen hebben, maar "dat gunde ze hem niet". Waarom zou hij haar in vredesnaam iets verschuldigd zijn?'

'Dat is een verhelderend inzicht.'

'Waarom zou jij haar in vredesnaam iets verschuldigd zijn? Te oordelen naar wat Tom me heeft verteld, heb je je hele jeugd onder de armoedegrens doorgebracht. Je moeder heeft je voor haar eigen egoïstische doeleinden op de wereld gezet –'

'Nou, dat is wel erg hard geoordeeld,' zei Pip. 'Jij was toch ook een alleenstaande moeder?'

'Niet uit keuze. Gretchens vader wist van haar bestaan, en zij wist van hem. Ze hebben nu een band. En voor Gretchen heb ik alles gedaan wat ik maar kon. Omwille van haar heb ik mijn organisatorische werk opgegeven en ben ik weer een opleiding gaan volgen, zodat zij niet hoefde te lijden onder mijn persoonlijke keuzes. Welke persoonlijke keuze heeft jouw moeder ooit opgegeven omwille van jou?'

De tranen sprongen Pip in de ogen. 'Ze hield van me.'

'Dat geloof ik graag. Ik geloof graag dat ze van je hield. Maar je zegt zelf dat ze niemand anders in haar leven heeft. Ze heeft jou op de wereld gezet om te zijn wat niemand anders voor haar kan zijn. Ik ben kwaad vanwege het egoïsme dat daaruit spreekt. Ik ben kwaad, omdat zij het soort "feministe" is dat het feminisme een slechte naam bezorgt. Ik zou het liefst nu naar Tom gaan om hem een draai om zijn oren te geven. Omdat hij haar in staat stelt er dat soort fantasieën op na te houden. Ze had echte talenten – het is zo'n verspilling. Ik begrijp niet waarom jij niet buiten zinnen bent van woede.'

'Dat kan ik niet uitleggen. Ze is echt een verloren ziel.'

'Nou, goed. Ik kan je niet boos maken als je niet boos bent. Maar doe me een plezier en probeer één ding voor ogen te houden: je bent deze mensen niets verschuldigd. Ze zijn jou iets verschuldigd, en niet zo'n beetje ook. Het is nu jouw beurt om de leiding te nemen. Als ze je ook maar enigszins tegenwerken, heb je alle recht om grof geschut in te zetten.'

Pip knikte, maar zat intussen te denken hoe vreselijk de wereld was, wat een eeuwige machtsstrijd. Geheimen waren macht. Geld was macht. Voor iemand nodig zijn was macht. Macht, macht, macht: hoe bestond het dat de wereld was opgebouwd rond de strijd om iets wat zo eenzaam maakte en benauwend was wanneer je het bezat?

Cynthia maakte een eenvoudige maaltijd klaar, opende een tweede fles en sprak over de wereld zoals zij die zag: de concentratie van kapitaal in de handen van weinigen, de opzettelijke afbraak van vertrouwen in de overheid, de wereldwijde weigering om verantwoordelijkheid te nemen voor klimaatverandering, de teleurstellingen van Obama. Ze werd heen en weer geslingerd tussen woede en wanhoop, en Pip deelde haar woede wel en niet. Uiteraard leek het oneerlijk dat zij zat opgescheept met een rotwereld die haar ouders hadden gecreëerd. Ze hadden haar persoonlijk in een onmogelijke positie gebracht, en ze behoorden tot de generatie die niets tegen kernwapens had ondernomen en al helemaal niets tegen de opwarming van de aarde; het was niet haar schuld. En toch gaf het een vreemde troost om te weten dat ze nooit iets aan de kloterige koers van de wereld zou kunnen veranderen, zelfs niet als ze erachter kwam wat je moreel gezien het beste met een miljard dollar kon doen en daarnaar zou handelen. Ze dacht aan het spirituele Streven van haar moeder, haar ideaal om louter in het hier en nu te zijn. Of ze het nu prettig vond of niet, ze aardde naar haar moeder.

Nadat ze naar bed was gegaan, in de slaapkamer van Gretchen, bleef ze aan haar moeder denken. Wat Cynthia niet kon weten, was hoe ze haar moeder had laten glimlachen. De pure, spontane liefde in die glimlach, telkens wanneer Pip haar blikveld had betreden. En de bedeesdheid die daarin lag, de zichtbare bezorgdheid dat Pip misschien niet zoveel van haar zou houden als zij van Pip. Haar moeder had het hart van een kind. Nadat ze de memoires had gelezen, vermoedde Pip dat haar moeder altijd van Tom was blijven houden, tot op de dag van vandaag. Ach, het hartverscheurende van die scène met het speelgoedstiertje: Pip wist precies wat een komische, kinderlijke uitdrukking haar moeder op haar gezicht moest hebben gehad. Op haar eigen kinderbed hadden ook speelgoeddieren gelegen, en zij en haar moeder hadden er uren achtereen mee gespeeld, hadden ze stemmetjes gegeven en penibele problemen voorgelegd die ze op de juiste, fatsoenlijke manier moesten zien op te lossen. Het kleine kind en het grote kind, degene met het grijzende haar, degene van wie het kleine kind soms een bedeesde, zijdelingse blik opving. Haar moeder had de behoefte om liefde te geven en te ontvangen. Daarom had ze Pip gekregen. Was dat zo monsterachtig? Was het niet eerder een wonder van vindingrijkheid?

Zondag stond Jason alweer te wachten toen ze bij Peet's de deuren opende. Hij bleef rondhangen bij de toonbank zonder zich iets van Navi's onvriendelijke blikken aan te trekken totdat Pip tijd had om met hem te praten.

'Zeg het maar als ik me met dingen bemoei die me niet aangaan,' zei ze, 'maar mag ik vragen waarom je op zondagochtend niet bij je vriendin bent?'

'Ze staat laat op,' zei Jason. 'Echt pas in de middag. Ze is tot vier uur 's nachts online bezig.'

'Wonen jullie samen?'

'Nee, het is niet zo'n soort relatie.'

'Maar wel het soort relatie waarin het oké is om te gaan tennissen met een meisje met wie je vroeger iets hebt gehad.'

'Ja, hoor. Ik mag vrienden hebben.'

'Jason. Luister.' Pip ging zachter praten. 'Zelfs als je vriendin het oké vindt dat we bevriend zijn, lijkt het mij niet zo'n goed idee.'

Hij keek oprecht verbaasd. 'Wil je niet eens een balletje met me slaan? Ik ben niet zo goed als een bakstenen muur. Maar ik ga vooruit.'

'Als je geen vriendin had, zou ik met alle plezier een balletje met je slaan. Maar die heb je wel, dus...'

'Zeg je nou dat ik het moet uítmaken met mijn vriendin voordat jij met me wilt tennissen? Dat is een behoorlijk grote investering vooraf, alleen maar om een tennisbal te kunnen slaan.'

'De stad is vol mensen met wie je een balletje kunt slaan zonder investering. Ik heb geen idee waarom je er ineens zo op gebrand bent dat met mij te doen. Waarom ik ineens niet meer het abnormale meisje ben dat enge dingen doet.'

Hij kreeg een kleur. 'Omdat ik twee weken heb zitten kijken terwijl jij achter de toonbank stond?'

'Hm.'

'Nee, je hebt gelijk, je hebt gelijk,' zei hij met geheven handen. 'Ik had het je niet moeten vragen.'

Het gaf haar even een rotgevoel toen hij van haar wegliep terwijl zijn impliciete compliment nog naklonk in haar oren. Maar het ergste rotgevoel kreeg ze van mensen verraden.

Toen ze thuiskwam van haar werk, onder een genadeloos heldere hemel, constateerde ze dat ze geen zin had om met de tennisbal aan de gang te gaan. Het leek wel de spaghetti met aubergine in Toms memoires: van het ene moment op het andere was de lust haar vergaan. Ze wilde dat ze een balletje kon slaan met een echt mens, een aardig iemand, met Jason, maar tegelijkertijd was ze opgelucht dat het niet kon. Een andere les uit Toms memoires was dat er een wet zou moeten komen tegen relaties tussen mannen en vrouwen die nog geen dertig waren.

In de woonkamer stond de tv aan, maar Dreyfuss zat achter de computer geconcentreerd te typen. 'Ik dien een klacht in, op grond van gerechtelijke dwaling,' legde hij Pip uit. 'Er bestaat een duidelijk patroon van vooringenomenheid bij de vonnissen van rechter Costa. Ik heb ruim driehonderd relevante zaken bekeken en volgens mij kan het bewijs gerust onweerlegbaar worden genoemd.'

'Dreyfuss,' zei Pip behoedzaam. 'Daar kun je wel mee stoppen.'

'Ik heb sinds dinsdag een massa nieuwe informatie over Costa verzameld. Ik aarzel om het woord "samenzwering" te gebruiken, en toch –'

'Gebruik het liever helemaal niet. Uit jouw mond is het een zorgwekkend woord.'

'Sommige samenzweringen bestaan echt, Pip. Dat heb je zelf kunnen constateren.'

Ze trok een stoel bij. 'Ik had je dit eerder moeten vertellen,' zei ze. 'Er is iemand die het huis gaat kopen. Iemand die ik ken. Iemand van wie we hier mogen blijven wonen.'

Op het gezicht van Dreyfuss flakkerde even een echte emotie, bezorgdheid of verdriet. 'Dit huis is van mij,' zei hij. 'De hypotheek staat op mijn naam. Ik heb het gekocht met geld van mijn overleden moeder. Ik doe er geen afstand van.'

'De bank heeft er beslag op gelegd voordat de markt aantrok. Je bent het kwijtgeraakt en krijgt het niet meer terug. Ik heb het enige gedaan wat ik kon bedenken.'

Dreyfuss kneep zijn ogen tot spleetjes. 'Heb jij dan geld?'

'Nee, maar op een dag wel. Als die dag komt, krijg je je huis terug als een cadeau van mij. Kun je mij vertrouwen? Alles komt goed als je me vertrouwt. Dat beloof ik je.'

Hij leek zich in zichzelf terug te trekken, in een vertrouwdere afwezigheid van gevoelens. 'Bittere ervaring,' zei hij, 'heeft me genoodzaakt niemand te vertrouwen. Jou niet, bijvoorbeeld. Je hebt op mij altijd de indruk gemaakt van een verantwoordelijk en vrijgevig mens, maar wie weet wat er echt in je hoofd omgaat? Laat staan wat er in de toekomst in je hoofd zal omgaan.'

'Geloof me, ik weet hoe moeilijk het is.'

Hij draaide zich weer om naar de computer. 'Ik ga mijn klacht indienen.'

'Dreyfuss,' zei ze. 'Je hebt geen andere keus dan mij te vertrouwen. Het is dat, of op straat gezet worden.'

'Er zullen verdere juridische stappen worden genomen.'

'Prima, maar laten we in de tussentijd een huur bepalen die we allemaal kunnen opbrengen.'

'Ik ben bang dat mijn fraudeclaim dan vervalt,' zei Dreyfuss al typend. 'Wanneer ik als eigenaar huur ga betalen, erken ik dat de verkoop legitiem is.'

'Geef het geld dan aan mij. Ik doe de overboekingen wel. Je hoeft niets te erkennen. Je kunt –'

Ze viel stil. Er rolde een traan over Dreyfuss' wang.

De bomen in Mosswood Park werden beschenen door het avondzonnetje toen Pip de heuvel af fietste naar de tennisbaan. Naast Jason stond een bruine, lachwekkend geproportioneerde hond, laag op de poten en uitzonderlijk lang, met een enorme kop. Hij leek te lachen, alsof hij trots was op de verzameling afgekauwde tennisballen die aan zijn poten lag. Jason zag Pip aankomen en zwaaide haar onnodig en mallotig toe. De hond kwispelde met zijn borstelige, onhandelbare staart.

'Is dat jóuw hond?'

'Sinds vorige week,' zei Jason. 'Ik heb hem van mijn zus overgenomen. Zij gaat voor twee jaar naar Japan.'

'Hoe heet-ie?'

'Choco. Naar zijn kleur, chocoladebruin.'

De hond legde een bekwijlde, vieze tennisbal voor Pip neer en stak zijn kop tussen haar blote knieën. Van kop tot staart was er heel veel Choco.

'Ik wist niet of ik het wel aankon om een hond te hebben,' zei Jason, 'maar hij heeft de afwijking dat hij graag op citroenen kauwt. Hij houdt ze in zijn bek en loopt ermee rond, half uitgekauwd, massa's kwijl. Dan ziet hij eruit alsof hij een grote, debiele gele lach op zijn gezicht heeft. Mijn praktische intelligentie zei nee, maar mijn hart zei ja.'

'Dat zuur kan niet goed voor zijn tanden zijn.'

'Mijn zus heeft een citroenboom achter het huis. Ik ga hem op een citrusarm dieet zetten. Zoals je kunt zien, heeft hij zijn tanden nog.'

'Een prima hond.'

'En een kampioen in het vinden van tennisballen.'

'Na citroenen een goede tweede.'

'Ja, toch?'

Vier avonden geleden had Jason Pip een eenregelig bericht gestuurd via Facebook: bekijk mijn relatiestatus. Dat had ze meteen gedaan en ze was er vooral boos over. Het laatste wat ze wilde, was op de een of andere manier verantwoordelijk zijn voor het verbreken van een relatie. Het leek haar er onder meer toe te verplichten om de moeite waard te zijn om een relatie voor te verbreken: om beschikbaar te zijn. En toch had ze er natuurlijk om gevraagd, letterlijk. Van alle manieren waarop ze nee had kunnen zeggen op een partijtje tennis, had ze ervoor gekozen om een punt te maken van Jasons vriendin. Niet alleen waren anderen niet te vertrouwen: zijzelf was niet te vertrouwen! Ze had zich verscholen achter de ethiek van relaties terwijl haar werkelijke beweegreden was om Jason bij Sandrine weg te krijgen. En om zelf met hem naar bed te gaan? Ze snakte er inderdaad naar om met iemand naar bed te gaan; het was zowat een eeuwigheid geleden. Maar ze vond Jason iets te leuk om het een goed idee te vinden om met hém naar bed te gaan. Stel dat ze hem nog leuker zou gaan vinden? Het verdriet en de ellende van een relatie leken tot de mogelijkheden te behoren. Ze had teruggeschreven:

> Ik kom hier natuurlijk VEEL te laat mee aan, maar... ik heb momenteel een boel op mijn bord en ik kan je niet meer beloven dan dat ik ballen terugsla die op mijn forehand worden gespeeld. Had hier zondag VEEL duidelijker over moeten zijn. Sorry (alweer, alweer, alweer). Voel je aub niet verplicht om toch een balletje met me te slaan.

Waarop Jason vliegensvlug had geantwoord: alleen een balletje slaan is voor mij oké.

Zodra ze op de baan stonden, kwam ze erachter dat hij slecht in tennis was, nog slechter dan zij. Hij probeerde elke bal keihard terug te slaan, maar miste de bal soms compleet, sloeg ze in het net of over haar hoofd, maar zijn goede ballen waren onhoudbare kogels. Na tien minuten vroeg ze om een pauze. Choco, die aan de buitenkant van het hek was vastgebonden, stond hoopvol op.

'Ik ben geen tennisprof,' zei ze, 'maar volgens mij sla je te hard.'

'Het voelt echt fantastisch als ik hem raak.'

'Ik weet het. Maar we proberen samen te spelen.'

Zijn gezicht betrok. 'Ik bak er echt helemaal niks van, hè?'

'Daarom oefenen we.'

Daarna haalde hij minder hard uit en werd het over en weer spelen wat bevredigender, maar hun langste rally in een uur was zes slagen. 'Volgens mij is het de schuld van de muur,' zei Jason toen ze de baan af liepen. 'Ik snap nu dat ik daar een lijn op had moeten trekken die de bovenkant van het net voorstelt. En misschien een hogere voor de baseline.'

'Ik doe dat mentaal, min of meer,' zei Pip.

'Je zult wel niet willen horen hoe je de waarschijnlijkheid van een rally van zes slagen berekent, uitgaande van een variabele foutkans van vijftig procent? Of, iets interessanter, hoe je onze feitelijke, gecombineerde foutkans kunt berekenen, uitgaande van de empirische frequentie van rally's van vier slagen?'

'Best wel een keer,' zei Pip. 'Maar ik moet nu eigenlijk naar huis.'

'Ben ik te slecht of is dit voor herhaling vatbaar?'

'Ja, hoor. We hebben een paar leuke rally's gehad.'

'Ik had je moeten vertellen hoe waardeloos ik hierin ben.'

'Wat jij me niet verteld hebt, valt in het niet bij wat ik jóu allemaal niet verteld heb.'

Jason bukte zich om Choco's riem los te maken. Omdat hij zo laag op z'n poten stond en zijn enorme kop liet hangen, had de hond iets onderdanigs en geduldigs. Hij had een leuke grijns, mogelijk een beetje ironisch, wat deed vermoeden dat hij zich bewust was van zijn algehele grappige verschijning als hond.

'Sorry als ik je de stuipen op het lijf heb gejaagd,' zei Jason. 'Door het uit te maken met mijn vriendin, bedoel ik. Het zat er al aan te komen. Ik wilde gewoon niet dat je zou denken dat ik het type ben dat, je weet wel, iets met twee mensen tegelijk heeft.'

'Ik snap het,' zei Pip. 'Loyaliteit is iets moois.'

'Ik wil ook niet dat je denkt dat jij de enige reden was.'

'Goed, dat zal ik niet denken.'

'Hoewel je beslist een van de redenen was.'

'Goed, begrepen.'

Ze hadden het er verder niet meer over, niet de volgende keer dat ze gingen tennissen, drie dagen later, noch een van de andere keren in augustus en september. Jason was net zo fanatiek als Pip als het erom ging de bal flink te raken, en een tijd lang was de intensiteit van hun gezamenlijke concentratie op de baan een passend substituut voor de vormen van intensiteit buiten de baan die ze voorlopig liever ontweek, en Jason was ondanks zijn onstuimige persoonlijkheid gevoelig genoeg om geen druk op haar uit te oefenen. Maar ze mocht hem ontzettend graag en was dol op Choco. Wat er verder ook gebeuren mocht, ze wilde een hond in haar leven. Nu ze Toms memoires had gelezen en wist dat haar moeder altijd al diep begaan was geweest met dieren, verbaasde het haar met terugwerkende kracht dat haar moeder nooit een huisdier had gehad. Ze vermoedde dat zijzelf dat huisdier was geweest. En dan had je ook nog de merkwaardige natuurfilosofie die haar moeder erop na hield, een vereenvoudigde drie-eenheid bestaande uit vogels (met kraalogen die haar angst aanjoegen), katten (die voor het vrouwelijke stonden, maar waarvoor ze volkomen allergisch was) en honden (die het mannelijke belichaamden en die daarom, ongeacht hun charme, niet de rust in haar huis mochten verstoren met hun opdringerige, mannelijke energie). Pip was in elk geval zo toe aan een hond dat ze zelfs voor een veel minder weergaloze hond dan Choco zou zijn gevallen. Choco was een rare, niet zo afhankelijk als andere honden, een soort zenhond, met een citroentic en een ironisch besef van zijn eigen lachwekkendheid.

Doordat ze twee tot drie keer per week gingen tennissen, werden Jason en zij er ook beter in – zoveel beter dat ze gedeprimeerd of woedend werden wanneer het ineens weer slechter ging. Ze speelden nooit een wedstrijd, maar deden alleen rally's, waarbij ze zich inspanden om de bal in het spel te houden. Met de week veranderde het licht, werd hun schaduw op de baseline langer en zette de naar herfst geurende schemering vroeger in. Het was het droogste jaargetijde in Oakland met de minste mist, maar dat vond ze nu minder erg omdat het betekende dat de tennisomstandigheden steeds ideaal waren. In de hele staat vielen spaarbekkens en bronnen droog, verslechterden de smaak en de helderheid van het kraanwater en kregen de boeren het zwaar te verduren; in Noord-Californië werden waterbesparende maatregelen ingevoerd, terwijl er in Orange County nieuwe records voor maandelijks verbruik werden gevestigd. Niets van dat alles telde gedurende de anderhalf uur die ze met Jason op de baan stond.

Ten slotte brak er een frisse, helderblauwe zondagmiddag aan, de dag nadat de wintertijd was ingegaan, toen ze om drie uur in het park hadden afgesproken en net zo lang tennisten tot er niet genoeg licht meer was. Pip had een absolute topdag met haar forehand, Jason vloog over de baan en sloeg een recordaantal goede ballen terug, en hoewel haar elleboog pijn begon te doen wilde ze eindeloos doorgaan. Ze speelden onmogelijk lange rally's, over en weer, bám en bám, rally's die zo lang duurden dat ze op het eind stond te grinniken van geluk. De zon ging onder, de lucht was heerlijk koel, en zij bleven maar doorgaan. De bal die in een flauwe boog opstuitte, haar ogen die zich erop vestigden, hem niet wilden missen, die alleen de bal wilden zien, zonder nadenken, en haar lichaam dat ongevraagd de rest deed. Dat moment van verbondenheid, de voldoening waarmee een lome bal werd teruggeslagen, het fijne gevoel wanneer ze de bal goed op haar racket kreeg. Voor het eerst sinds haar begindagen in Los Volcanes voelde ze volmaakte tevredenheid. Ja, een soort hemel op aarde: lange rally's op een herfstavond, bedrevenheid in praktijk brengen bij licht dat nog goed genoeg was om een bal te raken, het trouwe pók van een tennisbal. Het was genoeg.

Na afloop, buiten het hek in de bijna-duisternis, sloeg ze haar armen om Jason heen en legde haar gezicht tegen zijn borst. Choco stond er geduldig bij, zijn bek open, lachend.

'Oké,' zei ze, 'oké.'

'Het werd tijd,' zei hij.

'Er zijn een paar dingen die ik je moet vertellen.'

Drie weken later begon het te regenen. Er was niets wat Pip meer heimwee naar de San Lorenzo Valley bezorgde dan wat ze in de East Bay regen noemden. Regen in Oakland was een alledaags verschijnsel, zelden heel hevig, altijd geneigd het veld te ruimen voor heldere lucht tussen de chaotische tentakels van donderwolken uit de oceaan. Alleen in de bergen van Santa Cruz, die de wolken vasthielden, kon het dagenlang onafgebroken regenen, nooit minder dan matig tot zwaar en dikwijls in een hoeveelheid van twee tot drie centimeter per uur, de hele nacht, de hele dag, tot de rivier zo hoog steeg dat het water tegen de onderkant van de bruggen klotste, Highway 9 verdween onder een laag modder en afgevallen takken, overal elektriciteitsleidingen waren geknapt en midden op de dag schemerlicht heerste en in het noodweer de zwaailichten van reparatietrucks van het nutsbedrijf te zien waren. Dat was pas echte regen. In de jaren voordat de droogte inviel, was er elke winter honderdtachtig centimeter gevallen.

'Ik moet misschien een tijdje naar mijn moeder, in Felton,' zei Pip op een avond tegen Jason toen ze met opgestoken paraplu's de heuvel af wandelden vanaf het St. Agnes. Ze had Ramón zowat elke maand een keer opgezocht in de instelling, ook al was er wel wat tussen hen veranderd. Hij was nu volledig het pleegkind van Marie, en helemaal niet meer van Stephen. Hij had nieuwe mensen leren kennen, onder wie een 'vriendinnetje', en hij nam de conciërgetaken die hij had geleerd heel serieus. Pip had gewild dat Jason met hem kennismaakte voordat ze helemaal uit zijn leven verdween.

'Hoelang is een tijdje?' vroeg Jason.

‘Ik weet het niet. Weken misschien. Langer dan ik nog aan vrije dagen heb. Ik heb het gevoel dat mijn moeder moeilijk gaat doen. Misschien moet ik mijn baan maar opzeggen.’

‘Kan ik je daar komen opzoeken?’

‘Nee, ik kom tussendoor wel hiernaartoe. Het is een houten huisje van vijfenveertig vierkante meter. Bovendien ben ik bang dat je de benen neemt als je mijn moeder ontmoet. Je gaat vast denken dat ik verborgen heb gehouden hoeveel ik op haar lijk.’

‘Iedereen geneert zich voor zijn ouders.’

‘Maar ik heb er echt reden toe.’

Pip was Jasons nieuwste passie, maar gelukkig niet zijn enige; ze wist hem van het onderwerp ‘Pips pluspunten’ af te brengen door zelf over wiskunde, tennis, tv-programma’s, videospelletjes of schrijvers te beginnen. Zijn leven was veel voller dan het hare, en de ruimte die dat haar gaf was heel welkom. Als ze zijn onverdeelde aandacht weer wilde, hoefde ze maar zijn handen op haar lichaam te leggen; in dat opzicht had hij zelf iets van een hond weg. Als ze iets meer van hem wilde, zoals met hem samen op bezoek gaan bij Ramón, ging hij daar enthousiast mee akkoord. Hij verstond de kunst om alles wat ze deden te verheffen tot iets wat hij het allerliefste wilde doen. Ze had een keer meegemaakt dat hij in rap tempo vier doodgewone crèmekoekjes opat, vervolgens even ophield en bewonderend naar de vijfde keek en zei: ‘Deze zijn echt heerlijk.’

Als ze een rijk iemand werd – en ze voelde zich al rijk worden; de geestelijk deformerende last van het woord ‘erfgename’ drong al langzaam tot haar door – zou Jason de laatste man zijn die haar leuk had gevonden toen ze nog niets voorstelde. Hij had toegegeven dat haar stageperiode bij Andreas Wolf een ‘bevestiging’ was geweest van zijn inschatting van haar intelligentie, maar hij zwoer dat het niets te maken had met het verbreken van zijn relatie. ‘Dat kwam alleen door jou,’ zei hij. ‘Jij achter de toonbank bij Peet’s.’ Ze vertrouwde Jason op een manier die weleens vrij uniek kon zijn, maar ze wilde niet dat hij dat wist. Ze was zich ervan bewust hoe makkelijk ze het met hem kon verpesten, en dankzij Toms memoires was ze zich nog bewuster van de gevaren van de liefde. Ze voelde dat ze zich helemaal aan Jason wilde overgeven, dat ze hem haar volle vertrouwen wilde schenken, ook al beschikte ze over bewijzen dat er een dodelijk gif zat in een dergelijke overgave en in een krankzinnig vertrouwensniveau. Om die reden legde ze zich wat seks betrof geen beperkingen op. Dat was waarschijnlijk ook gevaarlijk, maar ze kon er niets aan doen.

Zodra ze terug waren in Jasons appartement vrijden ze opnieuw. Een beginnende verliefdheid op iemand maakte het groter, bijna metafysisch; ze begreep nu een gedicht van John Donne dat ze tijdens haar studie had moeten analyseren, maar dat haar weinig had gezegd, een gedicht over de extase en over de rust die daaruit voortkwam. Maar na de extase werd ze weer rusteloos.

'Ik denk dat ik mijn moeder maar eens moet bellen,' zei ze. 'Ik kan het niet langer uitstellen.'

'Doe het dan maar.'

'Kun jij zo blijven liggen terwijl ik dat doe? Met je arm daar? Je moet me vasthouden voor het geval ik het gevoel krijg dat ik meegezogen word.'

'Ik stel me iemand voor die wordt weggezogen uit een opengescheurd vliegtuig,' zei Jason. 'Ze zeggen dat het verrassend moeilijk is om iemand vast te houden als dat gebeurt. Of misschien niet zo verrassend als je bedenkt welke luchtdrukverschillen ervoor nodig zijn om een vliegtuig van honderd ton in de lucht te houden.'

'Doe je best,' zei ze, terwijl ze haar telefoon pakte.

Ze vond het heerlijk een lichaam te hebben nu Jason het heerlijk vond dat ze een lichaam had. Ze hield zijn arm stevig vast toen haar moeder opnam.

'Hallo, mam.' Ze zette zich schrap voor een 'schattebout!'

'Ja,' zei haar moeder.

'Het spijt me dat ik zo'n tijd niets heb laten horen, maar is het goed dat ik naar je toe kom?'

'Ja, hoor.'

'Mam?'

'Je komt en gaat zoals het je goeddunkt. Als je wilt komen, prima. Ik kan je uiteraard niet tegenhouden. Ik ben uiteraard thuis.'

'Het spijt me echt, mam.'

Er klonk een klik, de verbinding was verbroken.

'Godallemachtig,' zei Pip. 'Ze heeft opgehangen.'

'O jee.'

Het was niet bij haar opgekomen dat haar moeder boos op haar kon zijn, dat zelfs hun situatie van extreem moreel spitsroeden lopen haar grenzen kende. Maar nu ze erover nadacht, bestond haar moeders hele geschiedenis, in de herinneringen die Tom had geschreven, uit opeenvolgende gevallen van verlating en verraad, gevolgd door een vernietigend moreel oordeel. Pip was altijd gevrijwaard gebleven van dat oordeel, maar uit het feit dat Tom er zelfs na vijfentwintig jaar nog bang voor was, kon ze wel afleiden dat het afschuwelijk was om zo'n oordeel te ondergaan. Ze was er nu zelf ook bang voor en voelde zich dichter bij Tom.

De volgende dag nam ze ontslag bij Peet's en ze belde Navarre om hem te laten weten dat ze het gesprek zou aangaan met haar moeder, maar ook om vijfduizend dollar van hem te vragen. Navarre had afkeurend of plagerig kunnen doen over het geld, maar kennelijk was hij ervan onder de indruk dat ze vierenhalve maand had gewacht. Ze genoot van het gevoel dat ze geslaagd was voor een test, een verwachting had overtroffen.

De microklimaten in de San Lorenzo Valley: de stoep bij het busstation van Santa Cruz was vrijwel droog, maar amper drie kilometer verderop, boven aan Graham Hill Road, moest de chauffeur zijn ruitenwissers aanzetten. Het was al een echte winteravond. Het weggetje van Pips moeder was sponzig van de afgevallen, doorweekte sequoianaalden. Overal hoorde ze een polyritmisch regengeluid, een gestaag getik op de achtergrond, harder gedruppel, hikkend gegorgel. De kruidige geur van doorweekt hout in de vochtige Valley riep een stortvloed aan zintuiglijke herinneringen bij haar op.

Er was geen licht aan. Binnenshuis klonk het geluid uit haar kindertijd: het tikken van regen op een dak dat alleen uit dakpannen en kale planken bestond, zonder isolering of plafond. Ze associeerde het geluid met de liefde van haar moeder, die even zeker was geweest als de regen in het regenseizoen. 's Nachts wakker worden en de regen nog steeds zo horen tikken als bij het in slaap vallen, en dat nacht in nacht uit, had haar altijd zo'n gevoel van geliefd zijn gegeven dat de regen zelf wel een vorm van liefde had kunnen zijn. De regen die tikte tijdens het avondeten. De regen die tikte terwijl ze haar huiswerk deed. De regen die tikte terwijl haar moeder zat te breien. De regen die tikte als het Kerstmis was, met het sneue boompje dat je op kerstavond gratis kon krijgen. De regen die tikte terwijl ze cadeautjes uitpakte waarvoor haar moeder het hele najaar geld opzij had gezet.

Ze zat een poos in de kou en het donker aan de keukentafel te luisteren naar de regen en werd sentimenteel. Toen deed ze een lamp aan, opende een fles en legde een vuur aan in de houtkachel. En het bleef maar regenen.

Degene die zowel haar moeder als Anabel Laird was kwam om kwart over negen thuis met een canvastas vol boodschappen. Zonder iets te zeggen stond ze Pip in de open voordeur aan te kijken. Onder haar regenparka droeg ze een oude jurk die Pip prachtig vond en waar ze zelfs haar zinnen op had gezet. Het was een nauwsluitende katoenen jurk in een wat verschoten bruine kleur, met lange mouwen en veel knoopjes, een soort arbeidstersjurk uit de sovjettijd. Vroeger zou haar moeder haar de jurk waarschijnlijk hebben gegeven als ze erom had gevraagd, maar haar moeder had zo weinig begerenswaardige bezittingen dat het ondenkbaar was haar er een afhandig te maken.

'Ik ben weer thuis,' zei Pip.

'Dat zie ik.'

'Ik weet dat je niet graag drinkt, maar dit lijkt me een goede avond om daar een uitzondering op te maken.'

'Nee, dank je.'

Degene die zowel haar moeder als Anabel was liet de parka en de boodschappen bij de voordeur liggen en liep naar de achterkant van het huisje. Pip hoorde de badkamerdeur dichtgaan. Het duurde tien minuten voordat ze besefte dat haar moeder zich daar schuilhield en niet van plan was tevoorschijn te komen.

Ze liep naar de deur, een simpel stel planken dat bij elkaar werd gehouden door dwarslatjes, en klopte aan. 'Mam?'

Er kwam geen antwoord, maar haar moeder had het haakje niet op de deur gedaan. Pip ging naar binnen en zag haar moeder op de betonnen vloer van de piepkleine douche zitten, voor zich uit starend, haar knieën opgetrokken tot aan haar kin.

'Blijf daar nou niet zitten,' zei Pip.

Ze liet zich op haar hurken zakken en raakte haar moeders arm aan. Haar moeder trok haar arm weg.

'Weet je wat?' zei Pip. 'Ik ben ook boos op jou. Dus denk maar niet dat je hier onderuit komt door boos op mij te zijn.'

Haar moeder bleef voor zich uit staren en ademde door haar mond. 'Ik ben niet boos op je,' zei ze. 'Ik ben...' Ze schudde haar hoofd. 'Ik wist dat dit zou gebeuren. Hoe voorzichtig ik ook geweest ben, ik wist dat dit op een dag zou gebeuren.'

'Dat wát zou gebeuren? Dat ik thuis zou komen en met je zou willen praten, en eerlijk zou zijn, en weer met z'n tweetjes zou willen zijn? Want dat is wat ik nu doe.'

'Ik wist het zeker, net zoals ik zeker weet hoe ik heet.'

'Hoe heet je dan? Misschien moeten we daar eens mee beginnen. Kom je bij me in de keuken zitten?'

Weer schudde haar moeder haar hoofd. 'Ik begin eraan gewend te raken om alleen te zijn. Ik was vergeten hoe moeilijk het is. Het is erg moeilijk, nog moeilijker deze keer, veel moeilijker – jij hebt me zo veel vreugde gebracht. Maar het is niet onmogelijk om af te zien van je verlangens. Ik leer het opnieuw. Ik maak vorderingen.'

'Dus moet ik nu maar weer weggaan? Is dat wat je wilt?'

'Je bent al weggegaan.'

'Ja, dat wel, maar hé, maar ik ben toch teruggekomen?'

'Uit plichtsbesef,' zei haar moeder. 'Of uit medelijden. Of omdat je kwaad bent. Ik beschuldig je nergens van, Purity. Ik zeg je dat het ook zonder jou wel goed met me komt. Alles wat we hebben is tijdelijk, de vreugde, het lijden, alles. Ik heb heel lang de vreugde van jouw goedheid mogen ervaren. Ik heb niet het recht om om meer te vragen.'

'Mám. Zo moet je niet praten. Ik heb je nodig in mijn leven. Je bent de belangrijkste persoon ter wereld voor me. Wil je nu even ophouden boeddhist te zijn en proberen een volwassen gesprek met me te voeren?'

'Want anders?' Haar moeder glimlachte even. 'Anders ga je weer weg?'

'Of anders, ik weet het niet, trek ik aan je haren en ga ik je krabben.'

Het was niets nieuws dat haar moeder daar niet om kon lachen. 'Ik ben er niet meer zo bang voor dat je weggaat,' zei ze. 'Heel lang is dat vooruitzicht voor mij hetzelfde als de dood geweest. Maar het is niet de dood. Dat ik je probeerde vast te houden werd op een gegeven moment de echte dood.'

Pip slaakte een zucht. 'Oké, eerlijk gezegd: dat je me schattebout noemt en dat ik niet in staat ben om een eind te maken aan een telefoongesprek met jou, dat zal ik allemaal graag achter me laten. Ik ben nu een stuk ouder dan vroeger. Je zult niet geloven hoeveel ouder. Maar wil je niet weten hoe ik nu ben? Wil je degene die ik geworden ben niet leren kennen? Ik ben nog steeds mijn oude ik, maar ook weer niet. Ik bedoel: ben ik dan niet interessant voor je? Jij bent voor mij nog steeds interessant.'

Haar moeder keek haar met een lege blik aan. 'Wat voor iemand ben je nu dan?'

'Ik weet het niet. Ik heb een vast vriendje – dat is één ding. Ik geloof dat ik verliefd op hem ben.'

'Dat is leuk.'

'Goed, iets anders. Iets belangrijks. Ik weet wat je echte naam is.'

'Dat zal best.'

'Wil je me zeggen wat die naam is?'

'Nee. Nooit.'

'Je moet hem zeggen. Je moet me alles vertellen, omdat ik je dochter ben en ik niet met jou in één kamer kan zijn als we alleen maar tegen elkaar liegen.'

Haar moeder stond gracieus op, met de door haar Streven geperfectioneerde lenigheid, maar haar hoofd stootte tegen het shampoomandje, zodat er een flacon op de douchevloer viel. Boos vloog ze het douchehokje uit, struikelde tegen Pip aan en ontvluchtte de badkamer.

'Mam!' zei Pip terwijl ze haar achternaging.

'Ik wil niets te maken hebben met dat deel van jouw leven.'

'Welk deel van mijn leven?'

Haar moeder draaide zich met een ruk om. Haar gezicht was pure gekweldheid. 'Ga weg! Ga weg! Laat me met rust! Jullie allebei! In godsnaam, laat me gewoon met rust!'

Pip keek vol afschuw toe hoe de persoon die nu volledig Anabel leek te zijn zich op haar bed liet vallen, het dekbed over haar hoofd trok en heen en weer lag te wiegen terwijl ze luidkeels huilde van ellende. Pip was bedacht geweest op problemen, maar dit sloeg alles. Ze liep naar de keuken en goot een glas wijn door haar keel. Toen ging ze terug naar het bed, sloeg het dekbed open, ging achter haar moeder liggen en sloeg haar armen om haar heen. Ze begroef haar gezicht in haar moeders dikke haar en snoof haar geur op, de onmiskenbaarste van alle geuren, de geur als geen andere. Het bruine katoen van de jurk was zacht geworden door honderd wasbeurten. Langzaam bedaarde haar moeders huilbui tot een gesnik. De regen tikte op het dak van de slaapveranda.

'Het spijt me,' zei Pip. 'Het spijt me dat ik niet zomaar kan weggaan, ik weet dat het moeilijk is. Maar je hebt me op de wereld gezet en je kunt niet om me heen. Dat is waar ik op uit ben. Ik ben je werkelijkheid.'

Haar moeder zei niets.

Jullie allebei?

Pip zei op fluistertoon: 'Houd je nog van hem?'

Ze voelde dat haar moeder verstijfde.

'Volgens mij houdt hij nog steeds van jou.'

Haar moeder zoog haar adem in en ademde niet uit.

'Dus er moet een manier zijn om verder te gaan,' zei Pip. 'Er moet een manier zijn om te vergeven en verder te gaan. Ik ga pas weg wanneer je dat doet.'

De volgende ochtend kreeg ze haar moeder aan het praten door haar wijs te maken dat Tom haar zijn versie van het hele verhaal had verteld; ze nam terecht aan dat haar moeder dat onverteerbaar zou vinden. Haar moeder liet de bijzonderheden van haar conceptie achterwege en zei alleen dat het was gebeurd tijdens de allerlaatste keer dat ze Tom had gezien, maar ze bleek verrassend rustig en spraakzaam over de andere bijzonderheden. Pips echte verjaardag was 24 februari, niet 11 juli. Ze was op natuurlijke wijze, met hulp van een verloskundige, ter wereld gebracht in een blijf-van-mijn-lijfhuis in Riverside. Tot haar tweede jaar hadden haar moeder en zij in Bakersfield gewoond, waar haar moeder aan de kost kwam door hotelkamers schoon te maken. Toen, door domme pech (want Bakersfield stelde helemaal niets voor), was haar moeder een studievriendin tegen het lijf gelopen die te veel vragen had gesteld. Een nieuwe vriendin uit het blijf-van-mijn-lijfhuis wist een huisje te huur in de heuvels van Santa Cruz, en daar waren ze naartoe verhuisd.

'Ik heb vreselijke verhalen gehoord in opvanghuizen en blijf-van-mijn-lijfhuizen,' zei haar moeder. 'Al die vrouwen die als boksbal werden gebruikt. Al die verhalen over mannen die lieten zien wat hun idee van liefde was door hun ex-vrouw te stalken en neer te steken. Ik had me er schuldig over moeten voelen dat ik daar onder valse voorwendselen was, maar daar had ik geen last van. De emotionele wreedheid van mannen kan net zo pijnlijk zijn als lichamelijke mishandeling. Mijn vader was wreed en mijn man nog wreder.'

'Je meent het,' zei Pip.

'Ja, dat meen ik. Ik heb tegen hem gezegd dat het mijn dood zou worden als hij ooit geld van mijn vader aannam, maar dat heeft hij toch gedaan. Expres, om mij te kwetsen. Hij is met mijn beste vriendin naar bed geweest om mij te kwetsen. Hij heeft mijn advies en stimulering gebruikt om carrière te maken, en daarna, toen ik met mijn eigen carrière worstelde, heeft hij me in de steek gelaten. Je bent maar één keer jong, en ik heb hem mijn jeugd geschonken omdat ik zijn beloften geloofde, maar toen ik niet meer jong was, heeft hij zijn beloften verbroken. En ik heb het altijd geweten. Ik wist dat hij me zou verraden. Dat heb ik hem ook meteen gezegd, maar dat weerhield hem er niet van om me beloften te doen, die ik geloofde omdat ik zwak was. Ik verschilde echt niet van de andere vrouwen in die opvanghuizen.'

Pip sloeg haar armen over elkaar als een openbaar aanklager. 'Dus leek het je wel oké om zijn kind te krijgen zonder hem dat te vertellen. Dat leek jou moreel gezien wel door de beugel kunnen.'

'Hij wist dat ik een kind wilde.'

'Maar waarom een kind van hem? Waarom niet van een willekeurige spermadonor?'

'Omdat ik me aan mijn beloften houd. Ik heb hem beloofd dat ik voor altijd de zijne zou zijn. Hij kon zijn belofte verbreken, maar ik was niet van plan mijn belofte te verbreken. Het was de bedoeling dat we een kind zouden krijgen, en dat is ook gebeurd. En toen, vanaf het allereerste begin, was jij alles voor me. Je moet van me aannemen dat het me niet meer kon schelen wie je vader was.'

'Ik geloof je niet. Je was met een soort morele competitie bezig. Wie het best is in het nakomen van beloften.'

'Het werd allemaal zo gewelddadig en onsmakelijk tussen ons. Ik wilde dat er iets uit voortkwam wat louter goed was. En dat gebeurde. Jij kwam.'

'Ik ben verre van louter goed.'

'Niemand is helemaal volmaakt. Maar voor mij was je volmaakt.'

Dat leek Pip het juiste moment om over het geld te beginnen, om op die manier haar onvolmaaktheid aan te tonen. Ze vertelde het verhaal over haar bezoek aan Wichita en legde uit dat haar moeder contact moest opnemen met Navarre. De manier waarop haar moeder vervolgens het hoofd schudde was eerder verbijsterd dan onvermurwbaar.

'Wat moet ik met een miljard dollar?' vroeg ze.

'Je zou kunnen beginnen met Sonny je septic tank te laten leegpompen. Ik heb 's nachts wakker gelegen omdat ik me zorgen maak over wat erin zit. Is hij ooit weleens leeggepompt?'

'Het is geen echte septic tank. Ik geloof dat de eigenaar hem heeft gemaakt van wat planken en cement.'

'Dat klinkt geruststellend.'

'Het geld zegt me helemaal niets, Purity. Het betekent zo weinig dat ik het niet eens hóef te weigeren. Voor mij betekent het gewoon niets.'

'Mijn studielening betekent wel wat voor me. En jij hebt nota bene tegen me gezegd dat ik me over geld geen zorgen hoefde te maken.'

'Goed dan. Je kunt die jurist vragen of hij je schuld wil voldoen. Ik zal je niet tegenhouden.'

'Maar het is niet mijn geld. Jij moet daaraan meewerken.'

'Dat kan ik niet. Ik heb het nooit gewild. Het is besmet geld. Het heeft mijn familie te gronde gericht. Het heeft mijn moeder de dood in gejaagd, het heeft mijn vader tot een monster gemaakt. Waarom zou ik dat allemaal toelaten in mijn eigen leven?'

'Omdat het echt is.'

'Niets is echt.'

'Ik ben echt.'

Haar moeder knikte. 'Dat is waar. Jij bent echt voor mij.'

'Dit is wat ik nodig heb.' Pip telde haar eisen af op haar vingers. 'Mijn studielening wordt volledig afbetaald. Plus vierduizend om mijn creditcardschuld te voldoen. Achthonderdduizend om het huis van Dreyfuss te kopen en aan hem terug te geven. En als je hier per se wilt blijven wonen, moeten we het huisje kopen en grondig opknappen. Collegegeld als ik besluit om door te studeren. Een maandelijkse toelage voor jou als je besluit je baan op te geven. En verder misschien nog vijftigduizend leefgeld voor wanneer ik probeer aan de bak te komen. Alles bij elkaar minder dan drie miljoen. Dat is ongeveer vijf procent van één jaar dividenduitkering.'

'Maar van McCaskill. McCaskill!'

'Het bedrijf bestond uit meer dan alleen vee. Er moet toch minstens drie miljoen te vinden zijn die je met een gerust geweten kunt aannemen.'

Haar moeder begon overstuur te raken. 'O, waarom neem jij het gewoon niet? Alles! Neem het geld en laat me met rust!'

'Omdat ik dat niet mag. Het staat niet op mijn naam. Zolang je leeft, blijven het voor mij gewoon grote verwachtingen.' Pip moest lachen. 'Waarom ben je me trouwens Pip gaan noemen? Was dat ook iets "wat je altijd al geweten hebt"?'

'O, nee, dat heb ik niet bedacht,' zei haar moeder gretig. Pips jeugd was haar liefste onderwerp. 'Dat komt van de kleuterschool. Mevrouw Steinhauer moet je zo genoemd hebben. Sommigen van de kleintjes hadden er moeite mee je echte naam uit te spreken. Ik denk dat zij "Pip" goed bij je vond passen. Die naam heeft iets vrolijks, en jij was altijd zo'n vrolijk meisje. Of misschien heeft ze het je gevraagd en ben je er zelf mee gekomen.'

'Daar is me niets van bijgebleven.'

'Ik wist niet eens dat dat je roepnaam was geworden totdat er een ouderavond was.'

'Nou ja, maakt niet uit. Op een dag ben jij er niet meer en is het mijn probleem. Maar momenteel is het jouw geld.'

Haar moeder keek haar aan als een kind dat leiding verwacht. 'Kan ik het niet gewoon allemaal weggeven?'

'Nee. De hoofdsom is van het trustfonds, niet van jou. Je kunt alleen de dividenduitkeringen weggeven. We kunnen op zoek gaan naar een paar goede organisaties voor dierenwelzijn en duurzame landbouw, dingen waar je in gelooft.'

'Ja, dat klinkt goed. Wat je maar wilt.'

'Het doet er niet toe wat ik wil, mam. Dit is jouw probleem.'

'O, het kan me niet schelen, het kan me niet schelen,' jammerde haar moeder. 'Ik wil dat het gewoon verdwijnt!'

Pip begreep dat het een langdurig en mogelijk hopeloos project zou worden om haar moeder weer stevig in contact met de realiteit te brengen. Toch had ze het gevoel dat er vooruitgang was geboekt, al was het alleen maar omdat haar moeder zich iets door haar liet opdragen.

De regen trok weg, kwam terug en trok weer weg. Wanneer Pip alleen in het huisje was, las ze boeken, en sms'te en belde met Jason. Ze zat graag aan de keukentafel, zodat ze het paartje towies in de zijtuin kon bekijken dat voedsel zocht tussen de natte afgevallen naalden of dat op een hekpaal zat zonder een andere reden dan met zichzelf te pronken. Voor Pip kon geen enkele vogel bij de towie in de schaduw staan; op vogelgebied waren ze net zo geweldig als Choco. Ze hadden een perfecte tussenmaat, groter dan junco's, bescheidener dan gaaien. Ze waren niet te schuw en niet te brutaal. Ze waren graag in de nabijheid van huizen, maar trokken zich terug onder struiken wanneer ze gestoord werden. Ze joegen niemand angst aan, behalve kleine insecten en haar moeder. Ze hipten liever rond dan dat ze vlogen. Ze badderden lang en energiek. Met uitzondering van het gebiedje onder de staart, waar de veren perzikkleurig waren, en rond de kop, waar subtiele grijze streepjes zaten, had hun verenkleed dezelfde verschoten bruine kleur als de jurk van Pips moeder. Ze hadden een schoonheid die pas bij nadere beschouwing opviel, een schoonheid die pas aan het licht trad wanneer je ermee vertrouwd was. Pip had een towie nooit iets anders horen zeggen dan: tiek! Maar dat zeiden ze vaak. De roep was scherp en vrolijk, als het gepiep van een sportschoen op een basketbalveld. De roep had niet simpeler kunnen zijn, en toch leek die niet alleen alles uit te drukken wat een towie ooit zou hoeven te zeggen, maar ook alles wat iederéén eigenlijk ooit hoefde te zeggen. Tiek! Volgens internet waren towies zeldzaam buiten Californië en uitzonderlijk omdat ze monogaam waren en een partner voor het leven kozen. Naar het scheen (Pip had het niet zelf waargenomen) floten het mannetje en het vrouwtje een gevarieerder lied in de paringstijd, een duet waarmee ze andere towies lieten weten dat ze beide al voorzien waren van een partner. En inderdaad, wanneer je de ene towie zag, bleef de andere niet lang weg. Ze bleven samen het hele jaar op één plek; het waren Californiërs. Als na te streven levenswijze kon Pip zich wel iets veel slechters voorstellen.

Toen na verloop van tijd de realiteit van het geld begon door te dringen, zag Pip bij haar moeder geleidelijk weer sporen van de jonge vrouw over wie ze gelezen had in Toms memoires en het rijke meisje bij wie zich weer een restje arrogantie manifesteerde. Op een avond zag ze haar moeder een afkeurende blik werpen op de oude jurken in de kleine kast op de slaapveranda. 'Ik zal er denkelijk niet dood aan gaan als ik wat nieuwe kleren koop,' zei ze. 'Zei je nou dat niet al het geld in aandelen McCaskill zit?'

En op een ochtend, toen ze voor het keukenraam met een dreigende blik naar de kippenren van haar buurman stond te kijken: 'Ha. Hij heeft geen flauw benul dat ik niet alleen zijn haan, maar zelfs zijn hele huis zou kunnen kopen.'

En nog een keer, toen ze op een avond terugkwam van haar werk bij New Leaf: 'Ze denken dat ik het me niet kan permitteren om te stoppen. Maar als ik Serena er nog één keer op betrap dat ze weer eens haar blik ten hemel slaat, doe ik het misschien wel. Wie denkt ze wel niet dat ze is? Volgens mij is ze al een week niet meer in bad geweest.'

Maar daarna, peinzend, tegen Pip aan de eettafel: 'Hoeveel van mijn vaders geld heeft Tom eigenlijk aangenomen? Weet je dat? Dat wordt dan onze absolute limiet. Zelfs voor jou ga ik niet meer aannemen dan hij heeft gedaan.'

'Volgens mij was het twintig miljoen.'

'Hm. Dat wetend, denk ik er anders over. Ik ben bang dat ik misschien helemaal niets kan aannemen, schattebout. Zelfs een dollar is al te veel. Eén dollar, twintig miljoen dollar, moreel gezien is dat hetzelfde.'

'Daar hebben we het al over gehad, mam.'

'Misschien dat die jurist jouw studieschuld kan afbetalen. Hij heeft er zelf in elk geval behoorlijk aan verdiend.'

'Je moet hoe dan ook het huis van Dreyfuss kopen. Dat was ook een morele misdaad. Een ergere, volgens mij.'

'Ik weet het niet. Ik weet het niet. Er is geen hiernamaals. Maar toch, mijn vader... Het idee dat hij het misschien wéét... Ik moet er nog wat langer over nadenken.'

'Nee, dat hoeft niet. Je moet gewoon doen wat ik zeg.'

Haar moeder keek haar onzeker aan. 'Jij hebt altijd een goed ontwikkeld moreel besef gehad.'

'Dat heb ik van jou,' zei Pip. 'Dus vertrouw er maar op.'

Jason wilde dolgraag dat ze naar huis zou komen, maar Pip kon zich niet losmaken van het genoegen van de bergregen en het verwante genoegen om een nieuwe, eerlijker relatie met haar moeder te hebben. Pip had altijd van haar moeder gehouden, maar nu ontstond het nieuwe, onverwachte gevoel dat ze haar ook sympathiek vond. Anabel was sympathiek geweest, in elk geval in de ogen van Tom, in elk geval in het begin, en nu haar moeder weer Anabel kon zijn, haar oude privileges onder ogen kon zien en voorzichtig een grote teen kon steken in haar nieuwe privileges, weer een beetje spánnend kon zijn, kon Pip zich voorstellen dat die twee misschien zelfs weer een vriendschap konden opvatten.

Ze had ook nog iets op haar lijstje staan waar ze dermate tegen opzag dat geen enkel moment waarop ze het had kunnen doen geschikt leek. Het kostte haar twee weken om aan zichzelf toe te geven dat geen enkel tijdstip, op wat voor dag dan ook, het geschikte tijdstip was om Tom te bellen. Uiteindelijk koos ze voor een maandag, vijf uur Denverse tijd.

'Pip!' zei Tom. 'Ik was al bang dat je niet meer zou bellen.'

'Echt waar? Hoe dat zo?'

'Leila en ik denken de hele tijd aan je. We missen je.'

'Leila mist me. Ja, hoor. Is het dan geen probleem dat ik je dochter ben?'

'Sorry, wacht even. Ik doe even de deur dicht.'

Er klonk gestommel, een klap, geruis en een bons.

'Sorry, Pip,' zei Tom. 'Wat zeg je nou toch?'

'Ik zeg je dat ik alles weet.'

'O jee. Goed.'

'Het is niet wat je denkt. Ik heb niet je document gelezen.'

'Ah, mooi zo. Mooi. Gelukkig.' Tom was hoorbaar opgelucht.

'Dat heb ik versnipperd,' zei ze. 'Maar voordat hij doodging, heeft Andreas me verteld wie je was. Dat heeft de research een stuk makkelijker gemaakt, en daarna heeft mijn moeder me alles verteld.'

'Jezus. Heeft zíj het je verteld? Het mag een wonder heten dat je nog met me praat.'

'Je bent mijn vader.'

'Ik gruw bij de gedachte van wat haar versie is geweest.'

'Het is beter dan helemaal geen verhaal, waar jij mee kwam.'

'Daar heb je gelijk in. Hoewel ik hoop dat je mij een keer de kans geeft om mijn kant van het verhaal te vertellen.'

'Je hebt je kans al gehad.'

'Touché. Daar had ik mijn redenen voor, maar je hebt gelijk. En ik neem aan dat je me daarom belt? Om me te vertellen dat ik het bij je verbruid heb?'

'Nee. Ik bel je omdat ik wil dat je hierheen komt, om met mijn moeder te spreken.'

Tom schoot in de lach. 'Ik word nog liever midden in de Congolese burgeroorlog gedropt.'

'Je hield genoeg van haar om haar geheim te bewaren.'

'Tja, als je het zo bekijkt... in zekere zin...'

'Ze is overduidelijk nog belangrijk voor je.'

'Pip, luister, het spijt me heel erg dat ik je niets verteld heb. Leila vond de hele tijd al dat ik je moest bellen. Ik had naar haar moeten luisteren.'

'En nu zeg ik je hoe je het goed kunt maken. Stap maar in een vliegtuig en kom hiernaartoe.'

'Maar waarom? Waarom zou ik dat doen?'

'Omdat ik niets met je te maken wil hebben als je het niet doet.'

'Ik kan je verzekeren dat wij dat een verlies zouden vinden.'

'Zou je het niet leuk vinden mijn moeder weer eens te zien? Gewoon één keer, na al die jaren? Het enige wat ik vraag is dat jullie elkaar vergeven. Ik wil met jullie allebei kunnen omgaan, maar dat kan ik niet als ik het gevoel heb dat ik de een verraad als ik contact heb met de ander.'

'Wat mij betreft hoef je dat gevoel niet te hebben. Ik kan geen enkele aanspraak op je maken.'

'Maar ik kan aanspraak op jóu maken. En je hebt nooit iets voor me hoeven te doen. Dit is alles wat ik van je vraag.'

Door meerdere tijdzones heen slaakte Tom een diepe zucht. 'Er is zeker geen sterkedrank bij je moeder thuis?'

'Ik zal ervoor zorgen dat er sterkedrank is.'

'En we hebben het over... wanneer? Volgende maand?'

'Nee. Deze week. Misschien vrijdag. Hoe langer jullie erover nadenken, hoe moeilijker het wordt.'

Tom slaakte nog een zucht. 'Ik zou donderdag kunnen. Mijn vrijdagavonden zijn voor Leila.'

Pip voelde dat ze geïrriteerd raakte en kwam in de verleiding om aan te dringen op vrijdag. Maar de weg terug naar vriendschap met Leila leek haar al lang genoeg.

'Nog één ding,' zei ze.

'Yep,' zei Tom.

'Ik heb elke week *DI* bekeken. Ik verwacht telkens dat je een groot stuk over Andreas gaat doen.'

'Hij was niet in orde, Pip. Ik heb hem gezien op het eind, ik zag hem in de afgrond vallen. Het enige wat ik voel is verdriet. Leila stoort zich aan de post mortem geuite adoratie, maar ik vind het moeilijk hem iets kwalijk te nemen. Hij was de meest bijzondere mens die ik ooit heb ontmoet.'

'De *Express* wacht nog steeds op een artikel van mij over hem. Ik voel hetzelfde als jij: verdriet. Maar ik heb ook het gevoel dat iemand het ware verhaal moet vertellen.'

'Over de moord? Dat is aan jou. Een van de slachtoffers daarbij zou het meisje kunnen zijn, degene die hem heeft geholpen. Er zouden voor haar nog juridische consequenties aan kunnen zitten.'

'Daar had ik niet aan gedacht.'

'Maar hij heeft een bekentenis achtergelaten, die door zijn mensen is verdonkeremaand. Er zit beslist een verhaal in als je het wilt doorzetten.'

Was Tom ook bang dat zijn eigen medeplichtigheid aan de moord aan het licht zou komen? Waarschijnlijk niet, als hij geloofde dat Pip zijn herinneringen niet had gelezen.

'Oké,' zei ze. 'Dank je.'

Toen haar moeder thuiskwam van haar werk, legde Pip uit wat er te gebeuren stond. Ze was opgelucht dat haar moeder niet meteen instortte. Maar de reden dat ze niet instortte was dat het hele idee voor haar nergens op sloeg.

'Wat heb ík in vredesnaam ooit gedaan dat vergeven moet worden?'

'Ehm… je hebt mij gekregen en het hem niet verteld. Dat is nogal wat.'

'Hoe kan hij míj daar nou de schuld van geven? Hij heeft míj in de steek gelaten. Hij wilde nooit meer iets van me horen. En dat heb ik hem gegund. Net als al het andere. Hij heeft altijd alles gekregen wat hij wilde. Net als mijn vader.'

'Toch had je hem op een gegeven moment over mij moeten vertellen. Op mijn achttiende verjaardag of zoiets. Het was fout van je om dat niet te doen. Het was wraakzuchtig.'

Haar moeder sputterde nog flink wat tegen, maar uiteindelijk knikte ze. 'Als jij het zegt,' zei ze. 'En alleen omdat jij het bent die het zegt.'

'Zwakke mensen koesteren wrok, mam. Sterke mensen vergeven. Jij hebt me helemaal in je eentje grootgebracht. Je hebt nee gezegd tegen het geld waaraan niemand in je familie weerstand kon bieden. En je bent sterker geweest dan Tom. Jij hebt er een punt achter gezet – hij kon dat niet. Jij hebt alles gekregen wat jíj wilde. Je hebt gewonnen! En daarom kun je het je veroorloven om hem te vergeven. Omdat je hebt gewonnen. Ja, toch?'

Haar moeder keek bedenkelijk.

'Bovendien ben je miljardair,' zei Pip. 'Dat is eigenlijk ook winnen.'

De volgende ochtend namen ze de bus naar Santa Cruz. Het was een onbewolkte, frisse ochtend tussen twee hevige buien. Daklozen droegen hun slaapzak als sjaal, kerstkransen rilden aan lantaarnpalen en de lucht was vol rondcirkelende zeemeeuwen. Een kapster bij Jillz werkte het haar van Pips moeder wat bij – de gespleten punten vlogen in het rond. Daarna nam Pip haar mee voor een manicurebehandeling, en het was Anabel, niet haar oude moeder, die de Vietnamese manicure verbood haar nagelriemen bij te werken, Anabel die Pip uitlegde dat nagelriemen bijwerken oplichterij was, omdat ze snel teruggroeiden en dan weer bijgewerkt moesten worden. Het was Anabel die kordaat rekken vol jurken bekeek, winkel na winkel, en dingen van de hand bleef wijzen nadat Pips eigen geduld allang uitgeput was. De jurk waarvan ze uiteindelijk vond dat hij 'ermee door kon' was vintage en had een wijde rok, was sexy op een schooljuf-op-de-prairieachtige manier, met twee rijen knoopjes op het lijfje. Pip moest toegeven dat het de meest geschikte jurk was die ze de hele ochtend hadden gezien.

Ze had Jason gevraagd een auto te regelen bij GreenWheels en Tom af te halen van de luchthaven San José, zodat zij een oogje op haar moeder kon houden en ervoor kon zorgen dat ze rustig bleef. 'Neem Choco ook mee,' zei ze.

'Die loopt ons alleen maar voor de voeten,' zei Jason.

'Ik wil juist dat hij ons voor de voeten loopt. Anders krijgt mijn moeder de kans om door het lint te gaan. Ze ontmoet jou voor het eerst, ze ontmoet Choco voor het eerst, en o ja, daar is ook de ex die ze vijfentwintig jaar niet heeft gezien.'

Donderdagochtend brak er opnieuw noodweer uit. Aan het eind van de middag roffelde de regen zo hard op het dak dat Pip en haar moeder met stemverheffing moesten praten. Het was al vroeg donker geworden en het licht had een paar keer geflikkerd. Pip had bonensoep gemaakt en had allerlei andere boodschappen in huis gehaald, waaronder de ingrediënten voor een manhattan. Nadat haar moeder had gedoucht, föhnde Pip haar haar en gaf het met de borstel wat extra volume. 'Ik ga je ook een beetje opmaken.'

Haar moeder sputterde tegen: 'Ik begrijp niet waarom ik me zo aan het optutten ben...'

'Dat is je wapenrusting. Je wilt sterk zijn.'

'Mijn mascara doe ik zelf wel.'

'Laat mij maar. Dat heb ik nooit eerder voor je gedaan.'

Om vijf uur, terwijl Pip de houtkachel aanmaakte, belde Jason om te zeggen dat Tom en hij vastzaten in het verkeer bij Los Gatos. Haar moeder, die op de bank zat, zag er welbeschouwd prachtig uit in haar vintagejurk, als de oudere Anabel die ze was, maar ze zat ook weer heen en weer te wiegen, haar licht autistische tic. 'Je zou best een glas wijn kunnen gebruiken,' zei Pip.

'Ik voel me verraden door mijn Streven. Op het moment dat ik het 't hardst nodig heb... Waar is het?'

'Maak er je Streven van een glaasje wijn te drinken.'

'Dat stijgt me meteen naar het hoofd.'

'Prima.'

Toen de GreenWheels-auto eindelijk, met zwoegende ruitenwissers, het weggetje op kwam rijden, en de stortregen in een witte razernij veranderde door de koplampen, holde Pip van de zijveranda, waar ze had staan wachten, onder een paraplu naar Jason toe om hem te begroeten. Hij zag er een beetje afgepeigerd uit van de rit, maar zijn eerste gedachte was haar eerste gedachte, en dat was zoenen. Toen blafte Choco, en Pip opende het achterportier en liet hem haar gezicht likken.

Tom kwam aarzelend uit de auto, met zijn paraplu vooruit. Pip bedankte hem voor zijn komst en kuste hem op zijn vlezige wang. In de vijf meter tussen de auto en de voordeur werd Choco niet alleen kletsnat, hij slaagde er op de een of andere manier ook in om onder de sequoianaalden te komen. Hij wrong zich langs Pip en rende naar binnen. Haar moeder hief haar armen, alsof ze hem wilde wegjagen, en staarde met ontzetting naar de naalden en de modderpoten op de vloer.

'Sorry, sorry,' zei Pip.

Ze pakte Choco bij zijn lurven en bracht hem terug naar de zijveranda, waar Tom zijn voeten stond te vegen. 'Dat is de krankzinnigste hond die ik in mijn hele leven heb gezien,' zei hij.

'Vind je hem leuk?'

'Ik ben weg van hem. Ik wil hem hebben.'

Ze gingen naar binnen, gevolgd door Jason. Haar moeder, die handenwringend bij de houtkachel stond, sloeg haar blik verlegen op en keek Tom aan. Voor Pip was duidelijk dat ze allebei hun best deden om niet te glimlachen. Maar er was geen ontkomen aan: ze hadden allebei een brede grijns op het gezicht.

'Dag Anabel.'

'Dag Tom.'

'Nou, mam,' zei Pip, 'dit is Jason. Jason, dit is mijn moeder.'

Als in trance wendde haar moeder zich af van Tom en knikte naar Jason. 'Hallo.'

Jason wuifde haar met beide handen toe, als een variétéartiest, en zei: 'Hoi.'

‘Dus, zoals ik zei,’ zei Pip, ‘wij zeggen alleen even snel hallo en gedag. We komen na het avondeten terug.’

‘Weten jullie zeker dat jullie niet blijven?’ vroeg Tom benauwd.

‘Nee, jullie tweeën moeten praten. Als er straks nog iets onder de kurk is, helpen we jullie bij het opdrinken.’

Voordat er allerlei hindernissen konden worden opgeworpen, nam Pip Jason haastig mee naar buiten. Choco was zo lang en de zijveranda zo smal dat hij zich niet kon omdraaien om ruimte voor hen te maken, maar achteruit moest dribbelen. ‘Kunnen we hem hier laten?’ vroeg ze Jason.

‘Ik heb zijn etensbak en citroenen meegebracht.’

Pip was van plan geweest haar ouders twee uur alleen te laten, maar uiteindelijk werd het bijna vier uur. Eerst moesten Jason en zij naar het bos om op de achterbank te vrijen. Daarna, toen ze erin geslaagd waren hun broek weer aan te trekken, moest die weer uit om alles nog eens dunnetjes over te doen. Toen gingen ze eten bij Don Quixote, waar een lokale coverband, Shady Characters, optrad. Net toen het tijd was om op te stappen, zette de band een liedje in waar je wel op móest dansen, het Soul Sisterliedje.

‘De tekst is om te huilen,’ zei Jason, dansend. ‘Het is om te huilen dat ze hem hebben laten gebruiken in een autocommercial. En toch…’

‘Fantastisch liedje,’ zei Pip, dansend.

Ze dansten een halfuur terwijl de regen met bakken naar beneden kwam en de San Lorenzo aanzwol. Jason was een grappige danser, een denkende danser, en Pip genoot ervan dat hij kon doen wat hij wilde en dat zij kon doen wat zij wilde – niet denken, maar gewoon bewegen, zich gewoon lekker in haar lijf voelen. Toen ze eindelijk naar buiten gingen, was het even opgehouden met regenen en waren de wegen leeg als aan het eind van de wereld. Op het weggetje bij haar moeders huis gekomen zagen ze Choco op de zijveranda staan met een citroen in zijn bek, terwijl zijn staart zijn ingewikkelde zwaaibeweging uitvoerde. Jason liet de auto uitrollen op de oprit.

‘Nou,’ zei Pip. ‘Daar gaan we dan.’

‘Kan ik echt niet in de auto blijven zitten?’

‘Je gaat kennismaken met mijn ouders. En mijn ouders zijn daar binnen.’

Maar zodra ze het portier opendeed, hoorden ze de stemmen. Het geschreeuw. De klank van pure haat. Die kwam dwars door de dunne wanden van het houten huisje heen.

‘Dat héb ik niet gezegd! Als je me nou godverdomme gaat citeren, citeer me dan correct! Wat ik zei was –’

'Ik zal je vertellen wat de WALGELIJKE SUBTEKST is van wat je hebt gezegd. Als je je verstopt achter wat volgens iedereen normaal is, krijg je de hele wereld aan je kant, maar diep vanbinnen weet je dat er een diepere waarheid is –'

'De diepere waarheid dat ik ernaast zit en jij gelijk hebt? Dat is de enige diepere waarheid die jij ooit hebt gekend!'

'Dat weet je zelf toch ook!'

'Je hebt net ERKEND dat je geen poot hebt om op te staan! Dat er niemand anders op de hele wereld is die denkt dat jij ook maar een poot hebt om op te staan –'

'Maar die poot heb ik wél, en dat weet jij best! Dat weet jij best!'

Pip trok de deur weer dicht om de woorden te weren, maar zelfs met de deur dicht bleef het geruzie hoorbaar. De mensen die haar een geschonden wereld hadden nagelaten gingen op een vreselijke manier tegen elkaar tekeer. Jason zuchtte en pakte haar hand. Ze hield de zijne stevig vast. Het moest mogelijk zijn om er iets beters van te maken dan haar ouders, maar ze wist niet of het haar zou lukken. Pas toen de hemel zich weer opende en de regen uit de immense, donkere Stille Oceaan op het dak van de auto neerkletterde en het geluid van de liefde dat andere geluid verdrong, kwam het vertrouwen dat het haar wel zou lukken.